# 英雄の書

宮部みゆき

MIYABE MIYUKI

KAPPA NOVELS

「学我者死」
――我を学ぶ者は死す

目次 CONTENTS

〈念歌《ねんか》〉あるいは〈黄衣《こうい》の王の忌歌《きか》〉

天地の境目《さかいめ》さえしかとは見定め難《がた》い、この蒼灰色《あおばい》の雲と霧《きり》。流れ、流されて入り交じりながら重く垂《た》れ込め、屍衣《しい》にも似た冷ややかさとしめやかさで、すべてを包み込む。

この地——古《いにしえ》の時代からここに有り、遥《はる》か未来もここに存在し続ける。限りなく無に近い静寂《せいじゃく》のみを統治者《とうち》に、時の流れの恩寵《おんちょう》から見放され、その軛《くびき》からも解き放たれている。

国ではなく、郷《さと》でもない。ここに居る者どもは、ただ「この地」と呼ぶ。ここを訪れる運命に見舞われた者どもは、雄弁《ゆうべん》なる沈黙《ちんもく》のなかに、この地の真の呼称《こしょう》を、かく読み取る。

「無名《むめい》の地」と。

如何《いか》なる奇遇《よ》に因りしか、相《あい》まみえて今、この一文を照覧《しょうらん》しある善良なる人びとよ。構えて約定《やくじょう》を違《たが》え給《たま》うことなかれ。

無名の地の物語を、人には問わず。

無名の地の言葉を、その口唇《こうしん》にのぼらせず。

無名の地に囚《とら》われし者を、人として遇《ぐう》せず。

これより後、ひとときを費やして語られるべき物語は、二人の幼子《おさなご》と、一人の僧侶《そうりょ》と、一人の魂なき流《る》浪《ろう》者の織《お》りなす、忌《い》まわしき命の物語である。

我ら〝紡《つむ》ぐ者〟は、永劫《えいごう》の時の流れのうちに、幾度となくこの忌まわしき命の相貌《そうぼう》を垣間《かいま》見た。我らはそれを記し、それを語り継ぎ、それを懼《おそ》ること甚《はなは》だしく、それを待望することまた甚だしきが故《ゆえ》に、かの忌まわしき命の描き出す暗黒の光芒《こうぼう》を、世界から世界へ、時代から時代へ、旧《ふる》き神から新しき神へと、受け渡し続けてきた。

我らは咎人《とがびと》である。

すべての物語は、等しく、紡ぐ者の罪業《ざいごう》にほかならぬ。

善良なる人びとよ、貴方《あなた》の夢に平穏《へいおん》あれ。我ら紡ぐ者が足踏みを許されぬ楽園《らくえん》の地に、貴方の憩《いこ》う家の窓明かりは灯《とも》る。

その明かりのもと、かの忌まわしき命の訪れを請《こ》い願い給《たも》うことなかれ。

その明かりを消し、窓辺で耳を澄《す》まし、かの忌まわしき命の声音《こわね》を待ち給うことなかれ。

されば貴方の道の先に無名の地はなく、この物語は言霊《ことだま》なき言の葉の集積《しゅうせき》に留《とど》まり、貴方の歩みを遮《さえぎ》ることもない。

その忌まわしき命の名を「英雄」という。
時に「黄衣の王」を名乗る者である。

# プロローグ　破獄《はごく》

〝碾《ひ》き割《わ》り麦《むぎ》の丘《おか》〟へと続く長い坂道を半《なか》ばまで登ったあたりで、若者は鐘《かね》の音《ね》を耳にした。

立ち止まり、顔を上げる。冷ややかにたちこめる蒼灰色《あおばい》の霧の奥深くから、霧の衣の厚みをやすやすと通り抜け、慥《たし》かに響いてくる。足元から震《ふる》えが伝わってくる――

大鐘楼《だいしようろう》の一《いち》の鐘の音だ。

若者は立ちすくんだ。これからどうすればいいのかわからない。一の鐘の音が意味するところを、彼は熟知《じゆくち》していた。だが、実際にその音を聴くのは、彼の生涯において初めての経験だったからである。

丘の上まで行けば、作務《さむ》についている朋輩《ほうばい》たちも、〝咎《とが》の大輪《たいりん》〟を押す手を止めて、彼と同じように立ちすくんでいるはずだ。足を急がせ、そのなかに混じればいい。言いしれぬ不安と共にここで凍《こお》りついているよりは、ずっと。

だが。

ここにあるのは不安だけだろうか。若者は、黒衣に包まれた己《おのれ》の胸に掌《てのひら》をあてた。

彼ら〝無名僧《むめいそう》〟は、その呼称のとおり、名を持たない。それ以前に個々の存在ですらない。この地――「無名の地」の分身であり、ひと欠片《かけら》であり、その意志を体現するために作り上げられた些末《さまつ》な部品に過ぎぬ。

魂はない。

それでも、いやだからこそ、時の軛《くびき》から解き放たれたこの地の永劫《えいごう》のなかで、本来は魂があるべき器《うつわ》に、宿るものが生じる。かつてこの地を訪れた、他の世界からの来訪者たち——星々とも、国々とも呼ばれる、名と色彩を持つ命ある場所から訪れた者たちは、無名僧のうちに宿るそのものを、様々な名称で呼んできた。それは感情だ。それは心だ。あるいは、それをこそ人間らしさというのだ、と。どうあれ、そのものは、今若者が掌をあてているあたりに宿るものだという。

この地に時はない。時がなければ、日常は形成されない。無名僧にあるのは、丘の上の作務と、〝万《ばん》書殿《しょでん》〟の警備の繰り返しのみ。休息はないが、疲労もない。この地で、予想のつかない動きをするものといえば、ただ雲と霧の流れだけである。

それを退屈と感じないのかと、ある来訪者が尋ねたことがある。

退屈とは？

倦《う》むということだ。飽き飽きするということだ。同じことを繰り返していれば、誰でもそうなる。

無名僧は、「誰」ではない。「誰」でもない。だから、倦むということもない——

はずであったのに。

若者は、薄っぺらい黒衣の下の痩《や》せた身体《からだ》の奥深くから、震えがこみあがってくるのを感じていた。慥かに、彼は倦むことを知らなかった。が、今の今、それとまったく逆の思いがここにある。

逆のあるところには、真もある。

若者は身体のどこかで——本来ならば魂が宿るべき空っぽの器のなかで、己《おのれ》が一の鐘の音を待っていたことに気がついた。

事が起こる。事が動く。

ほどなく、新たなる来訪者がこの地へ足を踏み入れることになろう。

私はそれを喜んでいる。

若者は、胸にあてた掌を握りしめ、拳《こぶし》をつくった。目を閉じると、己の身体の震えがいっそう強く感じられるようになる。

一の鐘は鳴り続けている。若者の禿頭《とくとう》に、霧が触れて小さな水滴となり、やがてこめかみを伝って流れ落ちる。深く吐き出す息は白い。裸足の足先は、丘へ続く道の泥にまみれている。

やがて、霧の流れに乗って、かすかに念歌が聞こえてきた。若者は目を開き、丘の頂上を振り仰《あお》いだ。まだ何も見えない。霧が動いて、念歌はその奥から聞こえてくる。ああ、朋輩たちだ。

目を凝《こ》らすと、やがて彼らが掲《かか》げる松明《たいまつ》の明かりが、霧のなかを飛びかう精霊《すだま》のようにたよりなく、左右に上下に、ふわりふわりと漂いながら近づいてくるのが見えてきた。

無名僧の集団が降りてくる。若者そのものであり、若者の一部であり、若者がその一部である、黒衣の僧ども。

同じ禿頭。同じ裸足《らそく》。同じ声。同じ顔。数えきれぬほど大勢でありながら、一人しかいない。

若者はようやく拳をほどくと、唱和しながら歩き出し、そのなかに混じった。

彼らであり、我である朋輩たち。若者はしかし、朋輩たちの念歌の旋律《せんりつ》のなかにはないものを、その胸のうちに隠し持っている。

丘を下るほどに、一の鐘の響きは朗々と猛々《たけだけ》しくなる。念歌は霧に吞《の》まれ、万書殿の頂《いただき》が、霧のヴェールを透かして姿を現す。若者は集団の最後尾にまで下がり、再び足を止め、呼吸《いき》も止めた。

霧を仰ぎ、彼は呟《つぶや》く。

——あれが、獄《ごく》を破った。

戦いが始まる。

# 第一章　壊れてしまった大切なもの

　誰でも眠気を誘われる、暖かな春の昼下がりのことだった。五時限目の授業。鉛筆を握って、目をちゃんと開いて、でも頭は眠っている。なにしろ給食を食べてお腹《なか》はいっぱいだし、もともと苦手な理科の時間だ。

「ユリ、ユ～リ」

　隣の席の佳奈《かな》ちゃんが、小さな声で呼びかけてくる。消しゴムの欠片《かけら》も飛んできて、机の上でぽんと跳ねた。

「頭が揺れちゃってるよ！　バレちゃうよ」

　森崎友理子《もりさきゆりこ》は、びくっとして目を覚ました。幸い、片山《かたやま》先生は板書の最中で、こちらには背中を向けている。友理子はあわてて目をこすった。

　佳奈ちゃんが手で口を押さえて笑っている。友理子も照れ笑いを返した。二人の席はちょうど教室の真ん中あたり。くるりと見回すと、どうやら二十五人のクラスメイトの半分くらいは居眠りしているか、しかかっているようだ。

　友理子は黒板の上の時計を見た。授業が終わるまで、あと二十分だ。何とか起きていなければ。手元のノートに目を落とすと、上から三行目ぐらいで字がぐちゃぐちゃになっていた。そのへんで眠りの国に入ってしまったのだろう。

「佳奈ちゃん、あとでノート見せて」

　囁《ささや》き声を出したとき、ちょうど片山先生が振り返った。眼鏡の縁を指で押し上げ、友理子の上で視線を止める。

「森崎さん」

呼ばれてしまった。佳奈ちゃんはすかさず下を向いて鉛筆を動かし始める。

「おしゃべりは禁止だよ」

「はい、先生」

友理子は首をすくめる。だけど先生、まわりの寝てる子たちはどうなんですか？　あたしは起きてるだけマシだと思うんだけどな。

そんな言い訳と反抗心が顔に出ていたのだろう。片山先生はチョークを置くと、白くなった指先をぱんぱんと叩《たた》いて、片手を腰にあてた。

「このクラスは、先週の理科テストの平均点が、区内の五年生で最低だったんだぞ。科目に好き嫌いがあるのはある程度仕方ないし、みんなに百点をとれとは先生も言わないけど、しかしね――」

お説教に、居眠りから覚めるクラスメイトたちがちらほら。友理子は、乱れたノートの字を、暗号《あんごう》を解読《かいどく》するようになぞり始めた。

そのとき、教室の前のドアが軽くノックされた。片山先生が、半端《はんぱ》な怒り顔で教壇を降りる。

友理子はずっと暗号解読に励んでいたから、どんなやりとりがあったかわからない。ぴしゃん！　とドアを閉める音が大きく響いて、顔を上げてみたら、片山先生がこっちを見ていた。

こっち、じゃない。友理子を見ていた。眼鏡のレンズにちょうど光が映ってしまって、先生の瞳が見えない。

「――森崎さん」

教壇に戻らず、ドアのそばに突っ立ったまま、ちょっと音程が狂ったみたいな声を出す。

「すぐ、帰る支度をしなさい」

教室のみんな（起きている生徒はみんな）が、一斉に友理子に注目した。視線がバラバラと顔にあたるのがわかるくらいだった。友理子にはそういう経験がめったにない。目立たなくてつまらない生徒だからではなく、いい感じに目立たない生徒だからである。

「あの、えっと」

言われたことの意味がわからなくて、友理子はぐるりを見回した。誰かが教えてくれないかと思ったのだ。先生、今なんて言ったの？

と、片山先生は急にネジを巻かれたみたいに動き出した。机のあいだを通り抜けて友理子に近づいてくる。動きがぎくしゃくしていて変だ。

友理子の机の脇で足を止めると、片手を机に、片手を友理子の肩の上に置いた。

「ご自宅で急な出来事があって、お母さんから電話があった。すぐ帰りなさい」

ただこちらを注目していただけのクラスメイトたちが、さざめき始めた。キビキだ、キビキという声が友理子の耳に入った。キビキって何？　誰か死んだんだよ。

佳奈ちゃんだけが、不安そうに友理子を見つめている。でも、先生がまた動き出し、教室の後ろに並んでいるロッカーに近づいてゆくと、友理子より先に声を出した。

「先生、あたしが手伝います！」

片山先生は今にも友理子のロッカーを開けようとしているところだったけれど、佳奈ちゃんの声に振り返った。前の席の佐藤さんも椅子から降りて、友理子のそばに来た。ほかにも立とうとする生徒たちがいて、先生が教壇へ引き返しながら、

「みんなは座って！　座って！」と、大きな声で呼びかける。やっぱり音程がまだおかしい。

佳奈ちゃんが持ってきてくれた通学鞄《かばん》に教科書やノートを詰め込みながら、友理子は顔が赤くなるのを感じた。なのに胸は冷たくざわめいている。

鞄を抱えて廊下に出ると、片山先生が一緒につい

てきた。さらに驚いたことに、そこには学年主任の木内先生がいた。友理子に会って、急にほどけたみたいな顔をした。

「支度できたのね。じゃあ行きましょう」

先生の手が友理子の背中に触れる。木内先生は友理子のお祖母《ばあ》ちゃんぐらいの歳《とし》で、背が低くてたっぷり太っていて、汗っかきだ。今も、背中に触れた手から高めの体温が伝わってきた。

「よろしくお願いします」

片山先生が頭を下げて見送っている。友理子が廊下を曲がるまで、そこに立ったままだった。

「木内先生、うちで何かあったんですか?」

歩きながら問いかけた。木内先生は足元を見て歩いている。早足なので、友理子も小走りでついていかなくてはならない。先生は片手でずっと友理子の背に触れているのに、目は逸《そ》らしている。

「ご両親が待っておられるからね」

さっきの片山先生の歩き方と同じくらい、ぎくしゃくした口調だった。

「とにかく、早く帰りましょう」

キビキ。誰か死んだんだ。さっき耳に飛び込んできた言葉が、友理子の頭のなかでふるふると震《ふる》える。死んだって、誰が? お父さん? お母さん? でも今、木内先生は、うちで両親が待ってるって言った——

今までの驚きが全日本選手権級だとすると、その先にはオリンピック級の驚きが待ち受けていた。校門のすぐ外にタクシーが一台停《と》まっていて、ドアの脇に校長先生と教頭先生が立っていたのだ。

「ああ、森崎さん」

校長先生に名前を呼ばれた。校長先生って、友理子みたいな目立たない生徒の名前までいちいち覚えてるものなの?

「何も心配しなくていいからね。おうちまで、木内先生がついて行ってくれるから」

教頭先生が「おうち」って言った。

友理子は木内先生と二人でタクシーに乗り込んだ。家までは、友理子の足でも歩いて十分くらいの距離だ。それをタクシーで走るなんて。

友理子の家は、十階建てのマンションの五階にある。築十年の「エンゼルキャッスル石島」。天使なんか住んでいそうにない、灰色の外壁にスチールの外階段の素っ気ない建物だ。

タクシーを降りると、木内先生は友理子の手を取った。先生と手をつなぐ？　一緒にタクシーに乗ること以上に、あり得ない話だ。

「木内先生」と、友理子はもう一度、隣を歩く先生の顔を仰《あお》いだ。「さっきタクシーに乗るとき、校長先生が何かお話ししてたでしょう？　あれ、何のことですか」

校長先生は木内先生に、「あとのことはよろしく」とか言っていた。木内先生は、切羽《せっぱ》詰まったみたいな目をしてうなずいていた。

「学校のなかのことだから」

木内先生の笑顔は、ちゃんとした額《がく》に納めずそこらに立てかけたパズルの絵のように、今にもバラバラと壊れて落ちそうなほど脆《もろ》く見えた。

「森崎さんは心配しなくていいんですよ」

小学校五年生となれば、もう幼児じゃない。まだ子供ではあるけれど、立派にシシュンキの入口に立っている。校長先生が朝礼でそう言っていたことがあるんだから、これは友理子の勝手な思いこみではないはずだ。

なのに、そんな友理子に向かって、口を揃《そろ》えて「心配しなくていい」なんて、赤ん坊をあやすようなことを言う。どうして？

エレベーターを降りると、友理子は先生の手を振り払うようにして駆け出した。

玄関のドアには、鍵がかかっていなかった。

「ただいま！　お母さん！」

靴を脱ぎ捨てて廊下を駆ける。奥のリビングから、お母さんが出てきた。

「あ、友理子」

お母さんは無事だ。ちゃんと生きてる。死んだのはお母さんじゃない。

お母さんは友理子に飛びついてきた。ぎゅっと抱きしめられて、友理子は本日三度目の驚愕《きょうがく》を味わった。オリンピック級のさらに上、サッカーのワールドカップだ。

「お母さん、どうしたの？」

お母さんの身体《からだ》が震《ふる》えている。顔から血の気が引いている。涙ぐんで、目が真っ赤だ。

「学年主任の木内です」

木内先生の挨拶《あいさつ》に、お母さんはやっと友理子から離れて挨拶を返した。どうもありがとうございます、本当に申し訳ございません——

御礼《おれい》を言って、謝《あやま》ってる。ねぇ、ホントにホントに何があったのよ？

「その後、学校から連絡はありましたか」と、木内先生が尋ねる。

「いいえ、まだ……」

お母さんの目から涙の粒がこぼれ落ちる。

「まだ見つからないようなんです」

見つからない。誰が？

学校？　友理子の？　おかしい。木内先生の学校のことじゃないか。何を言ってるんだ。

「ねぇ、どうしたの？」と、友理子はお母さんに訊《き》いた。お母さんはぼろぼろ泣いている。

「お母さん、友理子さんに事情を話してあげてください。電話にはわたしが出るようにしますので、少しのあいだお二人でどうぞ」

木内先生は、いよいよ盛大にパズルの破片をこぼしながら友理子に笑いかけた。

「友理子さんのお部屋で話すといいね」

お母さんの肩に優しく手をかけて促《うなが》した。お母さんは友理子の手を強く握って立ち上がる。

リビングから廊下に出て、すぐ左手の部屋。ドアノブに小さなぬいぐるみをぶらさげてあるのが目印だ。友理子の部屋。

その隣は――

友理子のお兄ちゃんの部屋だ。毎朝、登校するときにはいつもきちんとドアを閉めて出る。中学二年生になって、一段と「プライバシー」とやらにうるさくなった。

そのドアが、今は開いている。お兄ちゃんの机と椅子が見える。椅子の背にはジャンパーが掛けっぱなしになっている。

友理子の兄。森崎大樹《ひろき》。十四歳。

友理子は、心のなかであっと声をあげた。学校というのなら、それが友理子の学校のことじゃないのなら、お兄ちゃんのことじゃないか。

友理子の部屋に入ると、お母さんはドアを静かに閉めた。友理子を学習机の椅子に座らせ、自分はフローリングの床の上に座り込んだ。へたへたと崩れたような感じだった。

すかさず、友理子も椅子から降りてお母さんにぴったりとくっついた。

「お母さん、お兄ちゃんがどうかしたの?」

家で何かあった。そう聞かされたとき、友理子の頭にも心にも、大樹のことはまったく浮かばなかった。なぜならお兄ちゃんは、絶対安全確実のヒトだからだ。成績優秀でスポーツ万能。小学校一年生のときから少年野球チームに入っていて、四年生でピッチャーとしてレギュラー入り。中学では水泳部に所属して(泳ぐと肩が強くなるんだと言ってた)、そちらでも活躍している。

もしもお兄ちゃんに何かが起こったのだとしたら、それは事故だ。交通事故とか、プールで溺《おぼ》れたとか。ううん、今の季節じゃプールには入らないか。じゃ、やっぱり交通事故だ。

「お母さん、お兄ちゃんが車にはねられたの？」

お母さんは両手で友理子の手を握りしめる。顔は涙に濡《ぬ》れ、瞼《まぶた》を開いていることさえできない。しゃくりあげている。友理子も泣き出しそうになった。お母さんがこんなふうに泣くなんて。大人がこんなふうに泣くなんて。

「お兄ちゃん、死んだの？」

お母さんは目を閉じたまま首を横に振った。友理子の心に刺さっていた「死」への恐怖が、するりと抜けた。キビキという音の響きも消え失せた。ああ、よかった。お兄ちゃんが死んだわけじゃないんだ。

それなのに、どうしてお母さんは泣くの？

「お兄ちゃんがね」

「うん」

「学校で、お昼休みに」

「うん」

「友達と喧嘩《けんか》したんだって」

お母さんの声がかすれる。

「それで、友達に怪我《けが》をさせてしまって」

息をついで、またしゃくりあげる。

「きっとびっくりしたんでしょうね。学校から逃げ出しちゃったの。今、どこにいるかわからないから、中学の先生方と、町の消防団の人たちが捜《さが》してくれてるのよ」

友理子の心から、また何かが抜けた。今度抜けたものの正体は、友理子自身にもわからなかった。抜けてはまずいものなのか、抜けた方がいいものなのかもわからない。

「心配しないで」

泣きながら、お母さんは友理子の髪を撫《な》でた。

「きっとすぐ見つかるから。お兄ちゃんが見つかれば、怪我をさせちゃったお友達のところに、お父さんとお母さんと一緒に謝りに行って、それですぐ丸くおさまるからね」

　優しい声だったけれど、その声はお母さんの表情を裏切っていた。お母さん自身は、すぐ丸くおさまるなんて思っていないのだと、友理子には感じ取れた。

「お父さんは？」

　お兄ちゃんとお父さんは仲がいい。最近、お兄ちゃんの方はちょっと突っ張ってみせるときもあるけれど、でもお父さんには自慢の息子なのだ。

「すごく心配してるよね？　中学の先生たちと一緒に、お兄ちゃんを捜してるの？」

　うん、とうなずいて、お母さんは胸の奥から何かを吐き戻すように泣き始めた。

　お母さんは嘘《うそ》をついてはいなかった。でも、真実を打ち明けてくれてもいなかった。友理子がそれを知るには、日暮れまで時がかかった。

　友理子のお兄ちゃん——森崎大樹は、その日、学校にナイフを持って行ったのだ。家から持ち出したのではなく、どこかで買って持っていたものらしい。それを見た人の話によると、刃渡りが十五センチぐらいのナイフだったそうだ。

　大樹はそれで、同じクラスの男子生徒を二人、傷つけた。

　一人はお腹《なか》を刺し、一人は首を刺した。

　首を刺されたクラスメイトは、救急車が到着したときにはもう息がなかった。

　昼休みのことだったし、そういう出来事が起こったのは教室ではなく、大樹たち三人のほかには誰もいない体育館の裏側だったから、誰も事件に気づかなかった。お腹を刺された生徒が這《は》うようにして助けを求めに行くまで、誰も何も知らなかった。

先生たち、生徒たちが事態を知って大騒ぎを始めたとき、森崎大樹は姿を消していた。

同級生を刺したナイフを持ったまま。

誰も、彼が学校を出てゆくところを見ていない。走っていったのか。歩いていったのか。泣いていたのか笑っていたのか。それとも怒っていたのか。あるいは、怯《おび》えていたのか。

森崎家にはいろいろな人びとが集まってきた。大樹の中学の先生たちや、PTAの人たち。警察の人たち。消防団の人たち。近所の人たち。

森崎家の親戚《しんせき》は、みんな遠くに住んでいるので、その日のうちには来ることができなかった。そのかわり、うるさいくらいに電話がかかってきた。

家で、友理子はお母さんと二人、ただ待つことしかできなかった。お父さんからは、お母さんの携帯電話に連絡があった。一度は友理子も代わってもらったけれど、お父さんの声を聞いたら、黙ってうなずくだけで何も言うことができなかった。

日が暮れて、夜が来た。森崎大樹は見つからない。

夜のニュースで、事件のことが報道された。友理子のお兄ちゃんは、「A少年」と呼ばれていた。地元の警察署が、一刻も早く少年を発見・保護するために、情報の提供を求めていると、ニュースキャスターが深刻な顔で言った。

友理子のまわりで時間が過ぎてゆく。

友理子は大樹の部屋にいたいと思った。そこで待っていれば、お兄ちゃんが帰るような気がした。でも、それは許されなかった。大人たちが入れ替わり立ち替わりして、お兄ちゃんの部屋のなかを調べていたから。

お母さんは何度も、何度も、何度もお兄ちゃんの携帯電話にかけていた。電源が切られていると言っていた。それでも何度もかけ直していた。

小学生の友理子は、自分の携帯電話をまだ持っていない。友理子の友達——佳奈ちゃんは痩《や》せるほど心配してくれていることだろう。でも、家の電話はひっきりなしに誰かからの連絡が入っているので、つながらない。お兄ちゃんの部屋に入れないのなら、せめて佳奈ちゃんと話がしたいと思いながら、友理子はぽつんと椅子に腰かけていた。

誰もがみんな、友理子の存在を忘れていた。

その「みんな」には、友理子自身も含まれていた。ここにいるのに、いないような気がした。森崎大樹と一緒に、森崎友理子も行方不明になっているような気がした。

本当にそうなのかもしれない。友理子の魂は、今、お兄ちゃんのそばにいるのかもしれない。

人間は誰でも、そういう能力を秘めているのだと、以前、テレビ番組である人が話しているのを聞いたことがある。身体を置き去りに心だけを自由自在に移動させて、見たり聞いたり感じたり、話し合ったりすることができる。

お兄ちゃん——友理子は心のなかで呼びかけてみた。お兄ちゃん、聞こえる？　友理子だよ。

帰ってきて。みんな心配してるよ。

うんと強く呼びかければ、友理子の身体を離れて大樹のそばにいる友理子の魂が、この声を伝えてくれる。充分に強く願えば。

一晩中、友理子は呼びかけ続けていた。

返事はなかった。

食事をしたのだろうし、トイレにも行ったのだろう。少しは眠ったような気もする。でも、実感がなかった。

お母さんは泣き疲れていた。

まぶしい朝日が、レースのカーテンごしに友理子の部屋にさしかける。友理子は朝寝坊だけど、お兄ちゃんは早起きだ。小さいときから朝練の習慣がついているからだと言っていた。今も、どこかできっともう起き出している。

その「どこか」が何処《どこ》かわかりさえしたら。

友理子の心に、ようやく〝現実〟が形作られてきた。それは岩のように硬く、重たい。その岩が友理子を押し潰《つぶ》している。友理子が、押し潰されていることすら感じないほど、完璧《かんぺき》に。


二日後のことである。

今では、森崎大樹の起こした事件は、どのニュース番組でもトップ扱いになっていた。依然として行方不明のA少年。

お腹《なか》を刺されて、一時は意識不明の重体だった同級生が、回復の兆《きざ》しを見せたという報道があった。

森崎家ではテレビを点《つ》けっぱなしにしているのだ。が、A少年には自殺の危険があるというコメントが流れたときには、居合わせた誰かがあわててテレビを消した。誰かはわからない。ようやく到着した九州のお祖父《じい》ちゃんお祖母《ばあ》ちゃんか。それとも、来るなり口喧嘩《くちげんか》を始めた水戸のお祖父ちゃんとお祖母ちゃんか。

森崎家のまわりには、取材記者やカメラマンがいつでもうろうろしていた。

友理子はお母さんと二人で、ホテルに移ることになった。夏のキャンプのときに持って行ったリュックに衣服を詰めた。お母さんは、九州と水戸のお祖父ちゃんお祖母ちゃんにも、ホテルに移るように頼んでいた。げっそりと窶《やつ》れて帰ってきて、着替えてはまたどこかへ出かけてゆくというパターンを繰り返していたお父さんが、みんなもここにいても仕方がないから帰ってくれと言って、それでまたしばし険悪《けんあく》な雰囲気になった。

マスコミの人たちに後を尾《つ》けられないようにと、警察の人がホテルまで車で連れて行ってくれた。都内のどこかで、以前に友理子が家族旅行で連れて行ってもらったようなリゾートホテルとは違っていた。ビジネスホテルというのだと教えてもらった。従業員が少なくて、自動販売機ばかりが目についた。

学校は、早引けして以来、ずっと休んでいる。

ほんの少し薬臭い匂《にお》いのするベッドに腰かけ、白い壁に掛けられた安っぽいプリントの抽象《ちゅうしょう》画を、友理子はぼんやりと仰いだ。額が傾いている。

家を離れて、ホテルに避難して。

当たり前だと思っていたものが、みんな消えた。

お兄ちゃんが持って行ってしまった。

お母さんはバスルームの戸を閉めて、携帯電話をかけている。やがてフラつきながら出てくると、壁につかまって友理子の方を見た。

「友理ちゃん、これから警察の人がここに来るんだって。いいかな」

友理子は黙ってお母さんの顔を見た。

「お兄ちゃんを捜す手がかりになるかもしれないから、友理ちゃんからも少しお話を聞きたいんだって。お母さんもそばにいるから、いいかな?」

嫌だなんて言わない。嫌だと言うなら、今の状況全部が嫌なのだ。

警察の人は、それから三十分もしないうちにやって来た。背広姿の男の人が一人と、制服を着た婦人警官が一人。狭苦《せまくる》しくて、椅子が二つしかないこの部屋でどうやって話すのかと思ったら、また車に乗せられて、警察署まで連れて行かれた。

なんか、手回しが悪い。

ドラマによく出てくる「取調室《とりしらべ》」という部屋に入れられたわけではなかった。きれいな会議室だった。そこでは、児童相談所の先生だという、お母さんと同じくらいの歳《とし》の女の人が待っていた。

友理子は急にカチンときた。どうして児童相談所の先生なんかがいるんだろう。お母さんが、そう頼んだのだろうか。お兄ちゃんが問題を起こしたから、妹の友理子も自動的に問題児になった？　児童相談所の先生にそばにいてもらわなくては、話もできないような。

「よろしくお願いいたします」

お母さんはみんなにぺこぺこ頭を下げている。

児童相談所の先生が猫なで声で話しかけてきたけれど、友理子は返事もせず窓の外に目をやった。

警察署の窓から外を眺めると、景色はこんなふうに見えるんだ。

タクシーのなかから見た町並みと、何も変わらない。変わらないところが、友理子にはうっすらと怖く感じられた。変わって見えた方が、理屈が通るように思われた。警察署は特別な場所なのだから。そこに、今の友理子みたいな用件で連れてこられた人間は、特別な人間なのだから。

「それじゃ友理子ちゃん、少しお話ししようか」

背広姿の男の人が切り出した。親しそうに笑いかけてくるのに、妙に悲しげに見える。お兄ちゃんのことで悲しんでいるはずはない。だってお兄ちゃんを捕まえる側の人なのだ。この表情は、この人のおかしな八の字の眉毛《まゆげ》のせいだろう。

質問はいろいろな言葉で、さまざまな言い回しで投げかけられてきたけれど、要するに警察の人たちが聞きたいことはひとつだけだと、友理子はすぐに悟った。

このごろ、大樹君に変わった様子はなかったか。

変わったところなんかなかった。友理子にとって、この人がお兄ちゃんだと意識してからずっと、森崎大樹は変わることがなかった。

悩んでなんかいなかった。不機嫌でもなかった。いつものお兄ちゃんだった。

完璧《かんぺき》なお兄ちゃん。

友理子はそれを、少ない言葉で、小さく答えた。

自分でも、もっと大きな声を出そうと思うのだけれど、お腹《なか》に力が入らない。

「そうか……」

八の字眉毛の男の人が、手にしたボールペンのお尻で自分の顎《あご》の先をつつく。

「大樹君の担任の先生のお話だと、大樹君は、二年生になってから、クラスの仲間と上手《うま》くいかなくて悩んでいるようだったというんだよね。何かそんなようなことを、大樹君から聞いたことはないかな。ちょっとしたおしゃべりでもいいんだ」

友理子は、お母さんと児童相談所の先生に挟まれて座っている。男の人の質問に友理子が黙ったままでいると、児童相談所の先生が顔を覗《のぞ》き込んできた。

「友理子ちゃんは、お兄ちゃんと仲良しだったのよね？」

友理子は返事をしなかった。口を結んで、膝《ひざ》の上に載せた自分の両手を見つめていた。ちょっと指を組み合わせてみる。

「友理子ちゃんの学校のこと、お兄ちゃんにおしゃべりすることはあったでしょう。お兄ちゃんも、そんなときには自分の学校のことを話してくれたりしなかったかしら」

友理子が何も言わないので、児童相談所の先生はお母さんの顔に視線を移した。「いかがでしょうか、お母さん」

お母さんもうつむいていた。隣から手を伸ばして、友理子の手をそっと握りしめる。冷たい。お母さんの手がこんなに冷えているなんて。

「男の子と女の子ですし、歳《とし》も三歳違いますから……中学生と小学生ですし……」

友理子の声よりも、さらに力が無かった。

「そうですか。そうですよねぇ」

児童相談所の先生が、自分で言って自分で答える。そして警察の男の人の顔を見る。

みんなして誰かが口を開いてくれるのを待ってい

るので、静まりかえってしまった。

仲良しという言葉を、友理子は心のなかで繰り返していた。お兄ちゃんと仲良し。友理子はお兄ちゃんと仲良し。

少し、違うと思った。

仲は良かった。友理子はお兄ちゃんが好きだ。お兄ちゃんも友理子のことを嫌いじゃなかったはずだ。宿題を手伝ってくれたし、友理子とふざけてよく笑ったし、友理子のことを「チビ友理」とか「チビちゃん」とか呼んでいた。

テストの点が良かったとき、頭を撫《な》でてくれたこともある。テレビで怖い映画を観《み》てしまって、友理子が一人でトイレに行かれない夜には、わざわざ起きてついてきて、廊下で待っていてくれたこともあった。

仲良しというのは、もう少し違うことを指して言う表現なのではないか。友理子とお兄ちゃんの間柄は、いつもお兄ちゃんが大きくて、友理子は小さくて、お兄ちゃんが上で、友理子はその足元で心地よく過ごしていた。

「大樹はこの子を可愛がっていました」

友理子の手をいっそう強く握り直しながら、お母さんが呟《つぶや》いた。

「ですから、この子に心配をかけるようなことは言わないと思います」

そう、その言葉だ。「可愛がっていた」。それが友理子とお兄ちゃんの関係だった。

ずっとずっと、大人になってもそのままのはずだったのに。

「親のわたしたちにも、何も相談してくれなかったくらいですから……」

お母さんの呟きが涙声に変わり、身体がぐらりと傾いた。

児童相談所の先生が、びっくりするほど素早く席を立ち、お母さんのそばに寄って抱きかかえるようにして支えてくれた。それはとても優しい仕草だったし、先生に抱き留《と》められたお母さんがひどく弱々しく見えたから、お母さんのために、友理子は初めて、この先生がいてくれてよかったと思った。ありがとうと思った。

すみません大丈夫ですと、お母さんが言う。

「そうですか。いや、我々も、是が非でも友理子ちゃんから何か聞き出そうというわけではないのです。ただ、大樹君を捜し出すための手がかりになりそうなことなら、どんな小さなことでもほしいものですから、念のために――」

ご無理を言って申し訳ありませんでしたと、男の人と婦警さんが一緒に頭を下げた。

「もう帰っていいんですか」と、友理子は訊いた。

「お母さん、顔色が真っ白だから――」

「そうだね。どうもありがとう、友理子ちゃん。またホテルまでお送りしますからね、森崎さん」

帰りの車のなかでは、お母さんは目を閉じていた。眠っているのではなく、気を失っているように見えた。それでも友理子の手は握りしめて離さない。友理子もお母さんの冷たい指を温めてあげたくて、力を込めて握り返していた。

ホテル暮らしの日々は、単調に過ぎていった。一週間経《た》ち、十日経っても、森崎大樹は見つからなかった。

テレビのニュースは、大樹について取り上げなくなった。マンションのまわりを記者の人たちがうろつくこともなくなったと、お祖母《ばあ》ちゃんが報《しら》せてくれたので、友理子とお母さんは家に帰ることになった。

久しぶりにきちんと顔を合わせたお父さんは、げっそりと痩せて白髪が増えていた。

「友理子、いろいろごめんな。辛《つら》かっただろう。これからは、大樹が帰ってくるのを待ちながら、三人で暮らしていこう。大樹はきっと帰ってくるから、友理子も元気でいような」

お父さんは、一生懸命友理子を励まそうとしているのだ。お母さんもお父さんの言葉にうなずいている。みんなで元気を出して頑張《がんば》ろう。

そんなの無理だよという言葉を、友理子は呑《の》み込んだ。無理だということを、両親だって知っているのだ。知っていて、友理子のために、無理の上に無理を重ねている。

ひとつだけほっとしたのは、お祖父《じい》ちゃんお祖母ちゃんたちが、それぞれの家に帰ってくれたことだ。そばにいれば、きっと泣いたり怒ったり、お母さんと喧嘩《けんか》したり、お父さんを怒らせたりするに決まっている。今まで、何事もないときだってそうだったんだから。

——うちの親戚《しんせき》はみんなうるさいからなぁ。

お兄ちゃんがそう言ってたことがある。

——お父さんの実家とお母さんの実家は仲が悪いしね。

友理子にはまだわからないだろうけど、とも言っていた。

お兄ちゃんにはわかっていたのだ。だったらなぜ、お祖父ちゃんお祖母ちゃんたちが押しかけてきて、ぶうぶうぎゃあぎゃあ騒ぐに決まってるとわかっていることをやったんだよ？

〝今までどおりに元気に暮らす〟というやり方のなかには、友理子がまた登校するということも含まれていた。当たり前のことだけど、お母さんに、友理ちゃんも来週から学校へ行こうねと言われて、友理子はちょっと頭のなかが空白になってしまうほど驚いた。いや、驚きという感情ではないかもしれない。ピンとこないのだ。月へ行くと言われたのと同じくらい、現実感がない。学校の教室で机に向かい、授業を受けている自分自身を想像することができないのだった。

友達はどんな顔をするだろう？

友理子はどんな顔をしたらいいのだろう？

それでも現実はどんどん動き、その週の金曜日の午後には、片山先生が家にやって来た。友理子の顔を見ると大げさなくらいに喜んで、

「みんな心配していたよ。授業のノートも、クラスの子たちが交代でとっておいたからね。勉強の方は、遅れたりしないよ」

そしてお母さんといろいろ相談を始めた。途中から、友理子は自分の部屋にいるように言われた。

「先生とお母さんだけで、少しのあいだお話をさせてね」

リビングのドアも閉められてしまった。

友理子は自分の部屋に行きかけて、ふと気が変わった。

お兄ちゃんの部屋に行こう。

家に帰ってきてからも、お兄ちゃんの部屋に入る機会がなかった。いつもお母さんと一緒だったし、友理子が一人でテレビを観たり本を読んだりしているときには、お母さんがこっそりお兄ちゃんの部屋に入って、声を殺して泣いていたから、近寄らないようにしていた。そんなお母さんを見たくなかったし、お母さんだって、自分で泣くだけでも辛《つら》いのに、友理子に泣き顔を見られるのは、もっともっと辛いだろう。

森崎大樹の部屋は、あの日、友理子がちらっと覗《のぞ》いたときのままになっていた。あのときは椅子の背に掛けられていたジャンパーが、袖《そで》だたみにされてベッドの上に載せられていることだけが、唯一の違いだ。

間違い探しをしてるみたいだ、と思った。いちば

ん大きな、でもいちばん見落とし易《やす》い間違いは、お兄ちゃんがいないこと。

友理子は、きちんとたたまれたジャンパーの隣に、そっと腰かけた。友理子の軽い身体を、ベッドが柔らかく受け止めた。

窓の外を、にぎやかな音楽をかけた車が通りすぎてゆく。今日もいい天気だ。お兄ちゃんがいなくなってしまったあの日と同じくらいに。

友理子は一人で座り、一人でそれを聞いている。

そして出し抜けに、忘れ物に気づいたように、あたしは今まで泣かなかったなぁ――と思った。涙がにじんできたことは何度もあったけれど、お母さんが泣くようには泣かなかった。お父さんが泣いているのを見たときも泣かなかった。

どうしてだろう。こんなに悲しいのに、なぜ声をあげて泣くことができないのだろう。

これが「呆然《ぼうぜん》とする」ということなのだろうか。人は呆然とすると、こんなふうに虚《うつ》ろになってしまうものなのだろうか。

友理子は、ぱたんと仰向《あおむ》けに倒れた。お母さんの手作りの、キルトのベッドカバーの上に。ベッドのスプリングがかすかに軋《きし》んだ。

カバーから、お兄ちゃんの匂《にお》いがする。

一人の人間が、匂いだけを残して、昨日まで着ていたジャンパーを椅子の背もたれに掛けっぱなしにして、姿を消してしまう。捜しても捜しても見つからない。そんなことが、この世の中で起こっていいはずがない。

天井を仰いで、友理子はゆっくりと瞬《まばた》きをした。

今でも信じられない。ホントだと思えない。

うちがこんなふうになってしまったこと。当たり前のように感じていた毎日の暮らしが、粉々に壊されてしまったこと。それがとても大切なものだったってことを、壊されてしまってから、やっと気がついた。

　何かがこみ上げてきた。今度こそ自分は声を張り上げて泣き出すのだと、友理子は心のなかで身構えた。一方で、それを待っていた。泣けば救われる。嗚咽《おえつ》と一緒に、胸のなかの真っ暗な塊を吐き出してしまうことができれば。

　だが、喉元《のどもと》まで上がってきたものは、涙ではなかった。友理子は奥歯を噛《か》みしめた。

　どうして？

　そう、こみ上げてきたのは問いかけだ。疑問だ。どうして？　どうして？　どうして？　どうしてお兄ちゃん、ナイフで友達を刺すようなことをしたの？　そんなことをやるほど悩んでいたのなら、どうして話してくれなかったの？　どこかへ逃げるなら、どうして家族にだけは、行き先を教えてくれなかったの？　どうして連絡してきてくれないの？

　友理子は怒ってるんだよ、お兄ちゃん。


　両足を持ち上げ、寝返りを打って、友理子はベッドの上で丸くなった。急に眠気がさしてきた。このまま寝てしまおう。眠って起きれば、悪い夢から覚めることができるかもしれない。これは長くてしつこくて悪い夢なんだから。

　目を閉じると、ベッドカバーに染みこんだお兄ちゃんの匂いが、友理子の頭と心のなかに広がってゆく。深く呼吸をする。心地いい。友理子は自分で思っている以上に疲れていて、身体は休息を必要としている。眠ろう、眠ろう――

　瞼《まぶた》の裏に、薄ぼんやりとした光景が広がる。

　それもまた夢、夢の断片だった。寝具の感触と温かみ、そして眠気。それが引き金になって、友理子が以前に見た夢が、風で本のページが勝手にめくられるのと同じように、ひらりとひるがえり、ちらりと見えて、すぐ元に戻った。

　いつだったろう。夢のなかでこの光景を目にしたのは。事件の一週間前？　十日前？　もっと前だったかもしれない。その夢のなかにはお兄ちゃんが出てきた。お兄ちゃんの部屋のドアの隙間《すきま》から、友理子が偶然に見かけたお兄ちゃん。友理子は冷たい廊下に立ち、お兄ちゃんの部屋のドアが十センチくらい開いていて——

スタンドの明かりが点《つ》いていた。お兄ちゃんは窓際で、膝をついていた。お兄ちゃんに向き合って、大きな黒い人影が見えた。お兄ちゃんは、その人影の足元にうずくまっているのだ。

あれは真夜中のこと。真夜中の夢。友理子はトイレに行きたくて、だからトイレに行く夢を見て、たまただけど、わざとじゃないけど、まるで盗み見るみたいに、お兄ちゃんの部屋のなかを、ひょいと窺《うかが》ってしまった。夢のなかで。

それにしても大きな人影だった。普通の大人よりもさらに大柄で、風船みたいに膨らんで見えた。頭の上に何か載せている。てっぺんがぎざぎざに尖《とが》った——冠《かんむり》みたいな形のもの。そう、夢のなかの友理子の目にはそう映ったのだ。おかしな夢だなと思った。いいや、おかしな光景だったから、これは夢だと思ったのだ。なにしろ友理子は寝ぼけていた。

寝ぼけていたなら、寝てはいなかった？

あれは、夢じゃなかった？

床の硬くひんやりした感触を覚えている。足の指を縮めて歩いていた。トイレがとっても遠かった。くしゃみが飛び出しそうだった。

お兄ちゃんは、冠みたいなものをかぶった大きな人影に、深く頭を下げていた。

あ、お兄ちゃんはまだ起きてる。今にもこっちを見るかもしれない。友理子、トイレに行くんだよって言おう。寝る前に牛乳を飲んじゃったから。

お兄ちゃんは、頭を前後に振り、額《ひたい》を床に擦《こす》りつけるようにしながら、何か呟き歌っていた。お兄ちゃんの前にぬうっと立ちはだかった黒い人影に、囁きかけるように。捧《ささ》げるように。

その歌が今、ベッドの上で丸くなった友理子のくちびるから、ふっと漏れ出た。友理子の知らない歌、知らないメロディ、知らない言葉だ。なのに、ひと続きの調べをすっかり歌うことができた。

くちびるの動きが止まり、歌が止《や》んで、友理子は横になったまま目を瞠《みは》った。

今の、何?

あたし、どうしてこんなヘンテコな歌を知ってるんだ? 口先だけが勝手に動いて、歌っちゃったりして。

これ、夢のなかでお兄ちゃんが歌っていた歌だ。

「――ちゃん」

小さくひそやかな、夏の終わりの羽虫の羽音が聞こえてきた。今は春だから、生まれたての頼りない羽虫の羽音と言うべきか。

「嬢ちゃん」

その羽音は、こう聞こえた。じょうちゃん。

「嬢ちゃん、嬢ちゃん。起きておくれよ」

友理子は目を剝《む》いたままがばりと起き上がった。そのまま静止する。部屋のなかに動くものはない。窓を閉めてあるので、カーテンをそよがせる風さえない。

友理子は天井の蛍光灯を仰いだ。蛍光灯からは、ときどきじーんという音がする。それが音声のように聞こえることだってあるかもしれない。

「嬢ちゃん、オレはそんなところにはいないよ」

羽音が少し大きくなり、ますますはっきりと、言葉のように聞こえてきた。

「嬢ちゃん、こっちをご覧《らん》。本棚だよ、本棚」

友理子は身体の向きをそのままに、首だけをゆっくりと、慎重によじって、お兄ちゃんの机の方を見た。書棚は、机の隣の壁際に据《す》えてある。

「そう、こっちだ。こっちに来ておくれよ」

虫の羽音じゃない。明らかに〝声〟だ。友理子に話しかけている。

画家のモデルをしているみたいな格好で固まったまま、友理子は口だけを動かした。

「だぁれ？」

すぐには、返事がこなかった。友理子は身を固くして耳を澄《す》ませていた。窓の外を車が通りすぎてゆく音がする。

「誰なの？」

もう一度問いかける。また車が通る。

返事なし。友理子は気を緩《ゆる》めかける。あたし、また寝ぼけてた。

「ちょっと、答えるのが難しいんだ」

羽音が戻ってきてそう言った。

今度こそ、友理子はベッドから飛びあがった。逃げだそうとドアに突進して、靴下を履《は》いた足が滑った。バランスを崩してドアに激突！　目から火が出た。

「じょ、嬢ちゃん。そんなに怖がらないでおくれよ。俺《おれ》は怖いものじゃないんだからさ」

わんわんする頭のなかに、羽音が聞こえてくる。笑っているような、あわてているような口調で、そう、確かに怖い感じはしないのだけれど、

「ゆ、ユーレイ」

床に尻餅《しりもち》をついたまま、ドアにぶつけた頭を手でさすりさすり、友理子はあわあわと声を出した。

すかさず、虫の羽音が言う。「俺は幽霊じゃない。俺には幽霊のことは書かれていないし」

かかれていない？　意味がわからない。どんな字をあてるの？　かかれて——

「俺は本なんだよ、嬢ちゃん。だからそんなところで腰を抜かしてないで、本棚へ来ておくれ」

書かれて——書く、書かれたもの。だから本。

友理子はまだ立ち上がることができず、這《は》ってお兄ちゃんの本棚に近づいた。ハイハイしながらの及び腰という、器用な格好になっていた。

お兄ちゃんの本棚には、いろいろな本が置かれている。参考書や事典、図鑑もあれば、マンガ本もある。お兄ちゃんはスポ根ものが好きだった。何冊かミステリーがあって、友理子はミステリーが好きだから、ねだって貸してもらったことがあるけれど、字の小さな文庫本で、読むのに苦労した。内容もよくわからなかった。お兄ちゃんにそう言うと、チビ友理子にはまだ早いと笑っていた。

「上から二番目の棚だよ」と、羽音あらため正体不明の〝声〟が言う。「手前にある本をすっかり出しておくれ。俺はその後ろに隠されてるから」

二番目の棚に並んでいるのは、『ハッブル望遠鏡がとらえた宇宙』とか、『星の観察』などの本だった。友理子は思い出した。去年の今頃《いまごろ》だったろうか、お兄ちゃんは天体観測に興味を持って、天体望遠鏡をほしがっていた。かなり高価なものだし、お兄ちゃんは野球に忙しくて、それでなくても時間がないのだから、このうえ天体観測なんか始めたら寝る時間がなくなってしまうと、いつもはお兄ちゃんのおねだりならたいていのことは聞いてしまうお父さんが、買うのを渋った。で、それきりになってしまったのだ。

友理子は、きれいなカラー写真の表紙のついた、それらの本を一冊、また一冊と抜き出して、隣の机の上に置いていった。その後ろには、天体観測の前にお兄ちゃんが興味を持っていた（森崎大樹には、野球以外のことについては、ちょっと移り気なところがあったのだ）、海の生物について書かれた本が並んでいる。

五冊抜き出したところで、『イルカ　この素晴らしき海の聖者』という本と、『水族館へ行こう』という薄べったい写真集のあいだに、古ぼけた赤い革《かわ》表紙の本が一冊、ひどく場違いな感じで挟まれているのが見えた。厚さが二センチぐらいの本だ。

「そうだよ嬢ちゃん。この赤い本が俺《おれ》だ」

正体不明の声が、半分ほっとしたように、半分は友理子を励ますように、明るくなった。

友理子は右手の人差し指を伸ばし、赤い革表紙の本に触れようとして、その寸前で止めた。何というタイトルかな。背表紙には、見たこともない記号みたいな文字が並んでいる。金色の文字だ。すり切れて薄くなり、ところどころは完全に消えてしまっている。

「何ていう本？」

返事を期待して、尋ねてみた。指先も声も震《ふる》えている。

「俺の名前を訊いているのだとしたら、嬢ちゃんには読めない。俺の内容を訊いているのなら、そうだな、嬢ちゃんに判《わか》るように説明するなら、俺は辞書だよ。特別な用途《ようと》のある辞書だ」

「ようと？」

「使い道ってことさ」

友理子の人差し指は、まだ宙に浮いている。

「さっきも言ったろ。俺は怖いものじゃない。嬢ちゃんがビックリするのは無理もないし、俺だってそれは重々承知《じゅうじゅうしょうち》してるけどさ」

見てられなかったから、という。

「とにかく、俺を手に取っておくれ。そしたら、もっと話をし易《やす》くなる」

友理子はいったん指を引っ込めた。両手を握り合わせる。震えが止まらない。

ごくり、と喉《のど》が鳴る。

一瞬だけ目をつぶった。そして目を開くのと同時に、ずいと手を出して赤い革表紙の本を本棚から引き抜いた。

次の瞬間、本を投げ出しそうになった。

手のなかのその本は、羽根のように軽く、ほのかに温かかったのだ。人肌、という感じだった。友理子がとっさに、本を振り払うように手を動かすと、本の方は振り落とされまいと、友理子の指にからみついてきた。表紙がしなった感触が、確かにあった。気味悪い！

「わ、わ、わ」

「乱暴に扱わないでおくれよ。俺はもう古いからね。綴《と》じ目が緩んでいるからさ」

自分の意思とは裏腹《うらはら》に、気がつけば友理子は、両手で大事に赤い革表紙の本を捧《ささ》げ持っていた。

「嬢ちゃん、そこの椅子に座りな。俺のことは、その机の上に置けばいい。ページを開いて、嬢ちゃんの掌《てのひら》を載せておくれ」

「どこを開くの？」

「どこでもいいよ」

言われたとおりに、お兄ちゃんの椅子にお尻を落とすと、友理子は赤い本を机の上に載せた。本が自己申告したとおり、よく見ると、それはかなり傷《いた》んでいた。

友理子は本の真ん中を開いた。背表紙の薄れて消えた文字と同じ、記号みたいな字列がびっしりと並んでいる。紙は焼けて黄色くなり、ところどころに穴が開いている。

「ホントに古い本だね……」

友理子は呟き、右の掌を着ているトレーナーのお腹《なか》のあたりでごしごしこすってから、そっとページの上に載せた。

やんわりと、掌を下から撫でられるような感触が伝わってきた。やっぱり、ほの温かい。

「ああ、嬢ちゃんは、見た目よりももっと幼いんだね」

赤い本がそう言った。これまでの羽虫の羽音から、ちゃんとした人の声へと変わっている。

「わ、わかるの？」

「わかるよ」

「あたし、十一歳なんだけど」

「嬢ちゃんたちの世界で数えると、その歳《とし》になるってことだね。嬢ちゃんの兄ちゃんはいくつなのかな？」

森崎大樹は十四歳だ。

「そうか。やっぱり幼いね」

歎《なげ》くように言う。友理子はむっとした。

「お兄ちゃんはもう幼くなんかないよ。子供じゃないもの。お父さんもお母さんもそう言ってる。まだ大人になりきってはいないけど、子供でもないって」

だから難しい年頃《としごろ》なのだと、いつか両親が話していたことがある。友理子はちらりと聞きかじってしまった。でもお父さんもお母さんも、大樹なら何があっても心配ないと、嬉《うれ》しそうに、自慢気《じまんげ》に語っていた。

「いやいや、幼いんだよ。充分に幼いんだ」

掌を通して、赤い本の声が伝わってくる。耳で聴いているというより、心に直《じか》に響いてくるような感じがした。

「ねぇ……あなたってもしかして、本の精？」

「嬢ちゃんはそういう言葉を知ってるんだね。どこで覚えたの？」

本の精霊《せいれい》。本のスピリット。

「映画とかに出てくるから――」

「ああ、物語だね」

俺も物語だよ、という。

「だけどあなたは辞書なんでしょ？」

「辞書だけど、物語なんだ。書かれたものには、すべてに物語が宿るから。というより、物語の方が先にあるんだよ」

掌から伝わってくる本の波動に、言い聞かせるような優しさが含まれている。古くて汚れていて壊れかけた本なのに、それに触れていることが、友理子にはちっとも不愉快ではなかった。

「嬢ちゃん、ごめんよ。本当は嬢ちゃんに話しかけないでおこうと思っていたんだ。そんなことをしたって何にもならないからね。けど、嬢ちゃんがさっき、歌を歌ったものだから」

「あたしが？」

勝手にくちびるからこぼれ出た、わけのわからないあの歌だ。

「あれ、嬢ちゃんは何の歌だか知らないだろ」

友理子はうなずき、夢のなかでお兄ちゃんが歌っていた歌だと説明した。そのときの夢の光景についても話した。

と、赤い本がふるふると震えるのがわかった。

「そうか、嬢ちゃんは見ちまったんだね。だったら、やっぱり話しかけてよかったのかな。うん、よかったんだな」

一人で納得している。一冊で納得していると表現した方がいいか。相手は本だ。

「ヘンテコな夢だったの。夢のなかで覚えた歌を歌っちゃったの」

「歌の意味はわからないよね？」

「わかるわけないよ」

「それでいいんだ、うん」

赤い本が、また友理子の掌を撫でてくれる。おかしな感覚だけど、確かにそうだ。

「嬢ちゃん、その歌は二度と歌っちゃいけないよ。忘れることだ」

何々をしてはいけないという禁止命令は、いつどんな時代でも、子供の好奇心をくすぐる最高の呪文だ。友理子はちょっと乗り出した。掌を強く本のページに押しつける。

「どうして？　何で歌っちゃいけないの？」

「そんなに強く押さないでおくれよ、嬢ちゃん」

友理子はあわてて手をゆるめた。赤い本は、ちょうど人間がぎゅうぎゅう押されて苦しかったときみたいに、呼吸を整えるような震え方をした。

「あれは良くない歌だからだよ」

友理子は少しのあいだ黙っていた。再び、頭のなかに、お兄ちゃんがあの歌を歌っていたときの、おそろしく普通ではない姿勢や状況が浮かんでくる。今度は意識して思い出したので、細かいところまではっきりするように思えた。

と、赤い本がまた身震いをした。友理子の掌に、人間の肌がよじれるような感覚が伝わってきた。

「ああ、そうだよそうだよ。それがあれさ」

「あれって？」

あれさ——とだけ呟いて、赤い本は黙る。

「あたしの見たものが、今、あなたにも見えたのね。あたしの心を覗いたの？　それ、超能力？」

尋ねてから、自分で噴き出してしまった。超能力なら、今の友理子こそ発揮しているではないか。なにしろ本と会話しているのだ。

「まあ、そんなようなもんだね……」

この赤い本、怖がってるみたい。

「あれって、恐ろしいものなの？」

「嬢ちゃんは怖くなかったのかい？」

何度も何度も床に頭を擦《こす》りつけていたお兄ちゃん。お兄ちゃんを見おろしていた大きな人影。威張って、そっくり返ってるみたいだった。

ふと、ある言葉を思いついた。

「お城の王様、オレ一人」

赤い本が「え？」と問い返す。「今なんて言った？」

「お城の王様よ」

友理子は本を見つめてうなずきかけた。

「あたしが見た大きな人影は、絵本やファンタジー映画に出てくる昔の王様みたいな格好をしてたの。冠もかぶってた」

「マントは見たかい？　ぼろぼろだったろ」

そうか！　あれの身体全体がふくらんでいるように見えたのは、背中を覆《おお》って足首まで届くマントをまとっていたからだったのか。

「薄暗くて、そこまではわからなかった」

「じゃ、あれの顔は見てないね？」

赤い本は、それが本当に肝心《かんじん》なことだというふうに、友理子が思わず表紙から掌を離してしまうほど、強い力を込めて問いかけてきた。

「――暗かったから」

「見てないね？」

「うん、見なかった」

それならいいんだと、赤い本は言った。本の全体に漲《みなぎ》っていた力が、すうっと抜けたように友理子は感じた。

「あれって、そんなに怖いものなの？　どこの国の王様？」

赤い本は押し黙っている。突然、普通の本に戻る気になったらしい。でも友理子の掌は、本の呼吸を感じ取っていた。何か大きな心配事があるときに、大人たちはよくそうする。深く吐いて、吐ききって、少し止まって、思い出したように吸って、また吐く。

二年ほど前のことだけれど、友理子のお父さんが会社の健康診断で引っかかって、再検査でまた引っかかって、さらに詳しい検査を受けるために大きな病院へ行ったことがある。その当時、お母さんが家で、台所のテーブルに向かって一人でぽつんと腰かけているときなど、そういう呼吸の仕方をしていた。届く限りの悪い想像をしながら息を吐いて、それを振り切って大急ぎで息を吸う。お父さんの場合は、幸い、ほどなくして深刻な病気ではないことが判明し、お母さんの心配呼吸法はしまいこまれた。でもあのリズムを、友理子は今も忘れていない。

そんなにも恐ろしい存在。

それに頭を下げていたお兄ちゃん。

友理子の小さな頭のなかに、暗い光が灯《とも》った。

「もしかして——お兄ちゃんがあんな怖いことをやったのは、あの王様みたいなものと何か関係があるのかな」

赤い本がビクリとした。

友理子は目を丸くする。「そうなの？　そうなのね？　あたしの言ってること、あたってるんだね？」

本が返事をしないので、友理子は両手でつかんで揺さぶってやった。「教えてよ！　ね、教えてってば！」

「じ、じょ、嬢ちゃん、落ち着いて」

「落ち着いてなんかいらンないわよ！」

わかったわかったと、赤い本は音《ね》をあげた。

「そうだよ。あれは悪いものだ」

人間に取り憑《つ》いて、悪い事をさせる——

途端《とたん》に、友理子の膝から力が抜けた。本を抱きしめてへたへたと座り込む。

兄が姿を消してから今日まで、両親や先生たちはともかく、友理子自身には、何ひとつ筋の通った説明が与えられてこなかった。それを求めようとすると、友理子は知らなくていいとか、両手で通せんぼされる。友理子がそんな心配をしなくてもいいとか、たった今、赤い本が酔っぱらったみたいに震えながら（友理子がこっぴどく揺さぶったせいだ）ぽろりとこぼしてくれた言葉は、友理子が初めて得た回答なのだった。

ああ、泣いてしまいそうだ。

「お兄ちゃんらしくないって思ってたんだ」

ホントに涙がこぼれてきた。赤い本の表紙に、一滴、二滴と落ちる。

「あんなこと、お兄ちゃんがするはずないんだ」

そうだよねと、赤い本がとても優しい声を伝えてきた。「嬢ちゃんの兄ちゃんは良い子だもの。友達を傷つけたり、命を奪《うば》ったりなんかできる子じゃない」

「――知ってるの？」

「知ってるよ。短いあいだだけど、近くにいたからね」

友理子は手で顔をこすり、涙を拭《ふ》いた。そうだ、この本はお兄ちゃんの本棚に隠されていたのだ。

「だからね、嬢ちゃん。俺も一生懸命とめたんだよ。気をつけろって忠告したんだ。けど、嬢ちゃんの兄ちゃんには届かなかった。あんまりにも早く、あれに魅入られてしまったから」

あれに比べたら、俺はとても弱い。赤い本は、恥ずかしそうに身を縮めて（実際、そういう感触がしたのだ）呟いた。

「あれには、とてもかなわない。あれは〝英雄〟というものだから」

「英雄？」

その言葉なら、友理子も知っている。ヒーローだ。とても偉くて強い人のことだ。歴史上の人物ならば、立派なことをした人だ。スポーツ選手ならば、記録に残る活躍をした人だ。そして、だいたいは物語の主人公だ。それがどうして悪いものなのだ？

「あんた、嘘つきね。英雄が悪いものであるわけないじゃないの」

「嬢ちゃんはそういうふうに教わってるんだね」

「そんなの常識だもん」

ジョーシキかぁと、赤い本はため息をつくように言った。「なら、そう思っておいで」

友理子の掌の下で、本の感触が変わった。温かみが消え、呼吸も感じられなくなった。今度こそ、話しかけてくる不思議な赤い本は、古ぼけたただの本に戻ってしまったらしい。

「ちょっと、待ちなさいよ！」

友理子は本を揺さぶり、上下逆さまにし、背表紙をつかんでページをゆさゆさしてやり、思いつく限りの乱暴なことをやった。それでも本は黙《だん》りを決め込んでいる。

「そんなぁ」友理子は泣き声を出した。「ひどいじゃない。何でそんな意地悪するの？」

本が相手では、女の子の涙の抗議も通用しない。友理子はカッとなって、渾身《こんしん》の力を込めて赤い本を壁に叩《たた》きつけた。本は開いた格好で壁にぶつかり、べしゃりと床に落ちた。下になったページが折れてしまっている。

痛いとも言わないし、怒りもしない。睨みつけても、もう何も起こらない。

友理子は本をそのままに、気持ちの半分は喧嘩に勝ち、半分は負けてすごすごと、大樹の部屋から退却した。

赤い本のことは、両親には話さなかった。説明のしようがない。自分でも、おかしな夢でも見ていたような気分だった。その晩の夕食の場では、来週から友理子が登校すること、最初だからお母さんが付き添って行ってくれること、友理子はこれまでと同じようにお友達と仲良くすること――そんな話ばかりをしていた。

赤い本は、壁際にべしゃりと伏したまま、ほったらかしにされた。

翌日、友理子は予定通りに登校した。学校では、校長先生、教頭先生、木内先生、担任の片山先生が勢揃《せいぞろ》いして校長室で迎えてくれて、お母さんが何度も頭を下げた。先生方も頭を下げた。それから友理子は、片山先生に連れられて教室へ行った。

一時限目の授業が終わって、最初の休み時間、佳奈ちゃんが泣きそうになって抱きついてきた。心配してたよ。また会えてよかったよ。まわりの同級生たちも、ニコニコしたり、半べそ顔だったり、わざと知らん顔をしている子たちも、けっして冷たい感じではなかった。

良かった――元通りなんだ。お兄ちゃんがいなくなったことだけを除けば、何も変わってなんかいない。友理子の心は弛《ゆる》みかけた。

でも、そんなのは見せかけに過ぎなかった。

三時限目の授業が終わって、友理子は佳奈ちゃんとトイレに行った。事件はまずそこで起きた。

顔は知ってるけど名前は知らない、隣のクラスの女の子たちが、友理子と佳奈ちゃんと入れ違いに、どやどやとトイレに入ってきた。友理子の顔を見ると、あっというような表情を浮かべた。目が輝く。ぎろぎろと底光りするように。面白いものを見つけた。変わったものを見つけた。いじってみよう。目から手を伸ばしてくる。そんな感じが生々しく伝わってくる。

ヤダな。早く出よう。

すれ違うとき、友理子の手が軽く、その子たちの一人の手にあたった。本当に軽くあたっただけだ。よくあることだ。なのにその子は、火傷《やけど》でもしたみたいにぱっと飛び退《の》いて、大げさにあわて始めた。

「わぁ！　ごめんなさい！」

一緒に来た女の子たちも悲鳴のような声をあげて騒ぎ出す。

「森崎さんでしょ？　ごめんね！　ホントごめんね！　わざとやったわけじゃないの！」

だからあたしのこと刺さないでねぇ〜！

トイレの冷たい壁に、天井に、がんがん反響する声だった。女の子たちは襲われたみたいに悲鳴をあげ、競《きそ》い合ってトイレから逃げ出した。スイングドアが大きく翻《ひるがえ》る。廊下に飛び出すと、彼女たちの悲鳴はゲラゲラという笑い声に変わった。

友理子は立ちすくんでいた。

ふと見ると、佳奈ちゃんが真っ青になっていた。

四時限目の授業は、友理子の頭の上を通過していった。隣の席の佳奈ちゃんは、友理子が佳奈ちゃんを見ていないときは友理子を見ていて、友理子が佳奈ちゃんに目をやると、急いで目をそらした。友理子を見ていないのに、友理子に謝っているみたいな顔をして。


給食の時間に、次の事件が起きた。生徒たちと一緒に配膳《はいぜん》をしていた片山先生のところに、友理子のお母さんくらいの歳《とし》の女の人が、ひどくあわててやって来たのだ。先生ではないし、学校の事務員さんでもない。誰か同級生のお母さんだということがわかるまで、ちょっとかかった。

そのお母さんは、あわてているだけでなく怒っていた。片山先生をつかまえてけんけんと何か言い、一方で自分の子供を呼んで——深山《みやま》さんという女の子で、友理子はあまり親しくない——しっかりと引き寄せた。ときどき友理子の方に鋭い視線を飛ばしてくる。片山先生は顔色を変えて、何とかそのお母さんを廊下へと連れ出したけれど、それまでに言葉のいくつかが耳に飛び込んできた。

犯罪者。人殺し。うちの子が。説明がなかった。とても我慢できない。学校は何を考えて。親もどうかと思う。

断片的でも、意味はわかった。

そのときになって、初めて気づいた。何人か、欠席している同級生がいることに。

友理子は犯罪者ではないけれど。

友理子は人殺しではないけれど。

お兄ちゃんは同級生を殺した犯罪者だ。友理子はその妹だ。そんな友理子がいるクラスに、自分の子供を置いておくなんて我慢できない。深山さんのお母さんはそう言っているのだ。友理子が今日から登校してくるなんて聞いていない。聞いていたら放ってはおかなかった、学校は何をしているのだと怒っているのだ。

深山さんのお母さんは、怒りながら怯えていた。その隣で、お母さんの手を握りしめ、深山さんも怯えていた。ほかの誰でもない、友理子に怯えていた。そしてその目は、ちょっぴり、ほんのちょっぴりだけど、友理子を嘲笑《あざわら》ってもいた。バカみたい。のこのこ学校に来るなんて。何考えてるんだよ。

ふと見ると、教室にいる同級生たちが、みんな友理子を見つめていた。そのなかには佳奈ちゃんもいた。

一人、また一人と背を向ける。こそこそと脇を向く。給食のお皿に目を落とす。食器の鳴る音がする。にぎやかなのに、生徒の声だけが存在しない教室。

友理子というブラックホールが、みんなの声を吸い込んでいるのだ。

友理子は持ち物を鞄に放り込み、片山先生が戻ってくる前に、学校から逃げ出した。

うちへ帰る、うちへ帰る、うちへ帰る。友理子の心のなかで暗黒のオルゴールが回って音楽を奏《かな》でる。うちへ帰る、うちへ帰る。もう二度と学校へはこない。

学校にはもう、友理子の居場所はない。

膝が笑い、顎ががくがくした。一歩走る度《たび》に世界が揺れて、友理子が踏んだ場所が砂のように崩れてゆく。

家に着くと、リビングに飛び込んでお母さんに抱きついた。深山さんのお母さんに負けないほどの声で、友理子も喚《わめ》き、叫んでいた。

それから二人で、長いこと抱き合って泣いた。

友理子はもう学校へは行かない。あの学校へは行かない。

その夜、遅くなってから、友理子はまたお兄ちゃんの部屋に入った。両親に知られたくないので、明かりは点けない。窓からの街灯の光で充分だ。

赤い本は書棚に戻っていた。手前の列の端っこに、きちんと立てられていた。お母さんがお兄ちゃんの部屋に入って、拾い上げてくれたんだろう。折れたページも直してある。

友理子は近づいて、そっと指で本に触れた。魔法が蘇《よみがえ》っていることがわかった。赤い本の背表紙は、ほの温かい。

嬢ちゃんかと、本は訊いた。友理子は黙ってうなずき、声を呑んで泣き始めた。泣いても泣いても、まだ涙が出る。

思わず、赤い本を胸にかき抱《いだ》いた。

「――痛かったんだからな」

本が口を尖《とが》らせている感じがする。ごめんねと、友理子はボロボロ泣いた。

「嬢ちゃんも痛かったみたいだね」

優しい震えが伝わってきた。うん。友理子は頭を垂れて、本を抱いたまま壁際に座り込んだ。

昼間、学校であったことを打ち明けた。行きつ戻りつ、泣きじゃっくりをあいだに挟んでの打ち明け話はひどく混乱していて、でも、赤い本には通じているらしかった。そして赤い本は、友理子がうわごとのようにしゃべっているあいだじゅう、ひとつのことしか言わなかった。よしよし、もう泣くんじゃないよ。友理子が何を言っても。どれだけ泣いても。よしよし、もう泣くんじゃないよ。

「みんなそうなんだよ」

やがて友理子の話が尽き、この場で流す涙が涸《か》れたころ、本はそう言った。

「みんな、嬢ちゃんと同じような思いをするのさ。誰かが〝英雄〟に憑《つ》かれてしまうとね」

本は歌うようにメロディを付けて、友理子にそう伝えてきた。途方もない永《なが》い時間のなかで、数え切れないほどの回数、人びとは涙の河を渡ってきた。

「誰にも、どうすることもできないんだ。可哀相《かわいそう》だけど、起こってしまったことは元に戻せない」

時間を巻き戻すことはできないのだから。

「嬢ちゃんはこれから、ずっとおうちにいるんだろう？　ゆっくりするといい。時間は、今は嬢ちゃんの敵だけど、しばらくすると味方になってくれるものだから」

「それ、忘れられるっていう意味？」

「……たぶんね」

そんなの無理だ。できっこない。

「だってお兄ちゃんがいないんだもの」

兄の不在は、友理子の時を停《と》めてしまう。森崎家の時を凍《こお》りつかせてしまう。

「昨日の話、ね」友理子は本を顔の前に持ってきた。

「あなたはもっといろんなことを知ってるんでしょう？　お兄ちゃんが何であんなことをやったのか知ってるのなら、お兄ちゃんが今どこにいるのかも知ってるんじゃない？」

赤い本が返事をためらっている。ということは、図星なんだ。

「お兄ちゃんは、今どこにいるの？　〝英雄〟に憑かれてしまった人はどうなるの？　どこかに連れていかれるの？　閉じこめられたりとかしているの？」

問いは、先に口から出たものに引きずられるようにして、次から次へと湧《わ》き出てきた。

「お兄ちゃんは、自分がそうしたくて友達を刺したわけじゃないんだよね？　〝英雄〟に憑かれて、酷《ひど》いことをやらされたんだよね？」

ひと呼吸だけ間を置いてから、本は答えた。

「そうだよ」

　それがあれの本性だから。人を操《あやつ》り、戦争《いくさ》を起こし、世の中を乱すことが。本の言葉は難しく、友理子は顔をしかめて考えねばならなかった。

「〝英雄〟が戦争を起こすの？　あたしの知ってる英雄は、戦争を終わらせた人たちだよ」

　いろいろな物語に書いてある。教科書にだって、そう書いてあるのだ。

「始まりと終わりは同じものなのさ、嬢ちゃん。頭と尾っぽがつながってる」

　ますますわからない。あたしは、そんな謎《なぞ》みたいな話をしたいわけじゃないんだ。

「それなら、お兄ちゃんは悪くないよ。お兄ちゃんが悪いわけじゃない。悪いものに捕まって、恐ろしいことを嫌々やらされたんだから」

　お兄ちゃんは被害者だ。犠牲者だ。

「助けなきゃ」

　声に出して言ってみると、目の前でその言葉が形になり、暗い部屋の宙に浮き上がって見えるような気がしてきた。光り輝いている。

「助けに行かなきゃ。ねえ、お兄ちゃんがどこにいるのか教えて」

　パッと閃《ひらめ》いた。「もしかして、あなたのなかにそのことが書かれてるの？　だからあなたは〝英雄〟のことをよく知ってるんじゃないの？」

　言うが早いか、友理子は赤い本を開こうとした。が、驚いたことに、本は頑強《がんきょう》に抵抗する。

「何よ！　おかしいじゃない」

　本が身体を突っ張り、脚をふんばり、友理子の力に抗《あらが》うのがはっきりわかる。友理子はムキになって赤い表紙を引っ張った。それでも本はページを開こうとしないのだ。

「あんた、本の、くせに」

　昨日はペラペラしてたくせに！

「助けることはできない」と、赤い本は言った。もう歌うような口調ではない。優しい震えも伝わってはこない。

「〝英雄〟に囚《とら》われた者を、救い出すことなんかできないんだ。人の力では無理なことだ」

「できるわよ！　どこにいるかわかれば、すぐにだってできる！　警察とか消防署の人とか、うちのお父さんお母さんだって――」

「とんでもない！　大人になんか、何もできるもんか。〝英雄〟に近づくどころか、この世界から出ることさえできないんだから」

　また、わけのわからないことを言う。

「いいから、あんたの中身を読ませなさいよ。書いてあるんでしょ、手がかりが。大切なことが」

　友理子は、窓越しに差し込む街灯の白い光のなか、きちんと片付けられた兄の部屋で、赤い本と取っ組み合いを始めた。あとで思い出してみると、いったい全体どうやったのか、自分でも見当がつかなかった。なにしろ相手は本なのだ。でもその場では、人間の男の子――ちょうど森崎大樹と同じぐらいの年《とし》頃《ごろ》の男の子と格闘しているような気分であったのだ。

　もちろん、分《ぶ》は悪い。実際にお兄ちゃんと取っ組み合いの喧嘩なんてしたことはない友理子だが、力でも手足の長さでも素早さでも負けている。が、女の子には最終兵器というものがある。

　友理子は歯を剝《む》き、本の表紙に嚙《か》みついた。赤い本がぎゃっと叫んだ。友理子の手のなかで半回転して宙に飛び、表紙を下にして床の上に落ちた。

　息を切らしながら、友理子は本を拾い上げた。気のせいだろうけれど、ショックでぐったりしているように見える。表紙の角に、友理子の歯形がうっすらとついている。歯並びがいいのは自慢だ。

「ひどいことするなぁ」と、本が呻《うめ》いた。

「あんたが意地悪だからよ」

「俺の中身なんか、嬢ちゃんには読めやしないよ。

表紙に書いてある文字だって読めないだろ」

冷静に考えてみればそうなのだ。

「嬢ちゃんがこんな癇癪《かんしゃく》持ちだとは思わなかった。見かけによらないね」

赤い本は、驚くよりも傷ついているようだった。すごく人間っぽい。

「だけどね、どんなに鋭い歯を持っていたって、所詮《しょせん》、嬢ちゃんは小さい女の子だ。兄ちゃんを助けることなんかできない。いい子だから、涙を拭《ふ》いて洟《はな》をかんで、おとなしくお寝《やす》み。朝になったら元気を出して学校へ行くんだ。そうやって、今までと変わらない暮らしを続けられるように、努力していくしかないんだよ」

お説教だ。友理子の癇癪はおさまっていたものの、腹立ちはそのままだ。そこに輪をかけてムカムカしてきた。

「今までと変わらない暮らしなんてできない」

「やってみることさ」

「学校へ行ったら、あたし、いじめられるもの」

「味方になってくれる友達だって、きっといるだろうよ」

「あんたなんかに何がわかるのよ。ただの本のくせして」

本はしばらく沈黙《ちんもく》した。それから、ちょっと口調を変えた。「なんだ、要するに嬢ちゃんは学校へ行きたくないいんだね。兄ちゃんを助けに行きたいなんて、逃げ出すための口実じゃないか」

友理子はもういっぺん、この本を力任せに床に叩きつけてやろうと思った。が、その手は宙で止まった。本を頭の上まで振りあげたところで。とても悲しくて、自分で自分が恥ずかしくて、目の奥が熱くなる。

友理子は腕を降ろすと、赤い本を大樹の書棚にそっと戻した。

「よしよし、それで結構」本は満足げに言った。

「お寝み、嬢ちゃん」

本から手を離し、部屋を出よう。今にもそうしよう。話は終わりだ。

ううん、終わりじゃない。

「ホントに、お兄ちゃんを助けることはできないの？　さっき、大人にはできないって言ったよね？　お父さんにもお母さんにも、警察の人たちにもできない」

「ああ、そうだ」

「あたしにもできない。あたしは小さい女の子だから。ね、だったら、ほかに誰かいるの？　誰かお兄ちゃんを助けることができる人はいる？」

「――そんなことを訊《き》いてどうするんだい？」

「その人のところに、お兄ちゃんを助けてくださいって、お願いしに行く」

何が何でも頼んで頼んで、きいてもらうのだ。

「だから、知ってるなら教えて。お兄ちゃんを助けられる人が、どこかにいる？」

友理子は時計を見ていなかったから、返事があるまで、どれくらいかかったかわからない。赤い本は、永いこと迷っていた。

「この世界には、いない」

そう答える本の〝声〟には、これまでにない厳《おごそ》かさがあった。

「嬢ちゃんのいるこの世界から他所《よそ》へ行かないと、嬢ちゃんの兄ちゃんを捜すための手がかりは得られないよ」

では、まったく術《すべ》がないわけではないのだ！

「大人はこの世界から出ることさえできないって言ったのも、そういうこと？」

「うん、そうだ」

「あたしは子供だから、できる？」

だったら、そこへ行こう。

「どこ？　外国？　飛行機に乗らないと着かないような場所？」

「そういう意味の〝他所〟じゃないよ。嬢ちゃんのいるこの〝輪《サークル》〟の外だ」

〝輪〟とは世界の意味だ。この場合の世界というのは、「世界史」とか「世界地図」とか、友理子が知っているような意味の言葉ではない。もっとずうっと広いと、本は説明した。

「嬢ちゃんが一生のうちに行くことがないこの星の端っこであろうと、宇宙の彼方《かなた》だろうと、俺たちから見ればそこも嬢ちゃんたちの〝輪〟の内側だ。嬢ちゃんたちの世界――狭い意味での世界の物語が宿っている〝輪〟のなかでしかない」

相変わらず、よくわからない。でも、肝心なことはひとつだけだ。

「でも、あたしが本当に行きたいと願うなら、そこに行かれる？　あなたが連れてってくれる？」

子供だからね……と、赤い本は呟《つぶや》いた。

「子供だから、こんな大きなことでも、簡単に決めてしまえる。一生と引き替えになるかもしれない決断なのに」

呆《あき》れているような、感心しているような。

「仕方がないね。嬢ちゃんに話しかけて、興味を持たせてしまったのは俺だからな。責任がある」

友理子の胸の奥が、きゅうっと苦しくなってきた。悲しみや怒りのせいではなく、こんなふうになるのは、何と久しぶりのことだろう。

「ありがとう！」

「お礼を言うのはまだ早い。嬢ちゃん、これは大仕事なんだ」

自分一人では何もできないと、赤い本は言った。

「だから、嬢ちゃんはまず、俺を仲間たちのところへ戻してくれなくちゃならない」

どっちにしろ、入口もそこだし――と、謎のようなことを小さく言い足す。

「わかった。どこ？　本屋さんかな。図書館？　あなた古い本だから、古本屋さんか」

赤い本はくすぐったそうに笑った。「嬢ちゃんは面白いね。そうか、忘れちまっているのかな」

忘れている。友理子が、何を？

「嬢ちゃんは本気で、兄ちゃんが、俺みたいな何が書いてあるかわからないような本を、そんな普通の場所から持ってきたと思うのかい？　考えてごらんよ。思い出してごらん。どれくらい前かなぁ、まだ寒いころだったよ。嬢ちゃんも兄ちゃんも、温かそうなコートを着込んでた。そのころ、俺みたいな本が数え切れないほどたくさん集まってる場所に、みんなで出かけて行った覚えはないかい？」

しっかり考えてみるために、友理子はまた本を手に取ると、座り込んだ。まだ寒いころ。コートを着て。みんなで一緒に。

「みんな——家族で？」

「そうだ」

白い息を吐きながら。数え切れないほどの本が集まっている場所へ。

友理子は目を瞠《みは》り、ついでに口まで開いてしまった。「それ、叔父さんの別荘じゃない？」

「正確に言うと、嬢ちゃんの父ちゃんの叔父さんだけどね。大叔父さんだ」

去年の十二月、最初の日曜日のことだった。家族みんなで、お父さんが車を運転して出かけていったのだ。

「うん、あの別荘にはすっごい図書室があって、まるで図書館みたいだってビックリしたの」

「俺はあそこにいたんだ」赤い本は言って、声を潜《ひそ》めた。「〝英雄〟も、そこにいた」

友理子は思い出したり考えたりするのに忙しくて、本の呟きを聞いていなかった。大叔父さんの別荘、場所はどこだっけ？　日帰りだったから、そんなに遠いはずはないけど、けっこうな山のなかだった。途中で舗装されていない道に乗り入れなくちゃならなくなって、お母さんが不安がった。

「あたし一人じゃ、あんなとこまで行かれないわ。住所だって知らないし、道がわからない」

「じゃ、どうする？」赤い本は面白そうに問いかける。「嬢ちゃん、これが最初の試練だな」

# 第二章　世捨て人の図書館

　子供はけっこう、嘘《うそ》がうまい。ただ嘘に慣《な》れていないので、すぐばれてしまうのだ。嘘をつくなら、まず自分でその嘘を信じ込むことだ。

　赤い本がくれた助言を心に秘めて、それから友理子は、三十分ばかり下準備をした。嘘を——作り話をこしらえるのは簡単だったけれど、それを滑《なめ》らかに、迫真《はくしん》の演技で伝えるのは難しい。

　両親を起こすのに、まったく手間はかからなかった。お兄ちゃんが姿を消して以来、お父さんもお母さんも熟睡したことがない。ちゃんと布団に入って寝るようになったのだって、ごく最近のことだ。それまでは二人してリビングにごろ寝していた。玄関には鍵をかけず、どんな小さな物音にも飛び起きて、お兄ちゃんが帰ってきたんじゃないかと、走って様子を見に行く。こんなことをしていたら二人とも倒れてしまうと、警察の人に説得されて、やっと寝室で横になるようになったのだった。

　友理子が作り話を始めると、まずお母さんが顔色を変えた。驚いたり怒ったりしているのではなく、ああそういえばそうだ大事なことを見落としていたという喜びと後悔がまぜこぜになって、窶《やつ》れた頬《ほお》の上をよぎってゆく。

「ね？　友理子もすっかり忘れてたの。でも、あの別荘にならお兄ちゃん、誰にも知られずに一人で隠れていられるんじゃないかな」

　そうよそうよお父さん、友理子の言うとおりですよ。右手で友理子を抱きしめながら、左手でお父さんをつかんで揺さぶって、お母さんはうわずった声を出す。

「大樹《ひろき》はきっと、あの別荘にいるんだわ！」

「中学生が、一人であんなところまで行けるかな。車もないのに……」

お父さんは半信半疑《はんしんはんぎ》だ。いや半希半疑《き》か。そうであってほしいという願いを、現実的な判断で抑えている。

「大樹には、思い切ったことを、えいやっとやってしまうところがあるもの。頭がいい子だから、工夫もするし。ヒッチハイクだって何だって、方法はいくらでもあるじゃないの」

行きましょう、すぐ行きましょう。お母さんは布団を踏んで立ち上がる。

「ちょ、ちょっと待ちなさい。こんな時間に」

「グズグズなんかしてられないわよ！」

「誰かに報《しら》せた方がいいんじゃないか」

「誰に？　誰に報せろっていうんですよ。警察ですか？」お母さんの目の色まで変わってきた。

「冗談じゃないわ」と、唾《つば》を飛ばして叫んだ。

「あたしたちで大樹を見つけるんです。警察なんか後回しよ！」

その勢いに、お父さんも引きずられる。大事な決め事の場合、森崎家では、たいていこのパターンになるのだ。

「わ、わかった。行ってみよう。友理子は――」

「あたしも一緒に行く！」

「もちろんよ。友理子も連れていくんですよ、お父さん」

もう離ればなれになんかならないんだからと、そのときだけ急に喉《のど》を詰まらせて、お母さんは宣言した。

四十五分後には、森崎家の残された三人は自家用車に乗り込み、真っ暗に寝静まった町の底から出発した。着替えと支度は十五分もかからずに済んだのだけど（お母さんはお兄ちゃんの着替えや、食べ物や、風邪を引いてるかもしれないから風邪薬、お腹《なか》をこわしてるかもしれないからお腹の薬と、際限なくバッグに詰め込んで、途中でお父さんにとめられた）、あとの三十分は、目的地である別荘の住所を確かめるために、時間を費やしてしまったのだった。

大叔父さんの別荘は、一度訪ねたきりである。二度と行く用事はないと思っていた。すべて弁護士さんにお任せすると、話し合いで決まっていたからだ。だからお父さんは、去年の十二月にいっぺんだけ訊《き》いて教えてもらった別荘の住所を書きとめたメモを、どこにしまったか忘れてしまったのだった。

親父《おやじ》に電話して訊いてみようか。駄目よ、それじゃ理由を言わなきゃならなくなるでしょ。お義父《とう》さんは警察に報せちゃうわよ。うちの実家と違って、あちらはみんな大樹に冷たいんだから。そんなことはないようちの親父だって——というような不毛の喧嘩《けんか》が始まりかけたときには、友理子が割って入ってとめた。何でも「とりあえずとっておく」癖のお母さんが、その「とりあえずグッズ」を仕舞い込むいくつかの引き出しや空箱《あきばこ》を覚えていて、問題のメモを見つけ出したのも友理子であった。

運転席と助手席にお父さんとお母さん。今まで、家族で車で出かけるときは、運転席の後ろにお兄ちゃん、助手席の後ろに友理子が座るのが、森崎家の決まりになっていた。今、後部座席には友理子一人だけだ。でも、膝《ひざ》の上の小さなピンク色のリュックのなかには、あの赤い本が入っている。

——嬢ちゃん、うまくやったね。

友理子はリュックのなかに右手を突っ込んで、掌《てのひら》で本の表紙に触れていた。本の声がちゃんと聞こえてくる。

——しゃべってるうちに、自分でも、ホントにお兄ちゃんがあの別荘に一人で隠れてるのかもしれないって思うようになったの。

友理子の言葉も、胸のなかで思うだけで、掌を通して本に伝わる。

――それはあり得ない。

本はぴしゃりと言い返してきた。

――中途半端な希望を抱いちゃいけないよ、嬢ちゃん。それより問題は、俺《おれ》の仲間たちが、今でもあそこにいるかどうかってことだ。

――何それ。話が違うじゃない。

――お父さんに訊いてみておくれ。あの後、お父さんの身内の誰かが、別荘のなかにあった本を処分してしまってるかどうか。

友理子はいったん、リュックから手を引っ込めた。そして運転席に身を乗り出した。

「お父さん。あの別荘、あたしたちが見学に行った後、誰かがお掃除したとか片付けたとか、そういうことはない？」

お父さんは前を向いたまま、目だけ動かして、ルームミラーに映る友理子の顔をちょっと見た。

「そんな話は聞いてないけどなぁ」

「じゃ、あのまんまになってるんだよね。たくさん本があったでしょ？　まるで図書館みたいに。あの本もそっくり残ってるんだよね」

「たぶんそうだと思うよ。何か処分したなら、親父《おやじ》か隆司《たかし》兄さんが報せてくれるはずだから」

隆司というのは、お父さんの二人いるお兄さんのうちの一人で、森崎家本家の長男だ。

「あんな別荘、買い手なんかつかないって話だったじゃないの」と、お母さんが言った。少しでも早く進むために、車を押して手伝おうとでもいうように、片手をダッシュボードに突っ張っている。「辺鄙《へんぴ》なところだもの。道だってなかったし。建物もかなり傷《いた》んでるって」

友理子も覚えている。もうちょっと場所と状態が良ければ、リフォームに金を出してもいい、みんなで使える別荘にできるのにと、隆司伯父さんが言っていた。あれじゃどうしようもないよ。廃屋《はいおく》も同然だから。

「でも、あの本だけは一応、専門の業者に見てもらおうかって言ってたかな、兄貴」

なにしろ、途方もない数があったから。

「なかには、値打ち物が混じってるかもしれないって――」

「友理子、お兄ちゃんがあの別荘の本のことで何か言ってたことがあるの?」

お母さんは鋭い。問われて、友理子は首を振った。

「ううん。でも、いっぱいあるなぁ、大叔父さんはこれ全部一人で集めて、全部読んでたのかなぁって、すごく感心してたから」

これは嘘じゃない。本当のことだ。家族で別荘を見に行ったとき、お兄ちゃんはあの図書館みたいな「本の部屋」で、飽きずにいろいろな本を取り出しては眺めていた。ここには、世界中の本が集められてるんじゃないかとも言っていた。見てみろよ、チビ友理。こっちは英語の本、こっちはたぶんフランス語、こっちは何語だろう、見たことないような字が並んでる。これなんか、何百年も昔の本みたいだぞ。

そう、とお母さんは小さな声で言った。「大樹は本が好きだからね」

「うちが見学に行ってから、もう五ヵ月近く経《た》ってるよな。鍵とか、どうなってるんだろう」

思い出したように不安げに、お父さんが呟《つぶや》く。

「鍵がかかってたって、窓でも何でも壊して入れるじゃない。大樹はそうしてるわ」

もっとスピードを上げてと、お母さんは急《せ》き立てる。お父さんがハンドルを握り直した。

友理子はリュックに手を差し入れた。

——お母さん、すっかり思い込んじゃってる。

——仕方ないよ。それが母親の気持ちというものだ。

——あたしのせいだね。

——そんなことでもう萎《しお》れてしまうなら、この先、何にもできないぞ。

それより嬢ちゃんと、赤い本は言った。

——今のうちに少し寝ておいた方がいいよ。

——寝てなんかいられないよ。眠くないし。

——じゃ、あの別荘の持ち主の大叔父さんのこと、嬢ちゃんがどのくらい知ってるのか教えておくれよ。

——あなたは知らないの？　あなたは、大叔父さんの買った本だったんでしょ。

——だからさ、俺と嬢ちゃんの知ってることを突き合わせてみようと思って。ただ思い出すだけでいい、説明しようとしないでいいからさ。


友理子はシートに頭をつけると、言われたとおりに、大叔父さんにまつわる事柄《ことがら》を思い起こしてみた。

初めてその話を聞いたのは、去年のまだ暑いころだったと思う。夕食のテーブルでお父さんが、どうやらお父さんには叔父さんがいるらしいんだよ、と言い出したのだ。

お父さんのお父さん、友理子の父方のお祖父《じい》ちゃんは一人息子だ。兄弟姉妹はいない。なのに、今頃《いまごろ》になって「いるらしい」とはおかしな話だ。

「なかなか複雑な事情があってね。だから親父《おやじ》も、今まで俺たちには黙ってたんだな」と、お父さんはお母さんにそう説明した。

お祖父ちゃんには、小学校の四年生から高校二年生になるまでのあいだ、一時的に、血のつながらない「弟」がいた時期があるというのである。お祖父ちゃんの両親が、養子《ようし》をもらったのだ。

「親父の親父が仕事で世話になった人の息子さんな

んだけど、本妻《ほんさい》さんの子供じゃなくてね」

あのとき、お父さんは、みんなで揃《そろ》って食卓についているのに、話の特定の部分になると、もっぱらお母さん一人に向かってしゃべりかけていた。そういう部分については、友理子が聞いても理解できないところが多かった。お兄ちゃんは、理解も不可解も表情に出さず、そもそもそんな話に興味はないという感じでガバガバご飯を食べていたけれど、実はちゃんと聞いていることが、友理子にはわかった。だって友理子が、(今のどういう意味?)という顔でお兄ちゃんを盗み見ると、(わかんなくていいよ)というサインを寄越《よこ》したから。(どうしてもわかりたかったら、あとで教えてやるからさ)

「いろいろゴタゴタして、赤ん坊のうちから親戚《しんせき》をたらい回しにされてさ。それでもどこにも落ち着けなくて、結局、うちの爺《じい》さんが頼まれて養子にとることになったんだそうだ」

お祖父ちゃんのお父さんは、そういう点では「太っ腹な人」だったのだそうだ。ニンチはしてたのとか、してないとか、母親は? 一人じゃ育てられないって逃げちゃったそうだとか、お父さんとお母さんが早口でやりとりをして、

「歳《とし》はいくつぐらいだったの」

「親父よりひとつ年下」

「じゃあ、本当に兄弟ね」

「そのままうまくいってればなぁ」

残念ながら、その養子さんは、森崎家に来てもうまくいかなかったのだそうだ。

「まあ、何年かは保《も》ったんだから、ほかの家よりはマシだったんだろうけどな」

「気の毒にねぇ」

お祖父《じい》ちゃんは、その養子さんと喧嘩《けんか》ばかりしていたそうである。

「一応、うちの爺《じい》さんが高校まで進学させてやった

んだけど、すぐやめちゃってね。そのまま森崎の家からも出ちまったそうだ」

正式な手続きをした養子ではなかったので、戸籍などの問題はまったくなかった。ただ、その人が姿を消してしまってそれっきり。

「恩知らずだって、爺さんは一時おかんむりだったらしい。婆《ばあ》さんは気に病《や》んでたみたいだけど、どうしようもないしな」

お祖父ちゃんは、その養子さんのことなどすっかり忘れて大人になり、自分がお父さんになり、お祖父ちゃんになって現在に至る。お祖父ちゃんのお父さんとお母さんは、もうとっくにお墓の下の人になっている。

養子さんの名前は、水内一郎《みのちいちろう》という。

「珍しい名字ね！」

「産みの母親の姓だそうだよ」

その水内一郎さんが、亡くなった。

「つい先月だって。で、遺産の管理人として指定されていた弁護士が、親父《おやじ》に連絡してきたんだ」

水内一郎さんは、遺言状を残していた。そこに、遺産の一部を、子供のころお世話になった森崎家に差し上げたいと書いてあるという。

「遺産って……そんなにお金持ちだったの？」

お母さんは、箸《はし》を口に突っ込んだまま目を丸くする。

「株であてたらしいんだよ。けっこうな資産家になってたんだ。人生、わからないもんだよなぁ。高校もろくに出ずに、親もいなくて、だけどそんなふうに成功することもあるわけだ」

水内一郎さんは独身で、身寄りはまったくいない。遺産の大部分は、慈善団体に寄付されることになっている。

「親父はけっこう感動してね。あの一郎がなぁ、親父とおふくろが生きてたら喜んだだろうって」

「それ、本当にもらえるお金なの？　税金はどうなるの？　下手なものを相続して、かえって高くついたりしないのかしら」

「大丈夫だよ。そっちの方は全部弁護士が処理してくれるんだ。うちはホント、くれるって分をもらえばいいらしいよ」

「うちでもらうんじゃないわよ。もらうのはお義父《とう》さんでしょう」

お父さんはだらしない感じで笑った。「けどさ、いずれは俺たち兄弟のものになるわけだから」

それが第一報である。続報が来るまで、一ヵ月くらいかかったろうか。ある晩、会社帰りに隆司伯父さんがうちに寄って（やあ、ちょっと会わないうちに、二人ともまた背が伸びたね。大樹は野球、頑張ってるか？）、詳しく話してくれたのだけれど、お父さんはずいぶんとがっかりした様子だった。

「なぁんだ。やっぱり棚からぼた餅《もち》は夢幻《ゆめまぼろし》だな」

「親父《おやじ》もそう言ってるよ。世の中、そうそううまい話は転がってない」

弁護士さんの説明によると、もろもろの手続きを済ませ税金を納めると、森崎家に残される水内一郎さんの遺産は、北関東の山のなかにある古い別荘が一軒だけ——ということになるのだという。

「別荘といっても、本人がそこに住んでたんだ」

「じゃ、そこで死んだの？」

「いや、死んだのは旅先。パリだとさ」

セーヌ川沿いに店を出している古書店のなかで、水内一郎さんは死んだ。古書の山の狭間《はざま》でばったり倒れ、店主が駆けつけたときにはもう息が絶えていたそうだ。心筋梗塞《しんきんこうそく》だった。

「先《せん》から悪かったそうだよ。本人も覚悟を決めていて、だから遺言状を作ったんだ」

パリにはしょっちゅう出かけていたらしい。ほかにも、世界中あちこちへ旅していた。

「有り余るほど金を持ってて、一人暮らしだろ。旅行に行く以外は、その別荘に籠《こ》もりっきりだったそうだ。人嫌いでね。友人知人、誰もいない。付き合いがあったのは、その弁護士だけだ。それだって、必要があったから仕方なしに、さ。一緒に一杯やったことさえないって笑ってた」

大金持ちで、人間嫌いの世捨て人。弁護士さんはそう評した。水内さん本人が、自分で自分のことをそう言っていたそうだ。

「で、海外旅行だけが唯一の趣味か」

「いやいや、旅行は単なる手段。目的は本だよ、本。それも古本ばっかり」

世界中を回って、古本屋を訪ねる。見つけた本は片っ端から買う。値段など問題じゃない（隆司伯父さんはこのとき、金にイトメをつけないという言い方をした）。買って買って買い集めて、

「本を保管するためだけに、住んでいた別荘のほかに、家を三軒持ってたそうだ。そっちは親父に遺しちゃくれなかったんだな」

別荘にも、山ほど本があるらしい。「本人がことのほか気に入ってた本を、そこに集めてたんだってさ」

とにかく、一度様子を見に行ってくると、隆司伯父さんは言った。

「親父《おやじ》はすっかり興味を失《な》くして、面倒くさがっちゃっててなぁ。全部俺に任《まか》せるって言ってるから、仕方がない」

「悪いなぁ、兄さん」

「もし、古くても手を入れれば使えそうな別荘だったら、みんなで共有しようよ。夏休みに集まってバーベキューやるとかさ」

お母さんがちょっとだけ口を出した。「お金持ちだったなら、家具はいいものを持ってたかもしれない。見てきてくださいね、お義兄《にい》さん」

「はいはい、引き受けました」

という次第で、その後も何度か隆司伯父さんから連絡があった。聞くたびに雰囲気が盛り下がる報告ばかりだった。別荘は古いなんてもんじゃない。何とか建ってるのが不思議なほどだ。家具もロクなもんがないし、家のなかはゴミだらけ。ホームヘルパーの一人も雇《やと》っていなかったらしい。食事はどうしていたんだか、台所の蛇口をひねると、赤錆《あかさび》の混じった水がちょろちょろ出るだけ。

本はどうか。確かにある。山ほどある。一階の奥のいちばん大きな部屋が図書室になっていて、壁一面の作り付けの書架に本がぎっしり。それでも収まりきらずに床に積み上げてある。

「ちらっと見てみたけど、外国語の本ばっかりみたいだ。どの程度の価値があるもんなのか、素人には見当もつかないよ」

値打ち物があるかもしれないというのは、確かこのときの話だったと思う。

「業者に来てもらって、見てもらった方がいいな。けど、とにかくめちゃめちゃ不便な場所なんだ。ありゃ別荘地じゃないね。ただの山林に、ぽかっと一軒だけ建ってるんだ。まわりには何にもない。道も途中からは私道なんで、手入れがされてなくてさ、俺たち、いっぺん引き返してホームセンターを探して、草刈り鎌《がま》とか鉈《なた》とか買い込んでから出直したんだぞ。えらいホネを折ったよ」

そんなんじゃ、下手に業者を頼んで見に行ってもらったりしたら、手数料の方がバカ高くなってしまうかもしれない。お父さんは苦笑いしながらそう言った。

そんな場所で、そんな家で、無数の古い本に囲まれ、水内一郎さんはどうやって暮らしていたのだろう。何を思っていたのだろう。寂しくはなかったのか。最初に、それを言い出したのはお兄ちゃんだった。

「うちも、いっぺん行ってみようよ」

しきりと、お父さんにせがむようになった。お母さんがそれに乗った。

「お義兄《にい》さんもお義姉《ねえ》さんも淡泊《たんぱく》な人たちだから、欲がないでしょう。いいものがあっても見落としてるのかもしれない。あたしも見に行きたいわ。この目で確かめてみたいじゃないの」

「だけど、勇《いさむ》兄さんたちも行ってみて、呆《あき》れ返って帰ってきたんだぞ」

勇というのはお父さんの二番目の兄さんだ。最初の奥さんと離婚して、今の奥さんは二人目で、子供はいない。共働きをしていて、兄弟のなかではいちばん裕福だと、お父さんもお母さんも認めている。ちょっと金遣いが荒いけど、と。

「勇さんたちは、いいものを見る目はあるけど、ことん今風じゃない。バブリィだから、骨董《こっとう》品や骨董家具なんか目に入らないわよ」

大事な決め事では、お母さんの意見が優先される。この鉄則に従い、十二月初めになって、友理子たちは一家で問題の別荘を見学——探検しに行くことになったのだった。

あの日も、さすがに鉈ということはなくても、草刈り鎌は必要だった。それを思い出して、友理子ははっと我に返った。

「あの道、通れるかな?」と、前の座席の両親に問いかけた。「また草が茂っちゃってたら」

「前に行ったときに、伯父さんから借りた鎌がトランクに入れてあるよ」と、お父さんが答える。

「よく気がついたなぁ、友理子」

「大樹が草を刈ってるわよ、きっと」

お母さんの素早い呟きに、なぜかお父さんは返事をしなかった。

車は高速道路を走っていた。道はガラガラで、ときどき大型トラックを追い越したり、追い越されたりする。側面のパネルにさまざまな種類の魚の絵が描いてあるトラックが、しばらく友理子たちと並んで走り、その先のランプで降りて行った。

赤い本が話しかけてくる。

――どうやら、俺の仲間たちはあのまま別荘に残っているらしいね。

――うん。よかった！

――タカシという人のことなら、俺も覚えてるよ。あの部屋に入ってきたからね。奥さんが一緒だったけど、子供たちはいなかった。

友理子の父方の従兄姉《いとこ》たちのことだ。

――お兄ちゃんやあたしより、年上だから。もう、お父さんお母さんと出かけたりしないんだよ。

実はお兄ちゃんだってそうだったのだ。中学にあがってからは、「家族でお出かけ」なんていうと、あまりいい顔をしなかった。何かと口実を作って一緒に行かないときもあったし、適当に付き合っているという感じだった。野球チームの仲間たちや、学校友達とはいそいそ出かけて行くのに。

「ねえお父さん」お母さんが、急《せ》き込んだ口調のまま問いかける。「結局、あの別荘はどうなってるの？　お義父《とう》さんがもらったの？」

「もらったんだろうなぁ」

「正式な手続きは済んでるの？」

「と思うよ」

「だったら、大樹はあそこにいても、不法侵入とかそういうことにはならないのよね。お祖父《じい》ちゃんの別荘なんだもの」

早口で言い切って、満足そうに黙った。お父さんも、一瞬何か言い足しそうな顔をしたけど、結局は黙って運転に専念した。

不思議だねと、赤い本が言った。

――嬢ちゃんたちの家族は、あの別荘を遺した人のことをよく知らないし、親しみを持ってるような感じもしない。

——だって、ホントに知らない人なんだもの。

——けど、叔父さんとか大叔父さんとか呼んでるじゃないか。俺にはそれが不思議に思える。

友理子も少し、考えた。

——それってたぶん、ミノチさんとか、イチロウさんとか呼びにくいからだよ。

かえって親しげな雰囲気が漂うではないか。

——そんなもんか。

——うん。お祖父《じい》ちゃんはイチロウ、イチロウって呼び捨てにしてるし、いっときは兄弟だったんだって話してるし。だからあたしたちも、何となくね。

そういえばお祖父ちゃんは、もう死んでしまった人のことなんだし、身内扱いしてあげることがせめてもの供養だと言っていたことがある。そしたら年回忌はどうなるの、うちでやるんですかと、お祖母《ばあ》ちゃんは気にしてた。ネンカイキって何のことだろう。

——あの人はね、確かに孤独な人だった。

——大叔父さんのこと？

——うん。俺はあの人の別荘に行ってから、三年ぐらいしか経っていないけど、あの人が独《ひと》りぼっちだってことはすぐわかった。

でも、寂しそうではなかったという。

——孤独なのに寂しくないの？

その問いに返事が来ないうちに、友理子は大事なことを思い出した。

——あなたは、〝英雄〟もあなたと一緒に別荘にいたって言ってたよね。つまり、〝英雄〟もあなたと同じ「本」だってこと？

強く掌を押しつけないと聞こえないくらいのかすかな声で、本は答えた。そうだよ、と。

——大叔父さんが買った「本」なんだね。

――うん。どこから来たのかは、俺は知らない。仲間が誰か、知ってるだろうな。

――どうして大叔父さんは無事だったの？　どうして〝英雄〟に取り憑《つ》かれずに済んだの？

車は高速道路を降りて、街灯と看板の照明が灯《とも》る街路に踏み込んだ。今は夜空と見分けがつかないけれど、まわりにはぽつりぽつりと山や丘が見えているはずだ。お父さんのカーナビの画面でも、大きな建物の表示がまばらになった。

――説明が難しいんだけど。

それはもう、重々承知《じゆうじゆうしようち》だ。

――〝英雄〟の本体は、この〝輪《サークル》〟にはいない。別の場所でしっかり封印されている。

横道からパトカーが出てきてこちらへ曲がり、友理子たちとすれ違った。助手席のお巡りさんが、首を反《そ》らすようにしてこちらの車内を窺《うかが》った。お父さんの滑らかな運転ぶりは変わらず、お母さんはパトカーの存在そのものに気づいていないみたいだ。前方を見据えている眼差《まなざ》しは、ルームミラー越しに見ても、怖いほど真《ま》っ直《す》ぐだ。その瞳にはきっと、まだかなり先の山のなかにあるあの別荘が映っているのだろう。暗い部屋のどこかで、懐中電灯か蠟燭《ろうそく》の明かりをひとつだけ点《つ》け、古毛布かジャケットにでもくるまって震えているお兄ちゃんの姿も見えているのかもしれない。

――だけど〝英雄〟には、ほかの本にはない力が備わっているんだ。そして、嬢ちゃんがいるこの〝輪〟のなかには、その力を伝えることのできる一種の写本がいくつかある。〝英雄〟そのものではないけど、〝英雄〟の一部っていうか、影響力を持っている「本」。

森崎大樹が水内一郎の別荘で遭遇《そうぐう》したのは、そういう写本のひとつだというのである。

妙な話であり、聞き捨てならない話でもある。

——いくら〝英雄〟の本体を封印してたって、写本が出回ってたら意味ないじゃない？

まっとう至極《しごく》な小学五年生のツッコミに、しかし赤い本は動じない。

——そんなことはないさ。放っておいたらありとあらゆる〝輪《サークル》〟に出回って、増えるだけ増えてしまうはずの写本が、今くらいの数で済んでいるのは、〝無名の地〟が〝英雄〟の本体を封じているからなんだよ。

ムメイノチ。初耳の名称が出てきた。何のことかと、友理子が掌に力を込めて問い直そうとしたとき、車体が大きくバウンドして、膝の上からリュックが滑り落ちてしまった。

車があの未舗装の道に入ったのだ。お父さんが運転席で踏ん張り、お母さんがますます強くダッシュボードに手を突っ張る。

「もうすぐよね。この道を登るのよね？」

「一本道だったよな」

友理子はシートから転がり落ちないようにバランスをとりながら、何とかリュックを拾い上げた。

窓の外には闇《やみ》が溢《あふ》れている。ふた筋のヘッドライトが、そのなかで跳《は》ねるように上下する。そのせいで、光に浮かび上がる夜の木立《こだち》も、枝を揺らし根をうごめかせて踊っているみたいだ。こんな時刻に、山に明かりを持ち込むのは何者《なにもの》だ。こんな時刻に、森に踏み込んで来ながら、明かりを必要とするのは何者だ。わらわら。ざわざわ。木立が騒ぐ。友理子は自分でも気づかないうちに身を縮め、首筋を硬くしていた。

出し抜けに、別荘のシルエットが現れた。さっきまでは全然目に入らなかったのに、たった今、突然に。眠っていた生き物が車のエンジン音に起き上がり、視界に入ってきたかのようだった。

夜空は暗く、山も暗く、森はもっと暗いと感じていたのに、別荘はさらに暗かった。そこでは闇が閉じこめられているからだと、友理子は思った。空と山と森の闇は自由だけど、別荘の内にいる闇どもは囚われている。外に出ることができないから、折り重《かさ》なって凝縮《ぎょうしゅく》してしまうのだ。

闇の重さで、大叔父さんの残した別荘は、初めて訪れたあのときよりも、さらに傾《かし》いでいるように見えた。

車が停《と》まった。お父さんがエンジンを切る。

「友理子、降りるよ」

友理子は、なぜか防弾チョッキを身につけるような気分で、きつくリュックを抱きしめた。

別荘の玄関へとたどり着くために、お父さんは鎌《かま》を使わねばならなかった。草は茂り放題に茂っていた。誰かが刈った様子はなかった。

これまでの道よりも、距離は短いけれど、さらに急な斜面である。だから車では登れないのだ。前に家族で来たときに、登り始めてすぐに友理子が転び、その拍子に、かつてなされたのであろう舗装の跡を見つけたことがあった。光沢のあるきれいな敷石の破片《はへん》が、草むらのなかに点々と残っていたのだ。

転んだ友理子を助け起こそうとして、お兄ちゃんが見つけたのだった。そのときは何も言わず、別荘の外も内も荒れ放題であることがはっきりしたあとになって、

「水内さんて、昔はお金持ちでも、今はお金に困ってたんじゃないの」

と言い出し、自分の見つけたものを両親に説明した。お父さんとお母さんも敷石の破片を確認すると、顔を見合わせていた。

「ここを維持《いじ》するのも難しかったのかな」

「だったら、あの本を売ればよかったのに」

パリにまで古本を漁《あさ》りに行くことはできても、別荘の手入れをすることはできなかった。

大樹、大樹！　お父さんの後先になり、片手で草をかき分け、片手で大型の懐中電灯を振り回しながら、お母さんは大声で呼んでいる。おい、危ないよ。お母さんの手を切ってしまうから、ちょっと下がっててくれよ。お父さんがあわてて諫《いさ》めるのも耳に入らない。

別荘の窓に、明かりは見えない。お母さんが何度呼んでも、どこかに明かりが灯《とも》ることもない。お母さんの瞳が、存在しない明かりを求めて底光りするのを友理子は見た。窓に反射するのではないかと思うほどの強い光だ。

呼んでも呼んでも、別荘は応《こた》えない。

玄関のドアには鍵がかかっていた。ただ施錠《せじょう》されているのではない。ドアノブのすぐ上に、ドアとドア枠にまたがって、薄緑色の金属プレートが打ち付けてあり、そこに鞄《かばん》型の錠前がひとつぶら下がっていた。どちらも真新しいものだ。たった今、魔法でぽんと取り出されたみたいにピカピカだった。

誰がこんなことをやったのか。弁護士さんか、隆司伯父さんか。お母さんが甲高《かんだか》い声で問い詰めて、お父さんが「俺だって知らないよ！」と言い返す。

「美子《よしこ》、しっかりしてくれ」

お父さんがお母さんを名前で呼び、肩をつかんで何度か強く揺さぶった。お母さんの目が泳ぎ、瞳の底の光が消えた。懐中電灯をつかんだ腕が下がってしまった。

結局、ドアの脇にある一階の窓ガラスを割って、窓を開け、そこから室内に入ることになった。ガラスの割れ目から手を突っ込んでクレセント錠を開けるとき、お父さんは手首のところをちょっと切ってしまった。

窓枠を乗り越えるのは、小柄な友理子がいちばん上手だった。屋内に入り込むと、埃《ほこり》の匂《にお》いがした。闇の重さがのしかかってきた。友理子はくしゃみが止まらなくなって、しまいにはリュックで強く顔を押さえなければならなかった。

「大樹、大樹」

お父さんとお母さんが、懐中電灯で室内を照らしながら呼びかける。探し回る。

リュックの薄い布地を通して、友理子の鼻のてっぺんから、赤い本の囁《ささや》きが伝わってきた。

——嬢ちゃん、図書室へ行くんだ。

友理子が手にしているのは、何かのオマケについてきたペンシル型の小さなライトひとつだ。転ばないように気をつけて、一歩進むごとに爪先《つまさき》で床板を探らなければならない。土足のままでよかった。床の上にはいろいろなものが散らばっている。闇に紛《まぎ》れてそれらを踏んづけながら進む。途中で赤い本を取り出すと片手でぴったりと胸に抱きしめ、リュックは足元に捨てた。

——この廊下を、右だ。

曖昧《あいまい》な記憶がかきたてられて、友理子にも部屋の位置関係がわかってきた。図抜《ずぬ》けて広い部屋が図書室だ。そう、このドアを開ければいい。

ドアノブがするりと回った。ドアは外側に開いた。ふわりと風が起きて、友理子の髪を撫《な》でた。

真っ暗なはずなのに、ペンシルライトがあたっていない場所にも、ずらりと本の背表紙が並んでいるのが目に見えた。

光ってる。ここに置かれた本たちが、星のような淡い光を放ち、またたいているのだ。それぞれ微妙に色が違う。白、黄色、蒼《あお》、金色、紫色。

胸に抱いた赤い本からも、ほのかな光がたちのぼっている。それが友理子の頰《ほお》のあたりまでを照らしてくれている。

「アジュ」

「おお、アジュか」

「帰ってきたか、アジュよ」

声が降ってくる。そこからもここからも。天井からも壁からも。はっとして退《しりぞ》くと、その足元からも呼びかけがある。

「アジュ、よくぞ帰ってきた」

友理子は前後を忘れて逃げ出しかけた。と、抱きしめた赤い本がひときわ明るく、温かく輝いた。

「大丈夫だよ、嬢ちゃん。怖がらなくていい。オレの仲間たちだ」

ここにある本たちが、みんなしゃべっているというのか。

真っ暗な図書室で、ぐるりを囲む、数え切れないほどの本たちが代わる代わる放つほのかな光に照らされて、友理子はまるで、プラネタリウムのたった一人の観客のようだった。

「アジュ、この子は誰だ」

「どうして子供を連れて戻った?」

手を触れていないのに。ほかの本たちに触ってはいないのに、なぜ友理子の耳にはこれらの囁きが聞こえるのだろう。

「ここはオレたち書物のつくる結界の内側だからだよ、嬢ちゃん」

赤い本が優しい声で教えてくれた。

「だからもう、オレのこともそんなふうに一生懸命抱きしめていなくても、話ができる。嬢ちゃん、くたびれただろう。そこらに座りな。よく頑張ってたどり着いたね」

友理子はすっかり魂消《たまげ》てしまい、すぐには動き出すことができなかった。本たちは囁き声を出すのをやめて、友理子を待つように、ただ静かにまたたいている。その光で、右足のちょっと先に小さな脚立《きゃたつ》があるのが見えた。書架の高いところに置いた本を取るときに使うものだ。

三段の脚立で、いちばん上と二段目には本が載せてあった。友理子は一段目に腰をおろし、背中で本に触らないようにしゃんとした。

赤い本は、やっぱり膝の上に載せた。

「この子の親が一緒に来ている。誰か呪文を唱《とな》えちゃくれないか」

赤い本が仲間たちに呼びかけた。と、ドアのすぐ脇の書架のところで、歌うようなきれいな声が聞こえた。ほんの一小節。口ずさんだだけ。

別荘のなかを、お兄ちゃんを捜して歩き回る両親の気配が消えた。大樹と呼ぶ声が絶えた。

友理子は飛び上がった。「何をしたの？　お父さんとお母さんに何かしたでしょ？」

赤い本を放り出し、図書室を飛び出そうとすると、目と鼻の先でドアがばたんと閉じた。

「大丈夫だよ、嬢ちゃん」

どこかに落ちて、赤い本は少し笑っている。

「ちょっと休んでもらっただけだ。眠っているだけだよ。お父さんとお母さんに心配かけない方がいいだろう？」

友理子はドアノブをひっつかんだ。回らない。がちゃがちゃ音がするだけだ。ドアは頑として動こうとしない。

「本当に？　本当に寝てるだけ？」

「ああ、そうだとも」

「なんであんたたちにそんなことができるのよ」

「書物には、人間を眠りに導《みちび》く力が備わってるんだ。嬢ちゃんだって、よくページを開いたまま寝てるんじゃないか？」

勉強机に向かって教科書や参考書を広げ、居眠りすることなら、確かにある。

「――面白い本なら、寝ないもん」

口を尖らせてみたけれど、適切な抗弁《こうべん》になってはいなかったようだ。

「アジュよ、この子は誰だ」

友理子の背後、天井に近いところから、声が聞こえてきた。

「〝エルムの書〟を持ち出した子供の妹だ」

赤い本が答えた。聞き分けることができる。本たちの声は、ひとつひとつ異なっているらしい。人間と同じだ。

友理子はさっきの脚立へと、慎重に引き返した。赤い本はどこに紛《まぎ》れてしまったのか、無数のまたたきに混じってしまって見つからない。

「嬢ちゃん、手に持ってるライトを消してくれ。そういう光は眩《まぶ》しいから」

ここまで来て逆《さか》らっても、もう仕方がない。友理子は素直に言うとおりにした。ついでに大きく呼吸すると、埃《ほこり》が鼻に入って、またくしゃみが飛び出した。

その拍子に、床の上に落ちていた何かを踏みつけてしまった。見れば、風呂敷《ふろしき》みたいな布切れだ。深い灰色で、また踏みつけないように拾ってどかそうとしたら、ビロードのような手触りで、どっしりと重かった。

「アジュよ、おまえはもう何事が起こったか知っているのだな」

友理子の周囲で、本たちが会話を始めた。

「知っている。この子の兄さんが〝エルムの書〟に触れた。ヒロキという男の子だ。ヒロキは器《うつわ》だった。だから取り憑かれてしまった」

残念そうに、赤い本の声音《こわね》が沈む。

「何とか食い止めようと努めたが、オレの力では無理だった」

すまない——赤い本が謝《あやま》ったとき、ようやく友理子は赤い色のまたたきを見つけた。脚立の向こう側に落っこちている。

「あなたの名前は、アジュっていうの？」

友理子の耳にはそう聞こえる。

「うん。本当の名を縮めた呼び名だけどね」

アジュは、自分は紀元前三千年ごろにまとめられた辞書なのだと説明してくれた。

「もちろん、そのころからこんな形をしていたんじゃないよ。そんな時代には、この〝輪《サークル》〟には革装《かわそう》の書籍はないからね」

記されている内容が、それくらい古いのだという意味だろう。

「どこの国の辞書?」

「バビロニアという国だ」

初心者向けの、呪術用語の辞書なのだという。呪術と初心者という言葉の組み合わせが可笑《おか》しくて、友理子はふき出してしまった。

「ヘンなの。作り話みたい」

赤い本――アジュは一緒に笑ってはくれなかった。友理子の笑いは、本たちの静かなまたたきのなかに吸い込まれてしまった。

「アジュよ、そのヒロキという子供は、ひとつの器ではない。〝最後の器〟だった」

「何だって!」

アジュが、友理子が今まで耳にしたことのない、悲鳴のような声を張り上げた。

本たちが次々と話し出す。

「ヒロキという子供は、ただ取り憑かれたのではない」

「召喚者《しょうかんしゃ》となった」

「破獄《はごく》だ」

「破獄が起きたのだ」

「〝無名の地〟では、一《いち》の鐘《かね》が鳴っている」

「〝英雄〟は解き放たれた」

「封印は破られた」

四方八方から本たちの声が降り注ぐ。鳥の群のなかに投げ込まれたみたいだ。囁き声で啼《な》く鳥だ。星のようにまたたきながら、一斉に囁きをかわす。友理子は目眩《めまい》に襲われた。気持ちが悪い。胃袋がぐう

っと持ち上がる。きつく目をつぶり、耳を塞《ふさ》ごうとしたとき、

「――この世の終わりが訪れる」

そのひと声を残して、本たちは沈黙《ちんもく》した。

耳を塞いだ指のあいだをすり抜けて、冷たく忍び込んできた言葉。

この世の終わり。

顔を上げると、広い図書室いっぱいに詰め込まれた本たちが、水底の宝石のように光っていた。友理子は一人、それらの光を身に浴びていた。

「何ということだ」

聞き慣れた声の響きだ。友理子は飛びつくように手を伸ばして、脚立の向こうからアジュを拾い上げた。

「ねえ、今の話はいったい何？　こいつら何を言ってるの？　説明してよ。あたしにもわかるように話してよ。教えてよ」

アジュをつかんで振り回し、ページをびらびらさせ、真ん中あたりを開いて顔を押しつける。記号みたいな文字が並んでいる。

「嬢ちゃん、嬢ちゃん」

アジュも目が回ったんだろうか。声が震えているみたいだ。

「落ち着いてくれ。オレを痛めつけたって何の解決にもならない。それより、みんなに話してやってくれないか。嬢ちゃんの兄ちゃんがどんなことをやったのか」

「あんたがあたしに説明するのが先よ！」

〝エルムの書〟って何？　〝ムメイノチ〟ってどこのこと？　どこの国？

「エルムの書とは、〝英雄〟について書かれた写本のひとつで、嬢ちゃんの兄ちゃんが、オレと一緒にここから持ち出した本の名前だ。兄ちゃんはそれを読むために、オレが必要だと勘違いをしたらしい」

エルムの書に使われている文字と、アジュに使われている文字は、ぱっと見た感じではよく似ているのだという。似ているだけで、成り立ちも歴史もそれを作って使った民族も国家も、まったく異なっているのだけれど。

「それでも、オレが辞書だと見当をつけられたんだから、嬢ちゃんの兄ちゃんは賢《かしこ》いよ」

持ち出したときには、もちろん一人で読み解くつもりではなかったのだろう、という。

「学校の先生に見せようとでも思ってたんじゃないのかな。珍しい本を見つけたって、さ」

「いや、アジュよ。それは違う」

重々しい声が友理子の背中側から異を唱えた。

「エルムの書に触れた時点で、その子供は穢《けが》されておったのだ」

「だったらオレは最初から不要のはずだ。あの子はあのとき、本当に、手にした本に興味を持っていただけだ。オレを選び取る前に、ほかにも何冊かページをめくって、文字を比べていたんだから。みんなだって覚えているだろう」

「器《うつわ》は所詮《しょせん》、器に過ぎん」

別の声が、冷たく言い捨てた。

「——そんな言い方をしないでくれ。ヒロキはこの嬢ちゃんの兄ちゃんなんだ」

アジュは悲しそうだった。やりとりの内容にはついていかれなくても、友理子は、アジュが自分をかばってくれているような気がした。

「あたしのお兄ちゃんは」

顔を上げ、部屋中の本たちに向かって、声を出してみた。本たちがこっちを視《み》ているのがわかった。感じ取れた。

「学校で、友達を」

友理子は語った。森崎大樹のことを。話は前後し、大樹がどんな兄だったのか、家ではどんなふうだったのかを語ったかと思えば、彼が学校で事件を起こしたとき、友理子自身はどこにいて何をしていたかとか、先生に送られて家についたらお母さんが泣き出したとか、今夜ここへ来るまでの道筋に両親がどんな話をしていたのかとか、脈絡《みゃくらく》を失って混乱した。

それでも、本たちは聞き入っていた。

「お兄ちゃんは、たとえ友達と喧嘩したって、ナイフで刺したりするような人じゃない」

今度は友理子が、兄をかばう番だ。

「アジュはあたしに教えてくれた。お兄ちゃんは悪い本に取り憑かれたんだって。お兄ちゃんがここから持ち出した本――エルムの書？　それがその悪い本なんでしょ？　人に取り憑いて悪いことをさせる本なんでしょ？　あんたたちの〝英雄〟なんだよね？　お兄ちゃんはそいつのせいで、本当は友達のこと傷つけたり殺したりなんかしたくないのに、させられちゃったんだよ」

あたしは〝英雄〟を見た。顔形はわからなかったけれど、姿を見た。へんてこな尖った王冠と、ぼろぼろのマントを見た。お兄ちゃんはその前で、床に頭を擦《こす》りつけていた。

「お兄ちゃんの前に立ちはだかって、〝英雄〟はそっくり返ってた。お兄ちゃんは騙《だま》されてるんだ。そうに決まってる。そうでなかったら、絶対ゼッタイ絶対に、あんなひどいことしないもん！」

息が切れて、友理子の語りも途切れた。言いたいこと、訴えたいことはまだ山ほどあるのに。

「この子は、姿を消した兄ちゃんを捜《さが》したい、助けに行くと言ってるんだ」

アジュが、助け船を出すように言い足した。

本たちのまたたきが、さわさわとそよいで速くなった。光の色が濃くなったり薄くなったりする。

「オレは無理だと言った。無謀だと言った。あのときはまだ知らなかったから」

　破獄が起こったということを。

　森崎大樹が〝召喚者〟になったということを。

「だけど、こうなってしまったからには、誰かが〝英雄〟を捕らえに行かなくちゃならない。そしてこの嬢ちゃんには、その資格があるんじゃないのか？」

　アジュの問いかけに、本たちは沈黙で答えた。ほのかな発光と、またたきだけを繰り返して。

　ずいぶん永《なが》いこと、誰も（どの本も）何も言わず、友理子の呼吸がすっかり平《たい》らかに戻ったころに、ようやく、向かいの壁面の書架のいちばん高いところから、重々しい声が響いてきた。

「資格を云々《うんぬん》するだけならば、おまえの言うとおりだろう。しかし、このような幼子《おさなご》をさらに辛《つら》い目に遭《あ》わせることを、アジュよ、おまえは正しい行いだと思うのか」

　しゃべっているのは、深い緑色のまたたきを放つ本だった。それが口を切ると、他の本たちが息を潜《ひそ》めるようにしてまたたきを薄くしたので、友理子にも容易に見分けがついた。

「正しいか正しくないかなんて、問題じゃない」

　ひどく突っ張った感じで、アジュが言い返した。

「この子は兄ちゃんを捜しに行きたいと願っているんだ」

「その道のりの険《けわ》しさを知らぬからだろう」

「嬢ちゃんなら平気だよ。な？」アジュは友理子に応援を求めてきた。「どんな辛い目に遭うとしても、今のまんまで元の暮らしに戻るよりはマシなんだよな？」

　嬢ちゃんは兄ちゃんのことで、学校へ行くといじめられるんだってさと、アジュは続けた。

「だから、兄ちゃんを捜しに行くって決めたんだ。そうなんだってば！」

確かに、アジュにはそう言った。でも、この不可解な状況で、「どんなに辛い目に遭うとしても」とまで言われると、友理子の決心も少し鈍《にぶ》るというか、揺れる感じがする。「どんなに」の度合いにもよる——というか。


「お兄ちゃんを捜すの、そんなに大変なこと？」

「おいおい何だよ、腰が引けちまったのか」

アジュは、友理子の弱気を敏感に察知《さっち》した。

「決心したんじゃなかったのかい？」

「したよ。したけど……」

何より気になるのは、さっき聞いた言葉だ。この世の終わりが訪れる。それって、一人の中学生の失《しっ》踪《そう》よりも、何十倍何百倍も重い事柄なんじゃないのか。それを友理子が背負うのか？

「アジュよ、少し黙っておれ」

深緑の光がまたたいて、そう命じた。それから友理子に話しかけてきた。

「幼子よ。おまえの名は何という？」

「友理子です」友理子も書架の高いところを仰ぎ、深緑の光を見つめて答えた。

「ユリコか。私のことは、そうだな、〝賢者《けんじゃ》〟とお呼び」

お爺《じい》さんのような、嗄《しわが》れた声の響きだ。

「私は、この館《やかた》の主人と親しくしておった」

「大叔父さん——水内さんと？」

「そうだよ。この館に来てからの年月は、私よりも永いものたちが多くいるが、親しさの度合いでは、私がいちばんだった」

ミノチはどうしているのかと、賢者は尋ねた。

「知らないの？」

「ここから姿を消して、もうずいぶん経《た》つ。旅にしては永すぎる期間だ。教えておくれ。ミノチは命が絶えたのだね」

そうですと、友理子は答えた。パリの古本屋さんの店のなかで倒れて、そのまま亡くなった。

「やはり、そうであったか」

「あたしも前に一度ここへ来たことがあるし、ほかにも伯父さん伯母さんたちが来てたし、そういうとき、ミノチさんが死んだって、話してなかった？」

「確かに、人はよく入り込んできたな。我々を見つけて驚いていた。しかし、彼らの話は断片的だったし、ミノチはこの世の付き合いを断《た》っていたから、あるいは己《おのれ》が死んだということにして、他所《よそ》へ行ってしまったということもあるかもしれぬと考えておったのだが」

　本当に死んでしまったのかと、賢者は呟いた。少し、寂しそうな声音に聞こえた。

「私はミノチと仲違《なかたが》いをしてしまった。ミノチがパリに出向いたのも、そのせいだろうと思う」

　人間と本が喧嘩をしたわけだ。ここの本たちなら、そういうことがあっても不思議ではない。ここはそういう場所なのだと、友理子はあらためて思った。

「私には、ミノチの願いをかなえることはできない。もともと不可能なことだった。ここに来て以来、永い時をかけてミノチにそのことを理解させようと努めてきたが、ミノチは私の考えを受け入れようとせず、私の説得を拒絶し続け、とうとう腹を立ててしまった。そして、私に代わる賢者を買い求めようと、また旅に出たのだよ」

　大金持ちで孤独な世捨て人の、古本コレクター。何を願っていたのだろう？

「ミノチは、死者を生き返らせる術《すべ》を求めていたのだ」

　今の状況全体が驚きに満ちているのに、そのうえに重《かさ》ねて、やっぱり友理子は驚いた。

「——誰を？」

「遠い昔に亡くなってしまった、ミノチのたった一人の大切な女性だ」

水内一郎は孤独な身の上だった。でも、たった一人だけ大事な女の人がいた。その人のことを愛していたんだろう。

その人が死んでしまったから、生き返らせようとしていたのだという。

「そのためだけに、こんなたくさんの本を買い集めて調べていたの？」

「そうだ。この世に在《あ》るすべての知識を集めれば、いつかは死者を蘇らせる方法が判《わか》ると、ミノチは固く信じていた」

友理子は、闇のなかでまたたく無数の光を見回した。そう、これは膨大《ぼうだい》な知識の集成《しゅうせい》なのだ。

「そんな努力は空《むな》しいと、私はミノチに告げた。死者を呼び戻す方法など、どこにも存在しない。少なくとも、ミノチが求めている方法は。だから、他の〝物語〟を選ぶよう、私はミノチに説きつけた。彼は聞き入れてくれなかった」

唐突《とうとつ》に〝物語〟という言葉が出てきた。幼子《おさなご》と呼びかけられるにふさわしいほど幼い友理子にも、言葉の使い方がおかしいことはわかる。ここは「方法」とか「道」とか「術」とか言うべきところではないのか。

「――物語？」

確認するつもりで復唱してみたけれど、賢者は説明を足さずに、ふわりと揺れるようにまたたいて、言った。「ユリコよ。私から見れば、アジュもまたおまえと同じくらいに幼い。アジュがおまえに肩入れする気持ちはわかるが、アジュは若気のいたりで、おまえにきちんとした知識を渡さず、ここまでうかうかと連れてきてしまった」

「そんなことないよ」久々に、アジュが声を出した。「オレを若造《わかぞう》扱いしないでくれ」

「それでも、おまえがユリコを混乱させていることに間違いはない」

決めつけられて、アジュは不満そうに呻《うめ》いた。

「賢者さん、アジュのこと怒らないで。アジュのおかげで、あたしは心強かったから。独りぼっちじゃないって気がしたから」

学校でいじめられたのも、本当のことだ。アジュがいてくれなかったら、友理子はとても持ちこたえられなかったろう。

「ならば、アジュを叱《しか》るのはやめよう」

優しい言い方だった。友理子も優しく、ありがとうと応じた。ちょっと考えてから、ありがとうございますと丁寧《ていねい》に言い直した。

「ユリコ。まずひとつ、おまえに決めてもらわねばならぬことがある」

このまま、両親を起こして家に帰るか。それとも、この先の話を聞くか。

「もちろん、話を聞いてから立ち去ってもよい。だが、長い話になるからの。おまえも両親の身が案じられるだろう。この館《やかた》は冷える」

確かに、友理子だって寒い。何もわからず眠ってしまっている両親は、放っておいたら凍《こご》えてしまうだろう。

「呪文で、温かくすることはできる?」

「――できなくもないが」

賢者の声が笑いを含んだ。

「それはつまり、おまえには、踵《きびす》を返してこの場を立ち去るつもりはないという意味か」

友理子は、はいとうなずいた。

「勝ち気な子だ」

褒《ほ》めてくれたんだろうか。

「そんなおまえでも、学校でいじめられるのは恐ろしいか。それほど恐ろしいことなのか」

「うん……でも、もうそれだけじゃないかな」

好奇心がありますと、友理子は言った。「本とおしゃべりできるだけでも凄いことだけど、もっともっと凄い話の、今は端《はし》っこしか聞かせてもらってないって感じだから」

　賢者はため息をついたようだった。「好奇心か。知識欲か。おまえは、おまえの兄とそっくりな瞳を持っている」

　友理子の胸が痛み、そしてときめいた。お兄ちゃんとあたしは似てるのか。

　賢者は誰か別の本の名を呼んだ。心得《こころえ》ましたと、その本が応じた。部屋を温かくする呪文は、眠りを呼ぶ呪文よりも少し長くて、音の響きも違っていた。

　ほどなく、友理子の足元から温かな空気が立ちのぼってきた。本の魔法。本物の魔法だ。

「ありがとう。これなら大丈夫です」

　友理子は脚立にきちんと座り直した。

「まず、〝英雄〟について語ろう」と、賢者は言った。

〝英雄〟とは、おまえの生きるこの〝輪《サークル》〟に存在するもののなかで、もっとも美しく尊《とうと》い物語だと、賢者は語り始める。

「それなら、あたしにもわかります。英雄ってそういう人のことだもの」

「人ではないのだよ、ユリコ。物語だ」

「だって――」

「人が生きているだけならば、どれほどの偉業《いぎょう》をなそうと、それはただの事実でしかない。思うこと、語ること、語られることを以《もっ》て、初めて〝英雄〟は生まれる。そして、思うこと、語ること、語られることは、これすべて物語なのだ」

〝英雄〟とは、すべての偉業の源泉《げんせん》の物語であると、賢者は言った。

「おまえが意味するところの、〝輪〟に在る人としての英雄は、源泉の〝英雄〟という物語から生まれ来る、写《うつ》しのようなものなのだ」

〝英雄〟という物語が先に存在して。

世の中で立派なこと、偉大なことをなした人が「英雄」と呼ばれ、永く語り伝えられるのは、その〝英雄〟という源泉の物語の写しが作られているということなのだ。

「そのようにして作られた写しもまた物語であるが故に、それらは源泉の〝英雄〟に力を与える」

物語は循環《じゅんかん》するからだ。人の歴史が永《なが》く続き、大勢の、ありとあらゆる種類の英雄が誕生し、その偉大な事績《じせき》が語り生み出され、語り継《つ》がれてゆくことで、源泉の〝英雄〟は力を増していった。

もっとも美しく、もっとも尊い物語が、大きく、強く成長してゆく。

「それって素晴らしいことじゃない！　源泉が大きくなれば、ますます立派な写しができる――大勢の、立派な英雄がこの世に誕生するってことだもの」

「それだけならば、確かに素晴らしいのだがな」

もっとも美しく尊い物語が光り輝けば、そこには同じくらい濃い影も生まれる。それもまた〝英雄〟だと、賢者は説明した。

「ひとつの盾《たて》の裏と表だ。正と負だ。光と影は、常に対《つい》となって存在する。このふたつを分かつことは、誰にもできぬ。けっしてできぬ」

光が強くなれば、影も濃くなる。

「〝英雄〟という源泉に、影と負のものが蓄積《ちくせき》し、それもまた光と同じように力を増してゆく。あたかも競《きそ》い合うように」

すると、どうなるのか。源泉から生み出される写しにも、同じ現象が起こるのだ。

「おまえの生きるこの〝輪《サークル》〟の英雄もまた、正と負を併《あわ》せ持つ」

源泉の負が濃くなれば、その写しの負も濃く、強くなってゆく。

「光は善良なるものであり、闇は邪悪なるものを司《つかさど》る」

賢者はゆっくりとひとつまたたいて、友理子を見おろした。

「闇が強さを増せば、どのようなことが起こるか。おまえの小さな頭でも考えることができるのではないかな？」

おおせのとおりに、友理子は小さな頭で考えた。

「世の中に、邪悪なことがたくさん起こるようになってしまう？」

そのとおりだよと、賢者は答えた。「数多《あまた》の強く光り輝く善なるものと、数多の暗く淀《よど》む邪悪なるものが、この〝輪〟に溢《あふ》れるようになった」

それ故に、あるとき、源泉の〝英雄〟は封印された。

「源を止めれば、新たな循環は停まる。すでにこの〝輪〟に現れてしまった正と負の英雄という物語を涸《か》らすことはできずとも、それがさらに増えゆくのを防ぐことはできる」

大きな循環を止めて、小さな循環だけに留《とど》めた。

「たとえば——蛇口をひねって元を閉めて、それ以上は水を出せないようにしたみたいに？　そして、これまでに出てしまった分だけを——それはバケツとかに溜《た》まってるので、ぐるぐる使い回しするようにしたの？」

意外なことに、賢者が笑った。やっぱりお爺《じい》さんの笑い方だった。

「面白い喩《たと》えだの。しかし、理解の仕方としてはそれで正しい」

マルをもらえたようである。

「でも、賢者さん。わからないんですけど」

さっきから頻繁《ひんぱん》に出てくる言葉。アジュも言っていた。

「〝輪《サークル》〟って、何のことですか」

どうやら世界とか、この世の中のことのように思えるのだけれど、なぜ〝輪〟という呼び方をするのだろう。

「世界って言っちゃいけないの？」

「世界は、〝輪〟ではないのだよ」

なぜなら、世界はあるがままのものだから。

「世界は、人の世が生まれる以前から存在する。世界は、人の世だけで成り立っているのではない。天体、自然。森羅万象《しんらばんしょう》のすべてが〝世界〟だ」

〝輪《サークル》〟は、それとはまったく異なるという。

「〝輪〟は、人が言葉を生み出し、〝世界〟を解釈しようとした瞬間に誕生したものだ。力であり、意志であり、希望であり願いであり祈りでもある。それらのすべてを包括《ほうかつ》する。それが〝輪〟だ」

難しくなってきた。友理子は、賢者の言葉についていこうと一生懸命頑張《がんば》った。

「じゃ、〝輪〟は人の世なんですね？」

「人の世は、〝輪〟の内の一部だよ」

「でも祈ったり願ったりするのは人間だよ」

「しかし人は、人の世で目に見えぬものに対しても解釈をほどこすであろう？ それは時として、人の世そのものよりも大きくなる。だからな、ユリコよ。〝輪〟は人の世よりも広大になる。それどころか、今では〝世界〟そのものよりも大きくなってしまった」

あるがままの存在の〝世界〟よりも。

それを解釈しようとする、力であり意志である〝輪〟の方が大きくなった？

「そしてその〝輪〟のなかでこそ、物語は循環するのだ」

駄目だ。ギブアップだ。友理子は両手を上げた。

「わかりません。頭がついていかないよ」

賢者は、学校の先生のように友理子を叱ったりしなかった。

「まだ仕方がない。おまえは幼い。今は、ただ聞いておくだけでいい。いつかわかる時がくる。いつかきっとわかってみせようと思えばよろしい」

宿題を出された。それは先生と同じだ。

「世界のなかに生きているのは、人だけではなかろう？　生き物だけでも、ほかにたくさんいるであろうよ」

「動物たちとか？　犬とか猫とか」

友理子は猫が好きだけど、お兄ちゃんは犬が好きだった。場違いな思い出が、ちらっと頭の奥をよぎった。ペットを飼うなら断然《だんぜん》犬だと、そのときだけは一歩も譲《ゆず》ってくれなかったっけ。

「そうだ。犬や猫は、物語を語るか？　世界を解釈しようとするか？　しないであろう。犬や猫は世界に生きてはおるが、〝輪〟を作りはせぬ」

「でも、犬や猫のこと、人間はよく知ってるよ。犬や猫が主役になるお話だってたくさんあるよ」

「それは犬や猫のお話ではない。犬や猫のことを、人が解釈しようとして創《つく》りあげたお話だ。犬や猫の〝輪〟ではない。あくまでも人の〝輪〟だ」

物語を作り、語るのは人間だけなのだから。

「それではユリコ。さらに考えてご覧《らん》」

物語はどこから生まれ出《いず》るのか。

そんなのは決まっている。

「人間が考えるんだから、人間のなかから出てくるんでしょ」

「なかから？　人間のどこに、そんな力がある」

「脳みそ」友理子は自分の頭をぽんと叩《たた》いた。

「ここんとこ。アタマ」

「本当にそうかな？」

友理子はちょっと迷い、今度は胸に手を置いた。

「じゃ、ここ。心。ハートです」

うん、その方が正しい感じがする。

「心か。それはおまえの身体のどこにある？　指し示すことができるか」

「だから、胸のなか」

「そこに在《あ》るのは、心臓というただの臓器ではないのかな？」

　今も規則正しく鼓動を刻んでいる。友理子の掌は、友理子の心臓の動きを感じ取っている。

「物語にはな、ユリコ。源泉が在るのだ。それは人間が世界を解釈しようとした瞬間に、〝輪〟が生まれたのと時を同じくして誕生した。すべての物語は、そこで生まれ、そこから〝輪〟へと流れ出て、〝輪〟のなかを循環する」

　源泉。そこに蛇口がついてる？

「ヘンですよ。物語は人間が考えるんだから、どっかほかの場所に源泉があるわけないよ」

「在るのだよ。人の数だけ在る」

「ホラ、そういうことでしょ？」

　賢者に指を突きつけるようにして、友理子は早口で割り込んだ。すると、賢者の口調に、友理子をたしなめる響きが混じった。私の言うことを注意深く聞きなさい。

「人の数だけ在るが、それはみな同じものなのだ。人の数だけ在るが、ひとつしかない。世界を解釈しようという意思は、ただひとつなのだから。ひとつの〝輪〟には、ひとつの源泉が在るだけだ」

　さらにわからなくなってきた。

「その源泉を、〝無名の地〟という」

　やっと出てきた。ムメイノチ。友理子は顔を上げ、しっかりと目を見開いた。ワケわかんないけど、少しでもいいから理解《わか》りたい。

「すべての物語が生まれ、すべての物語が回収される場所だ」

　〝英雄〟というおおもとの物語が封印されていたのも、その〝無名の地〟であると、賢者の言葉は続く。

「封印を守っているのは、〝無名の地〟にいる守人《もりびと》たちだ。〝無名僧《むめいそう》〟と呼ばれている」

「お坊さん？」

友理子の問いに、賢者は、適切な言葉を探すためにだろう、少し間を置いた。

それから答えた。「姿形はそのように見える」

だが本来は、かの者どもに名前はない、という。

「かつてかの地を訪れた〝輪《サークル》〟の者が、そのように名付けただけだ。おそらくは、かの者どもの外見が僧に似ているからであろうな」

「神様に仕える人たちじゃないんですか」

「〝無名の地〟に、神はおらぬ」

あらゆる「神」の素《もと》となる物語が在るだけだ。

「ともあれ、〝英雄〟のおおもと——本体も、そこで封印されておる」

友理子は〝無名の地〟についてもっと詳しく聞きたかったのだけれど、賢者は先回りしてそれを制するように、話題を戻してしまった。

「しかし、先ほども話したように、〝輪〟にはすでに流れ出ている〝英雄〟の物語がある。それは循環を続ける。重ねて——」

封印されている〝英雄〟本体について綴《つづ》った写本も、〝輪〟のなかに存在するという。

「前者は、人の記憶じゃ。後者は人の作った記録じゃ。この違いはわかるの？」

何となく。友理子はうなずいた。

「記録と記憶は互いに補《おぎな》い合う。記憶から記録が作られることもあれば、記録の至らぬところを記憶が補うこともある。記憶すべき事柄《ことがら》が無いにもかかわらず、記録から新しい記憶が生まれることもある」

だから、おおもとの蛇口を閉めていても、すでに流れ出ている〝英雄〟の物語が涸《か》れることはないのだ。

「ただ、本体が封印されている限り、危険なほどに影が濃くなることはない。一方で、光の輝きも、〝英雄〟の本体が自由であったころには遠く及ばぬものとなる」

それが〝輪〟の平和を保つ仕組みだと、賢者は説明した。

「しかし、人という生き物は、どれほど永い時をかけても、この素朴で大切な決まり事を理解することができぬらしい」

歎《なげ》くような口調になった。

「古来、人は〝英雄〟を求めてやまなんだ。それが封じられてしまえばなおさらのこと。求めて、探し、手にしようとあがき続けてきた」

その足がかりとなるのが「写本」である。

アジュが話してくれた。〝英雄〟そのものではないけれど、〝英雄〟の一部というか、影響力を持っている「本」だと。

「〝英雄〟について綴《つづ》った写本もあれば、〝英雄〟が成《な》した事柄について綴った写本もある。〝英雄〟に遭遇《そうぐう》した者どもの見聞録《けんぶんろく》もある」

すかさず、友理子は口を挟んだ。「〝エルムの書〟は？　どういう写本？」

「ごくささやかな見聞録じゃ」

それでも子供には充分だったろうと、賢者は苦々《にがにが》しい口調で言い足した。

「書物としての体をなして百年ばかりの、まだ若い本だよ。子供にはふさわしかろう」

友理子は思わずアジュを見てしまった。アジュも友理子を視《み》ているのがわかった。顔を見合わせたという感じだ。子供と「若い本」の組み合わせ。

「それらの写本を通して、人は〝英雄〟本体の力を垣間《かいま》見る。その力の一端を浴びる」

そして取り憑《つ》かれてしまう。

「無論、写本に触れた者がすべて取り憑かれるわけではない。取り憑かれる者には、取り憑かれるだけの資格が必要なのだ。そういう者を指して、我らは〝器《うつわ》〟と呼んでいる」

森崎大樹も、〝器〟だった。

「じゃ、〝召喚者〟は？　ただの〝器〟とどう違うんですか」

　さっき、〝最後の器〟という言い方もしていた。

「ユリコよ。おまえはなかなか賢いが、気が短い。勝手に先を急いではならぬ。知識とは、歩んで身につけるものだ。走れば、取りこぼすものの方が多くなってしまう」

　叱られたので、友理子はしおらしく口を閉じた。

「人が〝器〟となるために必要とするもの。正しく言えば、写本に触れて取り憑かれ、〝器〟となってしまう場合に持ち合わせている要素とは、ほかでもない、怒りじゃ」

　賢者は淡々と続ける。

「〝英雄〟の影の部分は、人間の怒りの感情を、ことのほか好むのでな」

「それってつまり、お兄ちゃんも誰かを怒ってたってこと？」

　またまた気の短い質問だったらしく、黙殺されてしまった。そして賢者は、友理子の問いに答える代わりに、こんなことを言い出した。

「おまえに限らず、この〝輪《サークル》〟に生きる人間たちは、〝英雄〟という言葉を、常に美しく善なるものとしてとらえておるようじゃ」

　だから、〝英雄〟の光の部分のみを指して、英雄と呼ぶ。人が普通に「英雄」という言葉を使うときには、それは善《よ》いものだ。

「故に、我らがこのようにして〝英雄〟の真実を語るとき、今ひとつ理解しきれずに戸惑うようじゃ。おまえもそうなのだろうな」

　たぶん、そうだ。友理子の頭のなかは、依然としてけっこうこんがらがっている。

「はい……」

「ならば、呼び名を変えよう。おまえがこれまで思ってきた、善なる〝英雄〟が英雄じゃ。そして、〝英雄〟の影の部分——邪悪なる部分のことは、〝黄《こう》衣《い》の王〟と呼ぶがいい」

コウイの、オウ。友理子が心許《こころもと》なげに復唱すると、アジュが横から、嬢ちゃんの使っている言葉で表すと、こういう字になると教えてくれた。

それで友理子もイメージが湧いてきた。確かに、友理子が目撃したあのヘンテコなものは、王様のような冠をかぶり、マントを身につけていた。マントの色が何色だったのかはわからないけれど。

「おまえが生まれるよりも前に、この〝輪《サークル》〟に一人の〝紡《つむ》ぐ者〟がおった」

物語を書く人のことだよと、これもアジュが教えてくれる。

「作家ってこと？」

「とは限らないけど、まあそうだね」

アジュの注釈を友理子が理解するのを待って、賢者は続けた。「その〝紡ぐ者〟は、〝英雄〟の真実に、人の身としては可能な限り近づいた。そしてそれをひとつの書物として綴《つづ》り残した。『黄衣の王』という書物である」

小説ではなく、戯曲《ぎきょく》だという。

「読む者を破滅に導く戯曲であると、その存在を知る者どもに激しく忌《い》み嫌われ、恐れられる一方、それを追い求める者もまた後を絶たぬ」

「つまりその本も、〝英雄〟の写本だってことですね」

「そのとおりだ。最強の写本のひとつだよ」

賢者は微笑《ほほえ》んだようだった。叱るときには厳しいけれど、褒めるときには、とても優しい。

「故に我らも〝英雄〟の影の部分を指して、〝黄衣の王〟と呼ぶことがある」

これから先は、その名を使おう。

「〝英雄〟の本体は、それを視《み》る者によって姿を変える」

　視る者が求める姿形をとるのだという。

「だからの、ユリコ。〝英雄〟が必ず王の身なりをしているわけではない。黄色い衣に身を包んでいるわけでもない。おまえが視たとき、王冠とマントを身につけていたのは、おまえの兄がそれを望んだからであろう。おまえの兄は、強大な力を持つ存在には王冠とマントがふさわしいと思っていたのではないのかな」

　友理子はお兄ちゃんが好きだったマンガや映画、小説を思い出してみようとした。王冠とマントの王様が出てくる内容のものがあったかな。

「そうかもしれません。イメージとしてはそうだったんじゃないかと思います」

　友理子自身、強大な力を持つ存在という言葉から、ほかの姿を想像するのは難しいような気がする。まさか総理大臣じゃないし――それだと背広を着た普通の小父《おじ》さんになっちゃう。あとはそう、軍服を着た将軍？　それよりは、王様の方が頭に思い浮かびやすいよね。テレビゲームとかにも出てくるし。

「わかりました。お兄ちゃんにあんなひどいことをさせたのは、〝黄衣の王〟というものなのね」

　邪悪なる、強大な力。

「さてユリコ。ここでまたひとつ考えてご覧」

　もしもおまえが、すべての自由を奪われ、気の遠くなるほどの永い時間、ひとつの場所に閉じこめられていたならば。

「おまえは何を望むだろうか」

　深く考えるまでもない。友理子は即答した。

「自由になりたいです」

「黄衣の王も、同じ望みを抱いておる」

　それには力が必要だ。己《おのれ》を閉じこめている封印を破るための力が。

「黄衣の王は、〝輪《サークル》〟に存在する写本を通して器《うつわ》に取り憑き、その力を集めておる。それを妨げることは、無名僧たちにもできぬ」

「どうして？　写本を全部回収しちゃえばいいじゃないですか」

「〝輪〟に散らばったすべての写本を？」

「そうですよ」

「途方もない時がかかる。しかも不毛じゃ」

「なぜ？」

「人は写本を隠す。あるいは、写本からまた写本をこしらえる。あとから、あとから、あとから」

友理子は顔をしかめる。小さな女の子が、大量の本の溢《あふ》れる真っ暗な図書室で、すべすべした白い額に皺《しわ》を刻んでいる。

「それなら、いっそ〝英雄〟という物語そのものを回収しちゃえば？　蛇口を閉めるだけじゃなくて、バケツに汲《く》み置きされてる水も全部」

ひと呼吸の間を置いて、賢者が穏やかに問い返してきた。「それでは、〝輪《サークル》〟のなかの善なるものも事柄も消え失《う》せてしまうではないか」

英雄物語がすべて回収されてしまったならば。

「だって……悪いものだけを回収すればいいじゃない」

「何が善で、何が悪いものか。その境界《きょうかい》を、どこに引く？」

友理子はちょっと腹が立ってきた。あたしは小学校五年生なんだ。まだそんな難しいこと、学校では教わっていないんです。

「写本に触れても、器《うつわ》にならぬ者もいる。写本に魅せられても、そこから善を成す者もいる。あるいは、写本が危険な存在であることを察知し、先ほど私が言ったのとは逆の意味で、それを世の人びとの目から隠そうと、奔走《ほんそう》する者たちもいる」

友理子は助け船を求めてアジュを見た。アジュはちゃっかり黙っている。目をそらしているような感じさえ受けた。

「いずれにしろ、〝輪〟のうちを循環する物語を涸《か》らしてしまうことはできぬのだ。最初に言ったろう？　〝輪〟と物語は同一のものなのだ。物語が消え失せれば、〝輪〟も消滅する。おまえに判《わか》る言葉を使うならば、それは即《すなわ》ち人の世から文化と文明が消えるということじゃ」

　そこには、ありのままの世界と。

　動物としての人間が残るのみ。

　渋々ながら、友理子は納得した。

「かくて、黄衣の王は写本を通じて力を蓄《たくわ》える」

と、賢者は続けた。「これまでずっと蓄え続けてきた。器は次々と現れる。そして、黄衣の王に力を与えるような所業《しょぎょう》を成す」

「たとえばどんなことですか」

「どのようなことだと思う？」

　正直言って、友理子の頭も心ももういっぱいいっぱいで、新しいことなど何も考えられない状態だった。腹立ちを通り越し、泣けてきそうになる。くたびれているのだ。

　友理子のすぐうしろで、柔《やわ》らかな甘い女の人の声が、小さく何かを言った。友理子は振り返った。

「なぁに？　もういっぺん言って」

「――さ」と、その声は言った。「いくさ」

　戦《いくさ》。戦争のことか。

「黄衣の王に取り憑かれた人たちは、みんな戦争を起こすっていうことですか」

　友理子は、賢者の深緑色の光と、柔らかく甘い声が放つ薄紫の光とを見比べながら、大きな声で問い返した。

「今も、おまえの暮らす〝輪〟のなかで数多《あまた》の戦が起こっておるよな」

「この国は大丈夫だよ」

「〝輪〟のなかでは起こっておると言うておる」

新聞に出てる。ニュースでも取り上げてる。

「それに戦は、必ずしも戦争だけを意味しないのですよ」女の人の甘い声が言った。

「人が人の命を奪う。人と人が相争う。それはすべて戦です」

「じゃ、事件とかも？　だからあの、犯罪とか」

「そうよ」女の人の声は、悲しそうに震えた。「人が一人殺されても、それも戦」

森崎大樹は同級生を一人殺害し、一人に重傷を負わせてしまった。

賢者が言う。「器《うつわ》たちが戦を起こすたびに、黄衣の王は力を蓄えてきた。何年も、何十年も、あるいは何百年ものあいだ、蓄えてきた」

封印を破るために必要な力はどれだけのものか。

「ひとつの星を滅ぼすほどの力じゃ」

だから、永い永い時がかかった。多くの器が消費されてきた。


「ユリコよ。どれほど高い塔であろうと、登り続けておればいつかは頂上に出る。どれほど深い洞であろうと、雨が降り続ければ、いつかはその縁《ふち》まで水が溜《た》まる」

黄衣の王に、封印を破るための力を与える、最後の一人の〝器〟。

ようやく、友理子は理解した。

「それこそが最後の器。〝召喚者〟じゃ」

封印を破り、破獄した黄衣の王は、最後の器の身体を借りて、この〝輪《サークル》〟へと降臨する。

「おまえの兄は、今や〝黄衣の王〟そのものへと成り果てた」

友理子は両手で頬を押さえた。温かなはずの図書室の闇のなかで、どうしようもなく身体が戦《おのの》き始める。

「それなら、お兄ちゃんは……」

本たちが色とりどりにまたたきながら友理子を見

守っている。

「今、どこにいるんだろう。〝輪〟にいるってことは、この世にいるんだよね？」

誰も答えてくれなかった。

「――あなたたちにもわからないんですか」

絶望の吐息と共に、友理子は問いかけた。

「見当もつかないの？　手がかりもないの？」

ごめんなさいと、あの甘い女の人の声が囁《ささや》いた。

「黄衣の王が、おまえの兄の姿を借りたままでおるとは限らぬ」と、賢者が言った。

「おまえの兄は、最後の器《うつわ》として早々に喰《く》い尽くされてしまったかもしれぬでな」

「賢者、そこまで言わなくてもいいじゃないか」

たまりかねたようにアジュが割って入った。

「嬢ちゃんが可哀相《かわいそう》だよ」

「ならばアジュよ、ユリコをここへ連れてきたのが間違いじゃ」

アジュは悔しそうに黙り込んだ。

「手がかりがないわけではない」

賢者の声に、友理子はポニーテールが背中にぶつかるほどの勢いで身を起こした。

「本当？」

「おまえが〝無名の地〟を訪れるならば、無名僧たちが何か教えてくれるかもしれぬ。あるいは、おまえの力になってくれるかもしれぬし、おまえの方が、かの者どもの力になることもできるやもしれぬ」

友理子は思い出した。アジュが言ってた。「あたしには、その資格があるとか何とか……」

「最後の器と、血肉を分けた者であるからな」

そして子供であるから。

「大人は駄目だっていうのは、なぜですか」

「大人は、既《すで》にして多くの物語に染まりすぎておるからじゃ。〝無名の地〟へ足を踏み入れたならば、人としての形を保《たも》っておることさえできぬであろう」

　わかんないよ。けど、あたしじゃなきゃ駄目だってことなんでしょ？　お父さんやお母さんじゃ駄目。警察でも軍隊でも駄目。

「放っておいてもよいのだよ、ユリコ」

　意外な言葉に、友理子は目を剝《む》いた。賢者さん、何を言い出すの？

「おまえは幼い。力弱い。進んで重荷を負うこともなかろう」

「だけど、放っておいたらこの世が滅びてしまうんでしょう?」

「この〝輪《サークル》〟が滅びる」

「そんなの言葉の違いだけじゃない！」

「この〝輪〟は滅びても、また新しい〝輪〟ができる。それにな、ユリコ。この〝輪〟もまたたく間に滅びるわけではない。まだ時はある」

　友理子が成長し、大人になり、充分に人生を謳歌《おうか》するに足りるぐらいの時間はあるかもしれない。

「忘れてはいけないよ。破獄したのは〝英雄〟じゃ。英雄と黄衣の王の、双方を併せ持つ物語なのじゃ。ならばこの〝輪《サークル》〟に顕現《けんげん》するのは、黄衣の王の孕《はら》む巨大な邪悪ばかりではない。英雄の強大な善もまた顕現することになる」

　友理子の生きる〝輪〟は、一方的に滅ぼされるわけではないということだ。

「――善と悪との戦いが起きるんだね」

　賢者はうなずくように二度またたいた。

「その戦いには、多くの人びとが加わることであろう。おまえ一人が戦うことはない。戦うにしても、もっと大人になってからにすればよい」

　アジュが友理子の視線を惹《ひ》きつけようと、強い光を放ってよこした。

「それにね、嬢ちゃん。この〝輪《サークル》〟のなかには、すでに〝英雄〟の破獄を察知している大人たちがいる。

その連中は、遠からず動き出すはずだよ」

「どんな人たち？」

「写本を探して世界中を歩き回っている大人たちだ。さっき賢者が言ったろ？　写本を見つけて隠そうとしている連中だ」

「あるいは、写本の中身を研究し、〝英雄〟の真実を知ろうとしている者どもだ」と、賢者が言った。「そうして得た知識を砦《とりで》として、黄衣の王からこの〝輪〟を守ろうとする者どもだ」

〝英雄〟を追跡し、黄衣の王を狩るために営々と捜索と研究を続けている人びと。

「それらの人間を、我々は〝狼《おおかみ》〟と呼んでおる」

鼻がきくから。鋭い牙《きば》と、疲れることを知らない脚を持っているから。

「だからさ、そいつらに任せておいたっていいんだよ。嬢ちゃんが頑張らなくたって」

アジュは精一杯明るい声を伝えてくる。

友理子は、二冊の本が代わる代わる投げかけてきた言葉を噛《か》みしめて、よくよく考えた。実は心が空回りして、とてもじゃないがちゃんと思考しているとは言えない状態だったのだけれど、本人としては必死で集中し、熟考しているつもりだった。乱れて垂《た》れ下がってきた髪をかきあげ、洟《はな》をすすりながら。

「――〝狼〟の人たちは、お兄ちゃんも助けてくれるかしら」

結局、友理子の想《おも》いはそこに行き着くのだった。賢者もアジュも答えない。あの甘く優しい女の人の声も黙《もく》したままである。

「無理なんだね」と、友理子は自分で自分の問いに答えた。「そこまではやってくれないよね」

そもそも、待っていたら間に合わないかもしれないのだ。

「だったら、やっぱりあたしが行かなくちゃ。お兄ちゃんを助けに行かなくちゃ」

きっぱり言い切ると、身震《みぶる》いが出た。

図書室を埋め尽くす数多《あまた》の本たちが、友理子と一緒に震えて、ため息をついたようだった。

「やはり、そうなるか」

賢者の声が響き、友理子は顔を上げた。

「おまえも既にして、英雄の物語のなかにおる」

あたしが――英雄。

「忘れてはいけないよ。無理にでも思い出しなさい。朝に夕に、その心に言い聞かせるのじゃ。英雄と黄衣の王は、ひとつの盾の表と裏だということをな」

「賢者！　本気なのか？」アジュが食い下がる。

「嬢ちゃんはこんなに小さいんだぞ」

「ユリコを〝無名の地〟に送る」

「賢者！」

「大丈夫よ、アジュ」友理子はアジュをそっと撫でた。「あたし、頑張るから。それに、独《ひと》りぼっちじゃないもの。〝無名の地〟で味方が見つかるかもしれないし、今はまだ会えなくても、お兄ちゃんを捜《さが》しているうちに、〝狼《おおかみ》〟の人たちとも会えるかもしれないじゃない」

今はたった一人だけれど。

「だったら――そうだ！」アジュの声が弾《はず》んだ。

「まずはこっちで〝狼〟を探したらどうだい？　ミノチは〝狼〟を知っていたはずだ。ここを訪ねてきた奴《やつ》だっていたじゃないか」

「本当？」友理子の心にも希望の灯がともった。

「水内さんの知り合いってことだよね？」

「どこの何という者なのか、我々にはわからぬ」賢者は答えた。「ミノチは〝狼〟を警戒し、この屋敷には招き入れることがなかったからの」

確かに何度かそれらしい訪問者があったけれど、大叔父さんはいつも門前払《もんぜんばら》いにしていたそうだ。

「どこかに控《ひか》えがあるかもしれないよ」アジュは諦《あきら》めない。「何か書いて残してあるかも」

「アドレス帳みたいなもの？」

「そうだよそうだ。知ってるかい？」

友理子は知らない。それに、大叔父さんがそのようなものを持っていたとしたら、パリで倒れたときに身につけていた可能性も高い。誰がそれを保管しているのかわからない。

「だったら、そいつを探すのが先決だ。嬢ちゃんの親父《おやじ》さんたちを起こして」

友理子は迷った。名案のように聞こえる。でも、それにはまず、このとんでもない話をお父さんとお母さんに信じてもらうところから始めなくてはならない。手間がかかりすぎる。

「アジュ、あたしにしたみたいに、お父さんとお母さんにも説明してくれる？」

もちろんとアジュは答えたが、賢者が割って入った。

「ユリコの両親は、その目で見てその耳で聞いたとしても、信じるまい」

「何でだよ！」

「アジュよ、少しは冷静になるがよい。おまえにもわかっておるはずじゃ」

大人たちは、友理子と同じ立場に置かれたなら、信じるよりも疑う。自分の目と耳と――頭を。

「……そうだね」

賢者の言うとおりだ。友理子は目をつぶった。

「ここまできて、ぐずぐずしてはいられないよ」

その言葉を踏ん切りに、脚立から立ち上がった。

「ではユリコ。まずはおまえの分身をつくろう」

「分身？」

「おまえが一人で他所《よそ》に行ってしまったら、両親が案じるとは思わぬか？」

あ、そうか。でも――

「分身って、どんな感じのものなんですか」

「まあ、見ておるがよい」

ヴァジェスタよと、賢者が呼んだ。友理子の左手奥の、ちょうど頭の高さぐらいのところで返事があった。

「お嬢ちゃん、一歩前に出て、両手を前に伸ばしてくれる？」

軽やかな女の人の声だった。

「わたしが飛び降りるから、受け止めて」

言われたとおりにすると、ビロードのような手触りの黒い本が手のなかに落ちてきた。

「さあ、始めましょう。あなたの髪の毛を一本ちょうだいね」

# 第三章　無名の地

瞼《まぶた》を開ける前に、友理子はほのかな風を感じた。前髪にはらりと触れ、額《ひたい》を撫《な》でて通り過ぎる微風。

そして匂《にお》い——土と草と、あとは何の匂いだろう。友理子が暮らす町には存在しない、友理子の鼻が慣《な》れていない匂いだ。

運動靴の底からは、柔《やわ》らかな感触が伝わってくる。これは知らない感触じゃない。きっと、そう、芝生だ。あたしはたぶん、芝生の上に立ってる。

ほんの少し前まで、友理子は水内《みのち》一郎の図書室にいた。賢者たちに指示されるまま行動していたのだ。手のなかに落ちてきた本を受け止めては、その本のページを繰って必要な箇所《かしょ》を見つけ出す。そこに書かれているという文章を読み上げる——もちろん友理子には読めないので、賢者が読んでくれるあとにくっついて復唱《ふくしょう》するだけなのだけれど、本を手にして友理子の声で読むことが肝心《かんじん》なのだという。

それから、別荘のなかを探し回って白いチョークを見つけ出し、それを使って、賢者が指示した本のなかに載っている図版をお手本に、図書室の床の上に、風変わりな魔法陣《まほうじん》みたいなものを描いたりもした。そのためには、まず床に積み上げられているたくさんの本を片付けなくてはならなくて、重たいのと、埃《ほこり》っぽくてやたらとくしゃみが出るのとで、けっこう辛《つら》い思いをした。

それでも、肩や腰の痛みや、埃で充血した目のイライラするようなむず痒《がゆ》さも、苦労して描いた魔法陣から自分の分身が生まれ出てきたのを目撃した瞬間に、どこかへ吹っ飛んでしまった。息が停《と》まってしまうほど驚いた。なにしろ、魔法陣の真ん中に置いた友理子の髪の毛から友理子そっくりの女の子が出現して、ニコニコしながら近寄ってきたのだから。

「逃げることはない。おまえが留守にしているあいだ、おまえの代わりを務める分身だ」と、賢者が説明してくれた。

「さ、触っちゃいけないんだよね？」

　以前、お兄ちゃんが借りてきたDVDで、そういうSF映画を観《み》たことを思い出したのだ。主人公がタイムマシンに乗って、過去の自分に会いに行く。タイムマシンを作った科学者は、主人公に、何があってももう一人の自分に触れてはいけないと言う。触れた瞬間に、主人公だけでなく、世界そのものが消えて失《な》くなってしまうから。

　賢者は穏《おだ》やかに笑った。「そんな心配は無用じゃ。その分身はおまえらしく行動する、おまえの僕《しもべ》なのだからの」

「ホント？」

「何でも命じてごらん」

　そこで友理子は、分身を生んだ魔法陣を消す作業を、分身に手伝ってもらった。床に描いたチョークの線をきれいに消すのは思いのほか難しく、分身は、友理子が「どこかにモップがあると思うから、探してみて」と頼むと、五分もしないうちにモップを持ってきてくれた。

「次の魔法陣は、先ほどのものよりずっと複雑じゃ。間違わぬよう、丁寧《ていねい》に描くのじゃよ」

　それこそが、友理子を〝無名の地〟へと送り込む門《ゲート》を開くための魔法陣なのだった。

　四苦八苦《しくはっく》しながらようやく描き終えて、勇んでその真ん中に踏み込んで行きたい気持ちと、怖くて尻《しり》込《ご》みする気持ちに引き裂かれて、友理子は突っ立ったまま息を荒らげていた。と、賢者の声がした。

「ユリコよ、おまえはいつも、そのようにして前髪を額に垂《た》らしているのかね？」

今はそうなっている。実は友理子は、おでこが広いことをちょっぴり気にしているのだ。前髪を下げていると、すぐお母さんに「目が悪くなるでしょ」と叱《しか》られるから、普段はピンで留《と》めたりムースで固めたりしているけれど、動き回っていると自然に額《ひたい》にかかってしまう。

しかし、この緊迫したシーンで、拍子抜けする質問である。

「それが何かモンダイなんですか」

「手で前髪を持ち上げて、額を見せなさい。そして私のいる方に向き直り、顔を上げなさい。おお、まだ床の魔法陣を踏んではならぬ」

友理子は背中を書架にくっつけるようにして後ろに下がり、言われたとおりにした。

賢者が呪文を唱《とな》え始めた。歌のように節《ふし》回しがついているけれど歌ではない。お経《きょう》のような抑揚《よくよう》があるけれどお経でもない。初めて耳にする不可思議な言葉と音の流れだ。

賢者の声がひときわ朗々と高鳴り、ぴしゃりと終止符を打つように止《や》んだ。次の瞬間、床にチョークで描いた魔法陣が、青白く燃え立つような光を放った。友理子は飛びあがりそうになった。

額に、冷たい指先で撫でられたような感触が走った。思わず手を上げてそこに触れる。魔法陣の輝きは一瞬で失《う》せた。

だけどまだ、何かが光っていた。友理子のすぐそば、顔の近くで。

「廊下のどこかに鏡があったはずじゃ」

持ってきてやっておくれと、賢者が直《じか》に友理子の分身に命令した。分身は軽やかな足取りで図書室を出て行くと、小さな四角い鏡を手に戻ってきた。フレームが錆《さ》びて、鏡面の三分の一ほどが曇りと黴《かび》に覆《おお》われている。

「顔を映してごらん」と、賢者が友理子に言った。

友理子は、鏡を受け取ったときに触れ合った分身の手の温かみに驚いて、ちょっと聞き逃した。

「ユリコ、鏡で顔を見てみるのじゃよ」

あわてて四角い鏡を持ち上げてみた。

額に、五百円玉くらいの大きさの魔法陣が写っていた。その光が友理子の目に入って、何かが顔のそばで輝いているように感じられたのだ。

小さな魔法陣はペパーミント色の光を湛《たた》えている。蛍光塗料《けいこうとりょう》でイタズラ描きをしたみたいだった。

「これ――？」

床の魔法陣とそっくり同じじゃないか。

「その額の印《いん》を使って、おまえはおまえの居るこの〝輪《サークル》〟と、無名の地を自由に行き来することができる。その印は、おまえが門《ゲート》を通り、自在に通行することを許された印《しるし》でもあるからの」

無名の地とこの現実の場所を行き来するときには、額の印に手をあてて、それを願うだけでいいのだという。

「え？　じゃあ無名の地からこっちへ帰ってくるときは、この別荘だけじゃなくて、どこへでも好きなところへ行けるの？」

「そうじゃよ」

但《ただ》し――と、賢者は声を強めた。

「このミノチの図書室にある魔法陣が消されてしまったり、損なわれてしまったりすると、おまえの額の印も効力を失ってしまう。まめにここに戻り、床の魔法陣が無事であることを確かめるようにしておくれ」

伯父さんたちや弁護士さんたちが訪ねてきて、何だこの床の落書きは、なんて驚いて消しちゃったりしたら大変だということだ。

「あたしがいないあいだ、賢者さんたちの魔法の力で、この別荘に誰も入ってこないようにすることはできませんか？」

「できるよ」

「じゃ、お願いします」

「じゃが、ここへ入ろうと思う者たちが、なぜ何度訪れてもなかへ入れないのだろうと訝《いぶか》ることまで止めることはできぬ」

　魔法も万能ではないのである。

「それでヘンな騒ぎになっちゃったらマズイってことですよね」

「そのとおり」

　友理子はしっかりとうなずいた。

「わかりました。よく気をつけます」

「賢者、大事なことを言い忘れてるよ」久しぶりにアジュの声が聞こえてきた。「嬢ちゃん、その印は、やたらに他人《ひと》に見せたらいけないんだ。普段は前髪をおろして隠しておくんだよ」

　ああ、だから髪型のことなんかが問題になったんだ。

「アジュは気が短い。今、わしが説明しようと思っておったのに」

　だいいち、それでは言葉が足りぬと、賢者はちょっと気を悪くしたように続けた。

「無名の地では額の印を隠す必要はない。隠さねばならぬのは、おまえが生きて足を置いているこの〝輪《サークル》〟のなかにいるとき。そして、無名の地からこの〝輪〟の内の、違う領域《リージョン》へ渡ったときだけじゃ」

「違う領域って？」

「行けばわかる」

「それから、それから」アジュがせっかちに割り込んでくる。「行く先々で、ちゃんと隠しておいても、嬢ちゃんが額に印を持ってるってことを見抜く人間に出会うことがある。そういうヤツは、〝狼《おおかみ》〟だよ。彼らは知識を持っているから、印の存在を感じ取ることができるんだ。だから心配しなくてもいい。けど〝狼〟には変人が多いから、別の意味では気をつけなよ」

どう気をつければいいんだろう。

「〝狼〟って、ミノチさんと同じように古本を集めてる人たちなのかな」

「たいていはね」

「じゃ、乱暴なヒトはいないよね」

学者さんみたいな人たちなんだろう。でも、アジュはう〜んと唸《うな》った。

「とにかく変わり者が多いんだ」

「〝狼〟は追跡《ついせき》者じゃ。狩人《かりうど》じゃ」と、賢者が厳しい口調になった。「そしてアジュよ、おまえはまた言葉が足らぬ」

額にこの印を戴《いただ》いたことで、友理子もまた〝狼〟に等しい存在になったのだと、賢者は言った。

「あたしがですか？」

「〝英雄〟を、〝黄衣《こうい》の王〟を追跡するために、おまえは旅立つのだからの」

森崎大樹を捜索するということは、彼を最後の器として破獄した〝黄衣の王〟を追いかけることに他ならないのだ。

「今、この瞬間に、〝黄衣の王〟は察知《さっち》しておる。ユリコよ、おまえという印を戴く者《オルキャスト》が誕生したことを」

オルキャスト。友理子は呟《つぶや》いて復唱した。

「無名の地にて、無名僧《むめいそう》たちが使っておる言葉では、そう呼ばれる。それが、これからのおまえの身分じゃ」

それよりも何よりも、友理子の胸は騒ぐ。

「あたしのこと、敵に知られているんですか」

膝《ひざ》ががくがくしてきた。何か話が違うという感じがする。あたしはただお兄ちゃんを捜したいだけなんだけど、どうしてこうなるの？　あたしってやっぱり、理解が足りないまんまに、すごく大きなことを始めちゃったんだ。

「〝黄衣の王〟は、破獄したことで自由に力を蓄《たくわ》えられるようになった。この〝輪《サークル》〟に手足を伸ばし、成長することにかまけて、おまえのような小さき者には目をくれず、放っておいてくれるかもしれぬ。が、どこかで邪魔に感じれば、おまえを消し去ろうと動き出すかもしれぬ」

ますます話が違わない？

「あれがどのようにふるまうか、今はまだわしらにもわからぬ。しかしユリコよ、〝黄衣の王〟の放《はな》った使い魔に出遭《であ》うことがあれば、充分に注意することじゃ」

使い魔。友理子の喉《のど》がごくりとした。

「無名僧の人たちって、強いですか？」

賢者は答えない。

「アジュ、〝狼《おおかみ》〟の人たちは、あたしが頼んだら助けてくれるかしら」

アジュも沈黙している。友理子はそろそろと足を踏み出して、彼を——赤い本を手にした。

「アジュ、あなたはあたしと一緒に行ってくれない？」

アジュの赤い光が、電池切れになったみたいにひわひわと弱く瞬《またた》いた。「オレにはまだ、無名の地に召喚《しょうかん》される時が来ていないんだ」

友理子はため息をつき、アジュを書架の棚に戻した。ごめんよと、アジュは言い訳がましく呟《つぶや》いて、友理子の掌《てのひら》に震《ふる》えを伝えてきた。

「それでは、行くかね」

やめます、と言いそうになった。

涙が出てきそうになった。

傍《かたわ》らで、友理子の分身が手を差し伸べてくる。

友理子はとっさにその手をつかんで握りしめた。

が、分身はゆるゆるとかぶりを振る。

「その鏡を分身に渡しなさい」と、賢者が言った。

「この〝輪《サークル》〟から、無名の地に何かを携《たずさ》えてゆくことはできぬ。身体《からだ》ひとつで渡らねばならぬのじゃよ」

がっかりして、友理子は分身に鏡を手渡した。未《み》練《れん》がましく分身の手を離さずにいると、分身の方がそっと指をほどいてしまった。

「発《た》つ前に、両親の顔を見てくるか？」

さっきチョークを探しに行ったときに、廊下と玄関脇のマットの上で、赤ちゃんみたいにスヤスヤ眠っているお父さんとお母さんを見つけた。揺り起こして話しかけたくなる衝動《しょうどう》と闘って退《しりぞ》けるために、友理子は全身の力で踏ん張らなくてはならなかった。

「いいです。このまま行きます」

もう、どうとでもなれだ。学校でいじめられることの辛《つら》さを思ったら――これぐらい――こっちの方が怖いかもしれないけど――

でも、後には引けないって、こういう局面のことを言うんだろう。

「お父さんとお母さんのこと、お願いね」

分身に話しかけると、分身は微笑《ほほえ》んでうなずき返してきた。「任《まか》せて。ちゃんとやるから」

しゃべれるんだ！　友理子の声だ！　そりゃそうだよね、分身なんだから。でも驚きだ！

「あたしがこっちへ帰ってきたとき、あたしが二人いたらおかしくない？」

「大丈夫。おかしくならないようにする方法があるの。そうなったら説明するからね」

本物の友理子より大人びた口調だ。二歳ぐらいお姉さんのような感じである。

「行ってらっしゃい。気をつけて」

あたしの髪の毛があたしより立派な人格を持ってるなんてこと、あり？

「それでは、門《ゲート》を開くとしよう。ユリコよ、魔法陣の中央に歩み入るがよい！」

少しフラつきながらも、友理子は魔法陣の真ん中に立った。賢者の呪文の詠唱《えいしょう》が始まる。今度は賢者だけではなかった。図書室に集められているすべての本が唱和《しょうわ》を始めた。アジュの声も聞き取れた。

魔法陣が青白く燃え上がる。友理子の身体を包み込む。まぶしさに、友理子は目を閉じた。魔法陣のすぐ外で分身が手を振っている姿を、瞼《まぶた》の奥に焼きつけて——

そして今、ここにいる。柔らかな芝生のような下草を踏みしめて。

移動してきたという感覚はなかった。空を飛んだり、地に潜《もぐ》ったり、何かをくぐったり飛び越えたりするような感覚もなかった。

ただ、気がついたらここにいる。

ゆっくりと、友理子は瞼《まぶた》を開いた。

小さな頭と心で、できる限りの覚悟を固めてきたつもりだった。届く限りの想像をしてきたつもりだった。あらゆる突飛《とっぴ》なもの。頂上からどん底までの極端なもの。

目に入った景色は、そんな友理子の気負いを瞬時に吸い込み、散らしてしまった。

灰色の空と、その色を映して対《つい》になるようにどこまでも広がる枯れた草原。友理子はそのなかに、ぽつりと独《ひと》りで佇《たたず》んでいた。

目の上が明るい。額の印が輝いているのだ。手を上げてみると、指先をほのかに青白く照らして、すぐに消えた。確かに着いたんだよ——と、報《しら》せてくれたのだ。

空がひどく低いところに見える。雲が垂れ込めているのだ。その下を霧《きり》が流れている。雲よりも少しだけ青みがかって、冷ややかな色合いだ。とても細かな氷の粒が気流に乗って動いている。そんなふうに見える。

地を覆《おお》い尽くす灰色の草は、触れてみると驚くほど柔らかく、しなやかで瑞々《みずみず》しい。もしかすると枯れているのではなく、もともとこういう色なのかもしれない。草に触った手を鼻先につけると、ツン、と土が薫《かお》った。指は露《つゆ》で濡《ぬ》れている。

三六〇度、視界いっぱいに、空と草原だけ。地面はうねり、波頭《はとう》の立たない海原のように、ところどころで緩《ゆる》やかにカーブを描いて上下している。高くなっているところでも、丘《おか》と呼べるほどの傾斜はなく、低くなっているところでも、窪地《くぼち》と呼べるほどの広さはない。

どこかでこれと似た景色を見た覚えがある。少し考えて、友理子は思い出した。砂丘《さきゅう》だ。この草原を砂地に変えれば、これは砂漠の眺めになる。

ここが、無名の地。

この色彩を欠いた景色が。

何ということもなく、友理子はくちびるをすぼめて口笛を吹いてみた。ピーという頼りない音が、風にさらわれて草原の向こうへ消えてゆく。

どっちへ行けばいいんだろう。

そのとき、霧の流れの向こうから、唐突《とうとつ》に湧《わ》き上がるように、鐘《かね》の音《ね》が聞こえてきた。

思わず後ずさりして、友理子は身を縮め、周囲を見回した。後ろに下がれば後ろから、前に避《よ》ければ前方から、鐘の音が押し寄せてくるように感じたのだ。どこから聞こえてくるのか判断がつかない。地から湧き、空から降ってくるようだ。

頭上から流れ落ちる霧が、はるか彼方《かなた》で、衣《ころも》の襟《えり》を開くように二つに分かれた。鐘の音を合図に、友理子の視界を開けてやることにしたとでもいうかのように。

緩やかに持ち上がり滑《すべ》るように下降《かこう》する草原の彼方に、巨大な建造物のシルエットが浮かび上がってきた。友理子は目を瞠《みは》った。風が目に染《し》みて涙がにじむ。それでもまばたきすることさえ忘れてしまった。

寺院だろうか。教会だろうか。それともあれはただの山並みで、友理子は見間違いをしているのだろうか。山肌が襞《ひだ》をなし、屏風《びょうぶ》を立て広げたように見える景色なら、家族旅行で出かけた日本アルプスで目にしたことがある。あれとそっくりだ。

でも山はあんな色をしてはいない。あの雲よりも濃く暗く沈んだ灰色と、深く輝く紫水晶の色と、漆《しっ》黒《こく》と。それらが組み合わされて、確かにあれは、建物だ。

頂点には屋根がある。正三角形の屋根だ。左右の二辺から角《つの》のような柱を生やしている。屋根というより、尖塔《せんとう》と呼ぶべきなのかもしれない。その下に一段、二段、三段――ここからでは裾《すそ》の方まで見てとることができない。建造物は重層《じゅうそう》的に積み重なっている。襞のように見えるのは、その外壁を走る装飾柱《そうしょくちゅう》の列があるせいだ。漆黒に見えるのは窓なのだ。紫水晶の輝きは、その窓に灯《とも》る明かりの色なのかもしれない。

鐘の音は、その巨大な建造物から聞こえてくるのだった。

そして、今また出し抜けに、止《や》んだ。

風が鳴る。その風のなかに、人の声が混じっていることを、友理子の耳は聞きつけた。

歌だ。誰かが歌っている。低く地を這《は》うような音の響きが、草原を渡って近づいてくる。

思いがけず近いところで、松明《たいまつ》の炎が燃え上がった。風に乱されて火花の尾を引いている。ひとつ、ふたつ、みっつ。草原のなだらかな山型のカーブから、松明が飛び出した。続いて人の頭の形が見えてきた。一人、二人、三人。

三人が山型のカーブのてっぺんまで登ってくると、真っ黒な衣を身につけていることがわかった。くるぶしの少し上までかかる丈《たけ》の衣を、臑《すね》にまつわりつかせて歩いてくる。裸足《はだし》だった。

　近づいてくる。迷いのない足取りで、同じ歩幅で、急ぐでもなく、だが確実に。彼らが高く掲《かか》げている松明の光で、姿がはっきり見えるようになってきた。友理子は二、三歩彼らの方に駆け寄って、そこで停《と》まった。そうしろと命じられたわけではないのに、自然と姿勢を正していた。

　間違いない、あの三人は無名僧だ。そう思ったからである。

　三人がカーブを降りてくる。降り切ると、友理子との距離は十メートルぐらいになった。

　三人と一人のあいだの草原を、一陣の風が吹き渡る。松明から火の粉が舞い上がる。

　三人が足を止めた。歌うのをやめた。

　二人は松明を頭の高さにまで降ろした。まだ頭より高く松明を掲げている一人が、一歩前に出た。その人が何か言う前に、友理子が何か言う前に、友理子の額の印が明るく輝き、すぐ元に戻った。

「幼子《おさなご》よ」

　若々しい男の声が呼びかけてきた。

「新たなる印《オルキャスト》を戴く者よ」

　彼らの背後には、遠く霞《かす》んで、あの巨大な建造物が立ちはだかっている。だからその呼びかけは、彼方の建物そのものが発した声であるかのように、友理子には思えた。

　はい、と友理子は応じた。喉《のど》が縮んでしまい、大きな声を出せなかったのに、その返事は軽やかに通って、草原に響いた。灰色の空と冷たい霧が、友理子の返事を反響して木霊《こだま》する。

「我らは万書殿《ばんしょでん》の守人《もりびと》、無名僧にございます」

　若々しい男の声がそう名乗ったかと思うと、松明を掲げたまま身を折り、深く一礼した。後ろの二人も同じように頭を下げた。

どうしていいかわからず、友理子はただ気をつけをして立っていた。

三人の無名僧は頭を上げた。先頭の一人が言った。

「ここは無名の地。印《オルキャスト》を戴く者の訪れに、二の鐘を打ち鳴らし、お迎えにあがりました」

おいでなさい。促《うなが》すようにうなずきかけ、先頭の一人が半身《はんみ》になると、友理子に道を開けた。

一歩踏み出すまで、無限の時間が過ぎたように、友理子は感じた。門《ゲート》の魔法陣の真ん中に踏み込んだときよりも、勇気が要った。今度こそ引き返せない。この無名僧たちについていったら、本当に事が始まってしまう。だけど今の今、スミマセンあたしやっぱり帰りますと謝《あやま》って引き返すなら、まだ許されるような気がする——

でも、友理子は踏み出した。

「恐れることはありません」

友理子が近づくと、先頭の無名僧が穏やかな口調で言った。

「この地には、あなたを脅《おびや》かすものは何ひとつない。まずは万書殿にご案内申し上げます」

後ろにいた二人が左右に並んで先に立つ形になり、先頭の一人が友理子と並び、友理子の歩調に合わせて歩き始めた。

「バンショデンって、あの建物のことですか」

指さすのは憚《はばか》られる気がして、友理子は視線で前方の巨大な建物をさした。

「左様《さよう》でございます」

「どういう字を書くんですか」

尋ねてはみたけれど、その質問の意味が、隣を歩く無名僧には伝わらなかったらしい——と、あわてていると、

「ああ」彼の顔がほころんだ。「あなたの〝輪《サークル》〟のなかの、あなたがお使いの文字ならば、千万の万、書物の書、御殿《ごてん》の殿と書きます」

その名のとおり、万巻の書物を収めた殿堂であるという。

「大きな図書館みたいなものですね？」

「そのようにお考えください」

隣を歩く無名僧は、声だけでなく顔立ちも若々しかった。青年だ。背はそれほど高くない。友理子の頭が、彼の肩に届くほどだ。頭髪は剃《そ》りあげてあり、つるつるの頭は形がきれいで、眉《まゆ》は濃い。真っ黒な衣のほかは、装飾品らしいものは何ひとつ身につけていなかった。

お寺や教会みたいな建物の、気が遠くなりそうなほど大きな図書館と、そこを守る、お坊さんみたいな格好をした司書さんたち。少しでも気が楽になるように、友理子はわざとそう思ってみた。学校の近くの図書館にいる職員の人たちは、男の人でもカラフルなエプロンをかけている。無名僧さんたちにもエプロンが似合うかしら。

その想像はさすがにふざけすぎで、ちっとも面白くもなければ、気持ちがほぐれることもなかったから、すぐ引っ込めた。

とぼとぼと歩いても、万書殿は一向に近づいてこない。視界を塞《ふさ》ぐ威容《いよう》にいささかビクついている友理子は、黙っているのが苦しくて、一生懸命に話しかける言葉を考えた。

「さっき、歌をうたっていましたよね」

「はい」

「何の歌ですか」

「念歌《ねんか》でございます」

念じる歌と書くのだと、友理子が尋ねる前に教えてくれた。

「歌詞がわからなかったんですけど、どこの国の言葉で――」

問いかけの途中で、友理子はぱっと口元に手をあてた。念歌の歌詞どころではない。今こうして友理子が無名僧と普通に会話していることの方こそが、はるかにおかしいのだ。

今度も、隣にいる無名僧は友理子の疑問を先取りしてくれたらしい。

「我ら無名僧は、〝印を戴く者《オルキャスト》〟の言語を解し、自在に操ることができます。しかし念歌の歌詞だけは別物にございます故に、あなたには歌詞の意味がおわかりにならなかったのでしょう」

「念歌の歌詞は、何語で書かれてるんですか」

「無名の地の言葉でございます」

この場所に、固有の言語があるということだ。じゃあ、ここはやっぱり外国なんだろう。

「さっきの念歌がどういう意味なのか、教えてもらっても――いいですか」

質問が途中で淀《よど》んだのは、無名僧の表情がふっと暗くなったように見えたからだ。

「〝黄衣の王〟と、〝紡《つむ》ぐ者〟について歌ったものでございます」

そうですかと応じて、友理子はいったん口をつぐむことにした。まだまだ訊きたいことは山ほどあるのだけれど、おしゃべりな娘だと思われるのは恥ずかしい。

目を上げると、万書殿の威容が迫りつつあった。さして歩を進めたとは思えないのに――。ほかに比べるものがないせいで、友理子の距離感がおかしくなっているのかもしれない。

再び、鐘が鳴り始めた。さっきの音色《ねいろ》とは違うし、拍子も異なっている。ごぉんごぉんとどよもすような響きではなく、軽やかに早い調子で鳴っている。

「あの鐘は、間もなく〝印を戴く者〟が万書殿に到着される、大伽藍《だいがらん》へ集まるようにと、無名僧どもに報《しら》せるためのものでございます」

本当に察しのいい人だ。

「皆さんは大勢いらっしゃるんですか」

「千人とも、万人とも」無名僧は答えた。「しかし、我らは一人しかおりませぬ」

それ、ヘンですよ。我らなら、最低でも二人はいるはずですよ。友理子は心のなかで首をかしげる。道は緩やかな下り坂にかかり、友理子の目にも、万書殿の細部が見えるようになってきた。

お城だ、と思った。西洋のお城。残念ながら実物は知らないけれど、テレビや映画や写真でなら、こういう形の巨大な建物が、山のてっぺんや河岸の断《だん》崖《がい》や湖畔の森のなかに聳《そび》えている様《さま》を見たことがある。ドイツとかフランスとか――

だけど何か違うような気もする。何だろう？　お城という呼び方じゃいけないのか。

教会？　それとも僧院《そういん》？　お坊さんたちがいるんだから、そう呼ぶべきなのかな。でも、それだけでもない。お城には必ずあるものが、この万書殿には足りないという気がする。

そうだ、わかった！　お城を囲む堀や塀がないのだ。草原のど真ん中に、建物がいきなりぬうっと立っている。塀がないから門もない。角度のきつい三角屋根を頂いた正面玄関が、友理子たちが歩んでゆく先にぽっかりと開いている。鉄製か木製か、真っ黒なので材質の見分けのつかない両開きの扉が見える。扉の上にはびっしりと彫刻がほどこされているようだ。

扉の前には、半円形に張り出したステップが三段あった。ステップの両脇に、普通の二階家の屋根ぐらいの高さがある松明《たいまつ》立てがあり、盛大に炎と煙をあげている。友理子たちが歩み寄ってゆくと、扉が自然に内側に開いた。音もなく、しかし重々しく。

先を歩いていた二人の無名僧が左右に分かれ、友理子と友理子の隣の無名僧に道を開けた。彼らの顔が間近に見えた。

あんまり驚いたので、しゃっくりが出そうになった。おかげで、声をたてずに済んだ。

前の二人は、同じ顔をしていた。後ろの一人とも同じ顔だ。つまり、友理子を迎えに来てくれた無名僧たちは、三人ともそっくりなのだ。そういえば背《せ》格好《かっこう》まで同じだった。

三つ子――だったのか。

この人たち、名前は何ていうんだろう?

友理子の隣にいた無名僧が、軽く一礼してから友理子の前に進み出た。友理子は彼のあとに従って、万書殿のなかへと足を踏み入れた。

薄暗い。かすかに、いい匂《にお》いがする。花や香水の香りとは違う。夕立がどっと降ってさっとあがった後の空気の匂い。瑞々《みずみず》しくて清らかで、浄《きよ》められたような匂い。

短時間に大雨が降ると空気の中にマイナスイオンが放出されるんだ。雨の後の空気の匂いがいつもと違うのは、マイナスイオンが溢《あふ》れてるからなんだ。

いつか、お兄ちゃんが言っていたことを思い出した。

ホールというのか、広間というのか。吹き抜けになっていて、仰《あお》ぎ見ると遥《はる》か高い場所に六角形の天井が見えた。角かどに小さく切り抜いたような窓が開いていて、そこから淡《あわ》い光が差し込んでいる。視線を下げてゆくと、ホールもまた六角形であるとわかった。柱が六本あった。

無名僧がホールを横切って左に折れる。友理子は目を凝《こ》らす。まわりの壁に、いっぱい彫刻が並んでいる。床に据《す》えてあるものもあれば、壁に彫《ほ》り込まれているものもあり、柱と一体化しているものもある。

みんな、人の形をしている。ギリシャ神殿みたい? ローブを着てサンダルを履《は》いた神々。でもこっちの――今、友理子がそばを通ったあの彫刻は、時代劇に出てくる人みたいな装束《そうぞく》をしていた。向こうの一体は、お父さんが大好きな『三國志』のゲームに出てくる武将に似ている。

それに、この床。床にも模様がある。小さなタイルみたいなものがびっしりと敷き詰められていて、それが模様を描いているのだ。

文字だ。文字だ文字だ文字だ。様々な種類の文字が、パズルをぶちまけたみたいに入り組んで、折り重なって模様となっている。友理子に見分けがつきそうな種類のものと、たぶん文字だろうと見当をつけることしかできない種類のものと、ごっちゃ混ぜになって。あ、アルファベット？　あっちはハングル？　ひらがなや漢字はない？

下ばかり見て歩いていると、前を行く無名僧の背中にぶつかってしまった。友理子は大あわてしたけれど、彼は全然、平静だった。

「回廊《かいろう》に入ります」

前方に、長い廊下が延びている。時計回りに緩やかにカーブしている。右側はずうっと壁。左側も壁だけれど、二メートルおきぐらいに、細長い窓がある。そこからもうっすらと光が差し込んでくるので、ホールよりはずっと明るい。

「足元に気をつけてお進みください」

はい、と応じて、友理子は歩き始めた。が、たいして進まないうちに、飛び上がるようにして足を止めてしまった。

漢字だ。漢字があった。回廊の左手の漆黒の壁の上。窓と窓の間。

浮き彫り《レリーフ》というのかしら。どかんと大きな漢字がひとつ。自動車のタイヤぐらいのサイズ。

「円《えん》！」

声に出して読んでしまった。やたら大声だった。

「これ、円という漢字ですよね？」

後ろの二人の無名僧は答えない。前の無名僧がやわらかく微笑《ほほえ》んで、ひとつうなずいた。

「ごめんなさい。漢字を見つけてビックリしちゃったんです」

　自分に理解できるものを発見して、ほっとした気持ちもある。嬉《うれ》しかった。懐かしかった。それに、ちょっぴり可笑《おか》しい。銀行のロビーにだって、こんな装飾品はない。

「これ、わたしたちが使うお金の単位なんですよ。知ってますか?」

　無名僧が一礼して、言った。「存じております。輪《わ》という意味もございますでしょう」

　輪。輪《サークル》だ。そっちの意味か。一円二円の円のことだとばっかり思っちゃった。

「わたし、うるさいですよね。ごめんなさい」

　自分で自分が恥ずかしい。騒ぎすぎだ。

　無名僧は無言のまま先を急ぐ。さっきまでより足を速めている。友理子ももう気が散らないよう、回廊の左右に目をやらないようにして、とっとと歩いた。

　が、しかし。つるっとした壁だとばかり思っていた回廊の右手側が、実は書架になっていて、書籍の背表紙が延々と並んでいることに気がつくと、また声を出してしまった。

「これ、みんな本?」

　返事をもらう前に、手を差し伸べて触れてしまった。硬い感触が返ってきた。絶対に本の手触りではない。

　──石みたい。

　これも一種の彫刻、装飾壁ということだろうか。

　無名僧がこちらを見ている。すみませんと謝《あやま》って、友理子は手を引っ込めた。叱《しか》られもしないし、笑われもしない。

　回廊を巡《めぐ》って、半円を描くように歩いてゆく。友理子にもだんだんわかってきた。万書殿にはそれを囲む塀がないというのは、間違いだったんじゃないのか。

今、通り抜けているこの回廊。これが、友理子の見た建物の中身なのではないか。つまり外から見える部分は、万書殿そのものではなくて、それを囲む塀みたいなものなのだ。あまりにも大きいので真《ま》っ直《す》ぐに見えたけれど、本当は、あれはさらに巨大な円形の建物の一部だったのではないか。

そのなかに、この通路がある。城というか教会というか僧院の本体は、その内側に包み込まれているのである。友理子はそこへ向かっているのではないのか。

やがて、回廊の出口が見えてきた。行き止まりの右手の壁に釣り鐘《がね》みたいな形の開口部があり、細い格子が降りていて、その先には緑の芝生の切れっ端が見える。

後ろの無名僧が進み出て、格子の脇にあるハンドルを回した。格子がきりきりと横に開いた。

外に出れば、そこは友理子が見た建物の後ろ側にあたる場所のはずだ。振り返ると、この出口にも両開きの金属製の扉があって、今は外側に開けたまま固定されていた。

外の天気もけっして快晴ではなかったけれど、それでも回廊から出ると眩《まぶ》しく感じた。友理子は目を細めて――

ほわぁ、というような声と共に息を吐いた。

あてずっぽうの勘《かん》はあたっていた。友理子が目にしたあの威容は、やはり万書殿の外郭《がいかく》、しかも部分的なものでしかなかったのだ。最初に一瞥《いちべつ》したときの、屏風を立て広げたようだという感想も正しかった。とてつもなく大きなこの屏風は、後ろ側にこんな景色を隠していた。

建物だけで、いくつあるだろう。友理子の両手の指に余るほどだ。ひときわ大きなお堂のような、巨人のお椀《わん》を伏せたみたいな建物。あれが大伽藍《だいがらん》だろうか。その隣には鐘楼《しょうろう》が建っている。生まれてこの方、近所のお寺の鐘撞《かねつ》き台しか見たことのない友理子にもそれとわかるのは、塔のてっぺんに、ひとつ、ふたつ、みっつの鐘がぶらさがっているからだ。ここから仰げば「ぶらさがっている」という表現で済んでしまうけれど、近づいてみたなら、ひとつの鐘は家よりも大きいくらいのサイズがありそうだから、ものすごい威圧《いあつ》感を覚えるはずである。鐘の怪獣だ、と思った。

建物の色合いは、基調は灰色に統一されているけれど、それぞれに少しずつ異なっていた。紫色が強いもの、赤みのあるもの、青っぽいもの。横幅の広い低い建物。細長い建物。てんでんばらばらのデザインなのに、何となくバランスがとれているように見える。それは、すべての建物が石造りの外《そと》廊下と階段で連結されているせいかもしれない。単独で立っているものはない。みんな繋《つな》がり合っているのだ。しかも妙な連結の具合になっていた。わざわざ繋げなくても、壁と壁がくっつきそうなほど近くに立っている建物同士を、ジグザグに折れて階段で上下する長い廊下で結んである。かと思えば、端っこと端っこの建物を、地上から三階ぐらいの高さの空中廊下で一直線に結んである。

繋がり方が気まぐれで複雑で、法則らしいものがない。ずうっと目で追っていっても、どれがどっちに通じているのかすぐにはわからない。騙《だま》し絵みたいだ。建て増し、建て増しで建物の数を増やしていきながら、それを強引にひとつにまとめてしまおうという執念みたいなものが感じられるし、一方で、おもちゃ箱をぶちまけたみたいな愉快な感じもする。重厚で陰鬱《いんうつ》で、荘厳《そうごん》で巨大で、古色蒼然《そうぜん》としていて、だけど脈絡《みゃくらく》がなくてヘンテコで、妙に可愛らしい。

そう、友理子はこんなに小さいのに、気が遠くなるほど入り組んだひとつの町のようなこの巨《おお》きな眺めを、愛らしくも思うのだった。

不遜《ふそん》な感想だけれど、どこか懐かしいのだ。こういう「町」を知っているような気がする。どこをとっても日本的ではなく、かといって、友理子が映像で見知っているヨーロッパの国々の風景とも違う。アメリカやイギリスの町並みでもない。なのに、親しみを覚えてしまう。

それにしても、このスペースをそっくり、鐘楼まで内側に隠しているなんて。友理子はあらためて、万書殿外郭部分の途方もない大きさと高さに感嘆することになった。

この「町」の地面と道路の部分は、芝生あり石畳あり煉瓦《れんが》敷きありと、やっぱりとりどりだった。友理子が通ってきた三角屋根の玄関とあの広間は、「町」から見れば通用口であったらしい。これも、「町」のなかを走る道筋を見て初めてわかった。

外郭部分の、友理子が入ってきた側とは反対側の棟に、二階分をぶち抜いた通路があって、その先に門扉《もんぴ》がついている。飴色《あめいろ》の古びた板を鉄の金具で留め付けた門扉で、上部には先端が槍《やり》のように尖《とが》った装飾品がずらりと並んでいる。侵入者を防ぐためか。それとも、脱走者を阻《はば》むためか。

目の届く範囲には、人影は見えないけれど。

門扉は、今は閉じていた。でも頻繁《ひんぱん》に開け閉《た》てされるに違いない。向こう側に道がある。すぐ外まで冷たい霧が押し寄せてきていて、道がどんな景色に通じているのかは見えなかった。

友理子の視線に気づいて、無名僧が言った。「あの門の先には、後ほどご案内することもありましょう。今は大伽藍へお急ぎください」

友理子の予想どおり、彼は巨人のお椀の方向へと歩き始めた。大伽藍の外壁は銅板で覆われていた。緑青《ろくしょう》がふいている。鮮やかな青緑色が、点々と外壁を彩《いろど》っている。

お椀の持ち主の巨人が、絵筆に青緑の絵の具をつけて、デタラメになすったみたいだ。その様《さま》が目に浮かぶようだ。きっと巨人の子供に違いない。面白がって絵の具をペタペタやったんだ。

仰ぎ見れば、大伽藍のてっぺんに載っているヤカンのつまみみたいな形の装飾も可愛らしい。シチューに入っている小タマネギみたい。ショートケーキの上の生クリームの飾りみたい。

ふと思った。そうだ、これは。

童話のなかの町。

絵本に出てくる建物。

実在はしないけれど、空想のなかに在るもの。

お話のなかに出てくる、どこでもない場所。

どこにもない「町」。

友理子はそこを歩いてゆく。運動靴の底で石畳を踏みしめて。スクールゾーンのアスファルトの道路を、商店街を、家の近所の遊歩道を踏みしめてきた友理子の靴は、この世にはあり得ない「町」の感触に驚いていることだろう。

裸足の無名僧たちは、足の裏が冷たくないんだろうか。衣の裾《すそ》から覗《のぞ》いた足首には、骨がくっきりと飛び出していた。どうしたら、こんなに骨張《ほねば》るほど痩《や》せられるのかしら。

ここの暮らしは、過酷《かこく》なんだろうか。

イタズラ好きな巨人の子供が、巨人のお父さんに手伝ってもらって造りあげた、不思議で愉快な箱庭みたいな「町」。だけどそこには黒衣の、裸足の、痩せた守人《もりびと》たちがいて、世界中の書物——万書を保管している。

書物を、何かから守るために。

書物から、何かを守るために。

大伽藍の正面には、一箇《か》所だけ屋根が踊り子の指先のように反《そ》り返っている箇所があって、そこが入口になっていた。ここまで近づいてきて、友理子は、大伽藍だけはどの建物とも繋がっていないことを見てとった。

半円形に張り出したステップ。これも銅でできていて、滑りそうだ。上がると入口だ。思いのほかこぢんまりした観音開《かんのんびら》きの扉。一面に、今度も文字だ。文字、文字、文字が浮き彫りされている。

扉の左右に一人ずつ無名僧が立っている。見上げて、友理子は息を呑《の》んだ。

また同じ顔だ！

無名僧たちは無言で一礼し合う。扉が開かれる。一対が開くと、その奥にもう一対。その奥にもさらに一対。ちょっと待って、おかしいよ。この壁、そんなに厚いの？

次々と扉が引き開けられてゆく。友理子は見えない手で背中を押されるようにして、そこを通り抜けてゆく。いや、大伽藍の内側へと吸い込まれているのだろうか。足が床から浮いている。すぐ前を歩く無名僧の黒衣の背中が近くなったり遠くなったりする。焦点がぼける。

お香の匂《にお》いだ。それで我に返った。

ここでもまた、友理子の距離感と空間把握《はあく》がおかしくなっている。外から眺めたときも充分に大きな建物のように見えた大伽藍だけれど、内部はもっと広大だった。

闘技場。とっさに、そう思った。

それとも円形の劇場？

真ん中に丸いステージがある。それを取り囲んで、幾重《いくえ》にも幾重にも階段状に通路が積み重なっている。座席になっているのか、ただ柵《さく》で仕切ってあるだけなのか、見てとれない。すべてのスペースを、黒衣の無名僧たちが埋め尽くしているからだ。

「どうぞ、中央にお進みください」

友理子を案内してきた無名僧が、道を開けて脇に退いた。友理子は円形のステージへと歩いてゆく。

誰も、しわぶきひとつしない。静まりかえっている。

しかし、友理子は無名僧たちの無数の視線を感じた。

膝が震えて、うまく足を持ち上げられない。爪先《つまさき》がひっかかって転びそうになった。それでも、誰も何も言わない。声をたてない。運動靴の底が床をこすってきゅっと軽い音をたてた。

円形のステージの真上には、色も形も白色灯そっくりのガラス玉がぶらさがっていた。あの高さにあってあのサイズに見えるのだから、とんでもなく大きいものであるに違いない。友理子はその下へと歩み寄っていく。何かヘマをしでかしたら、あのガラス玉が落ちてきて押しつぶされてしまうのではないかしら。

額に、ひやりとした感触が走った。

同時に、ステージの真上のガラス玉が光った。

額の印が輝いている。その輝きが、真っ直ぐにガラス玉へと向かっている。まるで、友理子のおでこにスポットライトがついていて、それがガラス玉を照らしているみたいだ。

ガラス玉の球面に、門《ゲート》の魔法陣がきらめくように浮かび上がった。と、そのきらめきを受けて、円形のステージの床が輝き始めた。そこにも門の魔法陣が映し出される。

「印を戴く者《オルキャスト》よ」大勢の唱和する声が響いた。

「陣のなかにお入りください」

ものすごく怖いのに、歯の根が合わないほどなのに、友理子の身体は無名僧たちのコーラスに従い、床の上に輝く陣のなかへと進んでゆく。

友理子が陣の中央に立つと、それはひときわ輝かしく明るい光を放った。

そしておさまった。光は魔法陣の文様《もんよう》のなかに封じ込められ、文様に沿《そ》って素早く流れている。角かどでキラリと輝き、弧《こ》の部分ではすっと暗く沈む。ほっそりとした光の蛇《へび》が、魔法陣の文様のなかを動き回っているかのようだ。

「面《おもて》をお上げなさい。恐れることはありませぬ」

合唱ではない。旋律はひとつだ。千人、万人ものの無名僧が、声を合わせて友理子に語りかけているのである。

目を上げる。友理子はステージの中央で、大伽藍の底で、無名僧たちに取り囲まれている。いちばん高いところにある最後列の無名僧たちの姿は、あまりに遠くてはっきり見えない。でも、友理子にはもう、前列に居並ぶ無名僧たちの顔立ちが見えるだけで充分だった。

まったく同じ顔だ。三つ子でも五つ子でもない。この人たちは、みんな同じ顔、同じ姿形をしているのだ。

千人、万人おれども。

一人しかいない。

そういう意味だったのだ。

心のなかにある驚きのメーターが壊れてしまった。針が振り切れてしまった。友理子はただ口を半開きにして、黒衣の集団を仰ぐだけだ。東京ドームを埋め尽くす観客を独り占めするミュージシャンの気分？　だけど、この人たちはみんなお坊さんなんだ。友理子は歌をうたうのではなく、お経を唱えなくてはいけないんじゃないのか。

「あの……こんにちは」

裏返ってよじれたような声が、口から飛び出してきた。

「は、初めまして」

友理子の挨拶《あいさつ》に、千人、万人の無名僧たちが、一斉に礼を返してきた。さざ波のように衣擦《きぬず》れの音がたつ。この眺めは幻覚《げんかく》ではない。みんな実体があるものなのだ。

「わ、わた、わたし、森崎友理子といいます」

無名僧たちは、再び大伽藍を震わせて礼を返してきた。

「あなた方、には、お名前は、ないんですか」

「我らは無名僧にござります」

たった一人で、千人、万人とやりとりする。彼らの声に圧倒されそうだ。

「すみません。どなたかお一人と、お話ししてはいけないですか」

しぃんと沈黙。まずいことを言ってしまったのだろうか。

と、友理子の正面の中程《なかほど》の列で、一人の無名僧が動いた。列を横切り、通路の端まで来ると、友理子のいるところまで下りてくる。端に階段がついているのだ。

静寂のなかで、友理子は彼が近づいてくるのを待ち受けた。ひたひたと、裸足の足が床に触れる音だけが聞こえる。

「幼き印を戴く者《オルキャスト》よ」

友理子から二メートルほど離れた場所で立ち止まると、無名僧は頭を下げた。彼の足は、床の魔法陣を踏んでいない。

「これならば、お話がし易《やす》くなりますか」

ずっと案内してきてくれた、若々しく眉の濃いあの顔だ。声も同じだ。友理子はうなずいた。

「はい。ありがとうございます」

無名僧が微笑した。自分で思っているよりも遥《はる》かに強く、友理子はその微笑《ほほえ》みに慰《なぐさ》められた。ほっと気が緩んで、ひと息つくことができた。

見上げると、千人、万人の無名僧たちが、同じ顔に同じ微笑みを浮かべていた。

「名を持たぬ我らには、本来、固有の姿というものはございませぬ」

無名僧は言って、黒衣の袖《そで》を軽く広げた。

「あなたがお心やすいよう、如何様《いかよう》にも顔形《かおかたち》を変えることができまする。今のこの姿はいかにも若い。あなたは驚いておられましたな」

確かに、最初に会ったとき、意外に思った。

「〝僧〟という存在は、あなたのお心のなかでは、もっと年老いた者であるべきなのでしょう。たとえば、このような」

無名僧がするりと手で顔を撫でると、彼の姿が一変した。禿頭《とくとう》に、ふさふさとした白く長い眉毛に、皺《しわ》の刻まれた顔。わずかに腰が曲がって、友理子と同じくらい小柄になった。

また目を上げてみると、千人、万人の無名僧たちが、全員同じ老人へと変わっていた。

「あ、ありがとう。このお顔に慣《な》れるようにいたします」

いちいち上を見なければいいのだ。目の前の一人にだけ集中して、あとの無名僧たちは背景だと思えばいい。

千人、万人のお爺《じい》さんたちの注目の的になるというのも、ちょっと面白い体験ではあるけれど。

「わたしがここにやってきた理由を、皆さんはご存じなんですよね」

存じておりますと、老無名僧は頭を下げる。

「あなたは兄上をお探しになるために来られた」

「はい。お兄ちゃん——兄は、〝最後の器〟になってしまったんです」

その言葉で、次々と繰り出される驚異の連続に蕩《とろ》けてしまっていた友理子の芯《しん》が、ようやく形を取り戻した。わたしはここに来た。無名の地に。

〝英雄〟が封印されていた場所。そして、破獄《はごく》した場所。

「わたしをここに送り込んでくれた本たちは、皆さんがわたしに力を貸してくださるって言っていました」

友理子は一歩大きく下がると、おでこが膝頭《ひざがしら》にくっつくほど深くお辞儀をした。

「お願いします。どうか助けてください。お兄ちゃんを見つけ出すために、何をどうすればいいのか教えてください。手がかりがほしいんです」

沈黙。友理子は固く目を閉じていた。

何も起こらない。ゆっくりと瞼《まぶた》を開けてみる。と、魔法陣を踏んで、老無名僧の枯れ木のような足が近づいてくるのが見えた。

老無名僧は、友理子の頭の上に手を載せた。

「おいたわしいことでございます」

低く、優しい声だった。

「〝印を戴く者《オルキャスト》〟は、多くの場合、幼子《おさなご》。幼い魂でなければ、この地へ至る道を見出《みいだ》すことができぬ故にございます」

賢者も、アジュも同じことを言っていた。

「しかし、あなたはそのなかでもひときわかそけき魂の主《ぬし》であらせられる。あなたは女子《おなご》だ。その頰《ほお》はあまりに柔らかく、その腕は細く、その脚は、あなた自身を支えることさえも危ういほどに、まだか弱い。それでもあなたは兄上をお探しになりたいのですか」

友理子が頭を上げると、老無名僧の掌《てのひら》は、髪をそっと撫《な》でて離れていった。

再び向き合い、瞳を合わせると、老無名僧が友理子のために悲しんでくれているのがわかった。友理子のために悼《いた》んでくれているのがわかった。これまでにもらった同情や慰めの言葉、すべてを合わせても、老無名僧の、友理子を包み込むようなこの眼差《まなざ》しには足りない。髪を撫でてくれた、優しい手つきには及ばない。

確かにこの人たちは知っているのだ。〝英雄〟のこと。黄衣の王のこと。〝器〟とされる人びとのこと。お兄ちゃんの身の上に起こったこと。信じられないとか、そんなことあるわけないとか、笑ったりしない。説得する必要もない。この人たちは、全部わかってる。

それが友理子に勇気を与えた。

「わたしは確かに女の子ですけども、だからって弱いとは限りません」

お爺《じい》さん、それはちょっと古い考え方です。

「女の子だって、男の子に負けてません。あたし大丈夫です。皆さんと一緒に頑張《がんば》ります！」

お兄ちゃんを見つけて、助け出して、皆さんが黄衣の王を再び封印するお手伝いだって、やってみせます——勢い込む友理子を、老無名僧は骨張った掌を掲げて遮《さえぎ》った。

「〝印を戴く者《オルキャスト》〟よ。あなたは少し考え違いをなさっておるようでございます」

「考え違い？」

「我らは〝英雄〟をこの地に奉じ、閉じこめて参りました」

「ええ、ですから」

「しかし、ひとたび破獄し〝輪《サークル》〟へと逃れ出た〝英雄〟を狩る力は、我らにはございませぬ。我らはこの地に縛られし身の上。戦士ではございませぬ」

追跡者でもないというのか。

「だって、それなら誰がどうやって〝英雄〟を捕まえるんです？ 封印するためには、まず捕まえなくちゃならないでしょ？」

老無名僧はゆっくりとかぶりを振る。

「〝英雄〟を捕らえることは、できませぬ」

唖然《あぜん》——である。

「その力を削《そ》ぎ、それを流れへと引き戻すことができるだけにございます。〝英雄〟も物語であります故に、大いなる物語の流れの内に引き戻されるならば、それは〝咎《とが》の大輪《たいりん》〟の巡《めぐ》りに乗り、自《おの》ずとこの地に還《かえ》って参ります。そして我らは、再び封印をほどこすことがかないます」

トガノタイリン。何だそれは。

「この地は物語の源泉にございます」

友理子の瞳を見つめて、言い聞かせるような口調で、老無名僧は言葉を続ける。

「物語の生まれ出て消ゆるところ。物語の往《ゆ》きて還り着くところ。〝咎の大輪〟は、その流れを生む仕掛け――装置《そうち》と申しましょうか」

それを押し、回し続けることが無名僧の役目なのだという。「作務《さむ》」という表現を、老無名僧は使った。

「だけどアジュも賢者も――わたしが出会った本たちですけど、あなた方がわたしを助けてくれるって」

「あなたが求める智恵をお渡しすることならば、できましょう。あなたがお求めの地図をお探しすることもできましょう。しかし〝英雄〟を追跡し、それを狩ることには、我らの力は及びません。我らは〝英雄〟に対峙《たいじ》することすらかないませぬ。我らは――」


咎人《とがびと》なれば。

また難しいことを言う。でも、些細《ささい》な表現に引っかかっている余裕はなかった。だってこれじゃ話が違うじゃないか。

「じゃ、わたし独りぼっちなんですか？　皆さんは一緒に来てくれないの？」

こんなに大勢いるのに！

友理子の焦《あせ》りが目に見えるだろうに、老無名僧は淡々《たんたん》とした口調を変えようともしない。

「〝印を戴く者《オルキャスト》〟よ」進み出て、友理子の肩に手を載せた。「しかしあなたには、数多《あまた》の書物どもがお味方をいたします。〝英雄〟の破獄を知り、すでに狩りを始めておるであろう〝狼《おおかみ》〟たちも、やがてあなたの御前《おんまえ》に姿を現すことでありましょう。あなたが今はまだご存じない領域《リージョン》のなかには、〝英雄〟の力を削《そ》ぐことのできる剣士や法術《ほうじゅつ》士もおることでございましょう」

剣士？　法術士？　自然に、嫌々するように首を振り始めた友理子は、老無名僧の手で肩を穏やかに揺り動かされて、目を上げた。

「弱気に陥《おちい》ってはなりませぬ。領域《リージョン》は星の数ほどござります」

「領域《リージョン》って何？　あたしが住んでる現実の世界のこと？　だったら、うちの近所には剣士も法術士もいませんよ。いるわけないいじゃない」

老無名僧は頬《ほお》を緩ませた。

「あなたが暮らしておられる場所も領域《リージョン》。しかし、領域はほかにもあるのでございます」

〝輪《サークル》〟のなかを流れる、数え切れないほどの物語も、そのひとつひとつがすべて領域なのだと老無名僧は説明した。

「〝輪〟の内の、さらにひとつひとつひとつが閉じておる場所にござります」

ちょっと理解しかねた。〝輪〟の内に行き交う物語というのならば――

「本のことですか？」

「書物のみではござりませぬが。素《もと》の形は書物なれど、別の形で顕現《けんげん》しておる領域もございます」

映画とか？　コミックとか？　ゲームとか？　いちいち声をあげて、しかもだんだん甲高《かんだか》い声になる友理子の詰問《きつもん》に、老無名僧は動じない。

「あたし、そのなかに入り込むんですか？」

「兄上がそこを通られた形跡があるならば、あなたも追って行かねばなりますまい」

現実の世界のなかで、現実と創作物のなかを行ったり来たりするというのか。

「どうしてそんなことができるの？」

「あなたが〝印を戴く者《オルキャスト》〟であらばこそ」

友理子は額の印《しるし》に触った。頭がふらついてきた。

印の重み。印の働き。印を戴いたことの意味。

「お疲れのようだ。少しお休みになられるとよろしゆうございます」

　無名僧って、腹が立つくらい、こっちの気持ちをよく察する人たちだ。

「お部屋に案内《あない》いたしましょう」

　老無名僧が手を挙げて合図を送ると、別の一人が階段を下りてきた。最初に会った若者の顔だ。見回してみると、ずっと相対してきた老無名僧を除いて、残りの全員は、また若者の姿形に戻っている。

「私のみは、この姿でおります方が、あなたのお心が休まりましょう」

　一人だけ年老いた姿のままの無名僧が、目元の皺《しわ》をいっそう深くして、にっこりと笑った。

## 第四章　咎《とが》の大輪《たいりん》

大伽藍《だいがらん》を出て、入り組んで行き交う通路や渡り廊下を歩き、大きさも形も異なる石造りの建物をひとつ、ふたつ、みっつ通り抜ける。そこでいったん外に出て、わずかなあいだ淡い陽射《ひざ》しを浴びて庭を歩き、別の建物のなかに入る。そこが「僧坊《そうぼう》」と呼ばれる無名僧《むめいそう》たちの住まいで、友理子はそのなかのひと部屋を与えられることになった。

僧坊も、外側から見ると石でできているように見える。が、なかに入ると、古びた太い木の梁《はり》や柱が目についた。床も、黒々と沈んだ色合いの板敷きだ。家具も木製で、他の建物のなかにあったような、金属製で凝《こ》った飾りがほどこされた種類のものは見あたらなかった。

案内《あない》役の若い無名僧の後について、友理子は階段を三階分のぼった。窓と踊り場の数からして、たぶん三階だろうと思う。階段も木製で、手すりだけが錬鉄《れんてつ》製というのか、ちょうどアーチ型の扉のところで見た格子とよく似た、真っ黒でざらついた手触りのものだった。

僧坊には窓が少なく、全体に薄暗い。階段は傾斜が急でステップが高く、友理子はふくらはぎが痛くなってきた。

「どうぞ」

木の板の周囲を鉄枠で補強した片開きの扉を、無名僧が開けてくれた。なかは、四畳半ぐらいの広さだろうか。正面と右手は灰色の土壁《つちかべ》。天井は斜めに切り下がっていて、てっぺんのところに三角形の明かり取りの窓がついている。左手の壁は書架だ。本で埋め尽くされている。

右手の壁際に、粗末な木の寝台。白いカバーのかかった薄い枕がひとつと、ラクダ色の毛布が畳んで置いてある。寝台の足元に、小学生が教室で使うくらいのサイズの机と椅子。机の上には、友理子の手の上に載るくらいの小さなランプ。真っ白な灯心《とうしん》が、半透明の油のなかからちょこっと頭をのぞかせている。

「ご自由にお使いください」

一礼して、若い無名僧は立ち去った。でも、扉を開けたままにして行ったので、何となくすぐ戻ってくるような気がした。友理子は椅子にちょこんと腰をおろして待った。

勘《かん》はあたっており、無名僧は引き返してきた。両手にお盆を捧《ささ》げ、腕にはもう一枚毛布をかけている。

「お召し上がりください」

机の上、友理子の目の前にお盆を置いた。白いお皿に白いパン。水差しも載っている。

「ありがとう」

友理子がお礼を言うと、無名僧は黙って礼を返した。頭を下げるときには、いちいちきちんと背中を伸ばし、足先を揃《そろ》える。礼儀正しい。

「ご用の折には、これをお使いください」

お盆の上、水差しに並べて、スズランの花に似た形の呼び鈴が置いてある。無名僧の手がそれを指し示した。

間近で見ると、無名僧の手はひどく荒れていた。爪《つめ》が割れている。

「でもわたし、いつまでもぐずぐずしてるわけにはいかないんですよね?」

「今はとりあえず、お休みください」

若い無名僧は、腕にかけていた毛布を寝台の足元に置いた。

「ここは冷えることと思います。毛布を重ねてお使いになるとよろしいでしょう」

今度は本当に立ち去るつもりらしい。無名僧が出入口のドアに手をかけて、また礼をするために姿勢を正したとき、友理子は追いかけるようにして問いかけた。

「ね、この部屋の本も、みんな作り物ですね」

部屋に踏み込んだ瞬間に気がついていた。壁の書架を埋めている数多《あまた》の本は、万書殿《ばんしょでん》の廊下を歩いているときに見かけたのと同じで、みんな彫刻だ。些細《ささい》な差といえば、あちらのが石造りで、こちらのは木製だというくらいだ。

「ここは万書殿と呼ばれる建物なのに、なかにある本は、どうしてニセモノばっかりなの？」

若い無名僧は、まばたきさえせず静かに友理子を見つめ返した。濃い眉毛《まゆげ》と、漆黒の瞳。

「偽物――ではございません」

囁《ささや》くような小声なのに、はっきり聞き取れる。

「これらは象徴《しょうちょう》と申すべきものでございます。あるいは遺跡《いせき》と申してもよろしいかもしれませぬ」

ショウチョウ？　イセキ？　どちらにしても、「本」というものには不似合いな言葉だ。

「万書殿はすべての物語の源泉にして終熄《しゅうそく》の場所にございます。故に、ここでは本の象《かたち》に意味はございませぬ」

意味があるのは、中身だけということか。

友理子が考え込んでいると、無名僧は一礼した。行ってしまうのだ。なぜかしら急に、ここで一人になるのが心細くてたまらなくなり、ただ彼を引き留《と》めるためだけに、友理子は思いついた質問を素早く投げかけた。

「でも皆さんは、本を読むんでしょ？」

図書館の司書さんは、本を読む。本の専門家だ。本が好きな人が就《つ》く職業だ。無名僧だって、同じはずだろう。

若い無名僧は、ほんの少しだけ首をかしげた。穏《おだ》やかな無表情には変わりがない。

「我らは、本を読むことはございませぬ」

そして、さらに問いかけようとした友理子を制するように、すぐにこう続けた。

「我らの存在そのものが本に等しいものでありますが故に、我らは本を必要とはいたしませぬ」

友理子は当惑してしまった。無名僧は軽く手を動かして、友理子を宥《なだ》めるような動作をした。

「さあ、少しお休みなさい。〝印を戴く者《オルキャスト》〟よ、あなたはあなたご自身で気づいておられるより、はるかにひどくお疲れになっている」

「でも――」

「充分お休みになれば、また元気を取り戻し、あなたがこれからとるべき行動、進むべき道を考えることがおできになるでしょう。大僧正《だいそうじょう》は、それをお待ちしております」

「ダイソウジョウ?」

無名僧がうっすらと微笑《ほほえ》んだ。

「先ほどあなたがお会いになった、老いた無名僧でございますよ。そのようにお呼びください。我らは、あなたがもっとも心やすい――理解しやすい姿と呼称でお目もじをいたします」

一人だけ老人の姿のまま留《とど》まってくれたのと同じく、大僧正という呼び方も、そういう呼び分けを必要としている友理子のために作られたということだ。本来、彼らには上下関係なんかないのだろう。千人いても万人いても、実はみんな同じ顔で、一人しかいないのだもの。

そういうのって、どんな気分なんだろう? 友理子は初めて、素朴な疑問を抱いた。

たとえるならば、クラスメイトがみんな自分と同じ顔をしているということだ。いや、クラスメイトが全員、イコール自分自身だということだ。同じようにふるまい、同じようにしゃべり、同じように考える。喧嘩《けんか》なんか起こらない。いじめもない。意見が食い違うこともない。

さぞ安心だろう。快適だろう。

でも、そんなに大勢「自分」がいたら、どれが本物の自分自身だかわからなくなってしまうんじゃないだろうか。

友理子がそれを尋ねようと言葉を探しているうちに、若い無名僧は、扉を閉めて出て行ってしまった。友理子は独りぼっちになった。

急に、あくびが出た。寝台で横になろうかと思ったら、派手にお腹《なか》が鳴った。すごくいい音で、天井にまで響いた。友理子はふき出してしまった。

パンを食べ、水を飲んだ。食べたり飲んだりする物音が、妙に自分の耳についた。

寂しくなった。涙が出てきそうになった。パンと一緒にぐいぐい呑《の》み込んだ。

驚くほど美味《おい》しいパンと水だった。食べ終えると、本格的な睡魔が襲ってきた。靴を脱ぎ、寝台へころりと転がり、ほどなく、半分眠りかけながら毛布を引き揚げて、身体《からだ》を丸めてくるまった。

眠った。夢は見なかった。

どれぐらい寝ていたのかわからない。目を覚ましたとき、部屋のなかはすっかり暗くなっていた。小机の上のランプに火が灯《とも》っている。

友理子はしばらくのあいだ、毛布をかぶって横たわったまま、暗がりに揺れるその小さな灯を眺めていた。灯火が生み出す温かな光の輪。壁を埋める作り物の書籍の背表紙の列が、ほのかな光を受けて、重々しい威厳をまとっている。

目が覚めたのに、かえって夢を見ているようだ。ここがどこで、自分が何をしているのか、どうでもいい。それなのに――いや、それだからこそか、心は安らいでいた。

永遠にここで寝転がっていようか。無名の地では、それも許されるような気がする。友理子もまた、名の無い、個としての存在の無いものになってしまいたい。

闇雲《やみくも》で出し抜けな、強い願いがこみあげてきた。ここで、無になってしまいたい。

出入口の扉のところで、暗がりの一端がするりと動いた。灯火のつくる明かりの輪の、すれすれの境界のところで。

友理子はぱっと起き上がった。ひたひたと逃げてゆく足音がした。

誰か、扉のところにいたんだ。寝台から滑り降り、扉に近づくと、それが十センチほど開いていることがわかった。

——無名僧の、のぞき？

らしくないふるまいではないか。まさかね。

——明かりを点《つ》けに来てくれた人かな。

ちょうど友理子が起きたので、間が悪くて逃げ出したのかもしれない。うん、そっちの方がずっとずっとありそうな仮説だ。

目をこすり、この部屋の暗がりに分け入る光源がほかにもあることに気づいて、目を上げた。

天井に近いところにある、三角形の明かり取りの窓だ。光が映ってちらちらと揺れている。ひとつの光ではないようにも見えた。

この建物の表側だ。外だ。

友理子は大急ぎで靴を履《は》いた。起き上がるとすごく寒かったので、毛布を一枚、ポンチョのように肩からひっかぶる。扉を抜けて廊下に出た。

長い廊下では、点々と燭台《しょくだい》の蠟燭《ろうそく》に火が灯《とも》っている。それを目印に、どこか外に開いている窓か扉はないかと、左右に注意しながら進んでいった。

自分では、ここまで案内してもらったときに通ったルートを歩いているつもりだった。が、実際には道を間違えていたらしい。角をひとつ曲がったら、行きには見かけなかった等身大の銅像にいきなり出くわして、声も出せずに飛び退く羽目になった。

別段、怖いものではない。無名僧に似た、衣をまとって書物を手に持った僧侶の像だ。目を伏せて頭を垂れ、祈っているような姿。ただ、慣れない蠟燭の明かりのなかでは、本来は美しく崇高な美術品であろうはずのこういうものまで、お化け屋敷の仕掛けのように見えてしまう。友理子は一人で恥じ入った。

落ち着いて周囲をよく見ると、他にもいくつか銅像が置かれている。ここはもう廊下ではなく、小さなホールのようだった。燭台も、壁の上の高いところに取り付けられている。

あ、この建物の玄関なんだ。友理子にあてがわれた部屋の扉よりひとまわり大きい、羽目板にごつい鉄枠をかませた重そうな両開きの扉が、すぐ左手に在《あ》る。左右の扉の合わせ目が少しだけずれていて、そこからちらちらと光が漏れてくる。

友理子は扉に掌《てのひら》をあてると、ゆっくりと押した。扉は滑《なめ》らかに外側に動き、隙間《すきま》から光が溢《あふ》れ出てきた。

「わぁ……！」

銀河だ。そう思った。何千、何百という光の粒が、川のように連なっている。友理子の足元を、その川が流れてゆく。粛々《しゅくしゅく》と、黙々と。よく見れば光の粒のひとつひとつは松明《たいまつ》であり、大勢の無名僧たちが、片手にそれを掲げて行進しているのだった。

彼らの裸足が地面を踏みしめる音が、さやさやと聞こえてくる。無名僧たちは全員フードをかぶり、禿頭《とくとう》を隠しているので、夜の闇に姿が隠れてしまっていた。松明が揺れると、彼らの痩《や》せた肩や、背中の一部が光に浮かんだ。

大勢で、どこへ行くのだろう。

「作務《さむ》に参るところでございます」

下の方から声がした。燭台を手にした大僧正が、友理子の立っている扉のところまでのぼってくるところだった。大僧正の後ろには、たぶん友理子の世話を焼いてくれた無名僧だろう、あの若い、眉毛の濃い顔立ちがぴったりと従っていた。

それでようやく、友理子も理解した。確かにここはホールだが、玄関ではなく、二階だか三階だかのベランダに通じる場所だったのだ。だから大僧正たちは、階下からのぼってくるのである。もう、ここの建物の繋がり方も、建物自体の構造も、複雑でこんがらがっていてわかりゃしない。

「作務って、お仕事ってことですよね？」

大僧正は友理子に並んで立った。お付きの若い無名僧が、友理子がずっと押さえていた扉をいっぱいに開けてくれた。

「こんなに暗いのに、皆さんは働くんですか」

「交代の時刻なのですよ」

やっぱり、八時間労働？　三交代で働くということなのだろうか。夜間操業をする工場みたいだ。

「どんなお仕事なんですか」

本の分類？　それとも、壁を埋め尽くすニセモノの本を作ること？　建物の維持とか管理とか掃除とか。それを、これほどの人数で？

大僧正は、友理子の顔にまともに蠟燭の光があたらないよう、手を脇に避《よ》けた。蠟燭のてっぺんから立ち上る黒い煙が、夜のなかでもふわりとなびいて見える。ジジッと芯《しん》が焦げる音がした。

「では——」大僧正は微笑した。「〝印を戴く者《オルキャスト》〟よ。我らの作務をご覧《らん》になりますか」

言葉は、外来者の友理子を見学に誘っているというだけのものだ。が、友理子はそこに、ある種の覚悟を問われているかのような、厳しいものを感じ取った。

大僧正は、これまで友理子が出会ったどんなお爺《じい》ちゃんたちよりも、お爺ちゃん然としている。お爺ちゃんのチャンピオンだ。それは最初に顔を合わせたときから感じていたことだけれど、なぜなのかはわからなかった。偉いお坊さんだからだろう――つまり、その姿をとっているからだろう、ぐらいに思っていた。

が、蠟燭の光のなかで、友理子は今、その理由を知った。大僧正の瞳には、この厳しさがあるからだ。ニコニコ笑いかけてくれていても、瞳には揺るがないものがある。友理子の暮らす町で、こんな強い眼《まな》差《ざ》しをしたお爺ちゃんに出会ったことはない。こんな人はいない。

その認識が、自然と友理子の姿勢を正しくさせた。身体に巻き付けた毛布をぎゅっと引っ張って、背中を伸ばした。


「わたしが見ても、よろしいんですか」

大僧正はうなずいた。お付きの若い無名僧は慎ましく目を伏せている。

「ご覧になれば、この地の在ることの意味がおわかりになりましょう」

ならば、必要なことなのだ。

「〝印を戴く者《オルキャスト》〟はみんな、皆さんの作務を見るんですよね」

「はい」と、大僧正は答えて、少し沈黙した。蠟燭の芯がまたジジッと音をたてる。

「我らの作務をご覧になったことで、この地から立ち去る方もおられます」

友理子の心臓が、小さく飛び上がった。

「怖い――眺めなんですか」

「さて」大僧正はまた微笑《ほほえ》む。「あなたが何を恐れ、何を喜び、何にお心を動かされるか、我らには察し得ぬことでございます」

無名僧たちの松明が成《な》す銀河は、こうして話している間に、かなり先へと離れてしまった。列の後尾が見えるようになった。先頭の者たちは中庭を抜け、昼間見かけた、一箇《か》所だけ外に向かって開いていた門扉《もんぴ》をくぐって進んでいるらしい。

あの先には、何があるのか。

「わたし、行きます。作務を見せてください」

大僧正は無言のまま踵《きびす》を返し、階段をおり始めた。若い無名僧が友理子を促《うなが》し、友理子は大僧正のあとについた。ステップをおりると、ちょっとだけ膝が震えていることに気がついた。

無名僧たちの列から歌声が響き始めた。最初は囁《ささや》きのようにかすかに、次第に音を高めてゆく。

「あの歌」

友理子を迎えに来てくれた、三人組の無名僧たちもうたっていた——唱《とな》えていた歌だ。

「念歌《ねんか》というんですよね」

「そのとおりでございます」

列の最後尾に追いつくと、大僧正も、お付きの無名僧も、低く唱和《しょうわ》を始めた。友理子は念歌の響きに包まれて門扉をくぐり抜け、万書殿の外へと足を踏み出した。

夜の天蓋《てんがい》に星は見えなかった。どこまでもどこまでも、なだらかな草原が広がっている。それでも空と地の境目が見て取れるのは、無名の地が星のない夜空よりも暗いからだろう。風が渡り、草の匂《にお》いがする。夜露《よつゆ》が靴を濡《ぬ》らす。

道らしい道はない。舗装なんてない。ただ草が踏みしめられ、すりきれて、自然に通り道を成している るだけだ。多くの無名僧たちの裸足が、日に何度も往復する道筋なのだろう。

前を歩く無名僧たちの松明が爆《は》ぜて、火の粉が舞い上がる。飛んできた小さな火の粉が、友理子の額《ひたい》にとまってちくりと刺した。手をあげて額をさすると、あの魔法陣《まほうじん》がほのかに、青白く輝いている。その光が指に映った。

　思わず、隣を歩く大僧正の顔を見た。大僧正は何の反応も見せない。友理子の額の魔法陣のことなど、気にしていないのだ。ここでは当たり前のことなのだ。歴代、多くの——いったいどのくらいの人数なのか——〝印を戴く者《オルキャスト》〟の訪れを受け、彼らを見守ってきた無名の地では。

　道はやがて、緩《ゆる》やかだが確実に登りにさしかかった。

「我らが通い慣《な》れしこの道は」

　大僧正が、友理子の歩みに合わせて並びながら、肩を寄せるようにして話しかけてきた。

「〝碾《ひ》き割《わ》り麦《むぎ》の丘《おか》〟へと通じております」

　その丘が、作務を行う場所だという。

「無名の地では本来、万物に名がございませぬ」

　それは地名も例外ではない。

「しかしこの丘には名がございます。かつてあなたと同じようにこの地を訪れた〝印を戴く者〟が、目的を果たし立ち去るとき、そう名付けた故にございます」

　だからそれ以来、無名僧たちもそう呼んでいるのだという。説明する大僧正の口調には、その〝印を戴く者〟への淡い尊敬の念があるように、友理子は感じた。

「あの方は、あなたより少し年長の、金色の髪をした少年でございました」

　外国人だ。「その子は、何のためにこの地を訪ねてきたんですか？」

「あなたと同じように、親しい人をお捜しでございました」

　そして目的を果たしたというのだ。友理子の問いに、思わず力がこもった。「うまくいったんですね？　捜し出すことができたんですね？」

黄衣《こうい》の王に憑《つ》かれた者を――金色の髪の少年の肉親か恋人か、友人か。

「はい」大僧正はゆっくりと深くうなずいた。

友理子は少し息が切れてきたが、大僧正もお付きの無名僧も、足取りはまったく変わらず、呼吸も穏やかなままである。

金色の髪の少年は、奪い去られた親しい人を取り戻し、この地を去った。去り際《ぎわ》に、無名の地のひとつの風景に、名称を与えて。

名前の存在しない場所に、名を付ける。それは〝祝福〟というものではないのか。そうだ。少年はこの丘に祝福を与えたのだ。

それにしても、こんな事柄、本来の友理子の頭では、まだ考えつくことなどあり得ない種類のものだ。急に大人になったみたいで、友理子は自分で自分に驚いていた。額に印を戴《いただ》いた瞬間から、わたしはもしかすると別のわたしに変わったのかもしれない――

足取りと同じく、変わらぬ静かな口調のまま、大僧正が続けた。「あの方は、この丘の眺めが、懐かしい故郷《ふるさと》の田園風景と似ていると言っておられました。丘の向こうに、川のせせらぎと水車小屋がないのが残念だと」

水車小屋なんて。そうか、昔の人なのだ。百年前？　二百年前？

わたしも、この地の何かに名前を付けることができるといいな。

お兄ちゃんを取り戻し、二人で無名の地を去る。そのとき、この地を祝福することができたらいい。

きっときっと、そうしよう。

夜の闇の底を、夜露に足を濡《ぬ》らしながら行進しつつ、友理子はあらためて決意を固めた。小さな拳《こぶし》をぎゅっと握りしめる。傍らを歩む大僧正は無言のままだ。頑張《がんば》りなさいとか、成功をお祈りしますとか、それらしい励ましの言葉をかけてほしい。高ぶる気持ちを言葉にして告げようと大僧正の方に向き直った友理子は、そのとき、足の下の地面がかすかに震動していることに気づいた。

地震だろうか？　いや、そういう揺れ方ではないようだ。でも確かに地面が震《ふる》えている。今まで気づかなかっただけで、先《せん》から少しずつ揺れていたのかもしれない。大僧正も、行進を続ける無名僧たちの列も、何も感じていないのか。念歌は続いている。彼らの歩みに乱れはない。

丘を登り続けてゆくうちに、足元から伝わる震動に、低い轟《とどろ》きのようなものが混じり始めた。行く手の闇のなか、丘の上で、何か大きなものが動いている――その動きが震動と音を生み出しているのだと、友理子はようやく理解した。

「これ、何ですか？」

大僧正は面を上げ、松明の火の粉に目を細めながら、友理子の問いに答えた。

「これこそが、我らが作務にございます、〝印《オル》を戴く者《キャスト》〟よ」

〝碾《ひ》き割り麦の丘〟の上で、友理子は見た。

それは、どんな奔放な想像や、どんな重々しい覚悟をも軽々と飛び越える、途方もなく異様な光景だった。

丘の上の広々とした高台を、黒衣の無名僧たちが埋め尽くしている。

そして、そこでうごめいていた。無数の無名僧たちの黒い衣《ころも》が、夜の底でさらに黒い輪を描いている。黒い輪が動くと、地面が轟《とどろ》いた。下腹に応《こた》え、膝のお皿を震わせるような轟音《ごうおん》が足元からこみあげてきて、友理子の身体を通り抜け、頭のてっぺんから夜空にまで立ちのぼってゆくようだ。

丘の頂上で、無名僧たちは、巨大な車輪を回しているのである。それもひとつではなかった。左右に並んだ一対の車輪だ。

　その大きさといったら！　友理子はとっさに、東京ドームを思い出した。お父さんがジャイアンツ・ファンだから、年に何度か家族で野球観戦に行く。ドームの内部に入ると、試合を観《み》たり、ホットドッグやアイスクリームを食べたり、メガホンを買ってもらって大声で応援しながら振り回したり、そのなかでこそ意味のある楽しいことに夢中になってしまうから、ドームの大きさを意識することはなくなる。でも、ドームに入るために近づいてゆくとき、とりわけ電車の窓からドームの白い天蓋《てんがい》を目にするときには、友理子はいつも思うのだった。こんな大きな建物を建ててしまう、人間って凄《すご》いな。

　丘の上の車輪は、その東京ドームよりもまだ大きい。それがふたつ並んでいるのだ。

　車輪といっても、よく見ると、輪の部分はないようだった。中心に、ちょっとしたビルぐらいの大きさの柱が立っており、そこから放射状に、途方もなく長い輻《や》が、数え切れないほどたくさん伸びている。無名僧たちは重なり合うように横一列に並んで、力を合わせて輻を押し、車輪を回しているのだった。

　右の車輪と左の車輪は、回る方向が逆になっていた。左は時計回り、右は反時計回りだ。左右の車輪は、それの描く弧がくっつきそうなほど近接しているので、車輪を回す無名僧たちがすれ違うと、彼らの衣の裾《すそ》が触れ合う。

　ここでは、彼らは念歌を唱えていない。無名僧たちの沈黙のうちに、巨大な一対の車輪だけが、地をどよもすような響きと共に回転している。無名僧たちはフードを取り、頭を低く下げ、両腕に力を込めてひたすらに車軸を押し続ける。

　彼らが掲げてきた松明は、彼らの周囲の地面に突き立てられた素朴な台に、ひとつひとつ収められていた。松明の台もまた円を描いている。一対の車輪を包み込む、いちばん外側のもっとも大きな明かりの円だ。

立ちすくんだまま唖然《あぜん》と見とれている友理子の前で、回る輻のあいだから一人、また一人と無名僧が抜け出てきて、松明を台から取り上げ、丘を降りる道へと歩き出す。彼らが抜けた場所には、友理子と一緒に行進してきた交代の無名僧たちが、空いた台に松明をかけて入り込む。交代といっても、そのあいだ回転が停《と》まるわけではないのだ。作業を休むことはない。

気がつくと、友理子の後ろには、抜け出た無名僧たちが丘を降りてゆく、新しい行列ができていた。また念歌が聞こえ始めたが、車輪の轟きにかき消され、切れ切れにしか耳に届かない。

これが作務だというのか。ひたすらに、一対の巨大な車輪を回し続けることが。

「これ、何の役に立つんですか」

驚きで喉《のど》が乾ききってしまい、かすれた声しか出てこない。隣に立つ大僧正は、黙ったまま車輪の回転を見つめている。友理子は声を張り上げた。

「これで何をしてるんですか？　動力を起こしてるの？」

大僧正はフードをとると、友理子に向き合って一礼した。

「〝印を戴く者《オルキャスト》〟よ。これは〝咎《とが》の大輪〟にございます」

トガのタイリン。友理子は呟《つぶや》いた。轟音《ごうおん》に遮《さえぎ》られ、自分の声さえよく聞こえない。

夜の闇を映し取った大僧正の黒い目のなかに、松明の明かりが小さく揺れている。

「右の車輪が〝輪《サークル》〟のなかに物語を送り出し、左の車輪が〝輪〟のなかで力を失った物語を回収いたしまする。すべての物語は、ここより出でてここに還《かえ》る。この大輪の動きを停めず、営々《えいえい》と押し続けることが、我ら無名僧の使命にございます」

もう一度、大僧正は頭を下げた。友理子に向かって礼をしたのではなく、一対の大輪にそうしたようにも見えた。

「……どこに、物語があるんです」

糸車なら、巻き取られている糸が見える。それと同じようなものではないのか。

「物語は、人の目には見えませぬ」

そのままでは――と、大僧正は微笑《ほほえ》んだ。不思議なことに、轟音のなかでも静かな声が届く。

「ここより送り出される物語に、人の目に見える象《かたち》を与えることができるのは、〝輪《サークル》〟のなかを生きる人間だけでございます。人間の力だけが、物語をよく実存へと導《みちび》くことができるのでございます」

我らは、ただ流れを保つのみ。

友理子には信じられなかった。小さいときに大好きだった絵本のお話や、今ぞっこんハマッていて、クラスメイトと貸し借りしながら読みふけっている――ああ、そんなこともあったのだ――学園もののコミックや、家族で観《み》にいったスペクタクル映画や、これまで友理子が触れてきたさまざまな物語のことを、いっぺんに思い出した。頭のなかが物語で溢《あふ》れた。疑似《ぎじ》初恋の相手になった登場人物。読んだ瞬間に涙が溢れてきた名台詞《ぜりふ》。その夜の夢にまで出てきた素晴らしい空想特撮のシーン。

それらがすべて、みんなみんな、轟音と共に回転する、この一対の車輪を源泉としているというのか。禿頭《とくとう》を汗で濡《ぬ》らし、黒い衣の裾をひきずり、黙々と輻を押し続ける、顎《あご》の尖《とが》った、全員が同じ顔の、粗末な衣に裸足の、無数の無名僧たちの働きが、物語の流れを維持しているというのか。

美しく、楽しく、華やかなものの源泉が、こんな形をしているだなんて。

「……嘘《うそ》でしょ」

歪《ゆが》んだ笑いが、友理子の顔に浮かんだ。

「嘘ですよ。こんなことあるわけない。わたしのこと、騙《だま》そうとしてるんでしょ？　からかってるんじゃないんですか？」

物語は、もっともっと幸せなものだ。美しいものだ。価値あるものだ。

「人間は、自分で物語を作るんです！　創造して、想像して、作り上げるんです！　こんな場所に源泉なんてありません！」

友理子の叫びは、轟音にかき消されてしまった。ただ松明の火の粉だけが、動揺を察したように、一段と高く爆《は》ぜて闇のなかに舞い上がる。

大僧正が、友理子の肩先をそっと掌で包んだ。

「先ほど私は、我ら無名僧の作務を目にし、この地より立ち去る〝印を戴く者《オルキャスト》〟もおられると申し上げました」

その方々は、皆、あなたと同じことを叫ぶ。

大僧正の肉の薄い掌の感触が、肩の骨から伝わってくる。痩せてやつれた老人だ。

「あなたもそうなさりますか。ならば、お止めすることはいたしませぬ」

重大な問いかけだ。進むのか戻るのか、厳しい選択を、柔らかな言葉で迫られている。

答えるのは易しい。こんなのペテンだ、わたしはイチ抜けた、帰ります！　叫んでしまえば事足りるのだ。大僧正は止めないと言っている。

が、それをさせないものが、友理子のなかにはあった。簡単に踵《きびす》を返してしまってはいけない。早まるな。何より、ここから目を背けるなと呼びかける声が、お腹《なか》の底から響いてくる。

轟音と共に、一対の車輪は回り続ける。無数の無名僧たちの裸足が地面を擦《こす》る音がする。重い輪を押し続ける腕が軋《きし》む音がする。汗の臭《にお》い、土の匂い、冷たい夜気。

　これは、苦役《くえき》だ。

「皆さんだって、人間なんでしょ？」

　友理子の心もまた軋み、反問する言葉になった。

「交代して休んだり、食べ物や飲み物をとったりするんでしょ？　わたしと同じ人間のはずです。なのに、どうしてこんなことをしていられるの？　なぜこんな目に遭《あ》わされてるんです？　ヘンだと思わないの？　辛《つら》くないんですか？」

　大僧正は真正面から友理子の瞳を見つめている。その瞼《まぶた》が、老齢で刻まれた皺《しわ》やたるみ以外のもののせいで、つと緩んだように見えた。

「いかにも、我ら無名僧も人の身にございます」

　しかし――と、かぶりを振る。

「あなたがおっしゃるような意味合いでは、すでに〝人間〟ではございませぬ」

　何が違うというのだ。言葉遊びじゃないか。友理子はくちびるを嚙《か》みしめる。

「なるほど我らも休息をとり、食物をとります。それは必要に迫られてというよりは、そうあることで、かろうじて人の身である己《おのれ》を繫ぎ止めているということでございます。本来、我らにはそのどちらも必要ではございませぬ故に」

「眠ったり、食べたりしなくていいの？」

　大僧正は、友理子を宥《なだ》めるように微笑《ほほえ》む。

「はい。我らのこの身は既にして借り物、仮の姿にございますでな」

　黒い衣の袖を夜気に翻《ひるがえ》して、軽く両手を広げてみせた。そんなふうにすると、大僧正の身体が枯れ木のように痩せていることが、なおさらはっきりと見てとれる。

「我らも、かつて真の人間であった時代には、それぞれ固有の姿を持ち合わせておりました。しかし、無名僧となりにし折に、それは失われてしまいました。いや、我らが捨てたのです」

　この姿は、一《ひとつ》にして万《よろず》。万にして一。

「しかし一方、個を失うことで、己の負うておるものをも容易に忘れ去ってしまうのが人の身の浅はかさ。故に我らは、人の身であることを――かつては人間であったことのみを覚えておるために、眠り、食べ、休みまする。それを覚えておらねば、無名僧としての役割をまっとうし、己の罪を償《つぐな》うことができぬからでございます」

　罪を償う。似たような言葉を、ここに来て間もなく聞いた覚えがある。

「トガビト」と、友理子は呟《つぶや》いてみた。そうだ、確かに無名僧の一人がそう言っていた。

「咎人って、罪人という意味でしょう？」

　今度は大僧正だけでなく、後ろに付き従っている若い無名僧も一緒にうなずいた。

「なぜ罪人なの？　皆さんがどんな罪を犯したっていうんです？」

　大僧正は、詰め寄る友理子からすうと身を引くと、車輪を押し続ける無名僧たちの群の方へ向き直った。

「この一対の輪を、〝咎の大輪〟と申します」

　物語を送り出し、物語を回収する。物語の流れを保つ仕掛け。それが〝咎《とが》〟と名付けられている。

「なんとなれば、物語は〝咎〟にほかならぬからでございますよ、〝印を戴く者《オルキャスト》〟よ」

　猛烈な反論が、友理子の喉《のど》から飛び出してきた。そんなことはない！　そんなバカな！

「物語は楽しいものよ。美しいものよ。人を幸せにするものですよ！」

　大僧正は首を巡らせ、友理子をひたと見つめる。

「しかし〝英雄〟を――その暗黒面である黄衣の王を生み出すのは、物語にほかなりませぬ」

　友理子は震えていた。寒さのせいだ。身体に巻き付けた毛布を強く引っ張る。

「物語とは、さて何でございますかな。〝印を戴く者〟よ」

　友理子が答える前に、大僧正は凜《りん》とした声音《こわね》で言い切った。「嘘にございますよ」

　咎の大輪は回り続ける。無名僧たちは押し続ける。その傍らで、友理子は震えている。

「有りもしない出来事を作り上げる。そして語る。記録に残し、記憶をばらまく。嘘でございます」

　有りもしない世界を作り上げ、そして語る。それも嘘だ。

　その目で見たこともない昔の出来事を、残された記録の断片をつなぎ合わせて物語にする。それも嘘だ。

「そうした嘘がなかりせば、人間は生きられぬ。人の世は成り立ちませぬ。物語は人間に必要とされる、人間を人間たらしめる必須《ひっす》の嘘なのでございます。しかし、嘘は嘘。嘘は罪にございます」

　ならば、誰かがそれを贖《あがな》い償わねばならぬ。

「我ら無名僧は、咎の大輪を押し続けることにより、人の世が求める嘘を供給いたします。流れを絶やさぬように、営々と働きまする。それは罪の贖いであると同時に、また罪を再生産することでもございます」

　かくも我らの業《ごう》は深い――と、ため息のような声で大僧正は言った。

「それは人間の業でもございます。我ら無名僧と化した者どもは、己の個を有していた時代に、物語の罪を犯しました。故に、〝輪《サークル》〟に生きる人間すべてに成り代わり、物語の贖罪《しょくざい》の役目を背負うこととなり申した」

　お付きの若い無名僧が、さっと前に出て友理子の腕をとらえた。粗暴なふるまいではない。友理子がふらついたので、支えてくれたのだ。

「ご、ごめんなさい」

友理子が自分を持ち直し、何とか両足でしっかりと立つのを確かめて、若い無名僧はそっと腕を放した。

その手は温かかった。確かに人の体温があった。

胸が詰まってきた。

「ひどすぎます」

泣き声になってしまった。

「皆さんばっかり、どうしてこんな不毛なことをさせられるの？　物語の罪なら、人間全部が背負えばいいじゃないですか」

大僧正のしわくちゃの顔が、大きくほころんだ。

「あなたはお優しい。その優しさは、幼子だけが持ち合わせるもの。だからこそ、幼子のみが、よく〝無名の地〟を訪れることができるのですよ」

〝輪《サークル》〟のなかにも、物語の罪科《ざいか》を背負う者たちは存在していると、大僧正は続けた。

「あなたが兄上をお探しになるうちに、出会うこともあるでしょう」

「物語を作る人たちですか？　作家とか、歴史家とか」

「彼らばかりではありませぬ。また彼らのすべてが、己の罪に気づいておるとも限りませぬ」

〝狼《おおかみ》〟たちもそうだという。

「黄衣の王を狩り、危険な写本を狩って〝輪〟を守るあの者どもも、咎人にございます。彼らは彼らなりのやり方で、罪を償《つぐの》うておるのです」

わからない。わかりたくない。友理子の頭は理解を求めても、心はそれを拒絶している。

「物語にだって、良いことはいっぱいあります」

「もちろんでございますよ。それは〝輪《サークル》〟に満ち満ちておりまする」

しかし、ここには無い。〝無名の地〟には存在しない。ここは物語の源泉であり、嘘の源泉であるのだから。

「皆さんだって、〝輪〟のなかにいたまま、人間として生きていながら、物語の嘘の贖罪をすることだってできるはずでしょ？　〝狼《おおかみ》〟の人たちみたいにね。それなのにどうして、皆さんだけが無名僧にならなくちゃいけないんですか」

　友理子の問いかけは、こんな細部のところにまで後退してしまった。いや、否応なしに理解を得て、前進したのかもしれない。

「個を持っていたころに、どんな悪いことをしたら、無名僧になっちゃうんですか」

　恐怖と共に、友理子は尋ねているのだった。怖いのだ。いったいどんな人間が、ここに連れてこられて、もしくは召喚されて、無名僧と化すのだろう。

　大僧正は、しばらくのあいだ考え込んだ。たるんだ瞼が閉じ、立ったまま眠ってしまったみたいに。かなりの間が空いた。

　なぜ、すぐ答えられないの？　友理子の内側の恐怖がふくれあがり、身体を震わせる。

　大僧正が目を開けて、穏やかな眼差《まなざ》しを友理子の顔に当てた。

「今はまだ、お答えしても、あなたのお心には届きますまい。しかし、言葉だけお渡し申しておきましょう」

　我らはかつて、人間の身であったころ、物語を生きようとした者のなれの果てでございます。

「嘘を生き、嘘を体現しようとする大罪を犯しました。故に我らは個を失い、一にして万、万にして一の黒衣の無名僧として、この地にのみ安住の場所を見出《みいだ》すこととなり申した」

　物語を生きようとした――？

　さらに鋭い恐怖の錐《きり》が、友理子の心に突き刺さってきた。どうしても答えを知りたい問いが。

「いつか、許される時は来るんですか」

　大僧正は優しく問い返してきた。「人間が必要とする嘘に関《かか》わる罪を、では誰が許してくれましょう？　神でございますか？　神もまた、人間の創《つく》り物語にほかならぬのに」

嘘が嘘を許すことも、浄《きよ》めることもできない。

「それなら、皆さんは永遠にここに囚《とら》われているんですか？」

「この地には、時間は存在いたしませぬ。永遠は一瞬に等しく、一瞬は永遠に等しい。我らはただ、今この時、この地におるだけでございます」

何を考えたのか、立ちすくんでいる友理子の手を、大僧正の痩せた手がそっとつかんだ。

「こちらにおいでなさい。もう少し、高いところから咎の大輪をご覧になってはみませぬか」

大僧正は友理子の手を引き、夜露を踏んで歩き出した。友理子の目にはここが丘の頂上のように見えていたけれど、一部がさらにこんもりと盛り上がっているらしい。大僧正はそこへ足を向けている。


そちら側は風上にあたっていた。夜風が友理子の顔を撫で、前髪を乱して通り過ぎる。額の印が淡く輝く。咎の大輪が回る轟きが、ほんの少し遠くなった。

目の下の草原で、黒衣の群がうごめき、さざめきながら回っている。不思議なことに、この高さに来ると、無名僧たちの足音や荒い息づかいは聞こえなくなり、重々しい轟音《ごうおん》も足元に淀《よど》んでしまい、耳まで届かなくなった。

入れ替わりに、咎の大輪の中心、無数の輻を伸ばしている柱が回転する音が聞こえてきた。

友理子は軽く目を見開いた。

きれいな音だ。高く、軽やかで、涼やかな音色。鈴が鳴っているようでもあり、どうかすると歌声のようにも聞き取れる。

友理子の驚きに、大僧正は満足げな笑みを見せた。

「左様でございます。咎の大輪の芯柱《しん》——右のそれは天の柱、左のそれは地の柱と呼ばれておりますものは、歌うのでございますよ」

丘のこぶの上では、大僧正と二人きりになっていることに、友理子は気づいた。お付きの若い無名僧は、先ほどの位置から動いていないのだ。友理子の方を見てさえいない。こちらに背を向けて、松明《たいまつ》を立てる台になってしまったかのように佇《たたず》んでいる。

「念歌、ですか」

「いや、念歌ではございませぬ。念歌はあのように幸《さち》に満ちた歌ではない。あのように慰撫《いぶ》を与える歌でもない」

物語を送り出す〝地の柱〟は幸を歌い、物語を巻き取り回収する〝天の柱〟は慰撫を歌うのだと、大僧正は言った。

「どちらも、物語の尊《とうと》い使命でございましょう」

またこの二つの歌には同時に、願いも込められているのだという。送り出される物語には、より多くの幸を〝輪《サークル》〟のなかに生み出すようにと。回収される物語には、〝輪〟での役割を果たし終えたことを言祝《ことほ》ぎ、ひとときの安寧《あんねい》を得られるように、と。

「あなたの兄上は、ここから送り出される物語の流れの何処《いずこ》かにおられます」

もちろん、〝英雄〟も。黄衣の王も。

「〝英雄〟が〝輪〟に降臨《こうりん》した以上、間もなく天地の柱の歌の声にも変化が表れることでございましょう」

「どんなふうに変わってしまうの？」

大僧正の返答は意外なものだった。

「力強くなり申す」

〝輪〟に放たれた〝英雄〟は、より多くの物語のエネルギーを求める。必然的に、それが使い果たす物語のエネルギーも増えてゆく。だから芯《しん》柱の歌声は高く、雄々しくなるのだ。

「そのまま〝英雄〟を封印せず、あれの恣《ほしいまま》に芯柱を高く歌わせ、多くの物語を循環させるならば、早晩、咎の大輪は、我らこの地の無名僧の手に負えるものではなくなります」

　物語の流れそのものが力を得て、意思を持ち、〝英雄〟のもとへと迸《ほとばし》る。右の大輪、天の大輪は、無名僧たちが押さずとも、〝英雄〟に引かれて回り始める。無名僧たちは、天の大輪のその速さに追いついていけなくなる。

「転び、地に伏し、音高く回り続ける輻に身体を打たれ、骨を砕かれて無に還りましょう」

　それとは逆に、左の地の大輪の動きは鈍ってゆく。〝英雄〟が〝輪〟のなかで、物語という物語を蕩尽《とうじん》してしまうからだ。物語は残らず〝英雄〟に食い尽くされて、無名の地には戻ってこられなくなる。

「無名僧たちがどれほど強く押そうとも、左の大輪、地の大輪がぴくりとも動かなくなるときが到来いたします」

〝輪〟の終焉《しゅうえん》のときだと、大僧正は語った。

「停《と》まる寸前に、地の柱がひときわ高く、悲鳴のように歌いまする。その声を、〝輪〟の内のある人びとは、世の終わりを告げる天使のラッパの音に喩《たと》えておるそうでございます」

　地の大輪が停まれば、野放図に回り続けていた天の大輪も、やがては停まらざるを得ない。そのときこの地には、無に還ることのなかった無名僧たちだけが、取り残されることになる。

「そして待ち始めるのでございます」

　次の〝輪《サークル》〟の誕生を。

　なぜなら、物語を食らい尽くした〝英雄〟は、彼が降り立った〝輪〟の終焉《しゅうえん》のとき、共に滅びてしまうからである。

「万書殿《ばんしょでん》は――どうなるんです？」

「残りまする」と、大僧正は答えた。言葉を発するのと同時に、彼の目が彼方《かなた》の万書殿の方角へと向けられた。友理子も彼に従い、夜の虚空へと目を投げた。

あの威容も、今は闇に溶け込んでいる。窓明かりが闇に並んでまたたいているだけだ。

「次の〝輪〟が生まれ出《いず》るそのときまでに、我らは万書殿に刻み込まれた数多《あまた》の書物――滅び去った〝輪〟に顕現した物語の象《かたち》の遺物を取り壊し、万書殿を空《くう》にして、新たに来たるべき象を待ち受けるのでございます」

ひとつの文明が消え失せ、次の文明が生まれる。それが、この地の歴史なのだ。時間が存在しない無名の地の歴史なのだと、友理子は理解した。

でも――

「わたし、どうしたらいいんでしょう」

いかようにもと、大僧正は応じた。

「あなたがお望みのままになさればよい」

〝輪〟に戻り、自由を得た〝英雄〟が成《な》す所業を目《ま》の当たりにしながら、英雄と共に滅びてもかまわない。もっとも、滅亡には時がかかる。友理子の人生のあるうちには、それは招来されないのかもしれない。ならば友理子は平和に暮らせることだろう。

「水内《みのち》さんの図書室で、本たちも同じようなことを言っていました」

大僧正はうなずいた。「それもひとつの選択でござりまする。見ぬもの、知らぬものは存在せぬ。あなたはこの地を忘れ去ることもできるのです」

「だけど、お兄ちゃんのことは忘れられない」

友理子は叫んだつもりだった。しかし、歎《なげ》くような声は弱々しく吐き出されただけだった。

「皆さんのことだって、忘れられません」

見たもの、知ったものを打ち消すことはできない。できないという選択を、友理子はとりたい。

「でもわたしには、〝英雄〟と――黄衣の王と戦うことなんかできません。〝輪〟を救うことなんかできません。わたし子供なんだもの。そんな重大なこと、絶対に無理です。わたしはただ、お兄ちゃんを助けたいだけなんです。お兄ちゃんに会いたいだけなんです」

「〝印を戴く者《オルキャスト》〟よ」大僧正は友理子に相対し、恭《うやうや》しく頭を垂れて、友理子の両手をとった。

「そのふたつは、けっして異なる目的ではございませぬ」

そんなバカな。片方は世界の命運を、片方はたった一人の兄を救うという使命だ。まるっきり違っているじゃないか。が、しゃにむに首を振って逃れようとする友理子を、大僧正の手はしっかりと繋ぎ止めて離さない。

「ようお考えなされ。あなたの兄上は、〝最後の器〟になられた。最後の器とはどのようなものでしたか」

〝英雄〟が力を蓄えて、破獄するための最後の一要素だ。器を満たす、最後の一滴だ。

「そうであるならば、その一滴が取り除かれれば、器は満たされぬことになりまする」

友理子はびくりとして、動きを止めた。

「一滴——足りなければ？」

大僧正は深々とうなずいた。

「あなたが兄上を黄衣の王のもとから解き放てば、〝英雄〟は、兄上の分だけ力を失うのでございますよ」

友理子が成すべきことは、大樹がやったのと、正反対のことなのだ。最後の一滴を足すか、最後の一滴を取り除くか。

「兄上という〈最後の器〉を失った〈英雄〉は、その分の力を削がれ、自ずと、大いなる物語の流れに引き寄せられることでしょう」

そして地の大輪の動きに引かれ、巻き取られて、この無名の地へと還ってくる——

桁違《けたちが》いに強大な、しかし、単なるひとつの物語として。

「そんなことなんですか？」

友理子はまるっきり釈然としない。

「それでいいの？　たった一人、わたしのお兄ちゃんの分の力を削ぐことが、ホントに、世界を滅ぼしかねない〈英雄〉を封印することにつながるんですか？」

何だか、話が旨《うま》い——というより、はっきり言って小さ過ぎるような気がする。

大僧正は微笑んでいた。友理子の考えを見抜いているらしい。

「あなたが日々をおくっている領域《リージョン》では、人の命の価値ということについて、どのように教わっておられますか」

面食らってしまった。どういう質問だ？

「あの、お尋ねの意味がよくわからないんですけれど」

大僧正は穏やかに続けた。「では、お尋ねを変えましょう。あなたの領域では、人びとが人の命を何かと引き比べ、どちらの方がより重いか、あるいは高価であるかというような喩《たと》え話をなさいますかな？」

ああ、それならわかる。

「人ひとりの命は地球より重い、と言います」

大僧正はやっと友理子の手を離すと、顔の前で人差し指を立てた。

「言い換えればそれは、人ひとりの命は、世界と同じ価値を持つということでございますな」

友理子はちょっとつっかえてからうなずいた。

「は、はい」

「ならば、人ひとりを救うことが、世界を救うことに相通じるとしても、不思議はございませんでしょう」

友理子はまたつっかえた。うなずいてしまっていいような悪いような――

と、大僧正の皺の多い顔から笑みが消えた。

「一人の子供が、己の意思で別の一人の子供の命を奪うことを憚《はばか》らぬ世界は」

声も重々しく、厳しくなった。

「千人が千人の命を、万人が万人の命を奪うことを憚らぬ世界と、何ら変わりませぬ」

友理子は目を瞠《みは》って大僧正を見つめた。大僧正の眼差しは揺るがない。

その瞬間、霧が晴れたように、悟ることがあった。

「一にして万、万にして一」と、友理子は呟いた。

「その真意は、そういうことなんですね？」

大僧正は深くうなずいた。「あなたに兄上を救おうとするお心があれば、あなたが世界を救うこともかなうのでございますよ」

それに――と、友理子を見据《みす》えて、

「兄上お一人を救うこととて、あなたにとってはどれほどの困難であることか。どれほどの恐怖を乗り越えて進まねばならぬ道程か」

なぜなら、〈英雄〉に近づかなければならないのだから。

「ひとつ踏み誤れば、あなたも〈英雄〉に囚われ、呑み込まれてしまうことでしょう」

兄上を思うお心の切であるが故に、迷い、絶望し、悲嘆に暮れて。

「〈英雄〉は強大です。比類なき力を擁《よう》する完全な物語でございます。それは人を酔わせ、虜《とりこ》にいたします。しかしその裏面には、〈黄衣の王〉の顔がある」

友理子はけっして理屈っぽい子供ではない。だけど今の大僧正の言葉には、これまでの過程で友理子が漠然《ばくぜん》と疑問に思いつつ、混乱してしまって言い表すことができずにいた事柄《ことがら》が集約されていて、だからようやく、胸のもやもやを吐き出すような質問をすることができた。

「わたし、ずっと不思議に思ってたんですけど、訊いてもいいですか」

大僧正が軽くうなずいて促《うなが》す。

「皆さんは、〈英雄〉と〈黄衣の王〉はひとつの盾《たて》の両面だっておっしゃいますよね。二つに分かつことはできないんだって」

大僧正が、今度は同意のためにうなずく。

「そのとおりでございます」

「だけどね、だったら〈英雄〉だけを見ていたらいいんじゃありませんか？　盾の、良い側だけを見つめていたら？　そしたら人間は何も間違いをおかすことがなくなるでしょうし、〈英雄〉から良い力だけを取り入れることができるでしょ？　それなら封印だってしなくってもいいんじゃないかしら」

人間たちが、〈英雄〉の取り扱いに注意すればいいのだ。いつも表面だけ見るように。

大僧正はじいっと友理子を見つめた。友理子も見つめ返す。長々と見つめ合ってから、大僧正が妙に人間くさいことをした。ため息をついたのだ。

「やはり、あなたは幼子であらせられる」

ものの喩えというものをご存じないと、軽くかぶりを振って言った。

「盾の裏表云々《うんぬん》は、喩え話でございます」

「だって……」

「〈英雄〉と〈黄衣の王〉は、ひとつのものなのでございますよ。〝印を戴く者《オルキャスト》〟よ」

だから表裏だって言うんでしょ？　友理子は口を尖らせた。

「では、こう申し上げましょうか」またひとつため息をついて、大僧正は言った。「我ら無名僧も、〝輪《サークル》〟に溢れる人間どもも、誰も〈英雄〉の相貌《そうぼう》を知らぬのです。〈黄衣の王〉の相貌も知らぬのです。

ですから、見分けがつかぬのでございますよ」

「じゃ、見分けられるようにすればいいんじゃない？」

大僧正が黙り込んでしまったので、さすがに友理子もバツが悪くなった。

「ごめんなさい。別に、ここのシステムに文句があるわけじゃないんです」

余計な弁解だったようだ。

「だけどわたし……そんなワケわかんないものを一人で追いかけて、一人で戦うなんて、やっぱり自信、ないんです」

真摯《しんし》な告白というよりは愚痴《ぐち》のような言い方で、自分でも、真剣味が足りないかなと思った。が、大僧正は自力で立ち直ってくれたらしい。

「あなたはお一人ではありません」と、穏やかな口調で言った。「あなたには、〝輪〟のなかに在る数多《あまた》の書物がお味方いたします」

だけど、本は剣をとって戦えないだろう。

「書物だけではございません。〝狼〟たちもおります」

〝輪〟のなかで危険な写本を狩るという、ハンターたちだ。

「彼《か》の者どもは、まごうことなき戦士。必ずあなたをお守りし、あなたが使命を果たすそのときまで、真摯にお仕えすることでございましょう」

「だけど、どこに行けば〝狼〟さんたちに会えるんでしょう？」

大僧正は久しぶりに微笑んだ。「あなたがお探しにならずとも、彼の者どもの方からあなたを探し当て、御前《おんまえ》に姿を現します」

〝輪〟には幾人もの〝狼〟がいるという。彼らは既に〈英雄〉の破獄を察知し、最後の器となった人物がどこの誰であるか知るために、動き出しているに違いないという。

「最後の器を〈英雄〉の呪縛《じゅばく》から解き放ち、それによって〈英雄〉の力を削ぐためには、最後の器と同じ血を持つ〝印を戴く者〟の力が必要なのでございますから」

「だからって、好きこのんでそんな危険なこと――」

言い返しかけて、友理子は思い出した。さっき聞いたばっかりじゃないか。〝狼〟たちは〝狼〟たちでまた咎人で、己のやり方で物語の罪を償おうとしているのだ、と。

だから手を貸してくれる。友理子が使命を果たすそのときまで。

使命。友理子の望む小さな〈一〉。お兄ちゃんを取り返すこと。それは世界を滅亡から救う、大きな〈万〉につながること。

「そろそろ万書殿に戻りましょう。おいでなさい」

大僧正が友理子に手を差し伸べた。

「あなたに『英雄の書』をお見せしなくてはなりません」

「『英雄の書』？」

手をつないで丘のこぶを降りながら、大僧正はうなずいた。「万書殿にてただ一冊、〝輪〟にあるときの象《かたち》のまま留まっている書物にございます」

それは、もしかしたら。

「はい。かつて〈英雄〉を封印していた書物にございます」

〈英雄〉が破獄した今、それは空っぽの檻《おり》となり、囚人《めしゅうど》の帰還を待っている。

「空になった『英雄の書』は、再び〈英雄〉を閉じこめるまで、『虚《うつ》ろの書』と呼ばれ申す。今このとき、その表紙には、あなたさまの額の印と同じ印が浮かび上がっておるはずでございます」

友理子が額の印の力で〈最後の器〉を解放することができた暁《あかつき》には、額の印と『虚ろの書』の印がひとつになり、ひときわ高く輝いた後に、消えてゆくという。

「わたしの責任、重いんですね」

印を通して、友理子は〈英雄〉の檻に繫ぎ止められたようなものだ。

「お兄ちゃんの分の責任も、わたしが負うんですよね」

深く考えて口に出したわけではなかった。またぞろ、愚痴みたいなものだった。ちょっぴりだけ覚悟も混じっていたかもしれない。でもちょうどそのとき、行きと同じように友理子の後ろについてくれたあの若い無名僧が、友理子の言葉を聞いて、思わずというように足取りを乱した。

それを悟って、友理子は急に恥ずかしくなった。わたしは今、お兄ちゃんを責めるみたいなことを言った。お兄ちゃんのせいでわたしは大変な目に遭うんだと聞こえるようなことを言った。それが、若い無名僧にはわかったんだ。

「お辛いならば」

友理子の手を取って歩き続けながら、大僧正は淡々と言った。

「額の印を捨て、立ち去ることもできるのですよ」

友理子は黙ったまま万書殿を目指した。途方もなく巨大なあの屏風《びょうぶ》の足元まで来て、やっと言った。

「わたし、逃げたりしません」

そして、少しでも毅然《きぜん》として見えるように、しっかりと足を運んでいった。

「大伽藍でお待ちくだされ」

大僧正とはホールで別れ、若い無名僧が、友理子が迷子にならないよう、大伽藍の中央まで連れて行ってくれた。そこに着くと彼も一礼して去り、友理子は一人でぽつりと待つことになった。

途中でひとつ、おかしなことがあった。長い回廊《かいろう》を歩いているあいだに、若い無名僧が何度か、背後を気にするような仕草をしたのである。どうしたんですかと問いかけるヒマもないほど素早い動作であったけれど、不審な感じがした。

一人になると、ますます気になってきた。何かいるのかしら。そこらの闇のなかに、何か潜《ひそ》んでいるのかしら。無名僧があんなふうに気にするものって、何かしら。

ネズミとか。強《し》いてそんなふうに思って、自分で自分を笑わせようとした。ここにネズミがいたら大変だよね。本を齧《かじ》られちゃう。

独りぼっちの大伽藍はだだっぴろく、呼吸の音さえ天蓋まで反響するようだった。

やがて、密《ひそ》やかな足音が近づいてきて、大僧正が再び姿を見せた。お供が増えている。大きな銀色の箱――それを形づくる六つの面に、多種多様な文字がびっしりと彫り込まれた櫃《ひつぎ》を運んで、大僧正に付き従っている。櫃の前後には二つずつ金の輪っかがついており、そこに二本の金棒をさしこんで、四人の無名僧が担《かつ》いでいる。もちろん、また四人ともさっきと同じ顔だ。

大僧正と友理子は、大伽藍の中央に並んだ。お付きの無名僧たちが櫃をおろし、金棒を抜き取る。

大僧正は櫃に近づくと、両手を合わせて一礼した。ついで一歩退き、今度は床に座って手をつき、額を擦りつけるようにして二度、礼を繰り返した。そして立ち上がる。

四人の無名僧が櫃の角に一人ずつ立ち、大僧正がうなずきかけると、櫃の蓋《ふた》を開けた。

友理子は期待していたのだけれど、何も起こらなかった。櫃から光が溢れ出ることも、音が聞こえてくることも、香りが漂うことも。

大僧正は恭《うやうや》しく跪《ひざまず》き、そのまま膝頭《ひざがしら》で櫃ににじり寄っていって、さらに一礼。ようやく、櫃のなかに両腕を差し入れた。

　漆黒の布に包まれた、小さなものを取り出す。確かに、書物のような形をしている。

　大僧正は膝頭でにじり下がり、元の位置まで戻ると、きっちりと正座して、漆黒の布を解き始めた。

「『虚ろの書』でございます」

　かつては〈英雄〉が封印されていた『英雄の書』だ。

　漆黒の布のなかから、古ぼけた革装本《かわそう》が現れた。大判ではあるが、拍子抜けするほどに、何という特徴もない書物だ。

　今は空っぽの檻に過ぎないから、外見も素っ気ないものに変わってしまっているのだろうか。これが『英雄の書』であったころには、美しく重厚な書物だったのだろうか――

　何かおかしい。友理子は気づいた。

　四人の無名僧たちが立ちすくんでいる。みんな、食い入るように大僧正を見つめている。注目の的となっている大僧正は、彫像になってしまったみたいに、ぴくりとも動かない。

　皺に埋もれそうだった細い目が、いっぱいに見開かれている。身体が細かく震えている。カタカタと何かが鳴る音がする。

　大僧正の歯が鳴っているのだ。

「どうかしたんですか？」

　問いかけて、友理子は大僧正に駆け寄ろうとした。と、

「そのまま！」

　大僧正の声が飛んできた。鞭《むち》で打たれたように、友理子はひるんで飛び下がった。

　大僧正は友理子の方を見ようともしない。目は『虚ろの書』に釘付《くぎ》けだ。書物を捧げ持つ手が震えて、漆黒の布が床に滑り落ちた。

「これは……何と」

そう聞こえた。押し殺した呻《うめ》き声だけれど、確かに大僧正はそう言った。

「何と……」

大僧正が首を振り始める。何度も何度もかぶりを振って、それからがくりと頭を下げると、額を『虚ろの書』にくっつけた。

友理子は怖くなってきた。何か変なんだ。何か、普通じゃないことがあるんだ。だって、このヒトたちがこんなに狼狽《うろた》えるなんて。こんなふうに感情を露《あら》わにするなんて。

「大僧正さま、どうしたんで」

声を励まして問いかけようとしたとき、大僧正と四人の無名僧たちが、いっせいに気色《けしき》ばんで身構えた。みんな、さっき彼らが歩いてきた方向、大伽藍入口の闇の奥を見据えている。揃って、今にも嚙《か》みつきそうな顔つきで見据えている。

これまたあり得ないはずのことだ。

驚きに声を失った友理子の面前で、大僧正が、闇に向かって叱りつけた。

「そこに潜む者よ！　出てきなさい」

闇が震えている。友理子の目の錯覚ではない。さざ波のように震えて、それが小さな人の形を成してきた。

無名僧だ。黒衣に裸足の若者——

でも、顔が違う。大僧正ではないし、櫃を運んできた四人とも違う。

「お、お許しください」

五人目の無名僧はビクついている。声がかすれて、甲高く裏返っている。

「どうぞお許しください」

闇のなかからまろび出てきたかと思うと、五人目の無名僧はその場で平伏し、身を縮めて丸くなった。お許しください、お許しくださいと繰り返しながら、額を床に擦りつけている。というかぶっつけている。

こつんこつんと音がたつ。

何もかも非現実的なこの場で、その仕草は妙に親しみ深く、その音は痛々しくも可愛らしく、停まっていた友理子を動かした。

「ね、ね、ね」

友理子は彼の方に近寄りかけた。

「ダメよ、そんなにおでこをぶつけたら。痛いでしょ?　こぶができちゃうよ」

友理子の声に、さらに丸くなって身を遠ざけながらも、五人目の無名僧は頭を持ち上げた。大伽藍の灯りが禿頭《とくとう》に映る。

櫃を運んできた四人の無名僧たち――最初からお馴染《なじ》みのあの眉の濃い顔と、よく似ている。けれど、四人よりもさらに若い。まだ十四、五歳ではないか。あの四人の時を戻して幼くすると、ちょうどこんな顔になるのではないか。

――兄弟?

ぽかんと見とれてしまった友理子の傍らで、大僧正が『虚ろの書』を手にしたまま立ち上がり、五人目の少年無名僧に歩み寄った。

「〝印を戴く者〟の御前である。控えよ」

大僧正の声に、少年無名僧はまた平伏した。櫃を運んできた四人のうち二人が進み出ると、左右から少年無名僧の腕を取り、引きずるようにして大僧正の足元へと連れてきた。

「そんな乱暴なことをしなくたって」

友理子も大僧正に近寄り、そのまま、足元にうずくまっている少年無名僧の傍らにしゃがみこんだ。

大僧正は止めなかったし、四人の無名僧たちも無言のままだった。

「大僧正さま、この人、何か悪いことをしたんですか?」

大僧正を仰いで、友理子は訊いた。

「お許しくださいって謝ってますよ。ほら、こんなにぶるぶる震えちゃって」

かばうつもりで、友理子は少年無名僧の肩に手をかけた。その骨張《ほねば》った感触に驚く間もなく、不思議なことが起こった。

友理子の額の印が、出し抜けに輝いたのだ。その光は、一瞬だけれど大伽藍の壁に、くっきりと紋章の細部まで映し出すほど強いものだった。

額の印の光は、少年無名僧の顔にも照り映えた。彼の額に、印が描く円弧の一端が映って、すぐに消えた。

「今の、何？」

友理子は自分の掌を見た。それから額に触ってみた。もう何も起こらない。

大僧正は両手で『虚ろの書』を捧げ持ち、それを胸に――心臓の真上に押し当てていた。その場に立ったまま目を閉じている。

目を開くと、『虚ろの書』を差し出して、その表紙を少年無名僧の額にあてた。さっき、友理子の印の一端が映ったその場所に。

「〝印を戴く者〟よ」

呻《うめ》くように苦しげな響きこそなくなっていたけれど、大僧正の声音は低く、押しつぶされたかのようにかすれていた。

「は、はい」

「この者は、あなたの従者《じゅうしゃ》でございます」

友理子は少年無名僧を見た。彼は逃げるように平伏した。頭を両腕の狭間《はざま》に突っ込んで、そうやって自分の身体を隠そうとでもしているかのようだ。

「『虚ろの書』が、この者を選び申した」

お連れくだされ――と言って、大僧正はがっくりと両肩を落とした。その骨張った手から、危うく『虚ろの書』が滑り落ちそうになる。すると大僧正は、本を持ち直すのではなく、身体ごとしゃがんで両膝で『虚ろの書』を受け止めた。脚から力が抜けて、くずおれたようにも見えた。

「面《おもて》を上げなさい」

大僧正は少年無名僧に命じた。

「そして、おまえの手で『虚ろの書』に触れてみなさい」

少年無名僧はガタガタ震えながらも身を起こすと、『虚ろの書』を受け取った。熱いものでもつかんでいるみたいな、危なっかしい手つきだ。

大僧正は目を細め、眉間《みけん》を寄せ、少年無名僧の顔を見つめている。あまりに近くに迫っているので、ほとんど額と額がくっつきそうなほどだ。

と、大僧正は突然立ち上がり、逃げるように背中を向けて少年無名僧から離れた。

「お連れくだされ。これがあなたの従者となります」

友理子からも少年無名僧からも顔を背けたまま、言い放つ。

「これはあなたの下僕。いかようにもあなたの意のままに動き、あなたをお助けいたしまする。どうぞお連れくだされ！」

強い口調ながら、命令というより懇願のように聞こえるのは、友理子の錯覚だろうか。

「お、お連れくださいませ」

少年無名僧が言った。こちらははっきり、懇願だった。その声音は、事態に混乱している友理子の心をも揺り動かした。あまりにも切実で、あまりにも悲痛で。

友理子は彼の目を見た。刹那《せつな》、真っ黒な瞳の底を覗《のぞ》き込んだ。少年無名僧はまばたきをすると、床の上を擦るようにして友理子から距離を置き、『虚ろの書』をかき抱《いだ》いて、今度は友理子に向かって平伏した。

「〝印を戴く者《オルキャスト》〟様をお助けいたします。どうぞわたくしをお連れください。お願い申し上げます」

大僧正は背を向けたままだ。四人の無名僧たちは頭を垂れ、両手を拳に握って身体の脇に、まるで天からのしかかってくる重たいものに堪えるかのように、じっと立ちつくしている。

「……わかりました」

断れるような雰囲気じゃない。もしも断ったなら、このヒト、泣き出しちゃいそうだし。

「でも、とりあえず立ってください」

そっと呼びかけると、少年無名僧が戦慄《おのの》きながら立ち上がった。

その腕のなかの『虚ろの書』。

「それ、わたしにも見せてくれない？」

友理子が手を出した途端《とたん》に、大僧正の声が飛んだ。

「いけません！」

大僧正は少年無名僧の手から『虚ろの書』をひったくるようにして取りあげた。四人の無名僧たちが殺到してきて、友理子と少年無名僧のあいだに割り込み、立ちふさがり、二人を引き離しにかかった。

「〝印を戴く者〟は、『虚ろの書』に触れてはならぬのです！」

乱暴に肩をつかまれて、友理子は転びそうになった。

「間近でご覧になることも許されません！　あなたの印が穢《けが》れます！」

「わかりました。わかりましたってば！」

友理子も必死で叫び返し、無名僧たちの手を振り払った。

「ちょっと見てみたいと思っただけです。ごめんなさい！」

友理子の声に、若い無名僧たちは、我に返ったように動きを止めた。少年無名僧は押し倒され、床に押しつけられている。

「その人、起こしてあげてください。つぶれちゃう」

呼吸を整えながら、友理子は言った。若い無名僧たちが少年無名僧を引き起こした。

「ご無礼をお許しくだされ」

まだわずかに乱れの残った声で、大僧正が友理子に詫びた。

「これはしかし、禁忌《きんき》なのでございます」

「わかりました。よく気をつけます」

友理子はくるりと一同に背を向けた。

「わたし、こうしてますから、早く『虚ろの書』を隠すなり何なり、どうにかしてください」

衣擦《きぬず》れの音がする。無名僧たちの裸足の足の裏が、大伽藍の床の上でひたひた動き回る。

背中を向けたままでいるには、強い意志の力が必要だった。禁忌などという言葉は、友理子にはまだとても抽象的なものだ。でも好奇心は具体的で、理屈抜きだから。

本当は、気になった。振り返って、じっくりと『虚ろの書』を観察したかった。なぜなら、丘のこぶの上で聞いた大僧正の説明と、実物とのあいだに、食い違うところがあったから。

さっき一瞥した限りでは、少年無名僧がかき抱いている『虚ろの書』の表紙には、友理子の額と同じ印など、浮かんでいないように見えたのだ。ただののっぺらぼうの革表紙に見えたのだった。

そしてこの、無名僧たちらしからぬ大騒ぎ——

「大僧正さま」背中を向けたまま、友理子は静かに問いかけた。

「何でございましょう」

大僧正の声も落ち着きを取り戻していた。

「わたしの額の印、『虚ろの書』の表紙に浮かび上がっていますか？　そうなっているはずなんですよね？」

ひと呼吸するあいだの沈黙を挟んで、大僧正は答えた。「はい。浮かび上がってございます」

「間違いありませんか？」

「何をお気になさっておられるのでしょう」

じゃ、さっきあたしが見たのは裏表紙だったのかしら。

「大僧正さま、櫃を開けて『虚ろの書』を出したとき、とっても驚いて、怖がっているみたいに見えました」

衣擦れの音が止まった。

「それに、『何と』とおっしゃいましたよね。まるで歎《なげ》いてるみたいでした」

大僧正は答えなかった。かわりに、こう言った。

「『虚ろの書』は櫃に納め申した。どうぞお直りください、〝印を戴く者〟よ」

友理子はゆっくりと振り返った。大僧正と少年無名僧が並んで立ち、その後ろに四人の若い無名僧たちが控えている。

老人の顔と若者たちの顔からは、あの狼狽の色は消え去っていた。柔和《にゆうわ》でありながら冷静。静謐《せいひつ》でありながら温厚。黒衣の上に浮かぶ、白い風船みたいな五人の顔。

ただ少年無名僧だけは、まだ心の震えを抑《おさ》えかねるように、瞳を動かしていた。

「『虚ろの書』が——」

傷んでおりましたと、大僧正は言った。

「此度《こたび》の〈英雄〉の破獄の猛々《たけだけ》しかったことが、そこに表れておりました。それ故に、覚えず驚きの声を放ってしまい申した」

檻が壊れていたということか。壊れっぷりが凄かったので、びっくりしちゃったということなのか。

それならまあ、わからないでもない、ね。

まこと、無名僧にあるまじき失態——と、大僧正は頭を垂れた。

「深くお詫《わ》びを申し上げます、〝印を戴く者〟よ」

四人の若い無名僧たちも大僧正に倣《なら》い、身を折って頭を下げる。

大人たちの儀礼が理解できず、ついて行くことができずに取り残された子供のように、友理子と少年無名僧だけが突っ立っている。それでも、少年無名僧はあわてて頭を下げようとした。

その目と、友理子の目が合った。

友理子は彼に微笑みかけた。どうしてそうしたのかわからない。自然に笑みが浮かんできてしまったのだ。

少年無名僧のくちびるが、軽く開いた。生まれてこの方、誰かにこんなふうに見つめられるなんて、友理子は初めてだった。

何だか、虹になったみたいだった。少年無名僧は、空にかかる虹を仰ぐような目をして友理子を見つめている。

急に照れくさくなって、友理子は声を出して笑った。大僧正たちが起き直った。


「わたしの従者さん」

友理子は少年無名僧に歩み寄った。そして、学校の朝礼のときみたいに、きちんとお辞儀をした。

「よろしくお願いいたします」

# 第五章　追跡の始まり

友理子は再び、咎《とが》の大輪《たいりん》を見おろす小高い丘の上に戻ってきた。今度は大僧正《だいそうじょう》と、友理子の従者《じゅうしゃ》となった少年無名僧《むめいそう》の三人で。

無名の地では、夜が明け始めていた。東の空がかすかに明るくなり、地平線にほの白い線が浮かび上がっている。

「この地に往来される折には、ここから発《た》ち、ここに戻られるのがいちばん確実でございます」

大僧正はそう言った。一時の動揺は消え、威厳をとり戻している。

「あなたを各地へお運びする魔法陣《まほうじん》の機能に間違いはございませぬが、それでも、万にひとつを考えますれば」

できるだけ物語の源流——つまりは咎の大輪の近くで移動した方がいいというのである。

「迷子になる心配があるんですか？」

「ほんのわずかな確率でございますがな」大僧正は穏《おだ》やかに笑った。「万が一、思いもかけぬ領域《リージョン》に飛ばされてしまうことがあれば、時間の無駄でござりましょう」

少年無名僧は口をへの字に結んで、先ほどからひと言もしゃべらない。まだ緊張しっぱなしのようで、禿頭《とくとう》のてっぺんから鼻筋まで汗で濡《ぬ》れている。友理子が彼の方を見るだけで、そのたびに飛び上がるようにして退《しりぞ》き、頭を下げるものだから、友理子の方が疲れてきてしまった。だから、今はなるべく、彼の方を見ないようにしている。

少年無名僧は、大僧正から小さな荷物を手渡されて、それを背中に、斜めにくくりつけていた。何が入っているのと尋ねても、大僧正は教えてくれなかった。

さらに大僧正は友理子に、無名僧たちがまとっているものによく似た、真っ黒な衣《ころも》をくれた。衣服の上から着なさい、という。

「これは守護の法衣でございます。〝印を戴く者《オルキャスト》〟を護《まも》り、魔法の効き目を強化する働きがございます。この先、必ずやあなたにとって、心強い道具となりましょう」

友理子は漆黒の法衣を身につけた。埃《ほこり》臭い匂《にお》いがした。丈《たけ》が長くて、くるぶしまで届いてしまう。手の指先も、ちょっぴり覗《のぞ》くだけだ。フードをかぶってしまえば、ちょっと見にはどこの誰だかわからないだろう。ものすごく怪しい。

追跡と捜索の端緒《たんしょ》に、真っ先に友理子がするべきは、家に帰ることだと、大僧正は言った。

「あなたの兄上は、〝黄衣《こうい》の王〟の何に魅入られてしまったのか」

ひれ伏して、床に頭をこすりつけるほどに深く。

「兄上のお心の内に在《あ》ったどんな隙間《すきま》に、黄衣の王が忍び入ることができたのか」

それを突き止めるには、事件を起こす前の森崎大《ひろ》樹《き》の行動を調べる必要があるというのだ。

「そのとき、兄上のお心にどんな想《おも》いが凝《こご》っていたのか。それが手がかりになり申す」

要するに、動機を突き止めろということだ。

「そんなこと、わたしに調べられるかな……」

誰に訊《き》けばいいの？　誰が教えてくれる？　お父さん？　お母さん？　学校の先生？

大僧正は、友理子を励ますようにうなずいた。

「〝輪《サークル》〟にお戻りになれば、自《おの》ずと道は開けます。図書室におる書物どもも、進んであなたにお力添えいたしましょう。お心を強くお持ちなされ」

反問を許さぬ、確信に満ちた口調だ。友理子の口がへの字になる。そうか、力むとこうなるんだ。

「お忘れになりませんように。あなたはもう、この地を訪れる前のあなたではない」

これでいよいよ本当に、役割を果たし終えるまで、友理子は十一歳の森崎友理子ではなく、〝印を戴く者《オルキャスト》〟となるのだ。年齢も性別も、立場も何も関係なくなる。

「ですから、新たなお名前を持たねば。〝印を戴く者〟としてのお名前を」

ちょっと心が躍《おど》った。へェ！　なんて名前にしようか。うんとお洒落《しゃれ》なのがいい——と考えていると、大僧正に釘《くぎ》を刺された。

「もとのお名前と、あまり大きくかけ離れるのは感心いたしませぬ。名前には魂が宿ります故に、あなたがこれまで生きてこられ、育ててこられた十一年分の魂を損なうようなお名前を付けてはなりません」

なんだ、ちょっとガッカリ。

「友理子。ユリコ」大僧正はゆっくりと呟《つぶや》いた。

「ユーリ——ではいかがかな？」

うん、悪くないじゃない？「はい！」

友理子あらためユーリは少年無名僧を振り返った。

「従者さん、あなたにもお名前がないと、何かと不便だと思うんですけど」

少年無名僧はおどおどして、大僧正の顔を見た。

「無名僧は、無名の地に足を置く限り、名前を持つことを許されませぬ」

〝輪《サークル》〟にお戻りになったら、名付けてやってくださいませと、大僧正は言う。

「あなたが名付けるのです。この者は名乗れませぬ故に」

ユーリは承知した。

丘の上を、夜明けの風が吹き渡る。衣の裾《すそ》が翻《ひるがえ》る。足元では咎《とが》の大輪《たいりん》が回り続けている。

「えっと、そしたら、もう行かないといけないんですよね？　いつまでもここにいたって、仕方ないですもんね」

急に気後《きおく》れがしてきた。心臓がことことと足踏みしている。

「どうしたらいいんでしたっけ？」

額《ひたい》の魔法陣に触れるのだったか。

「従者の手をお取りください」大僧正は慇懃《いんぎん》に頭を下げて、言った。「さすれば、その者もあなたと一緒に〝輪〟に渡ることがかないます」

ユーリは少年無名僧に目をやった。彼はまたぞろ汗に濡れている。

「手を、出して」

ユーリは彼に右手を差し伸べた。少年無名僧はぎくしゃくと動き、彼もまた右手を出そうとして、あわてて左手に替え、さらに泡をくって、大慌てでその手を何度も何度も黒い衣に擦《こす》りつけた。

その仕草に、ユーリはふと心を動かされた。

「平気ですよ。あたしの手も汗びっしょり」

にっこりして、彼の手を取った。ちっとも汗をかいてなんかいなかった。意外に柔《やわ》らかく、さらりと乾いた掌《てのひら》だった。

ユーリは左手を額にあて、目をつぶった。一語一語くっきりと、ゆっくりと発声した。

「わたしたちを、水内《みのち》一郎さんの図書室に、連れ戻してください」

額の魔法陣が、冴《さ》えた月光のように青白く輝く。瞬間、その光がユーリの顔全体を明るく照らした。

そしてユーリと従者の姿はかき消えた。あとには大僧正一人が残された。

しばし、大僧正は夜明けのかそけき光のなかに佇《たたず》んでいた。朝露《あさつゆ》の雫《しずく》を宿した草の葉が、昇りつつある陽《ひ》を受けて、地上に落ちた星の欠片《かけら》のように、かすかに光り始める。それと入れ替わるように、咎の大輪を取り囲む松明《たいまつ》が、ひとつ、またひとつと、燃え尽きて消えてゆく。

大僧正は天を仰《あお》いだ。老いさらばえた身体《からだ》がぶるりと震《ふる》える。と、彼の姿は、ユーリが最初に出会った大勢の無名僧たちとそっくりに戻った。

足音もたてず、彼は丘を下り始めた。


無名の地へ運ばれたときと同じだった。はっと気づいて目を開けると、ユーリは戻っていた。水内一郎の別荘の図書室に。あたりを埋め尽くす本たちの群のど真ん中に。床の魔法陣を踏みしめて。

「あ、帰ってきた！」

アジュの声だ。途端《とたん》に、ユーリの心から、自分でも思いがけないほどの懐かしさと喜びがこみあげてきた。

「アジュ！　アジュ！　どこ？　ただいま！」

「ここだよ、オレはここだよ！」

壁際の本の山の一角で、赤い光が激しくまたたいている。まるでぴょんぴょん飛び跳ねているみたいだ。

「アジュ！」

ユーリは赤い本を胸に抱きしめた。

「あたし、行ってきた。行ってきたよ、無名の地に。万書殿《ばんしよでん》にも入った。それから、それから」

胸が熱く、喉《のど》が詰まる。

「と、咎《とが》の大輪《たいりん》を、見てきた。あれが回る音を、聞いてきたの。大勢の、無名僧さんたちが、回して、回して――」

涙が溢《あふ》れる。どういう涙だろう。ユーリはアジュの表紙に顔を押しつけておいおい泣いた。

「わかるよ。オレたちにはわかる。オレたちも、あそこのことならよく知っているからね」

アジュが優しく宥《なだ》めてくれた。赤い光には温《ぬく》もりがある。

「守護の法衣を着ているね」

ユーリは顔を上げ、その法衣の袖《そで》で顔を拭《ぬぐ》った。

「うん。これ、特別な衣なんだって」

「そうさ。強い魔力を秘めている。嬢ちゃんを危険から守ってくれるよ。だからさ、大切な法衣だから、それで洟《はな》なんかかんじゃダメだ」

まさにそうしようとしていたユーリはふき出してしまった。

「あたし、名前も変わったの」

「〝印を戴く者《オルキャスト》〟としての名前だね。なんて名だい？」

「ユーリ」

「いい名前だ。いい響きがするじゃないか」

そしてアジュは、赤い光でユーリの瞳を照らした。

「従者を連れ帰ったんだね。オレたちみんなに紹介しておくれよ」

少年無名僧は、魔法陣のなかで身を縮めていた。捕らえられた獣《けもの》のように、目ばかり光らせて固くなっている。が、アジュの発言に、脱兎《だっと》のように図書室の出入口に駆け寄ると、そこで土下座した。

「お、お許しください。わ、私《わたくし》がユーリ様の従者でございます」

声が震えて裏返っている。また汗みずくだ。現実のこの世界でも夜明けが訪れており、図書室の明かり取りの窓から朝日が差しかけている。そのせいで、禿頭《とくとう》がてらてら光るのだ。

「従者さん、そんなに怖がらなくていいのよ。ここにいる本たちは、あたしの味方だもん。大僧正だってそうおっしゃってたじゃない」

「そうだよ、無名僧さん」アジュの口調はあいかわらず軽い。「顔を上げなよ。あんたがそんなふうにビクついてたら、ユーリが困るだけだ」

と、少年無名僧は何とか面《おもて》を上げたものの、今度は「申し訳ありません」と謝《あやま》り始めた。

ユーリはアジュを胸に抱いたまま、本たちがひしめきあっている図書室のなかに、どうにかこうにか二人分の座るスペースを確保した。

「さ、掛けて。ちょっと落ち着きましょうよ」

促《うなが》して、自分はあの三段の脚立《きゃたつ》を椅子代わりにする。少年無名僧には、本の山のなかに埋もれていた小さな丸椅子を勧めてあげた。彼は、椅子が嚙《か》みつくのではないかと恐れているかのように、おっかなびっくり腰をおろした。

「――従者を連れ帰ったか」

こちらも懐かしい声がした。ユーリはぐるりを見回して〝賢者〟を探した。

「帰って参りました、賢者さん」

返事がない。

図書室のなかがうっすらと明るくなっても、本たちの放つ淡《あわ》い光はかき消されることがない。ただ、暗闇が後退したことで、プラネタリウムに似た眺めではなくなり、無数の宝石を隠し持った秘密の洞窟《どうくつ》のような景色になってきた。

「賢者さん、どこですか?」

ユーリは立ち上がって呼びかけた。ようやく、正面の高いところから、賢者が応じた。

「ユーリ殿、この従者の名を何となさるおつもりか」

賢者はもともと、アジュのような軽やかな語り方をしない。が、それにしてもひどく沈んだ声である。非難しているような響きもあった。少年無名僧もそれを感じ取ったのだろう、また首を縮めてうつむいてしまった。

「まだ……考え中なんですけど」

ユーリの物言いも慎重になった。

「もしかして、従者を連れ帰ったらいけなかったんでしょうか」

大僧正は、そんなことを言っていなかった。少年無名僧は『虚《うつ》ろの書』に選ばれたのだ。選択の余地はない、お連れくださいーーそれだけだった。ユーリは一生懸命にそれを説明した。賢者は何が気にくわないんだろう？

また、返事がない。賢者の深緑色の光のまたたきが、意味ありげなものに見える。

「賢者さん、怒ってます？」

ユーリは、思い切って脚立を動かそうとした。賢者を手に取りたいと思ったのだ。だが、

「それには及びません。どうぞお座りなされ、ユーリ殿」

賢者の言葉遣いが丁寧《ていねい》になっている。「ユーリ殿」っていうのも、照れくさい。

「私は怒ってなどはおりませぬ。しかし、無名僧は本来、無名の地を離れぬ者。あえて従者としてユーリ殿に供するのは、この者に子細《しさい》があってのことでありましょう。この者は、それをあなたに打ち明けてはおらぬようじゃ」

厳しい口調に、少年無名僧は深く頭を垂《た》れ、ひたすら恐れ入っている。衣の襟元《えりもと》がずれて、痩《や》せた肩口が覗《のぞ》いている。

「子細ってーー理由ってこと？」

ユーリの膝《ひざ》の上で、アジュが言った。「無名の地には無名の地の判断があったんだろ？　その大僧正とやらがそう言ったんなら、別にいいじゃないか」

「アジュ、静かに」女性の声が割り込んで、制した。

「あなたは若い。まだ知らないことがたくさんある」

ユーリはアジュとーーアジュが人間であるならば、顔を見合わせるような格好になった。

「答えよ、従者を名乗る者よ。おまえはなぜユーリ殿に供して参った？」

賢者の、今度こそ詰問《きつもん》だった。この部屋に集《つど》って

いる本の重みをそのまま体現したような沈黙が、ユーリの頭の上に垂れ込めてくる。

かすかに、カチカチいう音がした。少年無名僧の歯が鳴っているのだ。

ユーリは胸を突かれた。これほどまでに怯《おび》えている彼が可哀相《かわいそう》になったのだ。ほんの少し前までの、自分を見ているような気がした。あたしもそうだった。怯えて、悲しくて、ただただ拳《こぶし》を握って身体を小さく丸めて、震えることしかできなかったのだ。

「私、わたくし、は――」

少年無名僧の涸《か》れた喉《のど》から声が絞り出される。

「無名僧たる資格を、失いました故、に」

ユーリは目を瞠《みは》った。そんな話、向こうでは切れっ端も出てこなかったじゃないの。

「どういうこと?」

思わず問い返すと、少年無名僧が、針で突《つつ》かれたかのように縮み上がる。実際に、ユーリの言葉が痛いのかもしれない。

「大丈夫、怖がらないで。あたしも怒ってなんかいない。ただ、大僧正が話してくださらなかったことがまだまだいっぱいありそうで、それが不思議なだけよ」

みんなもそうなんでしょ? まわりの本たちに呼びかける。応じる声はなかった。

「オレはユーリと同じ気持ちだよ」応援してくれるのはアジュだけだ。「みんな、なんだか知らないけどやけにトゲトゲしてるじゃないか。おかしいよ」

「この者は破戒僧《はかいそう》じゃ」賢者がぴしりと言い放った。「己《おのれ》でそれを認めおった」

「だけど、大僧正がこいつを選んで、ユーリにつけて寄越《よこ》したんだから――」

「無名僧に階級はない。それ故に、ある者がある者に命じることなどできぬ。大僧正とやらを名乗った者は、ユーリ殿のお心に合わせ、あくまでも一時的にそれを演じただけのこと。選ぶも選ばぬも、認めるも認めぬもあるものか」

　さすがにアジュも黙ってしまった。ユーリと、また〝顔を見合わせ〟た。

「〝印を戴く者《オルキャスト》〟に従者がついてくるのは、珍しいことなんですか？　異例のこと？　だから賢者さんは気に入らないの？　でも、あたしが向こうに行く前には、無名僧たちが手を貸してくれるっていうようなこと、言ってたでしょう？」

　しばらくのあいだ不機嫌そうにまたたいてから、賢者は言った。「このような手の貸し方には、それ相応の理由がなくてはならないのですよ、ユーリ殿」

　そう。だったらわかった。

「じゃ、それを話してもらいましょうよ。そンならいいでしょ？　怖い声を出さないで。あたしの従者を脅《おど》かさないでちょうだい」

　自分ではそんなつもりはなかったが、ユーリの口調には、それなりの威厳があったらしい。賢者の緑色の光がひゅっと小さくなった。

「出過ぎたことを申し上げたようです」

　重々しく謝罪する。

「ユーリ殿のお望みのとおりにいたしましょう」

　この反応には、ユーリも困った。気まずい。

「ごめんなさい。賢者さんに逆らうつもりはなかったんです」

　こんなとき、大人はどうやって雰囲気を変えるのかしら。咳払《せきばら》いとか？

　やってみた。あんまり効果がないようだ。

「ま、いいや。ともかく、あなたは今、あたしが知らなかった重大なことを言いました」

　ユーリは少年無名僧に向き直った。

「だから、詳しくお話ししてちょうだい。あなたはなぜ、無名僧の資格を失ってしまったの？」

質問を投げてから、相手がどうにもおどおどビクビクするのをやめられずにいるのを見守っているあいだに、ユーリは気がついた。無名の地では、無名僧は咎人《とがびと》だと言っていたじゃないか。ならば、無名僧の資格を失うというのは、むしろ喜ばしいことなのでは？　咎人から、罪人の立場から解放されるということなのだもの。

「従者さん、もしかしたら、あなたは自由になったんじゃありませんか？」

重《かさ》なる問いかけに、少年無名僧はようやくユーリの方に顔を向けた。まばたきをして、口元を迷うように動かしている。

と、また賢者が強い口調で割り込んだ。「お言葉ですがユーリ殿、無名僧が自由の身になることはあり得ませぬ。無名僧は、ひとたび無名僧になったならば、それ以外の者にはなり得ぬのでございます」

「だけどこの人は――」

「無名僧が無名僧の資格を失えば、それは無になるだけのこと。この者は〝無〟でござります！」

喝《かつ》！　という激しい声音《こわね》だ。ユーリも舌が縮こまってしまった。おっかない。学校の木内先生も相当怖いけど、怒ったときの賢者の比ではない。

「お許しを」

少年無名僧が、何とかかんとか口を開いた。

「なぁに？　言ってみて」と、ユーリは励ます。もうちょっとで、彼に近づき、さっきみたいに手を取ってしまいそうになった。本当にそうしたい気持ちにかられていた。

「お許しを賜《たまわ》れますならば、何故《なにゆえ》に私が無名の地を追われるのか、〝印を戴く者《オルキャスト》〟たるユーリ様にお話を申し上げます」

無名の地を追われた？

「お許しなら、いくらでもあげます。さっきからあげてるでしょ？　でもヘンね。あなたは無名の地を追われたんじゃないよ」

選ばれて、ユーリについて来たのだ。しかし、少年無名僧はかぶりを振った。まだ震えていて、歯が鳴っている。

「いえ、追われたのでございます、ユーリ様」

『虚《うつ》ろの書』に選ばれるということは、即《すなわ》ち、無名の地を放逐《ほうちく》されることなのだという。

「そんなの、あたしは聞いてないよ！」

強張《こわば》った指で黒衣の襟元をかき合わせ、少年無名僧はうなだれる。その様《さま》は、ユーリよりもっとずっと幼い子供が、行き場を失い途方に暮れているように見えた。

「私を従者としてお連れくださいと、大僧正がユーリ様に言上しました際――」

「ええ、そうだったわ」

「とても急いでいるようには見えなかったでしょうか。言葉も厳しいものでございました」

確かに、そんな感じだった。ちょうど今の賢者のように、あのときの大僧正は、頭から少年無名僧を叱《しか》りつけていた。

「あれは私を、一刻でも早く、かの地から追い払う必要があったからでございます」

私は穢《けが》れております故に、という。

「あなたが穢れてる？　どうして？　『虚ろの書』に選ばれたから？」

少年無名僧は、深くうなずいた。「はい。ただ、順序が違います。むしろ逆なのでございます。私は穢れております故に、『虚ろの書』に選ばれました」

「それなら、あなたはナゼ穢れてしまったの？」

片手で黒衣の襟元をしっかりとつかみ、何度か空《から》唾《つば》を飲み込み、少年無名僧は言った。「〝英雄〟の破《は》獄《ごく》を、かの地では、一《いち》の鐘を鳴らすことを以《もっ》て報じます」

一の鐘は、〝英雄〟のためにのみ、打ち鳴らされるものだという。それの破獄のときと、それが封印を施されたとき。

「ふたつの場合では、鐘の打ち方が異なります。誰が耳にしても、すぐ聞き分けられるほどに」

興味を惹《ひ》かれて、ユーリは訊いた。「あなたも聞き分けられるの？　以前にも聞いたことがあるのかしら」

少年無名僧はまたうなずく。やっと歯の鳴る音がしなくなった。

「かつて——遠い昔でございますが、封印の際の音《ね》を耳にした覚えがございます。無名の地には時が存在しておりませぬ故に、どれほど昔のことであるのか、私には申し上げることがかなわぬのですが」

破獄の音を聞いたのは、今度が初めてだったそうである。

「封印の音とは、明らかに違う打ち鳴らし方でございました。破獄だと、即座にわかりましてございます」

〝英雄〟が獄を破り、自由になった——

「私はそのとき」

少年無名僧は目を閉じ、

「そのとき、心を、動かしました」

恥じるように震え、おののき、額から汗を垂らしながら、そう言った。周囲を埋め尽くしている数え切れないほどの数の本たちが、一斉に息を呑《の》むような気配がした。

「破獄が起こった。〝英雄〟が、黄衣の王が〝輪《サークル》〟へと逃れ出た。それを知った刹那《せつな》に、私は、あるはずのない私の心が躍るのを感じたのです」

これには、ユーリも返す言葉がなかった。

「戦いが始まる」と、少年無名僧は続けた。「破獄した〝英雄〟を追跡し、無名の地へと連れ戻すための狩りが始まる。一の鐘のあの音色は、それを告げる音でもございます。私は——それに、心を動かされました」

　ゆっくりと、ユーリは息を吐き出した。

「違っていたらごめんなさい。それはこういうことかしら。あなたは、大変なことが起こって、ちょっぴりワクワクしたのね？」

　途端に、少年無名僧がまた身を縮めて固まってしまった。両腕で身体をかき抱いている。

「……はい」

　消え入りそうなかぼそい声が、ユーリの問いかけに答える。

「はい、おっしゃるとおりでございます」

「なるほど、そのように申し述べるか」

　賢者の声がした。冷ややかなだけでなく、厳しいだけでもなく、ちくりと皮肉がこもったような響きを、ユーリの耳は聞き取った。

「この者は、変化を喜んだと申しておるのです。無名の地を揺るがす〈英雄〉の破獄を、彼の地の時の流れから外れた営みに変化をもたらす出来事であると、胸をはずませ魂をたぎらせて寿《ことほ》いだと申しておるのです！」

　もうひとつ、別の響きもあった。恐怖だ。賢者は恐れている。『虚ろの書』に選ばれたユーリの従者の、この言い分を。

　ユーリは驚いていた。これって、櫃《ひつぎ》を開けて『虚ろの書』を取り出したときの大僧正と同じじゃないか。

　再び、重すぎる沈黙。少年無名僧の激しい息づかいだけが聞こえる。今にも泣き出すか、叫び出すかしそうだ。

「賢者さん、その言い方はちょっと意地悪よ」

　驚きを抑えて、ユーリは優しく言った。

「あたし、わかる気がする。あんなところであんな暮らしを強《し》いられていたら、変化が欲しくなるのは当たり前だもの」

無為に、無限に続く作務《さむ》。あの恐ろしく不毛な大《たい》輪《りん》を押し続けるだけの毎日。予測のつかない動きをするものといったら、松明の火花だけだ。

「しかしユーリ殿、無名僧は、彼の地で咎《とが》の大輪を押すためにのみ存在しておる者どもなのです」

「どうして？　罪人だから？　大僧正は言ってた。無名僧たちは昔、個別の顔と姿を持った人間だったころ、〝物語を生きようとした罪〟を犯した者どもだって」

図書室の本たちが、また息を呑《の》んだようになった。変化がないのはアジュだけだ。

「だけど、罪を犯して罰を受けているのだとしても、それに終わりがないのはおかしいよ。あたしの従者さんの心が動いたのは、従者さんの罪の償《つぐな》いが終わって、元の人間に戻れる兆《きざ》しなんじゃないのかしら？」

誰も何も言わない。少年無名僧が顔を上げた。が、彼が口を開く前に、アジュが妙に元気のない輝き方をして、そっとユーリに囁きかけてきた。

「ユーリ、それはやっぱり違う。それは――オレが知っている限りの無名僧のあり方とは違うよ。彼らには、終わりはないんだ」

「罪は永遠に許されないの？」

「時間のないあの場所には、永遠もないんだ」

ユーリは口を尖《とが》らせた。そんなの、絶対に厳しすぎると思う。ペテンじゃないの。

「罪は許されないのでございます、ユーリ様」

少年無名僧が、何だか諭《さと》すみたいに、怒ったユーリを宥《なだ》めようとするみたいな口調で言った。

ユーリは、かえって辛《つら》くなってきた。「どうしてもそう言い張るなら、いいよ。そういうことにしておきましょう。あたしは違うと思うけど」

それで？　心を動かしたあなたはどうしたの？

「私は、心待ちにいたしました」

「何を？　それとも誰を？」

　ここで初めて、少年無名僧が微笑した。あるかなきかの儚《はかな》い笑みで、かすかな朝日のいたずらのようにも見える。

「あなたがおいでになることを」

　私はあなたをお待ちしておりました。

　異性の口から森崎友理子の耳に囁きかけられるのであるならば、少なくとも五年は早すぎる台詞《せりふ》である。が、友理子ではなくユーリとなった今、だぶだぶの守護の法衣に身を包んだやせっぽちの少女は、はにかんだり臆《おく》したりすることなく、この言葉の正しい意味を聞き取ることができた。

　そこに込められた、希望と畏怖《いふ》を。

　ユーリはしげしげと少年無名僧の顔を見つめ直した。

「あなた、万書殿《ばんしょでん》で、眠ってるわたしの身体に毛布をかけてくれたでしょ。暗くなった部屋に明かりを灯《とも》してくれたわよね？」

　少年無名僧は狼狽《ろうばい》した。それでわかった。

「そっか。あなたはわたしのこと、見てたのね」

〝印を戴く者《オルキャスト》〟の到着を待ち、やって来たユーリを見つけて、それ以来ずっと見つめていた。つけ回すというかつきまとうというか、いやそれでは悪いことをしているみたいだけれど、とにかく彼はユーリから目を離すことができずにいたのだ。

「だから万書殿でも、大僧正に〝そこに潜む者よ。出てきなさい〟って、一喝されたのね」

　少年無名僧は小さくうなずく。「あなたはお気づきではございませんでしたが、私はあなたの到着を心待ちにし、あなたに近づこうと、あなたのまわりをうろついておりました。同胞《はらから》たちはそれを知り、私が穢れたことを察知《さっち》したのです」

　無名の地では、外の世界への好奇心を持つこと、変化に憧《あこが》れること、すべてが「穢れ」とされるのか。

「――希《まれ》に起こることにございます」

賢者だ。なぜかしら、喉《のど》の奥から無理やり引きずり出したみたいにかすれた声だ。

「それは一種の――事故でございます」

声音にこもる、恐怖の色が濃くなっている。

「事故」と、ユーリは繰り返した。事故ならば、ほかにもあった。

「あのね、賢者さん」

ユーリは、『虚ろの書』が傷《いた》んでいたということを、賢者に説明した。

「それで大僧正さま、ものすごく驚いてたの。無名僧の人たちって、人間らしい心は持ってないって言ってたけど、そんなことないわ。驚いてたし怖がってたし、ちょっぴり怒ってもいた。今の賢者さんと同じように」

賢者は沈黙している。緑色の光が、深呼吸するような間隔でまたたいている。

「今度の〈英雄〉の破獄が猛々《たけだけ》しかったから、『虚ろの書』が傷んでしまったんだって。それも希なことなんでしょ？　無名僧をあんなに驚かせたんだもの」

説明しているうちに、思いついた。

「そのことと、わたしに従者さんがついて来たことと、もしかしたら関係があるんじゃないかしら？　珍しいことがふたつも重なるなんて、ただの偶然じゃないと思う」

「そう申したのでございますか」と、賢者が尋ねた。

「彼の地の無名僧が、櫃《ひつぎ》を開け『虚ろの書』を手にして驚き、大いに狼狽《うろた》え、その理由を、あなたにそう申し上げたのですか、ユーリ殿」

念を押すような、低い問いかけだった。

「う、うん」

賢者はまたしばし黙り込んだ。沈黙のなかで緑色の光の点滅がだんだん早くなり、駆け足しているときの鼓動なみのテンポになり、それからだんだん間隔が開いてゆっくりになり、また深呼吸のテンポにまで落ち着いた。

「然《しか》り、確かにそれも希なこと。彼の地の者がそう申し上げたのならば、そのとおりなのでございましょう」

何か、慎重な言い方だなあ。

「此度《こたび》の破獄の激甚《げきじん》であることが、そこな従者の誕生にかかわりがあるというユーリ殿のご推察も、的を射たものであるかと存じます」

何か、角張った言い方だなあ。

「今まで、賢者さんは従者付きの〝印を戴く者〟に会ったことはないんですか?」

「此度が初めてでございます。しかし、知識は得ておりました」

「そういう珍しいこともあるって」

「はい」

「それは歓迎すべきことではない?」

ちょっと間が空いた。

「……はい」

「だから最初に、従者を連れ帰ったかって、叱ったのね」

賢者は急にあわてた。「ユーリ殿を叱ったわけではございません。そのように響きましたならば、お許しを願います」

ユーリも、謝ってもらいたいわけではない。にっこりしてみせた。

「いいんです。わたしもビックリしただけで、気を悪くなんかしてないもの」

それに、『虚ろの書』が傷ついてしまったことはさておき、従者については、忌《い》まわしいばかりではないと思う。だってそうじゃないか。あの不毛の地から、たった一人だけど、外へ引っ張り出すことができたんだ。素敵じゃないか。

「あなたは『虚ろの書』に選ばれた」

ユーリは少年無名僧に向き直ると、きっぱりと言った。

「それ、きっと悪いことじゃないよ！」

自分の思いつきが嬉しくて、声がはずんでしまう。

「今度破獄した〈英雄〉があんまり手強《てごわ》いから、『虚ろの書』が、〝印を戴く者〟に助っ人が必要だって思ったんだとしたら？　そのために、あなたを選んだんだとしたら？」

ユーリが〈英雄〉と対峙《たいじ》し、森崎大樹という最後の器《うつわ》を解放し、〈英雄〉の力を削《そ》ぐことができたその時には、ユーリの手足となって働いた従者もまた、報《むく》われるのかもしれない。従者は、その好機を得ることを、『虚ろの書』によって許されたのかもしれない。

そうだ。きっとそうだ。それが『虚ろの書』に選ばれるということの、真実《ほんとう》の意味なのではないか。

「あなたは解放されるのよ。きっとそうよ！」

心に温かな力が満ちてきた。ユーリは少年無名僧に近づくと、両手で彼の手を取った。

「もっと胸を張って、しゃんとしなさい！　あなたはあたしを助けてくれるために来た。そして、あなた自身を救うために来たんだから」

「は、はい」

もしもしと、アジュが後ろから呼びかけてきた。

「いい場面だけど、ちょっとオレのアドバイスを聞いてくれる？」

「なぁに？」

「ユーリ、守護の法衣を脱いでごらん」

あっさり指示されたものだから、ユーリは深く考えずに従った。

途端に、膝《ひざ》から力が抜けた。全身が重くなり、激しい目眩《めまい》で天井が回る。四方を囲む本の山がなだれかかってくるようだ。立っていられずに倒れ込み、したたかお尻と肘《ひじ》を床に打ち付けた。が、痛いと叫ぶ声さえ出てこない。力が入らないのだ。

何、これ――

ユーリのお腹《なか》が、大きな音をたてて鳴った。

「腹、ぺこぺこだろ?」と、アジュが笑う。「疲れ切ってフラフラなんだよ」

そういうことなのか。何とかして頭を持ち上げて、ユーリはアジュの声が聞こえてくる方を見ようとした。

そして気づいた。パニックが襲ってきた。

少年無名僧がいない。ついさっきまでそばにいたのに。手を取っていたのに。姿が見えない。

「従者さん! どこ? どこ行ったの?」

「まあまあ、あわてなさんな」

アジュがちかちかまたたいている。

「もういっぺん法衣を着てごらん」

脱ぐときよりも、十倍難しかった。しかし、埃臭い黒衣を身につけた瞬間に、ユーリの身体に力が戻った。空腹感が消えた。目眩が止まった。

少年無名僧は間近にいて、さっきユーリと手を取り合っていたときと同じ体勢で、目を瞠《みは》ったまま凍りついている。

「ユ、ユーリ様」

あわててユーリを抱き起こそうとする。ユーリはぴょんと飛んで立ち上がった。

「だいじょぶよ。あたしは元気」

衣の袖《そで》を広げて、じっくり眺めた。

「わかったわ。そういうことなのね」

「そういうことなのさ」アジュの口調がきりりと締まった。「守護の法衣には、いくつかの特殊な働きがあるんだ。ちゃんと覚えておかないといけないよ。よく聞きな」

ひとつ。守護の法衣を着ている限り、ユーリは空腹や疲労を覚えることはない。

ひとつ。守護の法衣を身につけたユーリは、この現実世界に暮らす人間たちの目には、まったく見えない存在となる。

「透明人間になるの？」

「トーメイ――？　何だそりゃ」呟いて、アジュはすぐに納得したらしい。「ああ、そういう物語があるんだよな。うん、そんなもんだ」

ただそのときも、ユーリが手に触れたり、手で動かしたりしたものは、他の人間たちの目に見える。よく注意しないといけない。

「逆に、法衣の下に隠してしまえば、どんなものでもユーリと同じように、他の人間たちの目からは見えなくなる。触れられることも、察知されることもなくなる」

さらにひとつ。法衣を脱いだ状態では、ユーリには従者の存在が見えなくなってしまう。

「あ、だから今も――」

少年無名僧が、あわててうなずいた。

「はい。そして私の目にも、ユーリ様のお姿がかき消えたように見えました。ユーリ様がいらしたはずの場所は、ただの空間になっておりました。触れることもできませんでした」

「本来、無名僧は〝無名の地〟以外の場所では実体を持たないものなんだ。そうだよな、賢者？」

アジュの問いかけに、賢者が「左様《さよう》でございます」と応じる。口調はまだ苦く、堅苦しい。

「守護の法衣の魔力が、ユーリを通して、従者にかたちを与えてる。こいつの姿は、この世界においては、あくまでもかりそめのものなのさ。だから法衣がないと、互いに互いが見えなくなる。うっかり離ればなれになったら、それっきりだ」

ぞくりとした。もしもそんな事態になったら、少年無名僧はどうなる？　無になって、この現実世界のなかを漂い、どこにも移動することもできないし、誰にも気づいてもらえない――

　無だ。この者は〝無〟でござります。

「よく気をつけなくちゃね」と、ユーリは言った。心のいちばんよく見える場所に、太字で書き付けておこう。

「さて、最後にもうひとつだけ、な」

　アジュは急に、いたずらっぽい声音になった。

「守護の法衣の魔力で、ユーリはありとあらゆる魔法を行使することができるようになった――はずなんだけどさ」

「はずなんだけど？」

「その実感、あるかい？」

　さっぱりである。何も頭に浮かんでこない。何をどうすればいいか見当もつかない。

「だろ？　ユーリには知識がない。呪文を知らないんだから、当然だ」

　多種多様な呪文は、この図書室に集められた数多《あまた》の本のなかに、バラバラに収められている。なぜなら、それぞれの本にはそれぞれの専門があるからだ。

「ところでユーリ、オレがどんな本だったか覚えてる？」

　アジュは辞書である。それも初心者用の呪術用語の辞書なのである。

「けっこう、けっこう」アジュは上機嫌だ。「つまりユーリは、オレをとっかかりにすれば、自由自在に、いろんな魔法の呪文を知ることができるのさ。下準備さえしてくれればね」

「下準備？」

「オレに記されている知識には限界がある。これから先のユーリの旅路には、それだけじゃ絶対に足りない。だからね、オレがどこにいても、この図書室に集まっている仲間たちと連絡をとれるようになってれば、便利だろ？　必要になったときには、オレを通して、ここにいる仲間たちの知識を引っ張り出すことができるんだ！」

そのために必要な〝連結《リンク》の呪文〟を、オレにかけてくれ。

「その、リンクの呪文はどこにあるの？」

「高位の呪文だからねぇ」アジュは意味ありげにまたたいた。「そりゃ、賢者が知ってるよ」

ユーリは賢者を見上げた。賢者の緑色の光が強まり、すっと薄れた。何か言いかけて、やめたみたいに。

「ユーリ殿がお望みであるならば、お教えいたしましょう」

「ありがとう！」

「書き留《と》める物を探して参ります」少年無名僧が、あたふたと部屋を出て行く。そんなものは要らないのよと、ユーリが呼んでも気づかない。

「いいよ、あいつにはちょっと席を外していてもらおう。嫌がるかもしれないからな」

「嫌がる？　何を？」

「ユーリってば、鈍いねぇ」

アジュは今にも歌い出しそうだ。

「オレがどこにいても、、、、、、自由自在に、仲間の知識を引き出すことができる――それって、どういう意味だかわかんないかぁ？」

ユーリは目を見開いた。「アジュ、あたしと一緒に来てくれるの？」

「もっちろんだよ！」

オレもユーリと旅をするゥ～、〝印を戴く者《オルキャスト》〟と一緒に冒険するゥ～。本当に歌い始めた。

「そしたらアジュ、またリュックに入る？」

あれ、リュックをどこに投げ捨てたっけ。

「ちょっと待った！　それはナシ」

「ナシって？」

「あのねユーリ、もっと良い方法があるんだ」

オレのことも、生き物として実体化させてくれ。それなら、自分の足でユーリについていける。

「えッ！」

「簡単だよ。その呪文なら、オレのなかに記されてるから。見てごらんよ、ほらほら」

促して、アジュのページは勝手にパラパラとめくれてゆく。

「ここ、ここだ。このページ」

さあ、オレをしっかり広げて持って。足を踏ん張って立って。

「オレの後に続いて、呪文を唱えるんだよ」

ユーリは大きく息を吸い込み、アジュの声について唱和《しょうわ》した。

「ケサラン、パサラン、アルティミディト、ウガ、ウガ、ウガチャカラカモディスタン――何これ、へんてこな呪文だよ～！」

笑い出してしまったとき、赤い光がひときわ大きくきらめいて、そのなかに溶け込むように、書籍としてのアジュの形が消えた。光の爆発が起こったような眩《まぶ》しさに、ユーリは一瞬、顔を背けて目をつぶってしまった。

見ると、ユーリの鼻先に、サッカーボールぐらいのサイズの、赤く光る球が浮かんでいる。ぷかぷかと楽しそうに浮かんでいる。

指先を伸ばして、おそるおそる触れてみた。ぷるるんと、赤い球がはずんだ。

「出して出して！」

アジュの声だ。

「こいつを壊して、オレを出してよ！」

ユーリはあわてて、両手で赤い球をつかんだ。特大のこんにゃくゼリーをつかんだみたいな感触だ。そういえば色も似ていやしないか？

「イチゴ味のゼリーだわ！」

叫んで、思いっきり両手に力を込めた。指をたてた。ゼリーがぐにゃりと歪《ゆが》み、ぱちんと音をたてて弾《はじ》けた。

「うひょー!」

ゼリーの球のなかから、何か小さなものが飛び出した。宙に放りあげられたネズミ花火みたいに、凄《すご》いスピードでくるくる回ると、でたらめな軌道を描いて図書室のなかを飛び回り、いきなりユーリの頭の上に落ちてきた。

柔らかい感触がした。あったかい。ユーリは頭の上に手を持ち上げ、髪の上に着地しているそのものに触れてみた。

ぺろりと、長い尻尾《しっぽ》が垂れて、ユーリの顔の前にぶら下がった。

こういう尻尾には見覚えがあるような気がする。

「アジュ。あなた、何になったの?」

頭のてっぺんで、小さなものが動いた。足を踏みかえている。とっても小さな指がある。足は四本あるようだ。

「ねえ、アジュ」

「――もうちょっとマシなものになりたかった」

傷ついている。がっかりしている。

「いくら守護の法衣の魔力が強くても、ユーリの力はまだ弱いからな。しょうがないかぁ」

慎重に掌《てのひら》でなぞっていって、ユーリはその小さなものの首の後ろを探り当て、指先でつまみあげた。顔の前へとおろしてくる。

「――コンニチハ」

一対の黒い瞳が愛らしくまばたきする。ピンク色の鼻先がピクピク動いている。身体とは不釣り合いに長い髭《ひげ》が、ユーリの鼻の頭をくすぐった。

ハツカネズミだ。

「アジュ!」

声を出した途端に、髭のせいでくしゃみが飛び出した。まともにくしゃみを受けたアジュは、うわぁカンベンしてくれぇ〜と悲鳴をあげて、小さな両手で小さな目を覆《おお》う。

「ユーリ殿のせいではない。おまえはもともと、その程度の小さき知識の集成《しゅうせい》なのじゃ」

賢者のお叱りに、他の本たちが一斉にさわさわとまたたいて笑った。久しぶりに、本当に久しぶりに、ユーリを囲む場の空気が、底の底から明るくなった。

「アジュ、可愛いよ」

鼻の頭と鼻の頭をくっつけて、ユーリは笑った。

「あらためて、初めまして。よろしくね」

守護の法衣は、よくよく検《あらた》めるとけっこうな古着で、あちこちに繕《つくろ》った跡が残っていた。前身ごろの内側では、一箇《か》所、大きなかぎざきに、あて布をしてふさいである。その縫い目がまたほつれて、ポケットのように開いている部分があり、ハツカネズミへと化身したアジュは、そこに収まることとなった。ちょうどユーリの心臓の上にあたる位置で、外へ顔を出すときは、襟元からちょこんとのぞく。

「居心地がいいや」と、本人はご満悦である。

少年無名僧が、おろおろと山荘のなかを探し回り、何とかかんとか、

「これは文字を書くために使うものでございますね、ユーリ様」

と、サインペンを一本手にして図書室に戻ってきたときには、ユーリはすでに、アジュに〝リンクの呪文〟をかけ終えていた。

「もう済んじゃったよ。ご苦労さん」

アジュに声をかけられて、少年無名僧はキツネに——いや、ネズミにつままれたような顔をした。彼を除く残りのみんなはまた笑った。

「ごめんなさい。でも、ありがとう」

「次からは、ユーリの言うことをよく聞いて行動しなよ。そうでないと無駄骨になる」

「アジュ、威張らないの」

少年無名僧が探し出してきたサインペンは、見るからに古びていた。インクが出ない。キャップはちゃんとついているが、芯《しん》はカラカラに乾いていた。

ユーリはちょっと訝《いぶか》しく思った。

無名の地とこの現実世界とは、いろいろな点で違いがあるけれど、ペンのような基本的な道具を見て、使い道がわからないということはない。少なくともユーリにはそんなことはなかったし、現に少年無名僧も、だからこそこの大きな物置みたいにごたついた別荘のなかから、サインペンを探し出すことができたのだろう。

「ほかには、文字を書くために使えそうな道具は見あたらなかった？」

「ございませんでした」

いくら水内一郎が一人暮らしでも、これだけの部屋数の家に、ペンが一本しかないというのはおかしくないか？　ああいうものは、放っておいてもいつの間にか数が増えて、溜《た》まってしまうものだろう。

だいいち、水内さんは書物を集め、自分の望みを果たすために、調査を続けていたのだ。

――つまり勉強してたんだもの、ノートをとってたはずよ。それとも、何か書くときはパソコンを使ってたのかしら。

それだって、メモぐらいはボールペンや鉛筆でとるだろう。

「何だよユーリ。早く行こうよ」と、アジュがせっつく。顎の下を長い髭でこちょこちょされると、笑い転げてしまいそうになるほどくすぐったい。

「わかった、わかった――って、あたしたち、どこへ行くんだっけ」

「ユーリの家だよ。手がかりも欲しいけど、とにかく、まずは分身の様子を見なくっちゃ。ユーリだって、父さん母さんに会いたいだろ？」

「そうね……」

〝印を戴く者《オルキャスト》〟となった今、両親に会ったらどんな気持ちになるだろう。なれるのだろう。

ユーリは図書室の床に描いた魔法陣の上に進んだ。

「従者さんも来て。また手をつなぐのよ」

少年無名僧は言われたとおりにしたが、魔法陣を足で踏みつけにすることに抵抗があるらしく、爪先《つまさき》立っている。

「ユーリ、どこへ飛ぶ？　瞬間移動だから、ピンポイントでどこへでも飛べるよ」

自分の部屋かな。ううん、ダメだ。もしもそこにお母さんがいたら困る。いくらお母さんの目にはユーリの姿が見えなくても、ユーリは動揺してしまうから。

「うちのマンションの前の道路に飛ぶわ。道を渡って、玄関から家に入ります」

「いいのぉ？」アジュは疑わしげな声を出す。

「道幅とか、ちゃんと覚えてるかい？　意外と難しいんだ。最初は家のなかの方が安全――」

「いいのいいの、さあ行くわよ！」

ユーリは片手を額にあてた。隣で、少年無名僧がごくりと空唾《からつば》を飲む。

「あたしたちを、あたしの家の前の道路の上、小野田内科クリニックの看板がついてる電柱のそばに運んでください！」

無数の本たちのまたたきを残して、ユーリたちの姿は図書室から消えた。

「賢者よ」と、賢者と同じくらい老成した声が、静かに呼びかけた。「あれでよかったのかの？」

ひと呼吸して、賢者は応じた。「よい。今はあれでよい。仕方がなかろうよ」

苦渋の声音だった。

「――ほかに道はない」

図書室の本たちが、ひととき、黙禱《もくとう》するかのように、またたきを消した。

これまでとは違い、剝《む》き出しの現実世界の中で飛んだせいかもしれない。ユーリは「着地」する感覚を覚えた。とっさに膝《ひざ》を曲げて、どこかからぽんと飛び降りたときのような姿勢をとった。

道の向こうには、見慣れた灰色の外壁のマンションがある。エンゼルキャッスル石島。うちだ。あの五階に我が家がある――けれど。

距離が近くない？

「ユーリ、危ない！」

ぶろろろろぉん！　轟音《ごうおん》が近づいてきたかと思うと、荷台に鉄筋を山ほど積み上げたトラックが迫ってきて、右から左へとユーリたちを通り抜けた。

憮然《ぶぜん》として、ユーリは走り去るトラックの尻を見送った。排気ガスをまともに浴びる。

「道のど真ん中だよ」

アジュに指摘されるまでもない。ユーリが心に思い浮かべた電柱は、背後にある。小野田内科クリニックの看板も。

「だから言ったろ？　最初のうちは距離感をとるのが難しいって」

「いいじゃないの、車に轢《ひ》かれる心配はないんだから」

少年無名僧は、両手を広げ足を踏み換え、目をぱちぱちさせながら、自分の身体に異常がないことを確かめている。が、つと頭上を仰ぐと、その目を瞠《みは》った。顎ががくんと下がって口も開けっ放しになる。

「どうしたの？」

ユーリも頭の上を見た。いつの間にか夜はすっかり明け切って、春の青空がいっぱいに広がっている。タンポポの綿毛みたいな雲が、のどかにぽかぽかと浮かんでいる。

「なんでそんなに驚いてるの？」

返事がないので、ユーリは少年無名僧の腕に触った。それでもダメなので、揺さぶった。

彼は頭上を仰いだまま言った。「これは、何でございますか、ユーリ様」

「何って――」

青空だ。ほかの何だというの？

「アオゾラ」少年無名僧は呟いた。「しかしこれは、天でございましょう。何故に、天がこのような冴《さ》えた青色をしているのでございましょうか」

今度はユーリが驚いた。「あなた、青空を見たことないの？　無名の地にだって空はあったじゃないの」

あ、でも。いつも曇っていた。霧《きり》に閉ざされて。

「従者《じゅうしゃ》さんは、今まで、空の青い色を見たことがなかったんだね……」

まだ目をまん丸にしたまま、彼はやっとユーリの方を見た。が、すぐに頭上に指を突きつけて、言いつけ口でもするかのように、懸命に訴える。

「ソラ？　青い色のソラとは何でございます？　これは天でございましょう、ユーリ様」

ユーリは理解した。無名の地には「空」という名称がないのだ。万書殿《ばんしょでん》と咎《とが》の大輪《たいりん》と、無名僧たちの頭上に広がるものは、ただ「天」と呼ばれていたのだ。

「昼間の明るいときの天のこと、青空とも呼ぶんだよ」

「……美しい……色でございますね」

少年無名僧の瞳は青空に魅せられ、青空の色を吸い取り、映している。

都会の片隅、あんなトラックがぶんぶん行き交う街のなかで仰ぐ空の色なんて、くすんでいる。本当の青色じゃない。

そういえば、いつかお兄ちゃんが教えてくれたっけ――青空のこと、うんと難しい言葉では、「蒼《そう》穹《きゅう》」というんだ。そんなもの、森崎大樹と友理子の兄妹が住んでいるこの国には存在していない。本物の青空なんてね、たぶん、地球上のホントに限られた場所にしか、もう残ってないいんだよって。

だけど、それでも従者さんには充分なんだ。ニセモノの青空でも。無名の地にはないものだから。ずっとずっと無名の地に縛《しば》りつけられていたこの人は、排気ガスで煤《すす》けた青空でも、こんなに一生懸命になるほど感動することができるんだ。

「決めた」と、ユーリは言った。「ソラにする」

「何の話さ？」アジュが先に反応した。少年無名僧は、まだ仰向《あおむ》いたまま、春の陽射《ひざ》しを顔一面に浴びている。目を閉じて、心地よさそうに。

「あなたの名前だよ、従者さん」

少年無名僧は我に返った。「は？　ユーリ様、何かおっしゃいましたか」

「あなたの名前は、ソラ。これからは、ソラと呼ぶからね」

よろしくね、ソラさん――心を込めてユーリが呼びかけたとき、今度はさらに大きなトラックが、左から右へとユーリたちを通過した。

ご丁寧《ていねい》に、またぞろたっぷりとした排気ガスのおまけつきで。

「ユーリ、ソラ」と、アジュが呻《うめ》いた。「どうでもいいから、早くここから動こうぜ」

玄関のドアには鍵がかかっていた。ユーリは鍵を持っていない。水内《みのち》さんの別荘のどこかに置き去りにしてきたリュックのなかだ。

「どうする？」

アジュの問いに答えず、ユーリは唇を噛《か》み、インタフォンを押した。ピンポン。と、ドアの向こうに、足音が近づいてきた。スリッパを鳴らして走ってくる。

「ちょっと下がっててね」と、ユーリはソラを退かせた。

「はい！」

ドアが開いた。お母さんだ。インタフォンで確かめることもせずに、いきなりドアを開ける。やっぱり変わっていない。お兄ちゃんかもしれないと思って、走ってくるのだ。

「どなた？」お母さんはスリッパのまま、マンションの玄関を横切り、共用廊下の方に身を乗り出してきた。「どなたですか？　大樹？」

ドアをすり抜けて、廊下を駆け出す。これもやっぱり変わっていない。エレベーターホールの方まで様子を見に行くのだ。もしやお兄ちゃんが帰ってきたんじゃないかと思って。

「この隙《すき》に入っちゃおう」

ユーリは言って、するりと玄関の内側に入り込んだ。ドアがゆっくりと閉まってゆく。ソラがあわてて後についてきた。


「ユーリのお母さん、いつもああして――」

「うん。また目が赤かったね。寝てないのかな」

胸にこみあげてくる感情を、ユーリは奥歯で噛み殺した。泣いてはいけない。いちいちそんなふうになるために、〝印を戴く者《オルキャスト》〟となって戻ってきたのではない。

「別荘でよく寝たから、身体の疲れはいくらかとれてるよ」慰《なぐさ》めるように、アジュが言った。

廊下を進み、リビングを覗《のぞ》いてみた。テレビがついているだけで、誰もいない。分身は学校かしら？

とにかく、自分の部屋に行ってみよう。

ソラはまた目が開きっぱなしだ。瞳孔《どうこう》まで開いちゃってるかもしれない。家具はともかく、電化製品に驚いている。身を縮め、まわりのものにうっかり触らないように手を縮め、また爪先《つまさき》立ち。

「だんだんとわかってくるよ。そのうち慣れるって」と、アジュが言う。「魔法じゃないけど、魔法並みに便利なものなんだ」

「左様でございますか……」

ユーリは自室のドアをノックした。ちゃんと音がする。はい、と返事が聞こえた。

「あ、お帰りなさい」

ユーリの顔を見ると、分身はぺこりとお辞儀をした。アジュとソラのおまけを連れているユーリ本体に、驚く様子もない。分身にも、彼らの姿は見えないのだろうか。

おっと、それ以前に、分身にはユーリが見えるらしい。魔法でつくられた存在だから、守護の法衣の魔法の力に遮《さえぎ》られないのか。

「すっごく軽いお返事だけど、でも今は、あんただってそれしか言いようがないよね」と、ユーリも言った。「ただいま」

分身は机のそばにいた。教科書と、ユーリのものではない筆跡でびっしりと書き込まれたノートが広げられている。

「あんた」と言って、ユーリは言い換えた。「友理子、学校へ行ってるの?」

分身はかぶりを振った。「あなたが望まないことは、わたしもしないんですよ、ご主人さま」

「そう。あたしのことは〝ユーリ〟でいいわ」

「はい、ユーリ」

「このノート、誰かが持ってきてくれたの?」

「はい。佳奈ちゃんとさゆりちゃんが」

強く心をコントロールしているつもりなのに、もう涙が出てきそうになった。二人の友達の顔を思い出すと、瞼《まぶた》が熱くなる。

「佳奈ちゃんはあたしの親友よ。さゆりちゃんも、すっごく優しくていい子なの。ありがとうって言ってくれた?」

「あなたがお望みではなかったので、お会いしませんでした。ノートはお母さんが受け取ってくれたんです」

　これまでの友理子なら、そうしたであろう行動だ。分身は、間違ってはいない。

「わかった。この先、あたしの気持ちが変わって、佳奈ちゃんやさゆりちゃんなら会ってもいいなって思ったら、あんた会ってくれる？」

「はい、もちろんです」

　不意に釘《くぎ》を刺したくなった。「だけど、あんまり仲良くなり過ぎちゃダメよ。あたしの友達なんだから」

「ユーリ、ユーリ」アジュが口を挟んだ。「こいつはユーリの分身、ただの魔法人形だ。本物の人間と心を通わせることなんかあり得ないよ」

　理屈はそうなんだろうけど、気持ちは別だ。ユーリはアジュをつまみあげた。腕を伸ばして、守護の法衣から遠ざける。

「これ、見える？」

「魔導《まどう》で作られた化身ですね。もとの姿は書物です」

　見抜いている。

「ソラのこと、見える？」

　分身はにっこり笑った。「見えます。ユーリ、わたしはあなたの分身《ダブル》です。言葉の真の意味での複製です。魔法が解けない限り、わたしはあなたなのですよ。ですから、あなたがご存じのことは、わたしにお話しにならなくてもいいのです。すべて通じておりますから」

　だから、何にも驚かないのか。

「魔法人形のわたしにも、たった一人だけ心を通わせる人間がいます。それがユーリです」

　分身は指を一本立てて、アジュの頭を撫《な》でた。アジュはネズミらしい鳴き声をあげた。

　急に身体の力が抜けた。ユーリはアジュを肩の上に載せると、ベッドに腰をおろした。ソラはベッドの裾に、姿勢を正して立つ。いかにも従者らしい。

「あれから、どんなふうだった？」

こちらの現実世界では、両親と友理子が水内さんの別荘から帰って、三日が経《た》っていた。

「お父さんとお母さんは、警察の方たちに、水内一郎さんの別荘のことを話しました。思い立って様子を見に行ってみたけれど、大樹はいなかった。あそこに立ち寄った様子もなかった、と」

それでも警察は今後、水内さんの別荘には気をつけてくれるという。

「現実的には有り難《あがた》いけど、魔法陣を守るためにはちょっと迷惑ね」

有り難い、なんて、大人っぽいというか老けたしゃべり方だ。ユーリは確かに変わったらしい。

友理子は学校へは行っておらず、佳奈ちゃんたちがとってくれたノートをもとに、家で自習している。両親は転校のことも考えて先生と相談しているが、まだ本決まりにはなっていない。

「おうちのなかには、変化はありません。お母さんは少し疲れているみたいです」

「お兄ちゃんの部屋、やっぱり毎日掃除してる？」

「お掃除をして、いつも一時間ぐらいはそこで過ごしています。泣いているので、わたしはときどき慰めて、一緒に泣くこともあります」

ありがとう——と言ってしまってから、ユーリは笑った。「変ね。自分のことなのに」

「いいえ、変ではありませんよ、ユーリ」

魔法人形って、優しいんだ。

自分の分身をつくって、それと仲良しの友達になる。今まで誰か、そんなことを思いついた人がいるだろうか。試してみた人は？　ユーリはこの世で初めて、それを試みることになりそうだ。

「とりあえず、今後はこの部屋がわたしの基地になるわけよね」

ベッドから腰をあげると、腕を組んでまわりを見回した。うちに帰ってきたんだ。ここはわたしの世界だ。

「ああ、何か急にお風呂に入りたくなっちゃった。シャワーでもいいんだけど」

「食事はいいのですか。眠くはないですか」

「それは魔法で何とかする。時間が惜《お》しいもの。でもお風呂だけは我慢できないな」

しばらくおとなしくしていたアジュが、張り切って仕切り始めた。「まず、魔法で元気をつけようじゃないか。そのあと、守護の法衣を分身に着せておいて、ユーリは風呂。いいだろ？」

「こんな時間にお風呂に入るのは、我が家のルールからは外れてるのよ」

「でもわたし、昨夜《ゆうべ》は頭が痛くて早く寝たいからって、お風呂をパスしちゃったんです。ですから大丈夫ですよ」と、分身が言った。

「じゃ、ちょっとお母さんと話してきてくれるかな？」

分身が部屋を出てゆくと、アジュはちょろちょろとユーリの頭のてっぺんへ登った。

「さあ、オレの後にくっついて唱和するんだよ」

お母さんに聞こえるといけないから、小さな声で呪文を唱えた。空腹を解消し、疲労を癒《いや》す呪文は、パとかピとか破裂音だらけの、やたら陽気な音で構成されていた。

分身が戻ってきた。念のため、ドアノブの下に椅子を運んでいってつっかえにしてから、ユーリは守護の法衣を脱いだ。

身体は元気だ。力が満ちている。それどころか体調がいい。抜群にいい。こんな感じは初めてだ。

でも、全身が汗臭くて埃《ほこり》っぽい。よく見ると、指の爪《つめ》は土で汚れていた。無名の地の土だ――と思うと、心臓がどきりと打った。

何気なく法衣を脱いだのだけれど、思い出したようにあわてててしまった。ソラの姿が見えない。

「ソラ、どこにいるの？」

返事も聞こえない。と、腕にかけた守護の法衣から、アジュが顔をのぞかせた。

「ちゃんとベッドのそばにいるよ。さあ、早く分身を隠さないと」

「頭が痛いなんて言ってたけど、風邪じゃないのかしら。大丈夫？」

お母さんがユーリの額に手をあててくれる。

「熱はないみたいだけど……」

ああ、ダメだ。心が揺れてしまう。お母さんごめんなさい。どうして謝るの？　お母さんに隠し事をしてるから？　友理子はユーリになってしまったから？

ううん、理由なんかない。


「心配かけて、ごめんね」

いきなりこんなふうに言ったら、怪しまれる。

でも、お母さんは気づかなかった。「何言ってるの。おかしな友理子ね。さ、お風呂がわいたわよ。着替えはあとで持っていってあげるから、早く入りなさい」

あんた汗臭いわと、お母さんは笑った。背中を押してくれる手は柔らかく、温かかった。

お風呂場で一人になり、頭からシャワーを浴びると、涙が出てきた。これが最後だ。もう二度とメソメソするもんか。だから今だけ。今だけちょっと泣かせて。

湯船につかり、顔にお湯をかけると、少し落ち着いた。脱衣場のドアが開いて、曇りガラスのドア越しに、お母さんの姿が見えた。

「今日は温かいけど、ちゃんとシャツを着てね」

「はぁい」

昼間——どころかまだ午前中だ。お風呂場はとことん明るくて、隅から隅までよく見える。お母さんはきれい好きで、特に台所やお風呂やトイレが汚れているのは我慢できない気質《たち》で、それはそれは熱心に磨き立てる。でも、いかんせん古いマンションなので、浴槽と壁のあいだにうっすらと黴《かび》が生えているところもある。

ぽちゃん、と、お湯がはねる。

——そういえば。

ユーリが学校から帰り、佳奈ちゃんの家に遊びに行こうと支度をしていたら、出し抜けにお兄ちゃんが帰ってきて驚いたことがあったっけ——。

# 第六章　事件の内側

　あれはいつのことだったろうか。一ヵ月くらい前？　いや、そんな以前の話じゃない。お兄ちゃんが中学二年に、ユーリが小学校五年生になって間もなくのことだったと思う。だってあのとき、お兄ちゃんの帰りが早かったのは、

　――今週は家庭訪問週間だから、授業が早く終わるんだ。

　確かそう言っていた。だから部活動もお休みで、地区の野球クラブのメンバーと集まって自由練習するとか何とか。

　――出かける前に、シャワーを浴びようと思ってさ。

　そうだ！　だんだん記憶がはっきりしてきた。お兄ちゃんはあのとき、帰ってくるなりお風呂場に直行したのだった。たまたまお母さんが買い物に出かけて、短いあいだだけれどユーリは一人きりだった。そこに玄関のドアが開き、足音がしたかと思ったらお風呂場で誰かが出入りする物音がたったので、ちょっぴり薄気味悪い気持ちで様子を見に行ったのだった。

　すると、お兄ちゃんがいたのだ。もう制服の上着を脱いで、シャツとズボン姿になっていた。ユーリが覗《のぞ》き込むと、大慌《おおあわ》てで脱衣場のドアをぴしゃりと閉めた。

　――体育の時間にめちゃめちゃ汗かいちゃってさ。臭いんだよ。

　これから練習に行くのに、その前にシャワーを浴

びるのかとユーリが尋ねる前に、先回りして説明してくれた。間もなく、シャワーを流す音が聞こえてきた。

別段、ユーリは変に思わなかった。お兄ちゃんは普段からきれい好きだ。朝練習がない日には、寝起きにシャワーを浴びてから登校することだってあった。

大した出来事ではなかった。ずっと忘れていた。真っ昼間のお風呂場の光景に、それが今、ふっと浮かび上がってきたのだ。

なぜかしら、不安な色合いを帯びて。

本当に、大した出来事ではなかったんだろうか。

湯船のなかで膝《ひざ》を抱えて、ユーリは考えた。あんなことは、その後もあっただろうか。学校から帰ったお兄ちゃんが、お母さんに声をかけることもせず、まっしぐらにお風呂場へ行ってシャワーを浴び始める――

およそお兄ちゃんらしくないふるまいだった。

ユーリはつやつやした額《ひたい》に皺《しわ》を刻んで顔をしかめる。さらに不安の増すようなことを思い出して。

八の字眉毛《まゆげ》の警察の人が言っていたじゃないか。

――大樹君は、二年生になってから、クラスの仲間と上手《うま》くいかなくて悩んでいるようだったというんだよね。

そういえば、あの場でのお母さんの発言も、今さらのように意味深《しん》に思えてくる。大樹は、妹に心配をかけるようなことは言わない。親のわたしたちにも、何も相談してくれなかったくらいだ。

心配。相談。上手くいってなかった。

いじめ。

いきなり勢いよく動いたので、お湯がざぶりとはねて顔にかかった。顎の先から雫《しずく》を落としながら、ユーリは目を見開いてお風呂場の壁を見つめていた。

いじめ？　ありっこない。誰がお兄ちゃんを、森崎大樹をいじめるっていうんだ。

お兄ちゃんは――強かった。うん、そうだ。強いという表現がいちばんぴったりくる。何でもよくできて、カンペキだった。どんなに陰険で意地悪い同級生でも、森崎大樹に対しては、「いじめ」を始めるとっかかりの見つけようがなかったはずだ。

いじめという言葉と現象を、どうにかしてお兄ちゃんに結びつけなくてはならないとして、無理矢理そうするとしたならば、実際にはそんなことけっしてあり得ないけれど、いじめられるよりはいじめる側になるだろう。それくらい、森崎大樹は強かったのだ。存在が大きかった。

自分で自分の考えに、ユーリは呆《あき》れた。何でこんなことを思いつくんだろう。あたし、お湯にのぼせてるんだ。

湯船からあがり、シャワーをひねる。温度を下げて、冷シャワーにする。頭が冷える。

不安と疑問がふわりと舞い戻ってきた。

だけどそうなると、「クラスの仲間と上手くいってなかった」という言葉を、どう解釈すればいいんだろう。上手くいってなかったというのは、どういう意味になる?

現実問題として、お兄ちゃんは同級生を二人も傷つけているのだ。しかもナイフを用意して、首を刺した。急所だ。一人は命を落としてしまった。それは翻しようのない事実なのである。

ユーリはくちびるを噛みしめた。もっと早く、このことに気がつくべきだった。しっかり向き合って考えるべきだった。あたしはなんて愚かだったのだろう。

タオルで髪を拭《ふ》きながらリビングに入ると、お母さんがキッチンでジューサーを使っていた。ユーリの大好きなバナナジュースをこしらえているのだ。

「お風呂上がりにちょうどいいでしょ」

大ぶりのグラスにたっぷり注《そそ》いでくれた。お母さんのバナナジュースには、アイスクリームが加えてあって、濃くて美味《おい》しい。

お兄ちゃんも、これが大好きだった。ユーリはゆっくりと味わった。魔法でおなかをいっぱいにするのは便利な技だけれど、やっぱり本物の食べ物飲み物の方がいいに決まっている。

「ね、お母さん」

流しの前に立ったまま、自分の小さなグラスでジュースを飲んでいるお母さんに声をかけた。

「お兄ちゃんもバナナジュースが好きだよね」

お母さんの表情が揺れた。グラスを持つ手もかすかに震える。

「そうねぇ」

「早くうちに帰ってくればいいのにね」

演技ではなく、本当にその想《おも》いがむらむらとこみ上げてきて、ユーリの声はかすれた。

「どこにいるのかな。お母さんのメキシカンピラフ、食べたいだろうなぁ」

お母さんは口を結び、グラスを流しの脇に置いた。蛇口のあたりに視線を落としている。ややあって、何か振り切るみたいに顔を上げ、言った。

「今晩、メキシカンピラフをつくろうかな」

「いい匂《にお》いにつられて、お兄ちゃん帰ってくるかもしれないよ」

友理子、とお母さんが呼んだ。「あんた、毎日毎日お兄ちゃんのことを考えてる?」

どういう意図のある質問なのか読めなかったので、ユーリは質問で答えた。「お母さんは?」

「考えてるよ。毎日どころか、一日中、一時間ごとに考えてる」

本当は、十分ごとじゃないかな。

「あたしも」

お母さんはユーリの向かいに来て腰をおろした。

「いっぺん、あんたに訊《き》いてみたいと思ってたの。辛《つら》かったら答えなくていいからね」

「うん」

「友理子、お兄ちゃんのこと怒ってる？」

今度は返事を控える必要はなかった。「ある部分では怒ってる」

お母さんが目を瞠《みは》った。「どういう意味？」

「家出したまま帰ってこないってこと」

みんなに心配をかけて、悲しませている。

「怒ってるのは、そこだけ。あとは心配なだけだよ。毎日毎日心配してる」

お母さんは瞼《まぶた》を伏せた。「大樹が、お友達にひどいことをしたって思わない？」

ユーリは飲みかけのバナナジュースを見つめた。

「お兄ちゃんがどうしてあんなことをしたのか理由がわかんないから、思わない。お兄ちゃんは、フツーの喧嘩《けんか》だって、めったにしなかったよ。でしょ？」

お母さんは黙ってうなずいた。

「そのお兄ちゃんがあんな事件を起こしちゃったのは、よくよく思うところがあって、ほかにはどうしようもなかったからだよ。もちろん、ナイフなんか持ち出す前に、お父さんお母さんや先生に相談するとか、ほかにいろいろ方法はあったと思う。いつものお兄ちゃんなら、それがわかったはずだよ。けど今度のことでは、いつものお兄ちゃんではいられないくらい、よくよくの理由があったんじゃないかな。その事情がわからないと、あたしにはお兄ちゃんが悪いって言えない。やったことはいけないことだけど、あたしはまずお兄ちゃんの言い分を聞いてあげたい。家族だもん、そうしてもいいと思う」

気がつくと、お母さんが涙を流していた。

ユーリは胸を打たれた。今まで何度もお母さんが泣くのを見てきた。そして一緒に泣いた。でもそれはすべて森崎友理子としての経験だった。今は違う。友理子はユーリになった。ユーリとして初めて、可愛い子供が人殺しの罪を犯したことを知り、その子の身を案じる母親を目の前にしているのだ。

不思議な感覚だった。思考は冷静だった。胸が張り裂けるような悲しみではなく、同情と哀れみと、助けなければならない、助けられるのは自分だけだという――使命感？　それらがまぜこぜになって脈打つ、強靭《きょうじん》な心。それが、ユーリの内には確かに存在している。

あたしはもう、あたしじゃないんだ。

あたしは〝印を戴く者《オルキャスト》〟。まだ幼く未熟ではあっても、黄衣《こうい》の王を狩る追跡者なのだ。

お母さんの名前は何だっけ。森崎――美子《よしこ》だ。

悩める森崎美子よ。傷つき悲しむ、〝輪《サークル》〟の内に生きる小さき命の母親よ。わたしが必ず、あなたを救ってみせよう。


高揚感に、ぶるりと震えた。

「泣かないで」と言った。「お母さんが泣いて泣いて身体《からだ》をこわしちゃったら、お兄ちゃんが心配するよ」

森崎美子が両手で顔を覆《おお》った。

「お兄ちゃんが傷つけた二人のこと、お母さん、よく知ってる？」

美子は頭を垂《た》れたままかぶりを振った。

「お兄ちゃんの仲良しの子じゃなかったのかな」

今さらのように気がついたが、ユーリは彼らの正確な名前を知らないのだ。周囲の大人たちが、ユーリには知らせないように計らってくれていた。またユーリも――友理子もそのころはそれでよかった。厳しい現実の情報から守ってもらっている方がよかった。

「よくわからないの」

手で顔を拭い、鼻をすすりながら、美子はユーリを見た。目が真っ赤だ。

「二人とも、二年生になって大樹と同じクラスになった生徒さんたちで……。だからお母さん、何も知らないのよ」

「水泳部員じゃないのかな」

「違うと思うよ。そういう話は聞いたことないからね。ただクラスメイトっていうだけで……」

忘れてしまったのではなく、本当に知らないようだった。

「そうだね。水泳部のヒトだったら、一年生のときから一緒のはずだもんね」

森崎大樹が通っていた公立希望ヶ丘中学校では、放課後の各種部活動への参加は、生徒の自由意思に任されている。だから、それぞれに様々な理由で部活に所属せず、授業が終わったらすぐ下校するという生徒たちもけっこういると、ユーリは大樹から聞いた。

——でも、チビ友理も中学生になったら、やっぱ部活はやった方がいいよ。いい友達ができる。

そんなふうにも言っていた。

——教室でただ机を並べてるだけじゃ、わからないことがたくさんあるからさ。

大樹が家で、部活動のことで文句や愚痴《ぐち》を言っていたことはない。少なくともユーリは知らない。

そもそも、学校で嫌なことがあったとしても、大樹は、チビの妹なんかに、そんなことを打ち明けたりしない。何か屈託を抱えていたならば、かえってそれを押し隠し、家族にはわからないようにふるまい、自力で解決しようとする。それが森崎大樹だ。そんな彼を好いて、味方してくれる友達もいたはずだ。人気者だったのだから。

だから、もしも誰かが、大樹の何かが気にくわなくて、いじめようとした場合、それはかなり難しい試みになるはずだ。森崎大樹は与《くみ》しやすい相手ではない。ちょっとやそっとのことでは打ちのめされない。

　では翻って、どんな事柄《ことがら》ならば彼を追い詰め得たか？

　そこがキーポイントになるんじゃないか。森崎大樹が、自分自身を見失ってしまうほど恐れたり、怒り狂ったり、悲しんだり、恥じ入ったりする事柄。それほどの破壊力のある何か。

　ただの悪感情や意地悪じゃない。羨望《せんぼう》から転じた嫉妬《しっと》？　大樹は優等生だから慣《な》れているはずだ。ちょっとした工夫で受け流すことができる。そんな程度のものじゃないんだ。何だ？　何なんだ。

　素早く考えを巡《めぐ》らせながら、グラスに残ったジュースを飲み干した。グラスの縁《ふち》が前歯にカチリとあたって、ユーリはふと我に返った。

　あたし、心のなかであれ、お母さんのこと「美子」って呼んで、お兄ちゃんのこと「大樹」って呼んで、それでお父さんは――

　森崎志郎《しろう》だ。志郎と美子の森崎夫妻。

　大樹が、学校で抱えていた問題や鬱屈《うっくつ》を森崎夫妻に打ち明けていたという可能性は、ゼロに等しいと見切っていいだろう。夫妻が何かしら聞いていたのなら、事態の展開はもうちょっと違っていたはずだ。

　ああ、またこんなふうに考えて。ユーリは空《から》になったグラスをどんとテーブルに置くと、勢いよく立ち上がった。

「おいしかった。あたし、少しお部屋で勉強するね」

　あんまり根を詰めないのよと、美子は言った。思い詰めないのよと言いたかったのかもしれない。

　ユーリは逃げるように自室に駆け込んだ。ドアを閉め、鍵をかける。分身が守護の法衣から顔を覗かせ、小首をかしげた。

「ユーリ、大丈夫ですか」

「大丈夫じゃない」ユーリは震えていた。「あたし、おかしいみたい」

家族のこと、他人みたいに冷静に突っ放して考えるようになり始めてる。

「ちっともおかしかないよ」

机の上でピンク色の鼻の頭をぴくぴくさせながら、アジュが優しい声で言った。

「これから先は、物事を冷静に見て判断しないと、道を誤る。だから、それでいいんだよ」

「だんだん慣れてきますよ」と、分身も優しく言う。「大丈夫、ユーリの友理子である部分は、ちゃんと保存されています。そしてわたしが大切に守っています。いつかユーリの役割が終わったとき、きちんとお返しするために」

ユーリは分身の手を握りしめた。「あんた、あたしがいないあいだにお母さんが泣いてたら、慰《なぐさ》めてあげてね」

「はい、必ず。安心してください」

分身はユーリに席を譲り、守護の法衣を脱いで着せかけてくれた。ユーリの目に、ドアの脇で気をつけをしているソラの姿が見えた。

「なるほど、こういうことね」自分自身に向かって、ひとつうなずいた。「こっちの現象にも、だんだんと慣れないとね」

アジュがユーリの肩の上に駆けのぼってきた。

「で、これからどうする？」

「被害者の二人のこと、調べなきゃ。事件が起こったときの様子も」

「そんなら、学校へ行くかい？」

ユーリはかぶりを振った。

「いきなり学校へ行っても、先生たちって口が固いから、実《み》のあることは聞き出せないと思うの。それより警察の方が早いと思う」

アジュがチュチュチュとネズミの声をたてて笑っ

た。「ユーリはどんな姿で行くつもりだい？　ヒロキの妹として行ったたって駄目だよ」

もちろん、わかっている。「だからアジュ、何か良い手を思いつかない？」

「魔法を使って、警察の連中が話してくれやすい人間に化けるのがいいだろうね」

となると、やっぱり記者とかレポーターか。いや、駄目だ。そういう職業の人たちは、森崎大樹の引き起こした大事件のことを、今もまだ取材しているかもしれない。ユーリが彼ら彼女らの誰かに化けて警察にいるところに、本物が来て鉢合わせ、なんてことになるのはご免だ。

「記者の人たちほど素早く動くことはなくて、でも警察や学校を取材する可能性のある人たち」

「難しい注文だぜ」アジュは呟いた。「ちょっと検索してみるか」

ハツカネズミのアジュの小さな赤い瞳が、明けの明星《みょうじょう》のように輝き始めた。ユーリの肩の上で、小さな足をせわしなく踏み換える。と、その動きが止まった。

「図書室の本たち、なんて言ってる？」

「ちょい待ち。今、賢者に訊《き》いてもらってる」

こいつは「赤ん坊」たちの領分だから、という。

「赤ん坊って？」

「ユーリが生きてる今の時代に書かれた本のことだよ」

水内一郎の図書室に集められている書籍たちは、軒並み、人に喩《たと》えるなら千二百歳、千八百歳、二千五百歳などという高齢者だ。もちろん、本という物体としてはもっと新しいが、それは写しを重ねているからで、内容は超高齢なのである。

現代の書籍は、それに比べたら赤ちゃんだ。胎児といってもいいくらいだ。そしてあの別荘には、そういう赤ん坊たちもちゃんと保管されているのだという。

「ミノチだって、気晴らしの読書が必要なときもあったし、今の世の中の動きにまったく関心がなかったわけでもないからね」

「でも、あたしが図書室にいたとき、赤ん坊たちの声は聞こえなかったわ」

「そりゃそうさ。赤ん坊たちは別の部屋の書架に集められてた。だいいち、赤ん坊はまだしゃべれないもの。光ることだってできないんだよ」

アジュの赤い目がまた輝き始めた。「お、お」と声をあげて、少し経《た》つと、「わかったよ、ありがとう」と、遠い図書室の賢者に向けて言った。

「うってつけの赤ん坊がいた」

五年ほど前に世に出た本だという。ある地方都市の公立中学校で、今回森崎大樹が起こしたのと似たような事件が起きた。三年生の男子生徒が同級生にナイフで斬《き》りつけ、重傷を負わせたのだ。ただ、この生徒はその場で先生に取り押さえられ、警察の捜査で、被害者の生徒に、進学や成績に関してバカにされたことを恨みに思って斬りつけた——という動機と経緯が判明している。

「この事件を取材して、本を書いた作家がいるんだ」

伊藤品子《いとうしなこ》という女性作家だという。

「よく似た事件だから、今度も取材に来てるかもしれない。けど、それは事前に電話で探りを入れればわかるだろ？　大丈夫そうだったら、この作家に化けようよ」

ずっと、置物みたいに静かにしていたソラが、遠慮がちに口を開いた。「サッカ——ですか」

「うん。物を書く人よ」

「作者のプロフィールには、ノンフィクション作家と書いてあるってさ」と、アジュが補足する。

にわかに、ソラが怯《おび》えたふうになった。

「物を書く。書物を書くということですね？」

それは〝紡《つむ》ぐ者〟でございます。

聞いた覚えがある。咎《とが》の大輪《たいりん》に関連した話のなかで、大僧正《だいそうじょう》が言っていたじゃないか。あるいは、最初に会った無名僧《むめいそう》とのやりとりのなかに出てきたか。

「そうよね。〝紡ぐ者〟は作家のこと」

ソラがおそるおそるうなずいた。

「物語を紡ぐ者という意味なのね、きっと」

〝無名の地〟では、それも咎人の別称だと言ってはいなかったか。

「でも、この場合は違うと思うな。ノンフィクション作家というのはね、ソラ。現実に起こったことを素材にして本や記事を書く人たちなの。想像して書くわけじゃないのよ。だから、物語作家ではないの」

ソラの顔からは怯えの色が消えない。ゆっくりと、今のユーリの言葉を拭い消すように左右に首を振りながら、

「綴《つづ》られしものは、すべて物語なのでございます、ユーリ様」

「だって事実を——」

言いかけて、ユーリは口をつぐんだ。大僧正は言っていたじゃないか。歴史も物語だと。歴史だって実際に起こったことの記録なのに、でも物語なのだと。

「正確を期して補足するとだな」アジュが割り込んだ。「物語は、綴られしものばかりじゃないよ。語られしものも、同じく物語なんだ。まだ紙みたいな記録媒体が発明される以前の時代には、人間はみんな、記録もお話も歴史も、すべて口から口へと言い伝えていたんだからね」

「でもそういうものも、紙が発明されて以降は、書物や巻物の形になったわけでしょ？　語り伝えてき

て、覚えている人がいれば、それを記録すればいいんだもの」

人間は、石に刻まれていた碑文だって、書籍に記し直して保存してきたのだ。

「そうだけど、全部写し替えることができたわけじゃない」

アジュの鼻がひくひくする。話の内容とはまったく関係なしに、とても可愛い仕草だ。

「語り伝えの形のまま、文字や文章にはならなかった物語もあるんだよ。そういうもののことを、〝ハナレモノ〟って呼ぶんだ」

ユーリは小首をかしげた。「記録されなかったら、いつかは消えてしまうでしょう。なにしろ大昔のことなんだから」

アジュは冷たい鼻先をユーリの頰《ほお》にくっつけた。

「そんなことはないさ。一度語られた物語は、けっして〝輪《サークル》〟のなかから消え失《う》せたりしない。人にはわからないだけで、〝輪〟のなかに存在してるんだよ」

文字にならず、映像にも変わらず、記憶にも残らず、しかし〝輪〟には在る。

「だから〝ハナレモノ〟さ。すべての事象《じしょう》から離れて、空《くう》に漂ってる」

もちろん〝ハナレモノ〟も物語だから、いつかは咎《とが》の大輪《たいりん》に巻き取られ、万書殿《ばんしょでん》に回収される。そして再び咎の大輪を通って〝輪〟のなかに送り出されるわけだが、

「二度、三度と〝輪〟のなかに出ていっても、やっぱりハナレモノになってしまう種類の物語があるんだよ。もう記録媒体がちゃんと存在している時代に出て行ったのに、それでも漂っちゃう」

文字にしにくい、あるいは文章にしにくい物語が、〝ハナレモノ〟として循環を繰り返してしまうというのだ。

興味深い――と思いつつも、ユーリはアジュの小さな頭を指先で押さえた。

「わかったわ。けど、話が逸れてない？　さっさと魔法を使って、警察署へ行かなくちゃ」

「おっと、ごめんごめん」

アジュが呪文を唱え、ユーリがその後について復唱しているあいだ、ソラは依然として硬い表情のまま、それでなくても血色の悪い頬を翳《かげ》らせて、黒衣の内で身を縮めていた。何がそんなに怖いのか。怖いなら怖いで、なぜなのか理由を説明してくれればいいのに。そしたら、何とかしてあげられるのに。

何だか歯がゆいし、頼りないなぁ。

呪文の終わりに、まばゆい光がユーリの足元から頭上へと立ち上った。

「はい、一丁あがり」

ユーリは両手を広げてみた。守護の法衣を身につけた、我が身が見えるだけである。

「失敗じゃないの？」

「失礼な。鏡を見てご覧よ」

ユーリはクロゼットのドアを開き、内側に取り付けられている一枚鏡の前に立った。

そこには、三十代半ばくらいの、髪の長い女性が映っていた。初夏にぴったりの薄青色のジャケットに白いパンツ。アクセサリーはつけていない。髪はうなじできっちりひとつにまとめてある。

「まわりの人間たちの目には、そう見える」

ユーリは両手を腰にあてた。「凄《すご》いわね」

この「化身の魔法」には、切り替えスイッチのような働きをする「鍵」の言葉があり、それを唱えると、ユーリの好きなように化身を解いたり戻したりすることができるのも便利だった。化身を解けば、守護の法衣を身につけたユーリは透明人間になる。化身した姿でも入り込みにくい場所に入りたいときや、誰にも見られたくないときには都合がいい。

ユーリはさっそく鍵言葉を使い、森崎美子に気づかれずに家を出た。マンションの共用廊下の物陰で「伊藤品子」に化身すると、近くの公立図書館へ足を向けた。まずは下調べだ。

靴音をたてて道を歩きながら、ユーリは自分が肩から大きなショルダーバッグを提《さ》げていることに気づいて、驚いた。かなり重たい。信号待ちのときに中身を確かめてみると、取材帳やＩＣレコーダー、筆記用具一式、名刺入れ、財布に携帯電話――何でも揃《そろ》っている。

「これも化身の一部？」

「手ぶらじゃおかしいだろうからさ」法衣の胸ポケットでアジュが言った。「本物の複写だから、伊藤品子さん本人が見たって、自分の持ち物に間違いないと思うだろうよ」

携帯電話は、ちゃんと使えるようだった。

「あたしがこれを使うと、使用料は伊藤さんにかかるのよね」

「どうかなぁ。魔法で作られた複写は虚体《ゴースト》だから、料金の心配はしなくていいと思うけどね」

それでも、濫用《らんよう》は慎《つつし》んでおこう。悪いもの。

この図書館は、森崎友理子にとってもお馴染《なじ》みの場所である。よく佳奈ちゃんと本を借りに来たし、閲覧《えつらん》室で一緒に宿題をやったこともある。

受付カウンターの前を通り過ぎるとき、歩き方がおかしくなってしまいそうなほど緊張した。が、受付にいる図書館の職員は、ユーリの方に目を向けようともしなかった。

いつもはこんなことはない。利用者の子供たちが図書館に入ってきてカウンターの前を通ると、職員の人たちは、必ず「こんにちは」と声をかける。挨《あい》拶《さつ》しない子供もいるけれど、友理子と佳奈ちゃんは「こんにちは」と返すようにしていた。

今のあたしは大人の姿をしているから、ただそこにいるというだけでは、職員の人たちの注意を引くことはないのだ。

ちょっと大胆になって、ユーリはカウンターに近づき、新聞綴《つづ》りの保管場所を尋ねた。女性職員が丁寧《ていねい》に教えてくれた。

平日の昼間のことで、利用者はまばらだった。閲覧室にも数えるほどしか人がいない。新聞綴りを持ち込んで、腰を据《す》えて読んだ。

被害者も加害者も中学生だからだろう。図書館で保管されている一般紙はどれも報道が控えめで、事実関係については、警察の発表をほとんどそのまま載せているだけだった。ただ、学校に対しては厳しく取材し、かなり突っ込んだ記事を書いている新聞もある。

森崎大樹が通い、やがては森崎友理子も通うことになっていた、公立希望ヶ丘中学校。

今回の事件の動機に、いじめの存在は考えられないのか。再三再四の追及を、学校側はひたすら否定している。学年主任や担任教諭から、いじめがあったという報告は受けていない。A君（森崎君）や保護者からその件で相談を受けた事実はない。

学校側は防戦一方だが、「いじめはなかった」という回答の根拠を示すことはできずにいる。ただ、「我々は関知していなかったから」というだけだ。だから、取材攻勢に押されて次第にじりじり後退している。

大人に化身している今なら、ユーリにもわかる。学校側がこの有様では、ほかに考えようはない。いじめはあったのだ。

だけど、森崎友理子にはわからなかった。友理子が知っていたのは「森崎大樹」ではなく、「お兄ちゃん」だったから。優等生でスポーツ万能の、友理子の自慢のお兄ちゃんだったから。

細かい活字が目に刺さるようで、ユーリは両手で目元を押さえた。掌《てのひら》が頬に触れると、乾いた感触がした。この頬はあたしの頬じゃなく、三十歳を超えた大人の女性の頬だ。

化身すると、化身の対象となった存在の智恵や経験を借り受けることができる。でも、心の芯《しん》はユーリのままだ。友理子ではなく〝印を戴く者《オルキャスト》〟のユーリだから、泣き虫の甘えん坊の少女ではないにしろ、その心はまだ柔らかい。

活字が刺さってちくちくと痛むのは、目ではなく心の方だろう。

森崎大樹の学校生活は、妹の友理子が手放しで憧れたほどに、光溢れるものではなかったのだ。

大樹が黄衣の王に魅入られた理由も、間違いなくそこにあるのだ。今までユーリは、大樹の側には、せいぜいが好奇心程度の誘因《ゆういん》しかなかったのに、たまたま運悪く〝英雄〟という巨大な力に遭遇してしまったのだと思っていた。いや、思い込もうとしていた。が、それは違うのだ。

〝器《うつわ》〟の側にも〝英雄〟を、黄衣の王を引き寄せる因子がある。森崎大樹は何を望み、何を願い、黄衣の王を召喚《しょうかん》してしまったのか。

「ユーリ、大丈夫かい？」

アジュが胸元で囁いている。ユーリは掌《てのひら》でそっとアジュの小さな身体を包み込んだ。

「大丈夫。ところでソラは？」

振り返ると、閲覧室の出入口に立っているソラが見えた。ユーリの方に背中を向け、何かに耳を傾けるような格好だ。くるくると四方に首を巡《めぐ》らせて、忙しそうだ。

そうか？　そりゃそうだ。ここにも本がいっぱいあるんだから。

「アジュ、ここの本たちは――」

アジュがフンと小さな鼻から息を吐いた。「さっきからうるさくてしょうがないんだ。ユーリ、ちょっと相手してやってくれる?」

ユーリは急いで新聞綴りを片付けると、人目のない書架の裏側に隠れて、化身の呪文を解いた。

と、四方八方から声が押し寄せてきた。

「〝印を戴く者《オルキャスト》〟様、オルキャスト様!」

ユーリは声の奔流《ほんりゆう》を押し返すように声をあげた。

「挨拶が遅れてごめんなさい。あたしの名前はユーリです」

「ユーリ様」他を圧して凛《りん》と響いてきたのは、落ち着きのある女性の声だった。

「ようこそおいでくださいました。皆が騒いでおりますのをお許しくださいませ。この図書館には、オルキャスト様はおろか、〝無名の地〟の存在を知っている人間が足を踏み入れることさえも、初めてなのです。皆、興奮してしまいまして」

「あなたたち、事情はご存じですか」

「はい、存じております。わたしたち書物は皆、〝無名の地〟と通じておりますから」

破獄《はごく》でございますねと、女性の声が言った。

ユーリはひとつ、うなずいた。

「最後の器になった少年は、わたしの兄です。森崎大樹という男の子です。皆さん、何か知っていることがあったら教えてくださいませんか」

大樹もここの図書館の利用者だった。本たちは彼の顔を見知っているかもしれない。

「ユーリ様、申し訳ございません」

女性の声がかすかに震えた。

「この場所におりますわたしの同胞《はらから》たちは、九割以上が赤ん坊と子供です。〝英雄〟の先《さき》の破獄のことは存じません。かくいうわたし自身も、過去のことは、知識として存じているだけなのです」

町の図書館の本たちだ。現代の新しい本が大半を占めているのである。

「〝エルムの書〟をお持ちだったユーリ様のお兄様

には、わたしどもなど必要ではございません。ですから少なくとも、〝エルムの書〟を手にしてからは、お兄様はここへ足を踏み入れることはなかったと思います。またそれまでは、お兄様も、わたしたち書物を愛してくれる多くのお子さんたちのお一人に混じり、とりたてて目立つこともなかったと存じます」

確かにそうだろう。筋が通っている。

「そうよね。ごめんなさい、わたしったらよく考えなくて」

「いいえ、でもユーリ様。ひとつだけお耳に入れたいことがございます」

今から二ヵ月ほど前のことだという。

「わたしども皆が、この町に〝エルムの書〟があることを感じ取りました」

それはもしかすると、大樹が、水内《みのち》一郎の別荘から「エルムの書」を持ち出し、こっそり家に持ち込んだときではないのか。

「はい、左様に思います。わたしども書物には、どれほど若く幼くとも、危険な写本の気配を感じ取る力は備わっておりますから」

「エルムの書」は確かに近くにあったが、図書館のなかに入り込んでくる気配はなかった。それでもこの本たちは、恐ろしさに息を潜める日々だったという。

「そんななかで、わたしたちの同胞《はらから》の一冊が焼け失《う》せるという事件が起こりました」

「一冊だけ？　火事かしら」

いいえ——と、女性の声は低く即答した。

「あれは魔導《まどう》の炎でございました」

ぎっちりと本たちが居並んでいる書架のなかで、ある一冊だけが、真夜中に火を放ち、あっという間に原形をとどめないほどの黒焦げになってしまったのだそうだ。翌朝、それに気づいた職員が書架から引き出そうとすると、その本は脆《もろ》く砕けて、真っ黒な炭の粉の山と化してしまった。

「うん、それは確かに魔法だな」と、アジュが言う。

「普通の火事じゃあり得ないことだ」

「ユーリ様」

いつもいるんだかいないんだかわからないほど静かなソラが、そっと呼びかけてきた。

「私は先ほど、その本が置かれていた場所を見ました。今も魔導の匂《にお》いが残っております」

ソラに教えてもらって、ユーリはそこへ行った。

「生活・暮らしの知識」という書架だ。

ぱっと見た限りでは、異変には気づかない。が、近づいてよく検分すると、燃え失《う》せた本が置かれていたという棚の一部が溶けて歪《ゆが》んでいる。黒っぽい染《し》みは煤《すす》の痕《あと》だろう。

ユーリは人差し指でその部分をこすってみた。ざらついた感触だ。

「どれどれ」アジュがユーリの肩に這《は》い登り、そこからぴょんと書架の上に飛び乗った。

と、出し抜けに周囲の本たちが叫び始めた。魂消《たまげ》るような恐怖の悲鳴の合唱だ。ユーリは思わず立ちすくみ、ちょうど質問を放とうとしていたところだったから、自分で自分の舌を噛《か》んでしまいそうになった。

「な、何事？　どうしたの？」

図書館の本たちは、あの女性の声の本でさえもただ泣き叫ぶだけだ。耳が壊れる！　ユーリは両手で耳をふさいだ。

ソラが素早く進み出ると、アジュをわしづかみにして己《おのれ》の懐《ふところ》へと突っ込んだ。彼の目も驚きでまん丸になっている。

悲鳴のうねりが下がって、先細りになり、やがて止《や》んだ。子供が怯えてすすり泣くような声だけが、まだほんのかすかに残っている。

「い、今の、何？」

ユーリは目を瞠ったまま、誰にともなく問いかけた。それから、鞭《むち》のように鋭くソラを振り返った。

「ソラ、あなた今、何をしたの？」

ソラがひるんで後ずさった。が、懐に隠したアジュのことは、ぎゅっと掌《てのひら》で握ったままだ。

「そんなに強く握ったら、アジュが潰《つぶ》れちゃう！早く出してあげて。出しなさい！」

「いいんだよ、ユーリ。オレはだいじょぶ」

黒衣の下から、アジュのくぐもった声が聞こえてきた。「ごめんよ、ごめん。みんなを怖がらせた。オレ、うっかりしてた。ごめん」

ソラがようやく掌を緩《ゆる》めると、アジュがもぞもぞと動いて、彼の懐《ふところ》から顔を覗かせた。

「どういうこと？」

先ほどまでの凜々《りり》しさを失い、ひどく乱れて割れた女性の声が、ユーリの耳に響いてきた。


「ユーリ様。その者は、黄衣の王に触れておりますね。〝黄の印〟があります！ 黄衣の王の気にさらされていた者でございましょう！」

それが本たちを恐怖させるのだ、という。

「そうなんだ。ホントにごめんよ」

アジュの、ユーリの爪《つめ》の先ほどもない小さな耳から血の気が失せている。

「だから気をつけなくちゃいけないのに、オレ、すっかり忘れてた。守護の法衣や、ソラの黒衣のなかに隠れていれば平気なんだけどね」

さっき、アジュは書架に飛び移った。書架に直接触った。それがまずかったというのだ。

「だけど、別荘の本たちは何ともなかったじゃないの」

「あいつらは強者揃《つわものぞろ》いだもの。そうだな、喩《たと》えるなら仙人とか魔法使いとかの集団だ。けど、ここの本たちは、いわば普通の人間だ。〝黄の印〟がついたオレの放つ悪気に耐えられないんだ」

わからない。だいたい、〝黄の印〟って何よ？

ソラがユーリの法衣の袖《そで》に軽く触れた。「あとでお話し申し上げます。どうぞ今はお許しください。これは私の失策でございます。アジュ殿ばかりが悪いのではございません」

彼のすがるようなまなざしが、ユーリをしゃんとさせた。動揺を呑み込んで、顔を上げた。

「みんな、もう大丈夫？」

「はい。お見苦しいところをお見せしました。お詫《わ》びいたします」

女性の声は、しかしまだ息をはずませている。

「ね、この焼けた本は何ていう本だった？　題名を教えてもらえないかしら」

この図書館では、一般的な分類だけでなく、この書架のように、利用者が目当ての本を見つけやすいように、用途別の分類もしている。ハウツー本やガイドブックの場合が多い。

「暮らしの知識という分類なんだから、何かその手のものだと思うの」

同じ書架には、『知っておきたい救急手当て』『お酢を使って毎日健康』などのタイトルが並んでいる。

「ユーリ様、ここの本たちの大半には、名前がございません」

「何で？　タイトルがあるでしょ？」

「わたしたちの多くは、互いのタイトルを存じません。それには意味がございません。また、その本のタイトルと、その本の〝名前〟とは、根本的に異なるものなのです」

言外に、（ご存じないのですか）と訝《いぶか》る調子がある。反問したくなるのを、ユーリは我慢した。

「そう。じゃ、調べてみる」

前後の本の分類番号をチェックして、その間の、抜けているのが焼けた本の番号だ。図書館コンピュータで検索してみればいい。通路を横切って、コンピュータの並んでいるブースへ向かった。

　抜けている本は、すぐにわかった。

『意外に危険？　こうすればもっと便利！　家庭用洗剤の正しい使い方』

　内容もタイトルどおりだろう。誤解のしようがない。書架の分類ともしっくりくる。

「なんでこんな本が、わざわざ魔法の力で焼かれなくちゃならなかったのかしら」

「わたしたちにもわかりません」女性の口調が、申し訳なさそうに沈んだ。「ただ、その本が『エルムの書』の力で焼かれたことに間違いはございません。わたしははっきりと感じました」

　ということは、森崎大樹が焼いたのか。あるいは、彼を使って黄衣の王が――

「ヒロキがやったんだよ」ソラの懐で、アジュが小さく言った。「試してみたんじゃないかな、魔法をさ」

『エルムの書』によって得た魔導の力をテストしてみたということか。だけど、ならばなおさら不思議だ。なぜ、よりにもよって『家庭用洗剤の正しい使い方』なのだろう。

「テストだけなら、家の本でやってみてもよかったでしょうにね」

　独り言を呟きながら、この本についてもっと詳しい情報を得られないかと、ユーリは端末のキーをパチパチ叩いた。画面も動かしてみる。

　ソラがまた、ユーリの袖に触った。なぁに、と目をやると、彼は目顔《めがお》で隣のブースを示した。

　年配の男の人が、ブースの席に座ろうとして中腰になったまま、目を剝《む》いてこちらを見ている。そうか！　ユーリは透明人間だ。この人の目には、キーがひとりでにパチパチ動き、画面がスクロールしているように見えるのだ！

ユーリはゆっくりと後ずさりしてブースから離れた。年配の男の人は、画面とキーの動きが停《と》まったコンピュータを、気味悪そうに見つめている。やがておっかなびっくり近づき、指先でぽんとキーに触って、首をひねった。

「危ない、危ない。あたしもうっかりしてた」

「意外とね、忘れちゃうんだよね」と、アジュがやっと調子を取り戻して軽く笑った。

また手近な書架の陰に隠れて、ユーリは腕組みをした。「いずれにしろ、ここでは何もわからないね」

「お役に立てず、心苦しい限りです」と、女性の声がまた歎《なげ》く。

いいのよ、気にしないでとユーリは笑った。

「あたしもまだまだ、ゼンゼン未熟なんだもの」

「ユーリ様、学校の図書室にはおいでになりましたか?」

希望ヶ丘中学の図書室だ。「ううん、まだ」

「そこならば、ユーリ様がお探しの事柄《ことがら》を存じている本がおるやもしれません。やはり名前のない赤ん坊と子供らが大半ですから、多くは期待できませんけれども、学校の本たちならば、ユーリ様の兄上様のことだけではなく、まわりの事どもも見知っておるやもしれませんよ」

「そうね。行ってみるわ。ありがとう!」

ユーリは立ち上がり、図書館を出ることにした。ロビーの先に公衆電話があったので、そこから地元警察署に電話をした。希望ヶ丘中学校の同級生殺傷事件の件で取材を希望する者だと伝えると、何度か電話が回された上で、とりあえず受付に来てみてくださいという返答があった。

ユーリは「伊藤品子」と名乗った。特に反応はなかった。「また、あんたか? 先週来たばかりじゃないか」なんていうケースを想定する必要はなさそうだ。よし、このまま化身を通すことにしよう。

こういうことがテキパキできるのも、化身の力だろう。便利だけど、調子に乗っていると、本当の自分がどこにいるのかわからなくなりそうで、ユーリの心はけっして平《たい》らかではなかった。

「移動の魔法を使おう。オレが呪文を唱えてあげるよ」

図書館前の歩道の植え込みのところで、アジュがソラの懐から出ると、ユーリの肩の上に移ってきた。

「いいかい」

「よくない。先に説明しなさい。大半の本たちには〈名前がない〉って、どういうこと？」

ユーリの怖い声に、アジュはあさっての方向を見て鼻をぴくぴく動かしている。

「あのねユーリ。物語というものには、そんなに多くの種類はないんだ。十種類しかないんだよ。だけど、物語を内包した書籍は、もっともっともの凄《すご》い数、〝輪《サークル》〟のなかに出回ってるだろ？　でも、元をたどれば、どんな本もその十種類の物語のなかに収束しちゃうんだ。それを原型と呼ぶ」

人間は、ひとつひとつの書籍に題名をつける。分類するために便利だからだし、人間にとっては、題名をつけることも「物語を表現する行為」の一部だったりするからだ。

しかし、本来の「物語」――十種類の「原型」が冠《かん》する題名と、個々の書籍が持つ題名とは、まったく関係がない。

「だから、番号で用が足りるのさ」

世に出て、最初に置かれた場所で付けられた番号さえあれば、個々の書籍たちに不便はない。

「本には、自分で名乗らなくちゃならないときなんかないからね。人間の手で番号をつけられることがなければ、番号さえないままに〝輪《サークル》〟にいたって、何の困ったこともない」

〝輪〟に在《あ》る――人間の手で書かれ、まとめられ、印刷され製本されて生み出された多くの本たちの九九・九パーセントまでは、短命の存在である。永《なが》く〝輪〟にいることはない。すぐ〝咎《とが》の大輪《たいりん》〟に巻き取られ、また〝輪〟のなかに送り出されて、誰かの頭に、心に宿り、別の本になる。今度も九九・九パーセントの確率で、短命の本に。

これは書籍に限らない。物語を綴《つづ》るありとあらゆる媒体の「作品」に、同じことが言える。

ひやりと、ユーリの心に不穏な考えが湧《わ》いた。九九・九パーセントは、二つとない「固有の名前」には値せず、あってもなくても変わりのないもの。すぐに代わりが出現するもの。

それは、人間も同じじゃないのか。

嫌な考えだ。だいいち間違っている。人間の存在は一人一人が貴重なものだ。自分の考えを振り払うために、ユーリはことさら大きく、わざとらしく「えへん」と声を出した。

「じゃ、アジュという名前を持つあんたは、そういう本たちより偉いのね？」

咎の大輪に巻き取られず、永く〝輪〟に在る必要を認められた。だから名前も持っている。

「まぁ、旧《ふる》いことは確かだね」と、アジュは威張った。ハツカネズミのくせに、上手にふんぞり返るものだ。髭《ひげ》をピンピンさせちゃって。

「なのに、うっかりしてることもある、と」

〝黄の印〟って何？　ユーリはさらに声に凄《すご》みをきかせた。そちらの説明こそ聞きたいのだ。

アジュは小さな足を踏み換えて、ユーリの肩の上でもじもじした。

「それを正直に話したら――」

「話したら？」

「ユーリ、オレを嫌いになる」

しゅんと萎《しお》れて、鼻先を守護の法衣にくっつけている。そして髭を震わせながら一気に言った。

「だってそれは、オレがゼンゼン無力だったという話だから。オレがヒロキを助けられなかった、ヒロキを止められなかったという話だから。オレは『エルムの書』にかなわなかった。挑戦してみて、負けたんじゃない。あの書の魔力に、最初から太刀《たち》打ちできなかったんだ」

すぐには返す言葉が見つからず、突っ立ったままのユーリに、ソラが静かに歩み寄った。

「『エルムの書』は、黄衣の王の邪悪なる強大な力の一端を書き記した写本でございます」

「……うん、知ってる」

「その力の前で、アジュ殿は、兄上様の心に働きかけることができなくなりました。アジュ殿が本来持っている書の力を、『エルムの書』によって抑えつけられてしまったのです」

ユーリはアジュを優しくつまみあげて、胸元のポケットに入れた。

「でもアジュは、できる限り努力してくれたんでしょ?」

「ほんの始めのうちだけさ。すぐ、何もできなくなっちゃったから」

ガラスの箱に入れられたような感じだったという。周囲で起きていることは見えるけれど、音は断たれている。こちらの声は届かず、どれだけジタバタしても、アジュは森崎大樹に近づくことができなくなってしまった。

「……思い出しても情けないよ」

ごめんよごめんよごめんよ。アジュがごにょごによ謝《あやま》ると、胸元がくすぐったい。ユーリは思わず笑ってしまった。

「アジュ、可愛いね」

ユーリの笑顔にほっとしたのか、ソラの表情が緩んだ。「そのようにして、書籍が、黄衣の王の力により本来の能力を抑えつけられてしまうことを、

〝黄の印〟を付けられる、と申します」

　その印の効力は永く続き、他の無垢《むく》な本どもを怯《おび》え恐れ狂乱させる。

「それは、ひとつには、印に黄衣の王の力の片鱗《へんりん》が残っているからでございますが、もうひとつには、〝黄の印〟を通って、黄衣の王がその書籍に影響を及ぼし、変えてしまうことができると信じられているからでもございます」

　これにはユーリも驚いた。「そしたらアジュも？　アジュも影響されちゃうの？」

　アジュはあわてて首を出した。「オレは平気。たぶん何ともない。たぶんじゃなくて、絶対になんでもない！」

　オレは写本になったりしない。もしも覗《のぞ》き込むことができるなら、アジュがハツカネズミの小さな歯を食いしばっているのが見えそうだった。

「賢者もそう言ってた。保証してくれた。ユーリたちが無名の地に行ってる間に、いろいろ話してさ。そしたら、アジュは大丈夫だって」

　ユーリは納得することにした。賢者の言うことなら間違いあるまいし、ここであれこれ心配したって時間を食うだけだ。

「わかったわかった。それに、もしもアジュが〝黄の印〟のせいで変わってしまうとしても、逆にそれが黄衣の王を探す手がかりになるかもしれないしね」

　冗談半分のつもりで軽く言ってみたのに、アジュは色をなして怒った。

「おかしなこと言うなよな！　そんなのはあり得ない！　オレは変わったりしない！」

　気まずくなってしまった。ユーリも今度は本気で「わかったわ」と言い、謝った。

「もう、いいよ。早く行こう」

　アジュは守護の法衣の奥に隠れてしまった。

地元の警察署の建物なら、森崎友理子はよく知っている。家族でよく行く、安くて美味《おい》しいイタリアンレストランがすぐ近くにあるからだ。外壁は煤《すす》けた灰色、窓枠の色合いや形がいかにも旧式の、古びたビルである。

総合受付というところで名乗り、用件を伝えると、そこで十五分ほど待たされた。やがて制服姿の婦警が一人やってきて、机越しに「伊藤さんですか」と呼びかけた。

森崎美子と同じくらいの年齢の人だろう。身体全体がふっくらとしていて、顔つきも優しい感じの婦警さんだ。

「わたしは樫村《かしむら》と申します。先月来、森崎家の担当をしております。取材の申し入れということでしたが、森崎家の皆さんはマスコミの取材をお断りしております」

伝言がうまく伝わっていなかったらしい。

「私は森崎さんではなく、警察の捜査状況についてお尋ねしたくて参ったのです」

丸い目になだらかな下がり眉毛の樫村婦警は、ちまちまとまばたきをした。

「現在、当署ではこの事件に関する記者発表を控えております。新しい情報がございませんので」

「どなたか、担当の刑事さんにお会いできないでしょうか」

「皆、出払っております。大樹君の捜索を続けておりますから」

捜査ではなく「捜索」と、はっきり言った。

「何か手がかりは――」

「新しい情報はないと申し上げました」

森崎家をお訪ねになっても無駄ですよと念を押して、樫村婦警は行ってしまった。

「冷たいなぁ」と、アジュが言った。「ユーリ、あの婦警さんを知ってるかい？　ユーリの家の担当だって」

「知らないけど、分身は会ってるかも」

とりつくしまがないが、ああやって森崎家を守ってくれているのだという解釈もできる。現に、森崎美子と分身の友理子は、静かに生活しているようだった。

ともかく警察へ行けば何かわかるだろうというのは、安易な考えだった。記者や作家なら取材がし易《やす》いだろうというのも、頭が単純だった。本物の伊藤品子さんは、こういうときどんなアプローチを試みるのだろうか。

「どうする？　姿を消して忍び込んでみるかい？資料とか、探しにさ」

名案のように聞こえるが、実は得策ではないとユーリは思った。この建物のなかのどの部屋に、大樹の事件に関する資料が保管されているのか、見当もつかない。

同じことを考えているのか、傍《かたわ》らでソラが、迷子になったような頼りない眼差《まなざ》しでぐるりを見回している。

「ほかの方法を考えた方が良さそうだね」

ユーリが声をかけると、ソラはハッとしたみたいにまばたきをした。

「どうしたの？」

ユーリは彼の顔をのぞきこんだ。そして、自分と同じ黒色だとばかり思い込んでいた彼の瞳が、濃い紫色だということに気づいた。普段は黒色と見分けがつかないが、顔に光があたると、よくわかる。

何だかドギマギしてしまった。

「申し訳ございません。気が散っておりました」

「ソラはお巡りさんを見るの、初めてだろうからね」

「いえ……人の衣服や姿形には、驚くことはございません。それも〝輪《サークル》〟の内の物語の要素でございます故に」

　静かでございますねと、ソラは呟いた。

　ユーリも彼と一緒にまわりを見回してみた。そこここに人がいるし、話し声も電話の音も聞こえる。そこ静かという表現はあたらないと思うけれど、確かに騒々しくはない。

「何事も起こっていないかのようでございます」

「そりゃまあ、〝無名の地〟とは違うからさ」と、アジュが言った。「黄衣の王のことなんか、この領域《リージョン》の連中は知らないからね」

　ソラの言わんとするのは、そういう意味ではないはずだ。ユーリには察しがついた。

　森崎大樹のことなんか、みんな忘れている。忘れて、普通の日常生活を送っている。大樹が見つかろうが見つかるまいが、時間は流れる。

「仕方がないのよ――」

　そのとき、ユーリの心臓が変なふうにねじれた。

ユーリは掌《てのひら》で胸を押さえた。

　何だろう、これ。鼓動が飛んだみたい。

「いかがなさいました、ユーリ様」

　胸がどきんとしたの、と答えようとしたら、また動悸《どうき》がした。ひゅっとしゃっくりみたいに息が乱れた。

「おかしいわ」

　ユーリは足早に警察署の出入口に向かった。やかましい音をたてて自動ドアが開く。ドアのそばには誰もいない。通りの反対側を歩いてゆくサラリーマンが見えるだけ。ユーリは鍵言葉を口にして化身を解いた。

「おいおいユーリ、まずいよ！」

　化身のせいで鼓動が乱れてるんじゃないか。魔法の影響ではないか。とっさにそう判断したから化身をやめたのだけれど、鼓動の乱れはおさまらない。どんどん胸苦しくなってくる。ユーリは膝《ひざ》を折って前屈《まえかが》みになった。

「ユーリ様！」

ソラがユーリを抱きかかえる。アジュが肩の上に駆けのぼってきた。

耳の底がわんわんと鳴っている。自分の血のざわめき——だけではない。

叫び声だ。大勢の声が何か叫んでいる。ユーリに向かって叫んでいる。それに応えて、胸騒ぎがしているのだ。

学校。

急にそう思った。頭の奥に明かりが灯ったみたいだった。学校。大樹の学校だ。そこへ行かなくちゃ。あたし、呼ばれてる。呼ばれて——

そう、図書室だ。図書室の本たちがあたしを呼んでる。オルキャスト様、オルキャスト様、オルキャスト様！　おいでください、早く早く！

「アジュ、あたしを大樹の学校へ飛ばして！」

「えええ？　急に何でだよ？」

「何でもいい！　早くしないと間に合わない！」

「アジュ殿、お急ぎください！　ここはユーリ様のおっしゃるとおりにするのです！」

ソラにも叱咤《しった》されて、ようやくアジュは呪文を唱えた。

空をよぎり、ユーリたちは希望ヶ丘中学校へと移動した。降り立ったところは校庭だった。衣の裾をかすめるほどの近いところを、揃いの体操着姿の生徒たちがランニングしてゆく。

ユーリの胸騒ぎはまだ止まらない。キッとして顔を上げると、悲鳴のように呼びかけてくる大勢の声の源を探した。建物の三階の、あの窓だ。ガラスがぴかりと光った。あれが図書室だ。

「走るわよ！」

ユーリは駆け出した。ソラはぴったりついてくる。二人の黒い衣が翻る。アジュは振り落とされそうになり、ユーリの髪にしがみついた。

　階段を駆けのぼり、図書室に近づいてゆくにつれて、叫び声はどんどん大きく、鮮明になってゆく。もう、はっきりと言葉が聞き取れる。オルキャスト様、お助けください！　この者をお救いください！

　ユーリは図書室に飛び込んだ。右側に受付用の長机。ほとんど真四角の部屋に書架が整列している。閲覧スペースはなく、折りたたみ式の脚立《きゃたつ》が立てかけてある。

　人気《ひとけ》はない。授業時間中で、生徒たちはみんな教室にいるのだ。

　図書室は明るい。角部屋だから壁の二面が窓で、いっぱいに陽《ひ》がさしこんでいる。宙に漂う埃がキラキラ光って見える。

　本たちが悲鳴をあげる。オルキャスト様、オルキャスト様！　お助けください！

　そよ風がユーリの鼻面を撫でた。どこか、窓が開いてる！

　ごとりと音がした。ユーリは鞭《むち》で打たれたかのように、その音の方向へ飛び出した。幅広の書架に遮られていた光景が目に飛び込んできた。窓際。半分ほど開いたガラス窓。脚立を踏み台に、そのガラス窓の縁によじ登り、手すりに手をかけて、身を乗り出している制服姿の女の子――

　前後を忘れ、ユーリは彼女に飛びついた。ソラも飛んだ。彼の両手が女の子の肩をつかんだ。ユーリは彼女の胴にしがみついた。

「何してるの！　やめなさい！」

　声を限りに叫び、力いっぱい後ろに引っ張ると、女の子は呆気《あっけ》なくガラス窓の縁から転げ落ちた。ユーリとソラと三人、こんがらがって床に倒れた。

　ユーリはしたたか頭を打って、目から火が出た。ウソみたい。守護の法衣も、こういうアクシデントからは守ってくれないのかしらん？

「イッた～い！」

「ユーリ様！」

ソラは女の子の下敷きになり、起き上がれずにもがいている。ユーリは横に転がって、両手で頭を抱えた。

途端に、女の子が跳《は》ね起きた。横座りになり、両手を床について。目が飛び出しそうだ。血の気のない顔に、色のないくちびる。

「だ、だ、誰？」

甲高《かんだか》く、調子のはずれた声だった。彼女の声が合図になったみたいに、本たちの叫びがぴたりと止んだ。

「誰？　誰かいるの？」

ユーリの声が聞こえたのだ。女の子は両手を宙に振り回し、声の主を探そうとしている。彼女の指先が、ユーリの身体の三十センチほど上の空気をつかんだ。

ソラがやっと起き上がり、ユーリを助け起こしてくれた。女の子は膝立《ひざだ》ちになり、さらに周囲へと腕を振り回す。

「誰？　今わたしに触ったでしょ？　誰なの」

彼女には、あたしとソラの姿が見えない。触れることもできない。

どうしようか——という問いかけを込めて、ユーリはソラの腕をつかんで顔を見上げた。ソラは食い入るように女の子を見つめている。

小柄でやせっぽち。短く切った髪が、癖毛なのか寝癖なのかツンツンはねている。制服の白いブラウスと、野暮ったい（と、大樹もよく言っていた）デザインの吊りスカート。

それだけならば、特に目立つところのない女の子だ。が、彼女にはひとつだけ大きな特徴があった。右目の上に、傷跡がある。虫が這《は》ったようにくねくねと、虫に刺されたみたいに腫れていて、そのせいで右の瞼《まぶた》が半分ふさがっている。

女の子の表情が動いた。怯えている。怖がっている。が、くちびるからこぼれ出たその声には、期待と希望、そして喜色《きしょく》が混じっていた。

「森崎——君？　森崎君なの？」

# 第七章　囚われの姫君と白馬の騎士

呼びかけながら、女の子は立ち上がると、そろそろと歩を進め、さらに広い範囲を手探りし始めた。ぱちりと瞠《みは》った左目が、興奮で輝いている。

「森崎君なの？　帰ってきたの？」

たじろいでいるのはユーリだけではなかった。ユーリを抱き支えてくれているソラは、背中を突っ張らせ、両肩に力を込めて固まっている。彼の顔をふり仰《あお》いだユーリは、濃い紫色の瞳の奥で、彼の心が揺れ動いているのを見た。

「ソラ、大丈夫？」

囁《ささや》き声で何度か呼びかけると、ようやくソラはまばたきをして、口を半開きにしたままユーリに向かってうなずいた。

「ユ、ユーリ様、お怪我《けが》は」

「どこも何ともないみたいよ」

二人は立ち上がった。両手で空間を探りながら、女の子は壁際の書架のところまでたどり着き、そこでまた、無人の図書室に向かって呼びかける。

「森崎君、ここにいるなら返事して。ずっと心配してたんだよ」

泣き出しそうなのを、懸命に堪《こら》えている。

「あたし、一人じゃ、心細くて。早く森崎君が帰ってきてくれないかって……」

あまりにも親しく、遠慮がなく、親愛を通り越して情愛の匂《にお》いさえする懇願だ。空間を手探りするほっそりとした手先、指先の動きにも、躊躇《ためら》いや怯《おび》えはない。ボーイフレンドの腕を探してるみたいだと、とっさにユーリは思った。というより、感じ取った。

「あの方は――お目が不自由なのでしょうか」

ソラが動揺に調子を失った声で呟《つぶや》く。違うと思うよと、ユーリが答えようとしたとき、

「あら！」

女の子が足を止めた。彼女の爪先《つまさき》から三十センチと離れていない場所に、アジュがちんまりと身をすくめていた。さっきユーリが転んだとき、床の上に放り出されて、そのまま守護の法衣の内側に戻るタイミングを失ってしまったのだろう。

ハツカネズミのアジュは、その小さな身体《からだ》全体で、「しまった！」と叫んでいる。見つかっちゃった！

幸い、女の子はネズミが苦手ではないようだった。小首を傾《かし》げて、しげしげとアジュを見つめている。と、膝《ひざ》を折ってかがみ込みながら、今にもアジュを捕らえようと手を出した。

とっさに、ユーリは腹を決めた。素早く、守護の法衣のフードを取り去ると、声をあげた。

「驚かせてごめんなさい」

女の子は子鹿のように俊敏《しゅんびん》に振り返った。その喩《たと》えは、「俊敏」の方にかかる言葉ではない。女の子の容姿そのものにぴったりな表現だった。

ユーリはローブの前をくつろげ、自分の姿ができるだけ女の子の目に見えるようにした。そして、フードのせいで乱れた髪をひとふりして、正面から女の子と向き合った。

「さっき窓から飛び降りようとしていたあなたを止めたのは、わたくしです」

女の子が初めて怯えを見せた。後ろを確認せずに後ずさりをして、後頭部を書架の棚にごつんとぶつけた。

アジュがすかさず走り出し、さっと伸ばしたユーリの腕を伝って肩の上へと駆け登る。女の子は左目だけでその動きを追いかけた。両腕でしっかりと身

体を抱きしめ、震《ふる》えている。

「どうぞ怖がらないで。わたくしはあなたを害する者ではありません」

精一杯の威厳《いげん》を込めて、ユーリは言い放った。直感的に、この場で女の子の心にストレートに届くのは、優しさや労《いたわ》りではなく、威厳であるはずだと思った。

それは正解だった。女の子はゆるゆると息を吐き出した。

「あなた……誰？」

ユーリはわずかに顎《あご》をそらし、肩を張り、しっかりと視線を据えて、答えた。そうだ、賢者の口調を真似《まね》しよう。

「わたくしは本の精です」

ソラが唖然《あぜん》としてユーリを見つめる。アジュはユーリの耳たぶにつかまる。

「この図書室にいる本の精です。化身と申し上げてもよろしいでしょう」

言葉を続けながら、ユーリはゆっくりと一歩前に出た。女の子は書架に張りついている。

「あなたが命を捨てようとしていることを知り、お止めするために、この姿で出現しました」

そう言って、ユーリは足を揃えて一礼した。今度は、無名の地で無名僧《むめいそう》たちがしていたお辞儀を真似したつもりだ。

「肩の上のこの白いネズミは、わたくしの使い魔です。魔と申し上げても、これもまた危険なものではございません。魔導《まどう》の魔、魔法の魔とお考えください」

書物のみが持ち得る魔導の力です。

我ながら、自信に満ちた言いように聞こえた。

女の子の肩が、すとんと下がった。書架に背中をくっつけたまま、座り込んでしまう。スカートの裾《すそ》が乱れて、膝小僧《ひざ》が丸見えだ。ユーリは彼女に近づき、片手を差し伸べた。

「どうぞお立ちください」

向こうの書架の脇に、教室で使う椅子が二脚、重ねて置いてある。

「まずは、落ち着いて腰掛けましょう」と、ユーリは女の子に微笑《ほほえ》みかけた。

女の子は素直に手を差し出した。魅せられたようになっている。

初夏の陽気だというのに、彼女の掌《てのひら》も指も冷え切っていた。ユーリは女の子の腕を取って、怪我《けが》人を導くように歩を運び、椅子に座らせた。そして彼女から少し離れたところに二脚目の椅子を据え、自分も腰をおろした。

ソラが静かに、ユーリの背後に立つ。

「お気持ちは静まりましたか？」

ユーリの問いかけに、女の子は片手を心臓の上にあてると、鼓動を確かめるように軽く押さえた。

「うん……大丈夫……みたいです」

「それはよかった」

「どうも、ありがとう」

間近に見ると、整った顔立ちをしていた。右目の傷跡は痛ましいけれど、それが女の子の美しさを損ねているようには思えない。不思議だった。不幸な事故か、邪悪な悪戯《いたずら》により傷つけられた、天使の像でも見ているような気がする。

「あのようなことをなさってはいけませんよ。あなたの大切な命は、ひとつしかありません。そしてあなたの命は、あなただけのものではないのです」

初めて着ける威厳の仮面《ペルソナ》に、早くも酔っぱらい始めていたユーリは、つい調子に乗ってお説教をした。

と、女の子はさっと顔を上げて言い返してきた。

「どうしてそんなふうに言えるの？　命はあたしだけのものよ。誰も、あたしが死んだって困らないんだから」

ユーリの酔いは、呆気《あっけ》なく醒《さ》めた。え、だってと、威厳の欠片《かけら》もない言葉が口から飛び出す。

「で、でもご両親が」

「パパもママも、気にしやしない。パパなんか、お葬式にだって来ないわよ」

どうやら、女の子の家庭には複雑な事情があるようだ。ユーリは大慌《おおあわ》てで態勢を立て直し、必死に頭を巡《めぐ》らせた。さあ、何と言おう？

――お兄ちゃん。

この女の子は、恋人を呼ぶように呼びかけていた。求めていた。

「それでも、森崎大樹《ひろき》君は悲しむでしょう」

絶大な効果があった。女の子はブラウスの胸元をつかむと、うなだれた。細い肩がまた震え始める。

「わたくしたち本の精も、あなたがお命を粗末にすることを悲しく思います。あなたがわたくしたちを愛してくださっていたから」

ユーリは、自分でも意識しないうちに、「かまをかける」という手段をとっていた。こうなっては仕方がない。今度はこっちが手探りで進むのだ。

「よく、ここに来てくださいましたよね」

女の子はうなずいた。このかまは中《あた》った。森崎君とご一緒に――と、続けてしまっていいものかどうか、ユーリが十分の一秒のあいだ迷っているうちに、女の子の方から言った。「いつも森崎君と、ここで本の話をしてた。一緒に図書委員をしてたから」

ユーリは大きく微笑《ほほえ》んだ。「存じ上げておりますよ」

アジュが耳元でちゅうと啼《な》いた。ユーリ、また調子こくんじゃないよという忠告か。

が、これがいい間合いをとってくれた。女の子は弱々しく笑みを浮かべると、アジュを見た。

「そのネズミ、可愛い。名前は何ていうんですか」

「アジュと申します。見かけは可愛らしいですが、実は大変な年寄りなのですよ」

「そりゃないよ、ユーリ！」突然、アジュがいつものアジュとしてしゃべり始めた。「オレも本の精なんだからね。そりゃ人間よりはうんと長生きだけど、年寄りじゃない。まだ若者だ！」

女の子の目が丸くなった。傷跡に塞《ふさ》がれた右目さえ、ぐいと動いた。

あ〜あ、台無しだ。

「もう、おとなしくしてられないのね、アジュ」

「いつまでもネズミのふりなんかしてられないよ。こんにちは、嬢ちゃん」

アジュは尻尾《しっぽ》をぷるんと振って、薄ピンク色の鼻先をふるふるさせながら、女の子に挨拶《あいさつ》した。

「嬢ちゃんの名前は何ていうんだい？　オレは知らないからさ、教えておくれよ」

これもまた作戦である。アジュは周到《しゅうとう》だ。

「乾《いぬい》みちるです」女の子はすぐに答えてくれた。

「ヒロキの同級生かい？」

うなずきかけて、女の子はハッとした。「アジュ——さん、森崎君のことは知ってるの？」

「うん。みちるちゃんと同じように、ヒロキのことを心配してるからね。オレだけじゃない。ユーリもそうだ。本の精たちは、みんなヒロキの身を案じてる」

それから、オレのことは呼び捨てでいいよ。

「わたくしの名はユーリ」と、ユーリはもう一度軽く礼をした。「謂《い》われのある名前ですが、説明していると長くなりますので、お許しください、みちるさん」

みちるがふっと頬《ほお》を歪《ゆが》めたので、ユーリは彼女の目を見た。気を悪くしたのかな？

でも瞳は明るい。

「あたし、あだ名とか全然なくって」

指先で口元を押さえながら、みちるは言った。

「乾さんとしか呼ばれたことがないから、みちるさんって呼ばれると、何だかヘン」

「きれいなお名前です」と、ユーリは言った。

あだ名がない。それだけで、年下とはいえ同じ少女であるユーリには、乾みちるの寂しさが感じ取れた。それはまた、裏付けでもあった。みちるが、同級生たちは皆教室にいて授業を受けているこんな時間帯に、一人でこっそりと図書室にいることの意味の。

自殺を図ろうとしていたことの理由の。

それでも尋ねてみた。「今は授業中でしょう。図書室にいて、先生に見つかったら叱《しか》られませんか？」

「大丈夫。こっそり忍び込んだから。あたし、今はまた、学校に来てないの。知ってるでしょ？」

ユーリは彼女の目を見つめたまま、ゆるくうなずいてみせた。

「森崎君がいなくなっちゃってから、また学校を休んでるの」

みちるは強くくちびるを嚙《か》みしめる。

「でも、図書室には来たくなるから——どうしても来なくちゃいけなくなるから、そういうときは忍び込んでくるの。それに、先生は叱らないよ。そういう約束になってるから」

「約束？」

「図書室登校でもいいって」

教室には入れないが、図書室なら入れる。保健室登校みたいなものか。

「でも、休み時間になると誰か来るかもしれないから、あんまりグズグズしてられない」

みちるの小さな整った面立《おもだ》ちに、にわかに恐怖の色が走った。誰にも会いたくないのだ。

「それなら大丈夫。もしも誰か来たら、出て行ってしまうまで、わたくしがあなたの姿を隠して差し上げます」

と、ユーリが言い終わらないうちに、授業の終了を報《しら》せるチャイムが聞こえてきた。みちるは目に見えて震え上がった。

「休み時間はどのくらい？」

「ご、五分」

たちまちのうちに、図書室の外の世界に、生徒たちの放つ喧噪《けんそう》が溢《あふ》れ始めた。ドアが開け閉《た》てされ、笑い声が響く。足音が駆け抜ける。

ユーリはそっと立ち上がり、みちるのそばに寄ると、守護の法衣で彼女をすっぽりと頭から包み込んだ。口元に人差し指をあてる。

「これで安心。ちょっと目をつぶっていてね」

みちるの身体は強張《こわば》り、冷たい汗をかいていた。呼吸が速い。本当に怖がっている。図書室の外の世界を。そこにいる生徒たちを。

ユーリは、空《から》になった椅子のうしろに姿勢正しく立ったままのソラを見た。彼はみちるを見つめていた。頭が少しだけ傾《かし》いでいる。初めて見るものに見とれているような顔だ。目が離せずにいるみたいだ。

またチャイムが鳴って、静寂が訪れた。幸い、短い休み時間に、図書室に踏み込んで来る生徒はいなかった。

「さあ、またゆっくりできます」元の椅子に戻って、ユーリは座った。

「ユーリ、小さいのね」と、みちるが言った。「小学生ぐらいの感じ。あたしを怖がらせないために、わざとそう化身してくれてるの？」

刹那《せつな》、ユーリの心の一角を、そうよホントは小学生の女の子で、森崎大樹の小さな妹で、アジュに「嬢ちゃん」と呼ばれたこともあるのよ、という想《おも》いがよぎった。よぎっただけだった。

「この姿が好きなのです」と、静かに応じた。

「アジュとも釣り合いがとれますし」

「そうね。ペットのハツカネズミを連れてる、小さい女の子だね」

みちるは、さっきよりもやや大きく微笑《ほほえ》んだ。笑みと一緒に声が溢れ出てきた。

「森崎君には、小学生の妹がいるの。よく話してた。うちのチビ友理、うちのチビ友理って」

突然の驚きに打たれても、ユーリは強くなっていた。乱れることはなかった。

「きっと悲しんでるよね。お兄ちゃんがいなくなって、泣いてるよね」

乱れたのはみちるの方だった。微笑んだことで、今まで彼女のなかで保たれていた危ういバランスが崩れたのだ。堰《せき》が切れた。

「あたし、謝《あやま》りに行かなくちゃ。森崎君があんなことをやったのは、全部あたしのせいなんだから。何もかもあたしが悪かったんだから。ちゃんと謝らなくちゃいけないの。だけどできなかった——できなかった！」

溢れ出てきたのは告白だった。我知らず、ユーリは周囲に、心のなかに、つかまるものを探した。突然の告白に、押し流されてしまう。今度こそは驚きで顔色が失《う》せるのが、自分でもわかった。

そのとき、アジュの小さな手が、ユーリの耳たぶをぴちりと打った。長いしっぽがユーリの首筋を優しく撫《な》でた。後ろに立っていたソラが、揺れかかるユーリの肩先をつと押さえた。

ユーリは首をよじり、ソラを振り仰いだ。ソラはまだ、食い入るようにみちるを見つめていた。濃い紫色の瞳に、みちるの制服の白いブラウスが映っている。

アジュがユーリの耳に鼻先をくっつけて、しっかりするんだよユーリと囁いた。こんな場なのに、ふき出してしまいそうになるほどくすぐったい。

みちるは顔をくしゃくしゃにして泣き出した。身を折って椅子から落ちそうになりながら、頭を抱えている。ユーリはふわりと守護の法衣を翻《ひるがえ》して立ち上がると、しゃがんで彼女に寄り添った。

「そういう苦しい思いが募《つの》って、命を捨てようとしたんですね？」

みちるは戦慄《おのの》きながら、何度も何度も頭を上下させて、うなずいた。その背中を、ユーリはゆっくりと撫でた。そうするうちに、自分も撫でられているような優しい気持ちになってきた。

「辛《つら》かったでしょう。重荷だったでしょう」

みちるは声をあげて泣いた。堰の内側の淀《よど》んでいた水が、どんどん流れでてゆく。ユーリはその流れの縁に、しっかりと立っている。

「重荷を下ろしましょう。わたくしに教えてください。あなたが何を堪《た》え忍んできたのか、森崎君がなぜあのようなことをしてしまったのか。わたくしは——」

ううん、と強くかぶりを振って、

「もう堅苦しいのはやめ！　あたしはねみちる、本の精だから、すごくいろんなことを知ってるけど、でも現実世界のことはつかみきれないの。だって本なんだもの。自由に一人でどっかへ行って話を聞いたり、調べたりはできないから」

ユーリは目を上げて、図書室の本たちを見回した。沈黙のうちに、支援してくれる力を感じる。ユーリもまた本たちに、無言でうなずき返した。

「みちる、話してちょうだい。いったい何があったの？　それがわかれば、あなたと森崎君を助けるために、あたしたち本にもできることがあるかもしれない」

しゃくりあげながら、みちるは身体を起こした。顔は涙に濡《ぬ》れ、目の縁が真っ赤だ。右目の傷跡がなおさら痛々しい。乱れた前髪が彼女の額と頬にかかるのを、ユーリはそっと撫でつけてやった。

「あなたはあたしたち本を愛してくれた。だからあたしたちは、あなたの味方よ。あなたの友達。信じて、打ち明けてちょうだい」

みちるは涙をぽとぽと落とし、スカートのポケットからハンカチを取り出すと、顔を拭《ふ》いた。ハンカチはしわくちゃで、湿っぽい感じだった。ユーリたちと出会う前にもこうして泣き濡れて、ハンカチを使ったのだろう。

「森崎君は、ね」

切れ切れに言い出し、みちるは苦しそうに息をついた。ユーリはまた彼女の背中をさすった。

「あたしを、助けてくれたの」

「助けた？」

「あたしが虐《いじ》められてるのを、そういうことは良くないって、クラスのみんなに訴えてくれたの。かばってくれたのよ」

二人は、一年生のときのクラスメイトだった。

「入学してすぐのころから、あたしのことをいじめる子たちはいたのよ。でも、それほど酷《ひど》くはなかった。うんと酷く、開けっぴろげに、大勢でいじめるようになったのは、二学期に入ってからだった。たぶん、体育の授業でプールが始まったことがきっかけだったんだろうと思う」

ユーリはまばたきをして、尋ねた。

「クラスのみんなが、あなたの何をいじめるっていうの？　あなたの何が悪いっていうのよ」

みちるは左目を大きく瞠り、じっとユーリを見つめた。「ユーリ、あたしの顔を見て何とも思わない？」

「目のところの、傷跡のこと？」

うなずいて、みちるはその傷に指で触れた。

「三歳のときに、家の二階のベランダから落ちちゃったの。落ちたところに、ガーデニング用の道具が置いてあって……」

金属の道具で顔を切り、危うく、右目の視力を完全に失うところだったという。

「怪我《けが》をしたときと、それから一年ぐらい経《た》ってから、二度手術を受けたの。お尻と腿《もも》の裏側の柔らかい皮膚をとって、移植したのよ。だからその傷跡は、身体の方にも残ってる」

プールの授業が始まったことで、女子のクラスメイトたちに、それを見られた。そのことが、いじめが拡大するきっかけだったというのだ。

「気味が悪かったんでしょうね。無理ないよ。自分でも鏡を見るのがイヤだもの」

入学当初から、みちるは一部のクラスメイトたちに、「お化け」と呼ばれていたという。傷跡が身体にもあることがわかると、その陰口《かげぐち》には遠慮がなくなった。

「もちろん、そんなひどいことを言わない子もいるよ。でも、あたしをかばうことはできない。かばえば、今度はその子がいじめられるから、知らん顔をしてるしかなかったの」

ユーリは口を真一文字に結んでいた。怒りで言葉が出てこない。

みちるがいじめられたことの、メカニズムは理解できる。が、いじめる連中の心性《しんしょう》の卑劣さ、汚さは理解できない。理解したくない。

「――つまり、そういう連中は、あなたの顔の傷跡をサカナにして、あなたをいじめたりからかったりしたわけね？」

あまりに凄《すご》みをきかして問いかけたので、知らない人には、みちるを脅《おど》かしているように聞こえたろう。

「そう……」

「理由はそれだけね？」

みちるはぴくりとひるんだ。「わかんない。何を言われても、あたしが笑い飛ばしてたら、少しは違ってたのかもしれない」

「そんなことない。あなたは悪くない」

ユーリは歯を食いしばっていた。

「あなたをいじめた連中の、何ていうのかしら、首《しゅ》謀者《ぼうしゃ》？　主犯格？　そいつらは男子？　女子？」

「最初は男子だったけど、二学期に入ってからは、女の子たちも……」
五、六人だという。
「みんな名前はわかるわよね？　あたしに教えてくれない？」

「ユーリ」と、アジュが割って入った。「少し落ち着けよ」

「何で落ち着いていられるの？　落ち着いてなんかいちゃいけないのよ、アジュ！」

ユーリは叫んだ。拳を握りしめて、振り上げる。

「こんな邪悪なことがある？　許されていいわけがないでしょ？　みちる、あたしにそいつらがどこの誰だか教えなさい。アジュ、呪文を探してちょうだい」

「どんな呪文さ？」

「そいつらをまとめて〝無名の地〟に送り込んでやるのよ！　頭を剃《そ》り上げて裸足《はだし》にしてボロボロの衣《ころも》だけ着せて、残りの一生を〝咎《とが》の大輪《たいりん》〟を押して暮らさせてやる！　そいつらにこそ咎人《とがびと》の汚名がふさわしいわ！」

金切り声で叫び、思わず立ち上がったとき、ソラと目が合った。悲しげな紫色の瞳を見た。

「あ、ごめん」

ソラはその「頭を剃り上げて裸足でボロボロの衣を着た」無名僧《むめいそう》なのだ。咎人なのである。その上さらに、放逐《ほうちく》された咎人だ。

「バカなことを言うんじゃないよ、ユーリ」

アジュの声は、急に老成した響きを持った。

「たとえオルキャストでも、そんな力は使えない。

そんな呪文もない。〝輪《サークル》〟のなかから勝手に人間を選び出し、無名の地に追放することは、オルキャストの力でできることじゃないんだ」

「じゃ、誰にならできるのよ？」

ちょっと黙ってから、アジュは髭《ひげ》を震わせながら答えた。「物語の神だ。たぶん」

たぶんという表現の腰が引けた感じに、ユーリの血圧は下がった。

「物語の神？　そんな神様がいるの？　神様だって物語なんでしょうに」

「だから」アジュはハツカネズミのくせに、やけに上手にため息をついた。「それは深秘《じんぴ》なんだ。触れてはいけない謎《なぞ》だ」

「賢者がそう言ってるの？」

アジュはちいさな両手で鼻の頭を隠して丸まりながら、また「たぶん」と答えた。

「賢者たちが言ってた、あなたがまだ若いっていうのは、そういう意味なのね」

ソラが穏《おだ》やかに声をかけてきた。「ユーリ様、みちる殿が困っておられます」

そのとおり、みちるは困惑で固まってしまっている。

「そうだね。ごめん。ありがとう」

うっかり、ソラに向かって言ってしまった。と、途端にみちるの凝固が溶けた。

「ユーリ、今、誰に向かってありがとうって言ったの？」

彼女にはソラの姿は見えないのである。

「何でもない。独り言」と、笑ってごまかす。アジュがユーリの肩から腕を伝って下りて、ぴょんとみちるの膝《ひざ》の上にジャンプした。

「オレ、ちょっとみちると一緒にいようっと。ユーリは怖いから」

失礼な。でも、みちるが嬉《うれ》しそうに指先でアジュを撫《な》で始めたので、鉾《ほこ》を収めることにした。

「で、森崎大樹君は、そういうバカな連中に反旗を翻したわけね？」

みちるはアジュを掌に載せ、うなずいた。

「いつごろのこと？」

「去年の十月だったかな……。最初はホームルームで意見を言ってくれて」

「さっき、二人で図書委員をやってたって言ったよね？　なら、森崎君はもっと早くに、あなたがひどいいじめに遭《あ》ってることに気がつかなかったのかしら？」

思いがけず、みちるははにかんだように微笑《ほほえ》んだ。

「森崎君みたいな人気者で忙しい子は、あたしのことなんか、フツーだったら眼中にないよ。それに、最初のうちはあたしをいじめる子たちも、大っぴらにはやらなかったから」

「森崎君は、クラス委員ではなかったの？」

そんなやりとりを聞いた覚えがあるのだ。森崎美子と大樹が話していた——あんた、クラス委員に推薦されたんでしょ？　どうするの？

「部活が忙しいから、図書委員ならやりますって、自分から言ったのよ。ヒマそうだから」

「みちるは本が好きだから、立候補したの？」

「女子の図書委員は、くじ引きで決めたの。みんなやりたがらなかったから」

あたしは、どんな委員だろうと、立候補なんて目立つことはできないと、小さく言い添えた。

「で、あとから森崎君が決まったと」

「うん」

ユーリは内心で考えた。みちるにとっては、それも不運だったかもしれない。一部の女子たちのなかに、みちるへの嫉妬心《しっと》が芽生えたのではないか。もちろん、学年が始まったばかりのころは、まだ何ともないだろう。が、だんだん森崎大樹の人気が高まってくるにつれて、なんであんな——心のなかで考えるのも嫌な表現だけれど、そいつらはそう言っただろうから——なんであんなおばけが、森崎君と二人で図書委員をやってるんだよっていう、ヤキモチが始まったのではないか。

「いじめが大っぴらになってきたんで、森崎君は気がついた、と」

そしてみちるのために戦った。これは正しいことじゃない。恥ずかしいことだ。みんなそうは思わないかと呼びかけた。

「それまでは見て見ぬふりをしてた子たちも、あの森崎君が先頭に立ってくれたから、怖がらなくてもよくなって——」

みちるに対する手ひどいいじめはやんだ。封じ込められた。

「一年生の三学期は、あたし、毎日学校に来られたの」と、懐かしむように目を細めて、みちるは小さく呟いた。

それは本当に良かった。が、

「そのあいだ、先生は何してたの？　先生も、森崎君が立ち上がるまでは見て見ぬふり？」

みちるは大慌てで首を振った。「そんなことない！　兼橋《かねはし》先生は、一生懸命あたしを励ましてくれたし、いじめをしてる子たちを叱ってくれたの」

兼橋昭子《あきこ》という、若い女性の先生だそうだ。英語を教えている。

「だけど……兼橋先生はまだ新米で、担任は初めてで……それにあの……」

ひどく言いにくそうに口をすぼめて、みちるは説明した。いじめグループの生徒たちの親に、いわゆる「文句の多い保護者」がいて、兼橋先生がいじめの件で指導をすると、すぐ学校へ怒鳴り込んできたり、教育委員会に電話したりして、

「それがあんまり強引で、あの……ウソも多くって、

だからいつも、兼橋先生の方が悪いみたいにされちゃって」

ユーリはまた奥歯を食いしばった。「校長先生は何をしてたの？」

みちるが黙っているので、ユーリは自分から言った。「兼橋先生の味方をせずに、あなたの味方もせずに、うるさい親にぺこぺこして、知らん顔してたわけね？」

さっきのアジュと同じようにうなだれて、みちるは「たぶん」と小声で答えた。

「みちるのお父さんお母さんは？」アジュが長い髭《ひげ》を震わせながら尋ねた。「みちるが辛《つら》い思いをしてたんだ。きっと心配してたろ？」

少し持ち直していたみちるの顔色が、一気に白くなった。口元が震えて、肩が落ちる。

「あたしがベランダから落ちたとき、ママが一緒にいたんだけど」

ほんの一分、目を離しただけだった。

「それでママ、すごくパパに叱られて。パパの方のお祖父《じい》ちゃんお祖母《ばあ》ちゃんにも叱られて」

夫婦仲がこじれてしまい、結局、みちるの事故から間もなく離婚したのだという。

「それからママは、一人で働いてあたしを育ててくれたの。ママ、いつも疲れてる。だからいつも不機嫌なの。あたしが学校にあがると夜の仕事をするようになって、すごくお酒を飲むようになって、それも良くないんだと思う……」

みちるの母親には、みちるをかまっている心の余裕がないのかと、ユーリは考えた。

「パパは？」

問いかけに、みちるは一瞬、何か巨大なものに挟まれて押しつぶされかけているかのように、苦しげな顔をした。

「パパは、あたしの顔を――見られないって」

見られない。見たくない。

「離婚したきり、あたしはいっぺんも会ってない。もう再婚して子供もいるし」

　みちるの声が乱れて裏返った。でも、涙は出てこない。あまりの悲痛に、心が灼《や》けて涙が乾いてしまうのだ。両手の指を鉤《かぎ》のように曲げて、今にも自分の顔をかきむしろうとするかのようだ。

「だからママは、あたしのこと恨んでる。パパと大恋愛で結婚したんだって。なのに、あたしのせいで駄目になっちゃったんだ」

「それは違うよ！」

　アジュがみちるの肩に駆け上がると、彼女の指に飛びついて、しっぽを大きくぶらりとさせ、彼女の顔から引き離した。

「みちるのママはね、自分のことを責めてるんだ。それがあんまり辛《つら》いから、みちるにも優しくできないんだ。みちるのことを恨んでなんかいるもんか！」

　みちるはアジュを両の掌ですくい取ると、そこに顔を埋めた。アジュは温かく柔らかな白い毛皮を彼女の顔にこすりつけて慰めている。

　冷え冷えとした思いが、ユーリの胸に落ちてゆく。あまりの冷たさに、心が凍傷を負ったのだろうか。きりきりと痛い。

　みちるの身に起こったことは、誰の身の上にも起こり得る事故だった。とても不幸な事故だった。それが次から次へとさらなる不幸を呼び、みちるを苦しめてきた。

　幸せは、何と脆《もろ》いものだろう。喜びは、何と容易《たやす》く奪《うば》い去られるものだろう。当たり前のように享《きょう》受《じゅ》しているうちは、わからないけれど。

　そして——邪悪は、何と巧みに人の心の隙《すき》に付け入るものなのだろうか。

　嫉妬《しっと》。怒り。罪悪感。取り返しのつかないことへの後悔。悲嘆。哀れみ。すべて、それ単体では害のないものだ。人が誰でも心に抱くものだ。むしろ、それをまったく抱くことのない心は、心として死んでいるとさえ言っていい。

が、ひとたびそこに邪悪が棲《す》み着くと、すべてが変貌《へんぼう》してしまう。邪悪は嫉妬に、怒りに、罪悪感に後悔に悲嘆に哀れみに、形を与える。それを表出するエネルギーを与える。

エネルギーは常に、「敵」を求める。「的《まと》」を欲する。

みちるは顔に傷を負い、心に傷を負った。父親に見捨てられ、母親との絆《きずな》を見失った。校長先生たちは見て見ぬふりをした。若い担任教師だけが味方になってくれたけれど、彼女の力は弱かった。みちるを取り囲む邪悪の軍勢は、強大な力でみちるに迫っていた。みちるには、逃げ場がなかった。

囚われの、塔のなかの姫君だ。

ふと、そんな喩えがユーリの心に浮かんだ。うん、そうだ。みちるの華奢《きゃしゃ》な姿、寂しい色をした美しい瞳は、頼るべき祖国を失い、王宮を追われて敵の虜《りょ》囚《しゅう》となった高貴な姫君にぴったりだ。

そして森崎大樹は、孤立無援の美しい姫君を助けに馳《は》せ参じた、白馬の騎士だったのだ。

「――英雄」

思わず、ユーリは声に出して呟いた。みちるが顔を上げた。

「みちるにとって、森崎君は英雄だったんだね」

みちるはうなずいた。

アジュの黒い瞳がひたとユーリを見据える。何か言おうと髭を動かして、やめた。

「英雄とお姫様は、敵を平《たい》らげたあと、いつまでもいつまでも幸せに暮らせるはずじゃないの？　お話ではそういうことになるのに」

そう。物語では。

「なぜ森崎君は、二年生になって、今の今になって、あんな事件を起こしたんだろう」

ユーリを見つめるみちるの黒い瞳に、みるみるうちに涙が溢れ始めた。いや、涙ではない。透明だけれど、これは血だ。ユーリにはわかった。みちるの心を抉《えぐ》った、いちばん新しい傷口から血が流れ出ている。

「だから、あたしのせいなの」

森崎大樹は、みちるを助けた。まさに英雄的行為で、彼女を救った。

「二年生になったら、今度は森崎君がクラスメイトにいじめられるようになっちゃったんだ！」

二年生になって、大樹とみちるはクラスが分かれた。担任教師も代わった。

「兼橋先生は、あたしがいじめられた事件の責任をとって、担任を外されたんだ」

ほとんど言いがかりみたいな処置だ。が、それでもみちるはまだ良かった。新しいクラスの雰囲気は穏和で、担任の先生も、みちるが一年のときのような目に遭わないよう、気を配ってくれる人だったからだ。

だが、森崎大樹を囲む事情は違った。

「あたしがいじめられてるときは、そのことを知ってる生徒も先生も少なかったの。隣のクラスの子たちなんか、半分も気づいてなかったと思う」

が、森崎大樹による大々的な正義の活動は、全学年の評判となった。

なかには、それを快く思わない者たちがいた。生徒たちばかりではない。先生にさえも。

「森崎君は、あたしのためにクラスで訴えたとき、ほかの先生たちが助けてくれないから、兼橋先生が困ってるってことも、一緒に訴えたんだ。僕たちの担任の先生が困ってるんだよって、言うべきことを言ってくれただけなのに」

しかし、教師たちのなかには、それを生意気だと考える向きがあった。大樹が学校を、先生たちをも批判の対象にしたからである。

ああいう英雄気取りは、何とかしないと。

教育上、よろしくない。

生徒は生徒の分《ぶん》を弁《わきま》えるべきだ。

二年生になった森崎大樹には、そういう担任教師が待ち受けていたのである。

ユーリの胸は、張り裂けそうなほどに痛み、戦慄《おのの》いていた。言葉にして問いかけるのが恐ろしい。

「——それってつまり、担任が煽動《せんどう》して森崎君をいじめさせたってこと？」

みちるは答えない。ただ濡《ぬ》れた瞳を瞠《みは》り、ユーリを見つめ返すだけだ。

「もしかしたら、森崎君が刺した二人の生徒も、そういう先生の下で〝活動〟していたの？」

やっと、みちるが一度、二度とうなずいた。

喉《のど》が干上がって、息が苦しい。ユーリは何とか呼吸を整えた。

「担任の先生の名前は？」

「は、幡多《はた》先生」

五十歳近い男性教師だという。社会科の先生だと聞いて、ユーリはさらに呼吸困難になった。

「兼橋先生は、事件の後どうなったんだい？　今どうしてる？」と、アジュが訊いた。

「学校を休んでる。あたしと同じ」

大樹が同級生たちを殺傷する事件を起こしたことで、希望ヶ丘中学校は大混乱に陥《おちい》った。学校のなかには、適切に対処しようとする先生もあれば、誰かに責任を押しつけて体面を取り繕《つくろ》うことに汲々《きゅうきゅう》とする先生もいた。そのせめぎ合いのなかで、兼橋先生は早々に停職処分となった。幡多先生が、今回の事件は、森崎大樹が関《かか》わった一年時のいじめ事件の処理が適切でなかったことが原因だと強く主張して、校長先生たち学校幹部もそれを呑み込んでしまったので、兼橋先生はまたも孤立無援。軽い言い方をすれば、貧乏くじを引かされることになったのである。

「アジュ、さっきのあたしの発言を訂正する」と、ユーリは言った。「真っ先に無名の地に放逐されるべきは、校長先生と幡多先生だ」

「だからそんなことはできないんだってば！」

ユーリを叱《しか》りつけておいて、アジュはさらにみちるに問いかけた。「ヒロキのお父さんお母さんは、そういう事情を正確に知ってるのかな？」

みちるは一段と暗い眼差《まなざ》しになり、自信なさそうにかぶりを振った。

「森崎君、一年生のときのことは、ご両親に話してなかったんじゃないかと思う。そんなの、わざわざ言うことないっていう感じだった」

ユーリにも理解できた。そうに違いないと思った。

森崎大樹は、自分の親に、進んで手柄話をするような少年ではなかった。

「じゃ、いじめられてることは？」

「それも話してないよ、アジュ」と、ユーリはみちるに先んじて答えた。「そういうものよ。言えないものなの」

ユーリは目を閉じた。やっとわかった。腑《ふ》に落ちた。あのとき――思いがけず大樹が早く帰宅して、こっそりお風呂に入っていたのは、学校でいじめられたからだったのだ。髪や顔、あるいは身体にでも、洗って落とさねばならない汚れをつけられたのだろう。あるいは、怪我《けが》をして血がついていたのかもしれない。

森崎大樹は強い少年だった。ちょっとやそっとのことではメゲなかった。だが、当時の彼を囲んでいる状況は異常だった。すぐ目の上に君臨する担任教師が、いじめの先導役だったのだ。しかも、「教育する」という錦《にしき》の御旗《みはた》をふりかざしている。彼の下で〝活動〟する他の生徒たちは、大樹をやっつけることに、いささかの躊躇《ちゅうちょ》も感じる必要はなかった。当然、図に乗るヤツだっていたろう。

　これ以上の邪悪な構図はない。

　一人の中学生に、立ち向かえる邪悪ではない。だが、森崎大樹は黙って服従しなかった。正しくないものは、どれほど強大であろうとも正しくないのだ。膝を屈してはならない。それと戦わなくてはならない。

　だから大樹は、より大きな力を求めたのではないか。〝英雄〟の物語に惹《ひ》かれ、その強大な盾《たて》の裏側に在る〝黄衣の王〟の黒い光に魅入られてしまったのではないか。

　破獄の力を求める暗黒の王と、邪《よこしま》を破る力を欲する少年は、そうして出会った。

　大樹をして〝最後の器〟にならしめたのは、やはり怒りだった。ただの憤怒とは言いたくない。義憤だ。正義の怒りである。

　口惜しさと悲しみに、ユーリの胸は張り裂けそうだった。〝印を戴く者《オルキャスト》〟の法衣の奥で、森崎友理子が泣いている。

「ヒロキに刺された二人は、生徒の側の親玉っていうか、リーダーっていうか」

　アジュがもぞもぞと言葉を選んだが、みちるははっきり言い切った。「二人とも、幡多先生の腰巾着《こしぎんちゃく》よ。先生がやれって言うんだから、どんな酷《ひど》いことでもやっていいんだって、いちばん調子に乗ってた」

「――戦《いくさ》になると、そういう奴《やつ》らが出てくる。世の倣《なら》いさ」

　ユーリは問い返した。「戦？」

「そうさ、戦だよ。これだって戦争だ」

　それもまた黄衣の王が求めるものだった。〝英雄〟

の物語には、必ず戦がつきまとう。

「ユーリ様」と、遠慮がちにソラが呼んだ。彼の存在を忘れかけていたユーリは、目が覚めたようになった。

「みちる殿は、兄上様から『エルムの書』について何か聞いてはおられないのでしょうか。兄上様があれをどのように入手し、どのように扱ったのか、ご存じではないでしょうか」

ソラはまだ、不思議な景色でも眺めるような顔つきで、みちるを見ている。ちょっぴり、みちるを恐れているみたいだ。思い過ごしだろうか。

「先ほど、みちる殿は気になることをなさいました。お姿の見えないユーリ様に向かって、森崎君と呼びかけられました」

そうだ。しかも、「帰ってきたの？」と言った。大樹が姿の見えない存在になり、突如《とつじょ》図書室に帰還することが、彼女にとっては充分に予想される出来事だったようではないか。

いや、それを待っていたようでさえある。だからこそみちるは、「図書室に来たくなる。来なくちゃならない」とも言ったのではないか。

彼の疑問を理解したことを、ユーリは目顔《めがお》でソラに伝えた。そして、もう役に立たないほど湿っぽくなってしまったハンカチを目にあてているみちるに向き直り、両手を軽く組むと、乗り出した。

「みちる。ここから先のお話は、森崎君の命に関《かか》わるかもしれない大切なことです」

みちるはたじろぎ、ハンカチを取り落としそうになった。ユーリは口調を改める。

「ですから、わたくしがお尋ねすることに、どうぞ隠し事をせず、正直に答えてください。よろしいですね？」

みちるは充血した左目でユーリの目を見て、うなずいた。

「わたくしたち本の精は、彼がある強大な魔力を秘めた書物の力を味方につけたことを知っております」

　みちるは、きょとんとしたりしなかった。また、小さくうなずいた。

「それは『エルムの書』と申す書物。あなたはご存じですか？」

「森崎君が、話していました」

「あなたは見たことがありますか？」

　かぶりを振る。「大切なものだし、黙って持ち出したから、気をつけて隠してあるって」

「それ、いつのこと？」アジュがせっかちに割り込むのを、ユーリは彼の頭に人差し指を載せて押さえて、続けた。

「みちる、あなたは本が好きですよね？」

「はい」

「森崎君も本が好きだった」

「嫌いじゃなかったけど、あたしみたいな本の虫じゃなかった。けど、あたしがいろいろ読んだ本の話をしたら、興味がわいてきたって言ってた」

　本も悪くないね、と。

　ユーリはゆっくりとうなずいた。「ではみちる。森崎君はあなたに、山のなかの別荘の図書室の話をしたことはありませんか？　古《いにしえ》の時代に作られた書物が山ほど集められている、旧《ふる》い図書室の話です」

　みちるの細い喉が、ごくりと上下した。

「その図書室なら知ってます。連れて行ってもらったもの。一緒に行ったの。三人で」

「三人？」

「兼橋先生も誘って、先生の自家用車で」

　春休みに入って、間もなくのことだった。うららかな好天のなかのドライブで、とても楽しかったと、みちるは目を潤《うる》ませて言った。

そのころなら、みちるを苛《さいな》んでいたいじめは平らげられ、大樹が二年生になって直面する難事はまだ発生していない。なるほど、二人にとっていちばん心安らかな、平和な時期だったろう。

「森崎君はね、ホントだったら、あたしなんかと友達になるタイプじゃなかった」

身体を縮めて、みちるは小さく呟いた。

森崎大樹はクラスの人気者だった。モテた。みちるのような地味で引っ込み思案な女子は、普通なら、彼に近づく機会さえなかったはずだ——

「だから最初のうちは、一緒に図書委員をやってても、話なんてしなかった。あたしは森崎君に何て話しかけていいかわかんなかったし、森崎君だってそうだったと思うよ」

しかし、みちるを救う白馬の騎士として名乗りを上げたときに、大樹の立場も変わった。いや、考え方が変わったというべきか。

「森崎君、あたしと友達になろうとしてくれた。だけどあたしたちには共通点なんかないから、本の話ぐらいしかなかったから、森崎君も困ったんじゃないかな。それで、何かの拍子に、うちの家族に変わり者の叔父さんがいてサ——っていう話になったのよ」

山のなかのお化け屋敷みたいなオンボロの別荘に、世界中の珍しい本を集めた図書室を作ってたんだよ。

みちるは興味を惹かれたけれど、いじめの問題が片付くまでは、ほかのことを考える余裕などなかった。それでも、山のなかの別荘の図書室のことは、心の奥に残っていた。だから、いじめがすっかり沈静化した三学期の中頃《なかごろ》になって、大樹がまたその話題を持ち出したときには、嬉《うれ》しかった。

「思わず、あたしもそこへ行ってみたいなって、言っちゃったの」

すると大樹は、一緒に行こうと言った。

――オレもね、もういっぺん行きたかったんだ。

　大樹がみちるに語って聞かせた水内《みのち》一郎の別荘を囲む事情は、正確で詳しいものだった。同時に、大樹は別荘の場所もよく覚えていた。

――電車ではとても行かれないんだ。山ン中だから、車がないとね。だから、兼橋先生に頼んでみようよ。

　兼橋先生も興味を持った。が、それは先生のことだから、二人の両親の許可が要ると言った。

「でも森崎君は、うちの両親に話したら、絶対ＯＫしてくれないっていうの。遺産相続の物件だから、勝手に立ち入っちゃいけないんだって。だから内緒で行かないとって」

――平気だよ、先生。年末に行ったとき、窓とか見てきたけど、ガラスをちょこっと切って穴を空けて手を入れれば、カンタンに鍵を開けられるよ。内緒で入って見学して、内緒で出てくればいいよ。悪いことをしに行くわけじゃないんだから。

　ユーリは驚いた。大樹にもそんな一面があったのだ。が、最初の訪問時に窓の造りなどを観察していたというのは、いかにも大樹らしいことでもあった。

「兼橋先生、怒らなかった？」

　みちるは今までいちばんイタズラっぽい顔つきになり、きれいな目元をほころばせた。

「最初は駄目ですよって言ってたけど、結局は森崎君に説得されちゃった」

　そうして、三人で出かけることになったのだ。

「ちゃっかりドライブか」と、ユーリは思わず呟いた。「いつ行ったんだろ。毎日、部活か野球ばっかやってるみたいに見えたのに」

　アジュが素早く「シッ！」と歯を鳴らしてくれたので、自分の失言に気づいた。みちるが怪訝《けげん》そうな顔をしている。まずい！　ユーリは大いにわざとらしく咳払《せきばら》いをした。

「みちる、どう思いましたか、あの図書室を」

「オレもね、あそこにいたことがあるんだよ」と、アジュもあわてて言い添える。「こうしてユーリの用心棒になる前は、仲間たちと一緒に、あそこで埃をかぶってたんだ」

「そっか、アジュも本当はネズミじゃなくて本なんだよね」

幸い、みちるの気が逸《そ》れたようである。

「森崎君から話を聞いて、あたしなりに想像してたんだけど、実物を見たら、そんなのゼンゼン足りなかった。今まで見たことも聞いたこともないような古い本ばっかり、あんなにたくさん……」

そう、あそこには、この図書室よりも、たくさんの本が集められていた。

「ドライブは、ホントに楽しかったの。好きな音楽を聴きながら走って、おしゃべりして、途中でお弁当を食べたり、景色を見たり」

みちるの口調が、少し沈んだ。

古色蒼然《そうぜん》とした別荘は、大樹の計画どおりに、あっさりと三人の侵入を許した。兼橋先生は冷や汗をかいていたそうだけれど。

「図書室に近づいていくうちに、あたし、だんだん寒くなってきて……。何となく気分も悪くなってきて」

「淀《よど》んだ空気のせいだよ」と、アジュが言う。みちるは、それには何とも応じない。記憶を引っ張り出しながら、わずかに眉《まゆ》を寄せている。

「森崎君は生き生きしてた。兼橋先生は、やっぱり緊張してたけど、森崎君はホント、何か興奮してるっていうか舞い上がってるっていうか」

懐中電灯を手に、こっちこっちと、どんどん図書室へ進んでいった。兼橋先生とみちるは、薄暗い別荘のなかで、大樹を追いかけねばならないほどだった。

「あたし……怖かった」

実際にぶるりと身を震わせて、みちるは言った。

「部屋全体が古い本でできてるみたいな、あの図書室。すごく怖かった。中に踏み込むと、身体が重くなるような感じがした」

しかし、みちるはそれを口には出さなかった。生き生きと目を輝かせている大樹の邪魔をしたくなかったからである。

「兼橋先生はビックリしてた。日本語で書かれてる本が見あたらないねって。先生はもちろん英語は得意だし、第二外国語でスペイン語を習ったんだって。だけど、ここにある本は一冊も読めないんじゃないかしらって言ってた」

大樹は図書室に入るなり、書架の本を調べることに夢中になってしまい、二人が話しかけても生返事しかしない。みちるは、どうにも息苦しくなって、何度か図書室を離れて外の空気を吸った。兼橋先生も同じようにしていたという。

森崎大樹には、図書室で一人になる機会がいくらもあったということだ。そのとき「エルムの書」とアジュを持ち出し、二人の目から隠してしまいこんだのだろう。

「ユーリ様」と、ソラが声を出した。ユーリはまた彼の存在を忘れていたので、あやうく飛び上がりそうになった。

「な、何？」

「みちる殿にお尋ねいただけませんでしょうか。兄上様が、そのとき、どんなご様子で書架をお調べになっていたのか、もう少し詳しく」

「詳しくって？」

「ただ闇雲《やみくも》に、書架から本を取り出してめくっていたのか、それとも何か目的があり、それを探しておられたのか」

みちるは、「怖かった」という図書室の記憶に、今さらのように青ざめ、うつむいている。

ユーリはアジュを横目で見た。「今のソラの疑問には、あんたも答えられるわよね？」

アジュは妙に狼狽《うろた》えている。「た、たぶん」

「たぶんって？　どういう意味よ」

「オレはね、ヒロキに触れられて書架から引っ張り出されるまで――」

眠ってたんだ。長い尻尾《しっぽ》で顔を隠そうとしながら、アジュは白状した。

「本も眠るんだよ。誰にも使われないあいだ、必要とされないあいだはね、眠ってるんだ」

「賢者も寝てたのかしら」

「あの爺《じい》さんは……賢者って呼ばれるくらいだから
……その……」

「あんたのように眠りこけてはいなかった、と」

アジュがこれまで、森崎大樹との出会いについて、妙に沈黙がちだった理由が知れた。要するに、アジュは不覚をとったわけである。

「ヒロキの鞄《かばん》に入れられて、一緒にいるのが『エルムの書』だってわかった瞬間に、オレ、絶叫したんだよ。だけどもう遅かった」

ユーリはみちるの名を呼んだ。目を上げたみちるは、くちびるが白くなっていた。

「そのときの森崎君は、図書室にある特定の本を探しているようには見えなかったかしら？」

みちるは首をかしげた。左の瞳が揺れる。

やがて、申し訳なさそうにかぶりを振った。「わかんない。よく覚えてない。とにかくあたし、気分が悪くなっちゃって、でもそのことを森崎君には知られたくなくて、必死だったから」

あ、でも――と、みちるは軽く目を瞠った。

「そういえば、森崎君おかしなことを言ってた」

ドライブに行こうと、計画を練っているころのことである。

「どんなに素敵な図書室か、どれほど古い本がいっぱいあるか、この世のものとは思えないような眺めだったんだって言って」

——年末に家族と探検に行ってからさ、オレ、よくあの図書室の夢を見るようになったんだ。

「図書室のなかから、誰かが森崎君を呼んでるんだって。ずうっと呼びかけてる。ヒロキ、ヒロキって」

ユーリの背筋《せすじ》を、神経に沿って、氷点下の戦慄《せんりつ》が駆けのぼった。

去年の十二月、家族で水内一郎の別荘を訪ねたころ、大樹は、みちるの白馬の騎士として戦っている最中だったはずだ。まさしく英雄的にふるまい、味方を増やし、敵を平らげようとしていた。

そんな彼に、図書室から呼びかける存在があった。彼の名を呼んだのは——

黄衣の王。いや、〝英雄〟の力そのもの。それはひとつの盾の両面なのだから。

「ソラ、納得した？」

ユーリは口の右端だけを動かしてソラに尋ねた。返事がない。見ると、ソラは再び放心したようにみちるの顔に見入っている。

アジュの尻尾がユーリの頬を軽く叩いた。「オレもみちるに質問があるんだけど」

ユーリはうなずいた。みちるも、またうなだれていた面《おもて》を上げた。

「みちる、さっき、手探りしながらヒロキを呼んでたよね？　でさ、帰ってきたのかって訊いてた。あれはどういう意味だったのかな」

みちるは辛《つら》そうに顔を歪めた。飛び降り自殺をしかけて止められた、という体験に消耗し、さらにその後の展開がこれだ。疲れているのだろう。でも、ユーリもこの質問への答えがほしい。みちるのそばに寄り、背中に掌をあてた。

「ごめんね。もうこれきりで質問攻めにはしないわ。みちるをうちまで送ってあげる。だから、アジュが訊いたことに答えてくれない？」

みちるはユーリの腕にすがりついてきた。守護の法衣を通し、みちるの温《ぬく》もりが伝わってくる。ユーリも、みちるの手に手を重ねた。

「二年生になって、今度は森崎君がいじめられてるって噂《うわさ》を聞いたとき」

「うん、うん」

「あたし森崎君に謝って……いっぱい謝って……またあたしがいじめられるようになればいいんだから、あたしが学校に来なければいいんだから、もうあたしをかばったりしないでって、頼んだ」

もちろん、大樹が承知するはずがない。

——大丈夫だよ。そんな心配するなよ。

「だけど森崎君、やっぱりすごく傷ついてた。くたびれてた。このままじゃ押しつぶされちゃうと思った。だからあたし、兼橋先生と相談して、森崎君のお母さんに会いにいこうって言ってたの」

大樹は、なぜかしらそれを察して、みちるにきつく釘《くぎ》を刺したそうだ。そんなことをしたら絶交だ、と。兼橋先生も説得したが、大樹は聞き入れなかった。大丈夫、自分の力で何とかできます。オレ、何とかする自信があるから。

そうだ。ユーリは心のなかでうなずいた。自信はあったに違いない。『エルムの書』を手に入れ、その影響を受け始めていたのだから。

結果として、森崎大樹は同級生死傷事件を引き起こした。

だが、使ったのはちっぽけなナイフだ。『エルムの書』がなくても、黄衣の王の力がなくても、普通の中学生が普通に使うことのできるナイフだった。そこが解《げ》せない。

大樹に憑依《ひょうい》して、ちっぽけなナイフを、間違った使い方をさせる。そのことだけに、黄衣の王の邪悪な力が働いたたというのでは——何とも納得がいかない。

でも、それもありなのか。それも「戦《いくさ》」か。人が人を傷つけて血を流させ、命を奪う。立派な戦の形を成しているのか。

「あたし、あの事件の朝、森崎君に会ったの」

考え込んでいたので、ユーリはみちるの言葉を危うく聞き流してしまうところだった。ひと呼吸遅れて、むせてしまうくらいに驚いた。

「会った？　彼と？」

「うん。登校してすぐに、ホールの下駄箱のところで。森崎君、何かすごく元気に溢れてた」

大樹は彼女にこんなことを言った。

——今日、ちょっとびっくりするようなことが起こるよ。

「びっくりするようなこと」ユーリは復唱した。みちるは青ざめて、何度もうなずく。

——それで全部解決だ。問題はなくなる。

「みちるはそれを信じたのかい？」と、アジュが尋ねる。みちるは首を振る。

「怖かった。あたし怖がりなの。臆病《おくびょう》なんだ。森崎君、ヘンだと思った。だって、また浮かれてるみたいだったんだもの」

だからみちるは彼に追いすがり、問い詰めた。解決するって、どうやるの？　何をするつもりなの？　一人で突っ走っちゃダメだよ。

大樹は笑っていたそうだ。

——平気だって。心配するなよ。たぶん上手《うま》くいくから。

たぶん？　たぶん？　じゃあ、上手くいかなかったらどうする？　みちるが必死に食い下がると、大樹はふと笑顔を消した。

——上手くいくよ、絶対。全部上手くいったら、乾さんにちゃんと説明してやるよ。

「あたしには信じられなかった。森崎君が、何かとんでもないことをやろうとしてるってことがわかるだけだった」

　何か悪いことをしようとしてるんじゃないでしょうね？　大樹に近づいて、精一杯詰問《きつもん》した。

　——悪いこと？

　大樹は、急に幼い子供に戻ってしまったみたいなあどけない顔をして、問い返したそうだ。

　——悪いことって、どんな？

　みちるは答えた。大人たちや先生たちに責められて、森崎君が捕まえられて、どっかへ連れて行かれちゃうようなことよ。その時点で、みちるの不安な想像は確かに的中していたのだ。

　だが大樹は、その詰問に、むしろ笑顔を取り戻した。みちるに優しく笑いかけて、こう言った。

　——万にひとつ、そんなことになってしまっても、オレは乾さんには会えるよ。誰にも気づかれないように姿を消して、乾さんに会いにきて、何が起こったかちゃんと説明するよ。

　それは、誰にも捕まらないという意味なのか。みちるはますます恐ろしくなった。だが大樹は動じない。

　約束するから、と言った。

　——場所も決めておこうか。図書室にしよう。これからどういうことが起ころうと、オレは必ず、乾さんに会いに来るよ。図書室で会おう。姿は見えなくても、乾さんには、それがオレだってわかるはずだから。わかるようにするからさ。

　誰にも気づかれないように姿を消して——わざわざそう言い置いたところに、意味がある。大樹は『エルムの書』を通し、魔法を身につけていたのだろう。当たり前の人間を超える力を。ちょうど、今のユーリのように。

今度は、ユーリが訊《き》いた。「みちるは彼の言葉を信じたのね?」

みちるは信じた。いや、信じたいと思った。そう願った。だから、それ以上は大樹を引き留《と》めなかった。

「それで、さっきあたしたちを森崎君だと思ったんだね……」

みちるの瞳に、また涙が溜《た》まり始めている。泣いても泣いても、この娘の悲嘆は涸《か》れないのだ。

「事件が起こってからずっと、あたし、待ってた。いつか森崎君が図書室に帰ってくるって」

不登校になってしまっても、図書室には来ることができた。来なければならない理由があった。大樹が帰ってくると約束したから。

しかし、待っても待っても空《むな》しいだけだった。大樹は失踪《しっそう》したきり、戻らない。事件からもう何日経《た》った? みちるは寂しく、恐ろしい場所に、一人で取り残されてしまった。

絶望して死を望み、図書室へ来たのだ。

「何の根拠もないけど、図書室の窓から飛び降りれば、森崎君が今いる場所に飛んでいけるような気がしたんだ……」

ユーリにはその気持ちがわかる。痛いほどに。

「辛《つら》いでしょうに、すっかり話してくれてありがとう」

みちるの身体を抱くようにして、椅子から立ち上がらせた。

「さあ、あなたはまず家に帰って休まなくちゃいけない。とにかく今は心と身体を癒して、少しでも元気になることが先決よ」

約束して。顔の前に指を一本立てて、ユーリはみちるをしっかりと見つめた。

「二度と自殺なんて考えない。絶対に考えない。それは森崎君を悲しませるだけよ。いいわね?」

「ヒロキは、必ずオレたちが探し出して連れ帰るから。な?」と、アジュも声をあげる。

あてのない約束を拠《よ》り所に、さらに大事な約束を重ねることになる。でも、みちるは「はい」と応じてくれた。

「あたし、待ってる」

「うん。信じて待ってて」

そのときである。ユーリはふわりと目眩《めまい》を感じた。身体じゅうを寒気《さむけ》が駆け抜ける。

「オルキャスト様!」図書室の本たちが、息を殺した囁き声で、次々と呼びかけてくる。「オルキャスト様! お気をつけください! 近づいて参ります!」

ユーリはさっと身構えた。ソラもきりりとぐるりを見回す。アジュがユーリの頭のてっぺんに飛び上がった。

「何が近づいてくるの?」

本たちが早口に囁き返す。「〝黄の印〟に穿《うが》たれしモノが参ります!」

「そりゃ、オレだよ!」アジュが変に裏返ったような声を出した。「おまえら、今ごろ気がついたの? オレにも〝黄の印〟がついてるんだ。だけど大丈夫だからさ」

「オルキャスト様の従者ではございません!」

本たちの囁きが尻上がりに甲高くなり、叫び声へと変わっていく。

「近づいて参ります! 近づいて参ります! 早くこの場をお離れください!」

離れるって、どこへ?

ソラがユーリの手首をつかみ、図書室の出口へ向かって走り出した。片腕でみちるの肩を抱いたまま、ユーリも引きずられるように走り出す。

「こちらへ!」ソラは叫んで、図書室のドアを開け放った。

三人は廊下へ飛び出した。アジュはユーリの髪にしがみついて宙に浮く。そして彼の小さな身体がユーリの頭に着地しないうちに、ユーリはつんのめるようにして停《と》まった。アジュは尻尾《しっぽ》で半弧を描いてユーリを飛び越し、ユーリの前を行くソラの背中にぶつかって、黒衣に爪《つめ》を引っかけた。

「な、何だよ!」

ソラも停まった。目の前の、信じがたい景色に動きを止めた。

図書室は校舎の西の突き当たりに位置している。だから出入口の外は、校舎がLの字に折れている曲がり角まで、廊下が一直線に延びている。ここを訪れたときには、横手に並んだ窓から明るい陽射《ひざ》しが差し込み、眩《まぶ》しいくらいに明るかった廊下だ。

なのに今は、暗くなっている。いや正確には、暗くなりつつあるのだ。

天井と左右の窓と壁、そして廊下。四辺で構成される四角い空間。筒のように、曲がり角まで真っ直《ます》ぐに。そのいちばん奥に、四角い空間をぴったりと埋め尽くして、真っ暗な闇がある。それがするすると近づいてくる。四角な形を几帳面《きちょうめん》に保ったまま、あたかも暗黒の壁のように押し寄せてくるのだ。

四角い闇に、廊下の空間が満たされてゆく。

ソラが目を瞠り、視線を闇に釘付けにしたまま、ユーリとみちるの前に大手を広げて立った。ユーリもまたみちるを背中にかばい、彼女を優しく後ろに押しやった。そしてソラの腕の下をくぐって、彼の前に出た。

「ユーリ様!」

「大丈夫」

短いやりとりと同時に、四角い闇がユーリの鼻先一メートルほどのところまで迫り、ぴたりと止まった。

ユーリは両肩をいからせ、両足を踏ん張り、顎を反らした。

# 第八章　灰の男

ユーリが闇と対峙《たいじ》したそのとき、額《ひたい》の印《いん》が一瞬まばゆく輝いた。と、闇がたちまち輪郭《りんかく》を崩し、生き物のようによじれ、一メートルほど退《しりぞ》いた。ひるんだのだ。

　それがユーリに勇気を与えた。両足を踏ん張ったまま、お腹《なか》の底から声を出し、問いかけた。

「あたしに何か用があるの?」

　退いて距離を開けたまま、闇は四角い線を取り戻し、廊下の空間をいっぱいに満たしている。目を凝《こ》らすと、そのなかで何かが動いているのが見えてきた。うねっている。うごめいている。呼吸するように、ふくらんだりしぼんだりを繰り返している。

　ユーリはさらに声をあげた。「おまえは何物だ?　名があるならば、名乗りなさい」

　耳ではなく、身体《からだ》の別の器官で——そう、心臓に直接響いてくる返答を、ユーリは聞き取った。——我は黄衣《こうい》の王の使者。

　みちるにも聞こえたのだろうか。彼女の手がユーリの腕を、衣《ころも》の上からぎゅっとつかんだ。肩の上にいるアジュの髭《ひげ》が震《ふる》えて、ユーリの頬《ほお》をくすぐる。ソラはまだ大手を広げたままだ。

　——汝《なんじ》、〝印を戴く者《オルキャスト》〟か。

　応じる代わりに、ユーリはきっと闇を睨《にら》み返した。

　——その額の印の真価《しんか》を知りもせぬ小童《こわっぱ》が、〝輪《サークル》〟の調和を取り戻す者となりすますなど、毎度のことながら片腹《かたはら》痛いわ。

　闇が震えている。笑っているのだ。うねりうごめくスピードが上がる。四角い闇の真ん中あたりで、何か丸いものが回り始めた。特大のビーチボール――いや、もっともっと大きい。ユーリの目はそこに惹《ひ》きつけられた。

「ユーリ様」と、ソラが短く声を発した。「魅入られてはなりません」

ユーリははっとして、強く頭を振った。ソラの横顔を見やると、彼の紫色の瞳には、ぐねぐねとうごめく闇の動きは映っていない。

「使者ならば、用件がおありでしょう」

ソラは声音《こわね》も平静だった。

「いかにも、ここにおわすは〝印を戴《いただ》く者〟に相違ありません。黄衣の王の使者よ、何用にてオルキャスト様の御前《おんまえ》にまかりこしたのです。王は何故あなたを遣わしたのか」

闇の中心のぐるぐるが止まった。

「あるいは、王は早くも破獄《はごく》の身に倦《う》み疲れ、万書《ばんしょ》殿《でん》への帰還をお望みか」

突然、雷鳴の轟《とどろ》きのような怒声が響いた。

――痴《し》れ者が、身の程を知るがよいわ！

闇の真ん中で、丸いものが、かぁっと開いた。目だ。目玉だったのだ。白目は底光りする金色、中心の瞳は猫の目のそれに似て細く尖《とが》り、威嚇《いかく》するようにユーリたちを睨《ね》めつける。

――〝輪《サークル》〟の塵芥《じんかい》をかき集め、人の形にこね上げられただけの木偶《でく》の分際で、我らが王の名を口にするか！

目玉から強い波動が放たれ、空気がびりびりと振動した。波動に打たれて、ユーリたちはよろめいた。みちるははじき飛ばされて図書室のドアに激突し、力なく廊下にくずおれた。

四角い闇が消え失《う》せた。宙に浮いた金色の目玉に吸い込まれてしまったのだ。目玉は呼吸ひとつするほどのあいだに廊下の彼方《かなた》まで退くと、そこから再び波動を打った。ユーリは頭を下げて堪《こら》えた。前屈《まえかが》みになり片膝《かたひざ》をつきながら、それでもソラはまだ両手を広げたままだ。

「ユーリ様、みちる殿を連れて図書室へお戻りください！」

ソラが叫んだそのとき、ユーリは見た。遠く退いた目玉から、無数の触手がいっせいに伸びてくる。漆黒の鏃《やじり》のような先端を光らせて、空を切り、まっしぐらにソラをめがけて。

「危ない！」

ユーリはとっさにソラを突き飛ばした。一瞬遅かった。触手はソラの身体《からだ》に鞭《むち》のように巻き付くと、瞬《また》く間に彼をぐるぐる巻きにして宙に吊《つ》り上げた。ソラの禿頭《とくとう》が、頭上の蛍光灯スレスレのところをかすめる。

触手を縮めて、金色の目玉は廊下を飛び返ってきた。ソラと一緒に天井近くに浮かび、触手を絞めたり緩《ゆる》めたり、巻いたりほどいたりしていたぶりながら、瞳の中心をソラの鼻先に触れ合わせんばかりに、なめ回すように観察している。

金色の白目は、白濁した粘液でぬるぬると濡れている。それが滴《したた》って、床に倒れたユーリの手のそばに落ちてきた。

じゅうっという音。床が溶けて穴が空く。ユーリは目を剝《む》いた。酸だ！

あわてて手を引っ込め、つんのめるようにして起き上がる。と、そこへまた粘液が滴ってきた。首筋をかすめる。

全身を触手にからめとられ、ソラは首から上と爪《つま》先《さき》しか出ていない。

――ほほう。

目玉から、驚いたような声が伝わってきた。

――木偶《でく》よ、己《おのれ》は。

ソラは必死で首をよじり、締め上げられる苦痛に呻《うめ》きながら、何とかして目玉から顔を背けようとしている。触手でソラを持ち上げたり下げたりしながら、目玉は彼の顔にさらに接近して、一度まばたきをした。その動きで粘液が溢《あふ》れ、ソラを巻き取った触手の上にも流れ落ちる。が、触手はまったく溶ける様子がない。

子供がつかまえた虫を観察するような熱心さで、目玉の怪物はしげしげとソラを検《あらた》めた。それから高らかな声をあげた。

——己が〝門〟であったか！

アジュがちゅっと鳴いて、ユーリの頭の上からジャンプした。触手に前足を引っかけ、もの凄《すご》い勢いで登り始める。登りながら触手に嚙《か》みつく。

「ソラを放せ！　何だてめぇこの目玉野郎！　目ン玉ばっかで手も足もねぇくせしやがって、生意気だぞ！」

めちゃめちゃな悪態だが威勢はいい。あとひと登りでソラの首のそばまで行ける——というところで、目玉の後ろ側から別の触手がゆらりと伸び、あっさりとアジュを叩《たた》き落とした。アジュは小石のように落下した。

「アジュ！　ソラ！」

ユーリは立ち上がることさえできない。恐怖で息が苦しい。心臓が口から飛び出しそうだ。頭のなかは真っ白だ。あたしはどうすればいいの。何ができるの。戦うって、どうやるの？

オルキャストは、どうやって戦うの？

こんな非常識な化け物と。

突然、ユーリの耳に、風の鳴る音が聞こえた。また別の触手？　どこから来る？

ただ十一歳の少女のままに身構えたとき、横手の窓から飛び込んできた何かが、風のように触手の付け根を横切って何本かを断ち切った。目玉は苦痛と怒りに咆哮《ほうこう》をあげ、人間の目と同じようにぎゅっとつむった。

次の攻撃が来た。今度はユーリにも見えた。直線ではなく、半弧を描いて飛んでくる。ブーメランだ！　鋼《はがね》のブーメランが金色の大目玉を一周し、触手をぶった斬《ぎ》る。ソラを捕らえていた縛《いまし》めが緩んで、彼の脚が宙でバタバタ泳いだかと思うと、頭からどっと落ちてきた。

――な、何者だ！

目玉は触手の大半を失い、剝《む》き出しになって天井まで舞い上がった。断ち切られた触手は、床の上で酸を溢れさせ、煮えたぎっている。

横手の窓枠を、真っ黒な手袋ががっきとつかんだ。ついで、その手の持ち主が、大鴉《おおがらす》が舞い降りるように、窓から飛び込んできた。

気絶しているソラに飛びつき、かき抱《いだ》いて、ユーリは大鴉を仰いだ。本当に仰ぎ見なければならなかった。それほど大きな鳥――ではなく、むろん人間ではあった。が、外見は異様だった。

男だ。老人だ――と思ったのは、彼の髪のせいだ。背中の半ばまで届く長い髪。うなじで一束にたばねている。その髪はほとんど真っ白だった。まるで頭から灰をどっさりかぶったみたいだ。彼の全身を包んでいる漆黒のマントも灰まみれだ。いや、こっちは埃《ほこり》だろうか。分厚い襟《えり》で喉元《のどもと》を守り、両肩にはあて布がついている。床を掃きそうなほどの長いマントで、あっちこちボロボロだ。

その裾《すそ》を翻《ひるがえ》し、底の厚いブーツが、重たげな金属音をたてて、学校の廊下を踏みしめる。さっき穴の空いたところが不穏に軋《きし》む。男は大股で歩を進め、ユーリたちの前に出ながら、床の上でうごめく触手を、一瞥《いちべつ》だにすることもなく無造作に踏み潰《つぶ》し、邪魔なものは脇へ蹴《け》り飛ばした。

黒手袋が素早く動き、手のなかに戻っていた鋼《はがね》のブーメランを、マントの内側のどこかへしまいこんだ。次にその手が現れたときには、剣を持っていた。一対の両手剣。柄《つか》は銀色で、刀身はガラスのように透明に光り輝いている。刃渡りは、ユーリの肘《ひじ》から先の長さより長い。

男は剣を顔の両脇に掲《かか》げ、逆の八の字に開いて、ちょっと肩をすくめた。そして大目玉に向かって言った。

「名乗るほどの者じゃない」

落ち着いた、低い声音だった。ユーリが今まで耳にしたことのある、どんな大人の男の声とも違っていた。

「おまえと同じだ。お使い役の三下《さんした》さんよ」

からかうような口調に、金色の大目玉が怒りをあらわに吼《ほ》え立てた。動物の雄叫《おたけ》びに、壊れかけた機械の金属音を重ねたみたいな声だ。聞く者の魂を縮みあがらせる。

——王の使者を愚弄《ぐろう》するか！

目玉のくせに吼えられるのも、今度は筋が通っていた。くるりと宙で一回転したかと思うと、一瞬のうちに変化していたから。大きな目玉から、無数の牙《きば》を生やした巨大な口に！

前後を忘れて、ユーリは悲鳴をあげた。

醜悪な大口が襲いかかる。男の両手が踊るように優美に動き、両手剣の切っ先が空を切った。一撃目ではね返された大口は、勢いで反転したところを二撃目で斬りつけられ、再び吼え立てながら壁にぶつかって天井まで跳ね上がった。

見上げるユーリの額や頬《ほお》に、細かな破片のようなものがぱらぱらとあたった。牙だ。削《そ》ぎ取られた牙が降ってきた。

大口がいったん閉じ、全体がふくれあがったかと思うと、機銃掃射のように牙を噴き出した。男はマントを大きく翻してそれを避《よ》けると、軽やかに踏み込んでひと突きをくれた。危うくかわした大口は、くるくると宙返りをしてぱっくりと開く。真っ赤な舌が飛び出し、男の右手首に巻きついた。男はすかさず左手の剣でその舌を断ち切った。パッと血が飛び散る。黒い血だ。

百人の酔っぱらいが一斉に胃の中のものを戻しているみたいな濁った悲鳴をあげて、牙と肉の塊は急旋回を始めた。回りながら、天井、壁、廊下、窓にぶつかってははね返る。怪物の血が匂《にお》う。臭い！　こっちは千人分の酔っぱらいの胃の中身そこのけだ。回ってぶつかって血をまき散らし、牙と肉の塊はどんどん小さくなってゆく。

——おのれぇぇぇぇ！

大口が閉じて、目玉に戻った。天井の一角で止まり、かっと見開いた白目が血の色になっている。

と、そのとき。マントの男がひらりとユーリのそばに跳躍《ちょうやく》してきた。指先を歯で噛《か》んで右手の黒手袋をはずすと、大きな掌《てのひら》をユーリの顔の前に持ってきた。避ける間もなく、ユーリは男の掌で顔を包まれた。

その手はすぐ離れた。男は真紅の大目玉に向かって、高々と掌を差し上げた。ユーリの額に触れた掌を。

そこから、ひと筋の光が迸《ほとばし》った。直撃を受けた大目玉がぎゃっと叫び、殺虫剤を噴きつけられたハエみたいにころんと廊下に落っこちた。落ちた瞬間、全面に牙を生やした醜悪な肉の塊になって、残ったすべての牙を発射した。

男はまるで動じなかった。左右の剣とマントを振って牙を残らず叩《たた》き落とすと、落ちた大目玉に駆け寄った。軽やかに身をかがめ、まず右手の剣を、ついで左手の剣を、続けざまに肉の塊に突き刺した。今度は悲鳴さえあがらなかった。気の抜けるような、ぷしゅうという音がしただけだった。

そして静かになった。

大目玉の怪物がじわじわと崩れてゆく。風化してゆくような感じだった。真っ黒な埃《ほこり》に変わり、変わるそばから消えてゆく。怪物がすっかり消えてしまうと、男のふた振りの剣が、Vの字の形に廊下に突き刺さっているのが見えた。

男は剣を抜き、立ち上がった。

振り返る。黒いマントの裾がふわりとふくらむ。

ユーリは廊下にぺたりと座り込んだまま、気を失っているソラをしっかりと抱きかかえていた。すぐ後ろでは、みちるが長々とのびている。

男がユーリを見おろした。目が合って、ユーリはびくりと首を縮めた。

正面から見ると、後ろ姿から受けた印象よりも若い。それでも三十五、六——いや、四十歳近いだろうか。

面長で、鼻も顎も尖っている。物語のなかで、「削《そ》げたような顎」という表現にぶつかったことは何度かあるけれど、実物にお目にかかるのは初めてだ。

眉毛《まゆげ》が濃い。でもその半分以上は白髪だ。瞳は黒く、眠そうに瞼《まぶた》が垂れている。片耳にピアス。銀製の、顎まで届く鎖みたいなデザインのものだ。

マントの下も黒ずくめだった。黒い立ち襟のシャツ。その上には、黒い革を何枚も継ぎはぎしたみたいなベストなのかジャケットなのか。腰には太いベルトを二重に締めている。作業服のように見えなくもない黒いズボンには、焼け焦げたような穴が二、三ヵ所。よく見ると、ブーツにはバンドが何本もついていて、しっかりと脚に巻き付けられるようになっていた。

男はまだ両手に剣をぶら下げており、ユーリの目がそちらに惹《ひ》きつけられると、彼もそれで気づいたようで、くるりと剣を回し、腰のベルトに付けた鞘《さや》に収めた。

ユーリはほっと息をついた。

何かが背中を這《は》い登ってくる。怪物の牙の残党かと飛び上がりかけた。アジュだった。

「ユ、ユ、ユーリ、無事かい？」

床に叩《たた》きつけられてぺったんこになったみたいに見えたアジュも、どうやら無事のようである。

「ああ、よかった――」

アジュの言葉が途中で消えた。目の前の真っ黒な男に気づいたのだ。

「こいつ、誰？」

すると、男が片頰《かたほお》を緩めて笑った。褐色に日焼けして、なめし革みたいな肌だ。

「あいにく、まだ名乗っていない」

分厚い靴底を持ち上げ、一歩二歩、近づいてきた。そうしようと思わないのに、なぜかユーリは尻込みしてしまう。それでも、男の尖った顔から目を離すことはできない。

男は片膝《かたひざ》を折ってユーリの前に跪《ひざまず》くと、右手の人差し指で、ユーリの額をさした。

「こいつは、さっき俺がやったようにして使う」

印のことだ。

「まだやり方を知らんところを見ると、おまえさんは本当に駆け出しなんだな」

〝印を戴く者《オルキャスト》〟殿よ――と、また片頰で笑って言った。

「怪我《けが》はなかったか？」

思いがけず優しい口調だった。

「はい」たぶん。ソラは大丈夫だろうか。

「そっちの無名僧《むめいそう》と、このネズミ」

男はアジュを見て顔をしかめた。

「おまえ、辞書だな？　化身するならするで、もう少しましなものになれなかったのかね」

アジュは髭《ひげ》をぶるぶる震わせた。「失礼な！　ユーリがオレにこの姿をくれたんだぞ！」

「なるほど。女の子らしい趣味だ」

やれやれ。男は軽くため息をつき、女の子ときたか、と呟いた。

その口調に、反射的にユーリはむっとした。何気なく面倒くさがっている感じがしたからだ。

「女の子じゃ悪いんですか?」

男はあっさりと話題をそらした。「おまえさんの従者《じゅうしゃ》、いい加減で目を覚まさせてやった方がいい」

途端《とたん》にユーリはへどもどした。我ながら情けない。

「ど、どうやって?」

男は手袋のない右手を額にあててみせた。ユーリがぽかんとしていると、また短くため息をついて、ユーリの右手を取り、掌を額にあてさせた。

「さっきと同じだ。ほら、こうすると印の力が掌に宿る」

ホントだ。掌に、うっすらと印のデザインと同じ光の輪ができている。

「そいつを、従者の額にあててごらん」

言われたとおりにすると、ソラが低く呻《うめ》いて目を開けた。両目がぱっちり開いたかと思うと、いきなり飛び起きたので、あやうくユーリと頭をごっつんこするところだった。

「ユーリ様！　ユーリ様ご無事ですか?」

ソラには申し訳ないけれど、ビックリ箱から飛び出す人形みたいなけたたましさに、思わずユーリは笑ってしまった。

「大丈夫よ。ソラ」

ついで、ユーリが倒れているみちるを抱き起こして額の印をあてようとすると、黒ずくめの男に手首をつかまれた。

「こっちの女の子は、従者じゃないな?」

「う、うん」

「じゃ、もうしばらく寝ていてもらおう。内輪の話を片付けるまで」

本の気配がする――と、男は図書室の扉に目をやった。「図書室かな」

「そうです」

「ちょうどいい。場所を借りよう」

ユーリが返事をしないうちに、腕のなかからみちるをさらい上げ、軽々と抱き上げた。ユーリもあわてて立ち上がり、ドアを開けた。

黒ずくめの男は、貸し出しカウンターの上にみちるの身体を横たえた。

「誰か来るかもしれないけど……」

「心配ない。まだ、あの化け物が現れたときにできた結界を解いていないから、この領域《リージョン》の連中には何も見えないし聞こえないよ」

そういえば、廊下であれだけの大騒ぎをしたのに、誰も出てこなかった。

黒ずくめの男は、図書室の奥へとずんずん踏み込んでゆく。と、書架の本たちがさわさわとざわめき始めた。「〝狼《おおかみ》〟だ！」「〝狼〟が来た！」

男は気にする風もなく、手近にあった椅子の背もたれをつかんでユーリの方にひょいと運んできた。

「まあ、座ったらどうだ、オルキャスト殿」

ユーリは立ちすくんでいた。

「あなた、〝狼〟？」

黒ずくめの男は片手を腰にあてると、軽く一礼してみせた。

「オルキャスト様、オルキャスト様」

図書室の本たちのリーダー格のあの声が、震えるように囁きかけてきた。何だか興奮しているみたいだ。

「彼は確かに〝狼〟の一人。〝灰の男〟と呼ばれる者です」

黒ずくめの男は微笑《ほほえ》むと、ぐるりと書架を見回して呼びかけた。「おまえさんたち、赤ん坊ばかりのようだが、よく知っている」

「たとえ幼くとも、知識はございます」と、本が答える。
「そうだったっけな。書物のネットワークってのは、
便利なもんだ」
「アジュは知らなかったの？」
ユーリは小声で肩の上のアジュに尋ねた。が、ア
ジュより先に黒ずくめの男が答えた。
「人に交わっていないと、本も世間知らずになるん
だよ。おまえさんのお付きのその辞書は、永《なが》いこと
どこかにしまい込まれていたんだろう」
アジュがまた「失礼な！」と怒った。でも、その
声はとても小さかった。
「それにそいつには、だいぶ薄れてきてはいるが、
〝黄の印〟がついているな」
驚いた。ひと目見ただけで、この人にはわかるん
だ。
「黄衣の王の気にさらされると、たいていの書物は
己を見失ってしまう。自分が何者であるか忘れてし
まうわけだ。そいつの知恵と知識が不充分なのは、
むしろそっちが原因かもしれない」
アジュは、今度は反論さえしない。ユーリの首筋
にくっついて、小さく丸まっている。
「まあ、おいおい思い出すだろうから、そんなにし
ょげるな」
慰《なぐさ》めているのではなかった。てきぱき説明して
いるだけだ。ユーリは指先でアジュにそっと触れて、
撫でてやった。
黒ずくめの男――〝灰の男〟は、椅子のひとつに
またがるようにして座った。ユーリはまだ椅子のそ
ばに立っていた。ふらつきながら後をついてきたソ
ラが、椅子の背もたれに手をついて、あわてて離し
た。
「いいのよ、ソラ。少し休んで」
よく見れば、ソラはまだ目が回っているのか、瞳

が細かく揺れている。ユーリは彼の手を引っ張り肩を押さえて、強引に腰かけさせた。

「笑わないで」ユーリは素早く、〝灰の男〟に言った。「わたしたち、あなたの言うとおり、ホントに駆け出しなんです」

〝灰の男〟は笑っていなかった。

「どんなオルキャストでも、最初はみんなそんなもんだ。気にしなくていい」

見かけは怖いが、意地悪な皮肉屋ではなさそうである。ユーリの身体の芯が、ようやくほぐれた。

「危ないところを助けてくれて、ありがとう」

「どういたしまして」

「どうやってここに来たんですか？　わたし達がここにいるって、なぜわかったの？」

「〝狼《おおかみ》〟は鼻が利くんですよ、オルキャスト殿。そうでなきゃ務まらんのでね」

ユーリはじっと男を見つめた。と、男の半目の縁がほころんだ。

「もっとちゃんとした説明をお求めか」

「はい」

今度は本格的に、お腹《なか》の底からため息をついて、〝灰の男〟はユーリから視線を逸らした。しばらくのあいだそうしてから、ユーリに目を戻す。

「俺は、『エルムの書』がこの領域《リージョン》に現れたときから追跡していた」

ユーリはぎゅっと口を結び、うなずいた。

「だが、器《うつわ》が満たされる前にあれを発見し、狩ることができなかった。間に合わなかったわけだ」

ここで、予想外のことが起こった。〝灰の男〟が、こう言ったのだ。

「だから犠牲者が出た。すまなかったな」

アジュが慰めるように首筋をくすぐってくれる。

「器に――最後の器になったのは、わたしの兄さんなんです」

「兄貴か」ちょっと驚いたようだった。「親だろうとばかり思っていた」

「どうして？」

「印を戴くことができるのは、器とされた犠牲者の肉親だけ、しかも子供に限られているからですよ、オルキャスト殿」

「わたしの名はユーリです」精一杯凜々《りり》しい声で、ユーリは言った。「オルキャストって呼ぶのは、わたしが本当にしっかりしたオルキャストになるまでは、やめてください。ホント言うと、様付けで呼ばれることも、ずっと恥ずかしかったの。だから、ユーリでいいです」

　周囲の本たちがまたざわめき始めたので、ユーリは彼らに向かって、ごめんねと言い足した。

　実際、危機を脱してみると、ユーリはあらためて、恥ずかしさに身も心も灼《や》けそうだった。怪物に襲われて、みんなが危険な目に遭ったのに、あたしは何もできなかった。腰を抜かしてあわあわしていただけだった。

　気にするなと言われたって、気になるよ。

「わかった」

　ユーリを見つめて、〝灰の男〟は短く答えた。

「あなたのお名前を教えてください。〝灰の男〟は、通り名ですよね」

「何とでも好きなように呼べばいいが……」

　すかさずアジュが割り込んだ。「灰かぶり男」

「もっと面倒くさいじゃない」ユーリは笑った。「でも、通り名は、白い灰をかぶったみたいに見える、その髪からきてるのね？」

　〝灰の男〟は、束ねた髪をひと振りした。「おっしゃるとおり」

　ちょっと考えて、ユーリは言った。「じゃ、アッシュ」

　英語で、「灰」のことだ。好きなコミックの登場人物の名前でもあるから、知っている。〝灰の男〟はいかにも外国人ふうに見えるから、ちょうどいい。

アジュがむくれる。「オレの名前と似てる。イヤだよ」

「我慢なさい。間違えないから大丈夫よ。それと、こちらがわたしの従者のソラです」

ソラは痛そうに額に手をあてていた。あわてて挨《あい》拶《さつ》しようと腰を浮かすのを、アッシュは顎《あご》の先でうなずいて、素っ気なく遮《さえぎ》った。

「無名僧なら、俺も知っている。説明は要らん。それより、これまでの経緯《いきさつ》を聞かせてくれ。ユーリの兄さんについて、何かわかったか?」

ユーリはできるだけテキパキと説明した。今度は、アジュもスネて混ぜっ返したりせずに、的確な言葉を足して手伝ってくれた。

話を聞いている間ずっと、アッシュは眠そうな半眼のままだった。何を考えているのかわからないその表情が不安で、ユーリは何度か話の流れを見失いかけた。そんなときもアジュに助けられた。

この図書室でみちると出会ったことまで語り終えると、音楽のテストで縦笛やピアニカを一曲演奏し、先生が点数を出してくれるのを待っているような気分になった。

アッシュは長い指で自分の顎の先をつまむと、気《け》怠《だる》げに瞼《まぶた》を開いてユーリを見た。

「あのみちるという女の子には、希望を持たせない方がいい。必ずヒロキを見つけて連れ戻すなどと、安《やす》請《う》け合いしないことだ」

その言葉は、ユーリの心を逆撫《さかな》でした。「連れ戻せないってことですか?」

「少なくとも、みちるが望んでいる形の再会はあり得ん。ヒロキは既《すで》に器になってしまったんだからな」

これは、森崎大樹が元気にこの現実の生活のなかに戻ってくることはあり得ない、という宣告だ。ユーリは、喉元《のどもと》に満ちてきた冷たいものを呑《の》み下し、押し返してから尋ねた。「じゃ、兄さんを捜し出すことも不可能？」

「それはわからん。おまえさん次第だ」

「どうしてそんなふうに言い切れるの？」

「経験があるからな」

そしてアッシュは、不意にソラへと顔を向けた。

「そこのおまえ」

冷ややかな、責めるような呼びかけだった。視線の鋭さに、ソラが身を強張《こわば》らせる。

「おまえは何故、従者としてユーリについてきた？」

ユーリはアッシュとソラのあいだに割り込んだ。何だかわからないけどソラをかばってあげたいと、とっさに思った。

「あのね、今度の破獄《はごく》で『虚《うつ》ろの書』が傷《いた》んでしまったの。それで――」

万書殿大伽藍での出来事と、大僧正から聞いたことと、それを元にして自分の考えたことをまぜこぜにして、ユーリは大急ぎで説明した。アッシュはまばたきもせず、それを聞いているというより、ユーリが言いたいだけ言わせてしまおうという感じで、説明の切れ目がくると、

「おまえに訊いているんだ」

もう一度ソラに呼びかけた。

「おまえ自身がどう思っているのかを尋ねているんだ」

ユーリはそっと瞳を動かし、ソラに悟られないように気をつけて、彼を見た。ソラは困惑しているようだった。つっかえながら言い出した。

「私は、無名僧でありながら、ユーリ様のおいでを待ちわびてしまいました。外の世界に出たかった。ユーリ様のお供をしたかった。だから穢《けが》れた者とし

て、無名の地を放逐《ほうちく》され――」

とつとつとした弁を、アッシュは煩《わずら》わしそうに遮った。「もういい。わかった」

ユーリはかちんときた。何よ、その態度は。

「あなたが訊くから答えてるのに！　失礼じゃないですか」

「無名僧に無礼もへったくれもあるか」

こいつは〝無〟だ――と、アッシュはソラに指を突きつけた。

「〝無〟以外の何物でもない。こいつが何か感じようが、何か考えようが、そんなものはただの錯覚に過ぎん」

「だったら何でしつこく訊くの？」

「錯覚の内容を知りたかったからさ」

鼻先でふんとあしらうような顔をする。

「別段、珍しい言い分じゃなかった。だから、もういい」

ユーリは本格的にかちんときた。前言撤回《てっかい》だ。この人は見かけが怖いだけじゃなく、傲慢《ごうまん》で無礼で意地悪だ。

「ソラはわたしの従者です！　ちゃんと敬意をはらってほしいわ！」

「敬意？」アッシュは半目を開くと、首を突き出すようにしてまじまじとユーリを見た。

「これはこれは。異《い》なことを聞くものだ。敬意ね」

情けないことに、ユーリはひるんだ。「だ、だって、わたしはオルキャストだもの」

「オルキャストは偉いのか？　賢者や無名僧どもにそう教えられたか？」

尖った鼻を図書室の天井に向けて、アッシュは笑った。

「駆け出しのくせに、反《そ》っくり返ることだけは一人前か。オルキャストが何のために存在するか、その意味も知らんくせに」

さっきの目玉の怪物の罵倒《ばとう》を、ユーリは思い出した。小童《こわっぱ》が――と、あいつも嘲笑《あざわら》っていた。

「反っくり返るつもりなんかありません」

努めて自分を抑えて、ユーリは言った。

「ただ、ソラのことを〝無〟だなんて言わないでほしいだけ」

アッシュはすぐさま問い返してきた。「なぜだ？」

「だってソラはここにいるもの。〝無〟なんかじゃない」

ユーリ様と、ソラがユーリの腕に触れた。「よろしいのです。私は本来〝無〟であるべきものなのですから」

「そんな弱気にならないの！」

たちまちソラが身を縮める。アッシュは棒っきれのように細く長い脚を組んで座り直すと、歎《なげ》くように頭を振った。

「すぐキャンキャン騒ぐ。これだから女の子は手がかかるというんだ」

「女の子にこだわらないでよ！」

「口八丁になるのは、まず手八丁になってからにしてくれ」

アッシュは白髪の多い片眉を吊り上げると、「そうやって二人と一匹でぺったりくっついてるところは、まるで子供のお使いだ」

思わず、ユーリはソラからちょっと離れた。

「弱気といったら、実はおまえさんがいちばん怖がってるんだろう？　オルキャスト殿よ。〈英雄〉の追跡をやめて、とっとと家に帰りたくなってるんじゃないのか。それなら」

からかうように言ったかと思えば、今度はユーリの額に指を向けた。

「今すぐ、その印を付けてくれた賢者のところへ行って、外してもらうがいい。それでおまえは、お役ご免だ」

悔しいけれど、ユーリは大いにひるんだ。

「そ、そしたら、あなただって、困るくせに」

「困らんな。何ひとつ困らん。ちょっと余計に手間がかかるだけだ。ほかのオルキャストを探せばいいんだからな」

いきなり叩《たた》かれたのと同じくらいに、ユーリは驚いた。「ほ、ほかのオルキャスト？」

「いるさ。おまえさん、〝輪《サークル》〟のなかに自分ただ一人と思い上がっていたのか？　とんでもない。理屈の上では、器の数だけオルキャストがいたって不思議はないんだ」

犠牲者の数だけ。いや、犠牲者の肉親ならば、犠牲者の数よりまだ多いかもしれない。

「だったら、〝狼《おおかみ》〟の方をとっかえるって手があるぞ」アジュが小さな歯を剝《む》き出して言った。

「〝狼〟だって大勢いるんだからな。もっと親切で優しくて、オルキャストに敬意を抱いてる〝狼〟を調達するさ」

アッシュは平然としている。

「それも、理屈の上ではおっしゃるとおりだ。が、おまえさんたちにとっては得策じゃない。なぜならば、だ」

骨張《ほねば》った大きな掌を、彼は自分の胸に当てた。

「俺は『エルムの書』をよく知っている。俺は自分の頭の毛が何本生えてるか知らん。眉毛《まゆげ》の数さえわからん。が、あの写本のことなら知っている。何が書かれているのか、隅々まで知っている。全体で何字何行あるか知っている。どの章にどの言葉が何回出てくるかも知っている。もっとも多く出てくる名前を知っている。一度しか記されていない単語が何かを知っている。あれが禁忌《きんき》の写本でさえなければ、この場で諳《そら》んじてやってもいいくらいだ。実際、俺は譫言《うわごと》では何度も暗唱してるらしい。そばで聞いている者がなくて幸いだ。だからおまえさんたちは俺と組んだ方がいい。さもないと、回り道しているうちに――」

唐突な饒舌《じょうぜつ》が、そこで途切れた。アッシュの口元が、空足《からあし》を踏んだように空を嚙《か》んだ。

そして彼は目を伏せ、みちるが横たわっている方へ、軽く頭を振った。

「おまえさんたちが時間を無駄にしているあいだに、ああいう悲しみが増えてゆく。ひとつ、またひとつ、小さな世の終わりが増えてゆく」

戦《いくさ》は嫌だろう？　と、急に最初の穏やかな口調に戻ってユーリに問いかけた。

ユーリの耳の底では、「戦」という音よりも、もっと切実に響いている音があった。〝小さな世〟の終わり。そのとおりだ。乾みちるが今、直面しているのは、彼女の世界の終焉《しゅうえん》なのだ。

人は一人ずつ、己が生きる世界を持っている。みちるの世界には、彼女を助け、励ましてくれた森崎大樹がいた。だが彼は消えてしまった。みちるの世界は崩壊しつつある。

「あなたは」

ソラが静かな声で割り込んできた。アッシュを見つめている。

「ああいう悲しみも、これまでたくさんご覧《らん》になってきたのですね」

アッシュは答えない。ソラの視線さえ無視している。彼なんか、そこにいないみたいに。

つまり――と、アッシュは軽く椅子の背もたれを叩《たた》いた。

「好むと好まざるとにかかわらず、俺たちは一緒に行動するしかないのだよ」

「オレは嫌だよ」アジュはむきになっている。

「ユーリ、別の奴《やつ》にあたろう。『エルムの書』に詳しいのは、こいつだけじゃないはずだ」

ユーリの心の底で、またさっきの音が響いた。小さな世が壊れて、無数の悲しみの破片へと変わってしまう音。

「〝狼《おおかみ》〟にはオルキャストが必要なんだ」

アジュにかまわず、アッシュはユーリだけに話しかけている。

「黄衣の王を倒すには、おまえさんの額の印が要る。〝狼〟の力だけでは、彼奴《きゃつ》を追い払うことはできても、屈服させて〝虚《うつ》ろの書〟のなかへ追い返すことはできん」

共同作戦さ、と笑う。

「一蓮托生《いちれんたくしょう》と言ってもいいかな。おまえさんが黄衣の王に敗れれば、そのときは俺もお陀仏《だぶつ》だ」

ユーリは顔を上げた。「女の子でもいいの？」

「手を打とう」

ユーリは笑った。ウソだ。〝灰の男〟は、ユーリをあてになんかしていない。額の印がほしいだけだ。ユーリは印の運搬係に過ぎない。

でも、いい。ユーリの胸には、ふつふつとこみあげてくるものがある。

「わかった。でも、いつかあなたに、心底ホンキで、女の子のオルキャストでもよかったって言わせてあげる」

アッシュも短く声をたてて笑った。「負けん気が強いな。けっこう、けっこう」

出かけよう。アッシュはひらりと立ち上がる。

「って、どこへ？　あてがあるの？」

「あるとも。俺は『エルムの書』を熟知していると言ったろう？」

行き先は俺の〝領域《リージョン》〟だ、と言った。

「そもそも、『エルムの書』もそこから来たものだ。だから俺の専門なんだよ」

「外国ね。どこの国？　ヨーロッパかな」

ユーリの言葉に、図書室の出口に向かって歩き出していたアッシュがつまずきかけた。

「おいおい、おまえさんはまだ〝輪《サークル》〟と〝領域《リージョン》〟の違いさえちゃんと理解していないのか?」

「だって……」

アッシュは大げさに天を仰いでみせた。

「あのな、〝輪《サークル》〟とはすなわち全《すべ》てのことだ。おまえの理解の範囲で言うならば、宇宙の果てまで、すべてが〝輪〟だ」

「わかってるよ」

「領域《リージョン》はその内側に存在する世界だ。いくつもある。無数にある。で、おまえさんがこれまで暮らしてきた現実世界もひとつのリージョンだ。ヨーロッパってのは、そのなかの一部の地域だろう? あくまでも、おまえさんのリージョンの内側の場所に過ぎない」

アッシュのリージョンとは違う、という。

「じゃ、あなたのリージョンはどんなとこ?」

「ヘイトランド」

即答されても、わからない。

「正確には、『ヘイトランド年代記』が俺のリージョンだ」

助言を求めて、ユーリはアジュの小さなすべすべした身体に触れた。ネズミのしっぽがぶるんと震えた。

「こりゃ驚いたな」アジュはキィキィ声で言う。

「ユーリ、こいつは、そういう題名の本のなかの登場人物だよ。生身の人間じゃない。作り話のなかの存在なんだ!」

ユーリは目を瞠った。大僧上が領域について説明してくれたとき、物語が領域を作るということを言ってなかったか。すなわち、一冊の本は、ひとつの領域だと。

「仰《おお》せのとおり、俺はいわゆる〝架空の人物〟ってヤツだ。『ヘイトランド年代記』という物語を書いた〝紡《つむ》ぐ者〟が、俺を創《つく》った」

思わず、ユーリはアッシュを指さしてしまった。

「でも今、ここにこうして実在して、歩き回ってるじゃない！」

「歩き回っちゃ悪いかい？　おまえに印を付けてくれた賢者は、そういうこともあると教えてはくれなかったか？」

「〝紡ぐ者〟とは、物語の作者です」と、ソラが呟《つぶや》いた。

「俺を創った〝紡ぐ者〟は、とっくにヒトの寿命が尽きて死んだ。だが俺は生きている。不死の身だ。誰かが『ヘイトランド年代記』の続きを書いて、俺を殺さない限り。もしくは、黄衣の王に喰《く》われない限りはな」

ついでに言っておくが――と、ため息。

「〝狼《おおかみ》〟の半分方は、俺と同じだ。数の上では、生身の人間の〝狼〟と拮抗《きっこう》している。逆に言えば、それだけ生身の〝狼〟たちはよくやっているということでもある。あいつらにもほとんどの〝紡ぐ者〟と同じ、寿命という限界があるのだから」

しかし、創作物である〝狼〟たちは、事実上は不死の存在だ。

「ほとんどの〝紡ぐ者〟」と、ユーリは復唱した。

「ということは、誰か生身の人間に創作された〝紡ぐ者〟もいるんだよね？」

「いるとも。わかりが早くなってきたな」

作家が、作家が出てくる物語を書く場合があるからだ。

「だけど創作する人たちは、最後のページで物語の結末をつけるよ。そこでその物語は終わるんだよ。だったら、そのなかの登場人物たちが勝手に動いて、あなたみたいな〝狼〟になったり、〝紡ぐ者〟として物語内物語を書き続けたりできるわけがないじゃない」

言ってるそばから混乱してきそうだ。

「なぜ、そんなわけがないと言い切れる？」

アッシュは振り返り、ユーリに正対して見おろした。

「なるほど、紡ぐ者たちは己の書きたいだけの話を書いたら、そこで筆をおく。だが、彼らがこしらえた〝領域《リージョン》〟はそこにある。存在し続けるんだ。そのなかの生き物たちは、たとえ創作物であろうとも生き続ける」

だから――と言って、アッシュはちょっと息を整えた。目つきが鋭くなった。

「だから、物語を綴《つづ》るという作業は、恐ろしいことなのだ。世界を作り、国を作り、歴史を作り、命を作る。綴られた物語は、作者の〝紡ぐ者〟がいなくなっても、消え失《う》せたりしない。いつか〝無名の地〟に回収されるまでは」

そして、軽く首をかしげた。「ああ、だから、俺はさっき言い間違いをした。創作物も不死ではない。〝無名の地〟に召喚《しょうかん》され回収されたら、領域ごと死ぬことになるからな」

ユーリ、と呼ばれた。

「この先、俺がいいと言うまでは」

「言うまでは？」

「だってとか、どうしてとか尋ねるな。質問をするな。手間がかかってかなわん」

ユーリはしおしおと承知した。

「あの怪物の結界を解くぞ。みちるを起こしてやれ」


みちるとは、ユーリが一人で話をした。ソラがついてこようとすると、アッシュが彼を乱暴に押しとどめたのだ。

「女の子同士に任せておけ」

約束したばっかりだから、ユーリも「どうして」と尋ねなかった。どっちにしろ、みちるにはソラの姿が見えないんだから、いいじゃないかと思ったけれど、言い返さずに我慢した。

アッシュには釘《くぎ》を刺されたけれど、やっぱりユーリには、「もう森崎君は帰ってこないよ」なんて言えなかった。いつ帰るかわからないけど、だからこそみちるは元気でいなくてはいけない、命を無駄にしてはいけないと言うことしかできなかった。

「今日はもう、家に帰った方がいいですよ。ゆっくり休んでね」

みちるはぼんやりしていた。現実世界の人間に印をあてると、意識を取り戻させたり、怪我《けが》を治したりすることができるけれど、そんなことになる前の記憶が消える——と、さっきアッシュに教わった。

彼の言葉に嘘《うそ》はなかった。みちるは気絶から覚めると、最初のうち、ユーリのことさえ、よく思い出せないようだった。

「明日からは、できるだけ学校に来るようにしてね。今のクラスの友達や先生は、みちるがまた虐《いじ》められるようなことがあったら、見て見ぬふりなんかしないで助けてくれるんでしょう？」

「うん……」

「だったら、元気を出して。みちるがそんなふうにしていると、森崎君は悲しみますよ」

呆然《ぼうぜん》としたまま、みちるはうなずいた。彼女が校庭の端をとぼとぼ歩き、校門を抜けて出てゆくのを、ユーリは図書室の窓から見送った。

アッシュが結界を解いたので、休み時間がくると、廊下にはまた生徒たちが溢れ出てきた。そのなかを、誰にも見られず存在さえ気取《けど》られず通り抜けて、ユーリたちは校庭の中央まで歩いた。アッシュがそうしたがったのだ。

「これが、ヒロキを取り囲んでいた人間たちか」

半眼をさらに細めて、アッシュは校舎を振り仰いだ。窓から顔を覗《のぞ》かせて、明るい声をあげている生徒たちを見やった。半袖《はんそで》のワイシャツ姿の先生が一人、校舎から出てきた。体育館の方へと歩いてゆく。手にした出席簿を額の上にかざして、眩《まぶ》しい陽射《ひざ》しを遮りながら。

「のんびりしてるよね」と、アジュがちょっぴり苛立《いらだ》たしそうに言った。「オレ、腹が立つ」

ヒロキの身に起こったことを思うとさ――と、ピンク色の鼻の頭を震わせる。

「こいつら、何にも知らないんだもんな。知ってる奴《やつ》らは、責任もとらず、罰も受けずに知らん顔してるし」

アッシュは無言だ。ソラはまた、頭上の青空に見とれている。

わぁっと歓声が聞こえてきた。校舎の二階、真ん中あたりの窓だ。男子生徒が何人か、窓際で騒いで笑い転げている。と、そのうちの一人が窓から乗り出すようにして腕を宙に突き出した。手にしているのは、どうやらノートのようだ。

「ほら、取りに来いよ、取りに来いよ！」

ノートを宙でバサバサ振ってみせながら、教室の奥にいる誰かに呼びかけている。いや、明らかにからかっているのだ。まわりで笑っているのは仲間たちだろう。捨てろ、捨てろと囃《はや》したてる声も聞こえてくる。

問題の窓の真下には、小さな浅い池がある。ノートをそこに捨ててしまえという意味だろう。返してよ、というような細い声を、ユーリの耳は聞き取った。

「ユーリ様」

ソラが傍《かたわ》らに寄ってきた。不安げにまばたきをしている。

「アジュの言うとおりね。あたしも腹が立つ」

バカ騒ぎをしている男子生徒たちが、森崎大樹と関《かか》わりがあったかどうかなど、わからない。でも、気分のいい景色では、絶対にない。

さっきの先生が、体育館の方向から戻ってきた。頭の上で生徒たちが騒いでいるのに、見上げようともしない。淡々《たんたん》と歩いて、校舎のなかに消えた。二階の男子生徒たちも、まるで先生の存在など気にしていない。

奪われたノートの持ち主らしい男子生徒の上半身が、窓際にちらりと覗《のぞ》いた。怯《おび》えた白い顔だ。ノートを取り返そうとして、すぐこっぴどく突き飛ばされ、見えなくなった。転んだのだろう。

「みんな、ちょっと待ってて」

ユーリは校庭の端の木立《こだち》の方へ走った。今はそれとわからないけれど、桜並木だ。かなりの大木が並んでいる。充分にユーリの姿を隠してくれる。

ユーリはそこで、化身した。警察署の受付で会った「樫村」という婦警の姿を借りた。制服のデザインだけでなく、丸い目も下がり眉毛《まゆげ》も覚えている。ただ胸の名札だけは、正確に再現しなかった。もしかして迷惑がかかるといけない。

樫村婦警は、お母さんタイプの優しそうな人だった。本当なら、もっと見るからに怖そうな人に化身したいところだ。でも、今この場で必要なのは「制服」だ。普段から、パトロールのお巡りさんの服装をもっとよく観察しておけばよかった。

ユーリは桜並木の陰から出ると、ためらいもなくずんずん歩いて校庭の真ん中に戻った。そこで頭をもたげると、両手を腰にあてて二階の窓を見上げた。

さっきの男子生徒たちのバカ騒ぎはまだ続いて——いるどころか、あろうことか、ノートの持ち主の男子生徒が、窓の手すりの上に押し上げられている。身体が半分宙に浮いている。彼の顔は恐怖で色を失い、懸命に体勢を立て直そうとするのを、後ろから押したり叩いたりする何本もの腕が邪魔をする。囃《はや》したてる声は、一段とやかましい。

今にも押し出されてしまいそうになりながら、必死に手すりにしがみついている男子生徒の肩の後ろに、ゲラゲラ笑う顔がひとつ現れた。さっきノートを持っていた男子生徒だ。手すりに乗り上げている男子生徒の制服を引っ張り、残酷にも指を引き剝《は》がそうとする。

「飛んじゃえよ！　ホラ、飛べって！　おい、誰か脚をつかめ！」

ユーリは胸いっぱいに息を吸い込み、怒声を放った。「おやめなさい！」

二階の窓際の動きが止まった。いくつかの目がユーリを――校庭の真ん中に立つ婦警の姿を見てとった。何だよ、と、窓辺に寄ってくる新しい顔も二、三人。

「あ、ヤベぇ？」

警察じゃん。誰の声だか知らない。実に軽々しく、人をバカにしきった声に聞こえた。その瞬間、ユーリの怒りは我慢の限界を超えた。

婦警姿のまま、額の印に掌で触れた。その掌を、怒りの根源に向けて、大きくなぎ払うように突き出した。手すりに乗り上げていた一人を除き、残りの男子生徒たちが窓辺から吹っ飛ばされた。ひと呼吸おいて、問題の教室の奥から、机や椅子がぶつかり倒れる派手な音と、女子生徒たちの甲高《かんだか》い悲鳴が聞こえてきた。

「先生、せんせ～い！」

泣き声があがる。こんな時だけ先生を呼ぶのか。

ユーリはまだ宙に突き上げたままの掌を拳にした。手すりにしがみついている男子生徒が、口を全開にしてユーリを見ている。

ユーリは化身を解いた。婦警の姿はかき消えた。

急に日陰になった――と思ったら、すぐ後ろにアッシュの長身があった。

「オルキャスト殿のふるまいとしては、いかがなものかな」

言葉とは裏腹に、声音は笑いを含んでいた。校舎の窓を仰ぐ目元も緩んでいる。

「あいつらはヒロキの件の関係者か?」

「知らない。でも放っておけないでしょ」

先生が駆けつけてきたらしい。手すりにしがみついた男子生徒が、教室の方に顔を向ける。途端に首を縮めた。叱《しか》られたらしい。

「あの男の子のせいにされちまうぞ。どうする」

そこまでデタラメな先生とは思いたくないけど——いや、でも今、虐《いじ》められていた男子生徒が手荒く手すりから引《ひ》っ剝《ぱ》がされた。大人の男の怒声が降ってくる。ユーリは動転した。何でそうなるのよ!

「ま、もう一発カマしとくか」

事も無げに言うと、アッシュは右手で短剣を抜いた。手のなかでそれをくるりと回しながら、何か短く呟くと、剣の切っ先をぴしりと窓に向けた。

波動が迸《ほとばし》る。問題の窓だけではなく、周囲の窓のガラスが全部、ビリビリと鳴った。虐められていた男子生徒の首根っこをつかんでいた先生が吹っ飛ばされて消えた。今度は男子生徒も手すりから転げ落ちた。

一階、二階、三階、校舎の正面の窓という窓から、生徒たち先生たちがおそるおそる首を出す。首の行列だ。それをしっかり見据えて、ユーリはアッシュに言った。「〝狼《おおかみ》〟のふるまいとしても、いかがなものかと思うけど」

「余興《よきょう》に、魔法剣をお見せしたまでですよ」

いつの間にか剣を収めて、アッシュはにやりと笑う。「ついでにおまえさんも、紋章《もんしょう》魔法の初歩を体得したようだ」

ユーリは言った。「あたし、恥ずかしい」

押し戻せず、溢《あふ》れてきた想《おも》い。

「あたしのリージョンには、こんな連中ばっかりがいるわけじゃないのに」

懐手《ふところで》をして、アッシュはうなずく。「百も承知だ。俺は経験豊富だからな」

邪気はどこにでもあるさ。

「大きなものも、ちっぽけなものも、な」

学校内では、上を下への大騒動が始まっているようだ。非常ベルまで鳴り出した。

「ヘイトランドへ行きましょう」

うつむいて、ユーリは踵《きびす》を返した。

# 第九章　憎悪と恐怖の国

　アッシュは、彼一人だけなら、いつでも好きなときに好きな領域《リージョン》から領域へ移動することができるという。〝狼《おおかみ》〟たちは、みんなその術を身につけている。

「紋章魔法から派生した、基本の呪文だ。これが使えないなら、土台《どだい》、〝狼〟にはなれん。追跡には必須《ひっす》だからな」

　でも、今はこの人数だ。別の方法をとらねばならない。一同は、まず水内《みのち》一郎《いちろう》の別荘へ移動することにした。図書室の床の紋章を使えば、一度に何人でも、どこへでも運んでくれる。

　しばらく森崎《もりさき》友理子《ゆりこ》の現実世界にいた後だったので、移動のとき、ユーリは軽い目眩《めまい》を感じた。ソラがしっかりと手を握っていてくれた。

　別荘の図書室は、相変わらずほの暗く、埃《ほこり》くさく、静まりかえっていた。数多《あまた》の本の気配に満ちあふれているのに、凪《な》いだような静けさがある。外の世界から戻ってきて、ユーリはあらためてその異質な雰囲気を実感した。

「おお、来られたか」

　ユーリの靴底が図書室の床を踏みしめ、目の焦点が合ったか合わないかのうちに、賢者《けんじゃ》の重々しい声が呼びかけてきた。ただいま――と、言いかけたが、それより先にアッシュが紋章の輪のなかから足を踏み出し、書架の一角の高いところを仰《あお》いで、穏《おだ》やかな声で挨拶《あいさつ》を投げた。

「お久しぶりです」

賢者はアッシュに声をかけたのだった。

「やはり、貴公でしたな」

「私の縄張《なわば》りです――と申し上げましょうか」

賢者とアッシュは突然、ユーリにはまったく理解不可能な言語を操《あやつ》って会話を始めた。どうやら、アジュにもソラにもわからない言葉であるようだ。二人ともぽかんとしている。

早口のやりとりで、あいだに、アッシュは何度となく短くうなずいた。ユーリとソラの方に、素早く視線を投げることもあった。専門家同士が、専門用語を駆使している。ユーリたちは蚊帳《かや》の外だ。アジュが不満そうにきゅうと鳴いた。

アッシュはユーリを見返ると、半歩退《しりぞ》いて一礼し、促《うなが》すような顔をした。

「あの、兄さんの学校へ、行ってきました」

「事の次第は聞きました。お辛《つら》かったことでしょう」

賢者の口調は柔《やわ》らかく、深い緑色の光のまたたきは、ユーリの目にも優しかった。

「ヘイトランドへ行かれるそうですな」

〝灰の男〟のリージョンですと、賢者は続けた。

「強い味方を得られた。ご安心なさい」

「賢者さんは、アッシュがわたしたちのところへ来ることをご存じだったんですね」

「永《なが》い付き合いだからな」とアッシュが答え、指で足元の紋章をさしてみせた。「だが、来たのは俺だけではなかったようだ。ごらん、紋章を補修した跡がある」

ユーリが描いたたどたどしい線が、より濃く、太く、くっきりと描き足されているところがある。

「ほかの〝狼〟？」

「ああ、そうだ」

「〝狼〟にはそんなこともできるの？」

「造作《ぞうさ》ない。誰が来ました？　ヴントですか」

「カーナッキでござりますよ。貴公以上に久しいお顔を拝みました」

賢者は喜んでいるようだった。

「貴公が既《すで》に来ていることを告げますと、ならば任《まか》せようと、すぐ戻られました。デュカスキの荒涼《こうりょう》山脈で獣人《じゅうじん》狩りを続けているとの伝言がござりました」

「元気な爺《じい》さんだ」

「――と言われるほどの歳《とし》の差はないと言ってくれとも」

楽しげなやりとりで、再びユーリたちは蚊帳の外である。

「来たついでだと、この屋敷の周囲に空亡《くうぼう》の結界を張り巡《めぐ》らせていってくれました」

「それは助かる。あなた方も安心だ」

「何の話だよ?」たまりかねて、アジュがきぃぃぃぃと割り込んだ。「オレたちにもわかるようにしゃべれよ。何だよ、クーボーって」

「緑衣の賢者よ」アッシュはアジュを無視して賢者に言った。「あなたが選んだこの辞書は、えらく未熟だ。お考えがあってのことですか」

賢者は静かに応じた。「私が選んだというより、アジュは黄の印に選ばれたと申した方がよろしいでしょう。貴公にはおわかりかと思うが」

「確かに。だがこいつの黄の印なら、もうだいぶ薄れているようです。ユーリの紋章のそばにいたからでしょうが……」

そう言って、アッシュはくるりとユーリを振り返った。「別の辞書を連れて行く気はないか?」

ユーリはぶんぶんと音が出そうなほどの勢いでかぶりを振った。「アジュと行きたいんです」

「ありがとう、ユーリ」アジュが小声で呟《つぶや》く。

はいはい――と、アッシュは鼻先で応じた。

「それなら仕方ない。空亡の結界というのはな、周囲の世界の人間たちの目から、この屋敷を隠すための仕掛けだ。同時に、既にこの屋敷について知っているユーリの身内の者たちの、この屋敷についての記憶を喚起《かんき》しにくくする働きもある」

要するに、カーナッキという〝狼《おおかみ》〟のおかげで、当分のあいだこの別荘に近づく人間はいないということだ。

「――獣人《じゅうじん》狩りって？」と、ユーリは質問した。だって、何とも興味深い話題ではないか。

「読んだ人間を」と、アッシュはページをめくるような仕草をしてみせて、「獣人に変えてしまう呪いの書が存在する。写本のひとつだ。カーナッキは、もう五年以上もそいつを追っかけてるんだよ」

そう、としか返事ができない。

「安心しろ。別の領域《リージョン》の話だ」

「その獣人を、人の姿に戻すことはできるのでしょうか」と、ソラが尋ねた。

アッシュは鋭くソラを見据《みす》えた。

「ない。人としての理性も戻らない。放っておけば、次から次へと人を襲って喰《く》らう。ただのケダモノ、醜《みにく》い怪物だ。だから殺してやるのが慈悲というものなのだ」

ソラは視線を下げてうつむいた。

「怖い、ね」ユーリは正直に言った。ただ本を読んだだけで、怪物に変わってしまうなんて。〝英雄〟の負の側面を記した写本の、恐るべき力。

ひょっとしたら――冷たいすきま風のような思考が、ユーリの心をかすめた。兄さんにも、同じようなことが起こっているかもしれない。取り憑《つ》かれ、心を奪《うば》われただけではなく、姿形まで変わってしまっているのかもしれない。

アッシュはマントの裾《すそ》を揺らして、紋章の中央へと踏み入った。

「この程度で臆病《おくびょう》風に吹かれているようじゃ困る。

ヘイトランドはもっと凄《すさ》まじい領域だからな」

ユーリは彼の顔を見て、ついで賢者の緑色の光を見上げた。「でも、『エルムの書』はそこから来たんでしょう」

「左様《さよう》でございます」

「じゃ、行きます。どんなところでも行きます」

うなずいて、ソラがユーリの脇に並んだ。「参りましょう」

床の上の紋章が青白い光を放ち始めた。

移動を終えた瞬間——まさに足が地についたかつかないかのうちに、

「ハックション！」

ユーリは大きなくしゃみをした。

寒い。凍えるような寒さだ。いったいここは何処《どこ》なんだ？　山のてっぺん？　氷河のど真ん中？

いや、室内だった。ユーリの足は床板の上。土壁が見える。梁《はり》が見える。窓がある。その窓の傾《かし》いだ枠《わく》には、カーテンのつもりなのか、ボロ布が引っかけてある。ひらひらはためいている。凍りつくような外気は、そこから吹き込んでくるのである。

ぎしり、ぎしりと何かが軋《きし》んでいる。

ユーリは足元を見た。ここにも紋章がある。図書室のものよりは、ひとまわり小さい。描いてあるのではなく、刃物で床板に刻み込んであるらしい。床板は、それ以外の部分も傷だらけだ。

どこか、小屋のような建物のなかのようだ。人の住まいで——あるようだ。ベッドがある。粗末な造りの衣類掛けがある。テーブルと椅子。机。そしてあちらにもこちらにも、書架。書架から溢《あふ》れた本が床に、椅子の上に、ベッドの脇に。

「俺の住まいだ」

アッシュは言って、紋章から歩み出ると、いかにも自宅に帰ってきた人の気楽さで、黒いマントを脱ぎ、手近の椅子の背に放り投げた。ブーツも脱ぎ、そこらに転がす。室内を横切り、ボロ布がはためいている窓のところへ行って、何とかそれを閉めようと、取っ手みたいなものを引っ張ったり揺すったりし始める。

ユーリは啞然《あぜん》とした。こんなにも寒くて、殺風景で、それでいてゴタゴタと散らかった住まいを見たのは生まれて初めてだ。

机の上には、本や書類綴《つづ》りが山積みになっている。ペンが何本も転がり、ペン立てが傾いている。机の正面の壁には、数え切れないほどの書類や紙束がピンで留《と》めてある。まるで、壁から紙束が生えているみたいな眺めだ。

テーブルの上には、何本かの瓶と、グラス。それと試験管立てとフラスコみたいなものもある。それと——どう見ても武器。剣とナイフと、あれは弓矢だろうか。それにしてはごつい。丸めた大きな書類の束《たば》。地図かしら？　それと、あの球体は、

「地球儀？」

恐る恐るそちらへ近づきながら、ユーリは問いかけた。そのとき、アッシュが窓を閉めることに成功した。冷風が、やっと止まった。

「建て付けが悪くてな」

ぶつぶつ言いながら戻ってきて、テーブルのそばに点在している椅子のひとつに、無造作に腰をおろした。座る前に、これまた無造作に、そこに積み上げてあった雑多な荷物を払い落として。

「ま、そのへんに適当に座るといい」

床の上に直《じか》に座るのが、無難な選択だ。

「死ぬほど寒いけど、どうなってンだ？」ユーリの襟元《えりもと》に逃げ込みながら、アジュが怒っている。

「暖房とかないのかよ？　暖炉とか薪《まき》とかストーブとかさぁ」

「あることはあるが、使えるかな」

レンガ造りの暖炉の外枠《マントルピース》が、本の山の陰になっている。見てみましょうと、ソラがまめまめしく動き出した。

「それ、地球儀でしょう？」

ユーリがテーブルの上を指すと、アッシュは片手を持ち上げ、それをとんと押して、回転させた。

「この領域《リージョン》の、な」

「じゃ、わたしが知ってる地球儀とは違うね」

遠目で見ても、大陸の形が全然異なっている。

「でも、方角は同じ？　上が北ね」

「そうだよ」

「ヘイトランドは、どこにあるんですか」

惰性《だせい》で回っている球体を、アッシュの長い指がぴたりと止めた。ちょっとだけ右へ回す。そして、球体のてっぺんから五分の一ほどの高さの場所を押さえた。

「ここだ」

ヘイトランドは、北の果ての国なのだ。

「広い国？　大きさは？」

アッシュは答えず、意味ありげに地球儀の一点を押さえた指の先っぽに目をやった。

「指先で隠れちゃうくらい？」

「そういうこと」

ぎしり、ぎしり。やっぱり何かが軋む音がする。音は上から聞こえてくるようだ。が、床に触れているユーリのお尻に、軋む音と同じリズムで振動が伝わってくるのは何故だろう。

「これ、何の音？」

アッシュは頭上を指さした。「風車があるんだ。この村の主要な動力源なんだよ」

電気は――ないらしい。そう思ってあらためて観察すると、あちこちにランプやカンテラみたいなものがぶら下がっている。

「寒く、貧しく、小さな国の、しかもここは辺境《へんきょう》の村だ」

カナル村という。村人たちは狩りと農業で生計を立てているという。

「窓から外を覗《のぞ》いてごらん」

言われたとおりに窓に近づき、まず、自分の息が真っ白に見えることに驚いた。ついで、窓枠のまわりにびっしりと小さな氷柱《つらら》が下がっていることにも驚いた。

室内はこんなに寒いのに、それでも窓が曇《くも》っている。掌《てのひら》で曇りを拭《ぬぐ》おうとすると、曇りの正体の半分方は汚れであることを発見した。アッシュは掃除嫌いらしい。

「雪が降ってる……」

窓に顔を近づけたユーリの鼻先を、ガラス越しに、ちらちらと雪の欠片《かけら》が舞い降りてゆく。

「これでも、冬が始まったばかりの季節だ」

窓の位置は高く、ユーリはうんと背伸びをしなくてはならない。アジュがユーリの頭の上へと駆けのぼり、窓ガラスに鼻の頭をくっつけてしまって、くしゃみを連発し始めた。

ガラスはただ曇っているだけではなく、もともと透明度の高いものではないらしい。そこまでの技術がないのだ——と気づいて、ユーリはゆっくりと納得を噛《か》みしめた。ヘイトランドは、二一世紀初頭の日本とか、アメリカとか、ヨーロッパみたいな国々とは違うのだ。そういう世界ではないのだ。もっとずっと〝昔〟なのである。

爪先《つまさき》立ちして、目を凝《こ》らす。小雪の欠片の向こう側に、白く凍った景色が見えてくる。

家々の屋根。三角に尖《とが》り、正面や後ろ側に風車の塔を戴《いただ》いている。どの家もレンガと木の柱、羽目《はめ》板《いた》を組み合わせたような造りだ。色彩は単調そのもの。素材の色で統一されている。ペンキとか塗料というものは存在しないらしい。

自然の色もない。家々のあいだにしょぼしょぼと立つ木々の葉は枯れ落ちて、枝ばかりが尖っている。草木はない。〝無名の地〟にさえあった芝の色も見えない。花もない。

家のあいだをめぐる小道は、半《なか》ばは泥でぬかるみ、半ばは凍りついている。

どこかで犬が吠《ほ》えている。ああ、犬はいるんだ。

「夏場でも鍬《くわ》が入らない、固い土地が多くてな」

いつの間にか、アッシュが傍《かたわ》らに来ていた。

「それでも村の南側は麦畑になってる。収穫時期はとっくに過ぎた。これからはもっぱら狩りだ」

男たちは凍りついた森や山に分け入り、獣《けもの》を狩って毛皮と肉を得る。女たちはそれを加工する。まず自分たちの命をつなぐ衣食を確保し、余った分は売る。青い野菜や果物は春が来るまで手に入らないが、根菜《こんさい》の類《たぐい》は山にもあるし、備蓄《びちく》ができるから主食になる。

「麦の大部分は年貢でとられちまうからな。ここじゃパンは貴重品だ。芋ばっかり食うことになる。ユーリは、腹は丈夫か？」

「……たぶん」

でも、魔法でお腹《なか》をいっぱいに保っておくようにしよう。

窓から染《し》み入ってくる冷気で、目に涙がにじんできた。

「外に、誰もいないね」

「女子供は家にいる。男たちはまだ山から戻ってくる時刻じゃない」

ならば窓明かりぐらい見えてもよさそうなものだ。今は昼間なのだろうけれど、ユーリの感覚では、この天候だったら灯《あか》りを点《つ》けたい。でも、ランプの油も貴重品なのかな。

「ここ、高いね」

爪先《つまさき》立ちでは、窓から下の方を見ることができないからよくわからないのだが、空が近い感じがするのだ。と、アッシュがひょいとユーリを持ち上げてくれた。何かの上に足が乗る。壁の幅木《はばき》だ。

「この小屋は、丘のてっぺんに立ってる。〝死者の丘〟の」

ぎょっとした。「死者の丘？」

「まわりは墓場だ。小屋から出るとよくわかる」

「アッシュ、どうしてそんなところに住んでるの？」

「俺は死者に親《ちか》しい者だから」

これだよこれ、火打ち石。アジュの声がする。どこにいるんだ？ 室内を振り返ると、ソラが首尾良く暖炉を発掘し終えて、薪《まき》を積み上げ、火を点《つ》けようと試みているところだった。アジュは彼の頭の上に乗っている。

細い焚《た》きつけに火が点き、ソラがにっこりした。

「うまくいきました」

薪が燃え始めた。どうやら暖炉は使えるようだ。ソラの禿頭《とくとう》に、炎の色が明るく映える。

「そこの階段を下りると、階下《した》に竈《かまど》がある」

アッシュが、部屋の一角をさしてソラに言った。

「火を熾《おこ》して湯を沸かしてくれ。ユーリは何か温かいものが欲しいだろう」

かしこまりましたと、ソラは早足で階段を下りて行った。硬い足音が響く。

「あたしも手伝う」と、ユーリは立ち上がった。

「あいつに任せて、座ってろ」

「だってソラは召使いじゃないよ」

「従者《じゆうしや》だろ？」アッシュは真顔だ。「それに今は、貴重などうしてタイムじゃないのか。後になって、何故なのどうしてなのと質問したって、俺は答えんぞ」

「アッシュは、ソラのことあんまり好きじゃないみたいね。信用してないっていうか――」

「無名僧《むめいそう》には無名僧の役割があると心得ているだけですよ、オルキャスト殿」

ユーリは黙った。アッシュはテーブルの上の瓶をかわりばんこに持ち上げて、中身が残っているものを探している。

「まわりが本当に墓場なのかどうか、見てくる」

返事を待たずに、ユーリは階段を駆け下りた。アジュが襟首にしがみついている。

一階も寒くて殺風景で散らかっていることに変わりはなく、さらに階上《うえ》より天井が低く、穴蔵《あなぐら》みたいだった。

ソラは竈の前で仕事に取りかかっていた。竈のある場所すなわち台所なのだろうけれど、食材や調味料らしいものは見あたらない。

が、ソラはユーリの顔を見るとにっこりした。

「お茶がございますよ、ユーリ様。水瓶《みずがめ》の水も、替えたばかりの新しいものです。アッシュ殿は、どなたかにここの留守を頼んでおられるのかもしれませんね」

その留守番役は、掃除まではしないらしい。

「外を見てみる」と言って、ユーリは小屋の出入口らしい片扉へと向かった。丸木を並べて金具で留めただけの荒っぽい造りだが、動かそうとすると、思いのほか重量があった。

「よいしょ、と」

何とか三十センチほど扉を押し開けると、雪が舞い込んできた。冷たい風に、たちまち顔が凍りつきそうになる。ユーリは目を細め、守護の法衣のフードをすっぽりとかぶって、外へ足を踏み出した。眼前に広がるのは——

白と灰色と、凍った地面の色。小屋の前には数段のステップがあり、手すりが傾いている。

滑らないように、その手すりをつかんでステップを降りた。絶え間なく、密度を増しながら降り続く雪のせいで、守護の法衣が白く変わってゆく。

アッシュの言葉に嘘《うそ》はなかった。この小屋はなだらかな丘のてっぺんにあった。丘の斜面は三六〇度、墓石《ぼせき》で埋め尽くされていた。

四角い石を置いただけの、簡素な墓だ。それが数え切れないほどある。色合いが少しずつ異なるのは、そこに置かれてからの年月に差があるからだろう。

ユーリは、ゆっくりと白く長い息を吐き出した。

「凄《すご》いね」

アジュが襟元で「うん」と言った。

「……お墓の大集合だね」

みんなして、アッシュの小屋の足元に、ぞろぞろと集まってきているみたいにも見える。

「村人全員が死んでんじゃないのかな」

冗談のつもりらしいが、冗談には聞こえない口調で、アジュが呟いた。

「こんなちっぽけな村なのにさ。墓の数の方が、人口より多いよ、きっと」

足元の凍った地面を踏みしめ、ときどき霜柱を踏み砕きながら、ユーリは慎重に墓石のあいだを巡って歩いてみた。墓たちが集まってきているという印象は、おかしな錯覚ではなかった。むしろ、ユーリは直感で、正しく事実をつかみ取っていたらしい。

ユーリには読み取ることのできない文字で記された墓碑銘《ぼひめい》は、すべて小屋の方を向いていた。アッシュが陣取っている二階の窓を仰ぐように。

そして、軋《きし》む風車をてっぺんに戴《いただ》く古びた二階建ての小屋と、大勢の墓が集《つど》うこの丘を、石垣と鉄《てっ》柵《さく》を組み合わせた頑丈そうな塀が、ぐるりと取り囲んでいる。出入口は一箇《か》所だけ。どっしりとした鉄の門扉《もんぴ》が、自重を支えきれないのか、蝶番《ちょうつがい》のところから大きく左に傾《かし》いでいる。開け閉《た》てすることのできる側には鎖がぐるぐる巻きにしてあり、そこに南京錠がぶら下がっていた。

アッシュが戸締まりしているというよりは、誰かがこの墓所の丘を、アッシュごと閉じこめようとしているかのようだ。

小屋のステップを上がって、戸口の前で法衣の雪を念入りに払い落とし、ユーリは室内に戻った。竈で火が燃えている。ソラが振り返った。

「死にそうに寒いけど、でもだんだん慣《な》れてきたみたい」と、ユーリは彼に笑いかけた。「これも、守護の法衣の力のおかげだね」

「とは思いますが」ソラは心配そうだった。「すぐ、お茶をお持ちいたします」

ユーリは階段を上がっていった。アッシュはテーブルの上に足を載せ、背もたれに深々ともたれかかっていた。

「気が済んだか」

ユーリは部屋の真ん中辺りまで行って、守護の法衣をたくしあげ、膝《ひざ》を抱えた。

「こういう便利な法衣を持ってないこの村の人たちは、みんな寒さで凍え死んでしまうの？」

アッシュは両眉《りょうまゆ》を持ち上げてみせた。「ふむ」

「凍死じゃないなら、疫病《えきびょう》かな。それとも戦《いくさ》？あれって全部で、何年分の人たちのお墓？　みんないっぺんに死んだわけじゃないよね？」

アッシュはここで何してるの？　真《ま》っ直《す》ぐに問いかけると、ようやくアッシュはからかうような表情を消した。

「ユーリは、『ヘイトランド年代記』を読んだことがないんだな」

「うん。題名も知らなかった」

「だろうな。その年頃《としごろ》の女の子が進んで手に取るような本じゃないし……そもそも、ユーリの読める言葉に翻訳されてるかどうかも怪しいか」

アッシュはテーブルから足をおろすと、どっかりと座り直した。

「この国には、独立国となってから、ざっと千年の歴史がある。『ヘイトランド年代記』は、その歴史書だ」

ユーリはうなずいて、先を促した。

「さっき見せたように、地球儀の上じゃ、指先で隠れてしまうくらいのちっぽけな国だよ。なのに争いが絶えない。外部の国から侵略されることもあれば、侵略することもある。内戦もある。この百五十年ばかりは、ずっと内戦、内乱状態だ」

「政治家はいるんでしょう?」

「いるよ。王家があって、その下に貴族や特権階級の連中で構成される議会がある。基本的には王政国家だ」

王様がいて、貴族がいる社会なのだ。

「ただ、王家の血筋もいくつかあってな。おまけに内輪揉《も》めが大好きときている。それがずっと内乱のタネをまいてきた」

「こんな小さな国なのに」

「小さな国だからこそ、かもしれん」アッシュは軽く身を乗り出した。「その気になれば掌《てのひら》に握《にぎ》りしめてしまえそうな国だから、欲を出す人間どもが現れるのかもしれん」

ソラが階下から上がってきた。両手で重そうに盆を捧《ささ》げている。盆の上には銀のポットや茶器が並んでいた。意外だったので、ユーリはちょっと目を奪われてしまった。

「こっちは、プラスティックやビニールがない世界だ」

ユーリの驚き顔に、アッシュは笑った。

「それはわかってるつもりだったけど……。でも、きれいなポットだね」

「銀は丈夫だ。毒にも強い」

さらりと口にされた、気になる台詞《せりふ》だった。

「ま、長々しい歴史講義をしたって時間の無駄だから、肝心《かんじん》なところだけかいつまんで話そう。なに、千年もさかのぼる必要はないんだ。要は、ここ百五十年の問題なんだから」

ソラの盃から銀のカップを取って、アッシュは続けた。

「百五十年前に端を発して現在まで続く内乱は、簡単に言うなら現王家の兄弟喧嘩《げんか》なんだ。異母《いぼ》兄弟でな。子供のころから恐ろしく仲が悪かった。大人になると、互いに重臣たちや軍を抱え込み、争い合うようになった」

最初の内乱は十年続き、国土は荒廃した。このままではヘイトランドは滅びてしまうと懸念した貴族たちの仲裁もあり、それぞれの血筋から交代で王位継承者を出すことで、兄弟は和解した。

「だが、それぞれの孫の代になると――和解からたった三十年しか経《た》ってないのに、両陣営はまた睨《にら》み合いを始めた。地位や領地を取り合い、互いにあら探しをし合い、和平条約の不備を見つけて、王位を自分たちの血筋だけで独占しようと試みる。両方でそんなことをやってるんだから、収まるわけがない」

それでも、そうした争いが、再び国民を巻き込む内乱に拡大するまでには、もう何代か――五十年余りの年月がかかった。揉《も》め事が、王都と王宮の内側に封じ込められているあいだに、ヘイトランドは少しずつ国力を回復し、焼き尽くされた野山には緑が蘇《よみがえ》り、都市は再建され、他国との外交や交易も復活した。

「このカナル村も、その五十年のあいだに開拓されたんだよ。昔はとても人が住めるような土地じゃなかった。今の村人たちは、その当時の開拓民たちの子孫だ」

しかし、国力が回復してくると、王家の争いも激化した。握りしめるべき国土が豊かになれば、そこに差しのばされる指にも力がこもる。

「今から五十七年前、ヘイトランド神聖暦八七七年の九月のことだ。王都で大きな反乱が起きた。これが、今も続いているこの国の内戦の出発点で――」

　アッシュは軽く自分の胸を叩《たた》いた。

「俺を創《つく》り出した〝紡《つむ》ぐ者〟が、もっとも力を入れて書き綴《つづ》った出来事でもある」

　物語だ。ユーリは心のなかで再確認をした。創り、綴られた戦の物語。

「当時は、百四十年前の和平条約に基づいて、兄王の系統が王位に就《つ》いたばかりだった。ヘイトランド王家第十七代神聖王、カダスク三世。ところが、反乱を起こしたのもまた、兄王の血筋の者でね。カダスク三世の又従兄《またいとこ》で、名をキリクという貧乏貴族の青年だ」

　カダスク三世は当時八歳。幼年王だった。前々王である彼の父親は三十歳で病没し、前王である彼の叔父は即位して二年で事故死している。王の生誕祭で行われた模擬《もぎ》戦闘中に、落馬したのだ。

「どちらにも暗殺の噂《うわさ》があった。そろそろ、王宮のなかだけでは揉《も》め事が収まり切らなくなる頃合《ころあ》いだったというわけさ」

　八歳の王は、自分では何もすることができない。後見人である身内の者たちや、執権《しっけん》・重臣連の言いなりである。

「この国は、また荒れ始めた。私腹をこやすことしか頭にない為政《いせい》者たちと特権階級の連中に、内側から食い破られてゆく」

　一部の貴族と富裕層のなかには、永年ヘイトランドと国境線で小競《ぜ》り合いを繰り返してきた隣国政府と秘密裏に取引を行い、傀儡《かいらい》の新政権を樹立しようと企む者たちまでいたという。無論、自分たちはその新政権で高い地位を得るのだ。

「そういう奴《やつ》らを何と呼ぶか知っているか？　売国《ばいこく》

奴《ど》というんだよ」

　アッシュは独特の眠たげな半眼のまま、口の片端だけで笑った。

「ユーリは売国奴など見たことはあるまい。別に、頭がふたつあるわけでも、牙《きば》が生えてるわけでもない。見た目は普通の人間だ。性根が腐っているというだけでね」

　ユーリはうなずいた。「キリクという青年は、そういう人たちに対して反乱を起こしたのね」

「そうだ。そして彼の反乱は成功した」

　キリクが立ち上がる以前にも、散発的な反乱は発生していた。が、すべて拡大する以前に王家の軍事力で抑え込まれるか、自滅していた。

「ヘイトランド王家の抱える軍隊は、強大な力を持っていた」と、アッシュは続けた。「軍へ志願する者が大勢いる国だからな」

「どうして？　心から王家に仕えたいという人たちが、そんなにたくさんいるとも思えないのに」

　アッシュは長い指を一本立てた。「ひとつには、〝南進《なんしん》〟がこの国の悲願だからだ。南のもっと温かい土地に領土を広げたい。そのためには他国に攻め込む必要があり、それには強い軍隊が要る。実際、そうやって戦争を繰り返してきたことは、最初にも話したとおりだ。まあ、領地を取ったり取り返されたりで、あんまり上手《うま》くいかなかったんだがな」

　もうひとつはと、二本目の指を立てて、

「軍に入ることが、家柄《いえがら》も後ろ盾《だて》も金も何も持たない普通の国民にとって、いちばん手早く、食いっぱぐれのない選択肢だからだ。軍人になれば、すぐにまともな生活ができる」

　戦争に駆り出されるのに？

「ヘイトランドは、一年の三分の一以上を雪と氷に閉ざされる北国だ。耕すことのできる土地は少なく、痩《や》せている。農業だけでは、とてもじゃないが、みんなが食っていくことはできない。狩りや牧畜だって、多少の足しになるという程度だ」

しかし、ヘイトランドには豊富な地下資源があるのだという。鉄、銅、金銀に石炭。ダイアモンドやエメラルドなど、貴重な宝石の鉱山もある。

「もとをたどれば、王家や貴族の家柄の連中は、そもそもは鉱山主なんだ。ヘイトランドは、富を生み出す鉱山や鉱脈のある土地の所有権をめぐって、数多《あまた》の領主たちとその家臣団が戦を繰り返してゆくなかで、だんだんと統一されて形をなした国家なんだよ」

商人たちは、その領主たちの下で流通の利権を握ることにより力をつけ、富裕な特権階級を形成してきた。またこの特権階級のなかには、多くの農地を持つ豪農、大地主たちもいる。

「国は貧しくても、金がないわけじゃないんだ。あるところにはある。偏《かたよ》ってるだけだ。そして、金を握って高いところに鎮座《ちんざ》している連中は、自分たちの地位と既得権益《きとくけんえき》を守るための武力を求める。だから軍隊を大きくする。大きくしても、充分に養《やしな》っていくことができる」

ヘイトランドでは、軍隊が治安《ちあん》組織も兼ねているのだそうだ。軍隊イコール警察でもあるのだ。

「俺が貧しい小作農の次男坊だったら、何の迷いもなく軍に志願するね」

軍人や警察官には、一定の範囲の権力も与えられるから、保障されるのは生活の安定だけではない。アッシュの言葉をよく考えてみながら、ユーリはうなずいた。

「貧しくて苦労しながら取り締まられる側から、生活が保障されてて取り締まる側になるってことだよね？」

王家への忠誠とかいう次元ではなく、現状で、富と力を持っている側につくかつかないかの話。

「小作農じゃ、一生貧乏暮らしから抜け出せない。鉱山労働は、農家よりは金にはなるが、いつも危険と隣り合わせだ。身分の保障もない」

「商人は？　商売は自由にできるの？」

商《あきな》いを始めるにはまず商業ギルドに加盟しなくてはならず、それには多くの保証金と、既にギルドのメンバーとなっている商人の後ろ盾が必要なのだという。王定法で、そのように決められているのだ。

「賄賂《わいろ》が横行するよな？」

まだ拗《す》ねていたのか、ユーリの襟元《えりもと》で寝たふりを決め込んでいたアジュが、久しぶりに発言した。

「どこにでもありそうなことだよ」

「世間知らずの辞書にも想像できるほどにな」と、アッシュは笑った。

「アジュの言うとおりだ。商人にだって、簡単にはなれないわけさ。じゃあ役人になるのはどうかというと、ここと」と、頭を指さし、「家柄も問われるから、難しい」

ユーリはため息をついた。「また家柄かぁ」

「だが、軍人ならそんなことはない。それどころか、手柄を立てて出世するのも夢じゃない。どこの馬の骨という若者が、将軍にだってなれるかもしれない。それなら、彼の代から彼の〝家柄〟が誕生する」

こういう形で国家の構造が落ち着いてしまうと、それをひっくり返すのは容易なことではないのだと、アッシュは説明した。

「軍隊に入った若者たちだって、小作農の貧しい生活や、鉱山労働者の劣悪《れつあく》な労働条件を知らないわけじゃない。だが、とりあえず自分の生活が安定していたら、思い切って現状を改革しようなんて、なかなか踏ん切れるものじゃないさ」

だから、キリクの反乱以前の乱は、いずれも小作農たちや鉱山労働者たちが引き起こしたものだった。苛烈《かれつ》な年貢の搾取《さくしゅ》に耐えかねて蜂起《ほうき》したり、落盤事故や疫病《えきびょう》で仲間が大勢死んだりして、怒りのあまりに立ち上がる。一揆《いっき》だ。

そして、為政者たちの鎮圧《ちんあつ》命令に従い、それを平《たい》らげるのは王家の軍隊――というわけだ。

「軍隊の側からは、一揆を起こした人たちに味方する勢力は出てこないんだね」

「味方する理由がないだろ？　思想とか義憤《ぎふん》とか、まあ、その手の理想とかがない限りは無理だ。そんなもの、仮にあっても三日と保《も》たん」

不正の内にあっても、自分の身が危なくならない限り、現状の安寧《あんねい》を優先するのが人間の性《さが》だ。アッシュはさばさばと言い切った。

「いっそのこと」ユーリはちょっと肩をすくめた。「国民全員が軍隊に入っちゃったらいいのに。山や畑を放り出して、さ。そしたら王様だって貴族たちだって困るんじゃない？」

「ユーリ、ユーリ」アジュがしっぽの先でユーリのほっぺたをぶった。「そんなことができるぐらいなら、誰も反乱なんか起こさないよ。農民たちや鉱夫たちは、その土地に縛《しば》りつけられてるんだ。法律で決められて、軍隊に監視されて、身動きできないんだよ。自由なんてないんだ。勝手に逃げだそうとしたら、罰を受けるんだ。そんなの当たり前の話じゃないか。ちょっとは歴史の本を読まないの？」

ユーリはアッシュの顔を見た。「俺の説明も足らなかったな」と、彼は言った。「もちろん、軍に志願するにも役人を志《こころざ》すにも、その土地の代官の許可が要る。人びとに移動の自由はない。アジュの言うとおりだ」

多くの若者が軍人になる。それはつまり、ひとつの土地では食うに困る余剰《よじょう》の労働力を、軍隊を通して為政者側が吸収するシステムになっているということだ――と、説明し直してくれた。

ふと、ユーリは思った。「女の子も軍隊に入るの？　女性の軍人も大勢いるのね？」

アッシュはゆっくりとまばたきをした。「いないわけではない。特に、代々将軍を輩出しているというような武門《ぶもん》の名家には」

「どこかの馬の骨さんの女の子は？」

「鉱山町で、農村で、嫁になり母となり、次の世代の労働力を産み育てる。もちろん、自分も働きづめに働きながら」と、アッシュは言った。「そこにも自由はない」

「女の子は一旗揚げられないの？」

思わずという感じで、アッシュはふき出した。

「そうだな。それは難しい。だから飢饉《ききん》や災害で、どうにも暮らしていくことができなくなった農村の娘たちが、町へ流れてきて――」

笑みを消し、アッシュは何故か労《いたわ》るような目をしてユーリの顔を見た。

「食ってゆくために身を売ることも多い。おまえと同じくらいの年頃《としごろ》の娘でも」

身分証明書がなければ、町へ出てもまともな職にはありつけないから、と言い添えた。

「ああ、わかったよ」

アジュがユーリの肩の上にのぼると、しっぽをぶんぶん振った。しなやかなしっぽに背中を打たれて、ユーリはちょっぴり痛い。

「ヘイトランドがどんな国かってことは、よぉくわかった。だったらさ、どうしてキリクの反乱は成功したんだい？　あんた、さっきそう言った。でも、内戦は今も続いてるってことも言ったよな。何かへンだ」

アッシュは脚を持ち上げて組み直し、「うん」と唸《うな》るような声を出した。「そうだった。どうも前置きが長くなってしまっていかん」

ユーリの手のなかで、銀のカップのお茶はほとんど冷めてしまった。

「キリクの反乱は成功した。一応はな」

足元の床の羽目板に目を落として、アッシュは続けた。「カダスク三世を幽閉《ゆうへい》し、幼年王の取り巻きの親族や、最後までキリクに下らなかった執権や重臣や軍の幹部たちを捕らえ、処刑して」

キリクは王位に就いた。

「彼にも王家の血が流れているから、王位継承権はある。その点でも、これまでの反乱と、キリクの乱は違っていた」

だが、問題は別にあった。

「それまでの反乱、一揆は、力のない一般庶民たちが、鍬《くわ》やつるはしを武器にして立ち上がったものだ。訓練を受け、装備を固めた軍隊の前では蟷螂《とうろう》の斧《おの》。造作《ぞうさ》なく一蹴《いっしゅう》されてしまう」

キリクの軍勢は、違っていた。彼が率《ひき》いていた反乱軍は、飢えた農民たちでも、怒れる鉱山労働者たちでもなかった。

「貧乏貴族なのに、自前の軍隊を持っていたのかい？」と、アジュが尋ねる。

「持ってはいなかった」アッシュはかぶりを振った。「だから、調達したんだ」

不死身の軍団を。

ユーリは目を瞠《みは》った。「死なない軍人たち？」

「そうだ。最初から死んでいるからな」

キリクが彼の反旗のもとに集め、率いて戦ったのは、死者の軍勢だった。

「キリクは死者を起こしたのさ」

そのときである。ユーリたちから少し距離をとり、窓際に控えていたソラが、窓の外に視線を投げて、声をあげた。

「誰か来るようです」

ユーリはソラに駆け寄った。今度は自分であの幅木に足をかけ、窓枠をつかんで伸び上がり、下を見おろす。と、古毛布みたいなボロ布を身体に巻き付けた小さな子供が、墓石の間をすばしっこくすり抜け、時には飛び越えたりしながら、小屋の戸口へと駆けてくるのが見えた。

「ディミトリ〜！」

　すぐ、声も聞こえてきた。男の子だ。

「ディミトリ、帰ってきたのかぁ？」

　ユーリは驚いた。遠目にも、あの鉄の門は閉ざされているし、グルグル巻きにされた鎖もそのままのようだ。あの子、どうやって柵の内側に入ってきたんだろう？

「ディミトリって？」と、アジュが訊《き》いた。

「俺の名だ」と答えて、アッシュがゆらりと立ち上がると、階段を下りていった。

　ユーリは迷わず、後を追った。守護の法衣で姿が消えていることはわかっているが、それでも足音をしのばせて。

　小屋のがたついた扉が、ばんと開け放たれた。

「あ！　ディミトリ」

　飛び込んできた男の子は、階段を下りてきたアッシュを見つけて、満面の笑みを浮かべた。そして鉄砲玉のようにぶつかってきた。

「お帰りぃ！」

　男の子がジャンプ一番、飛びついてくるのを、アッシュ——ディミトリは楽々と受け止めた。

「何だよ、帰ってきてるなら知らせてくれなくちゃダメじゃんか」

　男の子は、片手でアッシュの首っ玉にかじりつきながら、器用に拳《こぶし》で彼の肩口をパカポコぶった。

「たった今戻ったばかりなんだ」

　アッシュの眠たげな半眼も、少しばかり優しげに緩んでいる。

「なぜわかった？」

「煙突からけむが出てるもん」

　男の子は得意そうに鼻を鳴らし、アッシュに飛びついたときと同じように、すごいバネを見せて飛び降りた。実際、曲芸のようだった。ただ飛び降りるのではなく、バック転して着地したのだ。

ユーリは目を剝《む》いた。何、この子。サーカスの子かしら。

「な、な、お土産《みやげ》は？」

忙《せわ》しなく、猿回しのお猿さんみたいに、男の子は部屋のなかをちょこまかと動き回る。

「あいかわらず騒々しいな、ウズは」アッシュは手近のテーブルに腰をあずける。「おふくろさんに変わりはないか？」

ウズと呼ばれた曲芸少年の動きが、やっと止まった。近くで見ると本当にボロ毛布みたいなマント――端の方など麺類《めんるい》をぶらさげているみたいにほつれている――を、ぎゅっと身体に巻き付ける。小さな顔に影がさした。

目鼻立ちのはっきりした、きかん気そうな顔立ちだ。でも、頰《ほお》は青白い。身体も痩せて華奢《きやしや》だ。いくつぐらいだろうか。七歳か八歳？

「あんまり良くないんだ。このごろ、夜になると熱が出るんだよ」

「……そうか」

「ディミトリにもらった薬、ちゃんと飲んでるんだけど」

「少し処方を変えてみるか。あとで届けてやろう。お土産もそのときのお楽しみだ。俺はまだ荷解きも済ませていないんだよ」

「じゃおいら、手伝うよ」

「それはいかんな。ここにいることがバレたら、また村長《むらおさ》に大目玉をくらうぞ」

ウズは口を尖《とが》らせた。きかん坊の子供のこういう表情は、領域《リージョン》が違おうと、万国共通らしい。

「平気だよ。村長なんか怖かねぇもん」

「だが、掟《おきて》は掟だ。どうしても破りたいというのなら、せめて隠れて破れ」

諭《さと》されて、ウズは目に見えてしゅんとした。ほつれたマントの裾が、小屋の床を掃いている。

「じゃあ、うちで待ってるよ」

「いい子だ」

「ホントにすぐ来ておくれよ？　母ちゃんも待ってるんだからさ」

わかったわかったと、ウズを戸口のところまで追いやり、ドアを開けて、アッシュは声をかけた。

「気をつけるんだぞ」

「平気だってば！」

ウズは元気いっぱいに駆け出してゆく。その小さな背中を見送るうちに、二つの謎《なぞ》がいっぺんに解けた。アッシュが何に「気をつけろ」と言ったのか。ウズはどうやってあのごっつい柵を乗り越えているのか。

実に簡単《シンプル》だった。飛び越えるのだ。今度は空中で前転し、柵の向こう側に着地したと思ったら、もうアッシュに手を振りながら駆け出していた。

また、お墓の上を跳んだり、墓石の間を急カーブですり抜けたりしてゆく。エネルギーが余っているのだろう。

「あのチビ――人間かい？」

アジュが啞然《あぜん》として問いかけた。ユーリの肩の上で、後ろ足で立ってしまっている。

「人間だ」アッシュは答えて、小屋の戸をしっかりと閉めた。「あれは〝バネ足〟といって、まあ、なんというか」

ちょっと言いよどむ。

「ある種の病だな」

「筋力《きんりょく》が強くなる病気？　そんなのがあるの？」

ユーリの目には、ちびっ子アスリートにしか見えなかった。病気だなんて。

「あいつの走り方を見たか？」

「うん。すごい脚力」

「だが、真っ直ぐ走れないんだよ」

言われてみて、気がついた。確かにそうだ。門から小屋の戸口までは、一応、道がついているのに、あの子はわざとのようにそこから逸《そ》れて、墓石のあいだを巡っていった。

「〝バネ足〟は、人間離れした脚力を持っている。だが、それを制御することができない。あいつが騒々しくて、常に動き回っていないといられないのも、そのせいだ。足が勝手に動いてしまう」

だから学校にも行かれん。畑仕事の手伝いもできん。アッシュはかすかに顔を歪《ゆが》めていた。

「この村の人たちは、みんなそうなの？」

「いや」素早く否定し、アッシュはユーリに、顎をしゃくって階上をさした。「ちょうどいい。ウズのおふくろさんの薬を調合しながら、さっきの話の続きをしよう。関《かか》わりが——あることだ」

信じがたいことだが、薬の調合は、あの乱雑なテーブルの上でやるらしい。だから試験管やビーカーみたいなものが並んでいたのか。

アッシュはテーブルのそばにある小引き出しを開けて、草の根とか葉っぱとか、小瓶に詰めた砂みたいな粉末などを取り出して、椅子に腰を据え、作業にかかった。

「キリクは死者を起こし、兵士に仕立てあげた」

これに水を汲《く》んできてくれ。水差しを差し出して、ソラに手渡す。アッシュは、ユーリの小指ほどの小さなナイフで、草の根を切り刻み始めた。

「戦乱続きの貧しい国で、死者だけは豊富にいるからな。そいつらをみんな起こして兵士にすることができれば、そりゃあ強大な軍隊になる」

「でも、死者を起こすことなんかできるの？」

アッシュは手を止めて、ユーリを見た。その表情で、ユーリは悟った。

「できるんだ……」急に喉《のど》が渇いてきた。「もしかして……『エルムの書』を使えば？」

ご名答と、アッシュは重々しく言った。

「待って、ちょっと待って」

ユーリは、さっきのウズという男の子と同じように、とっ散らかった室内をめまぐるしく歩き回り始めた。じっとしていられないのだ。

「わたし、前にも、そんな話をしたことがある。水内さんの図書室で賢者さんに――緑衣の賢者から聞いたの。水内さんは、死者を蘇らせる方法を求めて、あれだけの量の書物を集めたんだって」

アッシュはゆっくりうなずいた。

「だけどだけど、そんなことは不可能だって、緑衣の賢者は言ってた。水内さんにも、何度も何度もそう言い聞かせたんだけど、わかってもらえなかったって」

「だろうな。だから水内は『エルムの書』を手に入れた」

緑衣の賢者の制止を振り切って。

「じゃ、水内さんも成功したんだね！」

「していない」

「どうして？　キリクにはできたことでしょ？　キリクと同じように、『エルムの書』に書かれてることを実行したのなら、できたはずだよ！」

拳を握って振り回しながら地団駄《じだんだ》を踏むユーリに、アジュが言った。「ユーリ、お座り」

「だってアジュ！」

「いいからお座り」

渋々ユーリが床に座ると、アジュが小さな手でユーリの鼻の頭をぺしりと叩いた。

「オルキャストは、どんなときでも冷静でいなくちゃいけないんだよ」

「ごめんなさい。つい興奮しちゃって」

アッシュはテーブルの上のアルコールランプに火

を点《つ》けて、水を入れたビーカーをその上に載せた。五徳《ごとく》の脚がひどく長く、細長く、不安定な形をしている。

　水差しを持って戻ったソラは、次に何を言いつけられてもいいように、傍らで姿勢を正している。

「まず『エルムの書』の成り立ちから説明しよう」と、アッシュは続けた。「あれもまた、最初は、一人の英雄の偉業を記録した歴史書だった。伝記と言った方がいいかな」

　その英雄の名を、オルタイオス王という。

「戦勝王オルタイオスと呼ばれることもある」

　およそ五百年ほど前、ヘイトランドが隣国の侵略を受けたとき、自ら国軍を指揮して勇猛果敢に戦い、見事にこれを退けた。

「当時、ヘイトランドのあるこの大陸全体が戦火のなかにあってな。あっちでもこっちでも似たような戦争が起こっていた。侵略、併合、また別の侵略。ある国が勝ったかと思えばすぐに敗れ、国境線を記した地図は、一年も経《た》たないうちに役に立たなくなる。大陸戦争の時代だ」

　ヘイトランドは地続きで複数の隣国に囲まれている。しかもこのような小国だ。侵略はあとを絶たず、ひとつを退けると、次は別の国が戦を仕掛けてくるという具合で、息を抜く間もなかった。

「兵隊が足りなくなるよな」と、アジュが言った。「国が小さいってことは、人口も少ないってことなんだからさ」

「ああ、そうだ」アッシュはうなずく。「だからオルタイオス王は、強大な魔の力を用いることに踏み切った。禁忌《きんき》の魔法の力をな」

　それが、死んだ兵士たちを蘇らせ、不死の軍隊をつくることだったのだ。

「魔法」と、ユーリは呟いてみた。

　ここヘイトランドは物語のなかの国だ。架空の世界だ。当たり前のように魔法が存在する。ヘイトランドを創造した〝紡ぐ者〟が、そう描いたからである。

それがどんな魔法であっても。

「おかげで、ヘイトランドは大陸戦争を戦い抜き、独立を維持することができた」

死者を蘇らせる禁忌の魔法は、ヘイトランドには、建国の時代から「伝説」として語り伝えられていたのだという。

「ただ、五百年前の当時でも、それはもう断片的な知識でしかなく、作り話も混じっていて、そのままではまったく用をなさなくなっていた。それを調査し、研究し、実験を繰り返すことで実用的な魔法へと精錬《せいれん》し直すことに成功したのが、王宮付きの軍事《ぐんじ》魔導官《まどうかん》で、エルムという名の魔導士だったたんだ」

ちなみに、エルムは女だよ——と、アッシュが何気なく言い足したので、ユーリは驚いた。

「女の人だったの？」

「そうさ。だからこれは、おまえが好きな、女が一旗あげる物語でもあるわけだ」

何かちょっと、気分が良くないけど。だって死者を蘇らせるなんて……でも、それで祖国を守ったのだから、偉業なのか。

「皮肉なものだな」アッシュは独《ひと》り言のように呟く。

「命を産み出せるのは女だけだ。死者を起こすのも、女の力だったというわけだ」

この戦勝で、エルムはオルタイオス王と共に、国民に仰がれる存在となった。

「だがエルムは、それを少しも名誉と受け取らなかった。彼女は王宮を去った。疲弊しきって停戦した他国と比べれば豊かな国力を維持していることで、大陸戦争以前よりも強い国へと変わり、戦勝に酔いしれるヘイトランドの片隅で、ひっそりと隠れ住むことを選んだんだ」

なぜならば、彼女は知っていたからだ。

伝説の「死者を蘇らせる魔法」が、なぜ禁忌とされていたのか、その理由を。

「この魔法が完成したとき、彼女は王に進言した。死者を蘇らせるエルムの秘法は、間違いなく戦勝を招く魔法だと。無敵の軍隊を作り上げることのできる魔法だ。しかし、けっして護国の魔法ではない、と」

それでも王はこれを吉となされるか。

オルタイオス王は、吉とした。エルムは何を血迷っておる。眼前の敵の侵略を退け、国を守ることこそが護国ではないか。

「エルムの秘法を使えば、一度死んだ人間を、完璧に蘇らせることができる。姿形だけではない。心もそのまま戻ってくるんだ」

とっさに思いついたことを、ユーリは口にした。

「戦死した息子さんや旦那《だんな》さんたちが帰ってきて、もう何度戦に出ても二度と死なないってわかったら、喜んだ家族は大勢いたよね？」

アッシュは何故か、その問いかけを無視した。

「大陸戦争は終結した」と、低い声で続けた。アルコールランプの上のビーカーのなかで、いつの間にか何かが煮えている。湯の色が、だんだん赤く染まってゆく。

「ヘイトランドの国内には、一万二千人余りの不死身の将兵たちが存在することになった」

けっして死なず、倒れない、最強の軍人たち。

「平和な世の中では、彼らにはすることがない」

もう敵は攻め寄せて来ない。戦場はない。

「その頑強な身体を活《い》かして、鉱山や農場で働く者たちもいた。もともとそちらの出だった召集兵たちだ。だが、生粋《きっすい》の軍人や、軍人としての暮らしに馴《な》染《じ》んで、しかも民からは大陸戦争の英雄として褒《ほ》めそやされた者たちは、もう土まみれになって働くことなどできやせん。普通の人間には戻れないんだ」

考えてごらんと、アッシュはユーリの顔を見た。

「自分はけっして死なない。それがわかっていたら、人間はどうなる?」

危険を――恐れなくなる。

他者を――恐れなくなる。

「自分の欲望をかなえるためなら、どんな無謀なことでもやるようになってしまう?」

おそるおそる、ユーリが差し出した返事に、アッシュは深くうなずいた。

「大陸戦争終結から数年経《た》たないうちに、ヘイトランドは強盗と人殺しの横行する国になってしまった」

戦には勝ったが、国は荒れた。

「これこそが、魔導士エルムの警告したことだったんだ。エルムの秘法は、護国の魔法ではない」

それでもおよそ七年間、戦勝王オルタイオスは平和に国を治めようと奮闘《ふんとう》した。大陸では、また戦争が勃発《ぼっぱつ》することもあるだろう。不死身の軍隊は、ヘイトランドに必要だ。

「しかしとうとう、限界が来た。生きていれば、人は変わる。さっきおまえが言った、夫や息子や恋人の蘇りを喜んだ女たち、家族たちの多くは、彼らが生きながら魔人と化し、ひとでなしの所業を積み重ねてゆくのを目《ま》の当たりにして、耐えることができなくなった」

オルタイオス王はヘイトランド全土にお触れを出し、エルムの行方を捜させた。

エルムは、自ら王宮へとやって来た。

――おまえの秘法を解くには、どうすればよいのだ?

王の問いかけに、彼女は答えた。

――わたくしの命を絶つことでございます。

「エルムの秘法は、それを行使した術者の命とつながっている。彼女が死ねば、蘇った使者たちはその瞬間に灰と化す」

エルムは、王宮前広場で斬首の刑に処せられた。不死身の将兵たちは、たちまちのうちに灰となった。それは不気味な雲となって十日のあいだヘイトランドの空を覆《おお》い尽くし、太陽を隠したという。

「エルムの秘法と、それによって生まれた不死の軍隊の戦歴、オルタイオス王の戦勝の数々を記録した書物も、それと同時に、粉々に切り裂かれて焼き捨てられた」

え！　と、アジュが飛び上がる。「じゃ、『エルムの書』はそのとき失《な》くなっちゃったのか？」

「完本《かんぽん》はな」と、アッシュは答える。「だが、エルムの秘法の部分だけをこっそり書き写し、巻物として保管していた魔導士がいた」

その巻物は、ヘイトランドの歴史の闇の底に眠ることになった——


「五十七年前、王家の血を引く貧乏貴族の若者キリクの前に、忽然《こつぜん》と姿を現すまでは」

キリクは、民の窮状《きゅうじょう》を見かねて立ち上がったのだし、けっして愚昧《ぐまい》な人物ではなかった。志は高く、瞳は澄んで、胸は義憤《ぎふん》に熱く燃えていた。

「だから彼は、エルムの秘法をそのまま再使用したわけではない。彼自身、かなりの程度の魔導の知識を持ち、優れた師がいた」

キリクの家系には、母方を通して、王宮付き魔導官の名門の血筋も入っていたという。

「キリクは、エルムの秘法の不備を補った」

死者を蘇らせるとき、元通りの人間とそっくり同じようにするから、後で問題が起こるのだ。兵士が欲しいだけならば、戦う機械のような存在であればいい。

つまり、心を持たせぬようにすればいい。己では何も考えず、何も欲さず、己が何者であるかも忘れ去り、ただ、彼らを指揮する生身の人間の言うとおりに、飼い慣らされた猟犬のように獲物を──敵を狩る兵士たちにすればよい。

「そのようにしておけば、反乱が終わったとき、不要になった彼らをまとめて始末することも容易《たやす》いからな」

これには魂がない。人間ではない。用が済んだら呪文を解き、死者に戻してしまえばいいのだ。

ひどい──と、ユーリは小さく叫んだ。

「浅はかな考えだ」

淡々とした口調ながら、アッシュはきっぱりと決めつけた。煮出《にだ》した赤い液体を、今度は濾《こ》しにかかっている。

「五百年前にエルムがなぜ、死者を心ごと蘇らせたのか。それを考えていなかった。エルムとて、必要があったからそうしたのに」

心を持たずに蘇った──いや、蘇ることを強《し》いられた死者たちは、魂なき存在。肉体という器《うつわ》の内には、ぽっかりと洞《うろ》が空いている。

「そこには、暗黒が入り込む」

地に満ちる精霊。空《くう》を跳ぶ目に見えぬ破壊の力。生者の悪《あ》しき想念。

「不死身の兵士たちのなかに、それらのものが少しずつ蓄積《ちくせき》していった。キリクが彼らを率い、民衆のための反乱を戦い、虐《しいた》げられた者たちの歓呼の声に背を押されて、勝利をおさめてゆくあいだにも」

キリクの反乱は、短期間で終結した。彼は王位に着いた。ヘイトランドには平和がもたらされ、民のための統治が始まるはずだった。

「蘇った死者は、もとより仮初《かりそ》めの命と器を与えられているだけの存在だ」

それ故に、内に暗黒が満ちて煮詰まれば、彼らの姿形も変わってゆく。人外のものへと。

「キリクは、反乱で戦わせた不死身の兵士たちを、王城地下の巨大な牢屋に押し込めていた」

もちろん、まとめて始末するためである。

「その地下牢から、怪物たちが現れ始めたんだ。まずは近衛兵たちが次々と犠牲になった」

怪物――キリクが起こした死者たちのなれの果てに襲われたのだ。

「そいつらは、人肉を食った」

ユーリより先に、アジュがげぇぇと呻《うめ》いた。

「キリクは大慌《おおあわ》てで、王宮付きの魔導官たちを集め、自ら先頭にたって怪物退治に乗り出した。彼が完成させたエルムの秘法では、呪文ひとつで、起こした死者を元の死者に戻すことができるはずだったんだが」

今や内なる洞《うろ》に溜《た》まった暗黒を「魂」とし、命を得てしまった怪物たちには、既にその呪文はまったく通用しなかった。

怪物たちは地下牢を破り、王城を蹂躙《じゆうりん》し、やがて城下へと暴れ出た。

阿鼻叫喚《あびきようかん》の景色を思い出しているのか、あるいはそれを瞼《まぶた》の裏に封じ込めようとしているのか、アッシュは固く目を閉じている。

「キリクに倒された王家の残党たちのなかには、この機に乗じてキリクを追い払おうと、怪物退治をするどころか、怪物にさらに魔法をかけ、自分たちのいいように操《あやつ》ろうとする連中がいた」

それが、事態をさらに悪化させてしまった。

「幾重《いくえ》もの矛盾する魔法にさらされた怪物たちは、巨大化したり、凶暴化したり、予想もできなかったおかしな変化を重ねていった。なかでも厄介だったのは、再生繁殖《はんしよく》能力を持つやつらが現れたことだ」

「再生繁殖？」

「怪物の腕を切り落とすと、その腕からまた一体の怪物ができる。頭を切れば、頭が新しい怪物になる」

ユーリもアジュも、ソラも無言だ。想像するだけで、心がねじ曲げられてしまうようだ。おそろしく寒いのは、もう、すきま風のせいではない。

「退治、できたのか？」

早く結末を聞いて安心したいのだろう、アジュが尋ねた。

アッシュはうなずいた。「一体ずつ、地道にやっつけてな」

「どうやったの？」

「焼き払った。楽しい作業じゃなかったが」

この怪物退治のなかで、キリクは命を落とした。彼が王位に就いていたのは、たったの六十日。

「だからあいつのことを、六十日王と呼ぶ歴史家もいる」

キリクのことを、あいつと呼んだ。ユーリの心に、ちくりと引っかかった。

「で、まあ」さすがに話し疲れたのか、アッシュの声がちょっとかすれた。「この経緯を記した『エルムの書』が、また誕生したわけだ。これは別名〝キリク戦記〟とも呼ばれているが、この呼称はあいつに肩入れした呼び方だからな。今ではほとんど使われていない」

「水内の図書室には、そんなものがあったのか」

あらためて嚙みしめるように、アジュが呟く。

「現物じゃないぞ。写本の写本のまた写本だ。書物は劣化するからな。内容も、そうやって薄れていってくれると手間がないんだが」

長い一人語りをしながら、調剤も終えていたらしい。アッシュは立ち上がると、さっきの小引き出しから、掌に隠れてしまうような小さな瓶と、四角く切った白い紙切れを取り出した。薬を詰めたり、包んだりするのだろう。

「アッシュ」と、ユーリは呼びかけた。「あなたは、そのときどこにいたの？」

アッシュの動きが、つと止まった。

「あなたの作者の〝紡ぐ者〟は、キリクの戦役を描いた作者でもある。あなたはその物語のどこに登場してくるの？」

意外なことに、アッシュは微笑した。「ちゃんと覚えていたか」

ユーリは手に汗を握っていた。「あなたはキリクと親しかったような感じがする。あたしの考えすぎ？」

さらに微笑を広げて、「いいや。いい勘だ」

ソラがかすかに、ため息のような驚きの声をあげた。

「キリクは貧乏貴族だったが、貴族というからには領地を与えられていた。山奥のダナエという寒村でね。キリクの親父《おやじ》さんは、当時じゃ珍しいような領民思いの領主で、凶作の年には年貢を取らないことさえあった。だから貧乏だったんだが」

キリクは一人息子で、彼の母は彼を産んで間もなく死んだ。

「だからキリクは、乳母に育てられた。その乳母には、生まれたばかりの赤ん坊がいた。それが俺だったというわけさ」

キリクとアッシュは、乳兄弟なのだ。

「魔導も一緒に学んだ」

そのころダナエ村には、かつて王宮付きの魔導官長だった老人が、引退して隠棲《いんせい》していた。

「ブラン師だ。超がつくほど優秀な魔導士だったが、王宮内のくだらん政争に嫌気がさしたんだろう。おかげでキリクと俺は、子供のころから、王立魔導院でも教えてくれないような魔法を習うことができたんだ。英才教育とでも言うか」

キリクのために、かつての『エルムの書』の一部を記した巻物を探し出し、エルムの秘法に補遺を施す研究を手伝ってくれたのも、ブラン師だったという。

「キリクが反乱を起こしたとき、俺は彼について行くつもりだった。だが、当の本人から、ダナエ村に残るよう頼まれたんだ。この村と、ブラン師を頼む、と」

もしも反乱が失敗した場合には、ただでは済まないだろうから。

「結局、俺は王都に出る機会がなかった。反乱の終結から、怪物どもが山奥のダナエ村まで襲ってくるようになるまで、さして月日はかからなかったからな」

どうにか怪物を退治し終えたとき、村人の数は半分以下に減っていた。

「ほどなくしてキリクが死んだという報《しら》せが届いてな。ブラン師は自殺した。先《せん》から覚悟を決めていたんだろう。毒薬を調合していたんだ」

しかしブラン師は、アッシュにいくつもの大切な知識を残していってくれた。

そのなかに、〝無名の地〟のことがあった。〝黄衣《こうい》の王〟のことがあった。

「あのとき、黄衣の王に憑《つ》かれていたのはキリクじゃない。ブラン師の方だった」

この涼しい瞳をした若者に力を貸すことで、ヘイトランドに永遠の平和と、民の幸福をもたらしたい。そう願うブラン師の心が、〝英雄〟の負の力を呼び寄せた――

「それで、今日《こんにち》の俺があるというわけだ」

アッシュが軽く両手を広げた。沈黙がきた。ユーリは次に何を言っていいかわからなかった。アジュも身体を丸めて小さくなっている。

「墓は」ソラの声が聞こえた。「この小屋を取り囲む数多《あまた》の墓――それに、あのウズという子の人間離れした力のことはいかがなのでしょうか。先ほどのあなたのお話では、キリクの反乱と関わりがありそうでしたが」

そうだ。ユーリはアッシュに目を向けた。

「物覚えがいいな、無名僧」

アッシュのまなざしは冷たい。

「おまえの頭は、空《から》ではないのか」

「そんな言い方、やめて」と、ユーリは遮った。

「ソラはあたしの従者。あたしたちは仲間なんだから」

アッシュは顔を背けると、曇った窓越しに外へと目を向けた。

「蘇った死者たちが変じた怪物は、人を襲って喰《く》らうと言ったろう？　頭からばりばり食い尽くすんだ」

だが、希《まれ》には、襲われた犠牲者が傷を負うだけで助かる場合もあった。

「そういう連中が、後になって、おかしな能力を身につけることがあった」

急に力持ちになる。途方もなく夜目がきくようになる。耳がよくなり、山ひとつ向こうの人声まで聞き取ることができたりする——

「怪物の〝毒〟が身体に入って、ある程度の年月をかけ、作用した結果だろう」

「スーパーマンになっちゃうのね？」

少しは明るい話題になるかと、ユーリは声を励まして尋ねた。「悪いことじゃないよね」

アッシュは首を振る。「長続きはしない。そういう能力を見せるようになると、二、三年で死んじまう」

「あ……そうなの」

「正常な者たちは、そういう連中の死骸《しがい》に触るのを嫌がった。さりとて亡骸《なきがら》を焼いてしまうのも気が引ける。彼らは怪物じゃないのに、怪物と同じ扱いをすることになるからな」

ヘイトランドでは、土葬が主流なのだという。

「だから、そういう死骸を引き受ける商売が成り立つようになった。こっちでの俺の本業は、それさ。特殊な葬儀屋ディミトリだ」

　だから、〝死者に親しい者〟なのだ。

「でも、五十七年も前のことだろ。今でもそんな連中が残ってるのかい？」

「現にいたろ？　ウズみたいに」

　ウズの母親の母親の父親が、青年時代、怪物に噛《か》まれて傷を負った。その後彼は妻をめとり、子供に恵まれた。その子も成人し、結婚して子供を持つと、ほどなく父親と同じような異能を発揮するようになった。

　ユーリは小声で訊《き》いた。「伝わって……いくのね？」

「そう。だから終わらない」

　とはいえ、こうした異能者の数は、年月の経過と共に減ってきている。また、ウズのように少年時代から異能が発現する例はきわめて希だ。たいていは、成人して子供を持つぐらいの歳《とし》に達してから現れる。

「怪物の〝毒〟が、自分たちの血が絶えないようにそうしてるんじゃないかと思うよ」

　まるで、血や毒に意志があるかのような言い方だった。

「だからウズは、このカナル村でつまはじきにされててな。みんなに気味悪がられてる」

　村はずれの掘っ立て小屋に、母親と二人で暮らしているのだそうだ。

「ウズには、アッシュだけが友達なんだね」

　醒《さ》めた返事が来るかと思ったが、アッシュはそうだなと軽く受けた。

「ディミトリにもウズしか友達がいないんだよ」

　また、みんな黙った。何を思ったか、肩の上のアジュがいっぺんユーリの法衣の胸元へ潜《もぐ》り、わざわざ反対側へ出てきて、耳元に囁《ささや》きかけた。

「あのさ、ユーリ。最初に思ったほど、イヤな奴じゃないかもしれないな、あいつ」

ユーリは手で顔を隠して笑った。アッシュは薬を袋に入れていて、気づかないようだ。ユーリはソラにも微笑《ほほえ》みかけた。

おや？　ソラは強張ったような真顔のままだ。まだ、さっきのアッシュの言葉に気を悪くしてるのかしら。それとも凍えてしまったのかしら。

「明日、王都に発《た》つ」手作業を続けながら、アッシュが言った。「今夜はよく休んでおけ。きつい道のりになるぞ」

「飛んでけるよ」床の上の紋章を指して、アジュが言う。

「ユーリの力じゃ、全行程は飛べない。それに、途中で立ち寄る場所もあるしな」

どこへと問うても、今は教えてくれまい。こっちも疲れてるし。

「はい」と、ユーリは素直に答えた。

# 第十章　手がかりを追って

翌朝早く、ユーリはまぶしい陽《ひ》の光で目を覚ました。

前夜は、暖炉の脇でちくちくする古い毛布にくるまり、固い床に横になったのに、熟睡することができた。そして目を開けると、頭の上の天窓に、真っ青な空の切れ端がのぞいていたのだ。

好天のせいか、守護の法衣に護《まも》られていてもなお身にしみた寒さも、かなり緩《ゆる》んだようだ。ユーリは跳《は》ね起きて、窓から外を眺めてみた。昨日はひたすらに陰鬱《いんうつ》で貧しく、降りかかる雪の冷たさに身を縮めているように見えた村の家々も、明るい朝日のなかでは、のどかで美しい。屋根や垣根《かきね》にうっすらと積もった雪は、お洒落《しゃれ》なレースのようだ。煙突から立ち上る煙が、村人たちの一日が既《すで》に始まっていることを示している。そこここで家の窓や、納屋の戸口が開いている。

階下で物音がする。ユーリは階段を降りた。火を熾《おこ》した竈《かまど》のそばで、ソラが立ち働いていた。

「お目覚めですか、ユーリ様」

そういうソラはいつ眠ったんだろう。ちょっと元気がないようだ。

「おはよう、ユーリ」

台所の棚の上にちんまりと座り、小さな指で菜《な》っ葉《ぱ》をつかんで齧《かじ》りながら、アジュが言った。

「よく眠れたかい？」

「うん、ばっちり」

戸口が開いて、小脇に薪《まき》の束を抱えたアッシュが入ってきた。アッシュは身支度をしていたが、髪はまだざんばらだ。そのせいか、さらにのっぽに、痩《や》せて見えた。

「早いな」

「明るくて、びっくりしちゃった。空がとってもきれい」ユーリはソラに笑いかけた。「ソラはわたしの領域《リージョン》の青空を見て感動してたから、ソラって名前をつけたの。でも、この村の青空にはとてもかなわないよ。ソラ、外へ出てみた?」

ソラはかすかに微笑《ほほえ》んだ。「いいえ。でも、窓から仰《あお》ぐだけでも充分でございます」

「冬場、こんなに晴れるなんて、珍しいを通り越して事件だよ」と、アッシュが言う。「おまえのおかげだ」

「わたし?」

「おまえの額《ひたい》の紋章の力だ。この地にこびりついた魔を退《しりぞ》ける」

思わず、ユーリは額に掌《てのひら》をあてた。

「川へ降りて、顔を洗ってこい。足を滑らせないように気をつけろよ」

川の水は澄みきっていて、魚の姿は見あたらなかった。あまりにきれい過ぎるのかもしれない。

小屋に戻るまでのあいだに、村人たちを見ることができた。列を組んで山の方へと登ってゆく男の人たちは、狩人だろう。弓矢を背負い、鉄砲らしきものを肩に担《かつ》いでいる。ごついブーツで、固い地面を踏みしめている。

女性の姿も見かけた。丈《たけ》が長く、意外に色鮮やかなスカートをはいて、みんなストールを巻き付けている。寒さを防ぐためだろう。箒《ほうき》を手にして家のまわりを掃いていたり、納屋から馬を引き出して世話をしてやったり、家畜小屋に餌《えさ》をやりに行くのか、大きな桶《おけ》を抱えていたりした。家畜小屋からは、豚や牛にそっくりな鳴き声が聞こえてくる。馬がいるんだから、あれも豚や牛と推測して差し支えあるまい。魔法が使えて、怪物がいて、王様がいて、電気はない。でも、このヘイトランドには、ユーリの領域《リージョン》に生きている動物たちと、同じ種類のものがいる――

ヘイトランドを創造した〝紡ぐ者〟は、馬や牛や豚を知っていたということになるのか。だとすれば、ユーリと同じ領域の人なのかもしれない。

笑い声が聞こえてきた。女の人が二人、丘の麓《ふもと》の家畜小屋の外で、垣根を挟んで談笑している。遠目でも、笑顔が見えた。この青空を喜んでいるのだろうか。

だったらいいな。ユーリは初めて、実感として、額の印を誇りに思った。

大樹《ひろき》の学校で遭遇した奇怪な怪物の言葉が、頭をよぎる。

――その額の印の真価《しんか》を知りもせぬ小童《こわっぱ》が。

真価、か。

今度は一本指で、おでこに触れてみる。

黄衣《こうい》の王の使者にダメージを与えることができた。気を失った乾《いぬい》みちるを回復させることができた。

そして今度は、地にこびりついた魔を退けた。

〝狼《おおかみ》〟にはオルキャストの力が要ると、アッシュは言った。紋章の力が要る。それこそが紋章の目的だ。

でも、あの怪物の言いようだと、用途は、それだけではないような感じもする。

小川のそばに佇《たたず》み、川面《かわも》に映る自分の影を見つめて、ユーリは考えこんだ。真価、か。

「ユーリ様」

ふと見ると、ソラが黒い衣《ころも》の裾《すそ》を翻《ひるがえ》し、早足で丘を降りてくるところだった。ユーリの戻りが遅いので、心配したのだろう。

駆けてくるソラに、ユーリは手を振った。

「ほら、川もきれいよ。空気が美味《おい》しい」

深呼吸してみせる。ソラは、ユーリに近づくと足取りを緩めた。おっかなびっくりという感じで、まわりを見回している。

「青空を見てごらんよ。ね？」

何度も促《うなが》すと、やっとソラは視線を頭上へと向けた。まともに太陽を見つめているのに、眩《まぶ》しくないのか、まばたきをしない。

「気持ちがせいせいするよね？」

おかしなソラ。黙ったままだ。表情も冴《さ》えない。

あたしの領域《リージョン》のスモッグだらけの空には目を瞠《みは》っていたのに。

「ソラはヘイトランドが好きじゃない？」

この領域の、恐ろしい歴史を知ったから。

「ここは物語の領域です、ユーリ様」

架空の世界という意味だ。

「うん、わかってるよ。でも、ここに暮らしてる人たちにとっては実在する世界なのよ」

もしかしたらユーリの領域だって、誰か〝紡《つむ》ぐ者〟が創作したものなのかもしれない。

「そのようにお考えになることはできます。でも、それは誤りです」

ソラはまだ、にこりともしない。

「ユーリ様の命のおわすところこそが、数多の領域を包み込む、ただひとつの実在の〝輪《サークル》〟なのですよ。他所《よそ》とは違うのです」

ソラの淡々《たんたん》と語っているあいだにも、小川のせせらぎが聞こえている。村を囲む森のなかからは、小鳥のさえずりが聞こえてくる。

「〝無名の地〟も、ただひとつの場所だよね」

あれも実在――してるんだよなぁ。

真《ま》っ直《す》ぐに太陽を仰いでいたソラの視線が、急に揺らいだ。思い詰めたような横顔に、動揺のさざ波が走った。

「ソラ？」

「ユーリ様」ソラはゆっくりと、おそろしくゆっくりと、怖いものでも見るように、ユーリの方に顔を向けた。

「ユーリ様、私は――」

ソラの目とユーリの目が合った。ソラの瞳は春のすみれの花のようだ。朝日を受けて、淡い紫色に輝いている。

「私は」と、もう一度繰り返し、ソラはごくりと唾《つば》を呑《の》んだ。「いえ、何でもございません」

何でもないいんじゃない。何か言おうとしてやめたんだ。何よ、ソラ。隠し事？

「参りましょう。アッシュ殿は出立をお急ぎのようです」

踵《きびす》を返し、ソラは逃げるように丘を登り始めた。ユーリは彼に追いつくために、走らなくてはならなかった。今、何を言おうとしたのと尋ねようにも、息がはずんでしまってダメだった。


アジュが「菜っ葉はけっこう旨《うま》かった」と言ったので、ユーリもアッシュが「村の標準的朝飯」と称するものに挑んでみた。守護の法衣のおかげでお腹《なか》は空《す》かないにしても、好奇心はある。

そして、たちまち後悔した。

「普段、旨《うま》いものばかり食ってるんだな」

「そうだね。当たり前だと思ってたけど」

食器を片付け、アッシュはテーブルで大きな巻物を広げた。ヘイトランドの地図だ。山や川など自然の地形だけでなく、町や村も記してある。歪《ゆが》んだ楕《だ》円《えん》形を描く国境線の南の端には、ひときわ大きくお城が描かれていた。

「王都エルミグアルドだ」

エルミグアルド。「『エルムの書』と何か関係がある？」

「勘がいいな。元は違う名前だったんだが、キリクの乱の後に変えられたんだよ」

ヘイトランドの古語で、〝エルムの葬られし墓〟という意味があるのだそうだ。

「王都って言ったら、国の中心でしょ？　そこに〝墓〟なんて名前をつけたの？」

「魔導士エルムの墓がある場所であり、キリクが手にした『エルムの書』が厳重に保管されている場所でもあったからな」

「でも、今は」アジュが地図の王都の場所をしっぽの先っちょで叩いた。「『エルムの書』はここにはない」

「そうだ。誰かが持ち出し、流れ流れて、水内《みのち》一郎の図書室に行き着いていた」

「誰が持ち出したの？」

「わからんし、今となってはどうでもいい。金に目がくらんだ文官か、近衛魔導兵かもな。時間を巻き戻して持ち出されるのを防ぐことはできんのだから、探っても意味はない」

アッシュはとことん現実的である。

「でも、驚きだぜ。諸悪の根源の魔導士エルムは、ちゃんと墓に葬ってもらえたんだ」

「正確に言えば、エルムの斬《き》り落とされた首だけが、キリクの乱の後にここへ移されたんだ。葬るというよりは、見せしめのために」

墓石には封魔の呪文がかけられているという。

「オルタイオス王のお墓は？」と、ユーリは訊いた。「やっぱり同じような扱いを受けてるの？　昨日、戦勝の記録は破棄されたって言ってたけど、でも〝戦勝王オルタイオス〟とは呼んでた」

アッシュは、例の半眼でユーリを見る。「王の墓はそのままだ。さすがに王家の墓所を荒らすわけにはいかんからな」

「じゃ、罰を受けてるのはエルムのお墓だけなんだね」

アジュは〝諸悪の根源〟なんて言い方をしたけど、

それは少し厳しい。魔導士エルムだって、そのときはヘイトランドを守るために必要な術《じゅつ》だと思ったからこそ研究したのだろうし、王様にはちゃんと警告もした。これは護国の魔法ではない、と。どっちかっていったら、責められるべきはオルタイオス王の方だと、ユーリは思う。

　オルタイオス王がもっと慎重な人だったなら、あるいは局面が少し変わっていたならば、エルムは大陸戦争の勝利に貢献したときのまま、今もずうっと尊敬されていたのではないか。

　なのに、「見せしめ」なんて。五百年近くも昔に処刑された人の首なのだ。とっくに骨になり、触れれば脆《もろ》く崩れるほどだったろう。それをわざわざ掘り出して王都まで運び、恥を与えるためにさらしものの墓を立てた——

　ちくりと針のように刺さる認識がきた。

　ひととき英雄と仰がれ、やがてその座から蹴落《けお》とされる。

　森崎大樹と似ているではないか。

　担任の幡多《はた》先生は、大樹が〝英雄気取り〟だと思った。生徒の分《ぶん》を弁《わきま》えてないと。だから、生徒たちを煽《あお》って大樹を攻撃させた。

　では、エルムと大樹は、似たようなことをしたのだろうか。ユーリは考える。二人のしたことに、共通点はあるか。

　エルムは、死者を起こして兵士にするという、普通の人には考えつかないことを考え、実行した。大樹は、虐《いじ》めに傷つき、苦しんでいる乾みちるを助けた。似てるところなんか、ないじゃない。

　いや——そうでもないか。

　森崎大樹は、いじめっ子たちに逆らっただけじゃない。そういう生徒たちを放っておく先生たちにも逆らった。あれも一種の反乱だった。

　一方のエルムは、生死の境界を破った。

スケールはずいぶんと違う。でも二人とも、それまで世界を統《す》べていた秩序をひっくり返したという点では、同じことをしたと言っていい。

だから英雄と仰がれ、だから後には責められた。それはそのまま、英雄の表と裏だ。

〈英雄〉と〈黄衣の王〉だ。

「ユーリ、どうしたの？」

気がつくと、アジュが肩の上から覗《のぞ》き込んでいる。ユーリは首を振った。

「何でもない。ね、それであたしたちは、これから王都を目指すのね。王都には、兄さんを探し出すための手がかりがあるんでしょう？」

「可能性はある。しかとはわからん」

アッシュはユーリの顔から目を離さない。いつも眠そうに瞼《まぶた》を下げているのは、鋭い視線を隠すためなんじゃないか。あの目。頭の裏側まで見通されてしまうような気がして、落ち着かない。


「ただ、その前に立ち寄る場所には、確かな手がかりがある。そのために、俺はおまえというオルキャストを迎えに行ったんだ」

急に話が焦点を結んだ。ユーリはちょっと身構えた。「それ、ホント？」

「ここだ」アッシュは長い指先で地図上の一点をさした。山の上に囲いみたいな印があり、小さな文字が書き込んである。落書きみたいな文字の列だが、今のユーリには読めた。

「カタルハル僧院《そういん》跡――って読めばいいの？」

「ああ、そうだよ」

ヘイトランドの国教は、王家の血筋を創世神《そうせいしん》につながる聖なるものとして仰ぐ一神教なのだが、他にいくつかの土着の宗教があるそうだ。その歴史は、ヘイトランドよりも古い。土地に密着した民俗《みんぞく》宗教だからだ。

「ヘイトランドが現王家によって統一されたとき、

そうした土着の宗教は取り締まられて、教団は解散、教典は破棄され、教会や僧院も壊された。今では、教義の名残《なごり》がその土地の人びとの生活習慣のなかにちらほらと残っている程度だ」

それでも、そうした宗教的な意味を持つ廃墟《はいきょ》は、地元の人びとの手で、今でも細々と祀《まつ》られている。ヘイトランド王家も、そこまで厳しく取り締まってはいない。廃墟をさらに壊すまでもないし、だいたいが人里離れた僻地《へきち》なので、放置しておいても害はないし、利用法もないからだという。

「カタルハル僧院も、そういう場所だ」と、アッシュは続けた。「表向きにはできないが、一応はまだ僧がいて、僧院跡を守っている」

「そんなとこに、何の手がかりがあるんだよ」

アッシュの言葉にはすぐ難癖《なんくせ》をつけることにしているらしいアジュが、きぃきぃ言う。

「あるんだよ。いるんだ、人が」

ひとと言うとき、アッシュの口調が少し鈍った。

「手がかりを持っている人物がな」

今度はじんぶつと言うとき、言いにくそうになった。

「お坊さん？　ソラみたいな」

ソラもうなずいて、じっとアッシュを見る。が、彼はまるで応じない。

「地図をよく見て、頭に叩き込め。この僧院の中庭に、紋章があるんだ。そこまで飛ぶには、ユーリに方向と距離感をつかんでもらわんと」

「なんでそんなとこに紋章があンだよ?」

「俺が刻んだからだよ、うるさいネズミめ」

アッシュはアジュをつまみあげると、地図の上にぽいと放り出した。

「おしゃべりばかりしとらんで、おまえも少しはユーリを手伝え」

と叱られても、アジュはどうすればいいかわからないらしいし、ユーリもどう手伝ってもらえばいいのかわからない。ただ一心に地図を見つめるだけだ。カタルハル僧院跡——王都よりはずっと近い。ここから西南に、山をひとつ、ふたつ越えて、これは湖だろうか沼だろうか。大きな川も流れているが、渡ってしまってはいけないようだ。川にぶつかったらそれに沿って南下して、森に出たら今度は東に、つまり向かって右に曲がる感じ。

「あ、俺には建物が見えるよ」と、アジュが不意に囀《さえず》った。まさに小鳥みたいに楽しげに。

「なんだ、手伝えってのは、こういうことか」

アジュは、地図のカタルハル僧院跡の印《しるし》を踏んづけている。そこからイメージが伝わってくるらしい。

「大丈夫だよユーリ、俺が案内する」

アッシュ殿と、ソラが控え目に呼びかけた。

「すぐ発つのでしょうか」

「何かまずいことがあるか？」

「昨日、ここを訪ねてみえた男の子に、挨拶《あいさつ》をしていかなくてよろしいのかと……」

バネ足のウズだ。ユーリも地図から目を上げた。

「そうよそうよ。あの子のお母さんの薬は？」

「昨夜《ゆうべ》のうちに届けた」アッシュは椅子から立ち上がる。「あいつなら、黙って出ていっても気にせんよ。煙突の煙が絶えたら、俺が出かけたとわかるから」

そうですかと、ソラは一礼した。「では、竈《かまど》の火の始末をして参ります。戸締まりは必要ないのでしょうね」

ごとんごとんと、水車が回る。粗末な小屋が軋《きし》み震《ふる》えるのが、床から伝わってくる。

紋章の内に足を踏み入れるときには、そんなことを考えていた。が、すぐにまわりが真っ暗になり、風が耳元でぴゅうっと鳴った。

出発だ。ユーリは飛び立つ。飛んでゆく。

自分の指先で鼻の頭をつまんでも、感触があるだけで何も見えない。真の闇だ。だがときどき、足の下で、身体の脇で、あるいは頭上で、色とりどりの布が翻るように、一瞬だけ景色が見えることがあった。通過している山や森、町や村が見えるのだ。

「ユーリ、その調子、その調子。お？　ちょっと南へ行きすぎだ。戻って、戻って」

頭の上で、アジュがナビゲートしてくれる。ソラはしっかりユーリと手をつないでいる。アッシュにはそんな必要はないらしく、飛び立ってしまったら、気配もなくなった。

心がほどけ、闇を飛翔《ひしょう》しながら闇に溶けてゆくようだ。闇と一体になり、同時に闇のなかをよぎる風になる。重力からも時間からも解き放たれ、すべての軛《くびき》を置き去りにして。

アジュの声さえ、耳に遠くなる。それで一向にかまわない。アジュは船頭、ユーリは舟だ。アジュに任せて、ユーリはただ進むだけ。

なんという心地よさ。今まで、他の場所で飛んだときには、こんなことはなかった。距離が短かったから？　水内一郎の図書室から〝無名の地〟への移動は、こういう飛翔とは別物だったのか。

ユーリは目を閉じ、うっとりする。完全に自分の輪郭《りんかく》を失い、風になりきって——

でも、ソラの手の温《ぬく》もりだけは確かに感じる。

ソラ、優しいな。拡散《かくさん》する心で、ユーリは温かい想《おも》いを抱く。いっぺん見かけただけのウズのこと、ちゃんと気にしてた。アッシュが黙って発ってしまったら、寂しがるんじゃないかって。あたしはそんなこと、思いつきもしなかったのに。

不思議だ。ソラって——何者なのだろう。ゆっくり考えてみるヒマがなかったし、そんな必要もなかった。今だって、必要だから考えてるわけじゃない。

でもこの闇、この風、この自由な飛翔のなかで、たった一人だけあたしと繋《つな》がってるソラは、あたしにとって掛け替えのない存在なんだ。ひしひしとわかる。だからソラのこと、想わずにはいられない。

なぜだろう……。

この闇が、ソラに似てるから？

何も存在しないから。空っぽだから。虚《うつ》ろだから。

違う。ソラはソラに言った——おまえは無だと。

アッシュはソラは無なんかじゃない。黒衣の内側に、優しいものや温かいものを隠しているだけだ。あたしにはちゃんとわかる。感じ取れる。

だが、闇と同じく正体が知れぬことに変わりはない、い、い、い、い、い、い、い、い、い、い、い。

今のは誰の声だ？　誰の思考が呼びかけてきた？

飛翔しながら、ユーリは身じろいであたりを見回そうとした。

そのとき。


——来るな！

闇を底から震わせて、悲鳴にも似た叫び声が響き渡った。出し抜けに、ユーリの行く手を何かが阻《はば》んだ。ガラスの存在を知らず、窓に激突する小鳥さながら、ユーリは闇のなかの壁に叩きつけられ、目から火が出た。

——来るな！　来てはいけない！

叫び声は、手負いの野獣の雄叫《おたけ》びのように甲高く割れ、怒りに震え、そして怯えてかすれていた。いや、声は猛《たけ》り狂ったまま、来るな、来てはいけないと繰り返す。ただユーリの意識の方が薄れていく
——落ちてゆく——

「ユーリ！」

アッシュだ。長い腕を伸ばし、ユーリの後ろ襟をつかまえた。ユーリの落下ががくんと止まった。が、次の瞬間、力を失ったユーリの腕が万歳をするように上にあがって、だぶだぶした守護の法衣の袖《そで》から

抜けてしまった。

「ユーリ様！」

ソラの悲痛な呼びかけが、どんどん遠ざかる。ユーリは落ちる。落ちる。落ちて落ちて闇のなかを通り抜けてゆく。

どこまでもどこまでも。

そして、闇の底を突き破った。周囲がいっぺんに明るくなった。色彩が戻る。世界が形を取り戻す。そのなかをユーリはまだ落ちてゆく。

「うわわわわ〜ぁ」

アジュだ！　ユーリの髪にしがみついている。全身の毛を逆立て、尻尾《しっぽ》を空にたなびかせて。

「ユーリ、飛んで飛んで！」

「と、飛ぶってどうやって？」

二人は雲と同じ高さにいた。綿菓子みたいな雲を次々とすり抜け、突き抜け、まだ落下する。

「腕をかいて、かいて！　泳ぐんだよ早く！」

叫んで、アジュは早口に呪文を唱え始めた。濁音と破裂音だらけの愉快な呪文。でも必死だ！

「――ハンだナラニパ、ウジャラウイティカ、ナダパムんドパムルンば！」

何よそれ？　ユーリはふき出した。え？　あたし笑ってる。そんな余裕があるの？

余裕はあった。ユーリは青空に浮いていた。両手を鳥の翼のようにはためかせているだけで、楽々と滞空《たいくう》できる。鼻先を雲の切れっ端が通過してゆく。わぁ、何て冷たいのかしら。

「ふう、間に合った」

アジュはまだ、すべての指でユーリの髪をつかんでいる。それでも毛並みは元に戻った。

「こうやってゆっくり飛んで行こう。どこか、目立たないところに降りないとな」

ユーリのはるか目の下には、現実世界でも、まだ絵はがきやテレビの旅行番組でしか観《み》たことがないような、西欧風の美しい町並みが広がっていた。白壁に赤い三角屋根、青い傾斜屋根の家。とんがった採光塔《さいこう》を戴《いただ》いた、石造りのお屋敷。広い芝生の庭に、噴水が見える。家並みのあいだを石畳の道が巡り、ところどころにこんもりと森が丸まっている。見渡せば町はずれには大きな川が流れ、青空を静かに映している。優美なアーチを描く橋がかかってて、今、そこを馬車が走ってゆくのが見える。

「かなり手前で落ちちゃったんだな」アジュがユーリの頭の上で呟いた。「ご覧《らん》よ、あれがカタルハル僧院跡のある山じゃないかな？」

前髪を引っ張られて、ユーリは左の方に顔を向けた。アジュの言うとおりだった。可憐《かれん》で美しい景色の隅に、そこだけ陰鬱《いんうつ》に曇った色合いの山が見える。高さは丘に毛がはえたくらいしかないが、山肌にはみっしりと木々が生い茂り、押し合いへし合いしているようだ。みんな針葉樹なのか、先端が尖《とが》っている上に、葉っぱの色が暗い。だから山の色も翳《かげ》って、鋭く見えるのだ。それでいて、ところどころざっくりと岩壁が剝《む》き出しになっている箇所《かしょ》は、まるで巨大な獣の爪《つめ》に削《そ》がれたかのような眺めだった。

山のてっぺんをめざして、螺旋《らせん》状に細い道が通じている。道のどんづまりには、灰色の壁のようなものがちらりと見えた。もっとよく見ようとユーリは腕をかいたが、さすがに本物の鳥のように自由自在に飛べるわけではなく、もたもたしているうちに、かえって高度が下がってしまった。

町の景色が細かいところまで見えるようになった。家々の窓辺を飾るフラワーボックスには、赤や黄色の花が咲き乱れている。

「カナル村より、うんと人が多そうだね」

道を歩いている人たちがいる。お店も見える。荷車が行き交い、どこかから音楽も聞こえてくる。オルガンみたいな音色だ。おや、子供たちが合唱している。学校が近くにあるのだろう。

「カナル村より豊かだってことも確かね」

「どっかにお菓子屋があるもんな」

アジュも、風にのって流れてきた甘く美味《おい》しそうな匂《にお》いをキャッチしたらしい。

「町並みからして違うもの。お花がたくさん溢《あふ》れてるし」

「ってことは、人目を気にしなくちゃならないってことだ。ユーリ、あの森のなかに降りようよ」

アジュに誘導してもらって、ユーリは慎重に身体をコントロールし、木のてっぺんにひっかからないように注意して、無事地上に降り立った。

ただの森ではなかった。ちゃんと小道が通じていて、通行標識が立っている。何が書かれているのか、まったく読めない。

「ユーリ、突っ立ってちゃダメだ」

ユーリは急いで道から逸《そ》れ、下草の繁みのなかに身を隠した。

「守護の法衣がないと、普段着だねぇ」

うちにいたときの格好のままだったのだ。

木立の向こうで、人の声がした。ユーリは繁みのなかに伏せた。と、足音が近づいてきた。女性が二人、手に手に籠《かご》をさげて、のんびりと歩いてくる。長いスカート。袖のふっくらしたブラウス。エプロンをかけて、髪は髷《まげ》にして頭のてっぺんにまとめ、白いレースで包んである。

笑顔でおしゃべり。楽しそうだ。でも、何をしゃべってるのかわからない。

守護の法衣がないと、文字も読めなければ、会話も理解できない。お手上げだ。

「まずいよ、アジュ」

ひたひたとパニックが寄せてくる。景色に見とれているどころの騒ぎではない。

「ま、落ち着いて落ち着いて。俺に任せな」

アジュはユーリを立ち上がらせると、今度は囁き声のような呪文を唱えた。すべてサ音なので、囁きに聞こえるのだ。

ひやりとした空気に包まれたかと思うと、ユーリはさっき見かけた女の人たちと同じような出で立《いた》ちに変わっていた。髪型まで似ている。違うのは、エプロンではなくベストを着ていることと、あの女の人たちは革のサンダルのようなものを履《は》いていたのに、ユーリはブーツであることだ。

それと、肩から提げているポシェットが可愛い。

アジュ、センスがいいじゃないか。

「よし、上々の出来だね」

アジュは得意そうに鼻をひくつかせている。こうして地面に降りていると、うっかり踏んづけてしまいそうなほど小さいのに。

「この町に、しっくり馴染《なじ》んでる」

「でも、言葉は?」

「ユーリは普通にしゃべっていい。外国人だと思われるだけで済むよ。この町まで旅してきました。目的地はカタルハル僧院跡なんだけど、途中で両親とはぐれてしまいました。あたしは迷子です。身振り手振りをつけて、さ」

それで通用するかしら?

「誰か親切な人が、カタルハル僧院へ行く方法を教えてくれるよ」

「教えてもらっても、あたし、わかんない」

「俺にはわかる。通訳してあげる。だからユーリは、見かけだけ整ってれば大丈夫なんだって」

なるほどと納得しかけたユーリだが、すぐに考え直した。「ヘンだよ、アジュ。そんな必要ないって。また飛べばいいじゃないの」

アジュはチッチッチと舌を鳴らした。ついでに、ちっちゃな足で地面を踏み鳴らす。

「おいおい、しっかりしてよ。何でこんな羽目になってるか、わかんないの？　ユーリ」

　飛んでいて——途中で落ちた。

「さっきのあれは、封魔《ふうま》の壁だよ」

　紋章の力を封じられて、叩き落とされたんだ。

「誰だか知らないけど、カタルハル僧院には、そんな力を持ってるヤツがいるんだな。しかもそいつは、ユーリに会いたくないんだ」

　来るな！　と叫んでいた。来てはいけない、と。

「あるいは、紋章に近づかれるのが嫌なのかもしれないけど、どっちにしろ、もう魔法を使ってカタルハル僧院に近づくことはできないよ。何なら試してみる？　また落とされるだけだけど」

　遠慮しておこう。アジュの言うことに間違いはなさそうだ。

「でも、それならアッシュとソラは？　二人もどこかに落ちてるのかしら」

「わからない」

　ハツカネズミの顔ではどうやっても無理だろうに、しかしアジュは険《けわ》しい表情を浮かべた。ユーリにはちゃんと伝わった。アジュの懸念が。

「あいつ、やっぱ気を許しちゃいけなかったのかもしれないよ」

「それって、アッシュのこと？」

　アジュはうなずく。険しいを通り越して、ピンの頭くらいの小さな瞳が、赤く燃えている。怒っているのか。

「あいつ、何が狙いなんだろう」

「狙いなんて……あの人は〝狼《おおかみ》〟だよ」

「〝狼《おおかみ》〟だからって、誰でも信用できるとは限らないよ。敵のスパイかもしれないじゃないか」

　スパイ！　考えてもみなかった。笑いそうになって、ユーリはあわてて顔を引き締めた。アジュは真剣そのものなのだ。

「封魔の壁にぶつかったとき、アッシュ、あたしをつかんで助けようとしてくれたのよ。アジュ、気づかなかった?」

アジュは、いわゆる〝わかり易《やす》い〟タイプである。素直にムクれている。気づいていたのだ。

「だいいち、あの人が何か企んでるなら、カタルハル僧院跡のことなんか、黙ってればいいじゃないの。あそこには何か手がかりがあるのよ」

「なんでそう言い切れるのさ? あいつ、嘘ついてるのかもしれないよ」

「現にこうやって、邪魔されたから」

誰かが「来るな!」と叫ぶには、それなりの理由があるはずだ。その〝誰か〟こそが、手がかり。手がかりを持っている人。

「とにかく、あの二人がもしも別の場所に飛ばされてるとしても、あたしたちと同じようにカタルハル僧院跡を目指すはずよ。行きましょう。さっきのアジュの提案どおり、あたしは迷子の旅の女の子になるわ」

身軽に立ち上がり、新しいファッションをひとわたり確認して、ユーリは明るい気持ちで森の小道へと踏み出した。

「ユーリ」と、アジュが呼んだ。まだ地面に立っている。小さなハツカネズミの仁王立ち。

「さっきユーリの邪魔をしたのは、もしかしたらヒロキかもしれないぞ」

ユーリの口元から笑みが消えた。消える感じが、自分でわかった。

「どういうこと?」

「わかんない。あてずっぽうさ。けどヒロキは、ユーリに見つけてほしくないのかもしれない」

〝器《うつわ》〟になってしまった兄は、人の姿を留《とど》めていない可能性がある。いつかユーリもちらりとそう考え、戦《おのの》いたことがある。

「それでもユーリがヒロキに会いたいなら、俺は手伝うけどさ」

ありがとうと笑うべきなのか、おかしなことと考えないでよと怒るべきなのか。どちらとも決めかねて、結果的に、ユーリは、いかにも〝異国の町で親とはぐれて怯えている女の子〟にふさわしい表情を浮かべることになったようだ。

白いハツカネズミを肩に載せ、独《ひと》りぼっちで、荷物といえばポシェットひとつ。不安げにまわりを見回している。この町は、そんな女の子を放っておくような不親切な人間で構成されていないらしい。森を出ておずおず歩き出すと、すぐに声をかけられた。言葉が通じないことがわかると、声をかけてきた人はもっと親切になり、さらに人が寄ってきた。

半時間もしないうちに、ユーリは一軒の店の奥に座って、甘いお茶をご馳走《ちそう》になっていた。大きな笊《ざる》と木箱に新鮮な野菜や果物が溢れ、そこに値札がついている。どう見ても八百屋である。経営者は、揃って赤ら顔でまるまると太った声の大きなご夫婦だ。

「悪い人たちじゃなさそうだよ」

アジュもユーリの肩の上で落ち着いている。

「おばさんの方は、アイサって名前だ。お客たちには、アイサおばちゃんて呼ばれてる。世話好きで、頼りにされてるんだな」

町のトラブルシューターというところか。

「交番には連れていかれないのかな。お巡りさんみたいな仕事をする人はいないのかしら」

「これだけの町だから、いるだろ。今おじさんが急いで出かけてったから、呼びに行ったのかも」

「アイサおばちゃん、さっき、しきりとアジュのこと指さして何か言ってたよね？」

「俺が野菜を齧るんじゃないかって、気にしてたんだよ。このネズミは行儀がいいか？　このネズミはちゃんと躾《しつ》けられてるか？　ってね」

店先で客の相手をしていたアイサおばちゃんが、

戻ってきてユーリにしゃべりかける。身振りからすると、寒くないかと問われているようだ。ユーリはかぶりを振り、次に頭をぺこりと下げた。と、おばちゃんは腰に手をあてて困ったように笑った。

「アイサおばちゃんは、あんたとご両親は何処《どこ》へ行くところだったの？　と訊いてる」

アジュの通訳に、ユーリはお茶のカップを置いて、ぱっと立ち上がった。アイサおばちゃんの大きな手を取って、店先へと引っ張ってゆく。かさかさに乾いて、荒れた手だった。

アイサおばちゃんの前で、ユーリは暗く曇ったあの山を指さしてみせた。

「カタルハル」と、言ってみる。「カ、タ、ル、ハ、ル」

通じたらしい。アイサおばちゃんの丸い表情が、急に険しくなった。ちょっと顎《あご》を引き、ユーリを見《み》据《す》えて早口で何か言う。


「あんたのご両親は、あんなところに何の用があるのかって訊いてる」

まさかネズミに通訳してもらっていますとは言えないから、ユーリはボディランゲージを返しつつ、おばちゃんからカタルハル僧院跡へ行く方法を探り出さなくてはならない。

ユーリが首をかしげてみせると、おばちゃんは大きな身振りをつけてため息をついた。

「言葉が通じないのは厄介だね、って」

「ホントね」

胸の前で手を組むと、ユーリはおばちゃんに向かってせがむような仕草をした。そして山の方を指さす。それを繰り返した。どうしても、どうしてもカタルハル僧院跡へ行きたいんです。

アイサおばちゃんは、額に手をあてた。

「あんたのお父さんお母さんは、道を間違った」

どういう意味だろう？

「この町からは、あの山の上には行かれない。結界があるし、禁じられているから」

言葉が通じないふりをして目を瞠るユーリに、おばちゃんは顔の前でバツ印をつくってみせた。

そこへお客さんが来た。おばちゃんが離れて行ったので、ユーリはアジュに訊いた。「結界って、何のことだろ?」

「この町のまわりには、魔法の障壁が張り巡らされてるみたいなんだ。それは俺も感じてた。匂《にお》いがするから」

「だけどあたしたちは入れたよ」

「人間用の障壁じゃないんだ。たぶん……それ以外のものの侵入を阻止するための結界だよ」

アッシュが語ってくれた、不死の兵士たちが変貌《へんぼう》した怪物のことを、ちらりと思い出す。彼らの毒を血に受けた異能者たちのことも。

「この町、カナル村とは比べようがないくらいにきれいだし、豊かだよね」

ユーリの現実社会のなかでも、これほどきれいな町は珍しい。テーマパークみたいだ。

「あの村が、特別貧しいんだと思うよ」アジュは声を小さくした。「あの墓場があるからさ。もしかしたら、ああいう墓場が設けられている町や村と、そうでない町や村とは、はっきり区別されてるのかもしれない」

嫌な区別ではないか。

お客さんと立ち話をしていた(二人でちらちらとユーリを見ていた)おばちゃんが戻ってきた。

「もうすぐ憲兵さんが来て、あんたを駐屯所へ連れて行ってくれるって言ってるよ」

おばちゃんはどんよりと曇った山へ目を向ける。指さすことはしない。恐れているかのように。

「駐屯所で相談すれば、あそこへ行くこともできるだろうって。お父さんとお母さんが、先に着いてればいいんだけどね」

座って待ってな、という仕草をされたけれど、ユーリはひとつ頭を下げて、お店の前から動かなかった。結界に守られているというこの町並みを、穏やかな暮らしを楽しんでいるらしい行き交う人たちの笑顔を、もう少し眺めていたかったのだ。

アッシュの話を聞く限り、ヘイトランドはおよそ平和で美しい国ではない。でも、部分的には美と幸福が存在している。ピンポイントで。過去の忌《い》まわしい歴史の遺産が残されていない場所なら。

「同じだよ」不意にアジュが呟いた。「ユーリの住んでる国、ユーリのいる領域《リージョン》だって同じだ。たまたまユーリが戦争や飢えを知らないだけで、あるところにはそういうものがちゃんとある」

そうだね……と、ユーリも呟きを返した。

二人の物思いは、騒がしい人声と入り乱れる足音に破られた。大勢の人たちが、右手の街路の向こうから、こっちに向かって走ってくる。何か叫んでいる。大変だ、大変だ、という感じ？

アジュがちゅっと耳を立て、ユーリの頭の上に乗って立ち上がった。そのとき、ぱんぱんぱんと立て続けに破裂音がした。甲高い悲鳴が響く。人びとの叫び声が続く。

店の奥からアイサおばちゃんが駆け出してきた。こっちに逃げてきた人の一人、若い女の人がおばちゃんを見つけて飛びついてくる。真っ青になって涙を流し、何かわぁわぁ訴えている。しきりと、自分が逃げてきた方角を指さしている。

「憲兵が、強盗をつかまえようとしてるって！」

憲兵の馬車が道を通りかかり、刃物を持った男が人を脅《おど》しつけているのを見つけて、逮捕しようとした、ということらしい。

「その憲兵さんって、あたしを迎えに来るはずの人よね？」

行こう！　ユーリは駆け出した。アイサおばちゃんが大声で叫ぶ。たぶん、止めているのだろう。

「行ってどうすンの？」

「わかんないけど、とにかく行くの！」

ユーリが街路を駆けてゆくあいだにも、悲鳴や発砲音がまた起こった。みんなこっちに逃げてくるのに、ユーリだけ流れに逆らって走る。すれ違いざまに、身なりのいい紳士に、腕をつかまれそうになった。行っちゃいけない、危ないよと忠告してくれたのだろう。

現場は、さして遠い場所ではなかった。曲がり角をひとつ通り越し、ふたつめを右へ折れる。と、すぐ目の先に人の輪があった。遠巻きながら、野次馬が集まっている。事件に対する反応は、どこの領域《リージョン》も変わらない。

輪の中心に、銃をかまえた制服姿の憲兵がいた。腰を落とし、油断なくすり足で移動しながら、狙いをつけている。傍らには、歩道に乗り上げて傾いた馬車。憲兵の肩章と同じ柄の旗を立てているから、これは要するにパトカーだろう。

憲兵の銃口の先には、男が一人いた。前のはだけた白いシャツに、膝の出たズボン。裸足《はだし》だ。頭はスキンヘッド。抜けるように色が白く、ひどく痩せこけている。

身体の脇にだらりと垂らした右手には、ユーリの腕の長さぐらいありそうな刃物。何に使うものだろう。両刃の剣で、切っ先が尖《とが》っている。

男の顔にも身体にも、血がはねかかっていた。ズボンの膝のところには、ひとかたまりの血の汚れがある。本人の血か。男は足を引きずり、身体を傾けてどうにかこうにか歩いていた。憲兵の動きを追って、睨《にら》み合う二頭の猛獣のように。

「ユーリ」と、アジュが鋭い声をあげた。「何てこった。こいつ、ハナレモノに憑《つ》かれてる！」

「ハナレモノ？」

文字や文章という形を持たず、〝輪《サークル》〟のなかを漂っている物語のことだ。文字にならず、映像にもならず、記憶にも残らず、しかし〝輪〟には存在している。

「見てごらん、あいつの頭のまわり。ふわふわした、細い煙みたいなものがあるだろ？」

確かに、うっすらとピンク色をした煙が、男の頭に、蛇《へび》のように巻きついている。

「あれがハナレモノなの？」

「そう。憑かれて、心を盗《と》られてしまってる」

男が突然雄叫《おたけ》びを上げ、刃物を振りかざして憲兵に突進した。憲兵が発砲する。弾は男の左肩をかすめ、血が飛び散った。火薬の匂い。男は吼《ほ》えたてながら、がっくりと片膝をつく。野次馬たちの腰が引ける。

「ナイフを捨てろ！」と、憲兵が叫ぶ。

「ハナレモノって、人に憑くの？」

「実体がないからね。人恋しいのさ」

憲兵が近づこうとすると、男はくずおれかけたまま大声でわめき、その場で刃物を振り回した。

刃物と同じくらい、男の目も光っている。歪《ゆが》んで、角があって、乱反射する光。その光の強さに、男の瞳はほとんど見えない。

「ありゃ、頭の芯《しん》まで食い込まれてる」

撃て撃て、撃ち殺せ！　野次馬の誰かが叫び、男はその声のした方に向かって吼えた。

「憑いてるものが物語なら、あたしに何とかできるはずだよね？」

この、額の紋章で。

アジュは一瞬詰まった。「うん。でも、やる気なの？」

「ほっとけないよ！」

ユーリは野次馬の輪をすり抜けた。焦るあまりに足がもつれて、転がるように、憲兵と男のちょうど真ん中に飛び出してしまった。憲兵が鞭《むち》のようにこっちを見た。驚愕《きょうがく》で目が飛び出しそうだ。

ユーリは体勢を立て直すと、片手を額にあてた。

「こっちよ！　こっちを見なさい！」

憲兵にも野次馬にも、当の男にも、ユーリの言葉は解せないはずだ。でも、迫力で通じたのだろう。男がユーリを振り返った。底光りする目が、まともにユーリの目と合った。

憲兵が突進しようとするのを、ユーリは空いた片手で制した。「大丈夫！　来ないで！」

やっぱり通じないはずだが、憲兵は一瞬たじろいだ。彼の顔にどっと汗が噴き出してきた。

刃物を手にした男が、身体ごと飛び込むように、ユーリに向かってきた。次の瞬間には、ユーリは襟首をとられていた。男は刃物を振り上げる。

その瞬間、ユーリは額の手を男の顔の上に移した。男の骨張《ほねば》った鼻の形、頬骨《ほおぼね》の感触が伝わってくる。

ユーリは声を励まして一喝《いっかつ》した。

「鎮《しず》まりなさい、寄る辺なきものよ！」

男の動きがぴたりと止まった。振り上げられた刃物の切っ先は、空《くう》を突いたまま。

「鎮まるのです、寄る辺なきものよ」

もう一度繰り返し、ユーリは掌に力を込めた。

不思議だ。紋章から言葉が伝わってくる。ここで唱《とな》えるべき呪文が、じかにユーリの心に。それを諳《そら》んじればいい。

「道を見失い、哀れなる悠久を流浪《るろう》するものよ。この地は汝《なんじ》が留《とど》まるべき地にあらず。この者は汝が宿るべき器にあらず」

男が頭を下げ、呻《うめ》き声をあげ始めた。血の混じった涎《よだれ》が糸を引いて滴《したた》り、きれいなレンガ敷きの道にしみをつける。「名乗りなさい、寄る辺なきものよ。あなたの名を私に告げなさい」

男がぶるりと胴震いをした。また涎が垂れる。ひび割れたくちびるが開く。

憲兵も野次馬たちも、凍ったように動かない。静寂がたちこめる。

「名……は無い」

「あなたの名を教えなさい」

「我らは大勢であるが故に……我らは放たれしものであるが故に……名は無い」

男の目から滂沱《ぼうだ》と涙が溢れた。そのまま、刃物をおろしてうずくまる。ユーリは、彼の顔から、頭のてっぺんへと掌を移した。

そっと撫でてみる。掌の下で、紋章の光が輝いているのがわかる。その温もりを感じる。

「名もなき流浪のものよ。かの偉大なる大輪の響きを聴きなさい。時の軛《くびき》を離れたかの地が、汝を呼ぶ声を聴きなさい」

汝の父はあまねく闇。汝の母は永遠《とわ》なる光。

「汝の還《かえ》るべき場所は、かの大輪の差し招く輪廻《りんね》のうちにこそあれ」

放たれよ！　ひときわ高く叫んで、ユーリは男の頭から手を離し、頭上を指さした。

ユーリの指の動きを追いかけるように、男の頭を包んでいたピンク色の煙が、しゅるりとほどけて立ち上った。ユーリの指に引っ張られ、男の頭上へ放り上げられ、すっかりほどけて、最初は蛇が空を泳ぐように身をくねらせ、だが高く上がるほどに真《ま》っ直《す》ぐに、手槍《てやり》のように鋭く強い線となって、まっしぐらに空の彼方《かなた》へと飛んでゆく。

うずくまっていた男が、どさりと横倒しになった。気絶している。

一瞬の沈黙。そして、誰もがいっせいに叫び始めた。悲鳴と歓声が入り交じる。ユーリに近づいてこようとする者もいれば、ユーリから逃げだそうとする者もいる。

銃をおろして、憲兵が近づいてきた。強張った顔のまま、ユーリを見据える。

「おまえは何者だ?」

首筋にしがみついたままのアジュが、通訳してくれた。が、答える必要はなかった。憲兵は銃を腰のベルトに差すと、騒いでいる野次馬たちを見回した。

「何とまあ、この子は魔導士だ」

野次馬たちがどよめいた。逃げだそうとしていた者たちも、足をとめて戻ってくる。

「この町の者ではないな? 旅をしてきたのか? おまえ一人なのか?」

矢継ぎ早に尋ねながら、憲兵はユーリの手をつかみ、立たせてくれた。言葉がわからないと伝えるために、ユーリは何度もかぶりを振った。

その子だよ、その子。野次馬のおばさんが、ユーリを指さして高い声を出した。「アイサの店にいる迷子さ!」

憲兵の目が晴れた。よく見ると、鼻の下にチョビ髭《ひげ》をたくわえたおじさんだ。

「そういうことか……。なら、手間が省けた」

遅刻もいいところだが、そこへもう一台、憲兵隊の馬車が駆けつけてきた。野次馬の群を分けるようにして近くに停まったその馬車に、チョビ髭の憲兵さんは呼びかけた。

「あいつを運んでくれ。このお嬢ちゃんは、俺が連れて行く」

という次第で、ユーリは憲兵隊の馬車に乗り込むことになった。後ろの座席ではなく、御者《ぎょしゃ》台の隣だ。ステップが高いので、チョビ髭憲兵さんが抱き上げてくれた。

ふと見ると、野次馬のなかにアイサおばちゃんの顔があった。ユーリは手を振り、頭を下げた。おばちゃんはじっとユーリを見つめているだけで、手を振り返してはくれなかった。

魔導士は、この町では、あまり歓迎される存在ではないのだろうか。少なくとも、野次馬さんたちが驚く程度には珍しいものであるようだが。走る馬車を、町の子供たちが追いかけてくる様子を見ても、それと知れる。みんなユーリを見たいのだろう。

憲兵隊の建物は、重々しい石造りの二階建てで、前庭にきれいな植え込みがあった。ユーリは正面玄関前で馬車から降ろされ、チョビ髭憲兵さんに連れられてなかに入った。天井が高く、薄暗いけれど、制服と私服が入り乱れ、大勢の人びとでごったがえしていた。

前庭に面した窓のある小部屋に通された。少し待っていなさいと言われた。腰かけておとなしくしていると、馬車を追ってきた子供たちの残党が、植え込みの陰に忍んでこっちを窺《うかが》っているのに気づいた。ユーリは手を振った。子供たちは何かさざめいている。ついで、ユーリが指で彼らを真っ直《ます》ぐにさすと、途端に、蜘蛛《くも》の子を散らすように逃げ去った。

「子供をからかっちゃいけませんよ、オルキャスト様」

ユーリと一緒に笑いながら、アジュが窘《たしな》めた。

「自力で紋章と通じ合えたみたいだね」

「さっきの、そういうことだったの？」

「うん。俺が教えなくても呪文を唱えられた」

ユーリは、紋章に馴染《なじ》んできてる。

しばらくすると、立派な肩章をつけた憲兵と、眼鏡をかけて黒い服を着た男の人がやって来た。チョビ髭さんの上官とお役人かな？　と思ったが、アジュに通訳されているうちに、黒服の人はヘイトランド国教会の神父だとわかってきた。ユーリは身振り手振りを再開し、ときどき「カタルハル」と訴えた。

「魔導士なのに、言葉の通じる魔法は使えんのか。不便だな」

でっぱった制服のお腹をさすりながら、上官が言う。神父さんは微笑する。

「まだ幼い子です。しかし、魔導に通じる者がカタルハル僧院跡へ行きたいというのなら、何を置いても便宜を図らねばなりますまい。あちらに着けば、この子は、はぐれた両親と再会することもできるのでしょうし」

馬車で連れて行ってくれるという話がまとまった。それからまた少し待たされて、そのあいだにユーリはパンとスープをもらった。美味《おい》しかった。これもまた、カナル村とは大違いだ。

また憲兵隊の馬車に乗った。今度の馬車は後ろの座席部分が二人乗りで、さっきの馬車よりひとまわり小さい。なのに、馬は二頭いる。山道がきついのだろうと、ユーリは思った。

神父さんと、また別の憲兵がついてきてくれた。二人が御者台に並び、ユーリは後ろで一人になれたので、アジュと遠慮なく話し合うことができた。

「いっぺん、反対方向に出るみたいだな」

御者の憲兵は町外れまで馬車を飛ばし、大きな街道に出ると、それを北に向かい始めた。うねうねと曲がる街道をしばらく走ると、視界の正面に、あの暗い山が入ってきた。

「この人たちにとって、カタルハル僧院って、どんな場所なんだろうね」

何を置いても便宜を図らねばなりますまい——という言い方には、ちょっと引っかかる。

「魔導を学ぶ者や、魔導士が集まるところなんじゃないの?」

アジュはあまり気にしていない。ユーリの手のなかで、眠そうに丸くなっている。

「ほとんど廃墟《はいきょ》なのに?」

「でも、人はいるんだろ?」

御者台の二人は、道中、ユーリの方を振り返りもしなかった。山の麓《ふもと》の森に分け入るとき、一度休憩をとった。ユーリが馬車を降りて膝を伸ばしていると、神父さんが水筒を渡してくれた。

何か話しかけてきた。あいにく、アジュは馬車のなかで寝ている。ユーリは困った、ごめんなさい、わかりませんという顔をした。

神父さんは胸に手をあて、指で自分の額に十字を描く仕草をした。キリスト教のそれとは違って、縦線も横線も二本ずつある十字だった。

ユーリを祝福してくれたのか、それとも自分に魔《ま》除《よ》けをほどこしたのか、どっちだろう。

馬車が山道を登り始めると、せっかくアジュが目を覚ましても、おしゃべりどころではなくなった。うっかり口を動かしたら、舌を噛《か》んでしまう。急傾斜の細い道。石ころだらけ。御者台の二人は腕を突っ張って身体を支えている。ユーリも何度かおでこを窓にぶつけた。

山肌を覆《おお》う森は深く、しかし木々のひとつひとつは痩せていた。枝はぎくしゃくと折れ、かさついた葉がそこにしがみついている。馬車が通り抜けると、落葉が追いかけてくる。窓からも数枚飛び込んできた。くすんだ緑色の葉は、触れるとかさこそ音を立て、脆《もろ》く砕けた。

登るほどに視界が狭まり、暗さが増してゆく。御者台にぶら下げたカンテラに火が入った。馬たちは辛《つら》そうにいなないている。

そして出し抜けに平らな場所に出た。山登りというより、長いトンネルを通ってきたかのようだった。

窓枠に両手をかけて、ユーリは目を瞠った。

廃墟というものを、直《じか》に見たことはない。今回が初めてだ——と、言ってしまっていいかどうか心《こころ》許《もと》ない。なにしろ、廃墟というほど建物の輪郭が存在してないのだ。素直に建築物と呼べるのは、僧院跡を囲う、ユーリの身長ほどの高さの石垣ぐらいのものである。

山の上でいちばん目立つのは、そこらじゅうに転がっている巨大な岩の塊だった。どれもくすんだ灰色に、ところどころ濃い黒色の混じった砂岩で、形は実に様々だ。

「これ、元はひとつの岩だったんだよ、きっと」

ユーリと同じように目を丸くしながら、アジュが言った。「どこかから途方もなくでっかい岩が落ちてきて、僧院をぶっつぶして、自分も砕けちゃったって感じだね」

僧院跡という名称に間違いはなく、アジュの推測もあたっているようだった。馬車が停まったのは、倒れ折れて積み重なった柱の前で、そこには灯りが点き、入口が開いていた。折り重《かさ》なった柱と柱の隙《すき》間《ま》が、奥へ通じているらしい――

そう、今そこを通って、かがんだりまたいだりしながら、黒衣の人が近づいてくる。無名僧に似た出《い》で立《た》ちだけれど、髪は剃《そ》っていない。首から大きな数珠《じゅず》を提げているところも違う。

憲兵が馬車から降り、黒衣の人と話を始めた。神父さんはユーリが降りるのに手を貸してくれた。

「さあ、着いたよ」

神父さんは、ひどく警戒しなくてはならないものを見るように、かすかに眉《まゆ》をひそめている。

「ご両親が来ているといいね。もしすれ違ってしまっても、ここなら魔法で連絡がとれる。まだ小さなあなたに術を教えられるほどのご両親ならば、それぐらいは簡単なことだろう」

ユーリを引き渡す相談は、あっさりと済んだらしい。黒衣の人がユーリに手を差し出した。そして耳元で小声で言った。

「お連れの方がお待ちかねです」

ユーリにもわかる、ユーリの言葉だった。

憲兵と神父さんは、挨拶もそこそこに馬車に乗り込み、来た道を引き返していった。逃げてゆくように見えないでもなかった。

「私はこの僧院で奥を与《あずか》る者です。サウロと申します」

オルキャスト様、ようこそ——と、サウロは恭《うやうや》しくお辞儀をした。髪は半白、いかついおじさんだけれど、目元が優しい。声音《こわね》も温かい。

さらに、彼の腕には守護の法衣が掛けられている。

ああ、よかった！

「アッシュが持っててくれたんですね」

さっそくサウロが着せかけてくれる。ユーリはいそいそと袖を通した。

「たどり着くことができて、ほっとしました」

正直、安堵《あんど》で膝が震えていた。よくまあ一人で来られたものだ。自分で感心しちゃう。

「アッシュは、あなたならお一人で大丈夫だと言っていました。従者《じゅうしゃ》の方《かた》は、心配で気もそぞろなご様子でしたが」

「俺がついてるから、問題ないのに」アジュがちょろりと顔を出した。サウロは驚く様子もない。

「あなたも従者の、辞書さんですね」

「サウロさん、アッシュをご存じなんですか？」

サウロは微笑してうなずき、「とにかく、どうぞ広間へお通りください」

ユーリの手を引いたまま、瓦礫《がれき》のなかを歩き出した。ぱっと見には、とてもじゃないが人が通れそうもないところに、実は踏みしめられた跡がある。ちゃんと通路になっているのだ。

とはいえ廃墟は廃墟、瓦礫は瓦礫である。倒れた柱をくぐったり、割れ落ちた外壁の破片を跨《また》ぎ越えたりしつつ進んで行っても、視界が開ける場所はない。

と、先をゆくサウロが下り道にかかった。ちょっと振り向いて、足元にご注意ください、と呼びかけてくる。地下室があるのだろうか。

いや、違う。ユーリはようやく理解した。サウロが降りてゆくのは階段でも梯子《はしご》でもなく、人の手で作り上げられた構造物でさえない。足の裏に伝わってくる感触も変わった。

岩場だ。緩やかに下へ下へと、岩のトンネルが延びている。洞窟《どうくつ》だ。洞窟に入るのだ。

横壁に手を触れながら、サウロに遅れないように早足でついてゆく。トンネルはうねうねと続き、さらに下降してゆく。最初はユーリが手を広げたら両脇の壁に触れるほどの幅だったのが、下ってゆくほどにトンネルのスケールは大きくなって、枝道も現れた。壁のところどころに、岩を欠いて台座を設け、そこに蠟燭《ろうそく》を灯《とも》してある。揺れる炎が、滑らかな内壁に艶《つや》やかな色を映す。

サウロが立ち止まり、促すようにユーリに手を差し伸べた。ユーリは彼と並んだ。

「凄《すご》い……」

かすれた呟《つぶや》き。あまりに驚くと、声は身体の奥に引っ込んでしまうものなのだ。

眼下には、自然が造り出した壮大な伽藍《がらん》が存在していた。ざっと見渡す範囲内だけでも、ユーリの通う学校の校庭ぐらいの広さがある。下降する道は、ホールの周囲を螺旋《らせん》状に取り巻いて、その行き着くところはここからでは見えない。それほどに深い。

その闇のなかに、無数の灯がまたたく。

伽藍の内部を縦《じゅう》横《おう》に、人一人がやっと通れるくらいの幅の木の橋がいくつも渡されている。螺旋状の道のあちこちに横道があって、そこへ渡ってゆくための近道なのだろう。今も、サウロと同じ黒衣の胸に数珠を提げた人びとが、その橋の上をゆっくりと行き来している。ある人は重そうな本を抱え、ある人は瓶を抱えている。橋の途中で足を止め、灯りを掲げてこちらを仰ぐ人もいる。ユーリはとっさに、手を揃えて頭を下げた。

「カタルハル僧院があったころには、これという使い道のない洞窟だったのでございますが」

伽藍の下部を見おろしながら語るサウロの声が、広大な空間に吸い込まれてゆく。

「僧院が打ち壊されたとき、多くの僧たちがここへ逃げ込み、命を拾いました。僧院の経文や文献、貴重な美術品もここへ運び込み、半分以上は、破壊や押収、略奪から守ることができました」

三十数年前のことだという。

「ヘイトランド国教会による異教の弾圧は、歴史上何度となく行われておりますが、カタルハル僧院は辺鄙《へんぴ》な場所に孤立していたために、永く難を免れてきたのです。しかし、あの時の異教徒狩りは非常に大がかりなものでしたので」

「僧院の瓦礫のなかに、焦げた痕《あと》があったね」

ちゃっかりユーリの頭の上に移動して、アジュが呟いた。「火をかけられたんだろ?」

はい、とサウロはうなずいた。

「僧院長は囚《とら》われ、主立《おもだ》った指導僧たちも共に、ほどなく処刑されました。それと引き替えに、我が教団は、他に行き場のない僧たちが瓦礫のなかに住み暮らすことを許してもらえるよう、国教会の異端審問団とのあいだに密約を取り付けました。もちろん、代償として、かなりの金品も差し出したのですが」

「そういう弾圧は、今も?」と、ユーリは訊いた。

「いえ、今ではほんの形ばかりの査察《ささつ》が、年に一、二度行われるだけです」

既にここは、宗教施設というよりは、病人や貧者、暮らしに困って土地を捨てた棄民たちの避難所としての役割の方が大きくなり、だから国教会も黙認しているのだそうだ。

「ただ、周囲の町や村と、容易に行き来ができぬようになっておりますが」

「わたしが迷い込んだ丘の麓の町には、まわりに結界が施されていました」

「お気づきになりましたか」サウロはにっこりした。

「さすがはオルキャスト様です。ああいう結界は異端審問団が施したもので、我らの力では解くことがかないませぬ」

「気づいたのはこのネズミなんですけど」ユーリは頭の上のアジュを指さした。「でも、ずいぶんですね。麓の町は、平和で豊かできれいでした」

「ここの者たちも、それなりに平和に暮らしておりますよ。我らは我らで、この地下洞窟の全貌《ぜんぼう》を査問官たちの目から隠すために、魔法を使っているのです」

「サウロさんたちが信じている神様は――」

サウロがまたユーリを促して、螺旋状の道を下り始めた。歩き出すと、洞窟のなかの人びとの声や、物音が聞こえてきた。生活臭も漂う。あちこちに湯気も見える。相当な人数が、ここに棲《す》み着いているらしい。

「我らが仰ぐ神々は、天然自然の神々にございます。聖なる力も魔の力も、闇でさえも自然より生まれ出《い》ずるもの。故に我らの仰ぐ神々は数多《あまた》おわします。路傍の石くれにさえも、神は宿っておられるのです」

なるほど、ヘイトランド国教とは相容《あいい》れぬ宗教だろう。でも、ユーリには耳慣れぬ教えではない。

「わたしの国でも、似たような考え方をします。神様が大勢いらして、わたしたちのことを見守っててくださるって」

「それは嬉《うれ》しいお言葉です」

ちゅちゅ？　と、アジュが高い声をあげた。「何か、聞き覚えのある声がするぜ」

「ネズミさんは耳がいい」

サウロは言って、横道に入った。螺旋の道を三分の一ほど下ったあたりだ。横道といっても充分に幅が広く、そこからまたいくつも枝分かれして、その先には小部屋がある。扉がないので、洞窟のアーチの先に人びとの顔が見えた。女性や、小さな子供もいる。粗末な家具、生活道具。子供たちが遊んでいる。洗濯物がぶら下げてある。

喧噪《けんそう》のなかで、ユーリの耳も、聞き覚えのある声をキャッチした。嬉しさに胸が熱くなった。

「突き当たりの部屋ですよ」と、サウロが指さす。

ユーリは駆け出した。そこここの部屋から首を出した人びとが、駆け抜けるユーリを驚いて見送る。

「アッシュ！　ソラ！」

岩壁のトンネルを駆け抜けて、ユーリは思いのほか広いスペースに飛び込んだ。勢い余って、目の前の古びた木のテーブルに両手をつく。それを挟んで、アッシュが黒衣の人と向き合っていた。片肘《かたひじ》をつき、黒衣の人に何か語りかけていたアッシュは、そのままユーリの方に目を上げて、

「——で、このお転婆《てんば》が、俺の連れのオルキャスト殿というわけだ」と言った。

アッシュの向かいの黒衣の人が、こちらを見た。言葉の綾《あや》ではなく、ユーリは「どっきん！」と、ときめいた。凄い美男子だったのだ。

その人はユーリに微笑《ほほえ》みかけ、椅子から立ち上がると一礼した。

「ようこそおいでになりました」

# 第十一章　告白

　ユーリは真っ赤になった。頬《ほお》に血が昇る。

「何をぽうっとしてるんだ?」

　アッシュがむっつりと問う。そんなの無視だ。ユーリは黒衣の美男子だけを見つめ、軽く片膝《かたひざ》を曲げ、守護の法衣の裾《すそ》をつまんで、バレリーナのような挨《あい》拶《さつ》を返した。

「ユ、ユーリと申します」

「私はラトル、この僧院の医師です」

　美男子のお医者様は、アッシュよりも少し若いだろうか。ふさふさとした黒髪。目元はきりっとして涼しく、背も高い。

「どうぞおかけください。無事に到着されてよかった。心配していたのですよ」

　ラトル医師が椅子を引いてくれたので、ユーリはおしとやかに腰かけた。

「アジュが一緒だったんだ。心配なんか要らん」

　アッシュはやや不機嫌なようだ。かまわないけど。ちっとも気にならないけど。

「おいネズミ、少しは働《はたら》いたか?」

　ユーリの襟元から首を出して、アジュが小さな歯を剝《む》いた。「そもそもはあんたがしっかりしてないから、はぐれちゃったんだぞ!」

　ユーリはまだぽうっとしていた。ホント、こんなきれいな顔の男の人、生まれて初めて見た。ただハンサムなだけじゃなくて、知的だし、優しそうだし、ひょろひょろじゃないし。

　そして、間近で見て気づいた。ラトル先生の瞳も紫色だ。ソラよりずっと明るい紫。春の日向《ひなた》に咲くスミレの色だ。

「タトからおいでと聞いていますが、あそこは他所《よそ》者を嫌う街です。旅行者も珍しい。迷い込んで、嫌な思いをなさいませんでしたか」

結界に守られたあの美しい街は、タトというらしい。ユーリは先生から目を離せないまま陶然としてかぶりを振り、さすがに先生が照れたような顔をしたので、あわてて目を伏せた。

「お、おかげさまで大丈夫でございました」

声が裏返っている。

「まったく、世話の焼けるオルキャスト殿だ」

アッシュの文句を聞き流し、ユーリは守護の法衣の裾を整えると、睫《まつげ》を伏せて膝《ひざ》に手を置いた。

「親切な街の人が、憲兵に報《しら》せてくれました。わたしがここを目指しているとわかると、すぐに馬車の手配をしてくれて――」

「親切でやったことじゃない」と、アッシュが割り込んだ。「タトの連中は、ここと関《かか》わりを持ちたくないだけだよ」

「こっちにはこっちで、ユーリに会いたくない奴《やつ》がいるみたいだけどね」尖《とが》った声で、アジュが言い返す。「あんただってわかったろ？　飛んでる最中に、封魔《ふうま》の壁にぶつかって、落とされちまったんだ。来るなって叫んでた。あれ、誰だよ？」

何故か、アッシュとラトル先生が顔を見合わせた。先生の顔から優しい微笑が消えた。

「すぐ、会いに行かれますか」先生はアッシュに訊《き》いた。

「それができる状態なら」と、アッシュも答える。

「わかりました」ラトル先生は立ち上がった。

「早い方がいい。彼が封魔の呪文を使ったとなると――いささか手こずるかもしれませんが」

「覚悟はしています」と、アッシュは言った。

それでは後《のち》ほどと、ラトル先生は急ぎ足で去っていってしまった。未練《みれん》たらしく、ユーリは首をよじって見送った。もう少しそばでお話ししたかったのになぁ。

「急がなくちゃいけないわけでもあるの?」

「これだから女の子というやつは」

先生が消えたら、アッシュの不機嫌が剝《む》き出しになってきた。

「己《おのれ》の立場と、時と場合を考えたらどうだ?」

「だって素敵なヒトだったんだもん」

ユーリはケロリと言ってやった。可笑《おか》しい。アッシュったら面白くないんだ。へぇ。そんな人間臭いところもあるんだね。

「お医者様もいらっしゃるなんて、ここはホントにひとつの街だね。百人ぐらいの人がいるのかな。もっと大勢?」

「正確にはわからん。誰も数えてないからな」

憎だけでも八十人はいるという。

「妙に浮かれてるようだから先に釘《くぎ》を刺しておくが、ここはそんなに明るい場所じゃない。ここに身を寄せている連中は——」

「貧しい人、病気の人、住み処《か》を失《な》くした人」先回りして、ユーリは言った。「さっきサウロさんに聞きました。子供たちもいるね」

「ほとんどが孤児だ」

「アッシュはここに詳しいの? ラトル先生と親しいみたいだね」

アッシュは眉根《まゆね》を寄せた。まだ不機嫌だ。

「ここには、カナル村のウズみたいな者もいる」

バネ足の男の子だ。蘇《よみがえ》った死者たちから生まれた怪物の毒を血に受けた人びと。

「他では暮らせずに、追われ追われて逃げ込んでくる。そして、ここで死ぬ」

この地の底の洞窟《どうくつ》で。

「死ねば埋葬してやらねばならん。俺の出番だ」

そういうことか。さすがにユーリの頬《ほお》も冷えてきた。

「洞窟の最下層には墓場がある。俺はそこの墓守でもあるんだよ」

「——わかった」

オルキャストさまと、小さく囁《ささや》くように呼びかけてくる声が聞こえた。見回すと、部屋の隅に書棚が二つ並べてある。ここはどうやらリビングルームのような場所であるらしく、壁には絵が掛けられ、たぶんドライフラワーだろうけれど、花瓶には花も活《い》けてあった。

「オレが挨拶してくるよ」アジュがユーリの肩から飛び降り、素早く書棚をよじ登り始めた。古びた背表紙の本たちが笑いさざめく。ユーリはそちらに微笑を投げ、会釈した。

「そういえば、ソラは？　一緒でしょ？」

問いかけて、一瞬ひやりとした。まさかソラはソラで、別の場所に落ちてしまったなんてことじゃないでしょうね？

「あいつなら、病室で看護師の真似《まね》をしている」

相変わらず、アッシュがソラを語るときの口調は、とことん冷たい。なんでそんな言い方をするの？　病人の世話を手伝っている、と言えばいいじゃないか。

「おまえがここにたどり着くまで、じっと座って待っているのに耐えられないというからな。最初は、一人でおまえを探しに行くと言い張って、サウロを困らせた」

「ごめんなさい。ソラはあたしの従者《じゅうしゃ》だから、あたしのことを真っ先に心配してくれるの」

ユーリは立ち上がった。「ソラを探してくる。病室って、どのへんにあるの？」

「放っておけ。そんな暇はない——」

「すぐ戻るから！」

ユーリはまた駆け出した。何よ、アッシュの意地悪。早くソラに会いたい。ソラはユーリの身を案じつつ、彼自身もどんなにか心細かったはずだ。螺旋《らせん》状の通路を、法衣の裾《すそ》を翻《ひるがえ》して走った。

降りてゆけばゆくほどに、大勢の人たちを目にした。タトの街の住人たちとは大違いの、窶《やつ》れて暗い目をした人びとだ。瞳が澄み、立ち居振る舞いがキビキビとしているのは、黒衣の僧たちばかり。ユーリを見かけて驚かないのも、彼らだけだった。ほかの人たちは一様に目を瞠《みは》り、時には恐れて後ずさることさえあった。

病室は二箇《か》所あるという。枝分かれした大きな道の左右にひとつずつ。最初に覗《のぞ》いた部屋には、ソラはいなかった。小さな子供がベッドで泣いていた。薬瓶を手にした僧が、その子の頭を撫《な》でながら、低い声で何か言い聞かせている。そばには母親らしい人がいて、涙にくれていた。その病室は女性と子供の専用らしい。粗末な木の寝台がぎっしり並んでいて、あいだをすり抜けるには、カニのように横歩きしなくてはならなかった。

血と膿《うみ》の匂《にお》いがした。病室を出ようとして、誰かに手首をつかまれた。驚いて振りほどくと、手前のベッドに横たわる老婆が、振り払われた手を縮めて、怯《おび》えたように身をすくめている。

「ご、ごめんなさい。痛くなかった？」

ユーリはあわてて老婆にかがみこんだ。ツンと鼻をさす薬の匂いと、老婆の強い体臭を感じた。

痩せこけて、髪が半分以上抜けている。残った髪は真っ白だ。片目がふさがり、開いている片目も白い膜で覆《おお》われている。

「お、お救いください」

老婆がもつれる舌で言った。ほとんどの歯が抜け落ちて、くちびるはひび割れている。

怖じ気《おけ》づく心にむち打って、ユーリは老婆の手を取った。「安静にしていないといけませんよ。ね？　大丈夫、大丈夫。先生が診《み》てくださるんですから」

病室を逃げ出すと、通路で胸に手をあてた。心臓が早鐘《はやがね》のように打っている。

ハッとした。額《ひたい》の紋章が熱い。あわてて触れると、ユーリの掌《てのひら》の下で、紋章の熱が冷めてゆく。紋章も動揺したかのようだ。

掌を顔の前に下ろして、じっと見つめた。もしかしたら、タトの街でハナレモノをやっつけたみたいに、ここでもこの手で病を癒《いや》せるのだろうか？

――できるの？

そう問いかけながら、もう一度額に触れてみた。今度は、紋章は何の反応も示さない。

できないのか。それとも、やってはいけないのか。だから紋章は沈黙してる……？

「ユーリ様！」

ソラの声だ！　ユーリはよろめくほどの勢いで振り返った。すぐ後ろの小部屋の出入口に、ソラが立っていた。両目を見開いて、口も開いて。

両手を広げようとした。その手のなかに、ユーリは飛んでいった。ソラ！　ソラ！　飛びついたとき、ソラは棒のように突っ張っていた。

ソラが受け止めてくれなかったので、ユーリは体当たりで彼を押し倒してしまった。派手な音がして、二人は床に転がった。黒い衣の袖《そで》や裾《すそ》がひっからまる。我に返ると、ユーリはキャッと言って跳《は》ね起きた。

「ソラったら、もう！」

恥ずかしいったらありゃしない。なのにソラは、腑抜《ふぬ》けたみたいに尻餅《しりもち》をついたままだ。

「大丈夫？」

「――ユーリ様」

やっと目の焦点が合ったかと思うと、ソラはやおら身を起こし、立ち上がるのではなくその場で正座した。そしてがばとひれ伏した。

「まことに申し訳ございません。私がおそばにおりながら、ユーリ様お一人を危ない目に遭《あ》わせてしまいました」

禿頭《とくとう》を床に擦《こす》りつける。ユーリはあわてっぱなしだ。枝道の向こうを行き交う人びとが、ちらちらとこちらを覗《のぞ》いている。病室からも黒衣の僧が頭を出して、何事かという顔をしている。

「いいから、起きて。そんなところで土下座なんかしないでよ」

ソラの腕をつかんで、何とか引き起こした。彼が立ち上がろうとしないので、ユーリはしゃがみ込み、しっかりとソラを見つめた。

「あたしはこのとおり、無事でした。アジュがついててくれたし、ちょっと楽しい冒険だったのよ。落ちた場所がよかったの。タトっていうきれいな街で――」

ユーリは口をつぐんだ。ソラはうっすら涙ぐんでいた。

「心配かけてごめんね」

「いいえ、私が至らなかったのです」

自分でも涙に気づいたのか、ソラはあわてて顔を伏せた。

ソラが泣いてる。空っぽだって、〝無〟だって、何ものでもないって言われてたソラが、涙を流してる。

ソラはソラなんだ。〝無〟なんかじゃない。ソラはもう無名僧《むめいそう》ではないんだ。それは事実であって、あたしの勝手な願いや思い込みじゃない。

ユーリはソラの手を握りしめた。そのとき、大事なことに気がついた。思わず、あっと声をあげそうになるほど大事な発見。

「ね、ソラ。あなた、あたしがタトの街にいるあいだ、ここで看護のお手伝いをしていたんだよね？　それに、一人であたしを捜しに行こうとして止められたって」

まだ恥じるようにうなだれたまま、ソラは小さくうなずいた。

ユーリは片手を胸にあて、何度か叩いてみせた。

「それはつまり、あたしがそばにいなくても、あなたはちゃんと形をなしていた、実体があって、動き回ってたということよね？」

まわりの人びとの目に、ソラの姿が見えたということでもある。

「そうよね？　そうとしか考えられないよね？」

驚いたのだろう、ソラは紫色の目を瞠《みは》り、さっきと同じように、またぽかんと口を開いた。ユーリもつられて口を開いてしまい、そのまま二人で顔を見合わせてうなずき合う。

「ね？」

「さ、左様《さよう》でございます、ね」

ソラは呆然《ぼうぜん》として、手で自分の身体《からだ》をあちこち触り、今さらのように確かめている。

ユーリは高らかに宣言した。

「あなた、もう虚《うつ》ろな存在なんかじゃないのよ！　ちゃんとした人間に戻ってる！」

これが何よりの証拠じゃないか。

「ユ、ユーリ様はおられませんでしたが、守護の法衣はここにございました。その力のせいではないでしょうか」

もう、後ろ向きだなあ。

「守護の法衣だって、中身のあたしが抜きならただの黒い衣よ。古くてきったない衣だよ。だからそんなこと言わないの！」

ぺしんとソラの痩せた肩を張ると、いい音がした。思ったよりずっと強く叩いてしまったみたいで、痛そうだった。

「ご、ごめんごめん」

あたしったら、浮かれすぎだ。〈中身のあたし〉という言い方だって、調子に乗ってる。

それでも何でも、ソラがここにいることが嬉しい。ソラがソラであることが嬉しい。

何だか、今度はあたしの方が泣けてきそうだ。ユーリは照れくさくなってきた。

「ア、アッシュが言ってた、手がかりを持ってる人に、これからすぐ会えそうよ。早く行きましょ」

手をとったとき、ソラの身体からいい匂《にお》いがすることに気づいた。お香みたいだ。

鼻先を上げてみると、かぐわしさの源はソラだけではないとわかった。さっきソラがその出入口の前に立っていた小部屋——この通路の突き当たりの部屋から、お香の薫《かお》りが漂い出てくるのである。

「ソラ、病室でお手伝いしてたんでしょ?」

「あ、いえ私は」


ユーリは素早く足を運んで、匂いのもとの小部屋へと近づいた。室内は薄暗いが、燭台《しょくだい》に蠟燭《ろうそく》が灯されている。

「ここ、病室じゃないみたいね」

そっと足を踏み入れてみる。小さな部屋だ。ここの部屋はすべて洞窟《どうくつ》の一部だから、壁も天井も岩壁で、全体に歪《ゆが》んだ球形をしているのだが、その壁に何枚かの絵が掛けられている。いや、ユーリの身長よりも大きなサイズのものは、壁に立てかけられている。そして、中央に丈の高い丸テーブルが据えてあって、お香はそこで焚《た》かれているのだった。薄青色の煙が見える。

何だろう、ここ。美術室かな。

「ソラ、ここを見学してたの?」

ゆっくりと丸テーブルに近づきながら、ユーリは問いかけた。ソラは出入口で躊躇《ためら》っていたが、ついてきた。

「上の部屋に戻ろうとして、迷ってしまいまして……」

迷う？　すぐ隣なのに。が、ユーリのそんな些細《ささい》な疑問は、すぐ、新しい発見に押し流されてしまった。壁の絵はすべて肖像画だ。

ユーリは、出入口の真向かいにある、いちばん大きな絵に歩み寄った。渋い銀色の甲冑《かっちゅう》を身につけ、肩から真紅のマントを垂《た》らした男性の立像である。

これまた美男子だった。でも、今度はラトル先生よりもずっと若い。若武者だ。それにタイプも違う。ラトル先生は男らしい美男子——美丈夫《びじょうふ》と表現するべきか——だけれど、この若武者は美の化身。性別を感じさせない、抽象《ちゅうしょう》的な、だからこそ完璧《かんぺき》な美が、たまたま人の姿をとっているという感じがした。

二十歳ぐらいかな。秀《ひい》でた額、すっきりとした鼻筋。漆黒に輝く瞳。豊かな黒髪は軽くカールして首筋に届いている。頬《ほお》のあたりには産毛の名残さえ見えそうで、初々しさが肖像画全体に満ちている。が、若武者の右のこめかみのところには、さっと筆ではいたように、くっきりと目立つ一房の銀髪があった。

彼の右手は腰にさした大剣の柄《つか》に添えられ、左手はマントの下に半ば隠れているが、その中指に大振りな指輪をはめていた。指輪にほどこされた彫刻は、マントの肩に留め付けられている勲章とよく似ている。傍《かたわ》らの燭台で燃えている蠟燭を一本、慎重に取り外して、ユーリは顔を近づけた。

「あ、やっぱり同じ模様だ」

背後でソラの声がした。「ダイクストラ伯爵家の紋章でございます」

「ダイクストラ家？」

ソラがユーリに並び、肖像画の前に立つ。

「キリクの生家でございますよ」

ユーリは目を瞠り、手にした蠟燭が傾いた。溶けた蠟が足元に滴る。「じゃ、これは――」

「ダイクストラ伯爵家第十二代当主キリク・ロス、御歳《おんとし》十九歳の初陣の肖像」

死者の軍を指揮した反乱のリーダー。そしてアッシュの乳兄弟。呪われた――英雄。

「ダイクストラ家の嫡子《ちゃくし》には、必ず右のこめかみに一房の銀髪が生じるのだそうです。それが正当な跡継ぎの印《しるし》だと」

ユーリはまばたきもせずにキリクの全身像を見つめた。それからゆっくり後ずさりして、他の絵の方へと目をやった。あれは真っ白なおくるみのなかで眠る赤ちゃんの絵。あちらは、大きな木の下で犬を連れている少年の絵。腕白《わんぱく》そうで、ほっぺたが真っ赤で――

「ここに飾られている肖像画は、すべてキリクのものでございます」

成長してゆくキリクの姿を、記録に留《とど》めたものなのだ。

「でもこれ、どういうこと？　キリクの反乱は悲惨な結果に終わったんでしょ？」

ソラは蠟燭を燭台に戻した。「王座に就《つ》いた後、死者の軍勢が暴動を起こしたことによって、キリクは厳しくその責を問われました。王都の反抗勢力――多くは王族に従っていた議会の者どもと貴族たち、つまりはキリクに追い落とされるまで、富と権力をむさぼっていた者どもですが、彼らの追及と圧迫を受けて、キリクは、蘇《よみがえ》った死者と怪物たちを討伐《とうばつ》するため、一軍を率いて王宮を出た――そして、二度と戻ることはありませんでした」

やむを得ざる決断とはいえ、王宮を離れたことで、キリクは討伐軍を率いる新王から、国家に弓引く反逆者に逆戻りしてしまった。彼を王座から引きずり下ろそうとする反対勢力の者たちには、いくらでも大義名分があったからである。この混乱、暴動と怪物の跳梁《ちょうりょう》を招いたのはキリクである。キリクこそが諸悪の根源である――

討伐の戦いは、彼の敗走の戦いへと変わった。そして、そのなかでキリクは死んだ。

「しかし、民衆はまだキリクを支持しておりました。キリクは、ヘイトランドの虐《しいた》げられしすべての民のために反乱を起こしたのですから、王の称号を剝《はく》奪《だつ》され、彼に取って代わった新たな王により反逆者の烙印《らくいん》を押され、国中を追われる身に落ちてからも、彼を助け、彼を匿《かくま》う勢力は残っていたのです」

ユーリは静かに歩み、五枚の肖像画のひとつひとつの前に立ち、確かめるように見ていった。そしてうなずいた。

「カタルハル僧院も、そういう勢力のひとつだったのね」

ソラもうなずく。「左様でございます。彼らは今もキリクを、民衆の英雄、悲運の若き聖王として仰いでいます。ここはキリクの部屋なのでございますよ、ユーリ様」

三十数年前の大規模な異教弾圧の時も、ここの人びとは、これらの肖像画を隠し通した。強い意志と連帯がなくては、できることではない。

「もっと麗々《れいれい》しくしようと思えばできるんでしょうに、病室の近くに飾ってることにも、何か意味があるんでしょうね?」

ソラは微笑した。「キリクは弱き者たちの傍らにある王だからだそうでございますよ」

ユーリも微笑を返した。痛ましさと悲しみが胸をちくりと刺す。でも、キリクが今もここで尊敬を集めていることが、その痛みを和らげてくれるようだ。

「行きましょう」

ユーリは肖像画に向かい、貴婦人のように礼をしてから、小部屋を出た。

ソラと二人、先ほどのリビングルームのような部屋に戻ると、奥の書棚の前でこちらに背を向けていたアッシュが、振り返っていきなり怖い顔をした。

「どこで油を売っていた？」

「迷っちゃったの。ごめんなさい」

アジュは書棚のてっぺんにいる。ピンク色の鼻の頭をひくつかせて、「ここの本たちが、やっぱりユーリと話したいってさ。ちょっとならいいだろ？な、アッシュ。な？」

ヘンね。アジュらしくもない気弱な台詞《せりふ》だ。

ユーリが書棚に歩み寄ると、そこにぎっしり並んだ書籍たちの背表紙が光を放ち始めた。

「〝輪《サークル》〟の守護にして、偉大なる調律者《ちょうりつ》。紋章を戴《いただ》く幼子《おさなご》にして、善なる光の使徒。そして封印の理《ことわり》を背負いし者よ」

オルキャスト様——唱和の声と共に本たちの輝きが増して、ユーリの面《おもて》を明るく照らした。

「ようこそヘイトランドへ、ようこそカタルハルへ」

「ありがとう」

お辞儀をしながら、ユーリはちょっと気圧《けお》されていた。今の言葉、何？　偉大なる調律者とか、封印の理を背負うとか、意味がわかるようなわからないような……とにかく、初めて聞いた。

「オルキャスト様」唱和から独唱になった。老婆の声だ。「此度《このたび》の破獄《はごく》には、我らカタルハル僧院の古《いにしえ》よりの縁《えにし》がからみついております。その濃きことは生き血の如《ごと》く、その深きことは〝輪《サークル》〟の果ての奈落の如く。オルキャスト様、ここなる知恵者アジュを通して、我らの知恵もオルキャスト様に捧《ささ》げましょう。どうぞ存分にお働きくださいませ」

アジュが鼻をもじもじさせる。「うん、オレいろいろ教わった。新しい呪文も覚えた」

「そう。よかった」

アッシュはいつの間にか書棚のそばを離れ、出入口の脇の岩壁にもたれかかって、腕組みをしている。その表情は硬い。睨《にら》みつけるような視線が痛い。

「こ、こちらはわたしの従者のソラです」

ソラも書棚に向かって一礼した。本たちの輝きが薄れて乱れた。何か、おかしなものを見てまばたきをしたかのように。

ソラの表情も強張っている。ユーリと同じ光を受けているのに、彼の頰は青ざめ、皮膚がけばだったように見える。なぜ？

「わたしたち、これから——」

ユーリがぎくしゃく言い出すと、老婆の本の声がそれを遮った。「存じております。オルキャスト様」

人間と同じく、本たちもまた、心苦しいことを告げるとき、かすかに震える。

「どうぞお気を強くお持ちなされますよう」

「え？」

どういう意味だ？　それに、なんでアジュも気まずそうに鼻の頭を搔《か》いたりしてる？

「今度の英雄の破獄と、カタルハル僧院は何か関係があるの？　古よりの縁って、さっき言いましたね。それって」

と、通路からあわただしい足音が近づいてきた。ラトル先生だ。

「皆さん、揃われましたか」

部屋に踏み込みながらそう言って、ラトル先生はアッシュを見た。「ようやく落ち着きました。その時を迎えたならば、もはや逃げ隠れすることはできまい、と」

「殊勝だな」

唾《つば》を吐くように言い捨てて、アッシュは身体を起こした。「行くぞ、ユーリ。面会だ」

アッシュの勢いとは裏腹に、ラトル先生は両肩を落としている。

「手がかりを持ってる人に会えるの？」

「そういうことだ。早く来い」

ユーリは書棚のそばを離れかねた。だって当然だろう。何なのだこの不穏な展開は。いたずらに思わせぶりで、謎めかして。

「皆さん、わたしが知っておくべきことをご存じなんでしょ？　今ここで教えてくれない？　ね、お願い」

書棚に手をつき、本たちの背表紙に触れながら、ユーリは呼びかけた。アジュが走って肩の上に飛び乗ってきた。

「必要なことは、オレが聞いた。だから行こうよ、ユーリ」

「あんたも何か知ってるのね？　だったら教えてよ！」

「行けばわかる。全部わかるから、ユーリ」

言われれば言われるほど、ユーリは混乱した。自分でもわかっていた。あたし、怖《お》じ気《け》づいてる。怖いの。怖いんだよ！

アッシュが部屋を横切ってきて、ユーリの腕をつかんだ。「いい加減にしないか！」

「おやめください、アッシュ殿」

ソラがユーリをかばおうとする。アッシュは乱暴にソラを押しやった。「おまえは引っ込んでろ」

「やめてよ！　ソラに何するのよ！」

ユーリは一瞬、カッとなった。思いっきりアッシュを突き飛ばし、それでも足りずに、彼を殴るか引っ掻くかひっぱたくかしてやろうと、とにかく何かしてやらないと気が済まないと、しゃにむに両手を振り上げて飛びかかった。ユーリ！　と、アジュが叫ぶ。

振り上げ、振り下ろしたはずのユーリの手首は、アッシュの顔の前でぴたりと止まった。アッシュの手がユーリの手首を捉《とら》えていた。右手も、気がつけば左手も。動けない。

「オルキャストなら、オルキャストらしくしたらどうだ」

この、だだっ子が。低く言って、アッシュはユーリを突き放した。ユーリはよろめいて、ソラに背中を抱き留められた。そのまま、二人は睨み合う。

「オルキャスト様」

老婆の声が、泣くような震えを帯びている。

「今はどうぞ〝狼《おおかみ》〟に従い、おいでください。このカタルハルの深奥《しんおう》に、オルキャスト様の必要とされるものが待ち受けております」

ユーリはまだアッシュを睨んでいた。そのまま、老婆の声に問いかけた。「さっき、あなたたちもソラの前では光を弱めてたね。あなたたちもソラが嫌いなの？　アッシュがソラに意地悪する理由が、あなたたちにはわかる？　ずっとそうなの。アッシュはやたら威張り散らすし、ソラには冷たいし、そのくせ大事なことは何にも教えてくれない」

「ユーリ様、いいのです。私は——」

「よくない！　あたしが納得できないんだから。ソラは黙ってて」

「ユーリ」静かな声がした。そっと肘をつかまれて、ユーリはソラから引き離される。

ラトル先生だ。いつの間にかそばにいた。

「行きましょう。時間がないのです」

何を言い返したらいいかわからないくせに、なおも口を尖らせて反問しようとするユーリを眼差《まなざ》しだけで制して、

「あれは……あまり長いこと、あなたとお話のできる状態ではありません」

あれ？　ユーリは目を見開いた。ひとではないの？

声を呑《の》んだユーリを部屋から連れ出しながら、ラトル先生は同じ優しい眼差しをソラに向けた。

「君はここに残りなさい。いや、残ってください。

ユーリのためなのです」

ソラもまた、わけがわからないことはユーリと同じはずなのに、素直にうなずき、引き下がった。激しく後ずさりしたので、ソラの背中が書棚にぶつかった。と、本たちが乱れて光り輝いた。

無言で、アッシュが先に立つ。三人で通路を歩き出してしばらく経《た》つと、ユーリはラトル先生に言った。「もう失礼なふるまいはしません。ごめんなさい」

ラトル先生はにっこりした。最初に会ったときの、あの見惚《みと》れるような笑顔ではなかった。その瞳には哀れみがあった。ユーリはそれを見てとった。

アッシュはこの洞窟の内部を熟知しているらしく、迷いのない足取りで進んでゆく。ユーリはラトル先生に付き添われて、時にはアッシュに追いつくために小走りになった。

三人きりだった。アジュも留守番を言いつけられたのだ。きぃきぃ叫んで抵抗したので、アッシュに指でつまみあげられ、投げ捨てられそうになった。ユーリが怒って止めると、なぜかソラがそんなユーリを宥《なだ》めた。

実際に足で歩いて降りてゆくと、最上部から見おろしたときに感じたよりも、さらに深い。階層が下がるにつれて、そこここに灯された灯《あか》りが蠟燭やランプから松明《たいまつ》へと替わってゆく。灯りの数も減っているようで、次第に闇の領域が増してくる。下降路の手すり越しに下を覗くと、目に入るのは松明の炎ばかりだ。洞窟内の住人たちの姿も、ぐっと少なくなってきた。

ユーリの不安を察してくれたのか、ラトル先生が言った。「最下層の最深部《さいしんぶ》に、重病の患者専用の隔《かく》離《り》病室があります。我々はそこに向かっているのですよ」

「隔離病室?」

「ディミトリから、キリクの起こした死者が生み出した怪物の血の毒気について聞いておられますか？」

　ユーリは少し足を緩めてうなずいた。ちょっぴり息がはずんでいる。

「毒気が表面化すると、患者はそれからほどなく命を落としてしまいます。が、その短い間に、ひどく凶暴になることがある。そういう患者から、本人自身とまわりの人びとを守るために、隔離病室が必要なのです」

　ラトル先生の優しい口調に、言い訳めいた響きが混じっている。

「この毒気というものは、煎《せん》じ詰めて申し上げるなら、死者蘇生《そせい》の魔術の副作用です」

　ラトル先生の口から、ユーリの暮らす社会の医学用語が飛び出してきた。

「源が魔術ですから、解除するにも癒すにも、魔術の力に頼るしか方策がありません。ここでは医学は無力なのです」

「解除の魔術の研究は進んでいるのですか」

　先生は軽く目をしばたたいた。「時として人は、ある方向に進むことには優れて熱心なのに、その方向を変えたり、逆戻りする必要が生じたときのことには、まったく備えがない、という間違いをおかします」

　その説明だけで充分だった。

「今さら解毒の魔法を完成させたところで、王家や貴族たちの益になるわけではありませんからね。ユーリ様がおられる世界でも同じでしょう。富や権力を生まぬものには、人はあまり、己《おのれ》が叡智《えいち》を振り絞ろうとはしないものです」

　やんわりとではあるが、ラトル先生が、ヘイトランドの魔術師・魔導士たちを批判しているように、ユーリには聞こえた。

三人は、ようやく洞窟の最下層に着いた。螺旋状の下り道の終わりには、ひときわ大きな一対の松明が立ててある。ここでは、頭上が闇だ。松明から跳ね散る火花が、煙と共に闇に向かって昇ってゆく。

怖い――出し抜けに、ユーリは思った。もう二度と、ここから地上には出られないのじゃないかしら。

「この洞窟は、地底に向かって直角に穿《うが》たれているわけじゃないんだ」

汗ばんだ額から乱れた髪をかき上げながら、アッシュが言った。

「全体に、緩やかに斜行している。降りていて気づかなかったか?」

全然。ユーリは首を振った。

「おまえに判《わか》りやすい喩えを使うなら、巨大な蟻《あり》の巣みたいなものだな」

確かに、その表現にはピンときた。無数の枝分かれした道と、数多《あまた》の小部屋。まさに蟻の巣ではないか。理科の教科書に、写真が載っていたのを思い出した。

「こんな洞窟を、曲がりなりにも人の住める場所にしたカタルハルの僧たちは立派なものだ。どんなに暗かろうと、息が詰まろうと、ここは人の手で工夫された住み処《か》なんだ。けっしてこの世の底ではない」

ここでのみ安らげる者もいる。ここでしか生きられぬ者もいる。アッシュは呟くように言葉を続けた。

「だから、そんな情けない顔をするな。額の紋章が泣くぞ」

皮肉な笑みが添えられているが、どうやらアッシュはアッシュなりに、ユーリを元気づけようとしているらしい。ユーリは額の紋章に手を触れた。一瞬、白い輝き。ほのかな温かみ。紋章の励ましだ。

「これから何を見ても、何を聞いても――驚くなとは言わん。ただ、いたずらに歎《なげ》くんじゃない」

「ここにいる者たちは、己の意思でここに安住しているということですよ、ユーリ様」

はい、とユーリが応じると、ラトル先生が進み出て、マントの下から鍵束《かぎたば》を取り出した。銀色の輪に、ぎょっとするほどの数の鍵がぶら下がった、重たそうな鍵束だ。

「こちらです」

ラトル先生が足を向ける先の岩壁に、トンネルが開いていた。入口は鉄格子で隔てられている。ラトル先生が錠前を開け、鉄格子の中央にある小さな潜《くぐ》り戸を開いた。

「足元にご注意を」

このトンネルには枝道はなく、側壁から直に小部屋が分かれていた。どの小部屋にも鉄格子がはめられている。灯りは再び松明から蠟燭になった。岩壁に打ち付けられた折釘《おれくぎ》に、直に蠟燭を突き刺してある。蠟涙《ろうるい》が壁を伝い、通路にまで流れ落ちて、そこで白い塊をつくっていた。寒い。底冷えしている。

通り過ぎる小部屋は、すべて空《から》だった。粗末な木の寝台が据《す》えられているだけだ。

「今は、特別なお客のもてなしだけで手一杯なんでな。ほかの病人は、上の階層に移してある」

今度は、鍵束を手にしたラトル先生が先頭だ。少し歩いたかと思うと、すぐ次の潜り戸が見える。それを開ける。その先にまた潜り戸。どうりで、じゃらじゃらとたくさんの鍵が必要になるはずである。

これほど固く、深く閉じこめられているのは、何者だ？

自然と、ユーリは身構えていた。足取りが重くなる。恐怖で息があがる。ソラがいてくれたらいいのに。アジュがいて、何か茶化すようなことを言ってくれたらいいのに。

「恐れることはありません」ラトル先生が、ユーリを振り返る。「ここには、ユーリ様が恐れなければならない者はおりません」

そのとき。

洞窟《どうくつ》の奥から、何かが重々しく軋《きし》むような音が聞こえてきた。古びて錆《さび》が浮き、蝶番《ちょうつがい》が壊れた扉を、無理矢理こじ開けようとしたときの音。あるいは、何百年も閉ざされたままの石棺の蓋《ふた》が押し開かれるときの音。

三人は立ち止まった。ユーリはびくりと震えた。そして、認識がきた。

これは「音」じゃない。「声」だ。誰かの声だ。ユーリの背中を寒気《さむけ》が走った。

その瞬間、回れ右をして、ユーリは猛然と逃げ出しかけた。駄目、ダメ、駄目だ！　こんなところにはもう一瞬もいられない！

すぐ後ろの鉄格子に身体ごとぶつかり、あせるあまりに潜り戸の取っ手をつかみ損ねて無様《ぶざま》にあえぐ。膝はがくがく、冷や汗が背中を伝い、目には涙がにじむ。

「ユーリ様」

ラトル先生が呼ぶ。知るもんか。何が恐れることはない、だ。

再び、洞窟の深奥から声が響いてきた。さっきよりも大きな声だ。さらにはっきり聞き取れる。呻《うめ》き声だ！

ユーリはようやく潜り戸を開いた。身をかがめ、頭をぶつけて、何とか向こう側へと抜けたとき、三度目の呻き声が、細いトンネルの側壁や天井に反響しながら、ユーリの背中に追いすがってきた。

「――ユ、ユリ」

ユーリはその場で凍りついた。

「ユ、リ」

洞窟の奥に隔離されている何者かは、しわがれた呻き声を放ち、ユーリを呼んでいるのである。

鉄格子をつかんだまま、ユーリはそろそろと頭を上げた。自分でも、今の今、自分がどんな顔をしているのか、楽に想像することができる。血の気が抜けて幽霊みたいだろう。本物の幽霊だって、今のユーリに出くわしたら怖がるだろう。

「すまない……ユ、リ」

　ユーリは息を止め、口を開いた。洞窟内の冷気が、直に喉に突き刺さる。すぐに咳《せ》き込んでしまった。背中を丸めてゲホゲホしていると、ラトル先生が近づいてきて、優しくさすってくれた。

「おまえに会ってもいい――いや、おまえに会わなければと、あれも腹をくくったんだろう」と、アッシュが言った。「封魔の壁で邪魔したことも、謝っているのかな」

　ユーリはラトル先生につかまって、何とか身を起こした。目から涙がぽたりと落ちた。

「来るなって、叫んでいた人なのね」

　アッシュがうなずく。ラトル先生は、震えるユーリの背中をさすり続ける。

「わたし――ひとつだけ、どうしても教えてほしい。どうしても」

　あれは兄さんなの？

　恐怖と共にこみあげてきた問いは言葉にならず、ユーリの喉元で凍りついた。

　それでも、アッシュは落ち着いた声音でこう答えた。「おまえの兄ではない」

　ラトル先生も、無言で一度、二度とかぶりを振っている。ユーリの喉元で氷が溶け、身体から流れ去った。

「あれは手がかりだ。おまえが探し求めている森崎大樹《ひろき》でもなければ、彼の残骸《ざんがい》でもない。俺は何度もそう言っているはずだ」

　おまえは――と、アッシュは声を低めた。

「他人の言葉に、もっときちんと耳を傾けることを学ばねばいかん。今のおまえは、何も聞かない、考えない。ただ自分の感情に溺《おぼ》れて、勝手に右往左往しているだけだ」

小学生の女の子に向けるべき叱責《しっせき》ではない。だが、今のユーリはただの女の子ではないから、うなだれてこの非難の言葉を浴びるしかないのだった。

「ごめんなさい」

ユーリは潜り戸を抜けて、二人のそばに戻った。顔を上げることはできないまま。

ラトル先生の大きな温かい手が、ユーリの肩に触れた。そのとき、ひときわ大きな呻き声が響いてきた。今度は、言葉は聞き取れなかった。

泣き声だ。あれと呼ばれ、こんな洞窟の最深部に閉じこめられている——自ら望んで閉じこもっている誰かが、泣いているのだ。

地の底の闇のなか、頼りなげに揺れる蠟燭の灯りに、ユーリは目を向けた。

むせび泣く声は続いている。さっき恐怖の問いかけの氷が溶けて流れ出た回路を通って、周囲の闇から別のものがユーリの内に染《し》みこんできた。ユーリ自身にも名付けようのない感情。どう言い表したらいいのかわからない。ただ感じる。胸が詰まるほどに。

あんなに泣いて。

——可哀相《かわいそう》に。

ユーリは洞窟の奥へ歩き出した。一瞬ハッとしたようになって、ラトル先生が続く。そしてユーリの前に回り、目の前の鉄格子の潜り戸に取り付けられた、子供の拳《こぶし》より大きな錠前を開けてくれた。

「これが最後の鍵です」

ユーリは潜り戸を通った。

真正面の岩壁に折釘がある。一本の蠟燭が、今にも燃え尽きそうなサイズになっている。

これまで、折釘はすべて側壁に取り付けられていた。正面にあるのは、初めて見た。

ここが行き止まり、最深部なのだ。

ゆっくりと首を巡らせて、ユーリは右手を見た。足を踏み換えて、そちらに向き直る。

蠟燭の灯りが届く範囲でのみ、かろうじて鉄格子が見える。光の輪の外では、すべてが闇に吞み込まれている。

その闇の奥から響いていたむせび泣きが、ユーリが向き直った途端に、ぴたりと止《や》んだ。

闇と静寂。

自分の息づかいと、荒い呼吸音。身体の内側から聞こえる。それ以外はすべて闇、闇、闇。今、かすかな衣擦《きぬず》れ。ラトル先生が潜り戸を通ったのだ。

気がつくと、アッシュはいつの間にかユーリのすぐ脇にいた。音もたてず、気配もさせずに。

「グルグ」

アッシュが前方に淀《よど》む闇に呼びかけた。「連れてきたぞ」


目の錯覚だろうか。闇がさざめいたようだ。

アッシュはふっと笑い、

「いや、この子が自力でここまでたどり着いた。あんたに会いにきた。兄の行方を知りたいという一心でやって来たんだ。もう邪魔をせんで、話してやってくれ」

闇が動いた。見間違いではない。目を凝《こ》らすと、闇のなかにいっそう暗く、ぼんやりとしたものの輪郭が見えるような気がする。

何だか、ひどく大きい。

「グルグよ」アッシュはもう一度呼びかけ、ため息をついた。「そんなふうに歎いているだけじゃ、何も終わらず、何も始まらん。これは、あんたのしでかした過ちを償《つぐな》う唯一の好機だ。今を逃したら、あんたは永遠に救われん。百も承知だろう?」

床の近くから、何か濡れたものを引きずるような音がした。場違いな記憶が、ユーリの脳裏で閃《ひらめ》いた。年に一度、お母さんが家族全員の毛布を洗うとき。毛糸洗い用の洗剤で、柔軟剤もたっぷり使って。友理子、ちょっと手伝って。毛布が床についちゃう。洗濯機から引っ張り出すだけでもひと仕事だ――

「グルグ殿」と、ラトル先生も呼びかける。

「その名前では不服か？」と、アッシュが続ける。声が厳しく尖り始める。

「ならば、あんたの本名で呼んでやろうか」

水内《みのち》一郎よ。

闇のなかで、ユーリは目を瞠った。思わず身じろぎすると、壁の蠟燭がジジッと音をたて、煙が流れた。

「ミノチ、イチロウさん」

あの山の別荘の持ち主だ。風変わりな世捨て人の大金持ち。世界中を旅して古い書物を買いあさり、山荘の図書室に集めていた。大樹と友理子の大叔父さん。

名前しか知らない。顔を見たこともない。ほんの一年前までは、存在さえ知らなかった。

でも、今なら知ってる。死んだ人を蘇らせる方法を探していた。そのために『エルムの書』を手に入れた――

鉄格子の向こうに、出し抜けにぽかんと白い顔が浮かび上がった。それがあまりに突飛な位置だったので、ユーリは声を吞んで跳び下がった。

白い顔は、ユーリの膝の高さにある。額の生え際から下の部分だけ、くっきりと見える。

老人だ。眉毛《まゆげ》に白髪が交じっている。頰は削げ、肌が乾いて、たるんだ目の下や口のまわりは皮が剝けたようになっている。

しかし、目は澄んでいた。十歳の夏、遠い入道《にゅうどう》雲《ぐも》を仰ぐ子供の瞳。その瞳を、充血した白目が取り囲んでいる。顔形はすべて老人。ただ瞳だけが少年。

みるみるうちに涙が溢れ、瘦せた頰を伝って流れ落ちる。涙に濡れたところは、皮膚が痛そうに赤らんでゆく。

「大叔父さん？」

ユーリの呼びかけに、老人の顔が恥じるようにうつむき、さらに床に近いところにまで下がってしまった。

「ホントに水内一郎さんなんですね？　わたし、友理子です。あなたのお兄さんの孫娘」

ユーリは前に進み出ながら、身をかがめた。手を伸ばすと、指が鉄格子に触れたので、つかんだ。そしてもっとかがんだ。そうしないと、水内一郎と同じ高さにならない。

「あなたは亡くなったって、わたしたち聞いていました。でも、違うんですね？　水内さんは死んでいなかった。わたしたちの領域《リージョン》を離れて、ヘイトランドに来ていた。どうして？　山荘も図書室も、あのままになってるんですよ」

水内一郎は後ずさりしているらしい。闇の奥に隠れ、顔が見えなくなってしまった。

また、濡れた重たいものを引きずるような音がして、泣き声を噛《か》み殺すような、苦しげな呼気《こき》が聞こえる。

ユーリは鉄格子に額をつけた。「あなたが『エルムの書』を持ってたってことは、わたし、知ってます。あなたがいなくなった後、わたしたち家族で山荘を訪ねて、あなたの図書室を見つけて――お兄ちゃん、『エルムの書』を持ち出しちゃったの。そして〝英雄〟に憑かれて、お兄ちゃんは最後の器《うつわ》になってしまいました」

闇から嗚咽《おえつ》が響いてきた。低く低く、床を這うように、足元から伝わってくる。嗚咽が足首にからまり、ふくらはぎを這い登り、身体をよじのぼって、ユーリの耳元まで届く。

「わたし、お兄ちゃんを捜してます。アッシュはあなたが手がかりを持ってるって。だからわたし、あなたに会いに来ました。お願いします。今やユーリも床にぺったりと伏した。

「お願いします。お兄ちゃんの行方について、何か知ってたら教えてください。あなたは『エルムの書』のこと、よくご存じなんですよね？〝英雄〟に憑かれた人がどうなるのか、わかってるんですか？どうやったらお兄ちゃんを捜せますか？わたし、これからどうしたらいいんでしょう？どこへ行けばいい――」

アッシュが黙ったままユーリの肩をつかみ、後ろへ引き戻した。

鉄格子を隔てた闇のなかに、再び老人の白い顔が浮かび上がる。手放しで泣いている。瞼《まぶた》が腫《は》れている。

「すまない」

顔がほんの少し揺れて、ユーリに近づき、急いで離れた。妙な生臭さを、ユーリは感じた。何だろう、この匂い。水内さんの呼気？まるで、港の隅にうち捨てられた古い網みたいな匂いだ。去年の夏、家族で海水浴に行ったとき、間近に見かけた。あんまり臭くて汚いので、お父さんがあれは網だと説明してくれても、気持ちが悪くて近づくことができなかった。深海から上がってきて、こっそり日向ぼっこをしている怪物みたいだと思った。

「すまない、許しておくれ」

何度も何度も頭を下げながら、水内一郎はユーリに訴えかけた。その動作で、彼の頭の上の方が、かすかに見えた。

――今の、何？

水内一郎の頭には、びっしりと太い髪が生えていた。白髪交じりの眉とは不釣り合いの、黒々とした頭髪。いや、髪にしては太過ぎないだろうか。ゴムホースみたいに見えたのは、ユーリの目がおかしいのだろうか。

「すべて私の罪だ。私が『エルムの書』を我々の領域《リージョン》に持ち込んだ。そしてあれを解読し、あのなかに眠っていたものを呼び起こしてしまった」

涙混じりの、こもったような喉声だが、ちゃんと聞き取ることができる。守護の法衣の力がなくても理解可能な、ユーリの領域の言葉。日本語である。

「私は――罰を受けた」

はらはらと涙をこぼしながら、水内一郎は続けた。

「その罰の重さに、私は私の領域に留まることができなくなり、ここに逃げ込んできた。自分の罪を忘れ、責任を放り出し、あの山荘の図書室をそのままに、ただただ逃げることしか考えられなかった」

ユーリの心臓が、ユーリの意志に逆らって暴れていた。すぐに身体全体が、同じように逆らい始めた。ここから離れたい。ここから逃げたい。こんなもののそばにいたくない。

尻込《しりご》みしようとする身体を繋《つな》ぎ止めておくために、ユーリはますます強く鉄格子にしがみついた。

「あなたの罪。それは亡くなった人を生き返らせようとしたことですよね？　あなたは、そのための魔法をずっと求めていた。そうですよね？」

老人の痩せた白い顔がうなずいた。

「だからあなたは、キリクの生涯について記した『エルムの書』が欲しかった。彼は死者を起こした英雄だったから。そこには、彼が使った魔法も記されていたから」

水内一郎の顔が、苦しそうに歪んだまま右から左へと動いた。ユーリの目は確かにそれを見たけれど、理解はついていかなかった。床の上二十センチぐらいのところを、二メートル近く、素早く流れるように移動したのだ。床にかがんでいたり、横たわっているとしても、そんなふうに首を動かせるものだろうか。

　ユーリの全身が警報を発し始めた。限界だ、限界だ、もうここにはいたくない。おかしい、おかしい、おかしい！　関節が浮き出すほど強く、ユーリは鉄格子を握りしめた。

「ユーリよ」

　それがこちらでのおまえの名前だね。喉にこもったような声でそう呟き、水内一郎の首はユーリの方を見返った。首の位置が、ユーリの肩の高さにまで、するりと持ち上がった。

「おまえの兄が最後の器となったのは、彼を『エルムの書』に近づけてしまった私の責任だ。どれほど詫《わ》びても足りない。おまえには私を詰《なじ》り、私を責め、兄の仇《あだ》を討つために私の命を奪《うば》う権利がある」

　ユーリは声も出せなかった。頼りなげに揺れる、たったひとつの蠟燭の灯りと、洞窟のこの最深部に封じ込められている闇の奥で、それでもユーリの目は機能を取り戻し始めている。瞳は闇に慣《な》れるのだ。そこに映ったものが心にどんな影響を与えるのかということにはおかまいなしに。

　鉄格子の向こうに、水内一郎の身体の輪郭が、うっすらと見える。目を凝らさなくても見えてきてしまった。

　巨体だ。この小さな隔離病室を占拠するほどの大きな身体。

　それは人間の形をしていなかった。

「懺悔《ざんげ》はもういい」

　抑揚を欠いたアッシュの声が、ユーリの頭の上で聞こえた。

「死にたいのなら、自分で死ぬことだ」

　そしてアッシュはユーリの腕を取り、立ち上がらせ、後ろへ引き戻そうとした。だがユーリの指は鉄格子から離れない。曲がったまま硬直してしまっている。

動けない。あたし、腰が抜けてる。

「ただし、死ぬ前に教えろ。〝英雄〟は今どこにいる? 『エルムの書』を通じて魔導を極めたあんたなら、わかるはずだ」

水内一郎の青白い顔がうつむいた。今度はさらにはっきりと見えた。老人の頭から生えている無数の太いものは、髪の毛なんかじゃない。ゴムチューブのような質感。黒く底光りして、節《ふし》がある。その節が曲がるとき、かすかにカチカチと音がたつ。甲虫《ちゅう》が紙の上を這うときにたてるような音だ。

「〝英雄〟が『エルムの書』を鍵として破獄したならば——」

水内一郎がしゃべる。震え、かすれているように聞こえるが、何度も耳にするうちに、実は違うとわかってきた。人間の声に何か別の雑音が混じって、濁っているのだ。

カチカチという音も激しくなる。闇のなかにぽっかりと浮いた水内一郎の顔が、天井から糸で吊《つ》られたお面が風に吹かれてでもいるかのように、ふらりふらりと左右に漂う。

ずるりと、濡れ毛布を投げ出したような重たい音が、ユーリの足元から伝わってきた。

「必ずや、封じられたキリクの肉体を求めるだろう」

アッシュの声が尖る。「それは、キリクの遺体という意味か?」

青白い顔がうなずく。「そうだ。死して後、キリクの身体は八つに分かたれ、封魔の棺《ひつぎ》に納められ、地中深く埋《う》められた。〝英雄〟はそれをすべて取り戻し、キリクの肉体を復活させ、そこに宿ることを望むだろう」

静かに息を吸い込む音がした。ラトル先生だ。気がつけば、先生はユーリのすぐ後ろに来ていた。ユーリを背中側から抱くようにして腕を伸ばし、曲がって強張ったまま鉄格子から離れようとしないユーリの指を、一本一本丁寧に、優しく引き離しにかかった。

まず右手の親指。ついでひと差し指。先生の息が、耳元で聞こえる。

「そんな話は、記録にも伝承にもない」と、アッシュが言い返す。「キリクは野戦で死んだ。亡骸《なきがら》は他の兵士たちのそれと混じって、行方不明になったとしか伝わっていない。墓さえないんだ！」

水内一郎が、初めて笑った。「私はそれを、キリクから聞いた。今もなお『エルムの書』に宿る彼の魂から聞き出した」

ユーリの右手の指が全部離れた。次は左手だ。片手だけでも自由になると、ユーリの身体はわななき始めた。

「墓の場所を教えてくれ。八箇《か》所すべて」

闇のなかをふわり、水内一郎の顔が横に滑った。

「教える？　知は己が手でつかみとるものだ。さもなければ意味はない」

「何だと？　もったいつけやがって」

アッシュが声を張り上げたとき、ユーリの左手の指もすべて外れた。ラトル先生がユーリをひっさらうように抱え上げる。

先生が後ろに飛び退《の》いたのと同時に、水内一郎の顔が突進してきた。強い音をたてて、額が鉄格子にぶちあたる。

水内一郎は笑っていた。青白い顔、こけた頬《ほお》。瞳が爛々《らんらん》と黒く燃えあがっている。

ユーリはラトル先生にひしと抱きついた。先生が黒衣の袖でユーリを包む。

「グルグよ。かつて水内一郎という人間であり、賢《けん》者《じゃ》の名を冠《かん》されていたころの貴方《あなた》を思い出しなさい。この小さき子は、あなたの縁者なのですよ！」

聞こえていない。言葉が届かない。ああ、この人は正気を失ってるんだ。血が凍るような恐怖と共に、ユーリは理解した。心が壊れてる。精神の箍《たが》が外れてしまっている。

「死者を蘇らせる魔法を行使するためには」

忌まわしいニヤニヤ笑いを浮かべて、水内一郎は続けた。「術者自身が魔法の依代《よりしろ》にならねばならない。〝輪《サークル》〟に満ちる命の力を吸い上げ、かき集め、蓄える電池の役目を果たさねばならない」

命の力。それは混沌《こんとん》のエネルギー。剝き出しの原始の力だ。集めれば集めるほどに高まる圧力と戦い、それを制御できる術者だけが、そのエネルギーを死者に与えることができる。

「私はそれに成功した。それでもキリクには遠く及ばなかったけれど――」

なぜ及ばなかったの？　そんなつもりなどなかったのに、ユーリは尋ねていた。何が及ばなかったんです？

「私は――命の力を集めた」

「もういいでしょう、アッシュ！」ラトル先生が声を振り絞る。「これ以上は無理だ」

ユーリを抱えて走りだそうとするラトル先生の腕のなかで、ユーリは足を蹴《け》って抵抗した。水内一郎から目を離すことができない。彼の燃える黒い瞳から逃れることができない。

「あなたは命の力を集めた。そしてどうなったの？」

「ユーリ！」

水内一郎は大口を開けた。真っ黒な舌が覗いた。彼の歯は一本残らず抜け落ちていた。

「私の身体は、そこに集めたエネルギーに屈した。いやいや、負けたわけではない。エネルギーを蓄えるために、より望ましい形へと変貌《へんぼう》したのだ！」

誇らしげな哄笑《こうしょう》と共に、彼の両眼から閃光《せんこう》が迸《ほとばし》った。

目もくらむような白い光に、洞窟の闇が瞬時にかき消えた。洞窟の最深部の隅から隅までが照らし出された。鉄格子の奥の、水内一郎の姿が露《あら》わになった。

「ごらん、幼きオルキャストよ。これが私の真実、私の得た力だ！」

黒い塊。小山のように積み上げられた泥土。ユーリの目が見たものを、頭は、心は、そのように認識した。腐ったような磯の臭《にお》いがあたりに満ちる。

水内一郎は人外のものに成り果てていた。黒く濡れ、ぬらぬらと光り、あらゆる箇所《かしょ》がだぶつき、たるみ、ふくれあがって層を成している。元はどこが腕で、どこが足だったのか。胴体の形さえ定かでない。大中小のゴムホースと、腐った海草の塊。

それが動いて、触手が見えた。一本、二本、三本。次々と黒い小山から離れて伸び上がる。そこにはびっしりと生えた無数の吸盤。小山の蠕動《ぜんどう》に呼応して、それらも開閉している。飢え、乾き、餌《えさ》を求め、それ以上に何かを言おうと欲して。

水内一郎の痩せこけた顔は、そうした触手の一本の先端から、悪魔の提灯《ちょうちん》のようにぶら下がっているのだった！

ユーリは叫んだ。

言葉にはならない。ただ叫び、叫び、叫んで叫んで叫んだ。洞窟から走り出て行くラトル先生に抱かれたまま、首を後ろに投げ出すようにして悲鳴をあげ続けた。

ラトル先生は、いくつもの潜り戸を風のように通り抜けた。叫び続けるユーリの頭を、掌で優しく押さえて。先生の胸に顔を埋め、ユーリは叫ぶのを止められず、悲鳴はやがて懇願となった。出して、出して、ここから出して！　あたしを外へ出してぇぇぇ！

呼吸を吐ききり、息が停《と》まり、ユーリは気を失った。洞窟の最深部より暗い闇のなかへと、転がり落ちるように。

――お兄ちゃん。

真っ暗がりのなかで一人、ユーリはぽつりと立っている。右も左もわからない。

――お兄ちゃん、どこにいるの？

遠く彼方に、兄の顔が見える。血の気が抜け、痩せ衰えて、でも確かに兄さんだ。森崎大樹の顔だ。微笑《ほほえ》んでいる。

そしてユーリに手を振る。サヨナラ、と。

――待って！　行かないで！

追いかけよう。今ならまだ追いつける。なのに足が動かない。気持ちばかりが空回りして、ユーリは一歩も踏み出せない。

森崎大樹の白い顔が、さらに遠ざかる。

――お兄ちゃん！

兄の手が、いつの間にか黒い触手に変わっている。たじろいだユーリは、兄に追いすがろうと伸ばした自分の手を見る。

それもまた、黒く変色し始めている。

「イヤだ！」

叫んだ途端に、ユーリは夢から現実へと飛び出した。跳ね起きる。と、目の前にソラがいた。ソラの紫色の瞳があった。

冷や汗に濡れ、全身が縮み上がっている。お尻の下が硬い。気がつけば、カタルハル僧院跡の瓦礫のなかにいるのだった。倒壊した四角い柱の一本を寝台代わりに、身を横たえていたのだった。

「ユーリ様――」

ソラは柱のそばに跪いていたが、立ち上がってユーリを支えようと手を伸ばしてきた。ユーリは身を縮めた。ソラはあわてて身を引くと、宙ぶらりんになった手を組み合わせて、バツが悪そうにうなだれた。

ユーリは頰にひやりとしたものを感じた。濡れている。泣いたのだ。寒い。

頭の上には青空がある。茜《あかね》色を帯びた白い雲が、ゆっくりとのどかに流れてゆく。

息を吸い込む。冷たく澄んだ外気が肺のなかに流れ込む。胸の奥でもがいていた心臓が、新鮮な空気に洗われ、鎮《しず》められてゆく。もっと深く息を吸い込む。むせて咳《せ》き込んで、それでもひと呼吸するごとに楽になってゆく。

「ユーリ、オレだよ」

アジュの声だ。どこにいる？　ああ、ソラの肩の上だ。鼻の頭をひくひくさせ、長い髭を震わせて。

「そっちへ行っていいかい？　もうユーリに触っても平気かい？」

アジュの耳も鼻の頭も、寒気《かんき》で赤くなっている。

ソラも寒そうに肩をすくめている。

「こっちに来て、アジュ。ソラも」

自分から腕を伸ばし、飛び移ってきたアジュを襟のなかに入れ、ついでソラの手を取って引き寄せると、しっかり抱きしめた。

「ごめんね。ごめんなさい。もう大丈夫」

ユーリは声をあげて泣き出した。

泣いて泣いて、ユーリが落ち着きを取り戻すまで、様子を見ていてくれたのだろう。ユーリがハンカチで顔を拭き、洟《はな》をかんでひと息ついたころ、瓦礫の奥の洞窟への出入口から、黒衣のラトル先生が現れた。湯気のたつ大きな銅製のカップを手にしている。

「気がつきましたか。ちょうどよかった。これをお飲みなさい」

甘い香りのする飲み物だった。ひと口飲み下すと、喉がすうっとした。

「あなたの額の紋章に触れてごらんなさい」

ラトル先生が、指で自分の額を軽く叩いて、言っ傾きかけてはいるが、陽《ひ》はまだ明るい。戸外の光のなかで見ても、やっぱりラトル先生は美男子だった。

「あなたをグルグに――水内一郎に会わせたアッシュを、お怒りにならないでください」

ユーリはカップを両手で包み、うなずいた。

「ついでに、それを止めようとしなかった私のことも」と、先生はおどけて、ちょっと眉を動かしてみせた。

「はい、先生」

「アッシュはあなたに、最悪を覚悟させようとしたのです」

黙ったまま、ユーリはもうひとつうなずく。

「あなたがお兄さんを捜し求め、いつか再会がかなったとしても、それがあなたとお兄さんにとって、幸せであるとは限りません」

ユーリの襟元、喉のところで、アジュが柔らかな身体をこすりつけてくる。


た。

「それはあなた自身を癒すこともできるはずです。守護の法衣でも防ぎきることができなかったダメージからも、あなたを快復させてくれるでしょう」

言われたとおりにしてみると、紋章から温《ぬく》もりが伝わってきた。その温もりが、身体の隅々へと走ってゆくのも感じた。温もりが届いたところから、徐々に力が蘇ってくる。

「オルキャスト様は医者要らずなのですよ」

ラトル先生はにっこりと笑った。ユーリも微笑み返し、そうすることができたのが嬉《うれ》しくて、ソラとアジュにも微笑を見せた。

「アッシュに、よく泣くオルキャストだって、また叱られちゃいます」

「アッシュ？」ラトル先生は小首をかしげ、それからうなずいた。「ディミトリのことでしたね」

黒衣の裾をたくしあげ、ユーリの足元に腰かけた。

「わかっているつもりです。ううん、つもりでした。今は、わかりました」

冷たい風に、ラトル先生の髪が乱れる。

「アッシュは今、グルグの言葉を手がかりに、キリクのゆかりの場所がどれくらいあるか調べています。キリクについて、とりわけ彼の最期については、記録と記憶と言い伝えと噂が入り交じり、なかなかはっきりとした事実がわかりません。手間がかかるでしょう」

「ヘイトランドの歴史書は、あてにならないんですか?」

「多くの部分が、彼を倒した側の人びとの手で書き変えられていますからね」

このヘイトランドを創《つく》った〝紡《つむ》ぐ者〟は、それを良しとしているのだろうかとユーリは思った。〝紡ぐ者〟はキリクの味方ではないのか。彼の功績が正しく語り伝えられなくても平気なの?

ヘイトランドは、既に〝紡ぐ者〟の手を離れてしまっていて、どうすることもできないのか。ならば、〝紡ぐ者〟というのは、世界を創ることはできるのに制御することはできない、ずいぶんと半端《はんぱ》で力足らずの存在だ。

ラトル先生は、身体全体でユーリを風から守ろうとしているソラに、優しい目を向けた。

「君は〝無名の地〟から来たのですね?」

ソラは紫色の瞳をちょっと瞠ると、引っ込み思案の女の子みたいにへどもどした。誰かが自分に直《じか》に話しかけてくるなんて、思ってもみなかったというように。

「ソラは無名僧です」と、ユーリは答えた。

「先生は無名の地をご存じなんですね」

「アッシュに教えてもらいました。彼は物知りです」

親しみと尊敬がこもった言い方だった。

「ですから私は、私の生きるこの世界が、創られたものであることも知っています――気分はよくなりましたか?」

ユーリは額から手を離してみた。気持ちが静まり、鼓動も平静になった。気力も戻ってきたようだ。

「我らが〝紡ぐ者〟が、このヘイトランドをもう少し住み易い平和な世界に創ってくれればよかったのにと思うこともあります」

ラトル先生は頭上の雲を見上げて、目を細める。

「それでも、私はここに命を与えられたことを感謝しています」

この暗い歴史を持つヘイトランドでも。

「ユーリ。もしかしたらあなたの住む世界もまた、誰かに創られたものであるかもしれないと考えたことはありませんか?」

「でも、わたしたちの世界は――」

「〝輪《サークル》〟の中心、根源《こんげん》である。ええ、そうですね。ですからユーリの世界を創った〝紡ぐ者〟は、このヘイトランドの場合のように、一人ではありません。数多《あまた》の〝紡ぐ者〟がいる。そして今現在、この瞬間も、無数の物語を紡ぐことによって、ユーリの世界を創り続けているのです。そのように考えることもできるのではないでしょうか」

ユーリはまばたきをした。「創ることで、維持している?」

「そうです。良い意味でも、悪い意味でも」

あなただって――と、ラトル先生はユーリの肩に手を置いた。「そうした〝紡ぐ者〟の一人です。あなたは、自分は作家ではないし歴史家でも芸術家でもないと言うでしょう。でもそれは、単に立場や役割が違うというだけです。人は皆、生きることで物語を綴《つづ》るのですから」

「わたしも?」

「はい」ラトル先生は大きくうなずくと、再びソラに顔を向けた。「だから、咎《とが》を負うのは〝紡ぐ者〟だけではありません。無名僧だけでもありません。我らは皆、等しく罪人なのです。罪を生み出しながら生きています。生きるためには、ほかに術《すべ》がないのだから」

真《ま》っ直《す》ぐに見つめられて、ソラが逃げるように目を伏せる。アジュがちゅうと鳴いて、今にも茶化したようなことを言うかと思ったのに、そのまま黙ってしまった。

「ソラ。むしろ君こそが、もっとも清浄な存在なのだと、私は思います」

「とんでもありません！」

たまりかねたように、ソラが早口で言った。

「わ、私は咎人《とがびと》です。その上、無名の地からも放逐されてしまいました」

「いいえ。それは真実ではありません」

言葉を続けるラトル先生の端正な顔に、優しさと、深い理解、そして共感の色が浮かぶ。

共感？　ユーリは急に不安になり、同時に、これという理由はないはずなのに、強い反感をも覚えた。なぜ？　なぜラトル先生はソラにこんな謎めいたことを言うんだろう。

ユーリの気持ちをよそに、先生は続ける。「君は自由です。負債《ふさい》はもう消えました」

「負債って、どういう意味ですか」

ユーリは二人のあいだに割り込んだ。身を乗り出した弾《はず》みで、肩の上のラトル先生の手を振り払う格好になってしまった。

「わたし、ソラが無名僧にされてしまったのは、何かの罪を犯したからだと教えられました。物語を生きようとした罪だって。それが負債なんですか？　真実って何？　先生のおっしゃること、わたしにはわけがわからないんですけど」

「そんな言い方、失礼だよユーリ」

アジュが小さな手でユーリの顎の先に触った。彼がハツカネズミの姿になる以前の、ユーリにとっては、まだ名前も知らない物知りの本だったころを思い出させる、厳しい窘めだった。

「いいのですよ、アジュ」

ラトル先生は言った。目はソラを見つめたままだ。

「君には、私の言葉の意味がわかるはずです。いや、わかりつつある。君にとって、それは必要なことであり、避けることができないものでもあります」

ユーリがソラを見返ると、彼はさっと顔を上げてユーリを見た。うっすらと涙ぐみ、白目が赤く充血している。

ユーリは動揺した。どうしたのソラ？　ラトル先生の言葉の意味が、ホントにあなたにはわかるの？

「私は、咎人《とがびと》なのです」

泣き出す寸前のようなしゃがれた声でそう言い放つと、ソラはもがくようにして立ち上がった。黒衣の裾が脚にからんで、不器用に転びかける。それでもしゃにむに身を起こすと、一目散に逃げ出した。洞窟の入口へと走ってゆく。

「ソラ！」

あとを追おうとしたユーリの頭のてっぺんに、アジュがぴょんと飛び上がった。「駄目、ダメ、駄目だ！　少し一人にしておいてやれって！」

ショックの追い打ちで、ユーリはふらりとめまいを感じた。アジュまでそんなことを言い出すなんて！

「アジュ、じゃああなたはどうなのよ？　先生のおっしゃることがわかるの？　だったら教えてよ。ソラの罪って何？　負債って？　それが消えたって、どういうことなのよ」

「ああ、うるさい！」

ぴょんと飛び上がって、アジュはユーリの頭をぶった。「オルキャストらしく、ちっとはおとなしくしていられないのかい？　すぐ金切り声をあげて、ただのお転婆《てんば》娘じゃないか！」

　腹立ちと恥ずかしさに、ユーリはぶるぶる震えた。

「だって、誰もあたしにちゃんとしたことを教えてくれないからよ」

　オレだって——と、アジュは急に萎れた。尻尾がぺたりと力を失う。

「知らないことの方が多いんだ。オレは役立たずの青二才の辞書なんだよ」

　ごめんよ。今度はアジュまで泣きそうになっている。

「まだ確かじゃないけど、オレにもちょっとわかってきたことがある。けど先生」

　アジュはラトル先生に鼻先を向けた。

「オレはそんなの嫌だよ」

　ラトル先生はうなずいた。「ええ、わかります」

「ここの本たちが教えてくれたこと——」

「彼らは知識を持っていますからね」

「そもそもこの旅の初めに、オレが知ってたら良かったのかな？」

　またぞろ謎の問答だ。でもユーリは、今度はカッとならずに済んだ。それどころか胸が冷えてゆく。ちんぷんかんぷんなのは相変わらずだけれど、怖いほど真剣で、怯えてさえいるようなアジュ。こんなアジュは初めてだ。

「あなたが知っていたとして、語ることはできなかったでしょう」と、ラトル先生は答えた。「語ったところで、信じてはもらえなかったでしょう。信じてもらえなければ、信じてもらえる時がくるまで、やはりあなたは沈黙しているしかなかったでしょう」

　先生はつと口をつぐみ、それから思い切って振り切るように、小さく言い足した。「今、アッシュがそうしているのと同じように」

アジュがぎゅっと身体を縮め、白くてふわふわした毛の塊になったかと思うと、パッと身をほどき、ユーリの頭から飛び降りて、一目散に瓦礫の隙間へと駆《か》け込んでしまった。

しばらくして、ユーリはようやく声を取り戻した。

「先生、アジュは」

「顔をお拭きなさい、ユーリ」

言われて目元に触ってみると、涙が出ている。あわてて手でこすった。

「申し訳ありませんでした。私は——」

辛《つら》そうに、先生は口元を歪める。

「私こそ軽率でした。おしゃべりが過ぎたことをお詫びします」

一陣の風が吹き付けてきて、ユーリと先生の黒衣を翻した。ユーリの額から前髪が舞い上がり、紋章が露《あら》わになった。

「——わたしが呑気《のんき》に気絶してるあいだに、何かあったんですね」

口に出して問うてみると、確かにそうだと思えてきた。

ラトル先生は、辛そうな顔のまま強いて微笑《ほほえ》んだ。

「いえ、何も」

嘘だ。先生は嘘をついている。

「先生がわたしを地下から連れ出してくれたんですよね？　わたし、途中までは覚えてるんです。鉄の扉をいくつも抜けて、最下層のホールに出たところまでは」

自分が悲鳴をあげ続けていたことも。

「そのあと、何か起こったんですね？　だからソラもアジュも動揺してて、先生は二人を慰《なぐさ》めようとして、さっきのお話をなさったんでしょう？」

教えてほしい。ユーリはひれ伏して懇願したい気持ちだった。まどろっこしく頭にまといつくヴェールをはぎ取ってほしい。苛立たしいのは、このやりとりの謎めいた部分が、まったくの謎ではないように感じられることだ。ほんの少し、一歩踏み込んで力を出せば、ユーリにも解ける問いであるように感じる。すぐそこに答えがあるように感じる。

「ユーリ」

「先生は優しいから、黙ってられなかったんでしょう？　アッシュみたいに意地悪じゃないもの。そうですよね？」

教えてください。何があったの？　今度はユーリが先生の黒衣の袖に手を置き、力を込めようとした、そのとき。

ずしん。

足元から突き上げるような振動が来た。地震？　ユーリは飛び上がった。ラトル先生がとっさに身構えて、ユーリをかばおうと抱き寄せる。

ずしん！　二度目の振動だ。瓦礫の山から塵芥《じんかい》が舞い上がる。倒壊し、ヒビだらけになったそこここの柱から欠片《かけら》が剝げ落ちる。

「これは！」

ラトル先生は頭上を仰いだ。ユーリも空を見た。

# 第十二章　大迷宮

　平和に、のんびりと暮れかかってゆく青空。ぽかりと浮いた雲の端っこに茜色《あかね》が映えている。雲が頰《ほお》を染めているみたいだ。そして雲は流れてゆく。次第に寄り集まって、茜色を集めて夕空をつくる。

　その空を三つに割って、目映《まばゆ》く鋭い稲妻が走り抜けた。大空の亀裂。一度。そして二度。音もなく空を分かつ真っ白な閃光《せんこう》。

　出し抜けに陽《ひ》が翳《かげ》った。ユーリの目には、太陽が大空の亀裂に落ち込んで消えてしまったように見えた。が、三度目の稲妻が空を駆け抜けると、太陽はちゃんとそこにあった。

　ただ、漆黒に変わっていた。

　世界が割れ砕けたのかと思うほどの雷鳴が轟《とどろ》いた。稲妻のあとを追いかけて、二度、三度と轟き渡る。空はその轟音《ごうおん》のたびにひび割れ、さらに細かくひび割れ、今にも、仰《あお》ぎ見るユーリの頭の上に落ちかかってきそうで、思わず手をあげて首を縮めた。

　ラトル先生は立ち上がると、おぼつかない足取りで、二歩、三歩と、二人が並んで腰かけていた柱から離れてゆく。先生の目は空ではなく、空の彼方へと向けられている。そちらへ引き寄せられるように、また数歩、ふらふらと歩く。

「何ということだ……」

　先生が凝視《ぎょうし》している方角へ目をやって、ユーリも立ち上がってしまった。が、先生とは逆に、すぐ後ずさりした。身体《からだ》が逃げ出そうとしたのだ。

　遠く、なだらかな稜線《りょうせん》の切れ間に、西の地平線が覗《のぞ》いている。あと二時間もすれば、そこに沈む美しい夕日を見ることができたろう。だが今そこにあるのは、ユーリの頭ではにわかに理解の届かない不可思議な眺めだった。

竜巻——ではない。竜巻なら、どれほど巨大なものであったとしても、みんなあのお馴染《なじ》みの砂時計のような形をしているはずだ。ならば、あれは何なのだ？　風の塊であることはわかる。その力で地上のものを根こそぎにし、吸い上げ、舞い上げ、粉々に砕きながら、うごめいているから。でも——

一対の巨人の手。そうとしか形容のしようがないもの。指の関節の動きまで見てとれるのだ。西の地平線から巨人の手が生え出て、地上を荒らしている。今、右手を叩《たた》きつけて何かを叩きつぶした。左手が跳《は》ね上がって、それを空中に舞い上げる。

「先生、あっちには何があるんですか？」

倒れかかった柱をバリケード代わりに、ユーリは強風から何とか身を守っていた。先生に問いかけるため、ほとんど叫ばなくてはならなかった。ついさっきまでは北風だったのに、いつしか風は西風に変わっている。あの巨人の手が暴れている方角から吹き付けてくるのだ。目を開けているのも辛《つら》い。強風から突風へ、風の猛威はどんどん強さを増し、そのなかに礫《つぶて》や砂を含んでいる。皮膚にあたると、針で刺されるようだ。

指で顔をかばいながら、ユーリはまた先生を呼んだ。巨人の手が舞い上げ、まき散らしているもののなかに、教会かお城の尖塔《せんとう》のような形が、ちらりと見えた。すぐ風に巻かれて、粉々になってしまった。

「あれは、王都の方角です」と、ラトル先生もユーリに叫び返した。

王都エルミグアルド。ヘイトランドの中心首都でありながら、魔導士エルムの墓でもある街。

「王都が破壊されてるの？」

喉《のど》いっぱいに声をあげて問い返したとき、頭を低くして風に耐えていたラトル先生が、とうとう吹き倒されてしまった。そのまま風に転がされ、すぐそばの外壁の破片の山にぶつかって、そこにへばりつく。手足を広げて磔《はりつけ》にされたみたいに、動くことができない。

「ユーリ、洞窟《どうくつ》へ逃げなさい！」

声が風に千切《ちぎ》られる。何とか先生を助けなきゃ。助けを呼んで来なきゃ。這《は》うようにしてユーリが動き出したとき、先生が驚愕《きょうがく》の声をあげた。「いかん！」

とっさにユーリは身を起こした。次の瞬間、何かしなやかで頑丈なものに胴体をむんずとつかまれた。締め上げられて息が停《と》まる。

そしてユーリは宙に飛び上がった。風に巻き上げられたのだと思った。でも違う。頭が上で、足は下。両手は自由だ。風のなかできりもみ状態になってるんじゃない――

またラトル先生に抱きかかえられていた。そして何が起こっているのか知った。

先生は左腕でユーリをかかえ、右腕で瓦礫の山や倒れかけた柱につかまって、上へ上へとよじ登っていた。つかんでは身体を持ち上げ、またつかんでは身体を引き上げる。先生の腕が長いので、上昇するたびに、身体は振り子のようにぶうんと振られる。

ラトル先生の腕は、人間の腕ではなくなっていた。皮膚は褐色に、骨は黒く、枯れ木の根のように浮き出している。掌《てのひら》だけでもユーリの顔の大きさの倍はあるだろう。指は長く、先端が細く、鞭《むち》のようにしなっては空を切り、力強く瓦礫の山をつかむ。

こういうの、動物園の猿山《さるやま》で見たわ。場違いな記憶がユーリに理解をもたらした。お母さん猿が片手で小猿を抱いて、空いた片手で木の枝から枝へと渡ってゆくの。

ラトル先生とユーリは、カタルハル僧院《そういん》跡の瓦礫の山のてっぺんへと登った。瞬間、視界が凪《な》いだように開け、ユーリは見た。西の地平線からこの僧院跡めがけて、地を這《は》うように一直線に進んでくる黒い波を。

巨人の手が送り出した、風の刃《やいば》だ！　ユーリは目をつぶった。ラトル先生がユーリを抱いたまま瓦礫の山のてっぺんを蹴《け》った。二人が宙高く跳躍したのと同時に、黒い風の刃がカタルハル僧院跡に襲来した。

瓦礫が、重なり合いもたれ合っていた何本もの柱が、風に寸断されて舞い上がり、落ちかかり、ぶつかりあって粉砕されてゆく。しかしその轟音はユーリの耳には届かなかった。ユーリは宙を飛んでいた。先生とユーリの黒い衣《ころも》の裾《すそ》が、優雅に夕空にたなびく。ひと飛びで、荒れ狂う突風の上に出たのだ。

先生が異形《いぎょう》の片腕を大きく振ると、それは黒い翼のように空を掻《か》いた。腕の動きでつくりだされた上昇気流が、飛びながら落ちてゆく二人の身体をまた少し持ち上げる。

「ユーリ、紋章を！」と、先生の声がする。

ユーリは無我夢中のまま額に掌をあてた。呪文などわからない。アジュからも教わっていない。自分の言葉で考えるだけだ。お願い、お願い、お願い。あたしたちを守って。あたしたちを安全に地上に降ろしてください！

紋章が光った。閃光《せんこう》のまたたきが一度、二度。そしてユーリと先生は白い光の輪のなかにいた。下降スピードがぐんと緩《ゆる》くなった。先生がまた腕で羽ばたく。白い光の輪がくるりと回り、ユーリは宙で見えない椅子に腰かけたみたいな安定感を覚えた。このままゆっくり、ゆっくりと地上へ。先生のはばたきで方向を変えながら。

風の刃は通り過ぎていた。ユーリはその後ろ姿を見た。カタルハル僧院跡を粉砕し、さらにその先の獲物を求めて直進してゆく。

黒い鎌が飛んでゆくみたいだ――僧院の後ろの山を削り取り、森を飛び過ぎ、ばっさりと刈り取ってゆく。土砂崩れが起きて道が埋もれる。木々の枝や葉が粉塵《ふんじん》のようになって舞い上がる。

最初にラトル先生の両足が、ついでユーリの足が地面につくと、光の輪が消えた。先生はしっかりと立って身体を支えたけれど、ユーリの膝《ひざ》には力が入らない。

僧院跡の瓦礫は、巨人の歯で嚙《か》み砕かれ、吐き出された食べ滓《かす》さながらに、粉々になっていた。ついさっきまではただの瓦礫の山でも、柱や壁の形がわかった。室内の装飾品や、家具の欠片《かけら》も形が残っていた。が、今はすべてがごちゃまぜだ。

先生とユーリは、出し抜けに我に返ったようになり、揃《そろ》って西の地平線を振り返った。一対の巨人の手は消えていた。僧院の惨状の上を、自然の風が吹き過ぎて、さらさらと砂を舞い上げる。

空も太陽も、元に戻った。

「あの巨大な手が黒い刃に変じて、こちらに飛んできたのですよ」

それを目にして、先生はすぐさまユーリをつかまえ、一緒に宙に飛び上がったのだ。

「どこまで行くのでしょう。あれが突き進んで行く先の土地では、すべてのものがなぎ払われてしまう……」

まだ先生につかまったまま、ユーリは目を落とした。先生はそれに気づくと、見苦しいものを隠すように、急いで手を背中に回した。それでも、ちゃんと見えた。先生の手の色が、元の皮膚の色に戻ってゆく。大きさも形も、当たり前の人間の手に戻ってゆく。

黒衣の袖《そで》にすっかり両手を隠してしまってから、

先生はやっとユーリの目を見た。

「私も、怪物の血の毒を受け継いでいる者の一人なのです」

そうなのだ。疑いようがない。

「驚かせて申し訳ない。そして、隠していたことをお詫《わ》びします」

ユーリはすぐには何も言えず、そのかわり、くしゃみがひとつ飛び出した。守護の法衣から埃《ほこり》が舞い立った。先生が法衣をはたいてくれる。

ユーリの口から、泣き声がこぼれ出た。

「それなら先生も、もう永《なが》くは生きられないんですか?」

ラトル先生の目元が和らぎ、重いものを背負って堪《こら》えるようにきつく結ばれていた口元が緩んだ。

「あなたは優しい心の持ち主だ」

また泣けてきそうだ。こんなことが起こり、あんなものを見て、カタルハル僧院跡は粉々、もしかしたら王都も破壊されてしまったかもしれないのに、ユーリの胸は別の気持ちでいっぱいだった。

「どのくらい生きられるか、私にもわかりません。だから、ここに来ました。残された時間を、同じ苦しみを背負う人びとのために使いたいと思ったからです」

カタルハル僧院跡の瓦礫のそのまた残骸《ざんがい》の山。そこから、埃や石の小さな欠片《かけら》がまだ舞い落ちてくる。ユーリの身体に降りかかるそれを、ラトル先生は手を振って払いのける。左右の手は、もう、まったく元に戻っていた。

「怪物の毒が発現《はつげん》したのは、三年ほど前のことでした。最初のうちは、見た目はまったく変わらなかった。ただ普通の人より力持ちになり、とんでもない重さのものでも軽々と持ち上げられるようになっただけでした」

変化は徐々に進んでいた。あるとき、器に満ちた水が一気に溢《あふ》れるように顕在化《けんざい》した。

「今では、この力を存分に振るおうとすると、必ず両手の形があのように変わってしまいます。やがては両足もそうなることでしょう」

そうか。さっきの、あのとんでもない跳躍。

「ええ、そうです。私の脚力は、獣《けもの》の王も顔負けだったでしょう?」

ユーリは、カナル村の〝バネ足〟の少年を思い出した。

「アッシュの村に、ウズという男の子がいるんです」

「知っています。会ったこともありますよ。彼も今はまだあの村で暮らしていますが、遠からず母親と一緒にここへ移ってくることになるでしょう。変化が身体のかたちに現れると、やはり、普通の人びとに混じって暮らすことは難しくなりますし、もっと多種多様の薬が要るようにもなりますから」

そして二人とも、いつかはアッシュの手で葬られることになるのだ。

「そういう変化——が起こるときって、痛くはないんですか」

「痛みはまったくありません」先生は両手を軽く擦《こす》り合わせ、ひらひらと指を動かしてみせた。「ただ、気持ちは少し変わります」

猛々《たけだけ》しくなる、と言った。

「怪物の毒の血を受けた者たちが、死期が迫ると凶暴になることがあると言ったでしょう? それと似ています。まだ、自分で制御できるから幸いですが」

粉みじんになった瓦礫の山が、やっと鎮まった。空気が澄んできた。

「ウズや私のような者たちの変化には、これという名前が与えられていません。アッシュも、病名というか、症例名をあなたに教えてくれなかったでしょう？　最初から無いからなんです。それどころか、これをヘイトランドの歴史と結びつけて語ることすら、公《おおやけ》には禁じられています」

　この国の為政者《いせい》たちにとっては、忌《い》まわしいだけの過去だから。

「名付けず、語らず、認めなければ、それは存在しないことになる。私やウズのような者は、希《まれ》に生まれ出てくる単なる異能者であって、ヘイトランドの過去とは関係がないと言い張ることもできる。だから名付けず、認めないのです」

　ユーリはくちびるを嚙《か》んだ。ラトル先生の口調は淡々《たんたん》としている。

「私たちは、自分で望んだわけではなく、巡《めぐ》り合わせでこうした身体を持つことになりました。それは本当に運の問題……運命のいたずらによって、この身はありません」

　昔は、それがたまらなく腹立たしかった。憤《いきどお》りをたぎらせ、復讐《ふくしゅう》に燃えた。

「でも、あるときから考えが変わりました。私のこの身体と短い命は、私が何かしら悪事を成したが故に下された罰ではない。ただの不運に因《よ》るものです。しかしこの世には、本当に己のおかした過ちによって非業の運命に堕《お》ちる人びとがいます」

　小さく、ユーリは呟《つぶや》いてみた。「グルグのように？」

　ラトル先生は深くうなずく。「そうです。私やウズは、悲しみ、苦しみ、憤り、時には自ら哀れむことはあっても、我と我が身を責めることだけは強《し》いられなくて済みます。だって、何もしていないのですから。でもグルグは違う。彼は自分のしでかした過《あやま》ちを知っています。その過ちが彼を怪物に変えてしまったことを、誰よりもよく知っています。彼がどれほど悲しみ、苦しみ、憤っても、それは結局彼自身に返ってくる」

真の哀れみと許しは、グルグのような人にこそ与えられなければならない。迷いのない穏《おだ》やかな口調で、ラトル先生は言った。

「それは、あなたのお兄さんも同じです」

自ら望んで『エルムの書』をひもとき、その力に魅入られ、〝英雄〟の器となった森崎大樹《ひろき》。

「あなたがお兄さんを捜すのは、あなたのようにお兄さんを愛している者にしか、お兄さんを許すことができないからです。お兄さんを許し、解き放ってあげるためにこそ、あなたはお兄さんを追うのです。そこに、あなたの満足やあなたの慰《なぐさ》めを求めてはいけない。あなたにしかできないことを成し遂げるために、あなたは進むのだから」

無意識のうちに、ユーリは額の紋章に触れていた。ラトル先生は微笑《ほほえ》んで、ユーリの指をそっとつかみ、額から離させた。

「これは、オルキャストとしてのあなたに言っているのではありません。お兄さんを案じる小さな女の子のあなたに言っているのです。わかるでしょう？」

ユーリは先生の指を握り返した。そうして二人で手を取り合って座っていると、寒さも忘れるようだった。

どばん！　と音がして、ユーリたちの後ろの瓦礫の山の一角が崩れ、板戸が一枚跳ね上がった。と、ぽっかり空いたその下の空間から、アッシュの白い頭がひょいと覗いた。

「おい、生きてるか？」

先生とユーリは揃ってふき出した。アッシュの頭が一度引っ込むと、今度は勢いよく身体ごと地上に飛び上がってきた。

「何やってんだ、そんなところで」

「皆は無事ですか」

「頑丈な洞窟のおかげでな」

両手を腰に、さすがのアッシュも、あたりの惨状に目を剝いている。

「だから安心していました。ネズミ君は？」

先生の問いに、ユーリはあっと声をあげた。アジュのこと、すっかり忘れてた！

「ここにいるよ」アジュが、アッシュの襟元から顔を出す。「ユーリ、何やってんの？」

「アジュこそ、珍しいところにいるね。ソラは？」

「下で、怖がって泣いてる子供たちの面倒をみてるよ。洞窟ンなかは安全だったんだけどね、音はもの凄かったからさぁ」

アジュはアッシュの肩から腕を伝い降りて、地面にぴょんと着地した。おかんむりであるらしく、ぷいと鼻先をそらしてしまう。

「オレだって、間一髪《かんいっぱつ》だったんだ。あの風がこっちに来るのが見えたから、あわてて洞窟の入口に飛び込んだんだよ」

恨みがましいことを言う。アッシュが逆襲した。

「ユーリを置き去りにしてな」

アジュの耳がピリリと立った。「だ、だってさ、あのときはオレも余裕が」

「いいからいいから。こっちへ来てよ、アジュ」ユーリは手を差し伸べた。

「地上の様子は魔導鏡《まどうきょう》で見ていた」

アッシュは西の地平線へ目を投げた。大きな赤い夕日が浮かんでいる。

「──王都だな」

ラトル先生がうなずく。「街道沿いの町や村も、あるいは……」

「タトの町は大丈夫かしら？」

「わからん」アッシュはあっさり切り捨てた。

「どっちにしろ、俺たちにはどうしようもないことだ。救助隊じゃないからな。とにかく、王都へ向かうぞ」

「何かわかったの？」

「王都で何が起きたのかわからんから行くんじゃないか。おまえは気にならないのか？」

ラトル先生が軽くユーリの袖を引いて、小声で囁《ささや》いた。「苛立《いらだ》っているのですよ。無理もありません」

二人はアッシュに歩み寄った。

「王都のエルムの墓所のそばに、キリクの装備品が埋められているという言い伝えを聞いたことがありますが……」

「その言い伝えは作り話じゃなかった。が、埋められたのは装備品だけじゃなかったということなんだろう」

「だから、襲われたと？」

「その可能性が高い」

「わたし、さっきから不思議に思ってたんですけど」と、ユーリは言った。「キリクの亡骸《なきがら》は八つに分かたれたって」

水内一郎は教えてくれたけれど。

「頭と、両手両足、それと胴体で、六つでしょう。あと二つは？」

「残酷だけど」ユーリの肩の上におさまって、アジュが言う。「目玉と心臓じゃないかな」

キリクの亡骸は両眼《りょうがん》をえぐられ、心臓も取り出されたということなのか。

「グルグの言葉を借りるなら、〝英雄〟は今回、『エルムの書』を鍵として破獄した。つまり、今度の〝英雄〟はキリクの記憶を持っているということだ」

キリクの記憶が〝英雄〟の核となっている。そして、その存在を形作っているのは、彼をいっぱいに満たした数々の〝器〟たちのエネルギーだ。

「〝英雄〟がキリクとして完全に蘇るためには、キリクの亡骸が要る。そこには彼の思念——怨念が宿っている」

緊張して耳を傾けながら、ユーリは思い出さずにいられない。キリク、キリクとすらすら呼んでいるけれど、彼はアッシュにとって兄弟同様の存在だったのだ。

「もしも俺がキリクなら」

アッシュは足を踏み換え、険《けわ》しい顔で西の地平線を睨《にら》み据える。

「最初に、何を取り戻したいと求めるだろう。身体のどの部分を?」

ユーリもラトル先生も、思わず自分の身体を見回していた。手と足。胸の奥で動悸《どうき》を刻んでいる心臓。

アッシュは激しくかぶりを振ると、吐き捨てた。

「俺としたことが、間抜けな独り言だった。行ってみりゃわかることだ」

「私なら――眼です」

ソラの声だった。洞窟の入口に立っている。

「何よりも先に、キリクの眼で現在のヘイトランドを見てみたいと思うでしょう」

思い詰めたような厳粛な口調に、他のみんなは息を呑んだようになった。

アッシュは仁王立ちになり、ソラに向き合った。

「見て、そして破壊するのか」

「彼がこのヘイトランドに何を思うのか、彼に聞いてみなければわかりません。それは、アッシュ殿がいちばんよくご存じのはず」

人が変わったように、ソラはしゃんと背中を伸ばし、しっかりとアッシュの凝視《ぎょうし》を受け止めている。

ソラは自分の胸に手をあてた。「王都へ参りましょう」

アッシュはすぐには答えなかった。不自然な沈黙と睨み合いに、ユーリは何かひどく不吉なものを感じた。おかしな話だ。奮い立つべきこの時に、なぜ不安を覚える?

ユーリの額の紋章が光った。さっと掌をあててみると、温もりと共に思念が伝わってきた。こんなことは初めてだ。紋章の思念。

言葉ではない——映像でもない。でも、心に流れ込んでくる。

「王都へ、飛べる」

伝わってきた思念を、ユーリは口に出した。そして思念に促《うなが》されるまま、その場にしゃがみこんで、掌を額から地面へと移した。

掌を押し当てた部分が、まばゆく輝いた。そこから光の筋が生まれ出て、枝分かれしながら、みるみるうちに広がってゆく。

紋章だ。大きな紋章の写しが出現した。

「紋章が、わたしたちを導いてくれる」

立ち上がり、ユーリはソラに手を差し伸べた。ソラは一瞬だけ立ちすくみ、そして駆けてきた。ユーリの手を取る。

「ラトル先生」と、ユーリは呼んだ。

「はい」先生はいずまいを正した。

「どうぞお元気で。わたし、必ず戻ります。それまで待っててください」

石ころや破片だらけの地面に片膝《かたひざ》をつくと、先生は恭《うやうや》しく頭を下げた。

「あなたに〝輪《サークル》〟の加護がありますように」

アッシュが紋章の内側に踏み込むと、ユーリの背後に立ち、言った。「ネズミ、今度は落っこちるんじゃないぞ」

「あんたこそ！」アジュが強気に言い返す。

ユーリはひとつ深呼吸して、目をつぶった。足元の紋章から湧《わ》き出る力に身を任《まか》せる。

飛翔《ひしょう》。今度は暗黒のなかを飛んでゆく。カタルハル僧院跡へ来たときのような、道中の景観の閃《ひらめ》きは消えていた。ただ闇のなかを飛んでゆく。

しかし、その闇は気配に満ちていた。

ひとつの巨大な生き物の気配。それでいて無数の人びとの息づかいも聞こえる。囁き。叫び。すべて遠くてかすかでもどかしい。

何がこの変化を起こしたのだろう。〝英雄〟の力が強まっているのか。この巨大な生き物の存在感に、他の生き物たちは気圧《けお》されている。闇はいっそう濃くなり、厚さを増し、そのなかを飛び抜けてゆくユーリは、さながら深海を泳ぎ渡ろうとする小魚のようだった。頼りになるのは額の紋章だけ。

これが〝英雄〟から湧き出る闇であるならば、それはけっして邪《よこしま》なものだけでできているはずはない。

——〝英雄〟は英雄なんだもの。

そこには善《よ》きもの、正しきものもある。盾の裏面である黄衣《こうい》の王の、負の力に拮抗《きっこう》しようとする正の力が。ならば、闇雲《やみくも》に闇を恐れてはいけない。闇の中から光を見出《みいだ》すのだ。

もうひとつ忘れてはならないことがある。この闇には森崎大樹がいるのだ。黄衣の王に魅入られた不運な最後の器ではあっても、兄の心にもまた、〝英雄〟という盾の表側、真の英雄を志す意志があったはずだった。

呼びかければ、そこに届くかもしれない。呼びかけるならば、他のどんな呼び方よりも、これがふさわしい。

——お兄ちゃん！

繰り返し繰り返し、心のなかで声を張り上げ、平和で楽しかった日々、これまで何度となくそうして来たように、ユーリは兄を呼び続けた。お兄ちゃん、お兄ちゃん。

呼べばいつでも大樹は応《こた》えてくれた。うるさいなぁ、何だよと不機嫌なときもあれば、どうしたの？と心配してくれるときもあった。ユーリと一緒に笑ってくれることもあった。ユーリのために怒ってくれることもあった。ユーリと共に考え、ユーリと共に悩んでいた。

ユーリと共に生きていた。二人は兄妹なのだから。それは今も変わらない。

――お兄ちゃん、あたし、すぐ追いつくからね！


目を開いた瞬間に、ユーリは闇から地上へと飛び出した。

「うわわわわっと！」

アジュが叫んで、ユーリの髪にぶら下がる。

「わっ！　何処《どこ》だよここ。高いじゃん！」

ご指摘のとおりだった。ユーリたちが降り立ったのは、何だか半端な檻《おり》みたいな木製の枠の上で、それは地上から優に十メートルは高い場所に存在していた。

「関所《せきしょ》だ」

ひらりと降り立つと、下を見おろしてアッシュは言った。

「王都へ続く街道筋には、いくつも関所が設けられてる。こいつは一番関所の櫓《やぐら》だよ。櫓のてっぺんに降りたんだ」

ユーリの目には広々とした街道が見えた。赤茶けた大地に、うねうねと延びている。人びとが、足を止め荷車を引く手を止め、馬を止めてぽかんとこちらを仰いでいる。

「王都はどっち？」

お城が見えない。街道には人が溢《あふ》れている。大地と街道と、もうもうと立ちこめる土煙。茜空《あかねぞら》を覆い隠そうとしている。

「みんな王都から逃げてきたのかしら」

人の群は一様に同じ方を向いている。着の身着のままで子供を抱いている人もいれば、荷車に大きな荷物を積み上げている人もいる。

避難民だ。映画でしか見たことがないけど、これは本物だ。膝から力が抜けてしまう。

「おい、宮城《きゆうじよう》はどうなった？」アッシュが櫓の縁から半身を乗り出し、下の人びとに呼びかけた。一人の老人が、背中の荷物を揺すり上げながらこっちを見上げる。

「あんたら、どっから来たんだ？」

「カタルハル僧院跡だ。さっきの突風にやられて木っ端微塵《みじん》だ」

老人の顔は煤《すす》けていた。この高さから見ても、顔ばかりか彼の身体全体が土まみれ、埃《ほこり》まみれになっているのがわかる。

他の人びとは、突然櫓に舞い降りたおかしな一行にかまっている暇などないとばかりに、先を急いでいる。その流れに逆らって、老人は泳ぐように櫓の足元にまで寄ってきた。

「お城は大変なことになってるよ。王都は戦争が始まったみたいな騒ぎだ」

「宮城が破壊されたのか？」

「よくわからん」老人はあえぐように息を吸い込み、咳き込んだ。「儂《わし》は外《そと》ツ壁《かべ》町にいたんだ。お城が突然、地面から湧き出てきた途方もなくでっかい手に包み込まれるのを見た。カタルハルからも見えたのかい？」

「見えました。まるで竜巻みたいだった」と、ユーリも大声で叫び返した。「あれがお城を壊したの？」

「わからん。さっぱりわからん。ほうぼうから火が出て、儂の屋台も――」

老人があんまり震えるので、背中の荷物がずり落ちた。荷物の重みに、老人はよろめく。

「消えちゃったんだ！　お城は消えちゃったよ！」

老人を押しのけて追い越しざまに、手押し車に荷物と赤ん坊を乗せた若い女が、金切り声で割り込んできた。顔は青ざめ、両目が吊り上がっている。

「宮城が消えただと？」

「きれいさっぱり失《な》くなっちゃったんだよ！　あとには、地面に穴が空《あ》いてるだけさ！」

不穏に軋みながら傾《かし》ぎ始めた櫓の上から、アッシュは身軽に街道へと飛び降りた。櫓がさらに傾き、地面が近くなったところで、ユーリもソラも飛んだ。途端に人の群に呑み込まれてしまい、もみくちゃにされながら右往左往していると、アッシュが二頭の馬の轡《くつわ》を取り、人混みに逆らって近づいてきた。

「馬、どうしたの？」

「深く訊くな」

アッシュはユーリを一方の馬の鞍《くら》の上に放り投げるようにして乗せると、手綱をソラに渡した。

「おまえも乗るなり引くなりして従《つ》いてこい。行くぞ！」

言い捨てるなり、もう一方の馬の背にまたがり、ブーツの踵《かかと》で馬の腹をぴしりと打って駆け出した。

「し、失礼します」

ソラはくちびるまで真っ白になって、果敢に鐙《あぶみ》に足をかけ、ユーリの後ろに乗った。

「ユーリ様、つかまっていてくださいね」

「ソラ、馬に乗れるのかよ」ユーリの襟元から首を出してアジュが訊く。

「わかりませんが、努力します」

「努力ゥ？」

ユーリとアジュが声を揃えて叫んだとき、ソラが手綱を振って、すっとんきょうに「はいよう！」と声を張り上げた。馬は素直に走り出した。

王都の方向から逃げてくる人びとの数は、刻一刻と増してゆくばかりだ。街道から溢《あふ》れ、路肩にまで人の列が連なる。あちこちで荷車が立ち往生して、そのそばでは喧嘩沙汰《けんかざた》が起こっている。ユーリの目と鼻の先で、見事な葦毛《あしげ》の馬が猛《たけ》り狂って乗り手を振り落とし、逃げていってしまった。ちらりと見えた馬の黒い瞳は、恐怖にぎらぎら光っていた。

この混乱と混雑のおかげで、ソラがおっかなびっくり操る馬は、つかず離れずアッシュのあとに従《つ》いていくことができた。それにアッシュは、ときどき馬を停めては何かに耳を澄ますような仕草を繰り返している。

「アッシュ、どうしたの?」

ユーリが大声で問いかけると、土煙の向こうでアッシュは振り返った。

「おまえには聞こえないか?」

そして返事を待たず、王城があったはずの方向を——今では何も失《な》くなってしまい、ただ青空が広がっている——仰いだ。そのとき、アッシュのすぐ傍らを通り過ぎた人が、つと足を止め、彼のマントの端を引っ張った。

「君は〈葬儀屋〉だね?」

つやつやと小太りで、暖かそうな外套《がいとう》を着込んだ中年の男の人だ。

「ああ、そうだ。〝死者に親《ちか》しい者〟だ」とアッシュは応じた。

「王都へ行くのなら、西門へ回るといい。西門の警備隊が交通整理をしながら、動ける人間を集めている」

「城はどうなった? 消えたというのは本当か?」

男の人はひとつうなずいて、顔についた土埃《つちぼこり》を拭《ぬぐ》った。「地の底に吸い込まれたように見えた。崩れ落ちるとか破壊されるとか、そういうふうではなく——何というかね、とにかく地面に吸い込まれてしまったんだ」

なかにいた人間たちも、ごっそりとね。

「王都の守備隊はどうなってる?」

「ちりぢりバラバラじゃないのかね。少なくとも、近衛兵の姿は一人も見かけないよ」

城と一緒なんだろうなと、アッシュが呟く。

「なぜ俺を呼び止めた? あんたは——医者のよう

だが」

「そうだよ。私は中《なか》ツ壁《かべ》町のしがない町医者でね、城が消えたとき、往診の途中で凱旋《がいせん》門前通りにいたんだ。そこで見たんだよ」

凱旋門の内側にいた歩哨《ほしょう》の兵が、城と城の敷地ごと地の底に呑み込まれてゆく瞬間、怪物に姿を変えるのを。

アッシュの横顔がいっそう険しくなった。

「怪物となりゃ君たち〈葬儀屋〉の出番だろう？　現に西門の警備隊じゃ、国じゅうの〈葬儀屋〉をかき集めろというお触れも出している」

「集めて何をする？」

「討伐《とうばつ》隊兼捜索隊を結成するんだろう。地面の底に潜るのさ」

みんな――と、中年の医師は街道を進んでゆく人びとの群に目をひそめ、

「王都でグズグズしていたら、自分も怪物になってしまうか、怪物狩りに召集されるかどっちかだから、逃げ出しているんだよ」

中年の医師の言葉に間違いはなかった。王都エルミグアルドの西門には、他所《よそ》と同じように人が溢れてこそいるものの、他所にはない秩序と活気があった。それにここでは、門を出てゆく者たちよりも、門から入ろうとしている者たちの方が数多い。

門の守護にあたる警備兵たちは、ユーリにもすぐ見分けがついた。軽鎧《けいよろい》を着て面あてと脚絆《きゃはん》をつけている。みんな帯剣しているが、背中に矢筒を背負っている兵もいた。城門の内側通路には、大弓が備えてあるのだ。

兵たちは悲壮な顔つきで声を嗄《か》らし、門を通り抜ける人びとに指示を飛ばしていた。ユーリたちは門の前で二頭の馬と別れ、アッシュが検問の警備兵の鼻先に〈葬儀屋〉の鑑札を突きつけて、人混みをかき分けて先に進んだ。

「エルミグアルドは城塞《じょうさい》都市なんだね」ユーリの頭の上で見物を決め込み、アジュが言う。「凄いねえ、この石垣をご覧《らん》よ、ユーリ」

十階建てのビルの高さぐらいあるなと、ユーリも思っていた。

「王都の構造は、王宮を中心に三重の円を描いていてな」

行き交う人びとの流れを見極めるように目を細めながら、アッシュが言った。

「外側から外ツ壁町、中ツ壁町、内《うち》ツ壁《かべ》町。その内側にさらに堀があって跳ね橋があって、そこから先が王宮の敷地になる」

さぞかし壮大な眺めであったはずだ。今は青空しかないけど。大きな書き割りが取り去られた後の舞台みたいと、ユーリは思う。

「あのテントだな」

アッシュが右手に見える幌布《ほろぬの》屋根の方へ足を向けた。ユーリはソラを促して、遅れないように小走りになる。

テントは他にもいくつもあった。怪我《けが》人とお医者さんたちがいるテント、荷物が山積みになっているテント、警備兵たちの詰め所。馬が何頭もつながれているテント。

西門に近いここは外ツ壁町で、周囲の建物はほとんどが商店だ。ショッピング・モールなんだわと、ユーリは思った。まだ人がいて、店が開いている（といっても商売をしているのではなく、品物はみんな警備兵に徴集されている）ところもあれば、表戸を閉め切っているところもある。今にも逃げ出そうと、家族総出で家財を荷車に積んでいる家もある。動転と恐怖に引き攣《つ》った顔、顔、顔。

アッシュが目指すテントには、大勢の人たちがせわしなく出入りしていた。兵士もいるが、大半はアッシュと同じような出《い》で立《た》ちの男たちだ。

「なぁ、どうするんだよ」

不安そうなアジュに、アッシュは平然と応じた。

「城が消えたという地面の下へ潜ってみなけりゃ話が始まるまい？　どうやらここで、そういう志願者を募ってるようだから」

「行くのぉ？」

「残りたきゃ残れ」

アッシュはテントの入口の幌《ほろ》に手をかけた。と、ちょうどその時、内側から幌を跳ね上げて、もじゃもじゃの顎鬚《あごひげ》が目立つ大男が出てきた。鉢合わせになり、大男は、大きな目玉をいっそう大きく見張った。

「何と、〝灰の男〟じゃないか。いつ戻ったんだい？　クールークで悪鬼《ゴブリン》狩りをしてるんだとばかり思ってたよ」

「とぼけるなよ、このデブめ」

アッシュは拳を固めて、もじゃもじゃ顎鬚の三段腹をぽんと打った。

「大陸一の地獄耳が、今回の〝破獄〟を知らんわけがない。そっちこそどこにいて何をしてたんだ？」

大男は打たれたお腹《なか》を押さえる様子もなく、両手を腰に、からからと笑った。

「そいつは商売上の秘密だ。あんたと同じさ。それより、手続きするなら早い方がいいぞ。兵隊どもめ、すっかりブルっちまってな。地下を探索するより、穴を塞《ふさ》いで逃げ出そうって――」

大男の言葉がぷつりと切れた。大きな頭が動いて、ユーリの方を向く。目玉をまたグリグリ動かし、そして眩《まぶ》しそうに瞼《まぶた》を細めた。

「こりゃこりゃ、手回しがいいな。その子は紋章付きじゃないか」

「相変わらず失礼な言い方をするんだな」

アッシュは肩越しにユーリたちを振り返る。

「こいつは俺の同業者、モーガンだ。薄汚いデブだが、悪い人間じゃない」

「言ってくれるねぇ。だがホントだよ、紋章付きのお嬢ちゃん。俺はちょっと脂っこい料理が好きなだけの善人さ」

ユーリは一歩近寄って、頭を下げた。「こんにちは。あなたも〝狼《おおかみ》〟なんですね」

モーガンは口の前に指を立て、親しげにユーリの方にかがみ込む。「そいつは内緒だ。俺はこいつのような戦士じゃないし」

手続きしてくると言い置いて、アッシュがテントの内に消えた。彼と入れ替わりに出てきた二人連れの男は、長いロープと槍《やり》のようなものを携《たずさ》えていて、彼らが無造作にそれを持ち替えたとき、柄の端がそばにいたユーリの守護の法衣の裾をかすめた。

「おっと」モーガンがユーリの脇の下に手を入れて、ひょいと抱き上げて移動させた。

「物騒だねぇ。あんな長い得物《えもの》を振り回したってしようがないのに」

「あんた、何者?」

ユーリの胸元に隠れていたアジュが、モーガンの鼻先に顔を出すと、不躾《ぶしつけ》に訊いた。

「あんまり気易くユーリに触るなよな」

唐突に現れたネズミに剣突《けんつく》を喰《く》らわされても、モーガンは驚かなかった。それどころか顔一杯に喜《き》色《しょく》を浮かべ、

「ちょっと触っていい?」

ユーリに断ってから、アジュの首根っこをつかんで持ち上げた。

「わ!　何すンだよ、離せ!」

「こりゃ面白いなぁ。お嬢ちゃんの連れだね?　珍しい従者もいたもんだ」

「ネズミになっちゃったのは、あたしの魔法が未熟だったからです」

「そんなことはないよ。こいつはもともとこうだも

の」

　モーガンはアジュを宙にぶら下げて、舐《な》めまわすように上から下から観察する。アジュは怒ってキーキー叫ぶ。

「こいつは辞書だね。アウンカウイの辞書だ。実物には、久しぶりにお目にかかるなぁ」

　アジュが白い毛を逆立てた。「その呼び方をするなぁ！」

　当惑するユーリに、楽しい内緒話をするように、モーガンは顔を寄せた。

「アウンカウイの辞書ってのはね、お嬢ちゃん。別名〝まがいもの辞書〟というんだ。間違いや空白が多くて、あてにならない。だけどそれはそれで使い道があるから」

　まわりを行き交う人びとが驚いて注目するほどの声で、アジュが叫んだ。「俺は違うぅぅぅぅ〜！」

　たまらなくなって、ユーリはモーガンの手からアジュを取り戻した。アジュは素早くユーリの法衣の内側に逃げ込んでしまった。

「アジュは立派な従者なんです！」

「だろうね、うん」モーガンはうなずく。

「俺もネズミ君をけなしてるわけじゃない。従者の価値を決めるのは紋章の力だし」

　気さくで親しげな彼のニコニコ顔が、その時、ひゅっと強張《こわば》った。ユーリの後ろを見ている。今度は何かとあわてて振り返ると、騒然と行き交う人びとのあいだに、ソラが見えた。閉じられた商店の表戸を背中に、忽然《こつぜん》と消えてしまった王城をまだ探そうとするかのように、遠い眼差《まなざ》しで空を仰いでいる。通り過ぎる兵士に手荒くぶつかられても、ただよろめくだけで、目は頭上を見上げたままだ。

　モーガンは、何故か食い入るようにソラを見つめ、ごくりと喉仏《のどぼとけ》を上下させた。ソラの方は、まったく気づいていないようだ。

「あれ――も、もしかしてお嬢ちゃんの従者だったりするのかな」

「あれって、ソラのことですか」

「あれに名前があるの？　ああ、お嬢ちゃんがつけたのか。あれは無名僧《むめいそう》だよね」

何となくモーガンのペースに巻き込まれていたユーリだが、猛然と腹が立ってきた。何なのよ、この人。

「ええ、ソラはあたしの従者です。あたしのこと、ずっと守ってきてくれました。あれ呼ばわりは失礼ですよ！　ソラは人間なんですから」

モーガンの、顎鬚に劣らずもじゃもじゃの眉毛《まゆげ》が、情けなさそうに下がった。

「いや、その、ねぇ。怒らないで」

身を縮め、困ったように指先をもじもじさせて、

「〝灰の男〟――お嬢ちゃんはアッシュって呼んでるあいつ、あいつも、あの無名僧を知ってるんだよね」

「もちろんです。ずっと一緒にここまで来たんですから」

モーガンは声をひそめた。「あいつ、何も言ってなかったかい？　まあ……言わんか」

一人でぶつぶつ呟き、納得する。

「ほかにも、旅の途中で会った誰かに、あの無名僧のことで何か不思議なことを訊かれたり、謎めいたことを言われたりしなかったかい？」

今度は、ユーリの方が頰をピクリと強張らせる番だった。それを悟られるのが嫌で素早く顔をうつむけたけれど、モーガンの目はごまかせなかった。

「ああ、思い当たる節があるんだね」

その口調の労《いたわ》るような優しさが、ユーリの心に突き刺さった。ほとんど痛みに近いような不安がこみ上げてくる。

「アッシュはいつもソラに冷たくて、まともに相手

してくれないの。あたしにも、あんまりソラにかまうなって」

ユーリは強いて不安を怒りに変え、大男の大きな顔を睨《にら》み返した。「モーガンさんもそうなの？　無名僧を軽蔑《けいべつ》してるんですか」

「軽蔑なんかするもんか。彼らは聖人だ」

ユーリは目を瞠った。「聖人？」

「そうだよ。俺たちなんかよりもはるかに清らかで、立派で、この世に必要な存在だ。そりゃもう、〝英雄〟よりもね」

モーガンは大真面目《まじめ》だ。けっしてユーリをからかっているのではない。そしてその大きな目玉には、悲しみの色があった。

「だけど、従者には向かない。少なくともお嬢ちゃんの従者にはふさわしくない。彼らは本来、〝無名の地〟を離れるべき者ではないのだしね」

「ソラは追放されたって――」

アッシュがテントから出てきた。モーガンはユーリをその場に残し、巨体をのしのしゆさぶって彼に駆け寄ると、マントをつかんで脇に引っ張っていこうとする。何だよ、とアッシュが目を剝く。

「おまえ、何をやってるんだ？　あの子は何も知らんのだろ？」

モーガンとしてはユーリの耳を憚《はばか》っているらしいのだが、ひどくあわてている上に地声が大きいものだから、丸聞こえだった。

「こんなって、何がこんなだ」

「あの無名僧だよ！」

アッシュとモーガンがソラを見やる。ソラはまだ腑《ふ》抜《ぬ》けのように突っ立ったままだ。

ユーリは二人に歩み寄った。

「ソラに何かいけないことがあるんですか」

アッシュの顔に、瞬間的に怒気が走った。モーガンはむっちりした掌で目を覆う。

「何の話だ？　ソラは具合でも悪いのか。案山子《かかし》みたいに突っ立ってるようだが」

「そうやって、またトボける！」

モーガンが割って入る。「ダメだよお嬢ちゃん。そんなふうに訊いたって無駄だ。こいつはわかってて黙ってるんだから」

アッシュの肩口をどんと拳で叩いて、

「悪いことは言わねぇ。どうしても地下に潜るってンなら、あの無名僧とはここで別れな。一緒に行っちゃいかん」

「それこそ余計な差し出口だ」アッシュは冷たく言い放つと、モーガンを無視してユーリに向き直った。

「どうやら地下は迷宮に変わっているらしい。出入口はひとつしかない。捜索と救助に兵士たちが入り込んでいるが、出会うのは怪物と怪物の出来損ないばかりで、まだ助け出された人間はいないそうだ。つまり、地下はとんでもなく危険な状態になってるってことさ」

行くかね？　オルキャスト殿。

「俺は行く。〝英雄〟がキリクの遺物に惹《ひ》かれてここに舞い降りたことは間違いない」

憤激と恐怖が、ユーリを強くした。「わたしが行かないでどうするの？　〝狼《おおかみ》〟だけでは何にもできない」

アッシュはにやりとした。「結構な心構えですな。アジュ、いるか？」

呼ばれて、小さなハツカネズミは、ユーリの襟元《えりもと》から鼻先を覗かせた。「何だよう」

「予備の武器を見繕《みつくろ》いに行く。おまえ、ユーリが使えそうな錫《しやく》を探してくれ。少しでもマルフォンド銀が含まれているものがいい。おまえなら見分けられるだろう？」

のろのろ出てきたアジュを、革手袋の手でむんずとつかまえ、別のテントの方へと歩き出しながら、アッシュは言った。「ソラのことは、本人と話してみればいい。あいつが行きたいというのなら、連れて行く。行きたくないというのなら、置いてゆく。それだけだ。このデブの譫言《うわごと》にはもう耳を貸すな」

ぐずぐずするなよ、すぐ出発だ。アッシュは大股に歩み去った。

モーガンはまた指をこね回している。

「余計なことを言ってるのは、俺もわかってるんだがね……」

「何が、わかってるんですか」

かぶりを振り、モーガンは逆に尋ねてきた。

「〝器〟になったのは、お嬢ちゃんのお身内のどんな人だね？」

「兄さん——です」

「そうか。悲しいね。オルキャストというのは、いつも悲しいんだよ。みんな子供だし」

そしてモーガンは、ユーリの肩に手をあて、ソラの方へと押しやった。

「行って彼と話してごらん。ここまで来たら、今までお嬢ちゃんたちがやってきたとおりにやるのがいちばんだ。うん、それはアッシュが正しい。あいつの言うとおり——なんだよ」

モーガンは口先だけで悲しんでいるのではない。ユーリの——そしてソラのために、本当に心を痛めてくれている。それが伝わってくるから、ユーリは怖くなってきた。

「モーガンさん、あたし……」

「俺はもう消えるよ。地下に潜るほどの勇気はないからね。ひとつ、あとひとつだけ余計な譫言《うわごと》だ」

大きな身体をかがめ、ユーリと目を合わせて、モーガンは言った。

「地下で何が起こっても、それはお嬢ちゃんと兄さんの罪じゃない。誰が悪いわけでもない。誰のせいでもない。運命なんだ。この〝輪《サークル》〟の領域《リージョン》に生きる者は、〝無名の地〟を循環する物語の定めから外には出られないのさ」

だから泣いてもいいけれど、絶望しちゃいけないよ。

軽く肩を叩かれたと思ったら、モーガンの姿は消えていた。あんな大きな人なのに、妖精《ようせい》さながらに、瞬時に姿を消していた。

やっぱり〝狼〟だ。〝狼〟にもいろいろな人がいて、様々な役割がある——

ユーリは横風に翻る守護の法衣の裾を押さえて、あわただしく行き交う人びとの流れを縫い、ソラに近づいていった。ソラの目は開きっぱなしになっている。何かに夢中になっているとか、魅入られているというのではない。むしろ、空っぽになっているという感じがした。おかしな喩《たと》えだが、どうしてもそんな気がした。あの衣の下には、人間の身体は無いのではないか。風になびく彼の黒衣を見て、ユーリは初めてそんなことを思った。バカげている。そんなはずはない。ソラとは何度も手をつないだのだもの。

なのに——

「ソラ」

呼びかけるだけでは駄目だった。ソラの手をとり、何度もゆさぶり、それでも彼の目は宙に浮いたままで、身体はぐらぐらと揺れる。

「ソラ、ソラ。しっかりして。どうしちゃったの？」

鼻先がツンとして、声が割れた。立ち並ぶテントのさらに奥、もとは王城があったあたりだろうか、一群の人びとの大きな声があがった。悲鳴のようにも、怒声のようにも聞こえた。

ソラははっとたじろいで、ユーリに気づいた。紫色の瞳は乾き、睫《まつげ》に土埃がついている。

「——ユーリ様」

声を出すと、今までのソラに戻った。まばたきすると、瞳が涙で潤《うるお》った。ないまぜになった不安と安堵《あんど》に、ユーリは膝が震えた。

「恐ろしいところに来ちゃったね。わたし、正直言うとちょっと怖いの。ううん、すごく怖い」

ソラは両腕をだらりと垂らしたまま、ちょっとふらついた。ユーリは彼の手を握り、これから地下に潜るのだと説明した。

「ソラ、どうする？　一緒に来てくれる？」

ソラはすぐには答えない。小首をかしげ、またふらついて、何とか足で踏みこたえ、彼がずっともたれかかっていた表戸の方に顔を向けた。細い羽目板《はめいた》を貼《は》り合わせた、頑丈そうな両開きの扉だ。

「ここは、八百屋だったようです」

店の正面の窓は粉々に砕け、閉じられている表戸も、よく見れば傾《かし》いでいて、きちんと閉め切られていない。日除けの幌《ほろ》が張り出してあったらしいが、今はそれも破れ飛んで、枠組みだけしか残っていなかった。看板も飛んでしまったのか、壊れたのか、ユーリには店名を見つけることはできなかった。

「我々がここに着いた時は、主人がちょうどここを閉めていました。ありったけの売りものを箱に入れて、持ち出そうとしているところでした」

一本調子の囁き声。

「主人は作業をしながら、一心に祈っておりました。何度も何度も繰り返し繰り返し、守護の祈りを唱えておりました。神の加護を希《こいねが》う祈りです」

ソラは片手で、そっと表戸に触れた。

「私は——その祈りを知っていました。聞き覚えがあったのです」

ユーリも一歩踏み出し、彼に並んで表戸に触れた。同じことをすれば、同じことを感じ取れるかもしれない。

ソラはゆっくりと首を巡らせ、ようやくユーリを見つめた。

「ユーリ様。私はこの町を知っております。王都エルミグアルドを知っております。町並みを覚えております。人びとの暮らしを知っております。ほんの今朝方までここにあった——街の上に君臨していた王城の姿も、この脳裏に鮮やかに浮かび上がってくるのです」

思い出してしまいました。

塵芥《じんかい》を含んだ焦げ臭い埃にまみれたソラの黒衣が、強い風のせいで、彼の痩せた身体にはりついている。身体の輪郭《りんかく》が見える。何と痩せっぽちなのだろう。でも肩があり、胴があり、脚がある。ソラは確かにそこにいるのに、ユーリには彼が遠ざかってゆくように思えた。ソラの内側にいる本当のソラが、少しずつユーリから逃げ出してゆくように思えた。おかしな、不合理な感覚なのに、身震いが出るほど生々しい。


思い出してしまいました。

何を？

「あなたは」やっと声を絞り出して、小さく言った。

「無名僧になる前、ヘイトランドの人だったのかもしれないね。王都に住んでいたんでしょう。だから、その記憶が蘇ってきたんじゃないかしら」

そうだ。やっぱりソラはもはや無名僧ではない。着実に、人間としての〝個〟を取り戻しつつあるのだ。それはいよいよ確かな事実なのだ。

カタルハル僧院跡で、ラトル先生もソラに言っていたではないか。君の負債《ふさい》は消えました、と。なのに、ユーリの胸は重く鬱《ふさ》いでいる。ソラに記憶が戻ってきた——飛び上がって喜ぶべきことなのに、どうしてか不安の方が先にたっている。

モーガンがあんなおかしなことを言うからだ。ソラが怯《おび》えているように見えるからだ。

胸のつかえを吐き出して消してしまうために、ユーリは強く言った。「ソラ、あなたは人間に戻ってるのよ」

「それは――私がユーリ様の従者にしていただいたからでしょうか」

うなだれて、まだ空っぽの瞳のまま、ソラは地べたに向かって呟いた。

「そうよ。ずっとあたしについてきて、あたしを守ってくれたからよ」

「私は、何もしておりません」

力ない声だった。肩が落ちる。

「ううん、いっぱい、いろんなことをしてくれたよ。あたしはよく覚えてる」

ユーリはソラに手を差し出した。

「行こう。それとも、もうここから先はついてきてくれないの？」

ソラは目を上げ、ユーリの手を見た。彼の腕はだらりと下がったままだ。こわごわとさらに視線を上げて、ユーリを見る。

「どうして？　ユーリ様、私は怖いのです」

「どうして? 何にも怖いことなんかない」

 強気に言い返しながらも、ユーリは強い横風が心にまで吹き込むのを感じた。ユーリとソラのあいだを吹き過ぎて、二人を引き離そうとする力を感じた。

嫌だ。そんなの嫌だ。

「オルキャストのわたしが一緒にいるのですよ。ソラ、何を恐れることがあるでしょう」

きっぱり宣言し、思い切ってソラの手をつかんだ。

驚くほど冷たい。その冷たさが、ユーリのなかにも染《し》み入ってくる。疑問が、疑惑が、謎が骨に食い込んでくる。デブで物知りのモーガンは、なぜあんなことを言ったのだ？　ソラと一緒に地下に行ってはいけないなんて。なぜ、アッシュを捕まえて非難したのだ？　こんなやり方はいけないと。

鋲《びょう》を打ったブーツの足音がした。振り返ると、アッシュがいた。肩の上にアジュが乗っている。アッシュは汚れた布袋を背に担ぎ、薄汚れた銀色の杖《つえ》のようなものを手にしていた。背中の布袋の口からも、金属製の武具や工具のようなものがいくつか飛び出していた。

「おまえの錫だ」

手にした銀色の杖《つえ》を、ユーリの鼻先に突きつける。片方の端に球体がくっついただけの、そっけないデザインだ。反射的に受け取ると、ずしりと重い。

「紋章で祝福してやれ」

言われるままに、掌を額にあて、その掌で銀色の杖を握り直した。と、ユーリの掌が触れた中央の部分から、銀色が白銀色に変わり始めた。両端へと白い光が満ちてゆく。それと同時に、杖の重みが蒸発するように消え失《う》せて、羽根よりも軽くなった。これなら、ユーリでも片手で操ることができる。くるりと回して顔の前に捧《ささ》げ持つと、先端の球体がきらりと輝いた。

アッシュは足を踏み換えると、にこりともせず、ソラに向き合った。ソラがユーリの手を離した。紫色の瞳の虚ろな感じはそのままに、だがソラは、何か覚悟したような表情で、長身のアッシュを仰ぐ。

「おまえも、共に来るか」

問われて、ソラの口元が震えた。

「地下へ行けば、解答を得ることになる。おまえが薄々感じ始めている疑問の答えを」

だったら、今この場でその答えを教えてよ！　叫ぼうとしたユーリの頭の上に、アジュが飛び移ってきた。

「ごちゃごちゃうるさい！　早く行こう！」

しゃにむにユーリの髪を引っ張り、アジュはジタバタ足踏みをする。痛《い》たたた！

「アジュったら、ちょっと待って！　あたしはね」

「ぐずぐず議論ばっかりしてるなら、ユーリなんか置いてく！」

　何てことだ。アジュは泣き声になってる。ネズミの涙。針の頭ほどの小さな涙。

「参りましょう」ソラがアッシュに歩み寄った。

「私をお連れください。私は行かねばなりません」

　しっかりとした口調で言い切ると、ユーリを振り返り、ソラは微笑した。

「ユーリ様、参りましょう。ユーリ様のおっしゃるとおりかもしれません。私はかつてヘイトランドの者であり、ユーリ様と共にあることで、少しずつ過去を取り戻し、人間に戻ろうとしている――ならば、立ち止まることはできません」

　その笑顔。その気丈さ。自転車から転げ落ちて痛い思いをしたのに、懸命に起き上がり、そばにいるお母さんに、僕へイキだよと笑ってみせる子供みたいだ。だったらあたしも、そうね、あなたは強い、強いと笑ってあげなくちゃいけないんだ。

「地下への入口は、こっちだ」

　アッシュはくるりと背を向けると、先ほどから捜索隊らしい兵士や男たちが向かっている方向へと歩き出した。ユーリは一瞬、気後《きおく》れで足踏みをした。ソラが先にアッシュの後を追った。目は伏せたまま、片手を拳に、片手で黒衣の胸を押さえて。

「アジュ、何かを悲しんでる」

　ユーリに顔を見られたくないのか、かたくなに頭のてっぺんにしがみついたままのアジュに、軽く手で触れてみた。

「何が悲しいのか言いたくないのなら、あたし、訊かないわ。だから泣かないで」

　ややあって、「ごめん」と、小さくアジュが言った。「オレは悲しんでるんじゃない。恥じてるんだ。自分がまがいものの辞書だってことも――」

「そんなの、あたしには意味のない知識よ」

　テントの群のあいだをすり抜けて一同はすぐに、

王都の中心部へと続く、かつては都大路であったらしいレンガ敷きの大通りに出た。

そこには、誰でも己の目を疑い、夢でも見ているのかと、頬をつねってみたくなるような光景が広がっていた。

これを悪夢と見る者もいるだろう。笑い出す者もいるだろう。ユーリはそのどちらでもなく、ただただ見惚《みと》れてしまった。

都大路は、一同の立つ場所からほんの十メートルほど先で、きれいに消え失《う》せていた。崩れ落ち、陥《かん》没《ぼっ》しているのだが、その破断面はきっぱりとした直線で、あたかも巨大な神の手で几帳面《きちょうめん》に折り曲げられたかのように見える。もちろん消え失せているのは道だけではなく、その先に君臨していたはずの王城も消えていて、あとには呆《あき》れるほど広々とした青空が広がっているばかりなのだ。

「ユーリ様、ご覧になれますか」足を止めて指さし、ソラが言った。「道が断たれているところに、色とりどりの光が見えます」

よく見える。七色の光が滲《にじ》むように立ち上がって、薄いスクリーンを作り上げている。まるで虹だ。

「あそこから、道が地下へ折れ込んでいる」歩き出しながらアッシュが言った。

「戻ってきた先発隊の兵士の話では、これ以上崩れてくる心配はなさそうだ。王城はそっくり地下へと落ち込んで、巨大な迷宮に姿を変えてしまった」

放心から覚めて、半開きになっていた口を閉じると、ユーリは息を整えた。

「どうしてこんなことになったんだろ?」

「行ってみりゃわかる」

虹のスクリーンに近寄ると、地下へ降りるためにロープも梯子《はしご》も必要ないことがわかった。折れ目こそ一直線だが、道は段階的にうねるように地下へと延びており、しかも緩やかな螺旋《らせん》を描いていた。ところどころに歩哨の兵が立ち、あるいは負傷してうずくまり、あるいは不安に怯《おび》えて数人で身を寄せ合っている。

螺旋の終点には、王宮を呑み込んだ地下の闇が待ちかまえていた。大規模な地割れ。地層がくっきりと見えて、地面がずれて陥没していることを示している。

さらにもうひとつ。

「あれは、キリクの家の紋章だわ」

地下の大迷宮への入口を囲む、地層の見える断面に、絵柄が浮かび上がっているのだ。瓦礫や砂礫《されき》が入り交じり、文様をつくっている。カタルハル僧院跡の肖像画で見た文様だ。

ユーリは入口へと歩み寄った。アジュが肩の上で立ち上がる。

「ダイクストラ伯爵家の紋章……」

「うん、そうよ」

そのとき、手にした錫の先端の球体が光った。それに呼応するように、入口を囲むダイクストラ伯爵家の紋章が輝きだす。と、次にはユーリの額の紋章までが光を放ち始めた。

不可思議な光の三重奏は、数秒で止《や》んだ。止むときは三つが同時だった。

それと入れ替わりに、ユーリの耳に、声が聞こえてきた。遠く、発信源さえ定かでないほどかすかな声だ。だが、聞き間違えようのない声でもあった。

ユリコ、と。

ユーリは目を瞠り、大きく口を開けた。叫び、歓声、悲鳴、何も出てこない。ただ、こみあげてくるもので胸がつまる。

お兄ちゃんの声だ。あたしを呼んでる！

「お兄ちゃん！」

声が出た。ユーリは地下迷宮の入口へと駆け出した。そこまで行きつかないうちに、後ろから法衣の襟をむんずと掴《つか》まれ、足が宙に浮いた。ユーリは足で空を掻いた。

「離してよ、離して！」

お兄ちゃんが呼んでる！　お兄ちゃんがあたしを待ってる！

「あんなものに耳を貸すな」

アッシュだ。暴れるユーリを後ろへ放り投げる。ソラが受け止めてくれた。

「あんなものに心を騒がせるなら、おまえには地下へ潜る資格はない」

ユーリはソラを突き飛ばして体勢を立て直すと、一瞬息を止めてから、全力でアッシュにぶつかっていった。両手を拳に、あたるを幸いに彼を叩き、足で蹴り、歯を剝き唾《つば》を飛ばして罵《のの》しった。

「どいてよ！　どきなさいよ！　何よ、偉そうに！　資格が何だってのよ！　あんたなんかに何がわかるの？」

アッシュは無言で、抗《あらが》いもしないし制止もしない。が、ユーリがしゃにむに先へ進もうとすると、また法衣の襟をつかんでソラの方へと放り投げる。怒ったユーリはまた逆襲する。またアッシュに掴まれて放り投げられる。バカみたいな繰り返しをするうちに、ユーリは息があがってしまい、ふらついて、尻餅《しりもち》をつくようにしてソラの腕のなかに倒れた。

「あんな呼びかけなら、俺にもとっくに聞こえていた」

目の前に立ちはだかるアッシュは、突破できない壁というより、抜き身の剣のように見えた。ユーリの心を切り裂く剣だ。頭に血が昇ってしまったユーリは、彼の眼差《まなざ》しの暗さに気づかず、ただあらん限りの怒りと反抗心をこめて睨《にら》み返すだけ。

「街道に――いたときから？」

尋ねたのはアジュだった。ユーリが何度も放り投げられるあいだも、しっかりしがみついて離れなかった。

「あんたにも聞こえてたんだね。だけどそれはヒロキの声じゃないはずだ。あんたの耳に届いたのは――」

キリクの声だ。

ユーリはようやく我に返った。息をついて、ソラの手につかまって立ち上がる。そうだ、王都目指して街道を進んでいるとき、アッシュは何かに耳を澄ますような仕草をしていた。あのとき既に、キリクの呼びかけを聴いていたというのか。

「何が何度聞こえてこようと、そんなものに意味はない」

アッシュは背中の袋を担ぎ直すと、地下への入口へと向き直った。

「ただのまやかし、幻聴に過ぎん。黄衣の王が、俺たち追跡者の目をそらすために仕掛けてくる罠《わな》だ」

「だけど、お兄ちゃんの声だったもん」

ユーリは震えながら反論した。アッシュは背を向けたまま短く吼《ほ》えるように笑った。

「そら見ろ。今の言葉の幼いこと、頼りないこと、弱々しいことこの上ない」

それが狙いなんだよ。振り返ってユーリを見つめ、アッシュは言った。「おまえを紋章の力を得たオルキャストから、一人の無力な人間の女の子に戻してしまうには、兄さんの声で幻惑するのがいちばんだ。だから黄衣の王は――偉大なる〝英雄〟の負の力は、そうやっておまえに働きかけてくるのさ」

耳をふさげ。目を閉じろ。心にさえ、蓋をしてしまえ。

「信じていいのは紋章の力だけだ。これまで俺は、数え切れないほどの失敗を繰り返し、それを学んできた。だから俺には、おまえに命令する資格があるんだ、オルキャストのお嬢さん」

言葉こそ居《い》丈高《たけだか》だが、口調は痛みに満ちていた。

「俺はこの耳で、何十回、何百回とキリクの声を聴いてきた。彼の呼びかけを、助けを求める声を聞き、あいつを探し求めて彷徨《さまよ》い続けてきた。だが、声の導くところにあいつはいない。キリクはもういないんだ」

　おまえの兄も、もういない。

「時の矢は真っ直ぐ進むだけで、けっして後戻りすることはない。起きてしまった出来事は、誰にも翻《ひるがえ》すことはできない。取り返しはつかないんだ、ユーリ」

　まばたきもせずにアッシュの黒い瞳を見つめ返し、ユーリはふと気がついた。アッシュにオルキャストの名前で呼ばれるのは、これが初めてじゃないだろうか。

「それを取り返せると騙《かた》り、翻せると語るのが物語の力だ。その理《ことわり》が〝輪《サークル》〟の理だ。それは美しく、温かく、時には人の心の真実にも相通じる。だがしかし、それは事実ではない。だからこそ、〝輪〟の理を物語る〝紡ぐ者〟たちは咎人《とがびと》と呼ばれるのだ」

　死者は生き返らん。アッシュは言って、腰の剣に片手をあてた。

「この先に、キリクはいない。おまえの兄もいない。〝器〟は消費され、その命は絶えてしまった。現れるのは幻影だけだ。それを見据え、それを見切り、オルキャストとしての使命を果たそうという決心を固めることができないのならば、おまえはここで引き返すがいい。紋章もそれを許すだろう」

　アッシュの言葉を裏付けるように、ユーリの額の紋章が輝いた。ちくちくとうずくような感じがする。指で触れてみると、まるでみみず腫《ば》れみたいに、紋章の線が皮膚から浮き上がっていた。あなたがそう望むなら、今にも額を離れて宙に飛び立ちますよ――というかのように。

　肩の上にアジュの柔らかな温もりがある。ユーリを支えてくれるソラの腕がある。

ユーリは、指先に力を込めて額の紋章を押し返した。輝きが止《や》んだ。額は元のようにすべすべに戻った。

ユリコ。耳の奥に、心のなかに直《じか》に響いてくる呼び声。また聞こえた。が、ユーリはきつく口を結び、己の脚で、しっかり立った。

「あたしは引き返さない。オルキャストだもの。行って、〝英雄〟と対決する」

そして、守護の法衣をひるがえし、足を踏み出した。

# 第十三章　再会

狼狽《うろた》えるな。世界が変わるぞ。

一同が地下に踏み込むと、アッシュは鋭くそう警告した。境界を踏み越える瞬間、どうしようもなく目をつぶってしまったユーリは、すぐにその警告の意味を悟ることになった。

これが地面の下？　あの地割れの奥？　嘘《うそ》でしょう。どう見たってこれは――

「お城のなか、だよね？」

石造りの壁に囲まれた八角形の大ホールの中央に、ユーリたちは立っていた。振り返り、あたりを見回しても、通り抜けてきたはずの入口が見つからない。ホールからは四方向に通路が延びており、正面の一角には、半円の手すりのついた舞台のようなものがあった。舞台といっても、おおよそ五階建てのビルぐらいの高さがあり、左右に階段がついている。

このホールの天井はさらに高い。頂上を仰《あお》ぐには、首を完全に後ろへ倒さなくてはならない。天井部分も八角形になっており、その中心に、金銀と黒曜石を組み合わせて作り上げられた大きなモザイク模様が浮かんでいた。これもまた紋章のようだ。

「現国王、ハーヴァイン二世の紋章だ」

天井を向いて、アッシュが言った。吐く息が真っ白に見える。ここは凍《こご》えるように寒い。

「ヘイトランド王家には永《なが》い兄弟喧嘩《げんか》の歴史があると説明したのを覚えてるか？　だから王家の紋章もひとつじゃないんだ」

ホールの壁には、目もくらむような高い場所にまで、無数の燭台《しょくだい》が列になって取り付けられていた。蠟燭《ろうそく》の炎がゆらめき、その灯《あか》りがホールの内側を照らしている。正面の舞台の上にも、据《す》え置きの巨大な一対の燭台があり、舞台の背後の壁のレリーフを照らし出している。いや、レリーフだけではない。

「——誰かいるよ」

アッシュは舞台に登る階段へと足を踏み出した。

「俺の記憶に間違いがなければ、ここは王の間、謁見《えっけん》の間だ」

ブーツの鋲《びょう》が石の階段を打つ。ユーリは急いで後を追いかけ、ソラと手をつないで階段を登った。

「王宮の中心部にあったはずの玉座が、こんなところでさらしものにされているというわけだ」

舞台の上には、レリーフを背にして、石造りの玉座があった。その上に、分厚いマントが垂《た》れかかっている。

「……誰だ」

玉座に向き合うようにして、半円形の手すりにもたれかかり、銀の甲冑《かっちゅう》に身を固めた騎士が一人、座り込んでいた。彼の膝《ひざ》のそばに両刃《もろは》の大きな剣が落ちている——と思ったら、その剣には腕がついていた。

甲冑の騎士は片腕だった。蠟燭の灯りで、跳《は》ね飛んだ血がどす黒く見える。血はあらかた乾いているが、血溜《だ》まりは粘ついている。

アッシュは騎士のそばにかがみこんだ。

「捜索隊の者だ。城にいた連中はどうなった？」

近くで見ると、騎士の甲冑には手の込んだ細工が施されている。剣の柄《つか》の装飾も美しい。きっと身分の高い騎士なのだ。

「皆、死んだ」

騎士はかろうじて息をしている。傷は腕だけでなく、顔もめちゃくちゃだった。剣や矢や槍《やり》の傷ではない。鎧《よろい》の胴が深くえぐれているところなど、牙《きば》や爪《つめ》で引っ掻《か》いたり引き裂かれたりしたみたいだった。

「あるいは生きたまま……闇に呑《の》まれ、怪物になってしまった」

声を絞り出すたびに、残り少ない命を吐き出しているようだった。

「しゃべっちゃ駄目よ」

ユーリはソラと二人で騎士を横たわらせようとした。が、彼は残った腕でうるさそうにそれを退《しりぞ》けた。そのときわかった。片目も失っている。

「城はご覧《らん》のとおりだ。悪《あ》しき魔術で……部屋という部屋が入り乱れ、あるべきものがあるべき場所から動かされてしまった。目隠しされても歩き回れるほど慣《な》れ親しんだ我らにさえ、もう出口がわからん」

苦しそうに息を弾《はず》ませながら、騎士は玉座の方に顔を向けた。

「王は——そこにおわす。かなうならば、おまえたちで外にお連れしてくれ」

ユーリは驚いてちょっと飛び退《の》いた。マントが置いてあるだけだと思ったのに。

アッシュがほとんど恭《うやうや》しいような手つきでマントの端を持ちあげた。手の込んだ豪華な刺繡《ししゅう》と、宝石の裾《すそ》飾り。血に濡れ、あちこちが破れて裂けている。

と、人間の腕がだらりとはみ出してきた。正確に言うなら、腕の骨だ。乾いた皮膚の残骸《ざんがい》がこびりついている。

アッシュは表情も変えずにマントをめくりあげた。一体の骸骨《がいこつ》が現れた。

その首のまわりに、繊細なレースの襟《えり》飾りが残っている。ユーリは総毛《そうけ》だった。

「あれは真っ先に……王の間を襲った」

騎士の苦しい呟《つぶや》きに、アッシュはうなずく。

「我らが駆けつけた時には、王は既《すで》にそのお姿へと変わり果てておられた」

「王冠がないようだが」

「あれが、奪《うば》っていった」

　アッシュはもう一度うなずく。そして訊《き》いた。

「あなたは近衛隊の騎士か」

「第三……小隊だ。もしも隊長が……いやきっと生きているだろう。おまえたち、隊長に会ったら……」

「それより先に教えてくれ。この城のどこかに、キリクの遺物か遺体の一部が隠されていたはずだ。近衛隊の騎士ならその場所を知っているんじゃないか？　警備対象になっていたろうから」

　キリクの名を聞くと、血で汚れた騎士の顔に、激しい嫌悪の色が浮かんだ。

「何だと？　キリク？　あれがキリクだというのか？」

「王を襲い、おまえが見たあれというのは、どんな姿形をしていた？」

　騎士のひとつだけ残った目が、恐怖に泳いだ。

「形は……なかった。あれは邪悪な風のように舞い込んできた。黒い影……血の匂《にお》いを孕《はら》んでいた」

「あれは何か言ったか」

　騎士はぐらりと頭を振った。「言葉は……なかった」

　アッシュはハーヴァイン二世の骸骨へ目をやると、無造作にマントをかぶせ直した。

「王だけが遺物の場所を知っていた、か。だからキリクは真っ先に王を襲い、その知恵と記憶を奪ったんだ」

　先へ進んでみるしかなさそうだなと、腰をあげる。ユーリは驚いた。「この人を放っておくの？　王様だって」

「助けようがない」アッシュは階段へ向かった。

「それにその騎士も、俺に触れられたくはないだろう。〈葬儀屋〉だからな」

ユーリは騎士の鎧の肩に手を置いていたので、彼が激しく身震いしたのがわかった。

「何？」血走った目が飛び出しそうになる。「〈葬儀屋〉だと？　怪物の血で汚れた手でこの私に、王に触れたのか？」

起き上がろうとする騎士を押しとどめて、ユーリはあわてて額の紋章に掌《てのひら》をあてた。癒《いや》してあげよう。と、騎士は身をもがいてユーリを押しのけた。

「おまえは、子供ではないか。こんなところで何をしている」

「ちょっとじっとしてて」

「おまえも忌《い》まわしい〈葬儀屋〉の仲間か？　ならば」

騎士はユーリから玉座を守ろうと、口の端をひん曲げて這《は》いずり始めた。

「王に……近寄るな……この身のほど知らず、が！」

そのとき、アジュがキッと警告の声をあげた。

「ユーリ、何か来る！」

とっさにユーリは顔を上げた。隣でソラが身構える。二人でまわりを見回す。と、何かちくちくしたものが頬《ほお》にくっついてきた。

「天井だよ！」と、アジュが叫んだ。

「おまえたち！」階段の下からアッシュが叫んだ。

「玉座の陰に隠れろ！」

ユーリはその指示に逆らい、半円の手すりにつかまって身を乗り出すと、天井を仰いだ。アッシュも頭上を睨《にら》んでいる。

王家の紋章が剝《は》がれ落ち始めていた。黒い部分、銀の部分、金の部分。少しずつ剝がれては微細な塵《ちり》になって降り落ちて、細い竜巻のようになり、空でうねり、からみあい、またほどけて塵に戻りながら

――次から次へと形を成してゆく。

黒い塵が、一対の翼を生やした鳥の姿に変じた。ユーリと同じくらいの大きさの鳥、いやいっそ翼竜か？　鋭い嘴《くちばし》が嚙《か》み合わされて、かちりと鳴る。一匹、二匹、三匹。どんどん数が増えてゆく。

金と銀の塵はそのまま金と銀の蛇《へび》に変わってゆく。確かに蛇だ。蛇としかいいようがない。でも違う？　だって腕が生えている！　本体と同じぐらいの長さの腕。その先端には鉾《ほこ》のように尖《とが》った三つの爪。蛇たちが腕をからみあわせると、爪と爪が打ち合わされて火花が散った。

アッシュが両手剣を構えた。それが合図になったかのように、遥《はる》か天井の高みから、金銀黒の怪物たちが一斉に、雄叫《おたけ》びをあげながら舞い降りてきた。

「ソラ、騎士さんを守って！」

ユーリは錫《しゃく》を構えた。アジュが守護の法衣の襟元に飛び込むと、呪文を唱《とな》え始めた。

「ユーリ、錫を回して！」

言われたとおりにすると、宙に半透明に輝く円盤が現れた。

「魔法の盾だ。ほら、つかんで！」

右手に錫、左手に盾を掲げて、ユーリは滑空してくる怪物たちを迎え撃った。錫の先端の球体がまばゆく輝き、その眩《まぶ》しさに怪物がきりもみしながら落ちてゆく。錫でなぎ払えば、金銀の蛇の爪が面白いように砕け散り、蛇たちは真っ二つになって塵に戻る。

アジュが頭の上に駆けのぼってきた。「ユーリ、オレを落っことさないでね！」

アジュは後足で立ち上がると、呪文を唱えながらくるくる回った。回りながら長い尻尾《しっぽ》を振り回すと、その先から豆粒ほどの小さな光の弾が飛び出して、怪物たちに命中する。怪物たちの雄叫《おたけ》びに、怒りと苦痛の悲鳴が混じり始めた。

　アッシュはホールの中央で両手剣を振るい、襲いかかってくる怪物たちを斬《き》り飛ばし、斬り伏せていた。怪物たちの塵が霞《かすみ》のように立ちこめて、彼の姿がはっきり見えないほどだ。

「あ〜、目が回るぅぅぅ」

　アジュがユーリの肩の上に転げ落ちてきた。そこへ突っ込んできた黒い翼竜に、ユーリは錫を突き出した。間近に見てぞっとした。翼竜には目がない。それどころか顔らしいものもない。金属製の三角錐《すい》そっくりだ。その三角錐がぱっくり開いて錫を呑《の》み込むと、内側から爆発した。

「げぇ〜！　キモチ悪い！」

　ぺっぺと吐きながら、アジュはソラの頭の上に飛び移った。ソラは身体《からだ》全体で傷ついた騎士をかばっている。

「ユーリ、こっちにも錫を回して！　ほらソラ、盾を構えろってば」

　出現した半透明の盾を、ソラは両手で身体の前に立てた。騎士は床に倒れ伏し、それでも残った片腕をじりじりと剣の柄へと伸ばしていた。飛びかかってきた金色の蛇が、ソラの盾にぶつかってはね返され、金切り声をあげながら玉座に激突する。

「剣を……私の剣を」

　ソラが怪物に気をとられた隙《すき》に、騎士は剣の柄をつかんだ。彼の背中めがけて黒い翼が滑空してきた。

「危ない！」ソラが盾を捨て、騎士の上に身体を投げ出した。

「ソラ！」

　刹那《せつな》の出来事で、ユーリには何もできない。錫を構えたそのときには、不気味な三角錐が正面からソラにぶつかっていた。

　ユーリは悲鳴をあげた。あげ続けた。ソラには何事も起こらなかった。怪物はソラを通り抜けてしまった。通り抜けて消えた。ソラに吸い込まれてしまったかのように。

がくんと頭を揺らして、ユーリは黙った。

ソラがユーリに気づき、顔を振り向けた。その瞳がまた空っぽになっている。

「盾を拾え、ソラ！」アジュが叫ぶ。「早く早く、早く構えろぉぉぉ！」

片腕の騎士は剣をつかんだまま、首だけよじってソラを見ていた。その横顔。無事な片目を張り裂けんばかりに見開いて――

「お、おまえは何者だ？」

忌まわしい、と言った。確かにそう言った。ユーリには聞こえた。しかも、あろうことか騎士は彼を守ったソラから後ずさりしようとしている。傷ついた身体に残った力を振り絞り、姿勢を変えて、剣の切っ先をソラに向けようとしているではないか。

「おまえたちは？」

恐怖と嫌悪で歪《ゆが》んだ顔。割れた声。今にも吐きそうだというように。

「何者なのだ？　あれの、仲間か！」

「あたしたちは！」

ユーリは襲いかかる怪物たちを叩き落としながら、精一杯声を張り上げた。「忌まわしいものなんかじゃない！」

ユーリの激情に呼応して、錫の先端がかっと輝いた。そこから光がふくらんでくる。丸く丸く、白い光の球。たちまちユーリを呑み込み、アジュを、ソラを呑み込み、階段を滑り降り、ホールにいるアッシュにまで届く。

アッシュの革のマントの肩から、ちりちりと煙があがり始めた。彼は手を上げて光から顔を守り、大声で呼びかけた。

「ユーリ、目をつぶれ！　みんな伏せろ！」

叫んで、アッシュは玉座のある舞台に向かって駆け出した。

白い光の輪が八角形のホールの床の隅々にまで届き、そこから壁を伝って天井へと昇り始めた。目で追うことのできない速さ。光とエネルギー。すべてのものを包み、くっきりと正体を照らし出し、呑み込んでゆく。

光は天井の紋章に達した。紋章が内側から閃光《せんこう》を放ち、一瞬の後、爆発した。

王家の紋章が木っ端微塵《みじん》になった。空を舞う怪物たちも同時に砕けて塵になり、光のなかで消え失《う》せる。

ユーリは、爆発の衝撃で尻餅《しりもち》をついた。アッシュに言われたとおり、固く目をつぶったまま。怪物たちの叫び。目を閉じていると、これまでとは違って聞こえた。何てことだろう。あれは人間の悲鳴じゃないか。人間が痛みと悲しみ、怒りと恐怖に泣き叫んでいるのじゃないか！

「ヒトの声だわ！」

思わずユーリも叫びたてて、目を開けた。真っ白だ！　何から何まで光ってる！

と、いきなり隣に飛びあがってきたアッシュが、手袋をした手でユーリの目をふさぐと、手荒く後ろに引き倒して、身体ごとマントで包み込んだ。次の爆発が起きた。ホールの床が振動する。ひときわ高く、悲鳴があがる。

怪物たちが消えてゆく――

わずかのあいだだが、ユーリは気絶していたらしい。気がつくと、硬い石の床に足を投げ出して、後ろからアッシュに抱きかかえられていた。もう目はふさがれていない。

アッシュが長々と息を吐き出した。

「よくやった」と、ユーリの頭をぽんと叩く。

ホールには静寂が戻っていた。壁面を照らしていた燭台の蠟燭の大半が消えてしまい、壁じゅうに真っ白な灰みたいなものがくっついている。焦げて落ちた燭台が、八角形の床に散らばっていた。

ユーリはアッシュに寄りかかったまま、天井を仰いだ。王家の紋章がなくなり、天井は破れて、真っ暗な闇が蓋《ふた》をしている。なのにホールには明るさが保たれている。

光源は、ユーリの額だった。オルキャストの紋章が光っているのだ。蠟燭や松明《たいまつ》や、サーチライトとも違う。そこにあるだけで、すべてを照らす温かな光。

「大丈夫かい、ユーリ」

アジュがなぜかアッシュの懐《ふところ》から登場した。

「ソラも、起きられるかい？」

ソラはユーリの後ろで、胎児のように身を丸め、横倒しになっていた。すぐ傍《かたわ》らに、あの騎士の剣がある。だが、剣をつかんでいた片腕も、騎士の姿も消えていた。

「浄化されたんだ」と、アッシュが言った。「見ろ。ハーヴァイン二世も消えている」

玉座の上にはマントだけが残っていた。

「ソラ、大丈夫？　どこか怪我《けが》したの？　見せて！」

彼の肩に触れたとき、火花のようなものが飛んだ。ユーリも驚いたが、ソラは這うようにして退き、背中をぺったりと石壁に張りつけて、目を瞠《みは》っている。その紫色の瞳には、ユーリが声を吞んでしまうほどの、すさまじい恐怖の色があった。

「あたし——何かした？」

ソラは凍りついたように動かない。

「ソラ、どうした、の」

恐怖が伝染し、喉が干上がっている。立ち上がったアッシュが、マントを背中に押しやって、ユーリの横に並んだ。

ソラはまだ腰を抜かしている。目は未《いま》だ見開いたまま、口元ががくがくと震え始めた。

「わた、私は」

「私は——何だ」と、アッシュが問う。彼の愛刀のように鋭く尖《とが》った声音で。

「今の光のなかで、何を見た？」

瞬《まばた》きのかわりに、ソラの紫色の瞳のなかで何かがぐるぐる動いている。光ってはやみ、光っては消える。何かの映像。ソラの心のなかの映像だ。小さすぎてユーリには見えない。

突然、無言のまま拳を固めると、ソラは自分の胸を叩き始めた。どすんとひとつ。どすんとふたつ。表情を変えずに、制裁でも加えるかのように叩き続ける。そのたびに彼の頭が揺れて、後ろの壁にぶつかる。

「私は、私は」

たまりかねて、ユーリは彼の手をつかまえた。今度は火花が飛んだりしなかった。握りしめた手首は冷え切っていた。

「——何でも、ございません」

泣き出す寸前の、弱々しい声だった。ソラは、壊れやすいものを扱うようにそっとユーリの手を離し、押し返した。

そしてアッシュに尋ねた。「先へ、進むのですよね。参りましょう」

アッシュが黙ってうなずき、踵《きびす》を返すと、ソラは壁にすがって立ち上がった。懐に手をあてて、撫《な》でるような仕草をする。胸の痛みをこらえるかのように。


アッシュと違い、ユーリもアジュもソラも、王宮を知らない。今はかえってそれが幸いした。それほどに城の様子は激変しているらしい。めちゃくちゃに入り乱れているという。

あるべき部屋があるべき場所にないだけではなく、

部屋と部屋とがあってはならない位置関係で繋《つな》がってしまっている。巨大な手が城の内部を掻《か》き回し、上下も左右も関係なしに、手荒く並べ替えたかのようだ。

不自然な段差や、ぐるっと回って元の場所に戻るだけの無意味な回廊《かいろう》。しかも、ほとんどの場所で怪物たちと遭遇する。戦いを重ねるうちに、ユーリは錫の使い方に慣れ、額の紋章の力の大きさにも実感が湧いてきた。

人の姿を見かける機会は、怪物たちに遭《あ》うよりもはるかに少ない。まだ息のある人に会うのは、もっと希《まれ》だ。ほとんどが甲冑姿の騎士たちだが、ときには官衣をまとった役人や、裾の長いドレス姿の女性もいた。

倒れている人を発見し、駆け寄って脈を診る。かすかな呼気《こき》を感じて呼びかけてみても、意識は戻らない。紋章を使おうとするユーリを、やめろ、手遅れだとアッシュが制する。その繰り返しだった。部屋に踏み込み怪物たちを平《たい》らげ、落ち着いて見回した瞬間に、ああこれでは息はなかろうとわかるような酷《ひど》い姿も目についた。

「キリクはどうしてこんなことをするの？」

戦い続きのせいではなく、次第にふくらんでくる憤激と疑惑に、ユーリは息を切らしていた。

「こんなことに何の意味があるのよ」

自ら人びとを殺戮《さつりく》する。人びとを怪物に変えて、追っ手に殺戮させる。

「戦《いくさ》だからさ」

先にたって進みながら、アッシュは振り返りもせず吐き捨てた。

「ついでに言うが、これはキリクのせいじゃない。黄衣《こうい》の王の仕業だ」

「だけど、今の黄衣の王の核になってるのはキリクなんでしょ？」

難詰《なんきつ》口調のユーリに、彼は皮肉を飛ばした。

「おまえの兄も入っている」

「オレたちより前に場内に入った捜索隊がいるはずだろ？　会わないいね」

話をそらそうというのか、アジュが妙に甲高《かんだか》い声を出した。

「みんな、もっと先に進んでるのかな？」

「先ってどっち？」

一同は行き止まりの部屋に出ていた。玉座のホールほどではないが、ここも天井が高い。何の足がかりもなくのっぺりと冷たい壁に四方を囲まれている。一箇《か》所だけ、右手の壁の最上部に細いスリットのような隙間《すきま》が見えるが、どうやったらそこまで登れることやら。

この部屋の床には、怪物たちの残骸《ざんがい》が散らばっていた。人の亡骸《なきがら》や、亡骸の一部は見あたらない。ということは、確かに先発隊がここで戦闘し、勝利を収めて先へ進んでいったはずなのだが――

「また後戻りね」

ユーリがため息をついたとき、弱々しい人の呼び声が耳に入った。一同ははっとしてあたりを見回した。

「誰か……いるのか」

壁のスリットから聞こえてくるのだ。

「捜索隊の者だ」と、アッシュが仰向《あおむ》いて声を張り上げた。「壁に阻《はば》まれて、ここからはそっちへ行けない。おまえはどうやってそこに入った？」

声はすぐには答えなかった。弱ってるんだとユーリは思った。早く手当してあげなくちゃ。早く早く！

「この、壁は、魔法壁《まほうへき》だ」

声を聞いて、アッシュが拳で軽く壁を叩くと、ユーリを振り返った。

「壊せ！」

紋章にあてた掌を向けると、目の前に聳《そび》えていた灰色の壁は、蜃気楼《しんきろう》のように瞬時に消失した。

視界が開ける。ユーリは息を呑んだ。アジュがユーリのうなじの毛をぎゅっとつかむ。アッシュでさえ、驚きに目を瞠った。

一瞬、カタルハル僧院跡へ戻ってきてしまったのかという錯覚を覚えた。いっそ荘厳なほどの、それは瓦礫《がれき》の山だった。広々とした部屋で、やはり天井が高く、そのてっぺんにまで瓦礫が積み上げられている。

見上げると、瓦礫の頂点で何かが光った。

「王冠だ」目ざとく気づいて、アッシュが言った。

「ハーヴァイン二世の王冠だ」

弱々しい声の主は、瓦礫の山の麓《ふもと》に、足を投げ出すようにして倒れていた。騎士ではない。アッシュとよく似た服装の、黒髪の若い男だ。マントが破れ、お腹《なか》のあたりがおかしなふうにへこんでいる。血が流れ出していた。

駆け寄ったユーリに、若い男は、無惨にも口をひん曲げて笑いかけてきた。

「おチビさん、魔導士かい？　凄《すご》いね。俺の相棒は、この壁には、歯が立たなかった」

「じっとしてて。すぐ治してあげる」

かがみ込んでみると、彼のブーツに包まれた片足が、膝のところで千切《ちぎ》れかけているのがわかった。

「敵の姿を見たか？」

どこから手当したものか、狼狽《ろうばい》するばかりのユーリを尻目に、アッシュは訊いた。

「見えなかった」

あれは目に見えない——と、若い男は言う。

「下へ、向かって行った」

彼の指が震えつつ瓦礫の方をさした。

「この、瓦礫は、あれがこの城を喰《く》らって、吐き出した、食べ滓《かす》みたいな——もんだ」

瓦礫を回って、アッシュが言った。「なるほど、中空になってるな。ここから下に降りられる」

紋章の光をあてててもあてても、若い男の出血は止まらない。ひとつの傷を塞《ふさ》ぐと、新しい傷が開いてしまう。

「おチビさん、やめなよ。無駄だ」

「いいから、しゃべっちゃダメ！」

「あんたも〈葬儀屋〉だな」若い男はアッシュに尋ねた。アッシュがうなずく。

「俺の相棒——ナーグって名の、魔導士だ。さっきの魔法壁に、退路を断たれて、先へ進むしか——なくってさ。独りで降りてったんだ」

若い男はまた無惨な笑顔をつくる。

「あんたらも、先へ行くなら——助けて、やって、くれ」

「引き受けた」と、アッシュは短く言った。「ほかにも誰か降りて行った者は？」

「騎士たちが」男の声がかすれ、激しい咳《せき》と一緒に血の混じった唾《つば》が飛んだ。

「警備兵の一団、が、降りた。俺たち、は、二番手だった」

今のところ、誰も戻ってこない。

「アッシュ、この人にしゃべらせないで！」

叫んだユーリの掌を、当の男の手がそっと押さえた。指が折れ、爪が何枚か剝がれている。若い男の目はアッシュに据えられたままだ。

「用心、しろ」

俺は、あれの声を聴いた。姿は見えないが、あれは話しかけてくる。

「子供の、声だった。男の子だ」

ユーリは凍りついた。

「この、おチビさんみたいな——子供」

目が焦点を失い、頭がぐらりと傾《かし》ぐ。

「弟を、思い出しちまった」

　アッシュが傍らに来て、男のそばに片膝をつく。

「何といって話しかけてきた？」

　若い男は、最後の気力と体力を振り絞ってアッシュに目を向ける。くちびるが動くと、その端から血が流れ出す。

「笑って、いた」

　楽しそうに笑っていた。

「この世界を、きれいにするんだ、って」

　汚れたものを消し去るんだよ。

「だから、誰にも、止めさせない、と」

　男の顎がかくりと落ちた。開いたままの目の奥に、もう命がないことはユーリにもわかった。

　涙が溢れてきた。どうしようもなかった。身体の震えが止まらない。

「お兄ちゃんだ」

　ユーリの口から漏れる言葉にも、血が混じっていた。心が破れて出血している。

「お兄ちゃんの声だ。黄衣の王が、お兄ちゃんの声でしゃべってる！」

　身体が揺らぎ、床に両手をついてしまった。そのまま吐くように泣き始めると、アジュが頭の上にしがみついたまま甲高い声で、

「ユーリ、泣いちゃ駄目だ！　泣いちゃいけない！　さあ、立って！」

　ぎゅうぎゅう髪を引っ張られて、でもその痛みなど感じなかった。涙を拭い、身を起こし、両手で何度か自分の頬をぱんぱん叩いて、ユーリは顔を上げた。涙で視界がぼやける。

　それでも、見えた。痩せこけた幽鬼のようなアッシュと、黒衣のソラ。

　今までなら、こんなときは真っ先に駆け寄ってきてくれたソラだった。それが今はどうだ。怯《おび》えるように身を縮め、首をすくめ、黒衣の前をかき合わせるようにして、ユーリを見つめている。目が合った

のは一瞬だけ。逃げるようにうつむいた。

肩から薄汚い布袋を下ろし、一巻きのロープを取り出して、アッシュが言った。「沢下りなんぞをしたことがあるか？」

「ないよ、そんなの」ユーリは鼻声で答えた。

「登るよりは楽だ」そして言い足す。「そいつの瞼《まぶた》を閉じてやってくれ」


瓦礫の内側には、岩と砂礫の階段ができあがっていた。何ものかの外力によって地割れが繰り返されていくうちに、自然に段差が重なって階段状になった——というふうだ。ユーリの身長よりも高い段差もたくさんあった。

しかも真っ暗だ。両手を自由にしておかないと危険なので、アッシュもソラも松明を捨てた。視界を照らすのは、ユーリの紋章の光だけだ。まるでライト付きのヘルメットをかぶっているみたいだった。

ユーリが背を向けた側は、途端に真の暗闇に包まれて、上も下もわからなくなってしまう。

極度に緊張し続けていたから、涙は乾いた。自分の荒い呼気を聞いているうちに、胸の波立ちも、この重労働のせいだと思えるようになってきた。

それでも心の傷にはまだ血が滲んでいる。ひとつは兄の声の、もうひとつは、どんどん様子がおかしくなってゆくソラのせいだ。

いつもユーリの肘《ひじ》のそばにぴったりと寄り添っていてくれたソラを、わざわざ振り返って探さなくてはならなくなった。ずっと、無口でも存在感は確かにあった。今ではその存在感を、ソラが自身で必死に消そうとしているように見える。ユーリの目から隠れようとしているように見える。

——今の光のなかで、何を見た？

アッシュの問いに、ソラは答えようとして答えなかった。まるで自分を責めるみたいに拳で何度も胸を打ち、泣き出しそうになりながら、ただ先へ進みましょうとみんなを促しただけだった。

　ソラ、紋章の光のなかで何を見たの？　あなたが見たものが、あなたをあたしから遠ざけようとしているの？

　だったら、それは何？

　問いかけは胸の内だけでぐるぐる回り、ユーリは必要以上にきつく口を結んで、黙々と先を急いだ。降りてゆくというより、一歩ごとに深みへ沈んでゆくような気持ちで。

　うんざりするほど長く危険な下降のあいだは、怪物たちとの遭遇はなかった。どうやら終点らしい場所に降り立ったとき、ユーリはその地面が固く、しっかりと均《なら》されていることに気がついた。

「ここは……？」

　額の紋章が照らし出す周囲の壁にも、明らかに人工的な雰囲気がある。

「地下施設のようだな」

　脇に並んで、アッシュが言った。

「本来は、城内の別の場所から、きちんとした通路がここに通じていたんだろう。あれとやらは、その正規のルートを通らずに、上の床に穴をぶち開けて降りてきた」

　アジュがユーリの肩の上で言った。「上の、瓦礫の山の部屋は、礼拝堂だと思うよ」

　祭壇や聖画像の破片があったもの、という。

「王家の私的な礼拝堂か。なるほど、あれはそいつも破壊したかったんだろうな」

　アッシュが、あれのことを名前で呼ばなくなった。うしろは瓦礫で行き止まりだ。前進するしかない。ユーリは錫を握り直した。

　紋章の光を頼りに歩き始めるとすぐに、頭上の闇のなかからぱらぱらと壁土が落ちてきた。アッシュが腕でユーリを遮った。

「城の破壊の衝撃が、ここにも影響を与えているらしい。気をつけろよ」

うなずいて、ユーリは周囲をよく照らしてみた。と、壁にひび割れを見つけた。ここには本来、灯り壊れて落ちたらしい燭台と、折れた蠟燭もあった。ここには本来、灯りが点いていたらしい。


道は平らで、人が充分に二人並んで歩けるほどの幅がある。なのに解《げ》せないのは、やたらに曲がり角や四つ角が多いことだった。規則正しく、右に曲がる角があると、その次は四つ角。とりあえず直進すると、今度は左に曲がる角にぶつかる。そのパターンが延々繰り返されている。

「迷路だね」とユーリが呟くと、

「卍《まんじ》だ」妙に凜々《りり》しく、アジュが言った。「そうだろアッシュ。違ってる?」

「いや、正解だ。アウンカウイの辞書にしちゃ上出来だ」

ありがと、とアジュは素っ気なく応じた。

「ここは、卍型の通路をつなぎ合わせて造られた迷路だ。いや、参道かな」

「参道?」

「墓参りのための道だ」アッシュは少し興奮気味だ。「この迷路を抜けた先に、魔導士エルムの墓があるに違いない」

卍は、魔導士エルムの象徴なのだという。

「正確に言うなら、エルム本人というよりも、彼女を崇《あが》めた信者たちの象徴が卍なんだ」

エルム自身は生涯弟子をとらなかったが、死者を蘇らせるほどの魔力と豊富な知識によって救われた当時のヘイトランドの民のなかには、エルムを創世の神の使徒として仰ぐ信仰が生まれた。教団というほど大規模なものではなかったが、信者たちはエルムの下に集い、彼女の学究生活を支え、各地への旅へも供をした。

「エルムの信者たちは、掌に卍を描いてその印としたんだ」

「それはいいけど」ユーリは暗闇のなかで言った。「どうして参道まで卍型の迷路にしなくちゃならないの？」

「きっと、エルムがあっさり外へ出られないようにするためだよ」と、アジュが答える。「ヘイトランド王家の人たちは、こうやってエルムをお城の地下に封じ込めたんだ」

この大規模な卍の迷路の正しい抜け方を知っているのは、王家の人びとだけだろう。

曲がって、歩いて、直進してまた曲がる。それを続けているうちに、まわりの壁の様子が変わってきた。白っぽく明るい色になり、そこに絵が描かれているのだ。人の姿だった。すっかり褪《あ》せて剝がれかけているが、まだ見える。老若男女、整然と並んでいる。

みんなフード付きの白い法衣を着て、恭《うやうや》しく頭を垂れ、左右の掌を胸の高さに掲《かか》げている。その掌には、確かに卍が描かれていた。

「信者たちの姿を迷路に配置して、エルムの魂を宥《なだ》めてるってわけか」

皮肉っぽく呟き、アッシュが歩を速めた。

「中心部に近づいてるぞ」

そこにはエルムの墓がある。そして——

「キリクの遺物か亡骸の一部も、エルムと一緒に、密《ひそ》かに葬られていたんだ」

時代は違っても、二人とも同じ罪を犯した者だから。エルムが根を生やし、キリクが花を咲かせた罪。死者の蘇り。

「この先が、あれの目的地だ」

アッシュの言葉を裏付けるように、またぞろ無惨な騎士たちの遺体がちらほら転がるようになってきた。なかには甲冑のパーツがバラバラになって落ちているものもある。悼《いた》む気持ちに変わりはないが、ユーリはもう足を止めなかった。

「さっきの人が言ってた仲間の魔導士さん、もっと奥までたどり着けたのかしら」

ユーリが言い終えないうちに、暗闇の先から魂消《たまげ》るような悲鳴が響いてきた。アッシュは躊躇《ためら》いもなく駆け出した。ユーリは思わずその場に釘《くぎ》付けになり、一瞬遅れて後に続こうとして、今度は自分の意思で止まった。

「――ソラ」

悲鳴に怯え、ソラは壁にへばりついている。ユーリの目の前で、ずるずると座り込んだ。

「行かないの？　ここで待ってる？」

額を壁にくっつけ、うなだれていたソラは、そのまま左右に首を振り始めた。

「いえ……いえ……参ります」

「じゃ、行こう」

差し伸べたユーリの手から目を逸らし、

「私ではなく、ユーリ様がここにいてください。ここでお待ちになっていてください」

何を言い出すのだ。溜《た》まっていた不審と悲しみが、いっぺんに噴き出してきた。

「ソラの馬鹿！　そんなことできるわけないでしょ」

もういい。知らない！　ユーリは地面を蹴って走った。先の角を曲がった途端に、何かしなやかなものがひゅっと空《くう》を切って飛んできたのを、反射的に錫で叩き落とした。

通路はそこで一気に広がっていた。闇も薄れている。あたしたちはゴールの間近にいたんだ。

だが今、目の前には、その広い空間をほとんど占拠してしまうほど巨大な怪物が立ちはだかっていた。

いつか中学校の図書室前に現れた怪物とよく似ていた。でもこいつには脚がある。鋭い蹴爪《けづめ》の生えた二本足。それが踏ん張り支えているのは、裏も表も定かでない、不定形のぶよぶよした塊のような身体で、そのありとあらゆる箇所《かしょ》から触手が生え出ていた。

刹那、カタルハル僧院跡の深奥で会った水内《みのち》一郎の異形《いぎょう》を思い出す。

怪物は緑色の血を流していた。アッシュの両手剣で、既に何本かの触手を切り落とされているのだ。それでもそいつは、高々と持ち上げた太い触手に巻き付けたものを離そうとはしなかった。手足がだらりと垂れ、首もおかしなふうに傾《かし》いでいる。既に息は絶えているだろう。あのローブは魔導士のものだ。上にいた男の相棒だ。

「その人を放しなさい！」

ユーリの叫びに、怪物の身体の向きがわずかに変わった。ずしんずしんと、二本の足を踏み鳴らす。

「放せと言ってるでしょ、このバケモノ！」

言葉が通じたらしい。怪物はユーリを軽んじるように、触手に捕らえた魔導士を大きく振り回すと、こちらに放って寄越《よこ》した。とっさに避《よ》けたユーリとアッシュの顔に、飛び散った血がはねかかった。緑に、赤い血も混じっていた。

怪物はすぐさま別の触手を放ってきた。アッシュがユーリの前に飛び出す。ユーリは錫を構えると、大きく深呼吸した。左手を額の紋章にあてる。紋章が輝く。

その輝きを掲げ、ユーリは一段と高く言い放った。

「不浄なる門番よ、道を開けよ！」

白金の光が迸《ほとばし》る。目もくらむような輝きにアジュが叫び、アッシュでさえ肘を上げて目をかばった。ユーリは昂然《こうぜん》と顎を上げていた。

瞬《まばた》きするうちに、怪物は消失した。あとに残った触手の切れ端も緑色の血も、蒸発するように消えてゆく。

「おまえ、今の言葉」

錫を下ろして、ユーリは答えた。「紋章が教えてくれた」

「そうか」アッシュは息をついた。「確かにあいつは門番だった」

この墓所の、キリクの門番――

怪物が塞《ふさ》いでいた視界が開けた。二人は無意識のうちに歩調を揃え、そこに歩み行った。

だだっ広い円形のホールだ。中央に、まるでそれがこのホールの芯であるかのように、一段と高くなっている円形があって、そこにぶっちがいの十字架が一対立てられていた。

ユーリにもわかる十字架だ。でも、ユーリの領域《リージョン》ではあんな使い方はしない。杭みたいに地面や床に打ち込んだりするものか。

「魔導士エルムの墓だ」低く抑えた声音で、アッシュが言った。

「まわりの壁をごらんよ」と、アジュが言う。

ここにも信者たちの姿があった。墓を取り囲むように、掌に卍《まんじ》をつけた人びとが立ち並んでいる。

「ここ、なぜ明るいの？」

松明の台座や燭台はある。だが灯《ひ》はともされていない。ユーリは手で額を覆ってみた。それでもホールの明るさは変わらないのだ。紋章の力ではない。

ほかに光源《こうげん》がある。

ぶっちがいの十字架の後ろだ。うっすらとした光がうずくまっている。淡い金色に輝く靄《もや》のようなものが、真夏の陽炎《かげろう》にも似て、ゆっくりと揺らめいている。

それが、起き上がった。

確かに起き上がった。人の形でも、動物の形でもない。しかしその動きは人間の動きだ。

ユーリの傍らで、アッシュが息を止めるのがわかった。

「おまえは何者だ」

問いかける。平静な、穏やかな口調で。

「いや、こう尋ね直した方がいいか。今ここにいるおまえは何者なのか、と」

ユーリはまだ額を掌で覆ったままだった。指の隙間から紋章の光が漏れる。これまでの優しい明かりではなく、刃《やいば》のように尖った光が、ぶっちがいの十字架の後ろに立つ金色の靄《もや》に向かってゆく。

幾筋もの紋章の光の矢が、金色の靄に突き刺さる。ひとつ、またひとつ。光の矢を受けるたびに、金色の靄の輪郭がはっきりしてゆく。ユーリは啞然《あぜん》として口を開けた。

曖昧模糊《あいまいもこ》とした金色の靄が、白く光り輝く人の姿へと変じた。

たゆたっていた金色の靄を、尊《とうと》い身分を示すローブのように、肩から優雅に引きずっている。今では、それがこちらに正対していることまで見てとれる。

「ユ、ユーリ」

守護の法衣の襟元で、ずっとユーリにしがみついていたアジュが、小さな身体を震わせながら囁きかけてきた。

「怖がっちゃ駄目だ。あれはユーリには何もできない。あれはユーリに手を出せない」

怖がるどころか見惚《みと》れていた。あれには人の心を奪う力がある。あれと対峙《たいじ》すると、人はみんな魅せられてしまう。

お兄ちゃんがそうだったように。

あれが、〝英雄〟なのだ。

破獄し、〝輪《サークル》〟に舞い戻り、今再び蘇らんとする猛き力の根源。大いなる栄光に包まれ、人びとの賞賛と献身を集める存在。

光り輝く〝英雄〟は、片腕を動かし、ぶっちがいの十字架のひとつをつかんだかと思うと、やすやすと台座から引き抜いた。それを頭上に高く掲げ、己の頭越しに後ろへと放り捨てた。

アッシュが剣を構え、突進した。しかし、〝英雄〟がその掌を軽く掲げただけで、目に見えない鞭《むち》に打たれたように、アッシュはあっさりはじき飛ばされ、ユーリの足元にまで転がってきた。

助け起こすまでもなく、アッシュは跳ね起きる。その傍らで、ユーリはまだ呆《ほう》けたように見惚れていた。もう遠い昔のようにさえ感じられるあの夜、眠気にふさがったこの眼に映った不思議な光景——額《ぬか》ずくお兄ちゃんの前に、悠々と立ちはだかっていた長いマントの人影。

「ユーリ、ユーリ！」

アジュが小さな手でユーリの頬を叩き、冷たい鼻《はな》面《づら》を押しつけてきた。

「しっかりするんだ、ユーリ！」

身体から力が抜け、腕がだらりと下がり、錫を取り落としそうになっていた。ユーリはようやく正気づき、身を守るために錫を構え直した。

アッシュが突進を繰り返し、そのたびに〝英雄〟の力で跳ね返される。〝英雄〟は遊んででもいるかのようだ。指先でアッシュをあしらいながら、残るもうひとつの十字架を軽く引き抜いて、壁に向かって放り捨てる。十字架が音をたてて木っ端微塵になった。

「——キリク」

膝をつき息を切らし、アッシュが呻《うめ》いた。

「おまえはキリクだ。思い出せ。己がかつて、圧政に苦しむ人びとのために剣を取り立ち上がった男であることを」

輝く輪郭があるだけで、顔はない。だがユーリには、その時、〝英雄〟がかすかに笑ったように見えた。

——我に名はない。

男ではなく女でもない。老人でもなく若者でもない。どこの誰の声とも違い、それでいてどこかで聞いたことがあるという記憶を掻《か》き立てる声。それがユーリの耳に響いてきた。

――我は何者でもない。何者でもないのだ。

それは、〝無〟と同じだ。あり得るのか、そんなことが。〝無〟がこれほどの圧倒的な力を孕《はら》むことが。〝無〟がこれほど輝かしく美しく見えることが。

「ならば問いを変えよう」アッシュが血の混じった唾《つば》を吐き捨てて、叫んだ。「何故、おまえはここにいる?」

〝英雄〟が左右の掌をその顔の前に掲げた。

――すべては、〝輪《サークル》〟の意志。

荘厳に、重々しく応じると、〝英雄〟は一瞬だけ合掌した。そしてその腕を、さっきまで十字架があった場所へと突き立てた。

視界のすべてが白く飛んでしまうほどの光が、地下の墓所を満たした。

地鳴りが始まった。ここよりもさらに地の底深くで、何か奔流《ほんりゅう》のようなものが目覚めて胎動し、〝英雄〟めがけて駆けのぼってくる。その轟《とどろ》きだ。その響きだ。

〝英雄〟は待ち受けている。

昇ってきた奔流が、今、〝英雄〟に達した。

輝く輪郭が膨らんでゆく。人の姿はそのままに、見上げるような巨人へと成長してゆく。地鳴りは激しさを増し、床がひび割れ、墓所の壁や天井からも破片が落下し始めた。

「キリク、やめろ!」

アッシュは叫び、しかしもうその場から一歩も動くことができない。〝英雄〟には近づけない。目には見えない強烈な力の円が〝英雄〟を取り囲み、それもまた刻々と拡大してゆく。いつの間にか、ユーリは中腰になったまま、強風に押されているかのように、鳴動する床の上を滑って、じりじりとエルムの墓所の入口へと後退させられていた。アッシュもまた、その場に留《とど》まることさえかなわずに、後ろへと大きくよろけた。

「ソラ！　どこにいるの？」

悲鳴のようなユーリの呼びかけに、応じる声はない。ユーリは押しやられてゆく。守護の法衣が激しく翻り、背中ではためく。留めボタンが千切れてしまいそうだ。突風ではない。自然の空気の流れではない。力の奔流がユーリを、アッシュを、この場にいる夾雑物《きょうざつ》を、すべてまとめて押し流してしまおうとしている。

「あああ、オレ、もう駄目だ！」

キャッと悲痛に叫んで、アジュがユーリの襟元からもぎ放され、飛び去っていった。とっさに彼をつかもうと身動きしたユーリは、力に圧倒され、もんどり打って床に倒れた。そのまま力にさらわれそうになるのを、アッシュの手がユーリの足首をつかんで止めた。彼は片手の剣を床に突き立てていた。

「摑まれ！」と、空いた手を差し出す。ユーリの手は届かない。

次の瞬間だった。すべてが静止した。

力の流れが止《や》んだ。地響きが止まった。墓所に満ち満ちていた光が後退した。

ユーリは顔を上げた。アッシュも頭をひと振りして半身を起こした。

そして、二人は見た。

墓所の天井にまで届くほどに、〝英雄〟は大きくなっていた。人の形は失われていない。いや、さらに人間らしくなっていた。

のっぺらぼうだったはずの、その顔に、一対の目が生じていた。

瞳はない。白目も黒目もない。ただ目の形をしているだけの、ぽっかりと空いた漆黒の闇だ。闇なのに、〝英雄〟の身体全体よりもさらに強く、誇らしげな輝きを放っている。

その奥には、新たな力が漲《みなぎ》っている。

「ここに封じられていたのは」

アッシュが歎《なげ》くようにかすれた声を出す。

「キリクおまえの――目だったか」

〝英雄〟はそれを取り返した。今や〝英雄〟は、キリクの瞳でヘイトランドを、この〝輪《サークル》〟を見渡す力を取り戻した。

魂を抜かれたように、ユーリは再び見惚《みと》れていた。あの目。あの真っ黒な輝き。あれが見る〝輪〟はどんな姿をしているのか。

――卑小なるものめ。我が種子よ。

〝英雄〟の語りかけが心に聞こえてきた。

――そこにおったか。

瞬《まばた》きしてユーリは我に返った。何を言ってる？　誰のことを言ってるんだ？

あたしたちのことじゃない。

ソラだった。倒れたままのユーリとアッシュを追い越して、ソラがふらふらと〝英雄〟に近づいてゆく。無名僧の黒衣は乱れ、痩せた肩が剝き出しになっている。

酔っぱらったような千鳥足だ。一歩進んで膝が折れ、体勢を立て直したかと思えばまた倒れかける。だがソラは止まらない。〝英雄〟に吸い寄せられてゆく。

「ソラ、やめなさい！　止まって！」

叫ぶユーリに目もくれず、ソラはふらつきながら、〝英雄〟の身体がまとう光輝《オーラ》のような光のなかに踏み込んだ。

そこでがっくりと両膝をつき、ひれ伏した。

ソラの痩せた身体が、〝英雄〟の光に照らされる。

ユーリは呼吸を止めた。心臓の鼓動さえ止まった。何もかもが止まった。

そんな馬鹿な。

信じられない。

こんな、こんなことがあるわけがない。

〝英雄〟のオーラのなかで、ソラがソラではなくなってゆく。

黒衣がオーラに溶かされて消えた。禿頭《とくとう》が目映《まばゆ》い光に呑み込まれ、見えなくなる。長旅に擦《す》り切れた革のサンダルも失くなり、骨の飛び出したくるぶしが一瞬ユーリの目に映る。

姿形が変わる。出で立ちが変わってゆく。

ソラは、完全に消え失せた。

そこにひれ伏しているのは森崎大樹《ひろき》だった。

ユーリの兄さんだった。友理子のお兄ちゃんだった。

声も出せずに、ユーリは口元に手をあてた。

森崎大樹が頭を上げた。その背中。その脚。そのうなじ。

制服姿だ。お気に入りの運動靴だ。靴底が汚れている。血だ。森崎大樹は友達の身体から血を流させた。その血を踏みしめて逃げた。

振り返らないで。ユーリは心のなかで叫んだ。あたしに顔を見せないで。

森崎大樹は振り返った。その頬は涙で濡《ぬ》れていた。

彼の口元がわななき、呼んだ。

「――ユリコ」

地をどよもし、再び墓所の天井を、壁を震わせるような哄笑《こうしょう》が湧《わ》きあがった。

〝英雄〟が笑っている。

黄衣の王が笑っている。

――我が器の残滓《ざんし》。欲するならば、くれてやろうぞ!

哄笑は高まり、高まり、さらに高まる。〝英雄〟の光が強まり、強まり、さらに強まる。

「嫌だぁぁぁぁ!」

ユーリが絶叫したとき、森崎大樹が立ち上がった。

一瞬、こちらに来るのかと思った。ユーリのそばに駆けてくるのかと。

だが、違った。大樹は泣き濡れた顔をユーリに向けただけだった。ほんのひと呼吸のあいだ、ひたとユーリを見つめただけだった。

「ごめん」

兄の声が聞こえた。間違いなくお兄ちゃんの声だった。お兄ちゃんの言葉だった。

サヨナラ。

ユーリに手を振ろうとした。その手も血で汚れていた。

そして大樹は、身を翻して〝英雄〟に駆け寄ると、頭からその巨大な姿のなかに突っ込んでいった。蒸発するように、大樹は消えた。呑み込まれた。〝英雄〟のなかに。黄衣の王のなかに。

〝英雄〟の勝ち鬨《どき》のような哄笑に、今度こそ墓所の崩壊が始まる。

「嫌だ！　お兄ちゃん！　嫌だ嫌だ嫌だ！」

追いすがろうとするユーリに、アッシュが飛びついてきた。床が持ち上がり、ひび割れて弾《はじ》け飛び、壁が倒れてくる。

〝英雄〟は上昇してゆく。墓所から飛び去ろうとしている。その力と光に、ユーリとアッシュも呑み込まれてゆく。

「紋章を使え！」

泣き叫びながら兄を呼び続けるユーリには、何も聞こえない。アッシュがユーリの手をつかみ、額に押し当てた。

〝英雄〟が飛び去る。そして、墓所の天井が微塵に砕けて頭上に落ちかかる寸前、二人の姿もそこからかき消えた。

闇に包まれる。途方もなく大きな引力から、すんでのところで引き離されて、ユーリとアッシュは虚空のなかを飛んでゆく。離れてゆく力の大きさと美しさ、輝かしさ。闇のなかに尾を引いて、別れてゆく。ユーリから離れてゆく帚星《ほうきぼし》。

そこにはお兄ちゃんがいるのに。

虚空を飛び行くユーリの脳裏に、兄の記憶が蘇る。次から次へと映し出される。笑う顔。たしなめる顔。怒る顔。心配する顔。

さよなら。

たった一人の兄さん、どうしてそんなことが言えるだろう。捜して、捜して、会いたくて追い求めてきたというのに。

ずっと一緒にいたなんて。なぜ気づかなかったんだろう。

どうして、気づいてあげられなかったんだろう。

身体全体に衝撃が走った。アッシュに抱きかかえられたまま、ユーリは虚空から飛び出して地面に降り着いたのだ。

〝無名の地〟だ。戻ってきた。水内《みのち》一郎の図書室から、最初に飛んできたときと、同じ場所だ。

もがいて、ユーリは起き上がった。しゃにむに頭を振り立てて、彼方《かなた》、灯りのともる万書殿《ばんしょでん》の方へと、身体を向ける。

見えた。見つけた！　黒衣の無名僧が一人、よろけつつまろびつつ、足を滑らせ膝をついてはまた起き上がり、一目散に万書殿へと走ってゆく。

「お兄ちゃん！　ソラ！」

ユーリも走り出した。守護の法衣が脱げかけて、身体にまとわりついて邪魔をする。滑って転んで、つまずいて、それでも絶え間なく呼びかけながら、ユーリは必死で追いすがった。

万書殿へ向かう無名僧は振り返らない。走る、走る、走る。ユーリから逃げてゆく。

もう、森崎大樹ではないのか。

もう、ソラでもないのか。

「待って！　待って！」

追いつけない。無名僧の姿が、今、万書殿のなかに消えた。

それでもユーリは走ろうとした。万書殿をくまなく捜して、見つけ出すんだ。きっと連れ出せる。そして一緒に帰るんだ。

だが、ユーリの疲れ切った足は、もうユーリの意思に従うことができなくなっていた。つんのめって、よろけて、転んで、起き上がってまた転んだ。まばらな草をつかんでかきむしりながら懸命に立ち上がろうとしていると、アッシュの手がユーリの肩を押さえた。

「無駄だ。諦《あきら》めろ」

震えながら歯を食いしばり、ユーリは彼を見返った。全力で奥歯を噛《か》みしめていないと、今にもアッシュの喉笛《のどぶえ》に食いついてしまいそうだった。それほど怒っていた。恨んでいた。

「あいつは、完全な無名僧になった。おまえのことは覚えていない。森崎大樹という〈個〉は、ひと欠片《かけら》も残っちゃいない」

あいつは、どこの誰でもなくなった。

「その方がいいんだ。いいんだよ」

考えるより先に手が出ていた。ユーリはアッシュの顔を平手打ちした。

アッシュはまばたきさえしなかった。

「知ってたのね」ユーリは言った。「あんたは知ってた。知ってたのに」

だから、アッシュはソラに冷たかったんだ。

「どうして教えてくれなかったのよ」

「教えたら、信じたか？　納得したか？」

アッシュは静かにかぶりを振る。

「おまえもあいつも、信じなかったろう。自分たちで真実に直面するまで、俺の言葉など信じなかったろう」

アッシュは正しい。悔しいけどアッシュはいつも正しいのだ。ユーリはもういっぺん彼を叩こうとして、手から力が抜けた。

涙が溢れてきた。これまでも何度となく泣いた。泣き虫と、アッシュに嗤《わら》われた。でもこんな涙はなかった。自分の涙で、自分が焼け焦げてゆくようだ。

「おまえがソラと名付けた無名僧は、なり損ないの無名僧だった」

座り込んだまま泣くユーリのそばに、アッシュは片膝をついた。彼の髪はめちゃくちゃに乱れ、頬の削げたその顔も、髪と同じように灰をかぶったみたいに白くなっていた。

「そして〈なり損ないの無名僧〉は、〝無名の地〟にとっても〝輪〟にとっても、きわめて危険な存在なのだ」

だから、放置してはおかれない。

「誰かが浄《きよ》めなければならない」と、アッシュは続けた。「おまえの紋章は、そのためにあった。おまえの旅は、そのための旅だったんだ」

立ちなさい——と、アッシュがユーリに手を差し出した。

「万書殿へ行こう。大《だい》伽藍《がらん》へ行けば、おまえ自身の目で、おまえが何をやり遂げたのか、すべてを知ることができる」

# 第十四章　真実

〝無名《むめい》の地《ち》〟の夜の底で、大伽藍《だいがらん》は静まりかえっていた。松明《たいまつ》の明かりも、ユーリがここを出たときよりも、陰鬱《いんうつ》に翳《かげ》っているように感じられる。

　初めて訪れたとき、闘技場のようだと思ったあの円形のステージの中央で、大僧正《だいそうじょう》が待っていた。「英雄の書」――「虚《うつ》ろの書」を収めた櫃《ひつぎ》も運び込まれている。その傍《かたわ》らに、四人のお供の無名僧《むめいそう》が控えていた。

　彼らはユーリの姿を認めると、即座にその場で、黒衣の裾《すそ》をたくし上げて平伏した。

　ユーリはふらつきながらステージの中央へと歩み寄った。無数の文字を刻み込まれた櫃へと歩み寄った。自分の目が何を見ているのか、自分の足がどこを踏んでいるのか、感覚が伝わってこない。距離感さえ失われている。

　アッシュがユーリの肩に触れて、立ち止まらせてくれた。自分も足を止め、ほんの少しのあいだ呼吸を整えるように間を置くと、

「――戻りました」

　無名僧たちに声をかけた。

　大僧正が面《おもて》を上げた。アッシュを見つめ、ユーリへと目を移す。

「お待ち申し上げておりました」

　深い皺《しわ》に囲まれた目元は乾いていた。ユーリの泣き顔に気づいているのだろうに、その瞳は何も語りかけてこない。慰めも、謝罪もない。

　ただただ深い、闇のような黒い瞳。

「〝印を戴く者《オルキャスト》〟よ、どうぞ櫃にお近づきくださいアッシュに促《うなが》されても、ユーリは動けなかった。身体《からだ》がひとつの砂袋になって、しかもその底には穴が空いていて、少しずつ少しずつ砂が抜け、その場で空っぽになってゆくような気がする。

「おまえの紋章が、役目を果たして、あるべき場所に還《かえ》る。『虚ろの書』を閉じるために必要な儀式だ。前に出なさい」

アッシュの声音《こわね》は穏《おだ》やかで、命令ではなく、頼んでいるかのようだった。

ユーリはゆらりと前に出た。大僧正が身を起こし、膝《ひざ》で櫃ににじり寄っていって、一礼した。四人の無名僧たちが櫃のそれぞれの角につき、蓋《ふた》を開ける。

大僧正が恭《うやうや》しい手つきで『虚ろの書』を取り出した。そして、また膝で櫃からにじり離れると、それをユーリの目の前に差し出してみせた。

「ご覧《らん》なさい」

ユーリは瞬きをした。

『虚ろの書』の表紙に、うっすらと、ユーリの額《ひたい》の印《いん》と同じ紋章が浮かんでいる。薄くて頼りなく、かすれている。ところどころ途切れている。まるで、インクが切れてきた銀ペンで、無理矢理こすって描いたみたいだ。

「お手に取ってくださりませ」

言われるままに、ユーリは両手で『虚ろの書』を捧《ささ》げ持った。ユーリの手は丘の上の土で汚れ、爪《つめ》のあいだにも泥が入っていた。

『虚ろの書』は軽かった。ほとんど重さが感じられないばかりか、実体感がなかった。

ユーリの額の紋章が、白い輝きを放ち始めた。驚いて頭を動かすと、

「そのまま」と、大僧正が制した。「紋章が離れまする」

額の紋章の輝きはいよいよ強くなり、手にした

『虚ろの書』にまで、その光の輪が届いた。すると、『虚ろの書』の表紙のかすれかけた紋章が、光を吸い込んで濃くなり始めた。まず周囲の弧が、次には細部が順々に、くっきりと浮き上がり、線が太くなり、輝きを放ち始めた。

額の紋章が還ってゆくのだ。ユーリは少し目を瞠《みは》り、紋章の力の移動を見守った。ユーリから離れ『虚ろの書』へ還ってゆく光は、眩《まぶ》しくもなく、熱くもなく、ただひたすらに、

——清らかだ。

そう思った。

やがて、『虚ろの書』の紋章がすべて完成してしまうと、ユーリの額の輝きは消えた。その瞬間だけ、『虚ろの書』がわずかな重量を持ち、温《ぬく》もりを持った。

と、今度はそちらの紋章も消え始めた。ただ消え失《う》せるのではなく、『虚ろの書』のなかに吸い込まれてゆくみたいな消え方だ。

力が、光が、『虚ろの書』に染《し》みこんでゆく。

表紙からも紋章が消え、大伽藍の内を照らすのは、そこここに灯《とも》された松明の明かりだけに戻った。

ユーリの手から、粛々《しゆくしゆく》と、大僧正が、そっと『虚ろの書』を取り上げた。元通り櫃に収めてゆく。

四人の無名僧が櫃の蓋を閉めると、また一礼してから、四隅の輪っかに金棒を通し、櫃を担《かつ》ぎ上げた。足音さえたてずに、黒衣の裾で床を掃いて、大伽藍から出て行く。

「どこに……しまっておくんですか」

永《なが》いこと、言葉を忘れたように黙っていた後だけれど、あんなに泣いて叫んだ後だけれど、ユーリの声は嗄《か》れていなかった。

「万書殿の奥深く」と、大僧正は答えた。「再び封印をほどこすその時まで、我らがお守りいたします」

アッシュが脚を揃《そろ》え、軽く頭を垂れた。大僧正は深々とそれに応じた。

ユーリは額に手を触れてみた。すべすべだ。もう指を照らす白い光は存在しない。

紋章は、ユーリを離れた。

「何から聞きたい?」

正した姿勢をそのままに、アッシュはユーリに向き直った。鋲《びょう》を打ったブーツが、金属音をたてる。

大僧正も立ち上がると、するりと退《しりぞ》いて、アッシュの隣に並んだ。

「何って……」

身体《からだ》がまた、ふらついた。もう、あたしという砂袋はほとんど空っぽだ。

「わからないことだらけ」

わかっているのは、ソラはもういないということだけ。ソラがお兄ちゃんだったということだけ。

あたしは、それに気づかないほど愚かだったということだけ。

アッシュが、つと大伽藍の天井を仰いだ。大僧正もそれに倣《なら》う。

鐘の音《ね》が響き始めた。ひとつ打ってはひとつ休み、次は二つ打ってひとつ休む。そのパターンを三度繰り返して、止《や》んだ。

大伽藍のなかに、鐘の響きの余韻が漂う。

「何を報《しら》せる鐘の音なの?」

「これは三の鐘だ」

鐘の余韻を味わうように軽く首をかしげ、目を伏せたまま、アッシュが答えた。

「門が閉じたことを報せている」

「万書殿の門?」

ユーリが問い返すと、アッシュは目を開けて、軽くかぶりを振った。

「この〈門〉には別の意味があってな」

その言葉には、ユーリの記憶の底をくすぐるものがあった。どこかで、思いがけずおかしな使い方をされている〈門〉という言葉を聞いたことがあるような気がする。

　アッシュはユーリの顔を見ていた。彼がいつも、薄気味悪いくらい察しがよかったのは、ユーリが知らないことを知っていたから、ユーリに隠していることがあったからだ。だからいつでも容易《たやす》く先回りをすることができたのだった。でも今は、本当にユーリの胸の内を読んだようだった。

「聞き覚えがあるの、その〈門〉に」

「だろうな。俺も覚えている」

　うなずくと、アッシュは気をつけの姿勢をやめて、片足を緩めた。その頬を、己《おのれ》に対する揶揄《やゆ》とも冷笑とも受け取ることのできる、引き攣《つ》るような笑いがさっとよぎった。

「あの場でおまえに、あれはどういう意味かと問われたら、何と言ってごまかそうかと考えるのにも忙しかった」

　いつだったろう。ユーリはぼんやりと思考の糸をたどり、すぐにくたびれてしまった。

「やはり、最初から話そう。永くなるぞ。座らないと疲れるだろうが――」

　ユーリはその場にしゃがみこむと、腕で膝を抱えた。もうどこへ移動するのも嫌だ。

　と、大僧正が近づいてきて、音もなくユーリの脇に座った。それはもう、孫と仲良しのお祖父《じい》ちゃんが、孫が何か他愛ない理由で親に叱《しか》られ拗《す》ねているのを慰《なぐさ》めようとでもするかのような、親しみ深い、優しい動作だった。

　ただひとつ、そんなときのお祖父ちゃんと、今の大僧正と異なる点は、彼が黒衣を膝の下に折り込んで正座していることだけだ。

「さぞやお怒りでしょう」

　その目はやっぱり乾いたままだけれど、声音《こわね》はわずかに潤《うる》んでいた。

「お許しくださいとは申し上げません。何もかも承知の上で、我らはあなたを送り出した。あなたには嘘《うそ》と隠蔽《いんぺい》を背負わせ、真実は勝手に、こちらでお預かりした上で」

不思議だった。腹が立たない。さっきまではあんなに怒り狂っていたはずなのに、今はむしろ、大僧正に抱きついて泣き出したくなるのは何故だろう。

「〈英雄〉の破獄《はごく》には、〈最後の器《うつわ》〉となる人間が必要だ」

わざとだろう、ユーリと正対せず、横顔を見せて、アッシュは語り始めた。

「〈英雄〉を物語の流れに載せて再びこの地に呼び戻し、封印をほどこすためには、〈英雄〉に取り込まれた〈最後の器〉の力を削《そ》がねばならない。それは、〈最後の器〉と同じ血を持つ〈印を戴く者〉にしかできない」

〈最後の器〉には、そのオルキャストの声しか届かないからだ。声が届かなければ、紋章の力も〈英雄〉に及ばない。

「こうしてオルキャストは〈英雄〉を、〈黄衣《こうい》の王〉を追う者となる」

そして、〈英雄〉の破獄により『虚ろの書』となった『英雄の書』の表紙には、追跡者となったオルキャストの額の印と、同じ紋章が浮かび上がる。

「オルキャストが首尾良く〈英雄〉に追いつき、〈最後の器〉を解放することができた暁《あかつき》には、オルキャストがここへ帰還すると、額の印は表紙の紋章とひとつになり、『虚ろの書』は『英雄の書』に戻る」

その表紙には、〈英雄〉の印が浮かび上がり、光り輝くのだとアッシュは言った。

「ここまではすべて真実、おまえが旅立つ前に聞かされた話のとおりだ」

ちょっと手を広げ、アッシュは同意を求めるようにユーリを見た。

ユーリはうなずいた。「あたしはずっと、そのつもりで旅をしてた」

隣で、大僧正が面を伏せる。

「しかしな、希《まれ》に──本当に希ではあるが、この手順どおりにいかないことがある」

言葉を切ると、口調を変えて、アッシュはユーリに質問した。「〈英雄〉に魅入られ、取り込まれた〈器〉たちは、その後どうなると思う?」

意味がわからない。

「それは……〈英雄〉に吸い込まれてしまうんでしょ?　エネルギーとして使われてしまうんでしょ?」

「そうだ。そして〈英雄〉と一体化し、その一部となる」

人間が〈器〉になるための条件は、大きな怒りを持っていること──その怒りを発散したいという、強い欲望を抱いていること。その欲望のままに〈英雄〉を待望するからこそ、魅入られてしまう。

しかし、〈器〉が〈英雄〉に吞《の》み込まれてしまった後には、何も残らない。その者を駆り立てた怒りでさえも。

「ただ、〈最後の器〉の場合は、少し違う」

〈最後の器〉は召喚者《しょうかんしゃ》でもあるからだと、アッシュは続ける。

「召喚者は〈英雄〉を呼び出す者。〈英雄〉に象《かたち》を与える者だ。それはすなわち、〈英雄〉に加担するということだ」

それは罪だと、アッシュは言った。

「〈器〉の人としての実体は消えても、そいつのおかした罪は残る。どういう形で残ると思う?」

ほとんど考えるまでもなかった。ぼんやりと焦点を結ばないまま、ユーリの心のなかに、旅の始まりのときから保管されていた疑問が解けた。

「――無名僧」

アッシュは大きくうなずいた。

「〈最後の器〉はすべて、一人の例外もなく、無名僧と化すのだよ。そしてこの地で己の罪を償《つぐな》う」

そこに残されているのは罪だけだ。個としての心、姿形、想《おも》いはもはや無い。だから無名僧たちはみんな同じ外見で、己というものを失っている。

罪が形を成しているだけの存在だ。一《ひとつ》にして万《よろず》、万にして一。

それが無名僧の正体なのだった。

しかし――と、アッシュは足を踏み換えてユーリに背中を向けた。

「〈最後の器〉には、さっきも言ったように、希に事故が起こることがある」

手順どおりにいかないことがある。

「それはたぶん、〈最後の器〉が召喚者として、破獄した〈英雄〉と対峙《たいじ》する機会があるからではないかと考えられている」

刹那《せつな》でも、〈英雄〉の持つすべての記憶、すべての力に触れることができる〈最後の器〉は、その瞬間、他の〈器〉たちや、〝狼《おおかみ》〟たちでさえ到達し得ない境地へと達する。

そこで深秘《じんぴ》に触れ、そこで洞察を得る。

循環する物語の力。〝輪《サークル》〟を統《す》べる根源の力。〈英雄〉を〈英雄〉たらしめている人間の願望。

それと同時に、〈英雄〉の負の面である〈黄衣の王〉の脅威、計り知れない破壊への欲望をも、すべてを見渡し、すべてを知る。

「それが、〈最後の器〉のなかに、己がしでかしたことへの深い後悔を生み出させるとき――」

〈なり損ないの無名僧〉が生まれるのだと、アッシュは言った。

「なり損ないでも無名僧は無名僧だから、個人としての記憶や外見は失っている。ただ、完全に失くしているわけじゃない。一時的に忘れているだけだ」

「お兄ちゃんが、ソラがそうだったって言うの？」

ユーリの声は、自分で思っていた以上に鋭く尖《とが》っていた。「さっき、丘の上でも言ってたよね？〈なり損ないの無名僧〉って」

　振り返ると、アッシュはユーリの目を見てうなずいた。

「だけどおかしいよ。ソラは違うもん」

　おかしいよ！　繰り返すと、ユーリの声はさらに高く跳《は》ね上がった。

「ソラは言ってた。あたしがここを訪れるのを待ってたって。一《いち》の鐘を聴いたとき、心が騒いだって」

　ソラの胸の奥のまったき〝無〟だったところに、そのとき、心が生まれたのだ。忘れてたのを思い出したんじゃなくて――

　いや、思い出したのか。

「一の鐘の響きを聴いたとき、あいつのなかに心が生まれたのではない。残っていた心の欠片《かけら》が目覚めたのだ。ほんのちょっぴりの、それだけでは不完全きわまる欠片が、な」

　息苦しくなって、ユーリは胸を押さえた。

「だけど、それまでに気づかなかったの？　自分には心が残ってるって。無名僧っていうのはこういうものじゃないって、ソラは、お兄ちゃんは自分では意識できなかったの？　だいいち、自分がいつから〝無名の地〟にいるかわかってれば――」

　はたと気づいた。

〝無名の地〟に、時の流れはないのだ。

「あいつもまた真実は知らなかった。自分がかつて何者であったかを忘れていた。しかし、この地を訪れたおまえと共に、旅立たねばならぬことはわかっていた。あいつはおまえについて行くことを、自ら望んだ。それは、ソラがソラなりに自分を清算しようとした意思の表れだ」

　たとえ、本人がそれと気づいていなくとも。

「〈なり損ないの無名僧〉は危険な存在だ」と、アッシュは続けた。「〈英雄〉に触れ、〈黄衣の王〉に触れている。〈最後の器〉としての心の欠片を保っていることで、半端《はんぱ》な形で〈英雄〉とつながったままでいる」

　ずっと沈黙していた大僧正が、低く、穏やかな声を発した。

「いわば〝黄の印〟をつけられた無名僧だと申し上げましょうか」

　ユーリはまじまじと大僧正を見つめた。確かに、それは今のユーリにとってはいちばん理解し易《やす》い表現だった。

「だから、浄めなければならない――」

　だから、ソラはユーリの従者《じゅうしゃ》になった。大僧正たちはソラをこの地から放逐《ほうちく》した。この者をお連れくだされと言った。

「紋章のそばにいれば、浄められるってことだよね？　アジュがそうだったみたいに」

　アッシュはかぶりを振った。「〈なり損ないの無名僧〉の場合は、書物のようにはいかん。ただ紋章のそばにいれば〝黄の印〟が薄まるというわけにはいかないんだ」

　今一度、召喚者が破獄を招いた刹那と同じように、〈英雄〉と、〈黄衣の王〉と、間近に向き合わねばならない。そうすることで、〈最後の器〉は、その瞬間、かつての己の姿を取り戻す。

「取り戻した上で、その存在を、あらためて〈英雄〉に投げ出さねばならない」

　半端に〈英雄〉とつながっていた〈なり損ないの無名僧〉は、〈英雄〉の使い魔に等しいからだ。本体に回収させせなければ、倒しても倒しても蘇《よみがえ》る。浄めることもできない。

「だからこそ危険な存在なんだ。〈なり損ないの無名僧〉は、〈英雄〉が〝輪〟に、〝無名の地〟に植えつけた〈悪《あ》しき種子〉とも呼ばれているんだよ」

己の使い魔を、〈悪しき種子〉を通して、〈英雄〉が〝輪〟のなかに、〝無名の地〟に、直接的に影響を及ぼすことができるようになるからである。

「これを浄め、なり損ないを真の無名僧に変えてやることもまた、その〈最後の器〉に対応する〝印を戴く者《オルキャスト》〟にしか果たせない大切な役目なのだ」

おまえはそれをやり遂げた。

「おまえの旅は、最初からそういう目的の旅だった。いや、ソラが現れたとき、目的が〈英雄〉の再封印から、そちらへと変わったというべきだろう」

誰もおまえに、真実を教えなかったけれど。

「〈悪しき種子〉を刈り取ることは、〈英雄〉の力を削いでこの地へ連れ戻すのと同じくらい、重要な仕事なのだ。ソラを、森崎大樹を浄めるのは、おまえでなければできないことだった」

「あたしにその役目を果たさせるために」

いつの間にかユーリは歯を食いしばっていた。拳《こぶし》を握りしめていた。

「本当のことを言わずに、黙ってたのね。あたしのこと、騙《だま》してたのね！」

ユーリの叫びを浴びてうなだれる大僧正をかばうように、アッシュが近づいてきて、かがみこんだ。

「大僧正を責めるな。そもそも彼らには、凶兆《きょうちょう》を見るまでは、この破獄で〈なり損ないの無名僧〉が生まれてしまったこと自体、わからなかったんだ」

「凶兆？」

大僧正が目を上げると、しばしばとまばたきをして、言った。「櫃を開け、『虚ろの書』を取り出して、その表紙にオルキャストの紋章が浮かびあがっていないことが、すなわち凶兆でございます」

それが不完全な無名僧の存在を示すサインなのだ。

「だからあのとき、あんなに驚いてたのね」

何と……と呻《うめ》いて、大僧正は絶句していた。

ソラが現れるとさらに驚愕《きょうがく》し、怯《おび》えていた。

狼狽《うろた》えていた。ほかの大勢の無名僧たちと同じ外見で、ただ、彼らを年若くしたように見えるソラ。

無名僧になりきっていない無名僧。

「事の重大さに驚いただけではないぞ。おまえのために、大僧正は悲しんでいたんだ。おまえの旅が、〈英雄〉の封印を目指す旅ではなくなったことを知ったから」

「だけど、どうして？」

ユーリは叫ばずにいられない。大僧正の衣《ころも》をつかみ、しっかりと引き寄せて、それからアッシュの厳しい顔を見上げて。

「どうして、その場であたしに教えてくれなかったの？　教えてくれたら」

「おまえはどうした？」

「ほかの方法を考えたよ！」

「どんな方法だ？　選択の余地などない」

「あるかもしれないじゃない！」

今度はアッシュのコートの襟《えり》をつかまえて、揺さぶった。

「あたし、お兄ちゃんを――ソラを連れて帰ったよ。うちへ連れて帰ったよ！」

「ソラはおまえの兄ではないんだぞ。外見も異なっていたろう」

「それだって、もとはお兄ちゃんだったヒトなんだから！」

わざわざまた〈英雄〉に近づけて、浄めるなんてことをしなくたっていい。刈り取るなんて、そんなひどいこと。

「お兄ちゃんが〈なり損ないの無名僧〉になっちゃったのは、自分のしたことを後悔したからなんでしょ？　『エルムの書』に魅入られたことを後悔したからなんでしょ？　だったらあたし、許すよ！」

　たった一人のお兄ちゃんなんだもの。

「ユーリ」

　アッシュがかぶりを振ると、白髪の多い前髪が額に垂れかかった。そんなふうになると、彼は急に老けてみえた。いや、疲れているのかもしれない。

「〈なり損ないの無名僧〉は危険な存在だと言っただろう？　〝輪〟に連れ帰ったなら、とんでもないことになる」

「どうして？　うちに帰ってお父さんお母さんに会えば、今までの暮らしのなかに戻れば、森崎大樹の記憶がいっぱい蘇ってきて、元に戻ったかもしれないじゃないか！」

　戻れませんと、大僧正が低く言った。

「戻れないのですよ、ユーリ様」

　使い魔は、使い魔のままだ。浄めない限り、他の何ものにも変われない。

「〈悪しき種子〉は、〈門〉とも呼ばれる」

　アッシュの言葉に、ユーリはびくりとした。

「〈英雄〉が、そこを通して力をふるう〈門〉だ。入口だよ」

　そういう意味なのか。

「この言葉に聞き覚えがあると言ったな？　どこで耳にしたか、思い出せたか。ヒロキの学校に現れた大目玉の怪物が、触手でソラを捕らえたときに言ったんだよ」

　――木偶《でく》よ。

　――己が〈門〉であったか！

「〈英雄〉も〈黄衣の王〉も、元をただせば物語だ。本来は目に見えない存在だ。人間に宿り、その心を占めて操ることはできても、実体化して〝輪〟に現れることはできない」

　ユーリはすぐ反論した。「だって王都では、〈英雄〉はキリクの姿を持ってたよ」

キリクの目を取り戻していたじゃないか。

なぜか、アッシュは微笑した。「それはヘイトランドの存在そのものも物語であるからだ。あれは架空の国だよ。忘れたか」

ユーリは口元に手をあてた。

〝紡《つむ》ぐ者〟に創《つく》られた物語の領域《リージョン》のなかでなら、物語そのものである〈英雄〉も〈黄衣の王〉も、象《かたち》を得る。

「〝輪〟では、そんな芸当はできん」

なのに、お兄ちゃんの学校の図書室には、あんな怪物が平気で現れた。

「なぜだと思う？　あの場にソラがいたからだ。大目玉の怪物は、ソラを通って現れたんだよ」

だから、〈門〉だというのだ。

「おまえがここからソラを連れ帰ったならば、〝輪〟のなかに、ああいう怪物が現れることになる。うじゃうじゃと湧《わ》いて出て、破壊の限りを尽くすようになるだろう。そしてそれを退治しようとする勇敢な人間たちが武器を手に取り立ち上がり、戦《いくさ》が始まるだろう」

それは、ひとつの楯の両面、〈英雄〉と〈黄衣の王〉が、〝輪〟のなかに現れるという、今ひとつの忌まわしい現象だ。いや、もっとも忌むべき現象だと、アッシュは声を強くした。

「王都エルミグアルドで起きたような惨事が、〝輪〟のなかで、おまえの領域で、おまえの国で、おまえの街で、おまえの学校で起こるのだ」

おまえの親しい人びとが怪物に食われ、怪物と化し、彼らを愛する人びとが歎《なげ》き悲しみつつ亡骸《なきがら》を葬り、瓦礫《がれき》を彷徨《さまよ》い、人外のものと成り果てた夫や妻を、恋人を友人を、兄弟を姉妹を、駆り立て、殺し、焼き尽くさねばならなくなる。

「おまえの街を、エルミグアルドにしたいのか？」

ユーリは呼吸することさえ忘れ、目の前のアッシユと大僧正の存在を忘れ、自分の内側へと入り込んでいた。記憶のなかに入り込んでいた。カタルハル僧院跡《そういんあと》で見たもの。エルミグアルドで見た光景。王宮の瓦礫のなかで死んでいた人びとの姿。退けても退けてもどこかからか湧き出て、襲いかかってきた醜《みにく》い怪物ども——

あれが、あたしの世界で起こる。

あの体験を経ていなかったなら、判断に迷うことはなかったろう。もしも大僧正が、櫃を開けて凶兆を知った途端《とたん》に真実を告げてくれていたなら、ユーリは迷うことなくソラの手を引いて、水内《みのち》一郎の図書室へ帰還していたろう。そして家へ帰っていたろう。

どれだけ言葉を尽くしてその危険であることを諭《さと》されても、ソラを、お兄ちゃんを救いたいという願いだけに心を奪《うば》われて、ほかのことなど考えられなかったろう。

「あたしに、心底納得させるために」

呟くと、涙が一滴落ちた。いつ溢れてきたのかわからない涙だった。

「——真実を伏せて、あたしを旅に送り出したんだね」

申し訳ありませんと、大僧正がひれ伏した。

ユーリがそちらに顔を向けると、次の涙の一滴が、大僧正のうなじに落ちた。

「ソラは旅をしていくうちに、断片的ながら、キリクのことやヘイトランドのことを思い出していたろう？」

アッシュは気づいていたのか。

「思い出したことで、不安がってた」

「今回の破獄には、『エルムの書』が鍵になった。だから〈最後の器〉である森崎大樹には、キリクの記憶が濃く伝わっていたんだ。ソラはそれを思い出したんだろう」

「王都で、〝狼〟のモーガンさんが」

うん、とアッシュはうなずいた。

「あなたはひどいことをするって責めてた。事情を察してたからだね？」

アッシュは気まずそうに視線を下げた。

「ソラと一緒にあたしを連れて行くのは可哀相《かわいそう》だって、思ってたんだね」

「あいつはいいヤツだからな」

「だけど知識は足りないよね」

ユーリは自分でも驚いた。皮肉な笑いが浮かんできたからだ。

「あたしが行かなきゃしょうがないのに」

「そんな言い方をするな」と、アッシュは言った。「モーガンが俺を誹《そし》るのは当然だ。そして、おまえを慰めたいと思ったのも当然だ。人の心があるなら、みんなそうする」

ユーリは思い出した。あのとき、大混乱の王都の片隅で、人混みにまかれながら、モーガンはこう言ったのだった。

——泣いてもいいけれど、絶望しちゃいけないよ。

そうしよう。だからユーリは、ぽたぽた落ちる涙をそのままにしておいた。

「ラトル先生も、真実を知ってた？」

アッシュはうなずいた。そうか。だから先生は、ソラがユーリと共に地下の隔離病室へ降りようとするのを止めたのだ。

「アジュは？」

すぐ返事がなかったので、ユーリは目を上げてアッシュを見た。彼は顔をしかめていた。

大切なことを、ユーリは思い出した。

「カタルハル僧院で水内さんに会って、あたし、気絶しちゃって」

目覚めたら、何だかみんなの様子が変わっていた——

「もしかしたら、アジュはあのとき、真実を知ったんじゃない？」

　アッシュは苦しげな面持ちのまま、小さく息を吐いた。

「ミノチの正体をまともに見て、おまえは悲鳴をあげた」

「うん」

「けたたましい叫び声を聞きつけて、ソラが地下まで駆け下りてきたんだ」

　無我夢中の様子だったという。ユーリを案じ、ユーリを助けようと、まわりの人びとの制止を振り切って駆けつけたのだ。

「それでも、ミノチの牢まではたどり着けなかった。俺が止めたからな」

　アッシュに厳しく制止されたことで、ソラは何かを察したかもしれない。この制止はただ事ではない、と。

「しかし、ミノチにはわかった。ソラが間近にいたことがわかった。気で感じたんだろう。その可能性があるからこそ、俺もソラを止めたんだが」

　わずかに遅かった。

「今度はミノチが叫び始めた」

　魔導《まどう》を極め、身内に溜め込んだ力の強大であるが故にあの異形《いぎょう》へと成り果てた水内一郎は、ソラのかりそめの姿の奥に森崎大樹がいることを見てとったのだ。

「ミノチがヒロキの名を呼んだ。おまえに姿を見せたときと同じで、すっかり己を失っていた。吠え猛《たけ》るように笑いながら、何度も何度もヒロキを呼んで」

　笑いながら詫《わ》びていたという。筋の通らない謝罪の言葉は、やがて意味をなさない呪文の断片をつなげたものに変わり、ミノチは完全に正気を失ってしまったという。

幸い、その声はソラには届かなかった。だがアジュは、そこで真実を悟った——

　不完全なアウンカウイの辞書は、深く恥じ入り、動揺した。

「おまえが眠っているあいだに、皆で話し合った。アジュは僧院の本たちの助言も聞いていた」

　アッシュはアジュに、このままそっとユーリのそばを離れろと勧めたそうだ。

「だがアジュは、最後までおまえについて行くと言い張ったんだ」

　ユーリが真実を知るとき、そばにいたい、と。

　温かい涙が、ユーリの頬を伝った。

「アジュ、今どこにいるんだろ」

　エルムの墓所で別れたきりだ。キリクの目を取り戻した〈英雄〉の力に吹き飛ばされて。

「サヨナラも言わなかった」

「心配するな。俺がちゃんと捜し出して、元通りにしておく」

　書物は死なん——と、アッシュは久しぶりに不敵な笑い方をした。

「大僧正様」

　ユーリは守護の法衣の袖で顔を拭うと、傍らの老いた無名僧に向き直った。

「無名僧の正体が〈最後の器〉だってことは、あなたもかつて〈最後の器〉だったってことなんですよね」

　大僧正は膝に手を置き、ちんまりと座ったまま、ゆっくりとうなずいた。

「時の流れの無いこの地では計りようもございませんが、遥《はる》か昔の出来事でございます」

「旅立つ前、あたしが、無名僧はいったいどんな悪いことをしたんですかって訊いたとき、大僧正様、こうおっしゃいました」

　——我らはかつて、人間の身であったころ、物語を生きようとした者のなれの果てでございます。

――嘘を生き、嘘を体現しようとする大罪を犯しました。

「それはどういう意味なんですか。〈英雄〉を破獄させてしまった以上に罪深いことなんですか」

物語を生きようとする罪って、何なのだ。

大僧正は答えず、静かに面を上げて、アッシュの方を見返った。

「物語とは何だ、ユーリ」と、アッシュは逆に尋ねてきた。

「〝紡《つむ》ぐ者〟が創るお話。嘘でしょう」

「〝紡ぐ者〟ばかりが作り手ではない。人間は皆、生きることで物語を綴《つづ》る」

ラトル先生も同じことを言っていた。人間には、ほかに生きる術《すべ》がない、と。

「だから物語は、人の生きる歩みの後ろからついてくるべきものなのだ。人が通った後に道ができるように」

だが、しかし。

「時に人間は、〝輪〟を循環する物語のなかから、己の目に眩しく映るものを選び取り、その物語を先にたてて、それをなぞって生きようとする愚に陥《おちい》る。〈あるべき物語〉を真似《まね》ようとするのだよ」

その〈あるべき物語〉は、様々な名前で呼ばれる。あるいは正義。あるいは勝利。あるいは征服。あるいは成功。

己の行く道の先に、他の者の目には見えない幻の道を描いて、突き進もうとする。

それが、物語を生きようとする罪。

「その傲慢《ごうまん》なる本末転倒は、必ず禍《わざわい》を呼び寄せる。だから大罪と呼ばれるのだ」

〈最後の器〉が無名僧と化して、永劫《えいごう》の時のなかで償い続けなければならないほどの罪。

「無論、〈あるべき物語〉に罪はない。だが、時に

〈あるべき物語〉が人びとを惑わせることを、〝紡ぐ者〟どもは知っている。知っていてなお、紡ぎ続ける。それが業《ごう》だ。人間の業だ」
〝紡ぐ者〟どもは、己の罪を自覚しようがしまいが、一方で希望を、善を、美を温もりを、命を寿《ことほ》ぎ、人に安らぎを与える物語を紡ぐことで、かろうじて業と共に生きることを許されている。この地で〝咎の大輪〟を回す無名僧どもと、〝輪〟に生きる〝紡ぐ者〟どもは、〈英雄〉と〈黄衣の王〉がそうであるように、ひとつの盾の裏表なのだ。

物語の循環は、人間の業の循環でもある。アッシュは淡々とそう言い切った。

「お兄ちゃんもそんな大罪を犯したっていうの？」

ユーリの声がまた震え始め、身体も揺れた。

「そこまでいけないことを、お兄ちゃんはやった？」

英雄になろうとした――と、アッシュは答えた。

雄々しき正義の体現者となろうとした。

そして、その手段を選ばなかった。

「おまえの兄は同朋の命を奪った。一瞬も躊躇《ためら》わず、〝輪《サークル》〟に生きる同じ人の子の血でその手を汚した」

正義の、成敗の、勝利のために。

ユーリは叫んだ。「お兄ちゃんが向かっていったのは、本当に悪い奴らだったんだよ！　お兄ちゃんの方が、先に酷《ひど》い目に遭《あ》わされたんだよ！　仕返ししちゃいけないの？」

「だったら殺していいのか？　己の独断で退治していいのか？」

それも戦だ。〈英雄〉が、〈黄衣の王〉が望み、〝輪〟にもたらそうとするものだ。

「〝輪〟のどこかで幼子《おさなご》が一人、己の意に染まぬ者を消し去ろうと武器を取るならば、それはいずれ〝輪〟を滅ぼす戦へとつながる。〝輪〟のなかに孤立した事象はない」

朝《あした》に一人の子供が子供を殺す世界は、夕べに万の軍勢が殺戮《さつりく》に奔《はし》る世界と等しい。

何度も聞かされた台詞《せりふ》じゃないか。一にして万。万にして一。

この万は、よろず——世界のすべて、〝輪〟のなかのあらゆるものという意味だった。

「それなら、誰が悪を裁くの？　悪いことをした人間を懲らしめちゃいけないの？」

ユーリの悲鳴に似た問いかけの残響が消えるまで、アッシュは沈黙していた。

それから、穏やかに言った。「そのためにこそ、人間は〝法〟という物語を作ってきたんじゃないのか」

人間の永い歩みのなかで、数多《あまた》の間違いを繰り返し、犠牲者を生み出し、歎きの川を渡りながらも——

「〝法〟は人の歩みの後ろにつくり上げられる。だからこそ過ちもある。しかしそれでも、〝法〟を忘れて人が人の前に、手前勝手に己の物語をつくり、それを生きようとするならば、それは罪なのだよ」

両手で身体を抱いて、ユーリは泣いた。

「お兄ちゃんをいじめた先生や同級生たちだって、同じことをやってたんだよ」

勝手な正義、勝手な成敗だった。

「ああ、そうだ。だからそいつらも罪人だ」

立派な咎人だよと、アッシュは言った。その声は、言葉とは裏腹に哀しげだった。

「しかし彼らは、『エルムの書』には出会わなかった。〈英雄〉にも出会わなかった。だから〝輪〟のなかで裁かれる」

「不公平だよ！」

あのとき、カタルハル僧院跡の地下牢で、水内一郎が叫んだときの気持ちがわかる。彼の渇望がわかる。私は望んだ、望んだ、望んで望んで突き進んだ。

孤独な私の、ただひとつの慰めであり希望であった大切な者が命を落とし、他の命がやすやすと永らえているこの理不尽を、この不公平を、私は私の手で正すのだ！

だからこそ、死者となった愛しい人を蘇らせようと努めたのに。

「ほんの一瞬だったはずだよ」

泣きながら、ユーリは呟いた。

「お兄ちゃんが〈英雄〉の力を望んでナイフを手にしたのは、ほんの一瞬のことだったのに。残りの人生を全部償いのために差し出さなくちゃいけないの？」

大僧正が、そっとユーリの背中に触れた。

「この地に、時はございません」

時間がなければ、倦《う》むことも疲れることもないというのか。

それでも——

ふと、ユーリの心にモーガンの言葉が蘇った。あの気のいいおじさんは、無名僧は聖人だと言っていたじゃないか。

聖人。人間たちすべての罪を背負って償う存在だ。

「この地に、あなたの兄上はおられません」と、大僧正が言った。「おるのは無名僧のみでございます」

アッシュがうなずく。「無名僧は〝無〟だ。かつては誰々だった者の残骸《ざんがい》ではない。おまえの兄の魂は、今、いつかまた別の命を得てどこかで生まれ変わるまで、大いなる物語の流れのなかで安らいでいる。再生の時を待っている。もう苦しんではいない。おまえが浄めてやったからだ」

その言葉は、まだユーリの心には届かない。溢れ出るのは涙ばかりだ。

「お父さんとお母さんには、何て言ってあげればいい？　死ぬほど心配して、お兄ちゃんの帰りを待ってるんだよ」

「──物語の力に任せておけばいい」

物語は、そのためにも在《あ》る。

「そして共に祈ってやれ。祈りという物語を、おまえが紡ぐのだ。両親の心にもいつか、兄が得た安らぎが宿る日が来るように、と」

立ちなさい。自分が先に立ち上がって、アッシュはユーリを促した。

「おまえが〝輪〟に帰る時がきた。守護の法衣を脱いで、大僧正に返すんだ」

一瞬、何を言われているのかわからなかった。わかった途端に、ユーリは全身を硬くして、しゃにむに法衣をつかんで丸くなった。

「嫌だ！　帰らない！」

丸くなったまま、アッシュと大僧正から、這うようにして逃げ出した。

「あたし、〈英雄〉をやっつける！　お兄ちゃんの仇《かたき》を討つんだもん！　あたしにしかできないことなんでしょ？」

まだ〈英雄〉は封印されていないのだ。

「あたしは〝印を戴く者〟だもん！」

目を閉じて、アッシュはかぶりを振った。

「もう違う。紋章はおまえを離れた」

おまえの役目は終わった。

「さっき『虚ろの書』のなかに紋章が吸い込まれていったろう？　おまえが戴いていた紋章は、ソラを浄めてやることで役割を果たし終えたんだ」

おまえはもうオルキャストではないし、二度とオルキャストになることもない──

「どうして？　そんなの話が違う」

「帰りたかったんじゃないのか？」

アッシュ一流のからかうような口調が戻ってきた。

「だって、それならアッシュはこれからどうするの？　オルキャストなしでどうやって〈英雄〉を封印するのよ？」

「オルキャストなら、ほかにもいるさ」

そうなるべき人物を探し出せばいい。

「俺にとっては幸いというべきなのかな。今度の〈英雄〉は『エルムの書』を使って体現し、今やキリクの姿を取り戻しつつある」

キリクにその声を届けることができる人物が、アッシュの必要とするオルキャストとなるのだ。

「なあ、ユーリよ」

これまででいちばん優しく、うち解けた口調で、アッシュはユーリを呼んだ。

「無名僧はかつての〈最後の器〉だ。そしてここには、どれだけの人数の無名僧がいると思う?」

思い至り、ユーリはぽかんと口を開けてしまった。

「そう。数え切れないほど、破獄と封印が繰り返されてきたということだ。〝輪〟には、〈英雄〉がいない時期の方が少ないとさえ言っていい」

無名の地が〈英雄〉を封印しておけるのは、ほんのわずかな、切れ切れの時。

「それほどに、人間は〈英雄〉を望んでいる。〈黄衣の王〉の邪《よこしま》を知りつつも、待望してやまない。それもまた人間の業、性《さが》なのだな」

だから心配するなと、笑った。

「おまえはまだ幼い。おまえの世界に戻って、おまえの人生を生きろ。生きて、幸せになれ。この先のことは、俺たちが引き受ける。そのために俺たちは生きている——生かされているのだから」

アッシュがボロボロのマントから手を差し伸べた。ユーリはその手を取り、立ち上がった。大僧正も立ち上がった。

「但《ただ》し、気をつけろ。〈英雄〉は〝輪〟にいる。諍《いさか》いの時代が到来するぞ」

つないだ手を強く握りしめて、アッシュはユーリに語りかける。

「おまえはこの禁忌《きんき》の地を訪れ、この地の理を知って〝輪〟に帰る希少な人間だ。人びとが〈英雄〉を仰ぎ、〈黄衣の王〉に魅入られる諍いのなかにあっても、けっして声を失うな。何が正しく、何があるべきものなのか、見極める瞳を閉じるな。この旅でオルキャストとしての役割をまっとうすることのできたおまえなら、臆《おく》することはないはずだ」

朝に一人の幼子が剣を収める道を知れば、夕べには数多《あまた》の軍勢の進軍が止む。

ひとつが、すべてに通じる。

アッシュ殿――と、大僧正が呼びかけた。

「大事なことをお忘れのようでございます」

大僧正はユーリに微笑みかけた。

「封印こそなされませんでしたが、ユーリ殿はユーリ殿の使命を果たされました。ならば、立ち去る前に、この地の事象のひとつに、名前をつけることができるのでございますよ」

ユーリは二人を万書殿の中庭に連れていった。

初めて見たとき、ごちゃごちゃで入り組んでいて、なぜか可愛らしいと感じた町並みだ。今、その町並みの上を満天の星が覆っている。

無名の地の静寂を彩《いろど》る、星々の輝き。

「あれ」

ユーリは真っ直ぐ頭上を指さした。

「ここでは、天と呼んでるって、ソラが言ってた」

はい、と大僧正がうなずいた。

「でもあれは、空《そら》よ」

空というものなの。無名の地の空。

「いつか、真っ青に晴れ渡るときがくるのかしら」

こんなに星がいっぱいなんだもの。いつかはきっと。ソラが驚きに瞳を瞠り、喜びと共に仰いだ、あの青空。

「申し受けました。これから我らの頭上を覆うのは、ユーリ殿の空でございます」

大僧正が一礼し、ユーリの肩からするりと守護の法衣を脱がした。

また涙がこみあげてきて、ユーリは手で顔を押さえた。

「おまえは」

おまえの兄も――と、アッシュは言った。

「立派だった」

お別れだ。

「達者でな」

アッシュらしい、短い別れの挨拶だった。

# エピローグ

ユーリが自分の領域《リージョン》に還《かえ》り、森崎友理子《もりさきゆりこ》に戻って、数日が経《た》った。

旅の日々のことは、鮮明に覚えている。だが不思議なことに、何を思い返しても、胸を抉《えぐ》るような悲しみはこみ上げてこない。今の友理子を包んでいるのは、晴れて凪《な》いだ海のような静けさと明るさだけだ。

無名の地から帰還したとき、友理子は自分の部屋へと着いた。おかげで、他の誰よりも真っ先に、自分の分身《ダブル》と会うことができた。

分身は机に向かって座っていたが、友理子を見ると、すぐ立ち上がって迎えてくれた。両手を広げ、黙って微笑《ほほえ》んだ。何もかも理解しているしるしに。

友理子はその腕のなかに入った。分身は友理子を抱きしめてくれた。我と我が分身。魔法で作り上げられた人形に過ぎないその身体《からだ》は温かく、友理子が持ち帰ったすべての重荷を吸い取ってくれるようだった。

分身は、このためにこそあったんだ——と、友理子は悟った。

気がつくと、部屋で一人になっていた。夜更けだったから、そのまま着替えてベッドに入った。

目が覚めたら、日常が戻っていた。帰らない兄を待つ両親。ひとつの椅子が空いたままのテーブル。誰もいない兄の部屋。

それでも友理子は、旅立つ前とは変わっていた。お兄ちゃんの身に何が起こったのか、すべてを知ったから。お兄ちゃんが今どうしているのか、知っているから。

何とかして、それをお父さんお母さんに伝えていこう。そして自分の毎日を過ごしていこう。それしか、できることはない。

凪いだ心は、友理子にそう語りかけてくる。それは錯覚だろうけれど、友理子の内にまだユーリがいて、そのユーリが友理子を支えてくれているかのようだった。

これでいいんだ。

いいの——かな?

気まぐれな風に、ふっと振り子が揺れるように、友理子も揺れる。すぐ揺れ戻る。

これでいいんだ。

学校にも通い始めた。たまに気詰まりな沈黙に出くわすことはあっても、学校の雰囲気は変わっていた。友達のあいだにも、時間が流れていた。いや、あるいはこれも分身の働きのおかげなのかもしれない。

友理子の落ち着きは、わずかではあるが、両親にも波及してゆくようだった。もちろん、一秒たりとも大樹《ひろき》のことを忘れはしない。お母さんはまだ泣いていることも多い。眠れない夜もある。それでも、ちょうど紋章の光が闇を照らすように、友理子を芯《しん》にして、森崎家は少しずつ立ち直ってゆくことができるような気がする。

大樹を待つならば、しっかりと待っていてやらねばならない。大樹を受け止めてやれるように、私たちも強くならねば。両親の顔に、内心の小さな、しかし明るく強い決意の灯《ひ》がともるのを、友理子は何度か目にした。

これでいいんだ。

いいの——かな?

不意に揺れ戻る心を、友理子は軽く手で押さえる。

いるのか。

　水内《みのち》一郎の別荘と図書室は、あれからどうなって
　気がかりではあるけれど、友理子には、なかなか確かめにくいことだった。切り出し方も、タイミングも難しいのだ。

　お母さんは、たぶん落胆のあまりだろう、あの別荘のことを話題にしたがらない。それは、友理子の日常生活に戻ってきてすぐにわかった。お父さんも、少しずつ持ち直してきているとはいえ、顔も知らなければ血のつながりもない叔父さんが残していった半端な財産のことなどにかまけている心の余裕は、まだ取り戻してはいない。

　うっかり言い出すと、両親は、あの夜あんなにも勢い込んで出かけていったのに、埃《ほこり》臭い別荘の薄気味悪い闇のなかで、大樹を見つけることはできなかった――期待は失望に変わり、確信は空頼《そらだの》みに終わったということだけを強く思い出して、またずっしりと沈み込んでしまうに違いない。そんな事態は、友理子もできるだけ避けたかった。

　それに、今はもうユーリではなくなった友理子が直面するべきもっと大きな問題は、別にあった。

　乾《いぬい》みちるの存在を、両親は知っているのだろうか。みちるが教えてくれた〈真相〉を知っているのだろうか。知っていて、友理子には黙っているだけなのだろうか。知らないなら、友理子が告げるべきなのではないか。

　警察は、事件を起こす前の大樹の動向について詳しく調べたはずだ。わかったことは両親にも教えてくれたはずだ。だけどその〈詳しい〉は、どこまで本物なのか。学校側に隠されてしまった事実には、いまだに手が届いていないのではないか。

　だからこそ刑事さんたちは、大樹のチビ友理なんかにまで、何か知らないかと尋ねてきたんじゃなか

ったのか。

一人になり、どんな表情を浮かべても両親に心配をかけることのない孤独を確保すると、ぐるぐるぐるぐる、友理子はそのことばかり考えた。胸の底から疑問を取り出してきては、さまざまな方向から検分して考えた。

そして結論に達した。森崎大樹がなぜあんな事件を起こしたのか、真の理由を知っているのは、乾みちると兼橋《かねはし》先生と、ユーリだった友理子だけだ。両親は知らない。警察もつかんでいない。学校の先生たちは知っていて知らん顔をしているか、隠している。ビクビクと口をつぐんでいるに違いない。それは大樹の同級生たちも同じだ。あるいは、学校側から口止めされているのかもしれないし。

そういえば、学校にはひとつ動きがあった。森崎大樹の担任だった幡多先生が辞めたのだ。ただ学校を去っただけで、それについて何の説明があったわけではない。でも一部では、ひそひそと噂が流れた。やっぱり事件の責任をとらされたのではないか、と。

その〈やっぱり〉には、深い意味が秘められている。ただ幡多先生が担任教師だったからというだけではない。幡多先生のやり方が、今度の事件の遠因になったのだという非難も込められている。いっとき、ごく限られた範囲内ではあったけれど、そういう非難の声は、確かにあがったのだった。

友理子の両親は、大樹が起こした事件について謝罪するべきか――という問題にも直面した。お父さんは、同級生とその家族に謝ろうと言った。お母さんは、本当に大樹がやったことかどうかわからないのに、犯人はぜんぜん別の人間なのかもしれないのに、大樹だって生きているかどうかわからないのに、謝ることなんかできないと言った。あなたは大樹を信じてやらないのかと、お父さんを責めた。二人とも泣いて、大声を出して、何度も何度も言い合いをした。

　結局、お父さんは一人で行動した。謝罪に出向いたのだ。友理子は、死傷した同級生とその家族と、お父さんとのあいだにどんなやりとりがあったのか知らない。お父さんは、友理子が訊いても教えてくれなかった。

　お父さんがお母さんを謝罪に連れていかなかったのは、説得を諦めたのは、ほかの誰でもないお母さん自身の口から、

　——大樹だって生きているかどうかわからないのに。

　という言葉を引き出してしまったからだろうと、友理子は思う。

　罪はある。ここにある。罰もある。ここにある。そして大樹だけが、ここにいない。

　友理子の心は、そこでも揺れた。両親に教えてあげたい。何から何まですっかり打ち明けたい。それは辛《つら》い真実ではある。だけどせめて、大樹がみちるのためにどれほど頑張ったかということを、二人のあいだに温かい絆《きずな》があったということを、友理子は両親に知ってほしい。

　でも——

　お兄ちゃんは望むかしら。

　あたしが真相を、いわば〈告げ口〉することを。

　乾みちるは、きっとさらに苦しむことになる。友理子の両親に謝《あやま》って謝って、ちょうどあのとき図書室で〝本の精のユーリ〟に向かってそうしたように、自身を責めることになるだろう。

　兼橋先生だって同じだ。当時の担任教師として責任を感じていないわけがないし、だからこそ苦しい立場に追い込まれてしまったのだ。

　友理子の両親は、声高《こわだか》にみちると兼橋先生を責めるような人たちではない。むしろ、大樹がみちるを守ろうとしたことを誇りに思うだろう。兼橋先生に

感謝するだろう。もしかしたらそれで、大人の兼橋先生は少しばかり楽になるかもしれない。

だけど、みちるは苦しむ。どうしようもないほど苦しむ。どれほど声を大にして、大樹の両親がみちるを慰《なぐさ》めようと、みちるのせいではないと説こうとも、みちるは自分を責め続けるだろう。

ただ、彼女が自分を責めていることは、今も同じだ。何もしなくても同じ。何かをしても、同じ苦しみ——

ぐるぐるぐるぐるぐる、友理子はまた考え続けた。あたしのするべき事は何だろう。とるべき正しい選択肢はどこにあるのだろう。

お兄ちゃんは何を望んでいる?

今度の結論は、出てこなかった。考えても考えてもかえって迷うだけだ。ここで友理子が求めているのは、推察したり推理したりして見つかる出口ではないのだった。

ところが、意外なところから、友理子の前に光明が差しかけてきた。夏休みが間近に迫った、ある日のことである。

「買い手が見つかった?」

お母さんが、お皿を運ぶ手を止めて問い返した。

「あんな薄気味悪いオンボロの建物に?」

夕食時、お父さんが帰宅してテーブルに着きながら、何気なく言い出したのだ。水内一郎さんの遺産に、買い手がついたよと。

「お母さん、早合点《はやがてん》だなあ。別荘が売れると言ってるんじゃない。買い手が現れたのは、あの図書室に山ほど溜《た》め込んであった古本の方だ」

昼休み、兄貴から電話があってねと、お父さんは続ける。

「先方はたいそう熱心で、ぜひともあの本を丸ごと全部買いたいと申し出てくれているそうなんだ」

申し出を受けたのは伯父さんがこの件を相談している弁護士さんで、

「悪い話じゃないって言ってるよ」

友理子はお母さんの隣に座り、いただきますをして箸《はし》を使い始めながらも、耳をそばだてていた。心臓がどきどきしている。

「あの本、そんなに価値があるの？」

「らしいよ。ただ、大半が古本だし外国の書籍だから、普通の古本屋じゃ鑑定が難しい。専門家を探して雇って鑑定してもらったところで、その専門家が全部捌《さば》いてくれるわけでもないし、結果として鑑定料の方が高くつくって可能性もないわけじゃない」

だから弁護士さんは、丸ごと全部売ってくれという今度の申し出を、いちばん手軽でスムーズな好い話だと言っているのだ。

「でもそれって、先方の言い値で売るってことでしょ？　もしもあの古本のなかに大変な値打ち物が隠れてるとしたら、してやられることになっちゃうんじゃないの？」

お母さん、計算高いことを言ってる。これは悪い傾向じゃない。健全な経済観念が戻ってきたということは、健全な日常感覚が戻ってきているということでもあるのだから。

「まあ、そうだけどさ」お父さんも苦笑いしている。

「で、買い手は古本屋なんだよ」

しかも何と——と、もったいをつけてお母さんと友理子の顔を見回した。

「水内さんが倒れた、あのパリの古書店の経営者なんだってさ」

セーヌ川沿いに店を構えているという話だった。店名は、日本語に翻訳すると〈湧《わ》き出《い》でる泉〉。経営者は五十五歳の男の人で、名前はフランツ・クルール。

「兄貴は弁護士の先生に写真を見せてもらったそう

だけど、ジャン・ギャバンに似たカッコいいオヤジだって言ってたよ」

お母さんは眉《まゆ》を寄せた。「ジャン・ギャバンって誰？」

友理子の胸のどきどきは、ある種のときめきへと変わっていた。

水内一郎さんはヘイトランドへ渡って、今もカタルハル僧院《そういん》跡の地下牢にいる。正気と、人間の姿を失って。だけど〝輪〟のなかでは、友理子の領域では、パリで死んだことになっていて、誰もそれに疑問を抱いていない。

これはつまり、上手な偽装がほどこされているということだ。それには、古書店〈湧き出でる泉〉の店主さんの協力が必要だったはずである。

ならば、フランツ・クルールというカッコいいオヤジさんは、もしかしたら〝狼《おおかみ》〟ではないのか。〝狼〟ではなくても、無名の地やこの〝輪〟の理《ことわり》について知識を持っている人ではないのか。そうでなかったら、偽装に手を貸すことなんかできないだろう。

そのクルールさんが、ミノチの残した書籍を買い取りたいと申し出ているのだ――

「あたしは、その人に売ってあげるのがいちばんだと思うな」

せいぜいおしゃまなふりをして、友理子は口を挟んだ。

「あの図書室の本たちも、喜ぶんじゃないのかな。もしかしたらあのなかの何冊かは、水内さんが〈湧き出でる泉〉から買ってきた本なのかもしれないし」

お父さんとお母さんが顔を見合わせた。

箸を動かし、胸のときめきを感じながら、友理子はご飯と一緒に別の想いも嚙《か》みしめていた。あの図書室がなくなる。本たちがあの別荘を離れる。

その前に、もう一度訪ねたい。
訪ねさせてあげたい。

難しいことではなかった。真実《ほんとう》のことに、ちょっぴりだけ嘘《うそ》を混ぜればいいだけだった。

——あのね、お母さん。あの別荘の本の話をしてね、思い出したんだけど。

——お兄ちゃんから〈ナイショだよ〉って言われたからずうっと黙ってたの。大したことじゃないと思って、そのうち忘れちゃってたのよ、ごめんなさい。

——お兄ちゃんね、うちでみんなであの別荘へ出かけたあと、担任の先生と学校のお友達を誘って、こっそりもういっぺん出かけてったことがあるんだよ。

——そう、兼橋先生。一緒に行ったお友達のことは、先生が知ってるんじゃないかなあ。

——そのお友達、女の子みたいだよ。

お母さんの反応を見れば、今まで、お兄ちゃんが一年生のときの担任の先生とそこまで親しくしていたなんて、まったく知らなかった（知らされていなかった）ことは明らかだった。ましてや、先生と二人で別荘へのドライブを楽しむような女子生徒の友達がいただなんて、青天《せいてん》の霹靂《へきれき》だったに違いない。

事の進行は早かった。

友理子の告白から、三日もしないうちに兼橋先生が森崎家を訪ねてきた。きっとふっくらした優しそうな先生なんだろうと勝手にイメージしていたのだけれど、玄関先で会ってみると、小柄で華奢《きやしや》で、子鹿みたいにピチピチした若い先生だった。鼻のまわりにソバカスが散っているのがとても可愛らしい。

両親と兼橋先生の会談に、友理子は立ち会わなかった。自室にこもって息をひそめていると、遠く何度か、お母さんの泣き声が聞こえてきた。兼橋先生も泣いているようだった。

先生は、夏休み前に学校を辞めていた。お兄ちゃんの事件については、やっぱりきつく口止めされていたらしい。

でも、辞めちゃったらしゃべったっていいよね、うん。

その会談から二日後、兼橋先生と両親は、乾みちるに会いに行った。

夕暮れ時になって帰ってきた両親は揃《そろ》って疲れ切っていたし、お母さんはまた目を泣き腫《は》らしていた。それでも、友理子にみちるから聞いた話を教えてくれた。

「やっと、大樹の気持ちがわかった」

胸に手をあてて、友理子の目の前で、お母さんはまた泣き出した。

「お父さん、お母さん」と、友理子は言った。「乾さんのこと、怒ってる?」

お父さんが先に、黙ったまま、でもきっぱりと首を横に振った。お母さんは泣き顔を上げると、

「怒ってるわけないじゃないの」

可哀相《かわいそう》に、可哀相に。そう繰り返して、友理子に抱きついてきた。友理子は心から安らいで、お母さんを抱きしめ返した。

「お願いがあるんだけど」

あの図書室が空っぽになっちゃう前に、兼橋先生も乾さんも一緒に、

「みんなで別荘へ行きたいな」


夏休みに入って最初の週末、六人でのドライブが実現した。森崎家の三人と、兼橋先生と、みちるとみちるのお母さんだ。お父さんが借りたレンタカーで、夏の青空の下、みんなで出かけた。

草いきれというものを、友理子は初めて経験した。水内さんの別荘のまわりには雑草が生い茂り、今度

こそ鉈《なた》や草刈り鎌《がま》のお世話にならねばならなかった。

驚くべきこと——ではないのかもしれない。乾みちるは、ユーリが友理子であることに気づかなかった。出で立ちが変わろうが口調が違おうが、顔を見ればわかるはずなのに、まったくわからなかった。

記憶が消えているのだ。あのときの図書室の出来事は、みちるにとっては起こらなかった事なのだ。

これも〝輪〟の理か。

「森崎君の妹さん」

傷ついた塔のなかの姫君は、眩《まぶ》しそうに友理子を見つめてそう言った。

「初めまして。森崎君から、チビ友理ちゃんの話はよく聞いていました」

ごめんなさい——とみちるが謝ると、傷跡に塞《ふさ》がれている方の瞳からも涙がこぼれた。その涙を、みちるのお母さんが拭《ぬぐ》ってあげる。

もう、問いかけなくてもわかる。お兄ちゃんが望んでいたのは、これだよね？

一階から始めて図書室まで、みんなでひととおり見学しながら、思い出話をした。かわるがわるに誰かがしゃべった。ときどき泣いた。でも笑うこともあった。

辛《つら》いのか怖いのか、溢れる思い出に圧倒されるせいだろうか、みちるは図書室には入りたがらなかった。だからほかのみんなも、図書室には長居をしなかった。

見学が一段落したところで、友理子は一人、そっと図書室へと戻っていった。

昼でも暗い。明かり取りの窓から差し込む陽射《ひざ》しは細い。だからかすかにでも光っている本があれば即座にわかる。

一冊もなかった。友理子に語りかけてくれる本もなかった。

床の真ん中から、紋章は消えていた。きれいに拭いとられていた。たぶん、アッシュが来て消したのだろう。それはさっきも確かめたことだったけれど、何となく、友理子が一人で来れば、何か違う事態が起こるんじゃないかという期待があったのだ。

そんな奇跡は起こらなかった。

既《すで》に〝輪〟は閉じている。友理子が〝無名の地〟に至る道も閉ざされた。

数え切れないほどの古書たちが醸し出す、圧倒的な沈黙。

あのとき腰かけた脚立《きやたつ》へ近づこうと足を踏み出したとき、何かが友理子のくるぶしに絡みついてきた。見れば、アジュと一緒に来たときにも見つけた、黒っぽい布だ。

生き物みたいな絡みつき方に、気味悪くなって手で取り去ると、驚くほどずっしりと重かった。何だ、これ？　しかも——

友理子が触れると、その布は端から黒い塵《ちり》へと変わり始めた。みるみるうちに細かな粉塵《ふんじん》へと変わり、溶けるように消えてゆく。

閃《ひらめ》きや思いつきが浮かんだというより、外から心にぽんと投げ込まれたみたいに、友理子は悟った。

これは、水内さんが『エルムの書』を包んでいた布に違いない。だからアジュと一緒に来たあのとき、無造作に床に捨ててあったのだ。お兄ちゃんが取り去って行ったんだろう。

あの重さ。あるいは魔法が込められていたのかもしれない。〈英雄〉の気を遮《さえぎ》るために。

今、『エルムの書』はどこにあるのか。〈英雄〉が化身しつつあるキリクのもとにあるのだろうか。キリクは、バラバラにされた自分の身体を、どこまで取り戻したろう。

遠いという以上に彼方《かなた》のヘイトランドで。

「アジュ」と、小さく呼びかけてみた。

「アジュ、いる？」

返事はない。覚悟していたことなのに、やっぱり友理子は落胆した。アジュもどこにいるんだろう。アッシュは大丈夫だって笑っていたけど、怪我《けが》してやしないかしら。

背後で物音がした。友理子は飛びつくような勢いで振り返った。小さなアジュがいて、得意そうに髭《ひげ》をぴくぴくさせている。灰をかぶったようなアッシュが、黒いコートの裾《すそ》を引きずっている——

ドアに片手をかけて、みちるがこちらを覗《のぞ》き込んでいた。

「友理子ちゃん?」

友理子の心臓が、音をたてて胸の奥のあるべき場所に落下した。

「あ、スミマセン」

探しに来られたのだと思って、友理子は急いでみちるに近づいていった。が、みちるの方も友理子に歩み寄り、図書室のなかに一歩、二歩と踏み入ってきた。

「ここ」

静寂を仰ぎ、囁《ささや》くようなみちるの声が、古書に埋め尽くされた書架に吸い込まれてゆく。

「怖い場所だと思ってた」

確かに、あなたはそう話してくれたよね。

「今も、おっかないですか」

「今はそんな感じがしないみたい」

みちるは友理子に微笑《ほほえ》みかけようとしている。

「森崎君は、ここが好きだった」

「うん。お兄ちゃんは、家族でここに来たときも、すっごく目を輝かせてた」

二人でよく本の話をしたんですか——と、友理子は訊いてみた。

「話したよ、たくさん」

「学校の図書室にも、よく一緒に行った?」

「うん」

「町の図書館は？」

　みちるの瞳が急に翳《かげ》った。

「公立図書館でしょう？　あそこは、あんまり」

　同級生たちとばったり会うことがあるのが嫌だったと、小声で言った。

　そうか。学校の図書室なら、お兄ちゃんもあなたも図書委員だから、一緒にいたっておかしくない。けど、学校の外で仲良く二人でいると、それは本当に二人が仲のいい友達であることを見せつけることになっちゃって、だからあなたを睨《にら》みつけるようなきつい視線に遭遇することもあって、嫌な想いをしたんだね……。

　そんな想いが、友理子の記憶を刺激した。思い出したら、口からこぼれ出た。

「今年の春、あの図書館で、本が燃えちゃった事件があったんだけど、知ってますか？」

　おそらくは、森崎大樹が得た魔導《まどう》の力で焼いたのだ。なぜそんなことをしたのかわからない。みちるなら知っているかもしれない。

「本が燃えた？」みちるは驚いている。「そんなの、聞いたこともないけど」

「それがね、面白いんです。『家庭用洗剤の正しい使い方』っていう本なんですヨ。誰がそんな本を――」

　友理子が言い終える前に、みちるは顔色を変えていた。図書室の闇のなかに、みちるの顔が青ざめた月のように浮かぶ。

「友理子ちゃん、その話、誰に聞いたの？」

「図書館のほ――いえ、係の人です」

「怒ってた？」

「ううん、不思議がってただけ」

　みちるは喉元《のどもと》に手をあてて、ゆっくりと深く息をした。その整った横顔は、埃臭い図書室のなかでも充分に可憐《かれん》だった。

「ごめんなさい」

「ハイ?」

「それ、森崎君がやったんだと思う」

あたしのために――

「あたしね、学校でいじめられてるとき、自殺しようと思ったことがあるの」

友理子はぴりりと姿勢を正した。

「あるタイプの家庭用洗剤を混ぜ合わせるとね――混ぜちゃいけないって、はっきり表示されてるんだけど、わざと混ぜるとね、毒ガスができるの。あたし、お風呂場でそれを使って死のうと思ったことがあるの」

なるほど、わかってきた。

「その本には、そういうことをするとキケンですよって書いてあったんですね」

「……うん」

「だけどみちるさんは、キケンな使い方をするためめに、その本を借りたんですね。でも、
借りたのだそうだ。

「ちょうどそのころ、森崎君があたしのことかばってくれるようになって」

結局、毒ガスなんか発生させることはなかった。みちるは自殺を思いとどまった。

「そのこと、あとで森崎君にも話したの。そしたら」

――乾さんが二度とそんな気にならないように、その本、俺が片付けとくよ。

みちるは両手で顔を覆《おお》うと、その場にしゃがみこんでしまった。

「森崎君、ホントに片付けてくれたんだ」

もちろん、みちるにそう約束した際には、焼いてしまうつもりではなかったろう。でも、『エルムの書』を得て〈英雄〉に魅入られ、同時に魔導に通じた大樹は、その力のほどを試してみる対象を探して

いるとき、『家庭用洗剤の正しい使い方』のことを思い出したのだろう。

お兄ちゃんらしい、と思った。

お兄ちゃんはやっぱり、どこまでもどこまでも、乾みちるを守ろうとしていたんだと思った。

ならば今も、後悔はないはずだ。満足しているはずだ。なり損ないの無名僧という己を消し、〈門〉を閉じて、みちるの住むこの世界を〈黄衣《こうい》の王〉から守ったのだから。

みちるの隣にしゃがみこみ、目をつぶって、友理子は図書室の静寂に溶け込んだ。

翳り行く斜光のなかで、数多《あまた》の古《いにしえ》の本たちが、知らん顔しながらも二人を見守っている。友理子には、それがわかった。

そう願っていたのかもしれない。


それから半月ほど後のことである。

蟬《せみ》の声が降り注ぐ、暑い午後だった。お母さんは買い物に出かけた。友理子はプール教室から戻り、昼ご飯を食べたばかりで、うたた寝したい気分になっていた。

テレビのニュースでは、ときどき海の向こうの戦争の話題が取り上げられている。この国のなかで起こった、どうにもまっとうな理由が見あたらない残酷な事件についての報道もある。それらは等しく〝戦《いくさ》〟であり、そういう事柄《ことがら》が増えてゆくこと、止まないことが、諍《いさか》いの時代のしるしなのだということは、友理子もまだ覚えている。

でも、だからどうだというのという気持ちも、少しずつ芽生えていた。確かに嫌な出来事は多いけど、世の終わりが訪れたという速報がピンポンピンポンと飛び込んでくるわけではない。

どうでもいいと思ってるんじゃない。ただ、あたしにはもう何もできないもん、という投げやりな気持ちが、ちょうど水内一郎の別荘の家具や備品を覆っていた埃のように、心の底に、薄く積もりかけているのかもしれなかった。

無力感が、友理子のなかに溜まり始めている――

玄関のインタフォンが鳴った。

せっかく昼寝しようと思ってたのにぃ。

仕方がない。ハ〜イと返事して、チェーンを掛けたまま玄関のドアを少し開けてみると、ニコニコと、見事に揃った前歯を全部見せて笑う見知らぬおじさんが、友理子を認めてひょいと頭を下げた。この暑いのに、窮屈そうに背広を着てネクタイも締めている。

「モリサキ、ユリコさん?」

たどたどしい日本語だ。イントネーションもちょっとおかしい。アラ、このおじさんは外国人なんだ。どこの人だろう。見た目は日本人と変わらないけれど。

「驚かせて、ゴメナサイ」

おじさんはニコニコとまたお辞儀をする。

「ワタシ、通訳です。ユリコさんに会いたい、いうヒトを、あんない、してきまシタ」

「わたしに?」

友理子は鼻の頭を指でさした。

「そうです。そのヒト、下で、待ってマス。ユリコさんだけに、会いたい」

お父さんやお母さんには内緒で、という意味なのだろう。怪しい。

友理子はチェーン越しに目を細めておじさんを睨んだ。

「どんなヒトですか」

おじさんは答えた。「実は、ワタシもよく知りません。でも、そのヒトは、こう言っていマス。こう言えば、ユリコさんには、すぐわかる」

〝灰の男〟の同業者だ、と。

確かに、その人はいた。マンションの脇に停《と》めてある、車高の高い、ちょっと変わった形の灰色のヴァンの後部座席に座っていた。スライドドアが開いているので、よく見えた。知らない男の人の乗っている車に、知らない男の人に誘われて乗り込むなんて、絶対にしてはいけないことだ。でも、今だけは特別だ。特例中の特例だ。友理子はためらいなくヴァンに駆け寄った。

車内の人は、大きなシートにゆったりともたれていた。白いシャツを着て、色鮮やかな膝《ひざ》掛《か》けを掛けていた。息をはずませている友理子を見ると、その人もまた見事に揃った歯を全部見せて、嬉《うれ》しそうに笑った。

白目と白い歯と白いシャツと、見事なコントラストだった。その人の肌は漆黒だったからである。

また外国人だ。大きな身体。分厚い肩。短く刈り込んだ銀髪。つやつやした額《ひたい》。

だけど、ヴァンの後部にはたたんだ車椅子が乗せてある。

お年寄りだ。おじいさんじゃないか。

「ユリコ、さんです」

走って追いついてきた通訳のおじさんが、おじいさんに言った。

おじいさんは友理子を手招きし、隣のシートを叩《たた》いた。さらに、しきりと自分の耳元をさす。補聴器を付けているのだ。耳が遠いからそばに来てくれ、という意味だろう。

友理子はヴァンに乗り込むと、おじいさんの隣に座った。通訳のおじさんがスライドドアを閉め、車の前を回って運転席の方にやってくる。隣り合わせになると、漆黒の肌をしたおじいさんの巨体には凄《すご》い迫力があった。

目が合った。おじいさんはまた歯を剝《む》いて笑い、二度、三度と友理子にうなずきかけた。通訳のおじさんが運転席に落ち着くのを待ちかねていたように、早口で何か言った。あんまり早くて聞き取れない。

「はじめまして」

通訳のおじさんが、汗を拭《ふ》きながら翻訳する。

「は、はじめまして」友理子はぺこりと頭を下げた。

「あなたはアッシュの――〝灰の男〟のお仲間なんですね?」

通訳が入る。おじいさんが答える。英語じゃないことだけは確実だとわかった。聞いたこともないような言語だ。

「そうです」と、通訳のおじさんが言う。「ワタシの名は、アタリ」

アタリというところは、友理子にも聞き取れた。

「〝狼〟としての名前です」

友理子は思わずごくりと唾《つば》を呑んだ。掌《てのひら》が汗ばんでくる。

「ワタシはあなた、知っています」

おじいさんの口調が少し緩《ゆる》やかになった。真《ま》っ直《す》ぐに友理子を見て話しかけてくる。そして突然、ぎくしゃくした日本語を使った。

「あなたは、ユーリ。オルキャストの、ユーリ」

目を瞠《みは》ってアタリを見つめ、友理子はうなずいた。

「アナタの旅も、知ってイマス」

〝灰の男〟から聞いた、という。

「ワタシの通り名は、〝銀牙《ぎんが》のアタリ〟」

カッコいいじゃないか。狼の、銀の牙《きば》だ。

「〝灰の男〟、ディミトリとは、永《なが》い、付き合い、デス」

ディミトリ。なんて懐かしい響きだろう。

「ディミトリ、歳《とし》とらない。でも、ワタシは、老いました」

すっかり、オジイサンです、と笑う。

「ワタシ、老いました。もう戦えない。狩りも、できない。だから引退、するのデス」

　ここでアタリは、また彼の母国語らしい言語に戻った。どっと早口になる。伝えたいことがたくさんあるのだということは、友理子にもわかった。

　通訳のおじさんが、まだ額の汗も引かない様子で、うなずきながら聞き取っている。ときどき問い直す。友理子は呼吸を抑え、胸のざわめきを堪《こら》えて二人を見つめた。

「ユーリ、勇敢でした」

　通訳のおじさんが、友理子に向き直る。

「だからアタリさん、あなたを、見込みました。うん？　見込んだ？」

　通訳のおじさんは、アタリに確かめる。

「見込んだ、そうデス」

　友理子はうなずいた。「ハイ、意味わかります」

　さらに鼓動が跳ね上がる。

「あなたが喜んでくれるなら、アタリさん、あなたにあげたいもの、あるそうです。あなたに、受け取って、もらいたいのデス」

　通訳のおじさんに促《うなが》され、アタリは真っ白なシャツの前をはだけて、老いてなおたくましい胸元にかかったペンダントを見せた。一面の胸毛が、全部白髪になっている。ペンダントはそのなかに埋もれていた。

　アタリはそれを外し始めた。指が滑《なめ》らかに動かなくて、通訳のおじさんが運転席から身を乗り出すようにして手伝った。

「これ、ワタシのしるし」

　アタリの大きな漆黒の掌に、華奢《きゃしゃ》なペンダントが載っている。鈍い銀色に光る、牙のような形をしたペンダント・ヘッド。

　〝狼〟の牙だ。

「ディミトリは、知らない。でも、ワタシはあなた、見込んだ。あなたは強い」

あなたが思っているより、ずっと、強い。

アタリの掌が傾き、ペンダントの鎖がこぼれ落ちそうになった。友理子はとっさに手を出して、それを押さえた。

思わず触れたペンダントは、温かかった。

命ある、〝狼〟の牙。

空いた手で友理子の手首を優しくつかみ、掌をひっくり返して、そこにペンダントを落とし込むと、アタリは笑った。そして、友理子の掌を握らせて、自分の手で包み込んだ。

「あなたは、強い。あなたには、〝狼〟の資格、ありマス」

ワタシは引退する。あなた、ワタシの牙を、引き継いで、くれませんか？

そのために、アタリは遠くから来た。海を渡ってきた。領域《リージョン》は異国でも、〝輪《サークル》〟はひとつだ。そして〝狼〟は、どこにでもいる。ありとあらゆる場所に行くのだ。

「アタリさんは、どこから来たんですか」

おじさんの通訳が入る。なぜかアタリは、ちょっと考えてから答えた。

「ホームランド、です」

そんな国名、あったかな？

友理子の当惑を予想していたのか、アタリは嬉しそうに目を細める。また早口になり、通訳のおじさんは忙しい。

「〈ホームランド〉は、正式な国名、ではありません」

南アフリカ共和国のなかに、昔、作り上げられた〈国〉だという。

「あなた、知っていマスか。あの国では、あなたが生まれるよりも昔、黒人をサベツする、アパルトヘイトという決まり、ありました」

学校では習っていない。でも、

「お兄ちゃんが話してくれたことがあります。そういうことを描いた映画を観たって」

アパルトヘイト制度の下では、黒人は白人と同じ市民とは認められず、基本的な人権にさえ制限をかけられていたという。

アタリがうなずいている。

「そのころ、白人たちが、ここが黒人の国、黒人たちは、ここに住メと、勝手に決めたのが、ホームランド、です」

ハンカチでせわしなく顔を拭い、通訳のおじさんは続けた。

「昔、南アフリカ共和国には、白人たちが、そういうことをしてもいいと、信じてしまう、物語？　ん、ん、モノガタリでいいですか？」

アタリに確認する。アタリはうなずく。友理子も心のなかでうなずいた。

「そういう物語が、流布《るふ》していたのです」

そう、〈物語〉だ。それを信じていた人びとは、思想だとか真実だとか思い込んでいたのだろうけれど、それは〈物語〉なのだった。

「ワタシは、そこで、〝狼〟になりまシタ」

肌の色を異《こと》にする人びとに互いへの憎しみを植えつけ、差別や対立へと煽《あお》り立てる悪《あ》しき〈物語〉を語る写本を狩るために。

「今は、ホームランド、ありません。アパルトヘイト、なくなりました。ワタシ、ヨハネスブルクに住んで、いマス」

しかし、〝狼〟としてのアタリが生まれた国は、ホームランドなのだ。彼はホームランドからやって来た。

友理子に、牙を託そうと。

「ワタシ、跡継ぎを、探していまシタ」

アタリは大きな目で友理子を見る。漆黒に輝く瞳。誰かの目に似ている。友理子が知っている勇敢な人たち、すべての目に。

「あなた、〝狼〟に、ふさわしい。いつかまた、旅に出る。旅に、出たいのでしょう? 大人になって、強く、なって」

今度こそ、〈英雄〉を封印する旅に。

「ワタシには、それ、わかる。だからキマシタ。あなたに会えて、うれしい。あなた、ワタシが思っていた、とおりでシタ」

友理子の視界が曇ってきた。本当に泣き虫だ。泣き虫のままじゃないか。

でも、この涙は今までの涙とは違う。

「あなた、強い。よく、旅をした。辛い旅をして、兄さんを救い、〝輪〟を救ったのデス。あなた、強い」

ごつい手が、友理子の頭を何度も何度も撫《な》でる。アタリの笑みは力強く、優しい。

「ワタシ、信じています。ディミトリも、だからきっと、わかってる。きっと待ってル。待っても待っても、彼は、死なない。歳、とらない。でもあなた、大人に、ナリマス」

〈葬儀屋〉ディミトリ。〝灰の男〟アッシュ。黒いマントの、死者に親《ちか》しい者。

強くなった友理子と再会する時を。

再び、彼のヘイトランドを。悲運の王キリクが〈英雄〉として君臨しようとする憎悪と恐怖の国を、共に旅する時を、待っている。

そしてそこには、もう「アウンカウイの辞書」ではなくなったアジュも、きっといる。

友理子の掌の上で、銀の牙がきらりと光った。友理子の心の光を映したように。

「ありがとう」

友理子は、しっかりとペンダントを握りしめた。

〝狼〟のしるしが、今、この手に。

# 初刊時あとがき

本書の成立までには、今回も多くの方々のご助力をいただきました。関係者の皆様に、厚くお礼申し上げます。

本書は純然たるフィクションであり、実在の個人、団体、また実際に起こった事件等とは、一切かかわりがありません。登場人物も登場する場所も、〈無名の地〉と同じく、もっぱら作者の頭のなかにのみ存在するものであります。

冒頭のエピグラフは、林房雄の短編「四つの文字」からの引用です。実はこの一文は、「四つの文字」の大詰め（ミステリーでいうなら謎解き）の部分にあたるもので、軽率な引用は憚られるのですが、今回はどうしても冒頭に掲げたく、敢えて使わせていただきました。未読の方の興趣を削ぐことにつきましては、深くお詫び申し上げます。

底本は、北村薫さんが編まれたアンソロジー『謎のギャラリー』〈最後の部屋〉です。私がいつも手元に置いているのはマガジンハウス刊の単行本ですが、新潮文庫版も出ています。この傑作短編の主役もまた〈英雄〉と〈黄衣の王〉に触れた人間であり、私は深く魅了されまして、本書の物語を書こうと思い立つきっかけになりました。もしもその想いの一端が通じれば、ネタばれという横紙破りの非礼も、少しお許しいただけるかもしれません。

さて、その〈黄衣の王〉についても、ひと言ご説明しておかねばなりません。英米の怪奇小説がお好きな方ならばとっくにお気づきと思いますが、読む者を破滅に導く恐るべき戯曲『黄衣の王』は、いわゆる〈クトゥルフ神話〉のなかの呪物《アイテム》のひとつです。本書では、その名を借り受けて使用しています。

私は子供のころから怪奇小説が大好きでした。もちろん一連の〈クトゥルフ神話〉のファンでもあります。今回、〈英雄〉の暗黒面を表す呼称を探しているとき、ふと〈黄衣の王〉に思い至ると、もうそれ以外のものは考えられなくなってしまいました。

多くの同好の士におかれましては、

――しょうがねえなぁ。

と、笑っていただけると嬉しく思います。

幸せなことに、我が国では〈クトゥルフ神話〉の人気が高く、事典や解説本も複数出版されています。そのうちの一冊、『図解　クトゥルフ神話』（森瀬繚　編著　新紀元社）のなかには、〈黄の印〉の図が掲載されています。

この作品は毎日新聞夕刊に連載されたものですが、話が話であるだけに、挿絵の宮嶋康子さんには大変なご苦労をおかけしました。単行本にも宮嶋さんの描かれた世界を添えることがかないまして、喜びもひとしおです。ありがとうございました。

二〇〇九年　二月吉日

宮部みゆき

初出　「毎日新聞」夕刊　二〇〇七年一月四日〜二〇〇八年三月三十一日
単行本　『英雄の書』（上）（下）二〇〇九年二月　毎日新聞社刊

◎お願い◎

この本をお読みになって、どんな感想をもたれたでしょうか。「読後の感想」を左記あてにお送りいただけましたら、ありがたく存じます。

なお、「カッパ・ノベルス」にかぎらず、最近、どんな小説を読まれたでしょうか。また、今後、どんな小説をお読みになりたいでしょうか。読みたい作家の名前もお書きくわえいただけませんか。

どの本にも一字でも誤植がないようにつとめておりますが、もしお気づきの点がありましたら、お教えください。ご職業、ご年齢などもお書き添えくだされば幸せに存じます。当社の規定により本来の目的以外に使用せず、大切に扱わせていただきます。

東京都文京区音羽一―一六―六
郵便番号 一一二―八〇一一
光文社 文芸図書編集部

# 英雄《えいゆう》の書《しょ》

2011年5月25日　初版1刷発行

著者　宮部《みやべ》みゆき
発行者　駒井　稔
組版　萩原印刷
印刷所　萩原印刷
製本所　ナショナル製本
発行所　株式会社光文社
東京都文京区音羽1-16-6
電話　編集部　03-5395-8169
書籍販売部　03-5395-8113
業務部　03-5395-8125
URL　光文社 http://www.kobunsha.com/

落丁本・乱丁本は業務部へご連絡くだされば、お取り替えいたします。


ISBN978-4-334-07706-8

Printed in Japan

## 「カッパ・ノベルス」誕生のことば

カッパ・ブックス Kappa Booksの姉妹シリーズが生まれた。カッパ・ブックスは書下ろしのノン・フィクション(非小説)を主体としたが、カッパ・ノベルス Kappa Novelsは、その名のごとく長編小説を主体として出版される。

もともとノベルとは、ニューとか、ニューズと語源を同じくしている。新しいもの、新奇なもの、はやりもの、つまりは、新しい事実の物語というところから出ている。今日われわれが生活している時代の「詩と真実」を描き出す――そういう長編小説を編集していきたい。これがカッパ・ノベルスの念願である。

したがって、小説のジャンルは、一方に片寄らず、日本的風土の上に生まれた、いろいろの傾向、さまざまな種類を包蔵したものでありたい。

かくて、カッパ・ノベルスは、文学を一部の愛好家だけのものから開放して、より広く、より多くの同時代人に愛され、親しまれるものとなるように努力したい。読み終えて、人それぞれに「ああ、おもしろかった」と感じられれば、私どもの喜び、これにすぎるものはない。

昭和三十四年十二月二十五日